TRACY REES

Het brievenspoor

XANDER

Uitgegeven door Xander Uitgevers
www.xanderuitgevers.nl

Oorspronkelijke titel: *Amy Snow*
Oorspronkelijke uitgever: Quercus
Vertaling: Erica Disco
Omslagontwerp: Studio Marlies Visser
Omslagbeeld: © Drunaa / Trevillion Images
Afwerking omslag: Select Interface
Auteursfoto: Ludwig Esser
Zetwerk: Michiel Niesen, ZetProducties

Eerste druk 2022

ISBN 978 94 0161 787 1 | NUR 302

Voor mijn ouders, met liefde

PROLOOG

Januari 1831

Met ingehouden adem sloop Aurelia Vennaway de benauwde salon uit en de hal in. Dat haar moeder en tantes al een uur geen aandacht aan haar schonken, wilde nog niet zeggen dat ze weg mocht. Haar moeder dacht dat het weer haar wel binnen zou houden, dat ze voor de verandering keurig stil in een hoekje zou blijven zitten, zoals het een jong meisje betaamde.

Aurelia trok haar bontmuts over haar pijpenkrullen en stak haar voeten in stevige laarzen. Nadat ze snel haar blauwe mantel had omgeslagen, alsof ze daarmee haar lotsbestemming van zich af kon schudden, rukte ze de deur open.

Het was het soort dag dat glinsterde en lonkte als een voorproefje van de hemel. Het sneeuwde niet meer, maar de grond was bedekt met een dikke zilverwitte laag. De zon scheen fel en de lucht was diepblauw. Op een dag als vandaag zou de hele wereld kunnen veranderen.

Aurelia zakte tot aan haar knieën weg in de sneeuw, rechtte haar schouders en bedacht wat een onzin het was dat ze al die rokken moest dragen. Ze sjorde ze omhoog en waadde als een wankel hert door de sneeuw, tot haar longen brandden van de ijzige kou.

Vorige week had ze haar moeder vijf dagen niet gezien. De metalige stank van bloed en de kreten vanuit de slaapkamer waren nu nog slechts een herinnering. Haar moeder had zich weer bij de rest van de familie gevoegd, maar het was moeilijker dan ooit om haar te plezieren. Aurelia wist niet eens zeker of ze het wel wilde proberen. De sfeer in huis was kil en gespannen.

Het zonlicht wist niet door te dringen in het bos achter het huis. De met sneeuw bedekte taxustakken en dunne uitlopers van de eiken reikten naar haar. Ze raakte ze aan, begroette ze als oude vrienden die haar wilden troosten. Haar pijpenkrullen zakten uit. Het enige geluid kwam van het gekras van de gaaien en ze hees zichzelf op een lage tak om ernaar te luisteren en te dromen van het moment dat ze Hatville Court voorgoed zou verlaten.

Ze tuimelde bijna in de sneeuw toen ze een vreemd geluid hoorde. Het kwam in vlagen en klonk zwak maar doordringend, waardoor ze wel moest opstaan om het geluid achterna te gaan. Het voelde alsof een buitenaardse kracht verstoppertje met haar speelde. Daar was het weer, dat kaboutergezang, dat haar tussen de bomen vandaan lokte, het zonlicht in.

Uiteindelijk kwam ze boven op een heuvel aan. Voor haar bewoog iets blauws en kaals in de sneeuw. Even bleef de betovering van het oude bos om haar heen hangen en durfde ze het wezentje niet aan te raken. Maar haar nieuwsgierigheid won het en ze deed een stap dichterbij. Het was een piepklein mensje, een baby. Snel deed ze haar mantel af en pakte het kindje op uit de sneeuw. De huid voelde zo koud aan als aardbeienmousse. Ze wikkelde haar mantel om de baby heen en drukte die tegen zich aan.

Er moest iets heel erg mis zijn, dacht Aurelia, als er een naakte baby alleen aan de rand van een verlaten bos lag. 'Hallo?' riep ze, terwijl ze om zich heen keek. 'Is daar iemand? Ik heb uw baby gevonden!'

Niets dan stilte, en een kraai die met zijn zijdeachtige vleugels aan een nieuwe vlucht begon.

De baby was heel koud en woog vrijwel niets. Aurelia draaide zich om en zette het, zo snel als haar rokken het toelieten, op een rennen.

DEEL EEN

JANUARI 1848

1

Ik weet dat ze me nakijken. De weg die bij het dorp vandaan voert is lang en recht. De eerste bocht is pas over een paar kilometer, pas dan zal ik vanuit de bovenste ramen van het landhuis niet meer te zien zijn. Ik weet wat ze zien: een onbeduidend schepsel, een onbenul. Een kleine, ineengedoken gestalte, eenzaam in zwarte rouwkleding, met stijve rokken die om mijn schoenen ruisen en met mijn mantel dichtgeknoopt tegen de kou. Een keurig zwart luifelhoedje op mijn hoofd, met linten die wapperen in de januariwind. Wat een troosteloze aanblik zal ik vormen.

De weilanden en de weg zijn berijpt, het dorp ligt er leeg en verloren bij, mijn schoenen laten een spoor na dat wegsterft in de oneindigheid. Ze hopen dat ik dat ook zal doen, dat ik zal verdwijnen als een gesmolten voetafdruk. Zelf zou ik dat ook het liefste willen. De enige persoon van wie ik ooit heb gehouden, de enige reden dat ik hier ben, ligt sinds gisteren in een met taxustakken bedekt graf in een rustig hoekje van het kerkhof.

Het is zo koud dat mijn tranen direct bevriezen; tranen waarvan ik niet weet waar ze vandaan komen. Na de stortvloed van Bijbelse proporties die ik de afgelopen dagen vergoten heb, dacht ik dat ik geen druppel meer overhad. Maar kennelijk gaan het leven, de rouw en de winter gewoon door. Met gevoelloze tenen leg ik sjokkend de weg af die me wegvoert bij Aurelia's graf en bij Hatville Court. Hoe onherbergzaam het ook was, het is het enige thuis dat ik ooit gekend heb.

De schemering valt in. Een scherpe maansikkel tekent zich als een scheermes af tegen de grauwe hemel en verderop zie ik Ladywell, het dichtstbijzijnde dorp, opdoemen. Ik ben al uren onderweg.

In het dorp hou ik stil. Ik weet dat het moet, ook al is mijn verlangen niet te stillen met eten, ale of een warm haardvuur. De kilte in mijn botten is niets vergeleken bij de vrieskou in mijn hart. Hoe aangenaam het gezelschap er misschien ook is, het zal het gemis van Aurelia nooit kunnen goedmaken. Het volgende dorp ligt echter tien kilometer verderop en de schaduwen worden alsmaar langer. Het zou dwaas zijn om verder te gaan, als jonge vrouw alleen ben ik een gemakkelijke prooi voor struikrovers. Hoewel ik er een hard hoofd in heb dat ik het leven ooit nog de moeite waard zal vinden, wil ik nog niet dood. Aurelia mag er dan niet meer zijn, ze is nog niet klaar met me. Ik zal haar wensen net zo trouw uitvoeren als toen ze nog bij me was.

Ik ga naar binnen bij de Rose and Crown. Van mijn tweede, geheime, erfenis van Aurelia zou ik me een respectabel hotel zoals het White Harte Royal kunnen permitteren. Maar het nieuws tussen Ladywell en Enderby verspreidt zich snel. Als men op Hatville Court zou horen dat Amy Snow een kamer had gehuurd in het Harte, zouden ze me morgen als een stel hellehonden achternakomen in hun rijtuig. Dan zouden ze weten dat ik meer geërfd heb dan ze nu denken.

De Rose and Crown is goed genoeg. De gesprekken in de gelagkamer zijn misschien niet erg geschikt voor een jongedame die een reputatie hoog te houden heeft, maar ik ben geen dame. Dat is me inmiddels wel duidelijk.

In de ontvangstruimte blijf ik aarzelend staan. Wat ben ik dan wel? Een respectabele jonge vrouw, of een straatschoffie? Bediende, zuster of vriendin? Mijn rol in het verhaal van Aurelia Vennaway is voor niemand zo verwarrend als voor mijzelf, vooral nu het de bedoeling is dat ik het verhaal afmaak.

'Kan ik u helpen, juffrouw?' Een waard met een zachte stem komt op me af, nerveus in zijn handen wrijvend alsof hij me alleen met zijn aanwezigheid al zou kunnen beledigen. Dat gevoel ken ik maar al te goed.

'Graag, meneer. Een kamer voor één nacht, alstublieft, en misschien iets eenvoudigs te eten en een drankje om mee op te warmen.'

'Maar natuurlijk, juffrouw. Bella!'

Door dat plotselinge gebulder duikt er een jonge dienstmeid in de ontvangstruimte op, als een prairiehaas uit zijn holletje.

'Bella, maak de haard aan in de Barley Room en neem de bagage van deze dame over,' draagt hij haar op, op zijn normale toon. 'Juffrouw, misschien wilt u het souper gebruiken in de gelagkamer? Vergeef me dat ik zo vrij ben, maar daar brandt de haard al en het zal een poosje duren voordat uw kamer is opgewarmd. Het is rustig in de gelagkamer, want door de kou blijven de meeste mensen liever thuis. Neem me niet kwalijk dat ik het zeg, maar zo te zien bent u tot op het bot verkleumd, juffrouw...'

'Snow.'

Op zijn gezicht zie ik een blik van herkenning.

Bella blijft staan, met haar magere arm bijna tot aan de vloer uitgerekt door het gewicht van mijn bagage. Met onverholen nieuwsgierigheid staart ze me aan, totdat de waard haar wegstuurt.

'Neem me niet kwalijk, juffrouw Snow. Als de gelagkamer naar wens is, zal ik u persoonlijk bedienen en ervoor zorgen dat u niet gestoord wordt. Tegen de tijd dat u gegeten hebt, zal uw kamer gereed zijn.'

Door zijn hartelijkheid krijg ik alweer tranen in mijn ogen, en het kost me de grootste moeite om ze te bedwingen.

Ik eet in de gelagkamer. Hoewel ik amper een hap door mijn keel krijg, voel ik me iets sterker worden door de warmte en de smaak. Na het eten trek ik me snel terug in een kleine, eenvoudige kamer waar het, zoals beloofd, aangenaam warm is. In verdwaasde toestand fris ik me even op.

Tijdens het lopen kwam ik op het idee om een dagboek bij te houden over mijn omzwervingen, om het gevoel te hebben dat mijn leven iets te betekenen heeft. Nu ik alleen in de stille kamer ben, drukt

Aurelia's afwezigheid zwaar op me, maar dit is niet het moment om daaraan toe te geven. Mijn zoektocht is nog maar net begonnen en ik moet me sterk houden.

Dus begin ik te schrijven. Wat moet ik anders?

2

Ik begin met een verhandeling over bedden. Ongetwijfeld een onbetamelijk onderwerp voor een jongedame, maar waarom eigenlijk? Een groot deel van het leven speelt zich af in bed: de geboorte, de dood, passies en dromen, alle essentiële momenten in ons kwetsbare bestaan.

In dit verhaal komen meerdere belangrijke bedden voor. Met name het ziekbed van mijn mevrouw, waarin ze het grootste deel van de afgelopen drie jaar heeft doorgebracht. En mijn eigen, voor zover bekend eerste bedje. Een sneeuwbank; een smetteloos wit matras dat mijn piepkleine hoofdje ondersteunde, mijn trappelende beentjes omvatte en mijn arme huid afkoelde totdat ik blauw zag tot op het bot. Mijn naam komt ervandaan, en het is een toepasselijk symbool voor mijn identiteit. Mijn positie in de maatschappij komt voort uit die kille witte leegte.

Ik had het nooit overleefd in dat zachte, glinsterende, prachtige bed – en dat was ook niet de bedoeling, laten we wel wezen – als er niet een koppig meisje was langsgekomen dat zelden deed wat haar werd opgedragen. Dat meisje was Aurelia Vennaway, het enige kind van Sir Charles en Lady Celestina Vennaway, de voornaamste familie van het graafschap.

Op achtjarige leeftijd was Aurelia de grootste schat van haar ouders, maar ook de nagel aan hun doodskist. Ze was niet onder de indruk van haar hoge positie en trok zich niets aan van het verschil in waarde tussen mensen. Daarentegen ben ik me er altijd van bewust geweest dat sommige kinderen oneindig kostbaarder zijn dan andere.

Op de dag dat Aurelia me vond, droeg ze een koperkleurige jurk en stevige bruine schoenen met koperkleurige knopen. Ze was in een hemelsblauwe mantel gehuld en had een crèmekleurige bontmuts op. Dat kan ik me natuurlijk allemaal niet meer herinneren, maar dat heeft ze me verteld. Als Aurelia me over mijn eerste levensjaren vertelde, liet ze geen detail achterwege, alsof ze daarmee wilde compenseren voor het feit dat niemand wist wie ik echt was.

Die dag had de saaiheid van de veel te warme, overvolle salon haar benauwd. Hoewel ze zich niet kon heugen dat er ooit eerder zo veel sneeuw was gevallen, scheen de zon en voelde ze zich buiten altijd het meest op haar gemak. Binnen de vier muren van welke kamer dan ook had ze niet de horizon waarnaar ze verlangde, een horizon die ze met haar ogen kon zien en met haar benen kon proberen te bereiken. Kokkie zei altijd dat ze net een wild dier was.

Ze rende naar het bos, waar de gaaien zo hard krasten dat het een wonder mocht heten dat ze mij hoorde. Maar dat deed ze, en hoewel ze al strompelend en glibberend door de sneeuw haar muts kwijtraakte, vond ze mij, mager en rusteloos onder de eindeloos blauwe hemel. Ik vraag me af, als ik me al bewust was van dat soort dingen, of Aurelia in haar hemelsblauwe mantel als een goddelijk wezen uit het niets voor me leek op te doemen.

In tegenstelling tot de baby's van nichten en kennissen die ze tot dan toe had gezien was ik niet mollig en had ik geen rood gezicht, maar was ik broodmager en blauw. Ook was ik niet gehuld in meters satijn en kant, ik was volkomen naakt. Maar volgens haar schreeuwde ik het uit, alsof ik de hele wereld aankon.

Dus wikkelde ze me in haar mantel en rende naar huis. Zonder acht te slaan op de etiquette en zonder haar schoenen uit te trekken stormde ze de salon in, waar haar moeder en tantes nog steeds zaten te praten en borduren. Er stegen kreten van ontzetting op vanwege de sneeuwsporen op het tapijt, terwijl Aurelia het bundeltje voorzichtig voor het haardvuur neerlegde en de stof openvouwde.

Ze begreep niet helemaal waarom Lady Vennaway toen ze mij zag 'Aurelia!' riep, alsof ze iets verschrikkelijks had gedaan. Ze zag niet in waarom het een schande was dat ze een levende ziel had geholpen, maar dat was het kennelijk wel. Ook snapte ze niet waarom haar tante Evangeline er zo'n probleem van maakte dat ze haar muts was verloren, alsof die muts meer waard was dan een baby.

Na verloop van tijd legden ze haar uit dat niet alle baby's evenveel waard zijn, dat hun waarde afhankelijk is van allerlei factoren, met name de omstandigheden omtrent hun geboorte en de familie waarvan ze deel uitmaken. Dat er in de wereld een complete hiërarchie bestaat onder baby's. Ik was volkomen waardeloos, een grote schandvlek. Ook al trof hen geen blaam, ik was gewoonweg niet welkom in of geschikt voor de hooggeplaatste familie Vennaway.

Enkele ogenblikken na mijn aankomst op Hatville Court werd ik al naar de keuken verbannen. Voor mij geen razend vuur in de haard van de salon, voor mij niet de zachtheid van het Indiase tapijt. Nee, ik moest het doen met de restwarmte van het fornuis en een emmer waar haastig de aardappelen uit waren gegooid. Maar Aurelia stond erop om met me mee te gaan en verzorgde me samen met Kokkie, tot ik weer roze kleurde en weer tot leven kwam.

Lady Vennaway was ontzet. Niet om de gruwel die mij was aangedaan, want ze wist maar al te goed dat de maatschappij buiten de gegoede families een poel des verderfs was. Maar dat het product van die verdorvenheid háár terrein, háár huishouden, was binnengedrongen, dat ging alle perken te buiten. Het enige wat zij en haar echtgenoot die dag wilden was van mij afkomen. Er waren weeshuizen, armenhuizen voor probleemgevallen zoals ik. Maar daar wilde hun teerbeminde Aurelia niets van weten.

Hatville Court was een soort hedendaags Azincourt, er woedde een veldslag die al vijfentwintig jaar zo nu en dan oplaaide. Het ene leger bestond uit Lord en Lady Vennaway: ze waren machtig, gerespecteerd en rijk en hadden altijd, zonder uitzondering, gelijk. De geschiedenis, de autoriteiten en het gewoonterecht stonden aan hun kant. Het leger van de tegenstander bestond uit Aurelia. Als kind, een dochter nog wel, had ze geen schijn van kans om te winnen, maar puur doordat ze dat niet onder ogen wilde zien, kwam ze een heel eind.

Meestal ging ze de strijd aan over onbeduidende zaken: welke japon ze aan moest, welke boeken ze mocht lezen, of ze wel of niet met haar moeder mee hoefde wanneer die 's ochtends haar visites aflegde. Soms won ze, meestal niet. Toen ze het voor mij opnam, was dat de eerste keer dat ze koste wat kost haar zin wilde doordrijven. Die keer won ze het door pure halsstarrigheid en gaf ze blijk van een ijzeren wil die verre van gepast was voor zo'n jongedame. Volgens mij gooide ze ook een driftbui in de strijd. Maar zelfs de meest briljante generaal kan er baat bij hebben als er hulptroepen worden ingezet, en ook Aurelia kreeg steun uit onverwachte hoek.

Ten eerste van de zusters van Lady Vennaway, die op bezoek waren. Hoewel ze allemaal geschokt waren door mijn komst, hadden er een paar medelijden met me en waren ze opgelucht omdat het lot mij bij een familie had gebracht die zo rijk was dat ik onmogelijk iemand tot last zou kunnen zijn. (Al zou het kunnen dat die liefdadige gevoelens iets te maken hadden met hun afgunst jegens Lady Vennaway, de meest trotse en mooiste van de zusters.)

Ten tweede van eerwaarde Chorley, die twee uur later op visite kwam. Als hij al aanstoot nam aan de groep snaterende vrouwen op wie hij bij binnenkomst stuitte, werd hij snel afgeleid door het nieuws dat hem te wachten stond. Aurelia, die zich sinds mijn aankomst koppig afzijdig had gehouden, kwam opeens weer tevoorschijn en vertelde hem over haar vondst. Haar bloemrijke beschrijving van de arme blauwe baby werd nog eens aangedikt door Gwendoline, de jongste en meest loslippige van de tantes. Ook de dominee was van mening dat God me bij de familie Vennaway had gebracht om mijn leven te sparen en om Lady Vennaway de kans te geven om haar christelijke plicht te vervullen en het hele dorp het goede voorbeeld te geven.

Voor de familie Vennaway ging hun reputatie boven alles. Mevrouw stond met haar rug tegen de muur. Generaal Aurelia overwon.

3

Bij het zwakker wordende licht van mijn lantaarn haal ik een envelop uit de zak van mijn zwarte jurk. Ik voel het gewicht ervan in mijn handen en denk terug aan het moment dat Aurelia's testament werd voorgelezen. Dat lijkt wel een heel leven geleden, maar in werkelijkheid was het pas gisteren.

De sombere uitvaart vond in de ochtend plaats, waarna we ons allemaal terugtrokken om ongestoord te kunnen rouwen. Om vier uur 's middags kwamen we bijeen in de studeerkamer: Lord en Lady Vennaway, Aurelia's nicht Maude, ik, Kokkie en meneer Clay, de onderwijzer op de dorpsschool. Kortom, de begunstigden. En natuurlijk Wilberforce Ditherington, de notaris.

De kamer paste goed bij deze trieste gelegenheid. In feite is het hele huis, hoewel prachtig, somber en streng. Nieuwe bezoekers van het landgoed kunnen zich verkijken op het uitgestrekte omringende terrein, dat er weelderig bij ligt. De rijkelijk begroeide weilanden en bossen, de grote gazons en boomgaarden, de ommuurde tuinen vol kruiden en rozen zijn al honderden jaren onveranderd gebleven. Maar al die pracht en weelde zijn schone schijn.

De voorgevel van het huis is indrukwekkend, dat zeker. Maar eenmaal binnen zal het de nieuwkomer moeite kosten om een huivering te onderdrukken. In twee van de vleugels van het landhuis is alles met stoflakens afgedekt, omdat drie Vennaways niet genoeg zijn om ze allemaal te bewonen. Het meubilair in de grote kamers is op zijn eigen manier prachtig, maar ook gedateerd en kaal. Op de tafels staat eten en de stoelen bieden een plek om te zitten, maar aan enige creativiteit ontbreekt het. Op Hatville Court bekommert niemand zich om comfort of aankleding.

Sinds Aurelia's dood voelt het alsof het licht in mijzelf gedoofd is. Daarom was de Amy Snow die gisteren in de hoek van de halfdonkere studeerkamer stond, als de meest gehate persoon van alle aanwezigen, niet langer gevoelig voor de scherpe blikken die op haar werden gericht. Meneer Ditherington las voor hoe Aurelia haar fortuin wenste te verdelen, maar de woorden werden als zandkorrels langs me heen geblazen. Hij vertelde dat er bedragen waren gereserveerd voor de keur aan goede doelen die Aurelia had gesteund: het genootschap ten behoeve van onderwijs voor de lagere klassen, de anticholerabeweging, het verbond ter bevordering van een goed onderkomen voor de armen, enzovoort. Aurelia's ouders staarden ongeïnteresseerd uit het raam, zoals altijd licht verontwaardigd over de doelen waarvoor hun dochter zich had ingezet. Daarna begon meneer Ditherington aan de persoonlijke legaten en spitsten de Vennaways hun oren weer.

Meneer Clay begon te beven toen hij hoorde welk bedrag Aurelia had nagelaten aan zijn schooltje. Daarvan zou hij naast de nodige reparaties en materialen ook de uitbreiding waarvan hij al zo lang droomde kunnen bekostigen.

Haar nicht Maude was verrukt over het feit dat ze alle weelderige jurken, hoedjes en mantels zou erven. Zelfs toen Aurelia bedlegerig was, was ze haar passie voor de laatste mode niet kwijtgeraakt en had ze regelmatig japonnen laten vervaardigen in Londen. Ze was altijd ijdel geweest, en terecht.

Kokkie moest huilen toen ze hoorde dat Aurelia haar meerdere juwelen had nagelaten, waaronder haar hartvormige medaillon van goud, dat was ingelegd met robijnen. Lord en Lady Vennaway keken beledigd, maar van Kokkie hadden ze verder niets te duchten. Ze was al lang bij de familie in dienst, en het was onvermijdelijk dat Aurelia genegenheid voor haar was gaan koesteren. Bovendien was het typerend voor Aurelia om veel vrijgeviger te zijn dan gepast was.

Nee, ik vormde het grote gevaar, want ik had een hechtere band met haar gehad dan wie dan ook. Ondanks mijn schandelijke afkomst en hun hardnekkige bewering dat ik een minderwaardige, makkelijk vervangbare dienstmeid was, had Aurelia me met alle geweld willen bevorderen tot kamenierster en vervolgens tot gezelschapsdame en in haar laatste maanden tot haar persoonlijke verpleegster. Haar ouders hadden geprobeerd me het huis uit te werken, op allerlei manieren met verschillende gradaties van wreedheid. Maar Aurelia liet zich niet van me scheiden, en ik kan heel wat verduren.

Toen mijn naam werd voorgelezen, verstijfde iedereen. Aurelia's ouders zetten zich schrap voor de ongehoord buitensporige gift die mij waarschijnlijk ten deel zou vallen. Het bleek echter heel onschuldig:

Aan Amy Snow, mijn goede vriendin en trouwe metgezel tijdens mijn langdurige ziekbed, laat ik tien pond na, een bedrag waarvan ik weet dat ze er verstandig mee zal omgaan om een nieuw leven te beginnen op een plaats van haar keuze; mijn gouden ring met granaatsteen, waarvan ik hoop dat ze hem ter nagedachtenis aan mij zal dragen; en mijn laatste schetsboek waarin ik mijn indrukken van de afgelopen herfst heb vastgelegd. Deze tijd werd opgefleurd door haar vriendschap, die brandde als een haardvuur dat de kou van mijn naderende vertrek op afstand hield.

Ik was me ervan bewust dat de overige aanwezigen een zucht van opluchting slaakten omdat ze zo kort na de dood van Aurelia geen scène hoefden te veroorzaken. De ring die ze me had nagelaten was minder waard dan het medaillon van Kokkie – er kleefde vooral sentimentele waarde aan. Door het geld hoefden ze zich in elk geval niet af te vragen wat ze met me aan moesten; ik wist dat ze het bedrag met geen penny zouden verhogen. Hoewel het schetsboek iets heel persoonlijks was, betekende het meer voor mij dan voor hen. Ze konden het daarom wel verdragen dat dat gedeelte van de erfenis mij werd toebedeeld. Ach, wat kende Aurelia ons allemaal toch goed.

Tien pond. Dat bedrag telde meneer Ditherington die middag zorgvuldig uit, waarna hij het in mijn hand drukte. Een ring en een schetsboek. Die aandenkens schoof ik om mijn vinger en stopte ik in mijn valies, in de wetenschap dat ik Hatville Court de volgende dag voorgoed zou verlaten. Ik zou al zijn weggestuurd zodra Aurelia het leven liet, ware het niet dat iedereen in de omgeving wist hoeveel ik voor haar had betekend. Als ik niet op de begrafenis was verschenen, waren daar roddels van gekomen, en dat duldde de familie Vennaway niet. Daarna moest ik natuurlijk nog aanwezig zijn bij het voorlezen van het testament, en het zou niet kies zijn om me zo laat nog de deur te wijzen. Door die samenloop van omstandigheden werd wat er de volgende ochtend gebeurde mogelijk. Vanochtend. Vandaag!

Ik sliep onrustig, verscheurd door eenzaamheid en angstig voor een toekomst waarvan ik me geen voorstelling kon maken. Toch vertrouwde ik Aurelia: als zij zei dat ik met tien pond een nieuw leven kon opbouwen, zou ik dat doen. Die mengeling van angst en vertrouwen hielp me de nacht door, tot ik bij het eerste ochtendgloren moeizaam opstond en naar het raam liep, in de hoop dat het uitzicht me inspiratie zou bieden.

Dat gebeurde ook, maar niet op de manier die ik verwacht had.

Ik zag meneer Clay door de moestuin ijsberen.

Ik kon mijn ogen niet geloven. De vorige dag was hij na het voorlezen van het testament natuurlijk naar huis gegaan. Waarom was hij nu alweer terug, en nog wel tussen de groenten? Wat had een eenvoudige onderwijzer als hij bij de familie Vennaway te zoeken?

Op dat moment keek hij op, zag mij en stak zijn hand op, met zijn mond open in een 'Ah!', al kon ik dat natuurlijk niet horen. Hij begon allerlei gebaren te maken waarmee hij me uitnodigde om naar beneden te komen en me aanspoorde om niemand iets te laten merken, en dat allemaal op een keurige manier. Ik had geen idee dat gebarentaal zo bloemrijk kon zijn. Snel kleedde ik me aan en bond ik mijn haar in een knot, waarna ik door de stille gangen naar de ommuurde moestuin rende.

'Kunnen we ergens ongestoord praten? Uit de buurt van het huis?' vroeg hij direct, op zachte, dringende toon. Wat hij ook kwam doen, het was duidelijk te belangrijk om tijd te verdoen aan plichtplegingen.

Daarom ging ik hem voor door een poort, over een smal weggetje naar een groepje bomen. Door de takken en de januarimist zou niemand ons daar kunnen zien. De wind fluisterde geheimen, in een eigen, onbegrijpelijke taal. De bomen hulden zich in raadselachtig stilzwijgen, kaal en zwart als de waarheid omtrent Aurelia's dood.

Hij keek om zich heen en toen hij zich ervan overtuigd had dat deze plek geschikt was, zette hij zijn hoed af. 'Neem me niet kwalijk dat ik u in zo'n moeilijke periode stoor, juffrouw Snow. Maar ik heb opdracht gekregen om naar u toe te komen.'

'Opdracht van wie, meneer Clay?'

Hij leek verbijsterd over zijn eigen woorden. 'Van juffrouw Vennaway.'

Mijn hart sloeg een slag over. Hoe was dit mogelijk?

Uit de binnenzak van zijn jas haalde hij aarzelend een pakje tevoorschijn. 'Gisteravond voelde ik me bij thuiskomst... opgebeurd door de gulle giften die ze me had nagelaten. Ik ging naar mijn studeerkamer om juffrouw Page een lange brief te schrijven over de edelmoedigheid en visie van juffrouw Vennaway. Juffrouw Page is mijn verloofde, zoals u misschien weet.'

'Dat weet ik, meneer Clay.'

'Welnu, daarna heb ik een paar koteletjes gegeten.'

'Koteletjes, meneer Clay?'

'Ja, koteletjes. Langzaam gegaard met kruiden en uien, verrukkelijk. Ik krijg er altijd trek van als me iets moois overkomt. Enfin, daarom duurde het een poos voordat ik terugging naar mijn studeerkamer om het pakje dat meneer Ditherington me had gegeven open te maken. Zoals u zich misschien zult herinneren was het vrij groot, en ik verwachtte dat het veel juridische documenten zou bevatten.'

Ik kon me het pakje niet herinneren, daarvoor was ik tijdens het voorlezen van het testament te zeer afgeleid geweest. Maar als er een laatste boodschap van haar in stond, had ik er alles voor over om die te horen.

'In werkelijkheid zat er maar weinig voor mij in. Een bankcheque voor het genoemde bedrag, en een brief waarin ze me het beste wenste voor de toekomst van de school en mijn aanstaande huwelijk. In de brief stond ook een verzoek. En... dan was dit er nog.' Eindelijk overhandigde hij mij het pakje.

Amy snow, stond op de buitenkant geschreven in Aurelia's vertrouwde handschrift, geschreven met haar favoriete paarsblauwe inkt. Ik kon mijn ogen bijna niet geloven.

Toen ik opkeek, keek meneer Clay me ernstig aan. 'In de brief vroeg ze me om dit persoonlijk bij u af te leveren voordat u zou vertrekken van Hatville Court en om verder tegen niemand te zeggen dat ik dat had gedaan. Ik kon haar niet teleurstellen.'

'Ze heeft overal aan gedacht,' zei ik zacht.

'U betekende alles voor haar. Het allerbeste, juffrouw Snow. Hopelijk weet u dat u mij tot uw vrienden kunt rekenen, waar u ook heen gaat.'

Nadat hij een buiging had gemaakt en ik een reverence, namen we afscheid van elkaar. Hij wenste me Gods zegen en ik complimenteerde hem met zijn inzet voor de school, sterk vermoedend dat ik de beste man nooit meer zou zien.

Ik wilde geen tijd verspillen. Ik was toch al aangekleed en mijn spullen waren zo goed als ingepakt. Als ik kon vertrekken zonder de familie Vennaway tegen te komen, zou dat ons allemaal een laatste ongemak besparen. Eerst wilde ik echter meer duidelijkheid. Haastig maakte ik het pakje open en haalde er een envelop uit. Daarin zat een stapeltje bankbiljetten die ik niet telde en een brief, die ik meteen las. Ik durfde niet te wachten tot ik weer binnen was; zelfs in mijn kamer was privacy niet vanzelfsprekend. Dus bleef ik tussen de bomen staan, in het zwakke licht, lezend, huiverend en vol ongeloof over de woorden in de brief.

Daarna repte ik me weer naar binnen. Ik pakte mijn valies verder in, gespte hem dicht en borstelde mijn donkere weerbarstige haar om mezelf voor te bereiden op de reis.

Mijn hart zat zowat in mijn keel toen de deur plotseling openvloog. Toen ik me omdraaide, zag ik Lord Vennaway op me afkomen, met een grauw gezicht en met een trillende besnorde bovenlip.

'Jij!' kraste hij. Hij haalde zijn hand door zijn haar, stopte hem in zijn zak, trok hem tot een vuist gebald terug en duwde hem weer in zijn zak. 'Jij zou hier helemaal niet moeten zijn, je had hier nooit moeten komen. Wie denk je wel niet dat je bent? Om misbruik te maken van de goedheid en de onschuld van mijn meisje. Om net zo lang te konkelen tot ze om je ging geven. Om hier te blijven, waar je niet welkom bent. Oplichtster! Zwerfster! Bastaard! Jíj had dood moeten gaan, niet zij. Ze was het kostbaarste wat we hadden, maar ze werd platgetrapt als een roos. Jij fluisterde haar giftige dingen in. Je was geen geschikt gezelschap voor haar. Als jij haar met rust had gelaten, had ze misschien nog wel geleefd, maar dat verrekte je. Je verrekte het!'

Zo had ik hem nog nooit tekeer horen gaan. Sterker nog, ik hoorde hem maar zelden praten. We gingen elkaar altijd zo veel mogelijk uit de weg. Zijn vrouw was een grotere kwelgeest. Van haar had ik al talloze malen moeten aanhoren dat het verkeerde kind gezond was gebleven, dat Aurelia een groots bestaan had moeten leiden, dat ik had moeten sterven in de sneeuw. Vergeleken bij haar was Lord Vennaway slechts een afkeurende aanwezigheid, als een regenwolk boven een picknick. Dat de man nu naar mijn kamer was gekomen, boos, gebroken en buiten zinnen, was diep verontrustend. Ik deinsde voor hem terug.

'Wat heb je daar?' Hij werkte zich langs me heen en pakte mijn valies.

Verschrikt hapte ik naar lucht. Het pakje! Dat mocht ik niet kwijtraken voordat ik de inhoud had kunnen inspecteren. Ik mocht Aurelia niet nu al teleurstellen.

De envelop had ik tenminste veilig in mijn rok opgeborgen. Instinctief liet ik mijn hand ernaartoe gaan, en ik voelde het papier knisperen.

Lord Vennaway staarde me aan, en één afschuwelijk moment dacht ik dat hij mijn hand zou pakken en de brief en het geld zou vinden. In plaats daarvan begon hij tot mijn intense vernedering mijn valies te doorzoeken. Kleding, boeken, ondergoed (van schaamte kneep ik mijn ogen dicht) en oude brieven vlogen door de lucht en kwamen op het bed en de vloer neer, terwijl hij zijn zoektocht verbeten kreunend voortzette. Het duurde niet lang voordat hij het pakje vond. 'Wat is dit?' wilde hij weten toen hij Aurelia's handschrift op het pakpapier herkende.

Ik moest wel iets zeggen. 'Een verjaardagscadeau. Van Aurelia.'

'Een verjáárdagscadeau? Jij hebt geen verjaardag. Jouw geboorte is het niet waard om bij stil te staan.' Zijn ogen boorden zich in de mijne.

Ik liet me niet van mijn stuk brengen. Ik had wel erger gehoord. 'We deden altijd alsof ik een verjaardag had. In januari. Op de datum dat ik gevonden ben. Dat was een paar dagen voordat ze... voordat ze...' De tranen sprongen me in de ogen. Het woord 'doodging' kreeg ik niet over mijn lippen. 'Ik heb het bewaard,' ploeterde ik verder, 'zodat ik nog iets van haar zou hebben nadat... nadat...'

Tot mijn ontsteltenis zag ik dat hij het pakje omdraaide, alsof hij het wilde openmaken.

'Nee!' Ik kon me niet inhouden en probeerde het van hem af te pakken.

Hij gaf me een harde duw, en ik moest hulpeloos toezien hoe hij het papier openscheurde. Er viel een soort doorschijnende groene stof uit, zacht en vrouwelijk. Misschien was er iets op geborduurd, dat kon ik van schrik niet zien.

Hij gooide het stuk stof aan de kant. Het pakpapier kwam op mijn bed neer, de groene stof gleed op de grond. 'Eruit!' beet hij me toe. 'Verdwijn uit mijn huis en kom nooit meer terug. We hebben jouw wanstaltige aanwezigheid veel te lang getolereerd. Nu Aurelia er niet meer is, is alle genegenheid die hier voor jou heerste net zo dood als zij. Als je ooit nog een voet op dit landgoed zet, bellen we de politie en zorgen we ervoor dat je voorgoed wordt afgevoerd.'

Bibberend zocht ik mijn bezittingen bij elkaar. Deze keer pakte ik ze niet zorgvuldig in, ik propte ze zo snel mogelijk in mijn valies. De groene stof en de gescheurde verpakking stopte ik onderin, met de rest erbovenop. Onder zijn waakzame blik liet ik steeds dingen uit mijn handen vallen. Mijn enige doel was om te ontsnappen zonder dat Aurelia's erfenis werd ontdekt. Ik pakte alles zo onzorgvuldig in dat de koffer amper dichtging; mijn oude grijze jurk stak er een stukje boven uit.

Er volgde geen afscheid. Zelfs Kokkie kwam me niet uitzwaaien, waarschijnlijk omdat dat haar verboden was. De deur werd achter me dichtgeslagen en ik begaf me op die lange, rechte weg, terwijl mijn haar nog steeds knetterde van het borstelen. Maar het geld en de brief waren onopgemerkt gebleven en het pakje was nog steeds in mijn bezit. De rest deed er niet toe.

4

De Barley Room in de herberg is ongeveer een kwart zo groot als mijn kamer op Hatville Court en er staan twee keer zo veel meubels in. Het ruikt er naar boenwas en roet. Hoewel de kamer onbekend is en me een eenzaam gevoel geeft, heeft hij wel als voordeel dat ik er privacy heb. Nu kan ik Aurelia's geschenk tenminste uitvoerig bekijken.

De groene stof blijkt zijde te zijn, waar piepkleine vergeet-me-nietjes op zijn geborduurd. Het is een lichte stola, zoals de dames die in de zomer tijdens bals dragen om hun roomblanke schouders te bedekken. Als ik mijn neus in de glanzende plooien druk, stel ik me voor dat ik jasmijn en maanlicht ruik. Het is niet het seizoen voor zoiets moois, en ik ben zeker geen meisje dat zoiets draagt.

Ik tel het geld en kom tot de ontdekking dat het honderd pond is. Verbaasd blijf ik er even naar staren en dan verstop ik het, bij gebrek aan een betere plek, in mijn toilettas. Het is nog niet veilig om dit geld op zak te hebben.

Dan lees ik de brief nog een keer, uren nadat ik hem voor het eerst las in het grauwe schijnsel van de vroege ochtend. Nu wordt de bladzijde door de lantaarn in een gouden gloed gehuld.

Mijn lieve schat Amy,

Als je deze brief leest, heeft meneer Clay mijn verzoek ingewilligd, zoals ik verwacht, en heb ik deze aarde verlaten, zoals ik wel moet. Lieverd, ik weet dat je nu veel verdriet zult hebben. Wat hebben we een geluk gehad met onze tijd samen, vind je niet? Ik ken niet veel mensen die ooit zo'n diepe genegenheid en dierbare vriendschap hebben ervaren als wij hadden. Ik mag dan als enig kind geboren zijn, desalniettemin heb ik een zuster gevonden.

Dat terzijde, want je weet heel goed wat ik voor je voel en ik moet je iets vertellen. Hoe hecht onze band ook was en nog steeds is, er zijn dingen die ik voor je geheim heb gehouden. Niet omdat ik je niet vertrouwde, hopelijk weet je dat. Je zult het wel begrijpen wanneer je erachter komt, zoals altijd mijn bedoeling is geweest. Het zijn echter geen geheimen die ik simpelweg in een brief kan schrijven; althans, niet in deze brief. Ik zou met heel mijn hart wensen dat ik het je persoonlijk kon vertellen, met onze hoofden bij elkaar in de gloed van het haardvuur, zoals we zo vaak hebben gezeten. Bereid je maar voor, lieve Amy, want er is veel wat je nog niet weet.

Kun je je nog herinneren dat ik, toen je nog klein was, graag speurtochten voor je organiseerde? Nadat je naar bed was gegaan broedde ik op aanwijzingen en geheime locaties en sloop ik weg om de aanwijzingen neer te leggen. Ik genoot met volle teugen wanneer je rondrende, op zoek naar de schat! (Meestal niet meer dan een oude pop of een kanten zakdoekje, maar we weten allebei hoe dat kwam, nietwaar? En één keer waren het ambachtelijke chocolaatjes die ik voor je had meegenomen uit Londen, want dat geschenk kon je tenminste opeten voordat ze het je afpakten. Oké, goed dan, we hebben het samen opgegeten.)

Je zult je wel afvragen wat die herinneringen aan vroeger te maken hebben met het hier en nu. Dat zal ik je vertellen: dit is het begin van mijn laatste speurtocht voor jou. Beschouw mijn brieven (want er zullen er nog meer volgen) maar als aanwijzingen die je telkens naar de volgende zullen leiden. Ik heb het zo georganiseerd dat mijn verhaal zich steeds een stukje verder zal ontvouwen en dat elke brief je verder bij Hatville Court vandaan zal voeren, verder bij de schandelijke manier waarop je daar behandeld wordt:

veiliger, sterker en vrijer. Tegen de vierde of de vijfde brief zal het spoor voor niemand anders meer te volgen zijn. Niemand kent je zo goed als ik, lieverd.

Vergeef me dat je hier geen antwoorden vindt. Vergeef me alsjeblieft ook als de toon van deze brief volkomen ongepast is. Misschien zijn dit niet de perfecte woorden om iemand toe te spreken vanuit het graf. Maar terwijl ik dit schrijf, ben ik er nog, achter mijn schrijftafel in de kamer die je zo goed kent. Ik heb je nog maar vijf minuten geleden goedenacht gewenst en zal morgenochtend je lieve glimlach weer zien. We zijn van plan om na het ontbijt in de rozentuin te gaan zitten. Het is moeilijk om te schrijven als een dode, nu het leven nog zo aangenaam is.

Toch is mijn dood aanstaande. Als het zover is, heb jij geen vrienden meer, want we weten allebei hoe jammerlijk – nee, wreed – mijn ouders zich ten opzichte van jou gedragen. Onze vriendschap is me dierbaar en ik hoop dat je er nooit spijt van zult krijgen, maar diezelfde vriendschap heeft ook een gevangene van je gemaakt, je aan dit huis gekluisterd en afhankelijk gemaakt van mij. Nu kun je uitvliegen, vogeltje! Ik zal je daarbij helpen, zoals je mij ook geholpen hebt, meer dan je ooit zult weten.

Welnu. Je bent in de rouw, je bent alleen. Onbemiddeld ben je echter niet. Ik sluit een geldbedrag voor je bij. Er volgt nog meer, maar dit is voorlopig voldoende. Tien pond! Alsof ik je ooit zo'n verwaarloosbaar bedrag zou nalaten! Het maakt me woedend dat ze dat geloven, maar het komt me tegelijkertijd goed van pas. De groene stola is een geschenk. Hij zal je goed staan, Amy, al betwijfel ik of je me zult geloven.

Je eerste aanwijzing in dit brievenspoor? Reis af naar Londen, lieverd. Dat is je eerste bestemming. Je hebt geld, je kunt de reis in alle comfort afleggen, geniet ervan als je kunt. Verwonder je over een deel van ons koninkrijk dat zo anders is dan Enderby! Als je daar bent, ga dan op zoek naar een boekwinkel die Entwhistle's heet. Ga naar de afdeling Natuurlijke Historie. (Een dame die in de werken van de heer Beckwith neust… wat een schande! Pas maar op dat dat tere hoofdje van je niet uit elkaar barst, schat!) Richt je gedachten op het boek waarover we uitgebreid hebben gesproken op die zomeravond nadat meneer Howden bij ons was komen dineren. Hou rekening met de variabelen, dan zul je een brief van mij aan jou vinden. Hoe ik dat bewerkstelligd heb? O, ik kan toveren, vogeltje van me.

Tot slot, lieve Amy, wees sterk. Ik verwacht niet dat je van de ene op de andere dag over het verlies van mij heen zult zijn, dat je me zult vergeten of zult vervangen (van mij is er immers maar één, nietwaar?). Wel verwacht ik dat je gaat leven. Dat je een goed leven gaat leiden. Het leven dat je tot nu toe hebt gekend, onze vriendschap uitgezonderd, is namelijk niet het leven zoals het zou kunnen en moeten zijn.

Volg mijn aanwijzingen, dat smeek ik je. Niet alleen omdat die je verder zullen brengen dan je je kunt voorstellen, maar ook omdat ik onafgedane zaken heb die alleen jij nu nog kunt voltooien. Onze spelletjes en avonturen zijn nog niet ten einde. Ha! Er is veel meer nodig dan de dood om mij het zwijgen op te leggen!

Alle goeds,
AV

5

Aurelia was altijd al onstuitbaar. Zelfs toen de ijzeren vuist van haar diagnose neerkwam en de hoop van Hatville Court vermorzelde, lachte ze. Ze láchte! Terwijl ook mijn leven voorgoed veranderde.

Tot die tijd had ik een merkwaardig onsamenhangend bestaan geleid, wat niet erg verrassend is gezien de manier waarop mijn leven begon. De sneeuwbank maakte plaats voor de aardappelemmer, de aardappelemmer maakte plaats voor een wiegje, toen Lady Vennaway bezweek voor het alziende oog van de society en verordonneerde dat ik mocht blijven. Op voorwaarde dat ze me nooit hoefde te zien, dat ze niet werd lastiggevallen met kwesties omtrent mijn opvoeding en dat ik dienstbode zou worden zodra ik oud genoeg was om me nuttig te maken.

Het wiegje was afkomstig van Marcus, de beheerder van het landgoed. Zijn vrouw had kort na elkaar zeven kinderen gebaard en had hem vervolgens duidelijk gemaakt dat als hij ooit nog toenadering durfde te zoeken op amoureus vlak, hij een ledemaat zou kwijtraken en een andere betrekking zou moeten zoeken. Het wiegje werd in de hoek van de keuken neergezet, waar ik mijn eerste jaar doorbracht.

De zorg voor mij kwam grotendeels op Kokkie neer. Ze was ruimhartig, vakbekwaam en bijna altijd aanwezig. Maar ze had het ook druk en als het nodig was, droeg ze de verantwoordelijkheid over aan een van de dienstmeisjes (een gezelschap dat alsmaar van samenstelling wisselde, aangezien het een gruwel was om voor Lady Vennaway te werken) of aan Robin, de hoveniersassistent. Hoewel hij pas acht was, had hij ruimschoots opvoedervaring door zijn jongere zusjes. Hij was een lieve jongen met een verantwoordelijkheidsgevoel dat zijn leeftijd oversteeg, het soort mens dat je het gevoel gaf dat alles goed zou komen.

Tijdens mijn eerste maanden werd ik gevoed door een zoogster die Lucy heette en kwam het verschonen van mijn luiers wanneer Kokkie tot aan haar ellebogen in het deeg zat neer op wie er op dat moment ook in de keuken was. Dat maakte het erg riskant om de keuken binnen te wippen voor een versnapering.

Zoals baby's dat doen, groeide ik uit tot een mensje dat te groot was om in een keuken te kunnen onderbrengen. Toen ik begon te kruipen, was dat levensgevaarlijk in die wereld vol hakmessen, vlammen, glazen potten en flessen. Zodoende breidde mijn kring van verzorgers zich verder uit op het landgoed.

Als de grond nat was, zette Robin me in een kruiwagen en nam hij me mee wanneer hij de lavendel verzorgde, appels raapte en muurtjes repareerde.

Kokkie deed ook een beroep op Benjamin, de laagste in rang van alle stalknechten. Omdat hij te onbeduidend was om de beroemde paarden van Lord Vennaway van lichaamsbeweging te mogen voorzien, deed hij alleen klusjes in de stal: mest ruimen, leer poetsen, hooinetten repareren enzovoort. Zodoende kon ik de hele dag op één plek blijven, onder een waakzame blik, en dat allemaal buiten het zicht van Lady Vennaway, wat het belangrijkste criterium was bij het regelen van een oppas voor mij. Naar verluidt kon ik urenlang tevreden spelen in een berg hooi.

Zelfs Jesketh, de deftige butler met zijn zilvergrijze haren, werd zo nu en dan voor Kokkies karretje gespannen. Als hij protesteerde, dreigde ze dat hij voortaan geen kersentaartjes meer zou krijgen. Op die manier werd ik in leven gehouden.

Verder was Aurelia er natuurlijk nog. Zij heeft me mijn naam gegeven: Snow, om redenen die ik niet hoef uit te leggen, en Amy, naar haar lievelingspop. Dat was een enorm compliment, want de oorspronkelijke Amy kwam uit Parijs en droeg een nachtblauwe satijnen japon. Ze had blauwe ogen, zwart haar en was het mooiste wat Aurelia ooit had gezien. Het viel niet mee om een waardige opvolger te zijn, en ik denk dat geen enkel levend kind aan zo'n hoge standaard zou kunnen voldoen.

Mijn eerste echte herinnering is er een aan Aurelia. Ik zal een jaar of twee zijn geweest, dus dan was zij tien. Ik was in de stallen aan het wroeten toen ze in een wervelwind van rokken binnenkwam om op haar pony te rijden. De kleur of de naam van de pony kan ik me niet herinneren (al is me verteld dat ze Lucky heette en grijs gespikkeld was) en ik kan zelfs niet meer voor me zien welke kleur Aurelia's rijkleding had (diepgroen met een scharlakenrood biesje, aldus de overlevering). Ik herinner me vooral haar zwierige entree, het gestamp van haar laarzen met knoopjes op de vloer van straatklinkers, de opstuivende plukjes stro en de zwiepende beweging waarmee ze het zadel besteeg. En vervolgens dat Lucky zich omdraaide en ze het licht tegemoetreed.

Ik groeide uit van een sjofele blauwe baby tot een sjofel, bleek kind. Ik was klein voor mijn leeftijd en zag er merkwaardig uit, zo werd me verteld, met mijn dikke bos roetzwart haar en geelbruine ogen die te groot waren voor mijn smalle gezicht. Toen ik eenmaal, zoals Lady Vennaway het noemde, 'oud genoeg was om me nuttig te maken', werd ik meteen door iederéén ingezet om me nuttig te maken.

Robin leerde me het onderscheid tussen onkruid en planten en zodra ik kon staan, leerde ik een roskam vast te houden en de paarden te verzorgen. Kokkie leerde me appels, aardappels en andere voeding te controleren op rotte plekken.

Mijn wereld bestond hoofdzakelijk uit benen en poten: de poten van de keukentafel (en het landschap van kruimels en uien daartussen); in bruine broeken gehulde benen die hard aan het werk waren; keurige, in zwarte broeken gestoken benen die de wacht hielden over het domein van de familie Vennaway; paardenbenen, benen die ladders beklommen en benen die schuilgingen achter rokken in een constante wervelwind van activiteit.

Al bewaar ik slechts vage herinneringen aan deze periode, over het algemeen zijn ze wel aangenaam. Ik herinner me dingen in verschuivende blokken van geuren, kleuren en geluiden. De keuken herinner ik me als uien en stroop, gekletter en geschreeuw, zwarte oven en rood vuur. De tuinen herinner ik me als aarde en appels, het zachte, ritmische geschraap van een spade in de aarde, regenbogen en regendruppels. De stallen herinner ik me als hooi en paarden, gehinnik en wind, goud en bruin, stof en glans.

Al zolang ik me kan herinneren kwam Aurelia bijna dagelijks langs om met me te spelen of te wandelen. Hoewel ik altijd al veel tijd in de tuinen doorbracht, leken die heel anders wanneer zij mijn smoezelige handje in haar in een elegante handschoen gestoken hand nam en haar lievelingsbloemen en -vogels aanwees. Ze wist net zo veel van de planten en dieren als Robin, maar het was een ander soort kennis. Zij kende de Latijnse benamingen en wist waar de soorten oorspronkelijk vandaan kwamen, terwijl Robin wist wat ze prettig vonden en hoe hij kon zorgen dat ze goed gedijden.

Ik aanbad haar. Ze was beeldschoon, vriendelijk en levendig en behandelde mij als haar persoonlijke lievelingetje.

Het fijnst vond ik het wanneer ze me voorlas voor het slapengaan. Tegen die tijd stond mijn bed in de bijkeuken. Daar sliep verder niemand; de bedienden sliepen op de zolderkamers. Iedereen vond mij nog te klein om al die trappen op te lopen en door de lange werkdagen was ik elke nacht maar een paar uur alleen. Soms glipte Aurelia rond bedtijd naar beneden, trok een stoel bij mijn bed en boog zich naar me toe. Dan legde ik mijn hoofd op haar arm en luisterde naar haar stem: melodieus, vrolijk en op de een of andere manier anders dan alle andere stemmen die ik kende. Of het buiten nou stortregende of de lucht lila kleurde en de vogels zongen na een mooie zomerdag, die momenten voelden magisch en gezegend.

6

Tijdens mijn eerste nacht buiten Hatville Court, in het smalle bed in de Rose and Crown, slaap ik slecht. Dat verbaast me niets. Sinds Aurelia is overleden, lijkt mijn hart wel een wild dier. Het slaapt met één oog open, met een nieuw gevoel van argwaan waarvan ik denk dat het nooit meer zal overgaan. Ik word vroeg wakker.

Een reeks inzichten dringt zich aan me op alsof het gasten op een bal zijn, zo snel en zwierig dat ze me de adem benemen. Ze worden vergezeld door emoties. Geen Aurelia meer – een besef dat aanvoelt als een strak, oncomfortabel korset. Geen Hatville Court meer – een besef dat tegelijkertijd angst en opluchting bij me oproept. Vandaag moet ik naar Londen! Mijn hart maakt een sprongetje van schrik. En de brief. Nee, méérdere brieven. Die gedachte vervult me met wilde hoop en vreugde. Er komt nog meer van Aurelia, om me vooruit te helpen in deze sombere tijd.

Ik was me en kleed me aan. Trek heb ik niet, maar voor het eerst in dagen wil ik goed voor mezelf zorgen, dus ga ik eten. Ik heb heel wat te regelen, voor Aurelia. Wat was ze toch slim! Ze wist dat als iets me zover kon krijgen om door te gaan, het mijn toewijding aan haar was. Al was ze al duizend jaar dood, dan nog zou ik haar een plezier willen doen.

Ik lees haar brief nog een keer, voordat ik hem weer diep wegstop in de zak van mijn rok. Voortaan zal ik hem altijd bij me dragen.

Tot mijn opluchting tref ik de waard in de ontvangsthal aan. Zelfs zonder de stortvloed van emoties waar je elk moment in dreigt te verdrinken, zou ik het nog moeilijk vinden om naar hem op zoek te gaan. Ik heb een teruggetrokken karakter, veronderstel ik. Mijn leven heeft altijd om Hatville Court gedraaid; ik ging er zelden weg. Aurelia had gelijk: het was een gevangenis. Alleen heb ik het nooit zo gezien, niet toen zij er nog was. We leken wel twee vogels die elkaar gezelschap hielden in een gouden kooi.

Nu dwingt ze me om meer van de wereld te zien, maar op dit moment ben ik haar daar niet dankbaar voor. Ook buiten het landgoed verwacht ik geen hartelijk welkom. Ik heb altijd het gevoel dat ik anderen tot last ben, maar ik weet ook dat ik om Aurelia's wens te vervullen op andere mensen zal moeten vertrouwen voor hulp en informatie. Godzijdank ben ik in financieel opzicht onafhankelijk. Toch ben ik buitengewoon dankbaar als meneer Carlton vraagt of hij me ergens mee van dienst kan zijn.

'Dank u, meneer Carlton, dat is erg vriendelijk van u. Hebt u misschien enig idee hoe laat de treinen vandaag vertrekken? Ik ben van plan om naar het station te lopen en dan... Ik vroeg me af...' De woorden laten me in de steek. Ik ben nog nooit op reis geweest. Ik weet amper welke vragen ik moet stellen. En ik wil niet eerder dan noodzakelijk weg uit deze sjofele herberg, die mijn laatste verbinding vormt met het leven dat ik altijd heb gekend.

'Zeker, juffrouw Snow. Loopt u maar even mee naar mijn kantoortje, dan kunnen we alles opzoeken wat u moet weten.' Bij de deur blijft hij staan om me glunderend aan te kijken. 'Wees niet bang, juffrouw Snow, meneer Bradshaw weet hier wel raad mee.'

Ik kijk om me heen, in de verwachting een zachtaardige man met een witte snor en een wijze uitdrukking aan te treffen. Het kantoortje is echter leeg, op de vele volle boekenplanken en het grote, onopgeruimde bureau na. Het ligt vol met papieren en schrijfveren en ik zie drie lange pinnen waaraan rekeningen gespietst zijn. Om het bureau heen staan lege krukken.

'Zo,' zegt hij stralend, terwijl hij een dikke gids die meer weg heeft van een boek van een van de planken pakt. Aan de sporen in het stof op de plank te zien wordt de gids regelmatig geraadpleegd. 'Dit is het mooiste werk dat ooit is uitgegeven, juffrouw Snow. Bent u bekend met de heer Bradshaw?'

'Ik vrees van niet.'

'Hij is de auteur van dit geweldige naslagwerk. Het bevat de dienstregeling van alle treinen van alle spoormaatschappijen in het hele land. Weet u hoeveel treinreizen dat zijn, juffrouw Snow?'

'Ik heb geen flauw idee, meneer Carlton.'

'Ik ook niet. Volgens mij weet niemand dat, behalve dan waarschijnlijk meneer Bradshaw zelf. Simpel gezegd is het antwoord: veel! Kijk toch eens, juffrouw Snow, kijk eens naar al die treinen!' Vol verwondering bladert hij vliegensvlug door de pagina's van het boek heen. Het lijkt inderdaad om een groot aantal treinen te gaan.

'Denkt u zich eens in,' vervolgt hij. 'Tot enkele jaren geleden reden er nog steeds postkoetsen door ons gedeelte van Surrey. Vooruitgang, juffrouw Snow, vooruitgang!' Hij likt aan zijn duim en begint door zijn heilige boek te bladeren. Op elke bladzijde zie ik dicht op elkaar staande drukletters en kolommen vol cijfers en lijnen. Als dit iets zegt over mijn toekomst, voel ik me meer dan ooit ontmoedigd.

'Ha!' roept hij uit wanneer hij op de juiste bladzijde is aanbeland. 'Staat u mij toe, juffrouw Snow?'

'Graag, meneer.'

'Omhoog of omlaag?'

'Neem me niet kwalijk?'

'Wilt u een trein omhoog of een trein omlaag, juffrouw Snow?'

Ik aarzel. Ik dacht dat alle treinen zich over de vlakke aarde bewogen, maar op dit moment sta ik nergens meer van te kijken.

'Naar het noorden of naar het zuiden, juffrouw Snow? Omhoog naar Londen, of omlaag naar Brighton?'

'O, ik begrijp het! Dank u, meneer Carlton. Welnu...' Ik probeer mijn reactie zo te verwoorden dat het klinkt alsof ik nu pas een plan bedenk, alsof ik naar Londen ga omdat dat de meest voor de hand liggende plaats is en niet omdat mijn bestemming al vaststaat. Ik mag niet vergeten dat ik wat de buitenwereld betreft nog geen doel heb en slechts tien pond bezit. Daarom zal ik ontzettend voorzichtig moeten zijn bij alles wat ik zeg en doe.

Uiteindelijk komen we tot de conclusie dat ik pas over een uur uit de Rose and Crown hoef te vertrekken. Meneer Carlton staat erop om een knecht met me mee te sturen om mijn valies te dragen en me naar de juiste trein te brengen. Bijna weiger ik, zo bang ben ik om anderen tot last te zijn, maar meneer Carlton wil een jongedame niet alleen naar het station laten gaan.

'Dat kan ik echt niet toestaan,' zegt hij bezorgd. 'De spoorwegen zijn een wonderlijk fenomeen, maar op de stations loopt allerlei volk rond, juffrouw Snow. En als ik me niet vergis, hebt u nog nooit met de trein gereisd. Weet u hoe het werkt?'

Daar heeft hij gelijk in, en ik weet inderdaad niet hoe het werkt. Meneer Carlton legt me uit dat ik een kaartje kan kopen bij het huis dat aan het station grenst en wat ik moet doen als de bewoner niet thuis is. Daarna vertelt hij hoe belangrijk het is om voor de juiste wagon en de beste zitplaats te kiezen, hoe ik mijn medepassagiers kan aanspreken en waar ik mijn kaartje het veiligst kan opbergen.

'Ik raad dames altijd aan om het kaartje in hun linkerhandschoen te stoppen, juffrouw Snow. Een betere plek is er niet. Kaartjes hebben altijd de neiging om zoek te raken, ziet u. Dat zou erg vervelend zijn, want de controleurs zullen nooit geloven dat u een kaartje hebt gekocht. Ze zullen beweren of impliceren dat u probeert de spoorwegmaatschappij op te lichten, en dat is een belediging die u niet graag zult verduren, juffrouw Snow... vandaar de linkerhandschoen.'

'De linkerhandschoen,' herhaal ik mompelend, met tollend hoofd. 'Ontzettend bedankt, meneer Carlton. Zonder uw adviezen had ik me geen raad geweten. Wie had gedacht dat er zo veel in overweging te nemen valt?'

'Inderdaad, inderdaad. Het is niet meer zoals vroeger. Veel van mijn klanten vinden al die veranderingen niet prettig, daarom geef ik zo veel mogelijk informatie om de overgang gemakkelijker te maken. Ik speel met de gedachte om een boek te schrijven: *Tips en adviezen voor de onervaren reiziger*. Denkt u dat daar belangstelling voor zou zijn?'

'Zo'n boek lijkt me van onschatbare waarde, meneer Carlton. Dat moet u zeker doen!'

'Dank u, juffrouw Snow. Ik denk dat ik dat maar doe. Als mens is het onze plicht om informatie te verspreiden zodat iedereen er profijt van heeft.'

'Dat zei juffrouw Vennaway ook altijd!' Ik glimlach, maar val dan stil.

Meneer Carlton knikt. 'Ik heb gehoord dat ze een opmerkelijke jongedame was. Mijn innige deelneming, juffrouw Snow.'

7

Toen ik zes was en Aurelia veertien, besteeg een koningin de troon. Ik weet nog dat Aurelia stralend en met wapperende haren eindeloos rondjes met me draaide in de moestuin, in een jurk als een regenboog. Het was zomer en ik zou durven zweren dat de lucht gevuld was met vlinders.

'Toen jij geboren werd, was er een koning aan de macht,' vertelde ze toen we buiten adem op de grond tuimelden. 'Maar nu staat er een vrouw aan het hoofd van ons land, een jónge vrouw, slechts vier jaar ouder dan ik! O, Amy, hierdoor krijg ik het gevoel dat alles mogelijk is. Ze zeggen dat ze heel rustig bleef onder haar nieuwe verantwoordelijkheid, alsof ze een salon binnenstapte om warme broodjes te eten. Als ze al te jong, te dwaas en te vrouwelijk is om tegen haar taak opgewassen te zijn, dan is ze zichzelf daar in elk geval niet van bewust!'

Ik kan me het aanstekelijke optimisme dat overheerste in de wereld nog herinneren, maar was te jong om te begrijpen dat er een nieuw tijdperk was aangebroken. Voor mij leek de koningin iets denkbeeldigs, zoals die prinses die een kikker kuste, of de jonge vrouw die haar lange haar uit een toren hing in de sprookjesboeken. Aurelia daarentegen voelde zich echt verbonden met de monarch. Ze waren allebei nog maar kinderen. Ze hadden beiden meer ideeën dan er thuishoorden in een mooi hoofdje met een keurige hoed. Ze hadden allebei gezworen dat ze alleen uit liefde zouden trouwen. De denkbeeldige Victoria, over wie Aurelia en ik praatten alsof ze aan ons toebehoorde, werd een soort derde, afwezig lid van ons vrolijke clubje. Vaak overlegden we over wat we haar zouden vragen als ze bij ons op de thee kwam.

Toen ik iets ouder werd, begonnen voor mij de problemen, of kwamen ze in elk geval aan de oppervlakte, zoals altijd al onvermijdelijk was geweest. Op mijn zevende had ik de leeftijd waarop ik onder andere omstandigheden misschien uit het armenhuis zou zijn gehaald om ergens in de kost te gaan. In dat geval zou ik met een bepaald doel worden uitgekozen en daarvoor worden opgeleid.

Op Hatville Court was ik niet echt nodig, ik wás er gewoon. Daarom verliep de zoektocht naar een geschikte betrekking voor mij nogal eigenaardig. Naar mijn eigen voorkeuren werd niet gekeken, want meisjes hoorden niet thuis in de stallen of in de tuin. Omdat Lady Vennaway had bepaald dat ik uit het zicht moest blijven, was de keuken de voor de hand liggende optie, maar die werd al bemand door Kokkie, Rosy en Dora, dus tenzij de familie gasten had, liep ik hun alleen maar voor de voeten. De dienstmeisjes namen het me kwalijk dat ik zo weinig omhanden had. Ik wilde best meer doen, maar Kokkie wilde niet het risico nemen dat ik Lady Vennaway tegenkwam, zowel voor haar eigen veiligheid als voor de mijne. Vaak vroeg ik me af wat ik daar eigenlijk deed, en op mijn gezicht kwam een permanente frons te liggen.

Dus wanneer Aurelia langskwam, zoals zo vaak verveeld en eenzaam, was Kokkie maar al te blij dat ze haar mij uit handen nam. In het begin loste dat het probleem op. Maar het werd iedereen steeds duidelijker dat ik vlees noch vis was.

Het lastige was dat ik Hatville Court als mijn thuis beschouwde. Net zoals Aurelia het vanzelfsprekend vond dat ze in een statig landhuis uit het Regency-tijdperk woonde, dat ze de voornaamste jongedame uit de omgeving was en eens per week een bezoek bracht aan de landarbeiders en voedsel en een paar muntstukken uitdeelde wanneer er een kindje was geboren, vond ik het vanzelfsprekend dat mijn bed in de bijkeuken stond, dat ik opgroeide in de drukkende warmte van de keuken en dat ik daar alle vrijheid had. Toen ik erachter kwam dat er op Hatville Court plekken waren die ik nog niet kende, zoals slaapkamers, een balzaal en een bibliotheek, wilde ik die natuurlijk verkennen. Kokkie en ik waren samen kersentaarten aan het maken toen ze probeerde uit te leggen dat ik niet op die plekken mocht komen, dat dit niet mijn huis was.

Ik was met stomheid geslagen. 'Natuurlijk is dit mijn huis wel. Ik woon hier al mijn hele leven!'

'Maar Hatville Court is het eigendom van andere mensen. Het is hun huis en jij bent hun bediende.'

'Maar... wie zijn die mensen dan?'

'Lord en Lady Vennaway zijn de heer en vrouw des huizes. Jij moet hard voor hen werken, Amy, net als ik en de anderen.'

Hardop vroeg ik me af waarom ik de heer en vrouw des huizes dan nog nooit gezien had.

'Omdat ze heel voornaam zijn en het heel druk hebben. Trouwens, het landgoed is zo groot dat jullie paden elkaar nooit hoeven te kruisen.'

'Heb jíj hen weleens gezien, Kokkie?'

'Ja.'

'En Robin?'

'Ja, Robin ook.'

'En Marcus, Benjamin en Jesketh?'

'Ja, Amy. Concentreer jij je nou maar op je werk.' Zuchtend en steunend ging ze verder met het kneden van de enorme hoop deeg.

Terwijl ik mijn pony uit mijn gezicht blies, verwijderde ik nauwgezet de pitten uit de kersen. Ik was sceptisch. Twee mensen wier bestaan betekende dat mijn huis niet van mij bleek te zijn... en iedereen had hen gezien, behalve ik? Dat leek me sterk.

'Kokkie... hoe kan het dat alle anderen hen wel gezien hebben als het huis zo groot is en ze het zo druk hebben?'

'Omdat meneer en mevrouw hun bedienden instructies moeten geven.'

'Waarom hebben ze míj dan nog nooit instructies gegeven?'

'Amy! Schei uit met al die vragen en hou op met kersen eten!'

Arme Kokkie. Mijn hachelijke situatie zou aan iedereen moeilijk uit te leggen zijn, laat staan aan een nieuwsgierig kind.

Later, toen de taarten goudbruin stonden te worden en een heerlijke geur verspreidden, werd me verteld dat Aurelia de dochter was van die Andere Mensen. Hatville Court was ook háár huis, maar niet dat van mij!

Ik lachte vol ongeloof. Aurelia en ik zagen elkaar elke dag. Ze vertelde me verhalen en had met mij in haar armen ritjes gemaakt op Lucky. Ze had me geleerd om te kaarten en wedstrijden te houden met takjes in de beek, en ze gaf me nooit instructies.

'Hoe kunnen Aurelia's ouders nou de baas over mij zijn als zij mijn vriendin is?' vroeg ik met een klein stemmetje.

Met het zweet op haar voorhoofd legde Kokkie uit: 'Omdat ze je vriendin niet is. Ze is de jonge vrouw des huizes. Dat mag je nooit vergeten.'

'Maar...' begon ik, al viel ik bij het zien van de uitdrukking op Kokkies gezicht weer stil.

Inmiddels begrijp ik beter in wat voor lastig parket Kokkie zat. De manier waarop Aurelia met mij omging maakte van mij een geval apart. Het wekte de suggestie van een bepaalde status die niet vol te houden was en die haaks stond op de wensen van Her Ladyship. Maar wat kon Kokkie daaraan doen? Als bediende kon ze de jonge vrouw des huizes niet de les lezen. Toch probeerde ze het Aurelia uit te leggen, maar die wilde er niets van weten. Ze speelde graag met mij, ze had niemand anders en trouwens, zij had me gevonden.

Op dat moment vond ik het allemaal maar onzin. Ik weet nog dat ik er die zomer drie of vier dagen over gepiekerd heb, maar daarna besloot ik me er niet meer druk om te maken.

Totdat op een zekere dag, voor zover ik me kan herinneren voor het eerst, Lady Vennaway naar de keuken toe kwam. Normaal gesproken gebruikte ze het schellekoord om Kokkie of Dora te laten komen. Een van die twee sprong dan op, maakte haar schort los, klopte het meel van zich af en rende de keuken uit, zelfs als de bouillon bijna aan de kook was of als ze net bezig waren een braadstuk uit de oven te halen. Toen Lady Vennaway kwam, zat ik onder de tafel de kroontjes van aardbeien af te halen. Ik werd me er pas van bewust dat er iets veranderd was toen het gesprek plotseling stilviel en zelfs het geborrel in de pannen verstomde tot een zacht gesudder. Ik zag de rokken zich in een reverence plooien.

Een kristalheldere stem, die tegelijkertijd wel en niet op die van Aurelia leek, vroeg: 'Waar is het kind?'

'Hier, milady,' zei Kokkie bedeesd. Met haar rode hand wapperde ze voor mijn gezicht om duidelijk te maken dat ik onder de tafel vandaan moest komen.

Ik kwam tevoorschijn, ontzettend nieuwsgierig naar die mevrouw uit de verhalen, de eigenaresse van Hatville Court, de vrouw die om de dienstbodes belde, de vrouw in wier bestaan ik tot dan toe (net als in dat van God en Samuel Pickwick) maar half had geloofd.

Ik ging voor haar staan en staarde haar aan. Ze zag eruit als de ijskoningin uit een van Aurelia's boeken, onuitstaanbaar hooghartig en pijnlijk mooi, met een soepelvallende japon en loshangend haar. Ze straalde zo veel kracht uit dat ik het liefst mijn gezicht had afgeschermd.

Het is vreemd om nu te bedenken dat mijn intuïtie me direct ingaf dat ik het haar naar de zin moest maken. Dat doet nog het meeste pijn, want het was meteen duidelijk dat ze niets van me wilde weten. Ze keek vanaf haar grote hoogte op me neer en ik zag aan haar gezicht dat mijn aanblik haar misselijk maakte.

Ik had nog steeds een mes in mijn ene hand en een aardbei in de andere, dus die liet ik vallen, voor het geval dat ze daar aanstoot aan nam. Dat bleek niet het geval.

'Wat is er met haar aan de hand?'

'Het spijt me, mevrouw, volgens mij is ze nerveus,' mompelde Kokkie, die me opzijduwde zodat ze kon oprapen wat ik had laten vallen. Zo ruw ging ze anders nooit met me om, en ik voelde me gekwetst. 'Maak een reverence, kind.'

Verwonderd deed ik wat me was opgedragen.

'Ik wil haar alléén zien. Zorg dat ze achter me aan komt.' De vrouw des huizes draaide zich om en liep het vertrek uit.

De keuken leek een zucht van verlichting te slaken, maar Kokkie pakte mijn armen beet en staarde me aan. 'O gut,' mompelde ze. 'O gutteguttegut.' Ze trok mijn handen naar haar toe om ze te onderzoeken, en die aanblik leek haar ook niet te bevallen. Ze waren besmeurd met roze sap en zoals gewoonlijk met zwart vuil. Ze spuugde in haar eigen handpalm en begon ruw over mijn handen te wrijven.

'Geen tijd, Kokkie, geen tijd,' fluisterde Dora.

En ja hoor, uit de gang klonk een woedende stem: 'Komt ze nog?'

'Vooruit!' Kokkie trok mijn schort los en duwde me tegelijkertijd de gang in. 'Beleefd zijn. Gedraag je!'

En daar ging ik, rennend achter de vrouw des huizes aan.

Ik volgde haar door een lange gang met een hoog plafond. Tijdens het rennen keek ik verwonderd om me heen, want daar was ik nog niet eerder geweest. Aan de met houtpanelen bedekte muren hingen donkere schilderijen van bleke mannen met hoog opgezette kragen en een heleboel kant. Sommige waren afgebeeld met paarden, andere met kleine kinderen en hun echtgenote, weer andere met bruine en witte honden in alle soorten en maten.

Helaas kwamen al rennend en om me heen kijkend de banden van mijn schort, die Kokkie al een stuk had losgetrokken, helemaal los. Het schort gleed van mijn tengere lichaam en bleef achter mijn voeten haken, waardoor ik met een smak op mijn gezicht viel. Mijn wang en handen deden pijn en mijn oren suisden.

Lady Vennaway draaide zich om en keek me minachtend aan. 'Klungel die je bent.' Daarna liep ze verder.

Ik zette de achtervolging weer in, maar deze keer lette ik goed op waar ik liep en hield ik mijn schort in mijn handen geklemd.

In een koude studeerkamer met een lege schoorsteenmantel en een kaal bureau deed ze de deur achter ons dicht. Vervolgens ging ze op een stoel met dunne poten zitten, zorgde ervoor dat ik voor haar ging staan en keek me aan.

Zo verwoord lijkt het misschien alsof een kind het slechter zou kunnen treffen. Maar toen Lady Vennaway de kijker was en ik de bekekene, was het afschuwelijk om mee te maken.

Net als haar dochter had ze een expressief gezicht, met grote ogen en tere botten die elke gedachte en elk gevoel overbrachten. Maar waar Aurelia's gevoelens altijd oprecht en warm waren, was dat bij mevrouw een heel ander verhaal.

Onder die blik versplinterde mijn onschuld. Haar blauwe ogen boorden zich in die van mij en ik zag er schaduwen waarvoor ik geen woorden had als wolken overheen trekken. Haar prachtige bovenlip krulde zich om, hoewel dat beeldschone gezicht verder geen enkele emotie vertoonde. Het leek wel of ik haar koud liet, zolang je maar niet naar die ogen en die lip keek.

Toen spuugde ze me in mijn gezicht.

Het gebeurde zo plotseling, zo onverwacht, dat ik naar achteren wankelde. Haar speeksel raakte me hard in mijn oog en droop langs mijn gezicht omlaag. Ik veegde het meteen weg en haalde vervolgens mijn hand over mijn jurk. Ik begreep er niets van, maar voelde me vernederd op een manier die helemaal nieuw voor me was. Het liefst zou ik mijn oog uitspoelen, niet alleen omdat het prikte, maar ook omdat ik de gedachte niet kon verdragen dat het gif van deze vrouw op de een of andere manier mijn oogkas zou binnendringen en mijn ziel zou binnensijpelen.

Het volgende moment stond ze op, sleepte me mee de deur door en sloeg die achter me dicht.

Bibberend bleef ik in de hal staan, er vrijwel zeker van dat ik was weggestuurd, maar te verward om te weten of ik nou weg mocht gaan of moest blijven. Zo was ik nog nooit behandeld. Mevrouw liet zich echter niet meer zien, en na een poosje sjokte ik weg.

Ik wist niet waar ik was. Na mijn val waren we nog een of twee keer afgeslagen, en nu kon ik de weg terug niet meer vinden. Alle gangen, alle deuren zagen er hetzelfde uit. Al snel kwam ik uit aan de voet van een imposante trap waar we niet langs waren gekomen, een brede, torenhoge spiraal, gebogen en crèmekleurig als een kolossaal slakkenhuis. Boven me bevonden zich galerijen en hoge muren – allemaal zwijgzame crèmekleurige vlakken. Ik durfde niet naar boven te klimmen, maar durfde evenmin op mijn schreden terug te keren uit angst de vrouw des huizes misschien weer tegen het lijf te lopen.

Ik had gehoopt dat het feit dat ze me alleen wilde zien betekende dat ik een echte dienstbode zou mogen worden die zich niet hoefde te verstoppen, maar hoewel ik er weinig verstand van had, dacht ik niet dat het tijdens een dergelijk gesprek gebruikelijk was om iemand aan te staren en te bespugen.

Mijn woede en nieuwsgierigheid dreven me een andere richting uit. Achter een open deur zag ik een enorme kamer, en ik voelde me meteen in vervoering gebracht. De wanden waren ijzig blauw geschilderd en aan het plafond prijkte een kroonluchter die zo groot was als een legioen engelen. Lange saliegroene gordijnen reikten langs hoge ramen helemaal tot aan de grond en het licht werd weerspiegeld door een glanzende houten vloer. Op de een of andere manier was ik een vreemde, winterse wereld binnengedwaald.

'Amy Snow!' bulderde een stem, en ik kromp in elkaar. 'Wat doe jij hier in vredesnaam?'

Het was Jesketh, woedend maar vertrouwd. Ik was nog nooit zo blij geweest om hem te zien.

8

Mijn laatste uur in de Rose and Crown besteed ik aan het opnieuw inpakken van mijn valies, dat na mijn haastige aftocht uit Hatville Court nog steeds een rommeltje is. Met de minuut verschijnen er meer vouwen in mijn kleding. Ook al bezit ik niets moois, ik moet toch proberen er niet nog slechter uit te zien dan strikt noodzakelijk.

De bezigheid zet me aan het denken. Het brengt me van mijn stuk om een glimp van mijn oude wereld op te vangen, terwijl ik nu volkomen de weg kwijt ben.

Ik haal alles uit het valies en pak het weer netjes in. De zwaarste spullen doe ik als eerste: mijn enige andere paar schoenen – een paar platte grijze pumps voor binnenshuis of in de zomer – en mijn boeken. Ik heb er vijf meegenomen. Het brak mijn hart om er zo weinig uit te kiezen, maar ik wist dat ik lang zou moeten lopen en niemand zou hebben die ze voor me zou dragen. Ik heb mijn bijbel bij me, het geïllustreerde sprookjesboek dat Aurelia me altijd voorlas toen ik klein was, *Ivanhoe* van Sir Walter Scott en natuurlijk twee werken van de heer Dickens. Alleen al de aanblik van die boeken roept herinneringen aan Aurelia op, die zich aan mijn arm vastklampte en zo hard moest lachen dat ze niet meer verder kon lezen.

Daarna gaat het schetsboek dat Aurelia me heeft nagelaten erin. Daar kan ik ook niet goed naar kijken.

Dan volgt mijn kleine toilettas met daarin een haarborstel, handspiegel, een linnen washand en een potje van de zelfgemaakte tandpasta van Kokkie… plus honderd pond.

Daarbovenop leg ik mijn zwaardere kledingstukken: een wollen jurk, identiek aan het exemplaar dat ik aanheb, maar dan in het grijs in plaats van in het zwart. Een extra wollen sjaal. Donkere, onopvallende kleuren. Daarna mijn bruine zomerjurk. Aurelia's groene stola, nu netjes opgevouwen. En tot slot een bundeltje oude brieven, samengebonden met een goudkleurig lint en allemaal geadresseerd aan Amy Snow.

Ze zijn afkomstig van Aurelia, uit de periode dat ze een poosje weg was van huis. Aan die tijd denk ik niet graag terug en de brieven waren zowel een vloek als een zegen toen ze werden bezorgd, maar ik heb ze toch meegenomen omdat ik er niet aan moest denken om ze achter te laten.

Het zijn maar schamele bezittingen als je in aanmerking neemt dat ik al zeventien jaar op deze aarde ben, bedenk ik terwijl ik de gesp dichtklap. Maar ergens, netjes opgevouwen tussen de afgedragen schoenen en jurken, zitten mijn dromen, die er al net zo aftands uitzien omdat ik er nooit naar heb omgekeken.

Aurelia had altijd allerlei dromen en sprak daar vaak over. Altijd kwam ik erin voor. Ze verlangde ernaar om haar fortuin te erven en Hatville Court voorgoed achter zich te laten, te reizen, talloze malen verliefd te worden en de wereld te veranderen. Aangezien ze mijn leven had gered, was mijn lot met het hare verbonden. Daarom ging ze ervan uit dat ik haar zou volgen waar ze maar ging. De eerste jaren van mijn leven dacht ik er zelf ook zo over, maar in de diepst weggestopte hoekjes van mijn hart koesterde ik andere wensen.

In tegenstelling tot Aurelia, die in navolging van de koningin het hele koninkrijk wilde rondreizen, voelde ik niet de behoefte om altijd onderweg te zijn. Ik wilde een thuis, maar geen thuis zoals Hatville Court met zijn ijzeren tralies die werden gevormd door afkomst en trots. Soms, als ik een momentje voor mezelf had, in mijn bed in de bijkeuken of wegdromend in de stallen, zag ik een cottage voor me, klein en hoekig, midden in een grasveld dat kort werd gehouden door een gulzige pony. Een goedlachse echtgenoot, die me zou beschermen tegen de spot van anderen. Kinderen die zich in de nesten werkten en die enthousiast cadeautjes voor me maakten van papier en klei; kinderen die ik liefde en geborgenheid zou schenken, alles wat ik zelf nooit had gehad. Daar zei ik echter nooit iets over tegen Aurelia, want mijn dromen staken nogal armoedig af bij haar plannen om de wereld te veranderen. Trouwens, wie zou mij nou willen? Omdat ik mijn dromen nooit onder woorden bracht, verwaterden ze mettertijd.

Die dromen komen me nu kinderlijk eenvoudig voor. Maar het mooie aan onmogelijke dromen is juist dat ze onmogelijk zijn, dat het hoe en wanneer er niet echt toe doet. Waarschijnlijk verlangde ik niet zozeer naar het uiterlijke plaatje, maar naar de gevoelens onder de oppervlakte. Ik wilde rust, het gevoel dat ik ergens bij hoorde, en liefde.

Ik schrik op uit mijn overpeinzingen wanneer Tom, de knecht van meneer Carlton, me komt halen om me naar het station te brengen. Ik had al jaren niet meer gedacht aan die cottage, de echtgenoot, de kinderen. En rust en geborgenheid lijken nu verder weg dan ooit.

Het station in Ladywell is erg klein, zo is me verteld, maar ik vind het overweldigend. Eindelijk zie ik de spoorlijnen waarover ik zo veel gehoord heb maar waar ik tot nu toe alleen tekeningen van heb gezien. De gretige zwarte armen die door ons land kronkelen en ons in partjes verdelen. Volgens de kranten verbinden de spoorwegen hier met daar en A met B, tot afstand helemaal wegvalt en iedereen overal naartoe kan, wanneer hij maar wil.

Een stationsgebouw is er niet, er is alleen een perron dat blootstaat aan de elementen en waar een gure wind overheen waait. Het wemelt nu al van de mensen, ook al zijn we ruim op tijd.

Tom neemt het muntstuk dat ik hem voorhoud aan en koopt een kaartje voor me. In de tweede klasse. Zo dicht bij Enderby mag ik niet in de eerste klasse gezien worden, maar ik heb niet de moed om me in de derde klasse te begeven. Het kaartje berg ik uiteraard op in mijn linkerhandschoen.

Hij voert me mee het perron op en zorgt dat ik op een specifieke plek ga staan. 'Zo staat u straks in de buurt van een deur, juffrouw. U kunt zo instappen. Ik zal u natuurlijk helpen met uw bagage. Hebt u al eens om u heen gekeken om te zien of er misschien spraakzame types meereizen?'

Dat heb ik nog niet gedaan, maar Tom wijst me op een energiek uitziend gezin, als voorbeeld van het soort reizigers aan wie ik gerust mijn eventuele vragen zou kunnen stellen, en op twee mannen met een kap op en een donkere mantel aan, die hij 'liever links zou laten liggen'.

Ik ben zo bang dat ik elk beetje goede raad wil aangrijpen, maar vind het moeilijk om me te concentreren. Ik sta op het punt om te vertrekken uit Ladywell. Hoewel ik hier nog maar twee of drie keer ben geweest, voelt het hier erg vertrouwd vergeleken bij wat me te wachten staat.

Dan komt de trein aanrijden. Het is een groot, stoom spuwend zwart monster en ik weet niet of ik blij of doodsbang moet worden bij die aanblik. De deuren gaan open met een kabaal alsof er duivels aan de ijzeren poorten van de hel rammelen en de lucht wordt gevuld met hoge torens van stoom.

Ik ben een reiziger, in het tijdperk van de spoorwegen. Ik ben een jonge vrouw van de wereld. Ik heb belangrijk werk te verrichten. Maar waarom, o, waarom is Aurelia hier niet om dit avontuur samen met mij te beleven?

9

Voor mijn komst was Aurelia erg eenzaam. Zoals ze me vertelde toen we nog heel jong waren, waren alle andere zwangerschappen van haar moeder in een miskraam geëindigd, dus had ze niemand om mee te spelen. Ze was ervan overtuigd dat God haar daarom had gestuurd om mij te vinden, in de wetenschap dat zij niet zo achteloos zou zijn als haar moeder. Ik was steeds blijer dat Hij dat had gedaan.

Hoewel Aurelia volop neefjes en nichtjes had, zaten daar geen verwante zielen tussen. In het begin beschouwde ze me als een van haar troeteldiertjes, net als de gewonde vogels en in de val gelopen dieren die ze aldoor redde en op onwaarschijnlijke plekken onderbracht: een veldmuis in een poppenhuis, een slang in een badkuip. Robin hielp haar altijd bij die hulpmissies. Hij deed haar voor hoe je de vleugel van een vogel kon zetten en hoe je een eenvoudige zalf kon bereiden uit ridderzuring. Maar hij was een zwijgzame jongen en de dieren hadden zelfs nog minder te zeggen, terwijl er in Aurelia's hoofd heel wat omging.

Ze had altijd iemand gewild met wie ze haar ideeën kon delen, iemand die haar kon helpen wijs te worden uit de dingen die haar aan het lachen maakten of waardoor ze het wel kon uitschreeuwen. Toen ik een jaar of zes, zeven, acht was, was ik nog steeds niet haar gelijke, maar ik was wel het op een na beste: een bereidwillige leerling.

Zelf was ik ook niet dom, zo bleek, en aan nieuwsgierigheid ontbrak het me evenmin. Ze leerde me lezen, schrijven en tellen, tekenen en paardrijden. Ik was niet de enige bediende op Hatville Court die die dingen kon, maar ik maakte mezelf er niet populair mee.

Aurelia had wel een volwassen vriendin op wie ik soms jaloers was. Mevrouw Bolton was een tengere vrouw van een jaar of dertig, met een wereldwijze uitstraling, een bonte verzameling hoedjes en een kaak die nog hoekiger was dan die van Robin. Ze was altijd gehuld in de kleuren van een pauw: donkerblauw of -groen, met spoortjes goud en amber. Dwazen kon ze niet uitstaan, zei Aurelia altijd vol bewondering, waardoor ik begon te vrezen dat mevrouw Bolton míj een dwaas vond. In elk geval besteedde ze nooit veel aandacht aan me. Met Aurelia voerde ze felle discussies over de toestand van de wereld en het lot van de vrouw, waardoor ik me precies zo jong en klein voelde als ik was. Toch twijfelde ik nooit aan Aurelia's genegenheid voor mij en putte ik er troost uit dat Lord en Lady Vennaway de eigenzinnige mevrouw Bolton ook niet konden waarderen.

Voor mijn gevoel ging er een hele poos voorbij na mijn eerste ontmoeting met Lady Vennaway. De herinnering aan die dag drong zich niet vaak aan me op, maar was altijd aanwezig, als een onzichtbaar hek. Aurelia en ik hadden alle vrijheid op het landgoed, zolang we maar niet op het croquetveld, op het terras of in de rozentuin kwamen; alle plekken waar we beschaafd volk tegen het lijf zouden kunnen lopen. Wanneer we toch te dichtbij kwamen, waarschuwde Robin ons en stoven we als elfjes weg naar de verste uithoeken van het terrein. Van Kokkie mocht ik ook nooit met Aurelia mee wanneer ze naar Enderby wandelde om de filantrope uit te hangen, zoals zij het noemde. Door haar verhalen over de krappe onderkomens van veel dorpelingen wist ik dat ik veel had om dankbaar voor te zijn, al wordt dat snel vergeten wanneer je een pienter, nieuwsgierig kind bent.

Onvermijdelijk brak het moment aan dat Aurelia me ook binnenshuis wilde betrekken in haar koninkrijk, maar het was al even onvermijdelijk dat we dan betrapt zouden worden. Eén keer, toen ik leerde pianospelen, werd ik halverwege een toonladder van de kruk gesleurd door mevrouw Last, de huishoudster. Ik werd meegesleept naar de keuken en daar hardhandig naar binnen geduwd.

Een andere keer liet Aurelia me een van haar japonnen passen. We gingen altijd heel verschillend gekleed: Aurelia in weelderige stoffen met sjerpen en linten en met lange onderbroeken bezet met sierstrookjes die onder haar rokken vandaan piepten; ik in eenvoudige werkkleding, op platte schoenen en met een wit kapje. Wat benijdde ze me daarom.

Die keer was het Peggy, een van de dienstmeisjes, die ons in de gaten kreeg.

Mijn wollen jurk lag in een hoopje om mijn voeten, het blauwe satijn was half over mijn hoofd getrokken. Ik stond te rillen in mijn witte katoenen hemdjurk toen de deur openvloog.

Peggy verklapte maar al te graag waar ik me bevond en Lady Vennaway kwam naar me toe. Haar ijselijke kreet galmt nu nog steeds na in mijn oren. Het klonk alsof ze een rat op haar eettafel had aangetroffen.

Ik was verblind door petticoats en de jurk werd met zo veel kracht van me af gerukt dat ik het satijn hoorde scheuren. Deze keer sleurde Lady Vennaway me hoogstpersoonlijk naar de keuken voordat ik mijn jurk goed kon dichtmaken en boorden haar vingers zich in mijn huid.

Ik overdrijf niet als ik zeg dat ze me naar binnen sméét. Wankelend kwam ik tegen het fornuis aan en brandde mijn arm, al bleef het bij een oppervlakkige wond. Op dat moment had ik twee veel belangrijkere zaken aan mijn hoofd.

Te midden van alle consternatie had ik één ding heel duidelijk gehoord: Lady Vennaway had me in niet mis te verstane bewoordingen en vergezeld van een hoop dreigende taal verboden om Aurelia ooit nog te zien. En nu zag ik uit het altijd rode gezicht van Kokkie alle kleur wegtrekken, omdat Lady Vennaway haar de huid vol schold.

Die nacht huilde ik mezelf in slaap, voor de derde keer in mijn leven. De eerste keer had ik te veel aardbeiengebakjes gegeten en had ik vreselijke buikpijn. De tweede keer was ik verdrietig om de beproevingen van Oliver Twist.

Dit was van een geheel andere orde. Mijn enige vriendschap stond op het spel, was zelfs verbroken, dacht ik. En zonder het te willen had ik Kokkie een hoop moeilijkheden bezorgd. Ze had altijd haar best voor me gedaan en nu was ze vernederd in het bijzijn van de keukenmeiden, die met open mond hadden toegekeken. Haar positie was in gevaar, tierde Lady Vennaway. Ik wist niet goed waar Gevaar lag, maar begreep wel dat het geen prettige plek was, net als het gesticht of de gevangenis. Ik wilde niet dat Kokkie door mijn schuld naar Gevaar zou worden gestuurd.

Die nacht dacht ik heel veel na, meer dan ooit tevoren. Ik had de dagen altijd genomen zoals ze kwamen en mijn omstandigheden aanvaard zoals ze aan me waren voorgelegd. Ik had de restricties over waar ik wel en niet mocht gaan en staan beschouwd als onzinnige regeltjes uit de volwassen wereld. Volwassenen hielden nu eenmaal van regeltjes, wist ik, en ik wilde hun dat pleziertje niet afnemen. Mijn eerste kennismaking met de vrouw des huizes was een immense schok geweest en ik vond het vreselijk om eraan terug te denken, dus had ik dat maar niet meer gedaan. Daarmee had het probleem opgelost geleken.

Nu begreep ik echter dat het waar was wat Kokkie de hele tijd al tegen me zei: de wereld zat zo in elkaar dat Aurelia en ik geen vriendinnen konden zijn en als we daar geen rekening mee hielden, zouden andere mensen daar de dupe van worden.

Lang nadat ik naar bed was gegaan, kwam Kokkie bij me kijken. Ze ging aan het voeteneind van mijn smalle bedje zitten, waardoor het een beetje overhelde.

'Is alles opgeruimd?' vroeg ik, want er was een diner geweest met acht gangen en allerlei wijnen.

'Ja, alles is klaar.'

'Heb je het beslag al gemaakt?' vroeg ik, omdat er morgen weer een nieuwe lading taarten werd verwacht.

'Alles staat klaar om morgen gebakken te worden. De dominee komt, dus ik maak behalve een taart met vijgen en rozijnen ook nog een citroentaart.'

Dat betekende dat het de volgende ochtend heerlijk zou ruiken in de keuken.

'Begrijp je het nu?' vroeg ze, en ik wist dat ze het niet over de taart had.

'Ja,' antwoordde ik sniffend. 'Het spijt me, Kokkie. Ik wilde niet dat jij de wind van voren zou krijgen. Je hebt ons zo vaak gewaarschuwd, maar we wilden niet luisteren.'

Ze knikte en streek met haar ruwe hand over mijn haar.

Dat gaf me de moed om te zeggen: 'Lady Vennaway is een akelig mens, vind je ook niet, Kokkie?'

Ze aarzelde. 'Iedereen heeft zijn eigen verhaal, zelfs de mensen met wie we de meeste moeite hebben. Je kunt de situatie maar beter nemen zoals die is en je zegeningen tellen. Vergeet niet, Amy, veel mensen hebben niet zo veel geluk gehad als jij, en veel mensen zijn groter dan jij.' Op die manier staken mijn metgezellen wel vaker de draak met mijn geringe lengte.

Ik knikte en glimlachte, maar wist al dat het moeilijk zou worden. Die middag had ik, weggestopt onder de schrik, woede gevoeld, als een hard zaadje dat wachtte om te ontkiemen.

'Ik wil niet dat je naar die vreselijke plek gaat,' zei ik toen Kokkie opstond en mijn bed weer horizontaal kwam te staan.

Verward bleef ze staan. 'Welke plek?'

'Gevaar. Mevrouw zei dat jouw positie in Gevaar was, maar dat is niet zo. Je hoort hier thuis, bij ons!'

Kokkie was te moe om me mijn misvatting uit te leggen, maar zei wat ik op dat moment moest horen. 'Het valt niet mee om een goede kokkin te vinden. En al helemaal niet om een kokkin te vinden die een huishouden zoals dit aankan. Als het erom gaat wie mevrouw kan verdragen... Tja, daar is er waarschijnlijk maar één van in heel Engeland. Dus maak je maar geen zorgen, ik ga nergens naartoe, behalve dan vier trappen op en naar bed. Mevrouw weet heel goed waar ze haar kaarsje moet laten branden.'

Ik wist niet goed wat de kaarsen van mevrouw hiermee te maken hadden, maar ik nam mezelf voor om voortaan beter op Kokkie te passen. Ze was alles wat ik nog had. Na de afschuwelijke dingen die

Lady Vennaway tegen haar dochter had gezegd, wist ik zeker dat ik Aurelia nooit meer zou zien. Die gedachte was bijna niet te verdragen.

Uiteindelijk brak de ochtend aan en dreef een warme zoete baklucht naar me toe.

En Aurelia verscheen stralend in de deuropening. 'Kom op, Amy, het is een prachtige dag. Er ligt dauw op de spinnenwebben, er zijn regenbogen te zien in de dauwdruppels, de wereld is precies zoals die zou moeten zijn. Kom, dan gaan we naar buiten!'

10

Wat is het een wonder om het platteland van Surrey door het raam van een trein te zien! Wat is het een ervaring om zo heen en weer wiegend te worden meegevoerd langs weilanden, beekjes, bossen en huisjes. Wat is het fantastisch om alles zo snel voorbij te zien flitsen.

Wat is er níét buitengewoon aan de spoorwegen? Van de snelle opmars ervan tot de verbazingwekkende snelheden die er behaald worden – op sommige plekken maar liefst vijftig kilometer per uur, is me verteld! – en de geluiden, de stoom en de glans… het is allemaal buitengewoon. Maar het opmerkelijkst aan reizen per trein vind ik toch wel de passagiers.

Ik deel een coupé met een echtpaar van middelbare leeftijd, meneer en mevrouw Begley. Ze stellen zich aan me voor terwijl ze zich met een fiks aantal koffers naar binnen persen en tegenover me gaan zitten. Volgens mij zouden ze Toms goedkeuring wel kunnen wegdragen als gesprekspartners, maar eerlijk gezegd heb ik geen keus, want mevrouw Begley heeft al sinds ons vertrek uit Ladywell geen stilte laten vallen.

'Lieve help!' roept ze uit, terwijl ze zichzelf met een slap handje koelte toewuift. 'Wat een beproeving, dat reizen met de trein. Kijk eens, ik tril ervan!' Ze steekt haar hand naar me uit, tot op een paar centimeter van mijn kin, en ik kijk er aandachtig naar. Ze heeft gelijk, ze trilt.

Haar echtgenoot bemoeit zich ermee. 'Charlotte, de spoorwegen zijn juist een geweldig systeem. Moet je eens kijken hoe comfortabel we erbij zitten. Ook dankzij de reiskussens die we hebben meegenomen, natuurlijk. Kijk eens hoe netjes onze bagage is opgestapeld. Zolang die niet verschuift, natuurlijk. Kijk eens hoeveel stations, routes en bestemmingen er al zijn. Met zo'n goed systeem is elke tegenslag niet meer dan een welkome afleiding!'

'Welnee, William! Denk eens aan alle ongelukken, de explosies, de omgeslagen treinen waarover je elke dag in de krant leest. Angstaanjagend, juffrouw Snow, ik kan niet anders zeggen.'

Mijn reisgenoten houden hun verhitte gesprekken vol tot aan de buitenwijken van Londen. Het is duidelijk dat hun discussies een teken van genegenheid zijn, en ik vind het prettig dat ik word afgeleid van mijn gedachten. De dierbare herinneringen aan Aurelia laten me geen moment los, maar dat geldt tot mijn grote schrik ook voor oude wrokgevoelens die ik diep had weggestopt.

De aanblik van die oude brieven vanochtend heeft ze uit de krochten van mijn geest gelokt. Tot die tijd verdrong ik maar al te graag de herinnering aan de vorige keer dat we, tijdelijk, afscheid van elkaar namen, lang voordat Aurelia heenging, toen ik dacht dat ze me was vergeten. Op dat moment nam ik het mevrouw Bolton kwalijk dat ze haar van me had afgenomen. Dat was verkeerd van me, want Aurelia wilde zelf dolgraag weg. Net als nu vroeg ze me haar te vertrouwen, maar ik moest het op Hatville Court veel te lang zonder haar stellen. Volgens mij was dat te veel gevraagd van iemand die nog zo jong was. In combinatie met mijn angst om alleen te arriveren in een grote stad als Londen bieden dat soort overpeinzingen over vroeger me niet bepaald troost. Misschien is dit ook wel te veel gevraagd van mij.

Als we door het gemoedelijke dorp Dulwich komen, vertelt mevrouw Begley me over hun plannen. Ze gaan bij hun getrouwde zoon in Pentonville logeren. Zijn vrouw verwacht hun eerste kind. Hij werkt als hoofdbediende bij een grote bank en geniet daar zo van dat hij niet begrijpt dat niet iedereen bankbediende wil worden.

Ik denk aan alles wat ik heb gelezen over moorden, zakkenrollers en oplichters. Ik denk terug aan de sombere krantenberichten over de ongure Seven Dials en Old Kent Road. De andere gevaarlijke plekken zijn me ontschoten; ik voel me echt niet goed voorbereid op mijn komst naar Londen.

Als de stad in zicht komt, grauw en boven me uittorenend als een oceaan van steen, valt mevrouw Begley even stil en grijp ik mijn kans om deze bronnen van wijsheid om raad te vragen.

'Juffrouw Snow! Begrijp ik u nou goed? Zeg alstublieft dat dat niet zo is. Wilt u nu beweren dat u geen logeeradres hebt... dat u alléén bent? Ach, juffrouw Snow! Dat is niet verstandig, vrees ik. Wat moeten we nu toch?'

'Rustig, Charlotte, dat zijn maar praktische zaken, plooien die gladgestreken kunnen worden. Kijk maar niet zo verschrikt, juffrouw Snow. Het komt allemaal goed. Nadat we zijn uitgestapt, zullen mijn vrouw en ik een huurrijtuig voor u aanhouden. Ik vrees dat station Bricklayers' Arms niet in de meest verkwikkelijke buurt gelegen is.'

'Inderdaad, het ligt aan Old Kent Road! Lieve help, wat bezielde men om een treinstation in zo'n gevaarlijke wijk te bouwen?'

We vallen even stil, voordat ik het aandurf om nog een vraag te stellen. 'Hebt u misschien enig idee waar ik zou kunnen overnachten? Ik zou u erg dankbaar zijn als u me wilde helpen een huurrijtuig te vinden. Alleen... waar moet ik dan naartoe? Ik zoek iets in een goede, respectabele buurt.'

'Hebt u de middelen om iets smaakvols te betalen? Londen is schrikbarend duur.'

'Charlotte!' Meneer Begley kijkt haar vermanend aan.

'Ja, William? Ik wil alleen voor dat meisje zorgen. Ik zou niet willen dat ze zich door ons in de schulden stak!'

'Maar dan nog. Zoiets vraag je toch niet?'

Omdat ik bang ben om een volgende twist tussen hen te ontketenen, kom ik tussenbeide. 'Ik heb best iets over voor een goed onderkomen. Het is maar voor twee nachten, daarna heb ik met vrienden afgesproken.' Ik lieg hen voor om hun ongerustheid weg te nemen, maar ook omdat ik dolgraag zou willen dat het waar was.

Mevrouw Begley werpt haar echtgenoot een hooghartige blik toe.

'In dat geval kan ik het etablissement van mevrouw Woodrow aanbevelen. Dat is een logement voor dames in de buurt van St James's Park, aan Jessop Walk. Kun je dat onthouden, liefje? Jessop Walk. Nummer zeven. Nee, nummer zes! Nee, nummer elf, is het niet, William? Het is in elk geval aan de rechterkant, als je met je gezicht naar de klokkentoren toe staat. Of was het nou aan de linkerkant?'

11

Als Aurelia een man was geweest, was ze beschouwd als zeer vooruitstrevend en menslievend. Misschien had ze wel zitting kunnen nemen in het parlement en nieuwe wetten kunnen goedkeuren als ze een broek had gedragen en een snor had gehad. Haar ouders zouden gezegd hebben dat hun zoon vol levenslust zat. Maar in plaats daarvan had ze een waterval van kastanjebruine krullen, viooltjesblauwe ogen, een smalle taille en een gulle glimlach... en dreef ze haar ouders tot wanhoop.

Wanneer er in de salon druk werd geroddeld, nam Aurelia het controversiële standpunt in dat de onderwerpen van gesprek echte mensen waren met ieder hun eigen gevoeligheden, waar zorgvuldig mee omgesprongen diende te worden. Ik herinner me een specifiek schandaal uit de buurt waar haar moeder, tantes en nichten wekenlang van in de ban waren en schande van spraken. Onze buurman, meneer Templeton, het respectabele hoofd van een bescheiden maar welvarend huishouden, had een kind verwekt bij zijn dienstmeid. Natuurlijk komt dat in de beste families voor, maar het lijkt wel of iedereen telkens weer moet doen alsof er nooit eerder zoiets verschrikkelijks is gebeurd.

Terwijl alle anderen met nieuwe informatie op de proppen kwamen (het dienstmeisje was opvallend mooi en had roodblonde krullen, mevrouw Pagett uit het dorp had zich nooit prettig gevoeld bij de manier waarop meneer Templeton naar haar keek) of een oordeel velden (hij was een schande voor de buurt, niets meer dan een beest, zij was een jonge sloerie en de huishoudster was laks omdat ze haar niet in de gaten had gehouden), stelde Aurelia vragen.

Hoe zou het verdergaan met het jonge meisje, nu ze geen werk meer had en haar naam door het slijk was gehaald? Was ze niet erg jong om een verdoemd leven tegemoet te gaan? En mevrouw Templeton? Was ze verdrietig of boos, sentimenteel of wraakzuchtig? Waarom had meneer Templeton het gedaan (behalve de voor de hand liggende reden, uiteraard)? Hij was toch altijd een fatsoenlijk, redelijk man geweest? Er hadden vast wel vaker mooie meisjes zijn pad gekruist, dus waarom nu? Konden ze iets doen om te helpen?

Dat soort vragen waren deels de reden dat Aurelia, hoezeer ze ook werd aanbeden, binnen de familie bekendstond als niet erg intelligent. Daarom namen haar ouders meneer Henley in dienst om haar te begeleiden.

Meneer Henley was een erg strenge privéleraar voor dames, die erom bekendstond dat hij het doel belangrijker vond dan de middelen. Ik vermoed dat hij, geleerd als hij was, Aurelia niet dom vond, maar hij was in dienst genomen om haar in een heel specifieke vorm te kneden en dat was elke dag weer een uitdaging. Hij streefde naar succes, waar een reeks handenwringende kindermeisjes en gouvernantes hadden gefaald. De onderwerpen waar de jonge Aurelia belangstelling voor had – filosofie, literatuur, economie en politiek – vielen niet binnen zijn opdracht. Per slot van rekening moest ze op een dag een echtgenote worden, en niet voor de eerste de beste man! Hij moest haar Latijn bijbrengen, muziekkennis, een beetje aardrijkskunde en geschiedenis en bovenal etiquette. Dat laatste ging Aurelia niet makkelijk af. Door zijn volharding deed zich echter onverwacht een verandering voor binnen onze vriendschap.

Toen hij nog maar net in dienst was en de regels omtrent mij nog niet kende, trof hij me op een dag in de studieruimte aan en liet me de les bijwonen. Hij deed hooguit een beetje neerbuigend tegen me, maar ik was dan ook nog maar acht.

Zodoende merkte hij wat vele anderen door de jaren heen al gemerkt hadden: van mij werd Aurelia rustig. Met mij erbij was ze bedaarder, aandachtiger en, dacht hij, ontvankelijker voor instructies. Misschien hoopte ze gewoon vroeger klaar te zijn met haar lessen zodat we konden ontsnappen om samen plezier te maken, maar ze liet hem in de waan. Dus werd uitgerekend meneer Henley de volgende die erop aandrong dat wij met elkaar zouden blijven omgaan.

Hij legde zijn werkgevers in alle ernst uit dat een rusteloze ziel als Aurelia veel baat kon hebben bij een metgezel die rustiger en nuchterder van aard was. En dat, bij gebrek aan broers en zusters, zulk meegaand gezelschap ervoor kon zorgen dat Aurelia zich makkelijker liet corrigeren. Daarom raadde hij van harte aan om mij haar lessen te laten bijwonen.

Lord Vennaway deerde het allemaal niet. 'Ik zou niet weten waarom niet,' zei hij verveeld tegen zijn vrouw. Voor de meer verhitte emoties van Lady Vennaway was geen plaats tegenover dit bastion van mannelijke logica. Haar gevoelens moesten wijken voor verstand en doelmatigheid; dat probeerden ze Aurelia per slot van rekening ook bij te brengen.

Zo kwam het dat ik meer tijd met Aurelia kon doorbrengen dan haar moeder ooit had gewild en dat mijn rol binnen het huishouden subtiel veranderde. Ik hoorde regelmatig dat ik werd aangeduid als de gezelschapsdame van Aurelia, maar nooit binnen gehoorsafstand van Lady Vennaway. Vanaf dat moment had ik het voorrecht om Aurelia in haar eigen wereld te aanschouwen, niet alleen in ons eigen vrolijke, afgesloten wereldje. Ik ging haar in een ander licht bekijken. Het drong tot me door dat ze voor mij dan mijn vriendin mocht zijn (ouder dan ik weliswaar, maar toch vrij en zorgeloos), maar dat andere mensen haar beschouwden als een jongedame die een bepaalde plicht wachtte.

Tegen de tijd dat meneer Henley in dienst kwam, was Aurelia zestien en voerden haar ouders al meer dan een jaar gesprekken over haar huwelijkse vooruitzichten. Daar wilde Aurelia niets van weten, alsof ze door het onderwerp te negeren kon afdwingen dat het ophield te bestaan. Ik gaf niet graag toe dat Aurelia een blinde vlek had. Per slot van rekening was ik van haar afhankelijk en wilde ik het liefst geloven dat ze almachtig was. Maar oplettend als ik was kreeg ik al snel door dat de werkelijkheid zoals Aurelia die wilde zien en de werkelijkheid zoals alle anderen die zagen niet altijd overeenstemden.

Kort nadat meneer Henley zich bij ons had gevoegd, nodigden Aurelia's ouders huwelijkskandidaten uit op Hatville Court en stuurden ze haar naar bals, met haar tantes en nichten als chaperonnes (zelf ging Lady Vennaway niet, omdat ze zich verre hield van alles wat als amusement bestempeld kon worden). Aanvankelijk genoot Aurelia van het nieuwigheidje om zich op te doffen, te dansen en bewonderd te worden. De mannen die kwamen dineren lachte ze vierkant uit. Precies zoals ik tegen Aurelia opkeek en van haar leerde, nam zij trekjes over van mevrouw Bolton. Ze deed alsof het haar allemaal koud liet. In het begin geloofde ik haar.

Na verloop van tijd werden Lord en Lady Vennaway echter steeds uitgesprokener over hun bedoelingen. Ze verboden Aurelia om van onderwerp te veranderen of de kamer te ontvluchten wanneer het onderwerp trouwen ter sprake kwam. Er ontstonden steeds meer ruzies. En Aurelia was bang. Hoewel ze dat niet graag toegaf, zag ik haar vaak verwilderd om zich heen kijken, als een paard dat te strak aan de ketting was gelegd.

Ik twijfel er niet aan dat ze van haar hielden, dat zag iedereen aan de manier waarop ze naar haar keken. Maar voor deze mensen was liefde iets gecompliceerds wat nauw samenhing en makkelijk te verwarren was met eigendom, plichtsbesef en controle. Door wie ze waren, door de ogen van het publiek die op hen gericht waren, door de eer van hun familie die zo belangrijk was, waren er bepaalde verwachtingen. Ze wilden dat ze welgemanierd was, dat ze zich ingetogen kleedde, dat ze gereserveerd en verlegen was, een prachtige trofee voor een rijke edelman met een indrukwekkende snor die minstens zo rijk en respectabel was als de familie Vennaway.

Ze stelden zich een grootse toekomst voor haar voor: ze zou erfgenamen voortbrengen, de society verrijken, schitteren aan de arm van haar echtgenoot. Maar Aurelia had te veel gelezen en te weinig geleefd. Omdat ze inspiratie putte uit de uitgebreide bibliotheken op Hatville Court en niemand had die haar wijze raad gaf of corrigeerde, leek in haar ogen elke wilde dagdroom mogelijk. Ze wilde een leven vol reizen en intriges, romances waar ze zelf voor koos (ze was vastbesloten om er meerdere te beleven) en ze wilde haar rijkdom en bevoorrechte status inzetten voor een goed doel. Ze wilde een nieuw soort rolmodel worden voor rijke jongedames. ('Tegendraads en schandalig!' sputterde haar vader tegen.) Ze wilde geschiedenis schrijven, ook al hadden we nog nooit een geschiedenisboek gelezen waarin de mening van vrouwen enige waarde had.

'Dan word ik de eerste,' nam ze zich voor, met een zwierig gebaar van haar mooie hoofd. 'Voor alles is een eerste keer, anders zou er nooit iets veranderen en zouden we nu nog steeds hele dorpen tot de grond toe afbranden.'

'Sommige zaken behoren niet te veranderen!' bulderde Lord Vennaway.

'Sommige zaken hádden allang moeten veranderen,' wierp Aurelia tegen.

Soms kreeg ik bijna medelijden met haar ouders. De trotse, meest conservatieve familie van het graafschap, zonder erfgenaam, met slechts één dochter. Die dochter had alles wat ze zich maar hadden kunnen wensen, wanneer het ging om schoonheid, elegantie en een hart vol liefde. Maar ze koesterde ook dromen over sociale hervorming en omringde zich met volkomen ongepast gezelschap (ik, meneer Clay en mevrouw Bolton, die in Surrey werd gezien als een blauwkous). Zeer onverkwikkelijk allemaal.

Van de vele huwelijkskandidaten die door de jaren heen naar voren waren gestapt, waren er inmiddels twee grote kanshebbers overgebleven, die steeds ongeduldiger werden. Lord Kenworthy en Lord Dunthorne waren heel verschillend, maar allebei even onsympathiek. Giles Kenworthy was ongeveer twintig jaar ouder dan Aurelia, kil en stijfjes, met een droge huid en een gezicht waar geen lachje vanaf kon. De eerste keer dat ik hem zag, gluurde ik naar buiten vanuit een bibliotheek waar ik niet mocht komen en jakkerde hij door de hal alsof hij een vos achternazat. Ik was blij dat hij me niet zag. Hij had ogen waarvoor ik het liefst zou wegrennen.

Bailor Dunthorne was jong en verdorven, overgoten met een oliegladde charme. Hij was knap, opzichtig en sterk. Sterk genoeg om een paard tot bloedens toe te slaan; dat hadden we met eigen ogen gezien. Knap genoeg om ervoor te zorgen dat er onvoorstelbaar veel jonge vrouwen waren bezweken voor zijn charmes en er bekaaid van af waren gekomen; dat vertelde mevrouw Bolton ons (of liever gezegd, ze vertelde het aan Aurelia en ik was erbij). Hij maakte er een gewoonte van om onaangekondigd op bezoek te komen, wanneer we dat het minst verwachtten. Als de volmaakte tegenpool van zijn rivaal gaf hij me vaak een neerbuigende aai over mijn bol of bukte hij zich om op gelijke hoogte met me te komen, en liet hij zijn donkere ogen over mijn gezicht gaan. Ik kreeg er de rillingen van.

Beide heren kwamen uit een vooraanstaande familie en beschikten over een aanzienlijk fortuin. De familie Vennaway was van mening dat ze beiden geschikt waren. Toen Aurelia achttien werd, was het tijd om te kiezen; ze hadden lang genoeg rekening gehouden met haar gevoeligheden. Aurelia werkte echter niet mee. Over drie jaar zou ze haar fortuin erven, zo zei ze; ze had geen echtgenoot nodig. Vaak noemde ze de jonge koningin als rolmodel en voorbeeld. 'Victoria weigerde om te trouwen zonder dat er liefde in het spel was. Victoria overwoog serieus om ongehuwd te blijven, net als koningin Elizabeth eerder. Ze is alleen met Albert getrouwd omdat ze écht een goede verstandhouding hebben.'

'Hare Majesteit,' brulde haar vader, 'is de koningin van dit land en verkeert daarmee in een iets andere positie dan jij! Het is niet jouw taak om dit land te regeren en je plicht ligt niet bij het volk, maar bij je familie. Je moet trouwen en de lijn van de Vennaways voortzetten. Ik heb nooit een zoon mogen krijgen en sta niet toe dat mijn dochter me ook nog eens teleurstelt. Met Hare Majesteit heb ik niets te maken. Kennelijk denk je dat je hier een keuze in hebt, Aurelia, maar ik kan je verzekeren dat dat niet zo is.'

Qua ambities konden beide partijen zich met elkaar meten, maar natuurlijk hadden haar ouders alle macht in handen. Zij zouden deze strijd winnen, en Aurelia was zo mooi dat mannen haar ongebruikelijke overtuigingen best door de vingers wilden zien.

Zo stelden de Vennaways zichzelf gerust: het mocht haar dan aan gezond verstand, meegaandheid en eerbied ontbreken, dat maakte ze ruimschoots goed met haar schoonheid, afkomst en dertigduizend pond per jaar.

Als tienjarig kind zag ik geen enkele manier waarop die impasse doorbroken zou kunnen worden. Wat voor soort man zou haar vooruitstrevende temperament koesteren, haar gepassioneerde hart? Het was veel waarschijnlijker dat ze onderdrukt en afgesnauwd zou worden tot haar geestdrift was uitgedoofd. Lord Kenworthy zou bijvoorbeeld heel graag een vrouw als Aurelia bezitten. Hij zou haar stelselmatig ontdoen van de vele eigenschappen die zijn goedkeuring niet konden wegdragen, alsof ze niets meer dan onkruid was. Aangezien ze niemand anders had, vertrouwde ze mij haar angsten toe. Ze vreesde dat hij haar het ene kind na het andere zou laten baren, tot haar lichaam en geest versleten waren en ze een ander mens was geworden.

Hoe jong ik ook was, ik maakte me vreselijke zorgen om haar, en eerlijk gezegd ook om mezelf. Door de manier waarop Lord Kenworthy naar me keek wist ik dat het me niet goed zou vergaan in zijn huishouden... áls ik al met Aurelia mee mocht. In huize Dunthorne zou ik ongetwijfeld gladjes welkom worden geheten, wat misschien nog wel erger was. Het was onmogelijk om een uitweg te bedenken.

Totdat de natuur ingreep.

Op een dag zakte Aurelia tijdens een picknick in de boomgaard in elkaar. Haar nichten waren op bezoek en ik was aan het werk gezet, zoals gewoonlijk wanneer er iets plezierigs op het programma stond.

Terwijl ik Robin hielp met pruimen rapen, hoorde ik hun gelach door de bomen heen. Dat van Aurelia klonk nog het hardst van allemaal. Het viel me niet op dat het gelach na een tijdje verstomde; ik zat op mijn hurken in het gras een buidel te knopen van mijn schort omdat mijn mand vol was, en de stof glipte me telkens door de vingers.

Het viel me wel op dat Robin een arm vol pruimen liet vallen. Ze stuiterden een voor een op de grond, en het was niets voor hem om zo achteloos om te springen met de kostbare oogst. Toen ik opkeek, zag ik dat zijn gezicht asgrauw geworden was. Zonder iets te zeggen sprong hij van zijn ladder af en rende met grote passen in de richting van het partijtje. Ik stond langzaam op, met een naar gevoel dat als een spin langs mijn ruggengraat kroop. Als aan de grond genageld bleef ik toekijken toen Robin haar levenloze lichaam terug naar het huis droeg en haar nichten nerveus samendromden. Vooral de aanblik van een van haar levenloze armen is me altijd bijgebleven, als een ijzingwekkend inkijkje in de toekomst.

Dokter Jacobs werd erbij geroepen. Na een lang, grondig onderzoek vertelde hij ons dat Aurelia's stralende schoonheid en ondernemende aard maar een wrede dekmantel van het noodlot waren. Hoe groot en moedig haar hart ook was, het was ook zwak en ziekelijk en zou ervoor zorgen dat ze de dertig niet zou halen.

Aurelia verwelkomde het nieuws alsof het een slimme truc was die ze had bedacht om de trouwplannen die haar ouders voor haar hadden te dwarsbomen. Wat een geluk! Nu hoefde niemand haar meer. Niemand wilde een echtgenote die binnen een paar jaar zou komen te overlijden, want daarna zou er weer een vermoeiende zoektocht naar de volgende echtgenote van start gaan. Natuurlijk waren er misschien wel mannen die dat ongemak best voor lief wilden nemen in ruil voor haar erfenis, maar dokter Jacobs had gewaarschuwd dat de kans groot was dat ze door een bevalling zelfs nog eerder zou komen te overlijden. Hij raadde ten stelligste af dat ze zou trouwen en zich met de huwelijkse plicht zou inlaten. Zonder de kans op een erfgenaam hadden de Vennaways geen reden meer om haar uit te huwelijken. Het was beter dat het fortuin binnen de familie bleef. Aurelia knikte meegaand. Het kon beter naar haar nicht Maude gaan dan naar een vreemdeling.

Zo kreeg Aurelia dus toch nog haar zin, al moest ze daar wel een hoge prijs voor betalen. Die indrukwekkende bruiloft zou er niet komen. Die felbegeerde Vennaway-nazaat ook niet. Maar er zou ook geen sprake zijn van reizen, hartstocht of zelfontplooiing.

Dat dacht ik, althans.

12

De herinneringen aan die tijd drukken zwaar op me terwijl de trein vaart mindert en tot stilstand komt. De dagen na haar diagnose worden weerspiegeld in deze sombere dagen na haar overlijden. Net als toen komt mijn brein in opstand; de dood en Aurelia zijn niet goed met elkaar te rijmen. Ergens verwacht ik nog steeds dat ik haar hier zal aantreffen, wachtend op mij.

Londen is een aaneenschakeling van kleurrijke, vluchtige stillevens, een pak kaarten dat steeds opnieuw wordt geschud. De drukte op Bricklayers' Arms benadrukt nog eens hoe ingedut het dorp Ladywell eigenlijk is. Ik zie straatventers, schreeuwende mensen, schaars geklede vrouwen en kinderen op blote voeten. Alsof ik door deze ervaring buiten mijn lichaam ben getreden, zie ik mezelf: een zeventienjarig meisje dat zich honderd jaar ouder voelt, geheel in het zwart gehuld en terugdeinzend voor de chaos.

De gezichten van meneer en mevrouw Begley beginnen te stralen als mandarijntjes wanneer ze hun zoon in de menigte ontwaren. Hij begroet hen hartelijk met de mededeling dat de jonge mevrouw Begley thuis in Pentonville is om de welkomstlunch te verzorgen. Ik zou er mijn honderd pond voor overhebben om met hen mee te mogen.

Maar ik sta hun vrolijke weerzien in de weg. Even vrees ik dat ze me zijn vergeten, maar dan denken ze tot mijn opluchting weer aan me en word ik met de beste wensen en een haastig, plichtsgetrouw afscheid in een huurrijtuig gezet.

Het rijtuig begeeft zich op hoge snelheid tussen het drukke verkeer.

Ik word naar voren en naar achteren geslingerd, van links naar rechts. Mijn valies vliegt als een bromvlieg door de cabine. Er komt een paardenbus op ons af, die ons op een haar na raakt. De paarden hinniken verschrikt, er ontsnapt een stortvloed aan vloeken aan mijn koetsier. Het is een volkomen andere wereld dan Hatville Court, waar alles draaide om elegantie, positie en orde.

Uiteindelijk roept de koetsier: 'Jessop!' Het rijtuig komt tot stilstand in een rustige straat met witte rijtjeshuizen die in een grijze sluier van dagelijks vuil zijn gehuld. Ik tuimel naar buiten, er niet van overtuigd dat al mijn botten nog op hun plaats zitten.

Ik probeer het bij nummer zes – mevrouw Begley was ervan overtuigd dat het nummer zes moest zijn – maar word daar doorverwezen naar nummer achttien. Aan Jessop Walk worden de huizen van de straat gescheiden door een greppel die een beetje aan een slotgracht doet denken. Elk huis heeft een loopbruggetje en een hoog hek met scherpe punten erop om boeven buiten te houden. Ondanks die voorzorgsmaatregelen zijn de huizen maar smal en zouden de bewoners met gemak over de stenen tuinschutting heen kunnen kijken om te zien hoe hun buren leven. Als we op Hatville Court een van de buren wilden zien, moesten we eerst kilometers lopen.

Tot mijn opluchting ziet mevrouw Woodrow eruit als een geleerde vrouw, met een bril en grijze wollen handschoenen. Ze is niet dik, slonzig, dronken of bemoeizuchtig. Daardoor besef ik pas hoezeer mijn beeld van een pensionhoudster is gevormd door de romans van de heer Dickens. Ik betaal voor twee nachten vooruit en ze stemt ermee in dat ik mijn verblijf indien nodig kan verlengen.

'Mits er zich geen groep rijke, belangrijke gasten aandient,' merkt ze droogjes op. 'Het is januari,' vervolgt ze als ze ziet dat ik het serieus opvat. 'Niemand komt in januari naar Londen.'

Als ik uit het kleine raam van mijn kamer kijk, begrijp ik wel hoe dat komt. Het is inmiddels aan het miezeren, wat erg bepalend is voor de sfeer. De lucht hangt zwaar boven de bekrompen tuinen, waslijnen, moestuinen, privaathuisjes, daken, ramen en muren die allemaal binnen mijn uitzicht van zestig bij zestig centimeter passen. Thuis, als ik ooit al ergens thuis ben geweest, is nu heel ver weg.

Mijn kamer heeft kale vloerplanken en er staat een smal bed met een effen sprei erop. De muren zijn bruin en er hangt slechts één schilderij in een lelijke lijst, van een sentimenteel herderinnetje dat onnozel glimlacht naar een boerenknecht met rode wangen. Er is een waskom, een stoel en een tafeltje met daarop een glazen pot met sneeuwklokjes erin.

De aanblik daarvan brengt een stortvloed van herinneringen met zich mee: de weg tussen Hatville Court en Enderby; talloze verborgen hoekjes van het landgoed; donkere weelderige bladeren en kleine witte bloemetjes; frisse lucht en de belofte van de lente met Aurelia…

Ik vraag me af of ze dit voor mij in gedachten had.

13

Iedereen in huis was kapot van Aurelia's diagnose. Ik betrapte Lord Vennaway toen hij in tranen was en draaide me uit respect van hem weg. Lady Vennaway ging naar bed, maar kwam er meteen weer uit omdat ze besefte dat ze haar kostbare tijd met Aurelia wel beter kon besteden. Lord Kenworthy ging er als een kanonskogel vandoor en verloofde zich naar verluidt al snel met een rijke jongedame uit Kent. Een geluk bij een ongeluk.

Ik kon het nog steeds niet bevatten. Aurelia! Haar vuur brandde veel te hevig om zo vroeg te worden gedoofd. Als iemand anders dit trieste lot beschoren was, had ik het misschien nog wel kunnen geloven. Lady Vennaway was te broos voor dit leven, Kokkie was altijd en eeuwig moe, Rosy liep continu te hoesten en haar keel te schrapen. Om nog maar te zwijgen over Marcus, die om de haverklap van een muur af viel, een hamer op zijn tenen liet vallen of klem kwam te zitten onder een boomstam. Maar Aurelia? Een godin kón geen zwak hart hebben.

Ze hield de moed erin. Sterker nog, dat eerste jaar veranderde ze zo weinig dat het gemakkelijk was om te denken dat dokter Jacobs zich vergist had. Toch stond ze erop dat ik mijn onduidelijke rol binnen het huishouden moest laten varen om haar gezelschapsdame te worden.

'Het wordt tijd dat we ophouden met die onzin,' zei ze op een dag nuchter tegen haar ouders. 'Ik weet dat jullie niet op Amy gesteld zijn en ik zal jullie niet meer op andere gedachten proberen te brengen, maar dan wil ik wel dat jullie mijn beslissing respecteren en haar in alle rust haar taken laten uitvoeren. Ik weet niet wat er voor me in het verschiet ligt of hoe lang ik nog te leven heb. Van Amy word ik rustig en ik vertrouw haar volkomen. Hoe het ook verdergaat, ik wil haar aan mijn zijde hebben.'

Natuurlijk zei ze dat in het bijzijn van eerwaarde Chorley en dokter Jacobs. Ze deinsde er niet voor terug om privézaken te bespreken waar de steunpilaren van de maatschappij bij waren, als dat in haar voordeel kon werken. Dokter Jacobs was van mening dat ik een gunstige uitwerking had op Aurelia. Eerwaarde Chorley spoorde de familie aan om mededogen te tonen en zei dat ik een geschenk van God was. Daar was ik hem intens dankbaar voor.

Zodoende sliep ik vanaf dat moment niet meer in de bijkeuken, maar verhuisde ik naar de kamer naast die van Aurelia. We bleven samen lessen volgen, al waren die nu een onsamenhangend geheel. Meneer Henley hoefde Aurelia niet meer klaar te stomen voor het huwelijk, maar Lord Vennaway ging zo op in zijn verdriet dat hij niet de moeite nam om de onderwijzer te ontslaan.

Aurelia bleef elke week de drie kilometer naar Enderby lopen om de dorpelingen te bezoeken en om met eerwaarde Chorley, meneer Clay en mevrouw Bolton over de benarde situatie van de armelui te praten. Voortaan ging ik echter met haar mee. Iedereen, ongeacht vermogen of status, was ontsteld over het lot dat Aurelia ten deel was gevallen. Hoewel ze iedereen verbood het erover te hebben, was het het gesprek van de dag.

Lady Vennaway hield op me te kwellen, maar ze stond er wel op dat ik me als een gouvernante zou kleden, wat de zoveelste ruzie opleverde. Aurelia was woedend en bezwoer dat haar ondergang alleen maar bespoedigd zou worden als ik er zo kleurloos bij liep. Lady Vennaway wilde niet dat een doodgewone gezelschapsdame in de mooiste kleren werd gestoken, maar Aurelia hield vol dat het haar opbeurde om naar mooie dingen te kijken. Daarop beet haar moeder haar toe dat ze niet zo hoog van de toren moest blazen en dat ze me gerust terug mocht sturen naar de bijkeuken, als mijn kleding haar niet aanstond. Mij maakte het niet uit, dus zei ik tegen Aurelia dat ze zich gerust gewonnen kon geven. We hadden immers wel belangrijkere dingen om ons zorgen om te maken.

In het tweede jaar dienden de eerste tekenen van haar slechte gezondheid zich aan, onwelkom en onvermijdelijk als de korter wordende dagen en verwelkende blaadjes in de herfst. Ze klaagde over uitputting, een woord dat eerder niet in haar woordenboek voorkwam. 'Ik ben niet gewoon moe,' zei ze tegen me, 'het is niet dat gevoel dat je hebt na een drukke dag, of het verlangen om te gaan slapen. Het lijkt wel of er een last op me drukt waaraan ik me maar niet kan ontworstelen.'

We wandelden nog steeds naar Enderby, maar alleen op goede dagen. Soms gingen we met het rijtuig en soms bleven we thuis. Aurelia werd angstig. Wat zou haar aandoening nog meer teweegbrengen in de tijd die haar restte? Voor de dood leek ze niet bang te zijn, maar ze wilde niet veranderen voordat het zover was.

In december 1843 vierden we Aurelia's eenentwintigste verjaardag. Haar ouders wilden helemaal niet stilstaan bij de overgang naar een volwassen bestaan dat maar zo kort zou duren. Aurelia wilde een bal. Het compromis werd een etentje in besloten kring, bereid door Kokkie en mij. En Aurelia erfde haar fortuin.

14

Ik eet wat van de koude lichte maaltijd die mevrouw Woodrow me is komen brengen. Die bestaat uit een plak ham, wat brood en boter, een sinaasappel en een mok ale. Hoewel ik niet van ale hou, neem ik toch een slok en laat de rest staan voor later. Ik loop naar beneden en vraag aan mevrouw Woodrow of ze misschien weet waar Entwhistle's Bookshop is.

Dat weet ze niet, dus stap ik de koude, vochtige middag in en besluit wat rond te lopen. Als ik door de ene na de andere straat dwaal zonder wat voor winkel dan ook tegen te komen, laat staan een boekhandel, wordt het me al snel duidelijk hoe groot de stad is.

Zonder chaperonne voel ik me ontzettend opgelaten. Als Aurelia in haar eentje door Londen had gewandeld, had Lady Vennaway het bestorven van schaamte. Daarnaast ben ik me pijnlijk bewust van mijn sjofele voorkomen. Op Hatville Court begreep iedereen dat ik van eenvoudige komaf was, maar hier, in deze onbekende omgeving, is me goed aan te zien hoe onbeduidend en kwetsbaar ik ben, hoe weinig connecties ik heb.

Die gedachten drijven me weer terug naar Jessop Walk. Mijn eerste ontdekkingstocht was niet erg hoopgevend, maar ik ben blij dat ik zo voorzichtig ben geweest, want ik zie dat het hier veel vroeger en sneller donker wordt dan op het platteland. De gaslantaarns, die ik nooit eerder heb gezien, flakkeren griezelig in de schemering en wijzen me de weg.

Wanneer ik alleen ben in de kille, ongezellige kamer die de komende twee dagen van mij is, eet ik de rest van mijn lunch op en staar naar de muur. Ik weet niet wat ik moet doen, dus pak ik de pagina's waaraan ik gisteravond in de Rose and Crown ben begonnen er weer bij. Ik zou willen dat ik niet telkens werd teruggevoerd in de tijd zodra mijn veer het papier raakte. Ik zou willen dat ik nu een gedenkwaardig leven leidde. Toch merk ik dat ik steeds moet denken aan mijn herkomst, al heb ik dat al jaren niet meer gedaan en weet ik dat het geen zin heeft.

Wie ben ik?

Vroeger vroeg ik me aldoor af wie mijn ouders waren, net als Aurelia. Vanaf mijn vroegste jeugd speculeerden we volop over mijn geboorte. Die was veel te raadselachtig om dat niet te doen. Een baby, te vondeling gelegd in de sneeuw, zonder kleren en zonder aanwijzingen... Aurelia had een fantasievolle geest en ik was een ernstig meisje dat dolgraag iets wilde betekenen, dus het was voer voor de wildste verhalen.

Aanvankelijk gingen we ervan uit dat ik een prinses was, weggenomen door gemene overweldigers die mijn koninkrijk te gronde wilden richten. Die theorie had echter twee gebreken. Ten eerste verslond Aurelia alle kranten en was er in het buitenlandse nieuws niet één keer gerept over een vermiste baby. Ten tweede zou ik, als ik ooit gevonden werd, terug moeten om mijn land te regeren. Dan zou Aurelia weer alleen zijn, en mij klonk het maar als een lastig werkje in de oren.

Onze volgende hypothese was dat ik een zigeuner was. Daar viel meer voor te zeggen, omdat er het voorgaande jaar zigeuners door Enderby waren getrokken. Zigeuners, zo hadden we begrepen, waren extreem onbetrouwbaar en chaotisch. Misschien waren ze gewoon een baby kwijtgeraakt. Maar de zigeuners hadden nooit op het omheinde en bewaakte landgoed kunnen komen, dus hoe was ik daar dan beland? Ik had wel heel lang, donker haar, maar mijn huid was bleek en mijn ogen waren veel te licht. Dit idee verwierpen we ook.

Aurelia opperde dat ik de 'liefdesbaby' van Lord Vennaway zou kunnen zijn, een term die ze regelmatig in de salon op Hatville Court hoorde vallen. Ik was nog te jong om goed te begrijpen wat dat precies inhield, en zij misschien ook wel. Toch vonden we dit een goede optie, want het zou betekenen dat ik Aurelia's zus was en daarnaast zou het Lady Vennaways houding ten opzichte van mij verklaren.

Nu ik wat ouder ben, heb ik me erbij neergelegd dat ik ondanks het gedrag van Lady Vennaway waarschijnlijk niet het buitenechtelijke kind van haar man ben. Qua uiterlijk zou ik nog eerder een zigeuner of een prinses kunnen zijn. Ook denk ik dat als Lord Vennaway zijn gerief zou zoeken buiten het huwelijk, hij dat niet zou doen bij het type vrouw dat een baby op zijn landgoed zou achterlaten. Nee, zijn affaires zouden erg discreet en smaakvol verlopen. Trouwens, ik heb nooit het gevoel gehad dat het waar was. Als Lord Vennaway naar me keek, zag ik onverschilligheid, minachting en lichte irritatie. Nooit liefde, nieuwsgierigheid of schuldgevoel.

Het was moeilijk voor me om toe te geven hoe pijnlijk ik het vond dat ik niet wist wie ik was. Ik had alles overgehad voor ook maar een kruimeltje informatie over mijn ouders. Een naam, de vorm van een neus, een lievelingsliedje... wat dan ook. Dat soort details zou ik gretig hebben vastgepakt en veilig hebben opgeborgen in mijn hart. Alleen kon ik dat verlangen niet onder woorden brengen.

Toch kwam Aurelia naarmate ze ouder werd tot het besef dat mijn afkomst geen romantisch sprookje was. Na verloop van tijd stelde ze tot afgrijzen van haar moeder een grondig onderzoek in. De strijd werd in het voordeel van Aurelia beslist, want haar moeder kon niet voorkomen dat ze met anderen praatte. Aurelia hoorde hoogstpersoonlijk alle gezinnen in Enderby uit en smeekte hun om in hun geheugen te graven naar aanwijzingen.

Het liep allemaal op niets uit. Als iemand in Enderby mij al op de wereld had gezet of wist wie dat gedaan had, hield diegene zich stil.

Hoogstwaarschijnlijk was mijn moeder een arme ziel die uit schaamte op de vlucht was geslagen en opnieuw wilde beginnen. Hoogstwaarschijnlijk had ze mij de schuld gegeven van haar situatie of was ze gewoonweg te zwak geweest om me nog langer te dragen. Misschien zal ik er nooit achter komen.

Wil ik dat wel? Nu nog? Als God had gewild dat we alles zouden weten, had Hij de wereld vast niet zo mysterieus gemaakt. Ik ben gewend geraakt aan de leemtes in mijn leven. Ik ben het gewend om met vragen te leven.

15

De opschudding en de verandering van het leven zoals ik dat kende begon op een grijze januaridag. Het lijkt wel of alle belangrijke gebeurtenissen in mijn leven in januari hebben plaatsgevonden: mijn geboorte en daaropvolgende aankomst op Hatville Court, de dood van Aurelia en aansluitend mijn vertrek, en dit. Volgens mij kan ik de maand januari voortaan beter vermijden. Zou er een manier zijn om mezelf de rest van mijn leven tijdens de januarimaand in een sprookjesachtige slaap te brengen en in februari weer heelhuids op te staan? Enfin, ik dwaal af. Zo wispelturig was ik nooit toen Aurelia nog leefde. Haar fantasie was levendig genoeg voor ons allebei, en ik was de stabiele factor.

Al voel ik me nu niet zo stabiel meer.

Aurelia was eenentwintig en ik dertien. Zo herinner ik me alles in het leven: afgemeten in de, te weinige, jaren van haar hartstochtelijke bestaan, terwijl ik, acht jaar jonger, kleiner en gewoner, haar als een gehoorzame komeet achtervolgde. Die dag hadden de wolken zich samengepakt tot één massief wezen, zo dicht met elkaar verweven dat het leek alsof de zon er nooit meer doorheen zou kunnen komen.

Aurelia had haar ouders bijeengeroepen in de salon en we waren met zijn vieren, wat hoogst zelden voorkwam. Volgens de pendule op de schoorsteenmantel, met een patroon van met elkaar vervlochten vliegende vissen in blauw en klatergoud, was het laat in de middag. Aan het weer was dat niet te zien; het schemerde al de hele dag. Met tegenzin ontstak Lord Vennaway de kroonkandelaars.

'Mama, vader, lieve Amy, ik heb opwindend nieuws,' begon Aurelia op die opgewekte, geruststellend bedoelde toon die nooit veel goeds voorspelde. 'Ik heb een uitnodiging ontvangen. Het is een geweldige kans, al betekent die wel dat ik jullie een tijdje ga verlaten.'

Haar woorden daalden neer in een stilte die zo dik was als een wolk.

'Doe niet zo bespottelijk, Aurelia.'

'Het is geen grap, vader. Mevrouw Bolton gaat in maart naar Londen, voor de opening van een prachtige nieuwe bibliotheek. Vindt u dat niet geweldig? Daarna gaat ze een paar weken naar haar nicht in Twickenham, die onlangs is bevallen van een dochtertje. Stelt u zich eens voor, vader! Ik zal plekken zien die ik nog nooit heb gezien, een schat aan ervaringen opdoen en worden blootgesteld aan de grootste denkers van het land, want mevrouw Bolton is van plan om toneelstukken, lezingen en soirees bij te wonen. Ze heeft ongekend veel connecties in de progressieve kringen. Dit is ontzettend belangrijk voor me, vader, mama, gezien mijn toestand en de beperkte tijd die me nog rest om van dit soort dingen te genieten.'

Ik streek de plooien in mijn jurk glad. Dat Aurelia al zo snel over haar aandoening begon, nog voordat er daadwerkelijk een ruzie was losgebarsten, gaf wel aan hoe graag ze dit wilde. Het betekende ook dat ze er niet van overtuigd was dat ze haar zin zou krijgen.

'Een belachelijk idee.' Lord Vennaway nam een slok van zijn porter, kreeg een hoestbui en zette zijn glas neer. Zijn echtgenote was net zo grauw geworden als het wolkendek die dag. 'Mevrouw Bolton,' sneerde Lord Vennaway toen hij weer op adem was gekomen, 'is een vreselijk mens. We hadden nooit moeten toestaan dat je vriendschap met haar sloot. Dat zal ons leren om mee te gaan in dat koppige gedrag van je. Wat bezielt je, Aurelia? Verwacht je nou heus dat we je in jouw toestand en in zulk onfatsoenlijk gezelschap laten reizen? Nee, geen sprake van.'

'Jawel, vader!' zei Aurelia.

'Nee, natuurlijk niet! Welnu, Lord en Lady Drummond komen om acht uur dineren en ik wil niet dat dit onzalige voorstel onze avond bederft. Ik wil er geen woord meer over horen, Aurelia. We geven je al veel te veel vrijheid, maar als je denkt dat je ons hiertoe kunt overhalen, vergis je je jammerlijk. Zeg maar tegen mevrouw Bolton dat je niet met haar mee mag en laat de banden tussen jullie alsjeblieft vieren. Hoe durft ze zoiets ook maar voor te stellen, nu jij in zo'n broze toestand verkeert? Néé.'

Mij klonk het behoorlijk definitief in de oren. Lord Vennaway was een formidabel man, ook al dreef zijn geliefde dochter hem soms tot wanhoop. Binnen de politiek werd hij gevreesd, intimi aasden gretig op zijn goedkeuring. Als jong meisje dat niet bij hem in de smaak viel, wist ik maar al te goed hoe afkeuring er bij hem uitzag. Ik was er zeker van dat Aurelia deze discussie niet zou winnen, en voor de verandering stond ik aan de kant van haar ouders.

De klok tikte door, de grauwe lucht buiten werd nog donkerder. Het ademhalen ging me weer iets makkelijker af.

Maar toen...

'Ik vrees dat ik me niet kan neerleggen bij uw beslissing, vader,' zei Aurelia zacht. 'Ik heb niet lang meer te leven en ik ga dit doen. U hoeft zich er toch geen zorgen meer om te maken dat ik mijn kansen op een huwelijk zal bederven. Bovendien is het niet bepaald onfatsoenlijk te noemen dat ik wil reizen en mezelf wil ontwikkelen. Ik denk heus wel aan mijn gezondheid. Mevrouw Bolton is van plan om later dit jaar naar het vasteland af te reizen, maar ik stel niet voor om dan met haar mee te gaan, ook al zou ik niets liever willen dan Italië en Zwitserland zien. Volgens mij zijn drie maanden in het zuiden van Engeland niet te veel gevraagd. Ik begrijp dat u ongerust bent en dat dit voor onenigheid tussen ons kan zorgen. Dat is niet mijn bedoeling, maar toch ben ik vast van plan om te gaan.'

'Aurelia!' Lady Vennaway klonk gepijnigd.

'Ga de kamer uit.' Hoewel Lord Vennaway me niet aankeek en mijn naam niet noemde, wist ik dat hij het tegen mij had. Ik gehoorzaamde maar al te graag, want ik kon dit niet aanhoren.

Die avond mocht Aurelia niet aanwezig zijn bij het diner met de

Drummonds. Ze deed alsof het haar niets kon schelen, maar ik wist wel beter. Lord Drummond was knap en innemend, zijn echtgenote elegant en levendig, en ze waren bevriend met mensen die op hun beurt nauwe banden onderhielden met de jonge koningin en haar Albert. Toen Aurelia naar boven stormde om zich bij mij in onze zitkamer te voegen, ontbrak het haar aan haar gebruikelijke zwierigheid en hartstocht. Ze oogde geschrokken en bang. Er waren dingen gezegd die niet meer teruggenomen konden worden.

Voor deze ene keer kwamen mijn wensen overeen met die van haar ouders. We wisten geen van allen hoe lang Aurelia nog te leven had en waren te jaloers om haar te kunnen missen of met iemand anders te willen delen.

16

Mijn eerste volledige dag in Londen. Al vroeg kleed ik me aan, en ik sta klaar om naar buiten te gaan wanneer er op mijn deur wordt geklopt. Ik schrik ervan; ik ben het niet gewend dat mijn privacy wordt gerespecteerd.

Het blijkt mevrouw Woodrow te zijn, die zegt dat het ontbijt beneden klaarstaat.

Ik loop achter haar aan naar een kleine eetkamer waar een enorme tafel in gepropt is, ook al zijn er behalve ik geen eters. Er is gerookte haring, pap en lamskoteletjes met *kedgeree*. Voor de eerste keer in een week tijd krijg ik trek.

'Hebt u die boekhandelaar nog gevonden die u gisteren zocht, juffrouw Snow?' zegt mevrouw Woodrow nadat ze heeft gevraagd of alles naar wens is.

Ik vertel haar dat ik geen goed nieuws te melden heb, maar dat ik hoop dat mijn zoektocht vandaag meer zal opleveren.

'Is het erg belangrijk dat u hem vindt?'

Ik antwoord dat het van het grootste belang is. Gelukkig vraagt ze niet verder; ik ben me ervan bewust dat het een beetje eigenaardig klinkt.

'Ga naar Regent Street,' raadt ze me aan. 'Daar zijn alle boekhandelaren met een goede naam te vinden.'

Wat een verschil kan je humeur maken, zeg. Vanochtend ziet Londen er totaal anders uit: nog steeds grijs, uitgestrekt en bitterkoud, maar deze keer heb ik een bestemming en een plan. Ik heb goede hoop dat ik vanavond in Jessop Walk zal terugkeren met de tweede brief in mijn handen, zodat ik te weten zal komen wat de volgende stap van deze speurtocht is.

In mijn optimisme kies ik ervoor om te voet te gaan in plaats van een rijtuig aan te houden. Ondanks mijn verdriet geniet ik ervan om St James's Park, het paleis en de beroemde bibliotheek te zien. Tot nu toe had ik alleen maar over die plekken gehoord en gelezen, maar nu ben ik er zelf! Het lijkt me niet eens uitgesloten dat de koningin vanuit de nevel op me af zal komen stappen. Zelfs de mist maakt vanochtend een andere indruk op me, vol vertrouwen en samenzweerderig, in plaats van hinderlijk en boosaardig.

Mevrouw Woodrow heeft me duidelijke aanwijzingen gegeven: 'Niet afdwalen naar Devil's Acre in het zuiden, juffrouw Snow. Daar wilt u niet terechtkomen, en ook niet aan de Strand in het oosten. Dat is een sloppenwijk waar het krioelt van het ongedierte.'

Ik ben er vrijwel zeker van dat ik op de goede weg ben. Even leg ik de haast achter mijn zoektocht naast me neer en volg ik een van Aurelia's andere instructies op: *Verwonder je over een deel van ons koninkrijk dat zo anders is dan Enderby!*

Verrukt kijk ik naar de kraampjes waar gepofte aardappels en hete kastanjes worden verkocht. Het ruikt heerlijk en voor het eerst in mijn leven heb ik geld op zak. Ondanks mijn stevige ontbijt sta ik mezelf eerst de ene warme versnapering toe en daarna de andere. Door het lopen heb ik weer honger gekregen en de kou dringt door mijn kleren heen. Ik heb nooit van kou gehouden.

Ik werk de laatste hap van mijn aardappel naar binnen en stop de kastanjes in mijn zak, waarna ik mijn vingers aflik en bedenk hoeveel vrijheid ik hier heb, in vergelijking met Hatville Court. Inmiddels heb ik geen behoefte meer aan een chaperonne en heb ik niet meer het gevoel uit de toon te vallen in mijn sjofele kledij. Dan maakt mijn maag plotseling een salto. Als ik niet uit de toon val, moet ik afgedwaald zijn.

Ik kijk om me heen en zie kinderen in elkaar gedoken in de portieken zitten, met hun magere handjes uitgestoken. Het zijn er maar een paar, maar niemand jaagt hen weg; ze horen hier thuis. Jonge meisjes verkopen sneeuwklokjes uit strooien manden en er is een hoop kabaal van vrolijke marktkooplieden die hun waren aanprijzen. Het komt niet erg bedreigend over, maar niets van dit alles kwam voor in de routebeschrijving die mevrouw Woodrow me gegeven heeft. Haastig loop ik terug naar het kraampje met de kastanjes.

'Ben je daar alweer, schat?' De verkoper is een knappe jonge man, en ik bloos als hij naar me knipoogt. 'Je hebt ze toch nog niet allemaal op, zo'n mager ding als jij? Of ben je soms teruggekomen om mij te zien? Ik moet tot zeven uur werken, maar als je dan terugkomt, neem ik je graag mee uit, schat.'

Met mijn mond vol tanden staar ik hem aan. De eindeloze etiquetteregeltjes die in alle ernst werden bijgebracht aan Aurelia en met een flinke dosis spot aan mij werden doorgegeven, hebben me er niet op voorbereid om zo vrijpostig te worden toegesproken door een volslagen vreemde. Ook al doe ik mijn best om mijn blik af te wenden, ik zie de pretlichtjes in zijn ogen… en vraag me onwillekeurig af of deze manier misschien beter is. Of waren de formele, strategische avances van Lord Kenworthy te prefereren?

Of de jonge man nou goed of fout is, ik ben niet bang voor hem, dus vraag ik waar ik ben en hoe ik bij Regent Street kan komen. Hij geeft me een routebeschrijving die zó gedetailleerd is dat ik hem ervan verdenk dat hij me aan de praat probeert te houden. Ik luister aandachtig, maar dan slaakt hij opeens een harde brul, waardoor ik me een hoedje schrik.

'Hé! Oprotten, vuil diefje dat je bent!' buldert hij, terwijl hij aanstalten maakt om achter zijn kraam vandaan te komen.

Geschrokken spring ik achteruit, en ik zie nog net een kleine gestalte de menigte in vluchten.

'Die verdomde zakkenrollers ook altijd. Neem me niet kwalijk, juffie. Hebt u alles nog?'

Geschrokken tast ik mijn zakken af. Er zijn wat munten verdwenen, evenals mijn kastanjes. Ik heb mijn mantel niet eens voelen bewegen. De rest van het geld dat ik heb meegenomen zit in een andere zak en de brief is nog veilig opgeborgen in mijn rok, dus ik besef meteen dat ik geluk heb gehad. Stel je voor dat de brief was gestolen! Bij die gedachte word ik slap van afschuw.

'Bedankt, meneer,' zeg ik welgemeend.

Hij schatert het uit. 'Ik ben geen "meneer", juffie, maar als u die rijkelui in Regent Street beu bent, kunt u me altijd komen opzoeken. Tommy is de naam.'

'Dank je, Tommy.' Ik koop nog een zakje kastanjes van hem – ik jaag mijn geld er sneller doorheen dan ik verwacht had – en haast me terug naar de juiste route.

Na een poosje herken ik een anglicaanse kerk en een kleine privétuin en besef ik waar ik verkeerd ben gelopen. Wat ging dat snel, zeg. Het ene moment was ik nog de plichtsgetrouwe Amy Snow, die braaf instructies opvolgde, het volgende moment was ik een verdwaald straatschoffie aan wie een oneerbaar voorstel werd gedaan door een kastanjeverkoper! Wie ben ik nou eigenlijk? Het is moeilijk om dat te bepalen in deze mist, in deze straten die eindeloos in elkaar overgaan. Mijn knieën knikken.

Mijn optimistische instelling van eerder is vervlogen en de verleiding is groot om terug te keren naar Jessop Walk en daar weg te kruipen in een boek. Ik ben geen avontuurlijk type. Toch moet ik steeds denken aan Tommy's grijze ogen, levendig, helder en... geïnteresseerd. Ik frons mijn voorhoofd. Zo ben ik nooit eerder door een man bekeken. Dat geeft stof tot nadenken. Wat zag hij toen ik voor hem stond?

Ik herinner me mezelf als een koppig klein kind; bedachtzaam en stil, maar met een sterke wil en een vleugje temperament. Dat vastberaden karakter zie ik niet terug in de vrouw die ik nu ben. Kennelijk ben ik op een gegeven moment gaan geloven wat Lady Vennaway over me zei. Omdat die belangrijke mensen mij verachtten, ben ik gaan denken dat ik dat verdiende. Opeens dringt het tot me door dat ik ben gaan geloven dat niemand mij ooit als echtgenote zou willen. Doordat er zo veel nadruk werd gelegd op Aurelia's huwelijk, Aurelia's schoonheid en Aurelia's aanbidders heb ik misschien het gevoel gekregen dat ik in mijn eentje beter af zou zijn. Maar dat gevoel kwam niet uit mijn hart, begrijp ik nu. Er branden tranen in mijn ogen, de eerste sinds lange tijd die niet door Aurelia zijn veroorzaakt.

Er flitst weer een beeld door mijn hoofd: de cottage en de tuin, de pony, de glimlachende echtgenoot. Dit is al de tweede keer in twee dagen tijd dat ze mijn gedachten binnendringen, nadat ik ze zo lang opzij heb gezet. Mijn dromen zijn niet alleen vervaagd omdat ik me heb overgegeven aan Aurelia's grootse plannen. Ik realiseer me nu pas dat ik het heb opgegeven, zonder het zelf te merken.

Tommy is een rasechte verleider, concludeer ik met een waterig glimlachje. Een uitnodiging om samen over Haymarket te slenteren is nog geen huwelijksaanzoek. Al is het misschien wel iets wat normale meisjes meemaken. Die gedachte geeft me de kracht om mijn weg te vervolgen. De kastanjes heb ik al verslonden voordat ik in Piccadilly aankom, waardoor ik achterblijf met een verbrande mond en met een nieuwe levensles. Londen is als een stromende rivier; het is gevaarlijk als je de stad niet serieus neemt.

Regent Street is heel anders dan ik me had voorgesteld. In schitterende etalages zie ik een heel arsenaal aan juwelen, vogels, schrijfveren, beeldhouwkunst en andere voorwerpen die ik simpelweg niet herken of kan benoemen. Het Pantheon in Piccadilly ziet eruit als iets wat Aurelia bij elkaar had kunnen fantaseren: een grote glazen winkelgalerij met fonteinen, standbeelden en galerieën, waar piekfijn geklede dames en heren rondparaderen.

Ik begin meteen navraag te doen in winkels die misschien, al is het in de verte, iets te maken hebben met het boekhandelswezen. Omdat ik zo armoedig gekleed ben, lopen de reacties uiteen van licht neerbuigend tot een hardnekkige weigering om me te woord te staan. Ik verwelkom hun minachting als een teken dat ik ben waar ik behoor te zijn en daarom relatief veilig ben. Trouwens, ik ben niet anders gewend.

Ik ga van de ene naar de andere winkel, maar ik word niets wijzer. Niemand heeft gehoord van een boekhandel die Entwhistle's heet. Nadat ik alle winkels aan Regent Street en Oxford Street heb gehad, bedenk ik hoe groot Londen is en realiseer ik me moedeloos dat de boekhandel zich overal kan bevinden. Het is zoeken naar een speld in een hooiberg, naar een erwt onder duizend matrassen. Nu ik erover nadenk is het precies zoals de speurtochten naar Aurelia's met zorg uitgewerkte aanwijzingen op Hatville Court.

Kun je je nog herinneren dat ik, toen je nog klein was, graag speurtochten voor je organiseerde?

Hoe zou ik dat kunnen vergeten? Die speurtochten behoren tot mijn gelukkigste herinneringen. Als kind heeft het iets magisch om te weten dat er overal om je heen geheimen verstopt zijn, al is dat voor een vermoeide volwassene die een ongewisse toekomst tegemoet gaat wat minder aanlokkelijk.

Haar aanwijzingen bestonden uit raadsels, versjes of zelfs schetsen van de locatie in kwestie. We konden een hele dag bezig zijn met zo'n avontuur; ik met gefronst voorhoofd en puffend onder mijn dikke zwarte pony terwijl ik het mysterie probeerde te ontrafelen, Aurelia gesmoord lachend als ze me een verkeerde conclusie zag trekken en een doodlopend spoor zag najagen. Soms was ze te pienter voor me en moest ik me gewonnen geven, maar dan was ze er altijd om de puzzel aan me uit te leggen. Nu ze me niet meer kan helpen, kan ik alleen maar bidden dat ze me niet heeft overschat.

Rond drie uur 's middags is het zeker drie keer zo druk. Ik word achterdochtig bekeken en zonder pardon opzijgeduwd. Ik vergroot mijn zoekgebied, maar let deze keer wel goed op mijn omgeving. Er zijn hier minder mensen aan wie ik mijn vraag kan stellen, maar het antwoord blijft hetzelfde.

Net wanneer ik mijn zoektocht voor vandaag wil staken, doe ik een laatste wanhoopspoging bij een schoenmakerij.

'Geen flauw idee, juffrouw,' krijg ik te horen, 'maar probeer het eens bij de ouwe Manning, kent u hem? De tweede straat links vanaf Parsley Street, bij de herberg met het tevreden zwijn op het uithangbord. Hij is boekhandelaar en heeft een neus voor dat soort dingen. Een neus! Ha!' Hij steekt de neus van de laars waaraan hij werkt in de lucht.

'Dit wordt echt mijn laatste poging van vandaag,' spreek ik mezelf toe. Ik ben moe, mijn voeten doen ongelofelijk veel pijn en het is al bijna donker.

'Entwhistle's? Nooit van gehoord,' zegt meneer Manning zoals verwacht, terwijl hij zich tussen de donzige plukjes op zijn hoofd krabt. 'Entwhistle's, zei u toch? Nee, geen idee.'

'Bedankt voor de moeite.' Het lukt me niet meer om te glimlachen.

'Blijf nog even. Ik heb hier ergens een gids met alle boekhandelaren in Londen. Als u even wacht, zoek ik die voor u op.'

Buiten worden de schaduwen steeds langer, maar er is maar één antwoord mogelijk. Een gids kan me weken speurwerk besparen. Nog even, dan heb ik een adres, of in elk geval een van de lange, bloemrijke, omslachtige beschrijvingen die hier in Londen voor een adres moeten doorgaan. Misschien vind ik de brief vandaag nog wel!

'Het spijt me, juffrouw, de naam staat er niet in.' Meneer Manning klapt zijn gids weer dicht.

'Neem me niet kwalijk?' Puur ongeloof stroomt door me heen. Ik heb me heel wat manieren voorgesteld waarop dit zou kunnen aflopen, maar deze hoorde daar niet bij.

'Geen Entwhistle. Al verbaast dat me niet; het komt maar zelden voor dat ik een boekhandelaar niet ken.'

'U moet zich vergissen. Kijkt u alstublieft nog eens!'

Meneer Manning kijkt geërgerd, maar is me toch ter wille en laat me de lijst zien. Hij leest de namen zelfs nadrukkelijk aan me voor, alsof hij betwijfelt of ik kan lezen.

Inderdaad, de lijst verspringt van 'Durrant' naar 'Everley', zonder iets daartussenin. Ik draai de lijst om, op zoek naar een bijlage of iets dergelijks. Er is niets. Dan grijp ik de lijst vast en lees alle namen, een voor een, met mijn wijsvinger erbij, voor het geval dat de naam op de verkeerde plek staat.

Al die tijd kijkt meneer Manning me bevreemd aan.

Geen Entwhistle.

'Zoekt u iets in het bijzonder? Een specialistisch werk, wellicht? Ik zou het voor u kunnen bestellen.'

'Nee, meneer, u kunt me niet helpen. Bedankt dat u het voor me wilde opzoeken.'

Wat een verschil kan je humeur maken. Ik keer met een bezwaard hart terug naar mijn logement, met stomheid geslagen. Ik heb amper erg in het hotsen en botsen van het rijtuig, in de hobbelige straten.

Ik voel niets dan angst. Want als er geen boekhandel bestaat die Entwhistle's heet, is er ook geen brief. En als er geen brief is, loopt het spoor dood.

17

De ruzie hield weken aan. De trotse mevrouw Bolton kwam in haar pauwenkleuren naar het huis, gewapend met smeekbedes, referenties en geloofsbrieven. De correspondentie vloog over en weer tussen Hatville Court en de overige betrokkenen: de kennissen van mevrouw Bolton, de beoogde bezoekadressen. Dokter Jacobs werd geraadpleegd. Hij gaf zijn zegen aan het plan. Er werd een deskundige uit Londen bij geroepen. Die was het er niet mee eens. Al hechtte Aurelia weinig waarde aan zijn mening en vroeg ze zich vooral af hoeveel geld haar vader daarvoor had moeten neertellen.

Terwijl de toekomst van Aurelia's nieuwste en wildste project op het spel stond, struinde ze de bals af, gespannen en met een wit gezicht. De dagen werden een uitputtende aaneenschakeling van drama. Privégesprekken tussen Aurelia en haar ouders, dichtslaande deuren, rennende voetstappen en huilbuien van woede. Ik zag het allemaal hulpeloos en verbaasd aan. Als ik aan Aurelia vroeg wat er gezegd was, keek ze me wanhopig aan en schudde met op elkaar geklemde lippen haar hoofd. Dat was dezelfde Aurelia die me alles had verteld wat ze had gehoord over Lord Kenworthy en Lord Dunthorne, alle roddels en schandalen. Ze had nooit eerder rekening gehouden met mijn fijngevoeligheid. In de achttien maanden sinds haar diagnose was ik gewend geraakt aan onze nog hechtere band, en nu voelde ik me verschrikkelijk buitengesloten.

Ik was nijdig op haar. Natuurlijk begreep ik wel dat ze het niet prettig vond dat haar plannen gedwarsboomd werden, maar het ging maar om een vakantie! Ik zei tegen mezelf, stiekem, op duistere momenten waarover ik tegen niemand open kon zijn, dat ze overdreef. Op een dag glipte ik echter de bibliotheek in en zag ik Aurelia in een oorfauteuil bij het raam zitten. Ze hoorde me niet. Ik had me de kunst eigen gemaakt om zo geruisloos mogelijk te bewegen om maar niemand tot last te zijn. Haar boek was op de grond gevallen en ze had haar handen voor haar gezicht geslagen. Op dat moment wist ik dat haar wanhoop niet gespeeld was. Omdat ik niet wist wat ik moest zeggen, liet ik haar maar alleen.

Ik begreep er niets van, maar ik was dan ook nog maar dertien. Haar gezelschap was de grootste bron van vreugde in mijn leven en ik wilde alle kostbare momenten die ons nog samen restten ten volle benutten. Waarom had zij niet datzelfde gevoel?

Ik vond het niet fraai van mezelf dat ik haar alleen in de bibliotheek had achtergelaten. Dat was de eerste keer dat ik het gevoel had dat ze niets aan me had. Ik wist niet meer hoe ik met haar moest praten. Ik miste haar, ook al zag ik haar nog steeds elke dag. In het begin huilde ik mezelf in slaap, maar dat kon ik niet verdragen, het voelde te tragisch. Alsof ze er al niet meer was, alsof ze al was gestorven. Zo ver durfde ik nog niet vooruit te denken.

Het was niet de bedoeling dat ik haar zou vergezellen tijdens haar reis. Ik was nog te jong voor de plannen die waren gemaakt. Het zou te vermoeiend voor me zijn. Als ze alleen ging, zo beloofde ze me, zou ze in een opperbest humeur terugkomen en alle hoogtepunten met me bespreken. Daarmee zou ze me uren kunnen vermaken.

Ik wilde geen drie maanden op Hatville Court doorbrengen zonder haar, hoeveel vermaak daar ook tegenover zou staan. Toch zou ze gaan, dat wist ik. Als ze eenmaal zo in de ban was van een idee, liet ze dat niet meer los.

De avond voordat ze vertrok zaten we voor haar open haard te praten. Ik zat in een grote fauteuil, met mijn knieën opgetrokken tot aan mijn kin en mijn armen er stevig omheen geslagen. Ik kon amper geloven dat ik haar na de volgende ochtend drie maanden niet zou zien. Op dat moment leek dat ondraaglijk lang.

'Ik ga je vreselijk missen,' mompelde ze tot mijn opluchting. 'Dat weet je toch wel, vogeltje van me?'

O, wat wilde ik daar veel op zeggen! Zou ze me echt missen? Vond ze mij nog steeds het allerliefst? Ik snakte ernaar om gerustgesteld te worden, maar de voorgaande weken leken me te hebben beroofd van het vermogen om vrijuit te praten. Aanvankelijk reageerde ik niet, en toen ik dat wel deed, voelde het alsof ik tekortschoot. 'Je hóéft niet te gaan,' zei ik, ook al wist ik dat het al te laat was. Mevrouw Bolton zou haar de volgende ochtend vroeg komen ophalen. Haar koffers waren gepakt, en de mijne niet. 'Je hoeft me niet achter te laten. Stel nou...'

'Wat?' vroeg ze zacht, alsof ze al wist wat ik wilde zeggen.

'Stel nou dat je dóódgaat? Stel dat je weggaat en ik je nooit meer zie? Is het écht zo belangrijk voor je? Zó belangrijk dat je het risico wilt nemen dat we nooit meer zo bij elkaar kunnen zitten?' Ik was steeds harder gaan praten en moest huilen, dus trok ik mijn knieën nog dichter tegen me aan.

'Och, vogeltje van me, zo moet je niet denken! Dat zou niets me waard zijn. Maar dat risico ís er helemaal niet. Ik wil niet beweren dat ik weet wanneer ik ga sterven, maar ik kan je verzekeren dat dat moment nog niet nabij is. Als dat wel zo was, zou ik het voelen en zou ik niet weggaan. Ik moet dit doen.'

'Maar... waarom dan?'

Ze slaakte een zucht en we staarden allebei in de vlammen. Een tijdlang dacht ik dat ze geen antwoord zou geven, maar toen draaide ze zich met een verdrietig gezicht naar me toe. Zo had ik haar nooit eerder gezien. Ik was gewend aan mededogen, halsstarrigheid, strijdlust, maar niet aan dat onverholen leed. 'Amy, ik heb nooit iets te zeggen gehad over mijn eigen leven. Ik paradeerde rond in dit hoekje van de wereld alsof dat wel zo was, maar dat was maar schijn. Ik ben een bevoordeeld mens, dat zeker, maar controle heb ik niet. Ik kan niet zelf bepalen wie ik ben.'

Ik liet mijn kin op mijn knieën rusten en luisterde aandachtig naar haar.

Ze aarzelde weer en kreeg een afwezige blik in die diepblauwe ogen. Het zag eruit alsof ze allerlei dingen doornam die ze wilde zeggen en daaruit koos wat ze zou, of mocht, zeggen. Toen ze weer begon te praten, deed ze dat op zachte, bedachtzame toon, maar zei ze alleen dingen die ik al veel vaker had gehoord. 'Overal om ons heen zijn muren die ons binnenhouden. Van het een komt steeds maar het ander. Als een van de buren op bezoek komt, ontvangen we diegene beleefd of doen we beleefd alsof we niet thuis zijn. Iemand besluit een diner te organiseren en iemand anders bereidt het eten. Terwijl anderen sterven van de honger. En niemand plaatst daar vraagtekens bij, althans, niemand in mijn familie. Ik heb het altijd geweten, Amy, ik heb het altijd gezien. Toch lukte het me om verder te gaan met mijn leven. De laatste tijd, misschien sinds we erachter zijn gekomen dat ik een hartkwaal heb, kan ik mijn ogen er echter niet meer voor sluiten. Ik ben me er aldoor van bewust. Het begint ondraaglijk te worden. De dwaasheid van dit alles, Amy, de regeltjes, wat we moeten en wat we juist niet mogen. De dingen die gerespecteerd en vereerd worden. Een lucratief huwelijk bijvoorbeeld, terwijl dat erop neerkomt dat een vrouw wordt verhandeld voor geld, als een paard! En dan alle zaken waarop wordt neergekeken, terwijl ze juist goed en oprecht zijn... Het is allemaal zo onzinnig. Ik zit ertussenin, maar wat heb ik eraan dat ik dit allemaal besef? Soms win ik een kleine strijd. Ik kan eten naar de dorpelingen brengen, de liefdadige projecten van de dominee steunen, vriendelijk zijn tegen iemand die gezichtsverlies heeft geleden, of mijn moeder dat nu een schande vindt of niet. Maar al die dingen veranderen niets aan mensenlevens, niet permanent.'

Ik knikte maar, want ik vertrouwde mijn eigen stem niet. Waarom sprak ze tegen me alsof ik een onbekende was die niet precies wist hoe ze dacht? Ik wilde geen maatschappijkritisch geluid horen, ik wilde dat ze tegen me zou zeggen dat ze van me hield en me niet kon missen.

'Tot nu toe ben jij mijn grootste zege, schat. Ik heb je veilig hier bij mij gehouden, ik heb je onderwezen en je de kans geboden op een beter leven nadat ik er niet meer ben. Dat je mijn beste vriendin geworden bent, is meer dan ik had durven hopen. Maar zelfs dat is bezoedeld, Amy, want wat heeft het jou gekost? De laatste tijd twijfel ik overal aan. Ik ben dankbaar voor elke dag dat je hier bij me bent, maar ik weet niet of ik jou wel zo'n grote dienst heb bewezen. Door mij ben je... een verschoppeling! Ik zou je moeten laten gaan, al zou mijn hart breken als je hier niet meer bent wanneer ik terugkom.'

Ik was geschokt. Dit was nog nooit bij me opgekomen. Nu hoefde ik niet alleen bang te zijn dat ik genegeerd zou worden, of vergeten, maar ook dat ze me de deur zou wijzen, vanuit de misplaatste gedachte dat dat beter voor me zou zijn. 'Aurelia, hoe kun je dat nou zeggen? Je hebt alles voor me gedaan. Ik zou je nooit in de steek laten, nooit!'

Ze kraste met haar nagels over haar hoofdhuid tot haar haar overeind stond. Haar wangen gloeiden en er blonken tranen in haar ogen. 'In mijn leven ben ik vaak keihard de strijd aangegaan... over hoedjes. Ik ben opgekomen voor mijn rechten... om veren te mogen dragen. Iedereen kent mijn standpunt... over lintjes. De zorgen van een verwend kind.'

'Nee, Aurelia. Voor mij heb je veel meer gedaan, dat wéét je!'

'Maar wat heeft dat opgeleverd? En ten opzichte van wie? Mijn ouders? Ik verafschuw hen vaak om hoe ze met jou omgaan, Amy, ik veráfschuw hen. Zo hoort het niet. En nu...' Ze haalde diep adem. 'Amy, soms zijn de mensen van wie je houdt... Nou ja, soms zijn die mensen gewoon sléćht.'

Ik wist beter dan wie dan ook dat Aurelia's ouders geen goede mensen waren. Toch begreep ik niet goed waarom ze zich zo druk maakte. Waarom reageerde ze zo fel, waarom nu? Desalniettemin krabbelde ik op uit mijn fauteuil en liet haar in mijn armen uithuilen.

Uiteindelijk kalmeerde ze weer en liet haar hoofd op het mijne rusten. 'Ik wil graag sterven in de wetenschap dat ik iets heb betekend. Misschien zijn er nobeler doelen te bedenken dan een reis maken, misschien ben ik weer eens egoïstisch. Maar iets anders ligt momenteel niet binnen mijn bereik. Op een dag zal ik sterven, Amy, veel eerder dan ik zou willen. Er is zo veel wat ik nog had willen doen. Dit is daar maar een onbeduidend onderdeel van, maar het is tenminste íéts. Mijn einde zal zich niet binnen die drie maanden aandienen. De tijd zal voorbijvliegen en ik beloof dat ik je elke dag zal schrijven. Na afloop kom ik weer bij je terug om de rest van mijn dagen te slijten, hoeveel dat er ook mogen zijn. Eerst wil ik echter dit doen, nu het nog kan. Ik ben een volwassen vrouw met een groot fortuin. Om nu weer te moeten aanhoren dat ik iets niet mag, is gewoonweg niet te verdragen.'

Ik slikte en kneep in haar hand. Hoewel ik het dolgraag zou willen, stelde ik niet de vragen die op mijn lippen brandden. Wat moest een gezelschapsdame zonder iemand om gezelschap te houden? Wat zou ik doen tijdens haar afwezigheid? Wie zou ik zijn?

Uiteindelijk werd ik gewoon aan mijn lot overgelaten. De familie Vennaway gedroeg zich tot mijn opluchting en verbazing niet opzettelijk wreed. Later kwam ik erachter dat Aurelia had gedreigd om nooit meer terug te komen, tenzij ze de toezegging kreeg dat ik bij thuiskomst veilig en wel op haar zou wachten. Daarom lieten ze me zo veel mogelijk links liggen.

Door Aurelia's vertrek leek haar vader te zijn ontwaakt uit de verdoofde toestand waarin hij al sinds haar diagnose verkeerde, en hij pakte zijn taken weer op. Meneer Henley, de privéleraar, werd ontslagen en vond een nieuwe betrekking op een school in Edinburgh.

De rest van het huishouden werd zoals altijd volledig in beslag genomen door hun goedgevulde takenpakket. Niemand controleerde of ik me wel aankleedde, of ik studeerde, of ik at… Er gingen weken voorbij waarin ik twijfelde of ik wel echt bestond. Ik bracht hele dagen door zonder te praten en voelde me zo ellendig, nutteloos en alleen dat ik het wel kon uitschreeuwen. Toch hield ik me stil.

Zonder Aurelia's bruisende aanwezigheid voelde het huis aan als een mausoleum. Het lukte me niet langer mijn angst voor haar dood op afstand te houden. Ik besefte dat dit nog maar een voorproefje was van de tijd dat ze er voorgoed niet meer zou zijn. Hoe zou mijn hart het moeten overleven zonder haar? En wat zou er van me worden nadat ik van het landgoed werd verbannen?

Een tijdlang bad ik constant voor haar gezondheid. Niets zou de uiteindelijke afloop kunnen veranderen, dat wist ik. Maar toch smeekte ik God of hij ervoor wilde zorgen dat ik er voorlopig niet mee geconfronteerd zou worden.

Omdat ik hunkerde naar gezelschap zocht ik zo veel mogelijk mensen op. De keren dat dokter Jacobs Lady Vennaway bezocht, bleef ik als een zwijgende geest op de trap dralen, in de hoop hem te kunnen spreken, maar te bang om de vraag te formuleren die ik hem wilde stellen.

Ondanks mijn verlegenheid leek hij het te begrijpen. 'Niet bang zijn, kindje,' zei hij dan, 'ze heeft nog tijd genoeg. Misschien twee jaar, misschien zelfs langer... tenzij ze erg veel ongeluk heeft.' Eén keer ging hij naast me zitten op de bovenste traptrede en gaf hij me uitleg over hartkleppen en hartkamers.

Zo ging het ongeveer een maand, misschien langer. Toen, ondanks mijn overtuiging dat mijn leven zonder Aurelia niets voorstelde, nam mijn angst af. Elke avond leek het of er nooit een eind zou komen aan de duisternis, maar elke ochtend kwam de zon weer op. Elke dag werd ik een dag ouder. Niet alleen ik leefde nog, maar zij ook. Toen ik me realiseerde dat er een maand voorbij was en dat het nog maar twee maanden zou duren voordat ze terugkwam, werd ik weer wat opgewekter. Ik was nu een jonge vrouw, hield ik mezelf voor. De tijd zou sneller voorbijgaan als ik niet bleef zwelgen in zelfmedelijden, maar me nuttig maakte. Dus schoof ik mijn angsten aan de kant en probeerde ik een beetje te leven, elke dag. Ik liep vaak naar het dorp en ging in plaats van Aurelia bij de landarbeiders op bezoek. Als Kokkie het goedvond, nam ik iets te eten mee. Ik ging een keer of twee op bezoek bij eerwaarde Chorley in zijn ambtswoning en bij meneer Clay op de school, ook al was ik niet zo'n sprankelende gesprekspartner als Aurelia.

Op Hatville Court hielp ik Kokkie met wat kleine klusjes, hoewel ik na mijn lange afwezigheid uit de keuken minder dan ooit nodig was. Daarom ging ik vaak maar naar de tuinen, waar ik Robin smeekte of ik mocht helpen bij het zaaien.

Hoewel hij niet erg spraakzaam was, vond ik zijn aanwezigheid nog het meest geruststellend. De jonge jongen die me had rondgereden in een kruiwagen was uitgegroeid tot een lange, bebaarde man van eenentwintig, maar aan onze vriendschap was niets veranderd. Er heerste een aangename stilte tussen ons, alsof onze geesten op elkaar waren afgestemd.

Op een avond, terwijl ik het stof van mijn handen sloeg en opstond, leek hij aan te voelen dat ik ertegen opzag om terug naar binnen te gaan.

'Het is niet hetzelfde zonder haar,' zei hij onverwacht. 'Van haar is er maar één.'

Er trok een golf van dankbaarheid door me heen omdat hij het begreep.

In de resterende uren las ik, studeerde ik en speelde ik piano. Ik schreef Aurelia en vertelde haar alle nieuwtjes over thuis, erop vertrouwend dat ze die nog steeds interessant zou vinden. Elke dag ontving ik een brief van haar. In het begin was ik daar alleen blij mee omdat ze een teken van leven waren, maar later ging ik ook de inhoud waarderen. Haar schrijfstijl was precies zoals zijzelf: warm, oneerbiedig en grappig. Inmiddels verbleef ze in Twickenham bij de nicht van mevrouw Bolton, ene Constance Wister. Volgens Aurelia was ze verrukt over het weelderig ingerichte huis en de grote kinderschare.

Liefje, je zou Mulberry Lodge eens moeten zien! Al zou ik de hele wereld afzoeken, een grotere tegenpool van Hatville Court kun je je niet indenken. Constance is dol op alles wat modern is en heeft haar huis gevuld met beeldhouwwerken en behang (soms in de verbluffendste kleuren!) en meubilair vol edelstenen, sierknopjes en strepen. Ze is een lieve, hartelijke vrouw, Amy, die jij erg graag zou mogen. Ik zou willen dat je haar kon ontmoeten. Misschien gebeurt dat nog weleens. Ze heeft een echtgenoot die net zo innemend is als zijzelf, twee papegaaien, een schat van een hond en een stuk of driehonderd kinderen...

Zo gingen de dagen voorbij. De bestanddelen van het leven waren nog hetzelfde, alleen was de positie ervan veranderd en ontbrak het stralende middelpunt.

18

Mijn tweede dag in Londen. Ik heb een lelijke verkoudheid te pakken. Mijn keel voelt rauw aan, mijn ogen prikken en mijn hoofd zoemt als een wespennest. Ik blijf in elkaar gedoken in bed liggen, met al mijn kleren aan, in een poging mijn rillende lichaam onder controle te krijgen.

Ik leef nu iets minder dan een week in een wereld zonder Aurelia. Het verdriet is niet te bevatten en gaat nu ook nog gepaard met frustratie en moedeloosheid. Wat een genot.

Er bestaat geen boekhandel die Entwhistle's heet! Dat besef dringt zich steeds weer aan me op, ook al zou ik het dolgraag vergeten, al was het maar voor even.

Ik probeer mezelf voor te houden dat het nog geen verloren zaak is, maar ik wil me alleen maar verstoppen en mijn gebroken hart laten helen tot ik me weer sterker voel. Nu ik weet dat me aan het einde van deze zoektocht geen Entwhistle's wacht, kan ik het niet aan om weer een dag door de groezelige, slingerende straten van Londen te lopen. Ik heb Aurelia al bij de eerste hindernis teleurgesteld.

Zonder deze speurtocht zou ik misschien bezig zijn om de vacatures in de kranten door te nemen en sollicitatiebrieven te schrijven. Ik probeer mezelf ervan te overtuigen dat ik mijn zoektocht beter kan staken en een betrekking als gouvernante of gezelschapsdame kan zoeken. Maar natuurlijk ga ik dat niet doen.

Ik kan het bijna niet uitstaan dat ik zo volgzaam ben. Heeft Aurelia er niet bij stilgestaan in welke positie ze me bracht? Dacht ze echt dat reizen, stiekem gedoe en onmogelijke uitdagingen nu in mijn belang zouden zijn? Voor de zoveelste keer zit ik door haar wensen gevangen tussen twee werelden.

Ik denk terug aan dat intense, pijnlijke gesprek, de avond voordat ze vertrok. Op dat moment was ik diep geschokt omdat ze zei dat ze een verschoppeling van me had gemaakt. Maar ze had gelijk, bedenk ik nu. Ik zie haar prachtige, betraande gezicht nog voor me en hoor haar nog zeggen: 'Dat je mijn beste vriendin geworden bent, is meer dan ik had durven hopen. Maar zelfs dat is bezoedeld… Ik zou je moeten laten gaan…'

'Maar je hebt me nog steeds niet laten gaan, Aurelia,' breng ik krakerig uit, en daarna slik ik moeizaam. Ik voel me schuldig als ik terugdenk aan hoe dankbaar ik was toen ik die eerste brief ontving, in de moestuin op Hatville Court. Die voelde aan als een reddingsboei. Wat is die dankbaarheid snel overschaduwd door twijfel. Maar op dat moment wist ik natuurlijk ook niet wat ze voor me in petto had.

Weer denk ik terug aan het wilskrachtige meisje dat ik vroeger was. Als klein kind vond ik het heerlijk om alles te doen wat Aurelia wilde. Naarmate ik ouder werd, werd het leven echter te ingewikkeld om ervan te kunnen genieten. Ben ik in de loop der jaren tot de conclusie gekomen dat het makkelijker was om Aurelia gelukkig te maken dan om zelf gelukkig te zijn? Als dat zo is, kan ik het Aurelia dan wel kwalijk nemen dat ze hetzelfde heeft gedaan?

Hier zit ik dan, muurvast door deze onmogelijke zoektocht.

Ik vervloek meneer Entwhistle vanuit de grond van mijn hart. Is hij ook overleden? Heeft hij zijn bedrijf opgeheven? Wat bezielde Aurelia om mijn levenspad over zo'n kwetsbaar fundament te laten voeren? Uitgerekend zij had toch moeten weten dat het leven onvoorspelbaar is, zelfs voor de jongsten en slimsten onder ons. Wie is meneer Entwhistle in vredesnaam?

Ik doe mijn ogen dicht en hou mezelf voor dat ik mijn best gedaan heb. Per slot van rekening ben ik helemaal naar Londen gekomen. Gisteren heb ik eindeloos rondgedwaald en gespeurd, maar het spoor loopt dood. Entwhistle's bestaat niet. Wat kan ik nu nog doen?

Ik prent mezelf in dat ik uitgeput ben, dat morgen alles er beter uit zal zien, maar ik geloof het zelf niet. Het komt bij me op dat ik... Nee, zo mag ik niet denken. Het gevoel houdt echter aan en ik zeg de woorden geluidloos, om mijn keel te sparen, maar ook omdat ze zo schokkend zijn: 'Ik ben boos op Aurelia.'

Ik ga met opgetrokken knieën op mijn zij liggen en keer de zoektocht, de brieven en Aurelia's grote geheim de rug toe. Het kan me niets meer schelen.

Dan vliegen mijn ogen open en ga ik zo snel rechtop zitten dat mijn hoofd begint te tollen. Natúúrlijk kan het me wel iets schelen. Ik zal geen rust hebben totdat ik weet wat ze me nog had willen vertellen. Ik vervloek Aurelia, maar voel me meteen schuldig en bied mijn excuses aan. Van haar kant blijft het oorverdovend stil.

Hoe belabberd ik me ook voel, ik klauter uit bed, strompel de gang in en smeek mevrouw Woodrow om een grog omdat ik verkouden ben. Ze leeft met me mee en brengt het hete brouwsel naar mijn kamer. De meeste mensen maken dit met cognac, zegt ze afkeurend, maar zij is ervan overtuigd dat rum een veel geneeskrachtigere werking heeft.

Rechtop in bed neem ik kleine slokjes en lees ik Aurelia's brief voor de honderdste keer.

Richt je gedachten op het boek waarover we uitgebreid hebben gesproken op die zomeravond nadat meneer Howden bij ons was komen dineren. Hou rekening met de variabelen...

De herinnering aan meneer Howden ontlokt me een wrang glimlachje. Een vervelende man, nietszeggend en bevoogdend. Zo nu en dan was hij te gast bij de oudere Vennaways, en hij was een van de velen die door de jaren heen in aanmerking waren gekomen als toekomstige echtgenoot voor Aurelia. Ik heb hem maar één keer gezien, want in die tijd mocht ik nog niet met haar samen dineren.

Hemeltje, denk ik, als Aurelia op zulke vage herinneringen vertrouwt, hangt deze speurtocht echt aan een zijden draadje.

Hij was een heer, wat natuurlijk betekende dat hij geen nuttig beroep had, maar toch noemde hij zichzelf graag een 'man van de wetenschap'. Aurelia vertelde hem dat ze heel graag natuurkunde wilde studeren, een tactiek die ze wel vaker met succes gebruikte om mannen af te schrikken die ze onaantrekkelijk vond. Meneer Howden vatte haar opmerking echter op als een teken dat ze hem wilde plezieren en gaf haar ter plekke een lesje natuurkunde, terwijl de gastheer en -vrouw met ingehouden adem toekeken en hoopten dat ze eindelijk een man hadden gevonden die met hun eigenaardige dochter kon omgaan. Ha!

Na het diner kwam Aurelia regelrecht naar de keuken en speelde zijn verhandeling uitgebreid na. Zijn favoriete uitdrukking, 'hou rekening met de variabelen', kwam keer op keer naar voren. Tegen de tijd dat ze klaar was, lag ik dubbel van het lachen en had Kokkie niets meer aan me, dus werkte ze ons allebei de keuken uit en de hal in, net toen meneer Howden op het punt stond om te vertrekken. Jesketh, die hem uitliet, trok een lelijke frons toen hij mij zag. Meneer Howden leek echter geen oog voor me te hebben, hij pakte Aurelia's handen beet en maakte een diepe buiging.

Geamuseerd keek ik naar zijn smalle rode neus, zijn platgekamde bruine haar en het zenuwtrekje dat Aurelia nog maar even geleden had beschreven. Het was een bespottelijke gedachte dat Aurelia, met haar weelderige haardos en welgevormde mond, zich met zo'n dwaas zou inlaten.

Toch leek meneer Howden te denken dat Aurelia en hij een uitstekende verstandhouding met elkaar hadden. 'Denk erom, liefste, hou rekening met de variabelen,' fluisterde hij luid toen Jesketh hem de deur uit werkte. Daarna knipoogde hij zowaar naar Aurelia.

Op dat moment konden we ons lachen niet meer inhouden. Al schaam ik me om het te zeggen, we renden weg bij die arme Jesketh, die me weer naar de keuken wilde sturen. In plaats daarvan gingen we naar Aurelia's kamer (tegen die tijd was ik het al gewend om daar als een betrapte zwerfkat te worden weggejaagd), en lazen we met tranen in onze ogen samen het laatste hoofdstuk van *De oude rariteitenwinkel*, waar we zo naar hadden uitgekeken.

De verhandeling van meneer Howden kwam er, voor zover ik me kan herinneren, op neer dat alles in de natuurkunde heel erg logisch en lineair was. Oorzaken konden worden achterhaald en gevolgen konden worden voorspeld. Het enige wat het vakgebied voor de onontwikkelde geest zo ingewikkeld en verwarrend maakte, was het veelvoud aan variabelen dat tijdens elk experiment een rol speelde. Dat eenvoudige argument had hij meerdere malen toegelicht in eenvoudige bewoordingen, om Aurelia's slecht toegeruste vrouwelijke brein ter wille te zijn.

Nu probeer ik de variabelen zo goed mogelijk in kaart te brengen als ik kan met mijn eigen slecht toegeruste, verkouden hoofd. Omdat Aurelia aangaf dat ik op zoek moest naar een boekhandel die Entwhistle's heette, ging ik ervan uit dat ik die zou vinden. Misschien was dat voorbarig van me. Misschien moet ik niet zo snel conclusies trekken als het om Aurelia gaat.

Als de boekhandel geen Entwhistle's heet, hoe kan hij dan heten? Had ik de complete lijst van meneer Manning moeten doornemen en alle boekhandels van boven tot onder moeten afspeuren naar een verborgen brief? Of misschien is Entwhistle's wel helemaal geen boekhandel! Ik zie mezelf al navraag doen:

'Kunt u me misschien vertellen waar ik Entwhistle's kan vinden?'

'Wat is Entwhistle's?'

'Dat weet ik niet.'

'Een winkel, een notariskantoor, een bank, misschien?'

'Ik zou het niet weten.'

'Een herberg, een kleermaker, een verkoper van kastanjes?'

'Ik heb geen flauw idee.'

Uitgesloten! Daar zou geen beginnen aan zijn.

Hoe zit het met de andere variabelen... De stad? Zou er ergens anders een boekhandel zijn die Entwhistle's heet? Het vooruitzicht om mijn zoektocht te moeten uitbreiden naar alle Britse eilanden is niet erg opbeurend. Stel dat de aanwijzing een list is? Zou er een geheime code in haar woorden verstopt zitten? Jaren geleden, als ze aanwijzingen in geheimtaal schreef, tekende ze altijd een schepje in de hoek van de pagina, om aan te geven dat ik diep moest graven. Op deze brief is geen schepje te bekennen.

Als het geen geheimtaal is, is het gewoonweg om gek van te worden. Dan zit ik hier vast in Jessop Walk tot ik mijn kleine fortuin erdoorheen heb gejaagd en ik mijn verstand heb verloren.

Ik maak een prop van het papier en smijt die door de kamer. Hij ketst af tegen de muur en komt onder het zelfingenomen herderinnetje te liggen. Mijn arme, tollende hoofd is doodmoe van al dat zinloze ronddraaien tussen woede, berouw en hernieuwde toewijding. Het liefst zou ik gewoon boos blijven en er een punt achter zetten. Was liefde maar zo eenvoudig.

Ik kom weer wankelend mijn bed uit om nog een grog met rum te bestellen.

19

Aurelia hield zich aan haar belofte en stuurde me regelmatig brieven, die ik gretig verslond en vaak herlas. Ze stuurde kleine souvenirs en tekeningen mee, snuisterijen om haar omzwervingen tastbaar te maken voor mij, maar niets wat waardevol genoeg was om in beslag genomen te kunnen worden.

Juni. De witte paardenkastanjes zaten ruim in hun blad en op de gemaaide gazons gonsde het van de bijen. Het waren dagen met strakblauwe luchten, een gouden zon en weelderige bloemen, dagen waarop ik geloofde dat mijn beproeving bijna ten einde was. Ik was buiten zinnen van geluk, telde de dagen af tot Aurelia naar huis zou komen en maakte plannen om haar welkom te heten.

Toen schreef ze, aan mij en haar ouders, dat ze langer wegbleef.

Londen en Twickenham waren heerlijk geweest, maar nu was ze uitgenodigd in Derby. Dat was in alle opzichten een fascinerende plek, ze moest de uitnodiging wel aannemen en de beroemde natuur daar bekijken. In augustus zou ze terugkomen, niet in juni, zoals aanvankelijk de bedoeling was. De teleurstelling trof me als een bliksemschicht. Ik voelde me gedesoriënteerd. Ik wilde erop vertrouwen dat deze vertraging eenmalig zou zijn, maar dat deed ik niet.

Ze waarschuwde me dat onze correspondentie door haar reis naar Derby tijdelijk zou stilvallen:

Het wordt een lange reis, duifje van me, en er valt heel veel voor te bereiden: ik moet inkopen doen en inpakken, eindeloos veel men-

sen gedag zeggen, enzovoort. Daarom zal het waarschijnlijk een paar dagen duren voordat ik je weer kan schrijven (of voordat ik even op adem kan komen!). Maak je daar alsjeblieft geen zorgen om. Ik kijk ernaar uit om je weer in mijn armen te sluiten en alles over jouw zomer te horen wanneer ik in augustus naar huis kom.

Toen de langverwachte brief drie weken later arriveerde, stond die vol met excuses en uitroeptekens. Ze klonk nu al niet meer als de oude Aurelia, die flamboyant, ijdel en licht ontvlambaar was geweest. Nu schreef ze alleen nog maar over de society in Derby, over bals, partijtjes en knappe jonge mannen. Kortom, ze klonk als de dochter waar de Vennaways altijd naar verlangd hadden.

Liefste Amy, Meyrick Flintham heeft tegen me gezegd dat ik de grootste schoonheid van het koninkrijk ben! (Hij kan het weten. Als ik de geruchten mag geloven, heeft hij de helft van de schoonheden in het land veroverd.) Natuurlijk laat ik me niet paaien door een paar mooie woorden. Ik draaide simpelweg mijn hoofd van hem af en schreed weg aan de arm van David Gresham, die een toelage krijgt van veertigduizend per jaar.

Ik zette mijn nieuwe bestaan met steeds minder geestdrift voort. Haar brieven lieten alsmaar langer op zich wachten.

Augustus. Het was bloedheet en het beekje droogde op tot er slechts nog barsten in de aarde te zien waren, als een slangenhuid. Er deden zich maar twee noemenswaardige voorvallen voor.

Ten eerste de bruiloft van de keukenmeid, Dora. Lord en Lady Vennaway waren niet aanwezig. De rest van ons dromde zich samen in de kleine kapel en zat zwetend de huwelijksgeloften uit. De kerkliederen kregen geen concurrentie van de vogels buiten; waarschijnlijk lagen die met een slappe vleugel tegen hun gevederde voorhoofd languit in hun schaduwrijke nest.

Zo gebeurde het dat Dora ons voorgoed verliet. Ze was bits en ongeduldig, maar haar echtgenoot keek met onmiskenbare trots en aanbidding naar haar. Ik geef toe dat ik even jaloers was en me afvroeg waarom zij zo'n liefhebbende man had, terwijl ik helemaal alleen op de wereld was.

Het tweede noemenswaardige voorval was dat Aurelia haar terugkeer nogmaals uitstelde. Vanuit Derby schreef ze dat de gelegenheid zich had voorgedaan om het geïndustrialiseerde noorden te bekijken, het wonder van de katoenfabrieken en de vooruitgang die werd getekend door bakstenen en ijzer. We konden erop rekenen dat ze voor Kerstmis weer thuis zou zijn. Ik kon me niet beheersen, die brief ging regelrecht de haard in.

September. 's Ochtends dwarrelde er mist boven de gazons en ik dacht terug aan het moment waarop Aurelia me in de balzaal had leren dansen toen ik nog klein was. Nu had ik niemand met wie ik kon lachen en ondanks mijn woede miste ik haar. De regen maakte vlekken op de ramen.

Nu Dora er niet meer was, zette Kokkie mij in als onbetaalde keukenmeid. Het leek haar beter om dat te verzwijgen voor haar werkgeefster, want Lady Vennaway was geen voorstander van activiteiten waardoor ik me meer thuis zou voelen. Meerdere keren werden we bijna betrapt, met als gevolg dat ik de zijdeur uit werd gewerkt en één keer zelfs de voorraadkast in moest, tussen de kannen melk.

Het was geen prettige ervaring (het werk in de keuken, niet het verstoppen in de voorraadkast). Doordat ik een hechte vriendschap onderhield met de jonge vrouw des huizes, een ruime slaapkamer naast de hare had en onderwijs had genoten, bekeek de rest van het personeel me met argusogen. Behalve Kokkie, Jesketh en Rosy was er niemand die al in het landhuis werkte toen ik nog klein was, niemand die wist hoe mijn leven tot dan toe was verlopen. Maar ik had tenminste elke dag mensen om me heen en sliep beter nu ik iets omhanden had.

Aurelia schreef me onregelmatig en met grote tussenpozen. Tot overmaat van ramp sloeg ze steevast de plank mis.

Amy, ik wist wel dat je het prima zou redden zonder mij, zie je nou wel? Zo te horen hebben jullie het allemaal ontzettend druk. Geweldig. Wat lief van je dat je me zo trouw blijft schrijven. Mijn leven is nog steeds een wervelwind, liefje! Vanmiddag ga ik paardrijden met een jonge Italiaanse graaf met een enorme snor...

Misschien maakte mijn verlangen naar haar vriendschap, mijn raison d'être, het onmogelijk om nog tevreden te zijn met haar brieven. Het was overduidelijk dat zij niet meer zo naar mijn brieven smachtte als ik naar de hare. Ze klonk afgeleid; ik kon me niet voorstellen dat ze reikhalzend uitkeek naar de postbode, aanviel op de envelop en de inhoud gretig in zich opnam.

Soms informeerde ze naar iemand in Enderby, terwijl ik twee weken daarvoor nog uitgebreid over die persoon had verteld. Het mocht duidelijk zijn dat ze mijn brieven niet goed las. Het plaatselijke nieuws was ook niet erg vermeldenswaardig en ik voelde me saaier dan ooit. Mijn brieven waren vast vreselijk langdradig.

Wel spoorde ze me aan om te blijven studeren. Ze stelde me doelen en raadde me boeken en gedichten aan die we zouden kunnen bespreken wanneer ze terug was. In die maanden was het echter moeilijk te geloven dat ze ooit nog terug zou komen. Ze had me gekwetst en uit opstandigheid schoof ik onze gezamenlijke interesses aan de kant.

Wel leerde ik soep maken, wild roosteren en een fatsoenlijk deeg bereiden.

Kerstmis: regen en natte sneeuw. Geen cadeaus, geen vrienden en geen idee wanneer Aurelia naar huis zou komen. De nachten waren koud en ik lag huiverend in het maanlicht, geplaagd door verbitterde vragen. Hoe kon ze me nou zomaar laten zitten, zonder me gerust te stellen? Dat ze me zo behandelde was vooral pijnlijk omdat ik als baby ook al in de steek was gelaten. Ik dacht terug aan haar woorden tijdens ons laatste gesprek: 'Soms zijn de mensen van wie je houdt gewoon slécht.'

Mijn langgekoesterde beeld van Aurelia als de stralende engel die me uit de sneeuw had gered en die altijd van me zou blijven houden vervaagde als een regenboog. Ik had echt geprobeerd begrip op te brengen voor haar behoefte om een poosje te ontsnappen. Ik had geprobeerd me erbij neer te leggen dat we verschillende interesses hadden. Maar nu vroeg ik me af of zij ooit had geprobeerd om zich zo in mij te verplaatsen.

Januari sleepte zich voort. Aurelia was inmiddels in Bath, waar ze zo te lezen een diepe fascinatie had opgevat voor een zekere Frederic Meredith. Over haar terugkeer had ze al maanden niet meer gerept.

20

Regen. Beukende, dreunende regen geselt de stad, alsof die het antwoord uit mijn hoofd probeert te spoelen.

Na drie bekers grog heb ik onverwacht goed geslapen en nu is mijn derde dag in Londen aangebroken. Nog steeds ontbreekt het me aan inspiratie om mijn zoektocht voort te zetten. De frustratie die ik voel omdat ik hier gevangenzit en mijn geld uitgeef zonder iets te bereiken is enorm.

Vandaag gaat het iets beter met mijn verkoudheid, maar of dat door de rust komt of door de geneeskrachtige werking van mevrouw Woodrows rum kan ik niet zeggen. Omdat het beter gaat, ijsbeer ik door mijn kamer, piekerend over mijn probleem. Ik overweeg Aurelia's raadsel vanuit een heel andere hoek te benaderen. Als ik me gewonnen geef en Entwhistle laat vallen, zal er toch nog wel een andere manier zijn? Misschien zijn er meer mensen die ze in vertrouwen heeft genomen. Frederic Meredith, wellicht?

Tijdens die winterse dagen van mijn jongemeisjesjaren boezemde de naam Frederic Meredith me angst in. Sinds Aurelia hem had leren kennen, had ze het niet meer over andere mannen. Ze schreef in de meest lovende bewoordingen over hem, die bij mij niets dan afschuw opwekten. 'Zijn prachtige, mannelijke gelaatstrekken', 'zijn indrukwekkende gestalte', 'zijn scherpe intellect en fijngevoeligheid' zorgden er stuk voor stuk voor dat ik hoopte dat ze Frederic Meredith zo snel mogelijk aan de kant zou zetten. Ze beschreef hem als zo'n toonbeeld van mannelijkheid dat hij regelrecht uit een roman afkomstig leek. Ik zou willen dat ze haar eigen fijngevoeligheid zou terugvinden en zou terugdenken aan de vondeling die ze had beloofd altijd aan haar zijde te blijven staan.

Ik heb lang gedacht dat die twee een romance hadden, al ontkende ze dat na afloop en leek ze opvallend weinig over hem te willen praten, als je bedacht dat ze maandenlang vrijwel nergens anders over had geschreven. Ik vroeg me af of hij haar had afgewezen, hoe onvoorstelbaar dat ook was. Hoe dan ook had ik er geen behoefte aan om nog meer over hem te horen.

Nu vraag ik me af of haar geheim over een affaire gaat, al kan ik me niet indenken waarom ze daar nog zo geheimzinnig over zou willen doen nu ze er niet meer is. Als het waar is, kan ik dan niet beter direct ter zake komen? Ik zou naar Bath kunnen gaan, navraag kunnen doen, meneer Meredith kunnen opsporen en... Daar lopen mijn wilde plannen spaak. Stel dat ik het mis heb? Stel dat het geheim, wat het ook is, ook voor hém geheim moet blijven?

Voor de eerste keer in de vier dagen sinds ik Aurelia's eerste brief heb ontvangen, heb ik de gelegenheid om na te denken over wat haar grote geheim kan zijn. Ik moet bekennen dat ik brand van nieuwsgierigheid. Heeft ze een geldbedrag nagelaten aan een goed doel dat haar ouders afkeuren, misschien een van de tehuizen die de heer Dickens heeft opgericht voor dames van lichte zeden? Heeft ze zichzelf wellicht te schande gemaakt in beleefd gezelschap, heeft ze prominente personen beledigd of zich indiscreet uitgelaten over haar familie? Die verklaringen komen me allemaal zwak en erg onwaarschijnlijk voor.

Dan denk ik aan mevrouw Bolton. Na hun reis samen is ze nog een of twee keer bij Aurelia op bezoek gekomen, daarna is ze zoals gepland op rondreis door Europa gegaan en nooit meer teruggekomen. Haar bescheiden woning in Enderby werd dichtgetimmerd. Van tijd tot tijd ontving Aurelia een brief uit Frankrijk, Italië of Portugal, maar als daar al opwindend nieuws in stond, heeft ze dat nooit aan mij verteld.

'Mevrouw Bolton vraagt hoe het met je gaat, schat,' zei ze bijvoorbeeld vertederd wanneer ze opkeek van zo'n brief. Of: 'Je krijgt de hartelijke groeten van mevrouw Bolton.'

Mevrouw Bolton en ik onderhielden een innigere relatie toen we ons ieder op een ander continent bevonden dan toen we nog in hetzelfde dorp woonden.

Stel dat mevrouw Bolton ook in het ongewisse moet blijven? Door Aurelia's nadrukkelijke, misschien zelfs buitensporige, eis dat ik dit stil moet houden, ben ik aan handen en voeten gebonden. Ik kan er alleen zeker van zijn dat ik haar niet verraad door haar instructies tot op de letter op te volgen. Brief na brief. Maar Entwhistle's bestaat niet... Lieve help, wat een onmogelijke toestand.

Ik ga op bed liggen en probeer een stukje te lezen in *De nagelaten papieren van de Pickwick Club*, maar ik kan me niet concentreren. Het raadsel laat me niet los, ik blijf maar verdwalen in het verleden.

'Vanwaar al die geheimzinnigheid, Aurelia?' vraag ik hardop. 'Moest je het nou echt zo moeilijk maken?'

Wat ze ook heeft gedaan, ze kunnen haar immers geen kwaad meer doen. En ze zullen toch ook niet achter mij aan komen, puur om me dwars te zitten?

Er komt weer een herinnering in me op. Ik zal een jaar of zeven, acht geweest zijn. Aurelia was die dag op bezoek bij haar nichten. Als ze terugkwam, zou ze hen meenemen, evenals een groepje ooms, tantes en kleine kinderen. Er moest nog veel gebeuren om het huis in gereedheid te brengen.

Een van de dienstmeisjes was ziek en Kokkie maakte de grote inschattingsfout om mij haar werk te laten overnemen. We dachten dat Lady Vennaway die ochtend haar visites zou afleggen, zoals gewoonlijk op woensdag, dus liet mevrouw Last me de eetzaal stoffen en boenen. Die dag had de vrouw des huizes echter geen visites af te leggen, en ze besloot de kamers eigenhandig te inspecteren.

Ik had hard gewerkt en was trots op het resultaat. De meubels blonken en de spiegels glansden.

Och, de spiegels. Omdat ik dacht dat ik alleen was, greep ik die zeldzame gelegenheid aan om mezelf te bekijken. Natuurlijk hingen er geen spiegels in de keuken, bijkeuken of stallen en ik kreeg vaak opmerkingen over mijn uiterlijk, dus het sprak vanzelf dat ik nieuwsgierig was.

Dora had gezegd dat ik lelijk was, niet om aan te zien. Daarop had Rosy gezegd dat ze niet zo onaardig moest doen, dat ik het ook niet kon helpen. Ik had aan Kokkie gevraagd of het waar was, waarop ze een geërgerd handgebaar had gemaakt en had gezegd dat ik in de jam moest roeren. Toen ik Jesketh ernaar vroeg, zei hij dat ware schoonheid vanbinnen zat. Volgens Robin kon ik er wel mee door. Aurelia zei dat ik een schatje was. Iedereen maakte een opmerking over mijn geringe lengte.

Zo kwam het dat Lady Vennaway me betrapte tijdens een heimelijk, uiterst zeldzaam moment waarop ik mezelf bekeek.

In de spiegel zag ik een traanvormig gezicht met een bleke huid, omlijst door donker haar. Een dikke pony die in mijn ogen hing en in het midden iets uiteenstond zodat er een lichte frons tussen mijn wenkbrauwen zichtbaar was, ook al was ik me er niet van bewust dat ik fronste. Een brede mond. Grote ogen in een merkwaardige kleur.

Ik zuchtte. Ik was inderdaad erg klein. Mijn haar was te zwart, te zwaar. Als er al een glimlach op mijn gezicht lag, was die scheef en te breed. Ik experimenteerde er wat mee, met een grimas tot gevolg. De kippen zouden er bang van worden, zoals Dora altijd zei.

Op dat moment hoorde ik een schrille kreet en doemde de vrouw des huizes naast me in de spiegel op, als de boze koningin uit de sprookjes. Dat ze me op zo'n intiem moment had betrapt, maakte de schrik des te groter. Door de vreselijke woorden die uit haar mond kwamen, had ik er opeens schoon genoeg van.

'Ik heb mijn werk gedaan!' schreeuwde ik, verontwaardigd stampend met mijn voeten. 'Alles is piekfijn in orde. Ik wilde alleen maar helpen! Dolly ligt ziek op bed en zonder mij had er vanavond stof tussen uw worstjes gezeten.'

Als in een droom zag ik haar lange arm op me afkomen. Ze pakte mijn haar beet, in zijn geheel, alsof het een dik touw was. Daaraan sleepte ze me mee naar de keuken, waar Kokkie een fazant stond te plukken. Ze keek geschokt op toen Lady Vennaway een hakmes van de tafel pakte.

Met een handige beweging draaide mevrouw mijn haar in een lange streng en ze sneed het ter hoogte van mijn nek af. Er was maar één haal van het mes voor nodig. 'IJdelheid is een zonde,' kraste ze, 'en in jóúw geval gewoonweg belachelijk.' Met die woorden vertrok ze.

Toen Kokkie en ik alleen waren, keken we elkaar aan. Ik kon het niet uitleggen. Mijn haar lag op de vloer, meterslang, leek het wel. Ik raapte het op. Het leek zelfs nog meer dan toen het nog aan mijn hoofd vastzat. Ik voelde mijn nieuwe korte kapsel langs mijn gezicht omhoogwippen.

'De eetzaal is schoon,' zei ik uiteindelijk maar, en ik liep met mijn haar naar buiten om het op de afvalhoop te gooien.

Later vernam ik uit romans en feuilletons dat bij een op de drie weesmeisjes het haar op een gegeven moment wordt afgeknipt. Dat nam niet weg dat ik het ervoer als een inbreuk en er ontzettend verdrietig van werd. Toch deed Lady Vennaway me er ongewild op de lange termijn een plezier mee. Mijn lange haar was weerbarstig geweest en verzette zich tegen elke poging om het te temmen. Nu het kort was, krulde het rond de randen van mijn luifelhoedje en scheelde het me elke week uren borstelen. Aan mijn lange haar had ik niets gehad, behalve dan dat ik Aurelia ermee had kunnen kwellen.

Met een glimlach denk ik terug aan hoe Aurelia deed alsof ze woedend werd wanneer we de lengte van ons haar met elkaar vergeleken. Hoe vaak ze het hare ook borstelde of behandelde, het mijne was altijd langer. Hoewel mijn doffe zwarte lokken zich duidelijk niet konden meten met haar zijdezachte, glanzende, golvende haar, maakte ze er altijd een heel vertoon van dat ze jaloers op me was.

Ze bedacht een spelletje waarbij we over het hek naast het beekje moesten leunen, met ons hoofd boven het water, om te kijken wie van ons het oppervlak kon aanraken met haar haar. Natuurlijk was dat absurd, want dat was helemaal geen kwestie van haarlengte. Aurelia won altijd, simpelweg omdat ze langer was. Toch bracht het telkens weer een hoop hilariteit teweeg.

Zoals te voorspellen was, viel ik er de eerste keer in. Ik was zo vastbesloten om met mijn haar het water aan te raken dat ik vooroverkieperde, met mijn benen in de lucht. Ik verloor mijn evenwicht, en daar ging ik. Ik was ongedeerd maar nat, modderig en bang om uitgelachen te worden door Dora.

Nadat mijn haar was gekortwiekt, deden we maar gewoon weer wedstrijdjes om te kijken wie het snelst een takje over de beek kon laten racen.

Nu, in Londen, bedenk ik dat ik misschien helemaal niet veilig ben voor de Vennaways. Misschien is een vrouw die een kind zo behandelt wel iemand om voorgoed bang voor te zijn. Misschien is het maar beter dat ik zo ver weg ben: een klein, anoniem figuur in een grote, bedrijvige stad. Dit lijkt me de beste plek ter wereld om jezelf onzichtbaar te maken.

Iets aan de herinneringen die ik heb opgehaald heeft me van mijn stuk gebracht, en ik voel me rusteloos. Het liefst zou ik de stromende regen in lopen en de koude, natte lucht inademen. Wat knaagt er toch aan me? Niet het feit dat mijn haar werd gekortwiekt.

Iets anders.

Aurelia en ik die bij het beekje speelden. Dat ik haar mis. Dat we takjes lieten racen. Dat we over het hek hingen. Dat ons gelach door de lucht weerklonk. Dat ik haar mis. Dat ik in het beekje viel en naar modder rook. Aurelia die moest huilen van het lachen toen ze mijn sneue, door het slijk gehaalde gestalte zag. Dat ik haar mis. Aurelia die me opvrolijkte door me een nieuw verhaal te vertellen toen we terug naar huis sjokten. Het ging over twee konijnen die Entwhistle en Crumm heetten en een kleermakerij in Hampstead openden. Ik vond het een geweldig verhaal, en ze smeerde het uit over meerdere dagen.

Entwhistle droeg een rode waistcoat *en Crumm een blauwe…*

Opeens treft het me, als een klap tegen mijn hoofd. De stroom van mijn herinneringen heeft me als een takje in de beek naar mijn antwoord toe gevoerd.

21

Er gingen maar liefst twaalf maanden voorbij voordat we Aurelia weer zagen. Pas het volgende jaar, in maart, kwam ze bij ons terug, met de voorjaarswind in haar haar en verwelkomd door de narcissen.

Ik was in het leslokaal, ik kan me niet meer herinneren waarom, verloren in het soort verdrietige trance waaraan ik tegenwoordig gewend was. Door het geratel van de wielen van een rijtuig keek ik zonder al te veel interesse uit het raam, in de veronderstelling dat het iemand moest zijn die bij Lady Vennaway op bezoek kwam. Iets aan het tafereel zorgde er echter voor dat mijn hart een slag oversloeg.

Het rijtuig had er flink de vaart in: het grind stoof op als druppels in een fontein die het waterige zonnetje weerkaatsten. De wagen reed in volle vaart langs het jachtveld en helde vervaarlijk over. Zelfs de paarden hadden iets zwierigs tijdens hun galop, alsof ze vooral met hun sterke benen en weelderige manen wilden pronken en zich niet bekommerden om het rijtuig dat ze voorttrokken. Daardoor kreeg ik een sterk vermoeden over wie erin zat, nog voordat het dichtbij genoeg was om de donkerblauwe met zilverkleurige faëton van mevrouw Bolton te kunnen herkennen.

Ik zette het op een rennen.

Toen Aurelia uit het rijtuig stapte, omarmde Lady Vennaway haar langer en steviger dan ik haar ooit had zien doen. Ze huilde, kuste haar en huilde nog meer, en wisselde vervolgens een maand lang geen woord met haar. Lord Vennaway was zoals altijd afschrikwekkend en gesloten, maar de emotie in zijn blik was onmiskenbaar toen hij Aurelia kortstondig in zijn armen sloot.

Zelf voelde ik een roes van liefde, immense vreugde en opluchting. En natuurlijk de angst dat ik het meisje dat ik zo goed kende was kwijtgeraakt. In mijn wereldvreemde ogen zag ze er onvoorstelbaar glamoureus en anders uit. Hoewel ze al eenentwintig was toen ze vertrok, was ze voor mij nog steeds mijn jeugdvriendin geweest. Bij terugkomst was ze onmiskenbaar een vrouw, beheerst en afstandelijk. Ik herkende geen van de kleren die ze aanhad, noch de stijlvolle parasol, noch de gewaagde smaragdgroene handschoenen.

Ik sidderde. Wat kon een armoedig, achtergebleven kind zeggen dat een wezen zoals zij zou interesseren? Meer dan genoeg, zo bleek. Zodra ze me zag, brak op haar onaangedane, afstandelijke gezicht die vertrouwde stralende glimlach door. Vrolijk lachend tilde ze me op en zwierde net als vroeger met me in de rondte, waarna ze me neerzette om me eens goed te bekijken.

Op haar beurt keek ze ook op van de verandering die ik had doorgemaakt, een verandering die ik tot dat moment niet had opgemerkt. Ik was veertien toen ze terugkwam, zelf al een jonge vrouw. Dat lange, eenzame jaar had zijn tol geëist. Geen wonder dat ik er anders uitzag, langer, dunner, ouder. Ik was volwassen geworden, had mijn kinderlijke onschuld verloren. Ik beschouwde Aurelia niet meer als perfect, maar tot mijn grote vreugde ontdekte ik dat ik daardoor niet minder van haar hield.

De daaropvolgende weken waren heerlijk. Tussen ons was het weer als vanouds. Uit haar gezicht en stem sprak zo veel genegenheid dat ik me afvroeg waarom ik ooit aan haar liefde voor mij had getwijfeld. Dagenlang wandelden, praatten en lachten we samen en hing ik aan haar lippen. Uiteindelijk gingen we weer tegenover elkaar zitten en vertelde ik haar eerlijk over mijn eigen ervaringen, mijn angsten en zorgen. Zo had ik nog nooit met haar gepraat en mijn nieuwe openhartigheid leek ons nog nader tot elkaar te brengen. Onze gesprekken duurden zo lang en waren zo diepgaand dat het geen moment bij me opkwam dat ze misschien iets voor me achterhield.

Zo brak de laatste fase van mijn leven met Aurelia aan: wederom waren we onafscheidelijk, ieder op onze eigen manier milder gestemd door haar afwezigheid.

Aurelia leek te hebben gevonden wat ze zocht en wekte de indruk dat ze zich beter op haar plaats voelde op Hatville Court dan ooit tevoren. Ik had verwacht dat ze aldoor herinneringen zou ophalen aan de vrienden en plekken die ze met alle geweld had willen bezoeken, maar na de eerste opgetogen verhalen dreven ze weg als een droom.

Eén of twee keer werd er een brief voor haar bezorgd, met een onbekend handschrift op de envelop. Die verdonkeremaande ze en ik kwam er nooit achter wie ze had gestuurd. Ik ging ervan uit dat ze nog steeds correspondeerde met Frederic Meredith, maar toen ik tegen haar zei dat ik vreesde dat ze met hem zou trouwen en mij zou vergeten, moest ze daar zo hard om lachen dat ze een hoestbui kreeg.

Een maand na Aurelia's thuiskomst ging haar gezondheid in rap tempo achteruit. Voorheen was het nog moeilijk te geloven dat ze ziek was, nu was het onmogelijk over het hoofd te zien. Ooit was ze zo sterk en levendig geweest, nu werd ze zwak en bleek. Ze had lang weten te voorkomen dat ze aftakelde, maar plotseling was het zover.

Er werd een rolstoel naar Hatville Court gebracht en wanneer ze de rozentuin of de beek wilde zien, duwde ik haar daarheen. Op goede dagen was ze in staat om langzaam te lopen, zwaar leunend op een wandelstok. Op slechte dagen, en dat waren er veel, kon ze haar bed niet uit komen. Haar ouders konden haar nu niet meer uithuwelijken, ook al hadden ze het gewild. Het leek erop dat ze net op tijd was teruggekomen om afscheid te nemen, maar ze klampte zich uit alle macht aan het leven vast en de weken regen zich aaneen tot maanden en tegen alle verwachtingen in zelfs tot jaren. Ze weigerde nog steeds hardnekkig om zich zomaar gewonnen te geven.

Hoewel ik het hartverscheurend vond om haar zo te zien worstelen, was ik niet ongelukkig. Gek genoeg had ik me voor zover ik me kan herinneren nog nooit zo vredig gevoeld.

Wat wel verdrietig was, was het vertrek van Robin, die een positie als hoofdtuinman op het landgoed van een eminente familie in Gloucestershire aangeboden had gekregen. Ik moest toegeven dat het een schok voor me was om hem te zien vertrekken. Niet dat ik zijn vaardigheden niet op waarde had geschat, alleen had ik er nooit bij stilgestaan. Hij was altijd zo bescheiden en zwijgzaam dat ik nooit zou hebben gemerkt dat hij talent had voor het kweken van Afrikaanse lelies of dat Hatville Court vermaard was om zijn fruitopbrengst als zijn nieuwe betrekking daar niet de aandacht op had gevestigd.

'Hij kan goed overweg met alles wat leeft,' zei Aurelia zacht.

Ik begreep wel waarom ze verdrietig was. Onder zijn vingers kwamen planten tot bloei, maar zij was langzaam aan het verwelken.

Sinds haar terugkeer was ze een stuk bedachtzamer dan voorheen. We speelden en lachten minder en maakten meer wandelingen, wanneer haar gezondheid dat toeliet, waarbij we nadachten over de manieren waarop het verleden ons gevormd had. We zongen minder en lazen elkaar minder voor, maar voerden meer diepgaande gesprekken of zaten zwijgend bij elkaar. Al had ze niet al haar glans verloren, ze was minder sprankelend en leek eerder op diep, stilstaand water dan op vuur.

Ik was dat jaar zonder haar doorgekomen met niets anders dan vertrouwen en mijn eigen kracht. Die wetenschap gaf me iets wat ik eerder niet had gehad. Hoewel ik er geen woorden voor had, voelde ik het in mijn binnenste.

We wisten allebei dat elke dag een geschenk was waar we zo veel mogelijk van moesten genieten en dat we zo wijs mogelijk moesten besteden.

Uiteindelijk werden ons iets minder dan drie prachtige jaren gegund.

22

Het gezicht van meneer Manning, de boekhandelaar, betrekt wanneer hij opkijkt en mijn druipende gestalte in de deuropening ontwaart. Hij kan zijn teleurstelling maar met moeite verbergen. 'Daar bent u weer,' merkt hij op.

'Goedendag, meneer Manning, hoe maakt u het? Zou ik u mogen vragen om nog eens een blik te werpen in uw gids?'

'Ik betwijfel of daar in de tussentijd nieuwe namen in zijn verschenen, juffrouw. We hebben hier geen kaboutertjes die 's nachts druk aan het schrijven zijn.'

'Dat begrijp ik, meneer, maar als het niet te veel moeite is, wil ik iets anders opzoeken.'

Hij haalt zijn schouders op en strekt zijn nek eerst de ene en dan de andere kant op, alvorens me de gids te overhandigen. 'Sombere dag,' mompelt hij.

'Zeg dat wel,' beaam ik. Met een glimlach die ik niet van mijn gezicht krijg, blader ik gretig naar de letter C. En daar zie ik het staan.

Crumm & Co. Waistcoat Lane. Naast het bochtige binnenplaatsje achter de St Angelus. Holborn.

Het adres neemt elk spoortje twijfel bij me weg. Waistcoat Lane! Geen wonder dat dit Aurelia deed denken aan het verhaal uit onze kindertijd. Ik wens dat ik voor haar toekomstige aanwijzingen niet zo diep in mijn geheugen zal hoeven graven.

Nadat ik de beschrijving nog een keer heb gelezen, haast ik me de winkel uit, terwijl ik de boekhandelaar over mijn schouder heen uitvoerig bedank. Mijn rijtuig staat te wachten en tijdens de woeste rit naar Holborn vergeet ik al mijn ergernis over Aurelia's speurtocht. Van de spanning kan ik amper ademhalen.

'Wilt u dat ik weer blijf wachten, juffrouw?' vraagt de koetsier als we spetterend tot stilstand komen voor de St Angelus.

Ik betaal hem en zeg dat hij kan doorrijden. Na alle vertraging en obstakels van de afgelopen dagen ben ik niet van plan om zonder brief uit het etablissement van meneer Crumm te vertrekken. Als dat betekent dat hij me vannacht moet insluiten, is dat maar zo.

Holborn ligt er verlaten bij. Sterker nog, heel Londen houdt zich gedeisd op deze druilerige dag. Mijn rokken zijn zwaar door het water, de stortregen heeft misschien wel deuken veroorzaakt in mijn hoedje. Het kan me niets schelen. Nog even, dan zal ik weer iets van Aurelia vernemen.

Daar is het binnenplaatsje, dat inderdaad bochtig te noemen is; het heeft de vorm van een verfommelde zakdoek. Daarnaast bevindt zich een smalle steeg, waar ik bijna verwacht twee kleermakende konijnen aan te treffen die me hupsend de weg zullen wijzen. En daar is de boekhandel, bordeauxrood geschilderd, met een uitpuilende etalage met verticale raamstijlen en daarboven in keurige gouden letters de woorden CRUMM & CO.

Als ik huiverend van verwachting voor de deur blijf staan, vliegt die onder vriendelijk belgerinkel open en komt er een lange man in een ruime overjas naar buiten, die bijna over me struikelt. 'Pardon, juffrouw,' zegt hij beleefd, en hij houdt de deur voor me open voordat hij zijn weg vervolgt.

Ik loop de winkel in, die aangenaam wordt verlicht door kaarsen en gaslampen. Het is een welkom stukje helderheid op zo'n donkere dag.

'Goedendag, juffrouw.' Een vergenoegd uitziende man van een jaar of zestig kijkt glimlachend op van een grootboek. 'Kan ik u ergens mee van dienst zijn?'

'Goedendag, meneer. Ik kijk eerst even rond, dank u.'

'Natuurlijk, natuurlijk.'

Ga naar de afdeling Natuurlijke Historie... Richt je gedachten op het boek waarover we uitgebreid hebben gesproken...

Ik loop wat verder de winkel in en besluit in elk geval niet naar de afdeling Natuurlijke Historie te gaan. Nu ik de toon van Aurelia's aanwijzing begrijp, denk ik dat dit nog een list is die iedereen behalve mij om de tuin moet leiden. Hoewel meneer Howden het die avond over allerlei boeken had om te bewijzen hoe erudiet hij wel niet was, hebben Aurelia en ik na afloop natuurlijk *De oude rariteitenwinkel* gelezen.

'Neem me niet kwalijk, meneer, ik heb toch een vraag. Kunt u me misschien vertellen waar ik de werken van de heer Dickens kan vinden?'

Hij komt achter zijn schrijftafel vandaan en wijst me de betreffende planken aan. Dan lijkt hij te schrikken en eens wat beter naar me te kijken, al herstelt hij zich al snel. 'Nee, maar! Ik vraag me af...' begint hij, maar dan valt hij stil. 'Kan ik u misschien nog ergens anders mee van dienst zijn, juffrouw...'

'Nee, dank u.'

Toch blijft hij me nauwlettend in de gaten houden. Misschien komt het doordat ik er verfomfaaid en bleek uitzie, druipend van de regen. Misschien komt het door mijn rouwkleding, of het feit dat ik geen chaperonne bij me heb. Wat de reden ook mag zijn, hij heeft een aangename, zachte stem en een uitstraling die het onmogelijk maakt een hekel aan hem te krijgen.

'Hebt u onze collectie met vroege edities al gezien, juffrouw? We zijn geen bibliotheek, maar ik ben een groot liefhebber van de hedendaagse schrijvers, dus heb ik alle werken van de heer Dickens en nog twee of drie anderen. In deze glazen vitrine staan zowel feuilletons als gebonden boeken. Ze zijn niet te koop, maar ik zal de sleutel in het slot laten zitten voor het geval dat u een kijkje wilt nemen.' Dan loopt hij terug naar zijn schrijftafel en laat mij mijn gang gaan.

Mijn frons wordt nog dieper dan gewoonlijk. Wat een merkwaardig gesprek was dat.

Op de planken tref ik *De oude rariteitenwinkel* aan. Ik trek mijn natte handschoenen uit en tast de plank van boven en van onderen af. Ik weet zeker dat de brief niet in een boek zit, want deze boeken zijn bestemd voor de verkoop.

Niets.

Ik voel aan de achterkant van de plank om te zien of die naar voren kan schuiven, of er iets achter verstopt zit.

Niets.

Wanneer ik naar de glazen vitrine toe loop, ben ik al redelijk overtuigd van de uitkomst. Ik werp een blik op meneer Crumm, maar die is nog steeds verdiept in zijn grootboek. In de vitrine tref ik een lange rij met exemplaren van *De klok van meester Humphrey* aan, het feuilleton dat ik me zo goed herinner uit mijn kindertijd. Daar heb je de exemplaren met de laatste hoofdstukken van het treurige verhaal over kleine Nel en daar is de laatste editie, aan het einde van een plank, tegen de muur.

Voorzichtig haal ik het tijdschrift eruit en draai het om in mijn handen, maar er glijdt niets uit. Dan blader ik het rustig door en merk dat er twee of drie bladzijden aan elkaar zijn geplakt, misschien door wat verdwaalde boekbinderslijm. Of misschien ook niet.

Ik steek een vinger tussen de pagina's en ik ben totaal niet verbaasd als ik zie op welke plek het boek openvalt: bij het tragische verhaal over een heldin die te jong sterft.

Tussen de bladzijden ligt een effen witte envelop met slechts twee initialen erop: AS.

23

Met trillende handen knoop ik mijn mantel open, stop de brief bij zijn voorganger in de zak van mijn jurk en pak mezelf weer in. Dan zet ik het tijdschrift terug, sluit de vitrine af en blijf even verwonderd staan. Hier, in deze stad zo ver bij Hatville Court vandaan, in een achterafsteegje in een wijk waar ik nooit eerder ben geweest, lag één brief van mijn vriendin op me te wachten. Het voelt alsof ik zelf een roman ben binnengewandeld.

Hoewel ik brand van nieuwsgierigheid, wil ik de brief niet in een openbare gelegenheid lezen. Ook wil ik niet terug naar de kamer waar ik tot voor kort nog opgesloten zat. Bovendien vraag ik me af of er in deze winkel nog meer antwoorden te vinden zijn die Aurelia's brief me niet zal opleveren. Heeft de eigenaar haar gekend? Het lijkt er in elk geval wel op dat hij mij herkent.

Ik dwaal terug naar de boeken die hij te koop heeft staan en besluit *Oliver Twist* aan te schaffen. Het viel me zwaar om dat boek achter te laten.

De boekhandelaar kijkt belangstellend naar mijn keuze. 'Een prachtige roman. Als ik zo vrij mag zijn... Ik had verwacht dat u iets anders zou uitkiezen... *De oude rariteitenwinkel*, wellicht?'

Ik heb het me niet ingebeeld, hij weet iets. 'Dat is mijn lievelingsboek, meneer, maar ik heb het al in mijn bezit.'

'Ik begrijp het. Dus u hebt alles kunnen vinden wat u nodig hebt?'

'Inderdaad. Dank u... meneer Crumm, is het niet?'

'Albert Crumm, tot uw dienst. Juffrouw...'

'Mijn naam is Amy Snow.'

'Natuurlijk, lieve kind, natuurlijk. O!' Hij komt weer achter zijn schrijftafel vandaan en drukt me enthousiast de hand. 'Ik ben blij eindelijk met u te kunnen kennismaken, hoewel... Dit zal wel betekenen dat juffrouw Vennaway niet langer onder ons is.'

'Jammer genoeg is ze inderdaad overleden, meneer, een week geleden nog maar. Was u bevriend met haar?'

'Ik heb het genoegen gehad met haar te mogen kennismaken, ja. Door haar heb ik het gevoel dat ik u ook een beetje heb leren kennen, juffrouw Snow, als ik zo vrij mag zijn. Mijn innige deelneming.'

'Dank u. Meneer Crumm, kunt u me misschien vertellen... Ik vraag me af... hoe heeft ze dit... dit...'

'Dat is geen gesprek voor onder werktijd, vindt u wel, juffrouw Snow? Ik realiseer me dat ik een vreemde voor u ben, maar zou het erg ongepast zijn als ik u zou vragen om vanavond bij mij thuis te komen dineren? Mijn dochter Kate is er ook, met haar jonge spruit Henry. We zouden het erg fijn vinden als u mee-eet.'

Het druist vast tegen alle etiquetteregels in, maar mijn eenzaamheid wint het van mijn beleefdheid. Ik ben dolblij met zijn uitnodiging en vrees dat ik elk moment in tranen kan uitbarsten omdat hij zo vriendelijk is. 'Heel graag, meneer Crumm. Ik heb geen vrienden in de stad, en dat ik nu iemand tref die Aurelia heeft gekend... Ik kan u niet genoeg bedanken.'

De winkel sluit over een uur, vertelt hij, en hij vraagt of ik in zijn kantoor wil wachten. 'Misschien kunt u in de tussentijd uw nieuwe aanwinst lezen.' Hij glimlacht. 'U bent vast benieuwd.'

Ik kan geen woord uitbrengen wanneer hij een gemakkelijke stoel naar een vrijwel uitgedoofde haard toe sleept en het vuur flink oppookt. Hij neemt mijn luifelhoedje en mantel aan en vraagt of ik even op de winkel wil passen zodat hij naar het naburige pand kan gaan om koffie voor ons te kopen. Binnen enkele ogenblikken is er in al mijn behoeften voorzien: ik heb mijn brief en een rustige plek om die te lezen. Ik kan mijn kleren laten drogen bij een haardvuur dat zo heet is dat ik ervan moet huiveren en heb ook nog een dampend hete drank om van te nippen. Ik heb het vooruitzicht van een avond fijn gezelschap en ook nog genoeg privacy om een paar traantjes te laten nu de spanning van de afgelopen dagen van me af valt.

Ik haal de brief uit mijn zak. Hij voelt glad en schoon aan in vergelijking met de eerste brief, die ik al talloze keren heb gelezen en overal mee naartoe heb gesleept (om er nog maar van te zwijgen dat ik hem helemaal verfrommeld heb). Dan schuif ik de stoel een beetje naar achteren; het zou echt iets voor mij zijn om die kostbare bladzijden in het vuur te laten vallen.

Ik aarzel en bedenk angstvallig dat ik op het punt heb gestaan om het op te geven, om het spoor kwijt te raken. Stel dat deze brief ook weer onmogelijk cryptisch is? Stel dat ik in Londen moet blijven of naar een plek moet die zelfs nog erger is? Stel dat ik naar het buitenland moet? Ik slik en laat mijn vinger onder de flap glijden. Omdat ik Aurelia kende, of liever gezegd omdat ik nu besef dat ik haar niet half zo goed kende als ik dacht, vermoed ik dat de geschiedenis zich zal herschrijven, in vloeiende paarsblauwe letters.

Mijn lieve schat Amy,

Het is je gelukt! Je hebt het spoor gevolgd en de volgende aanwijzing gevonden. Gefeliciteerd, vogeltje van me, je bent net zo gewiekst als ik!
Heeft het lang geduurd voordat je deze brief vond? Wat ontzettend frustrerend dat ik, na het uitzetten van mijn meest vindingrijke speurtocht ooit, daar nooit met je over zal kunnen praten, dat ik er nooit achter zal komen welke avonturen je hebt beleefd. Ik zou wel kunnen huilen, liefje, van woede om alles wat ik ga missen.
Het spijt me als deze eerste uitdaging je zwaar is gevallen, Amy. Londen is niet de gemakkelijkste plek en ik weet dat je niet in de gelegenheid was om ervan te genieten, aangezien je maar alleen bent. Toch was het belangrijk dat het moeilijkste gedeelte eerst zou

komen. Niemand anders kan deze brief toch gevonden hebben? Hierna moet je naar het platteland, duifje, en niet zo ver weg. Naar Twickenham, net zoals ik heb gedaan. Daar zul je bij mijn vrienden verblijven. Schatten van mensen. Rustig maar, ik weet wat je denkt: maar ik ken die mensen niet! Ik wil hun niet tot last zijn. Hoe kan ik nou zomaar aankloppen en mezelf uitnodigen bij volslagen onbekenden?

Ik laat het papier zakken en kijk om me heen. Het lijkt wel of ze mijn gedachten kon lezen.

Wees gerust, zusje van me, je hoeft je nergens zorgen om te maken. Het was hun eigen idee dat je bij hen zou komen logeren, niet dat van mij. Zodra je je naam noemt, zul je met open armen worden ontvangen, dat beloof ik je.
Ik zie dat ik bijna onderaan de bladzijde ben aangekomen. Dat lijkt me een goed moment om even rust te nemen en je om een belangrijke gunst te vragen, liefje. Misschien is dit wel het belangrijkste wat je tijdens dit hele avontuur voor me kunt doen. Voordat je de bladzijde omslaat, wil ik dat je belooft dat je één klein dingetje voor me zult doen…

'Ik beloof het, Aurelia,' zeg ik met een zucht. Natuurlijk wist ze dat ik dat zou doen. Ik draai de pagina om en lees tot mijn verbazing:

Verbrand je kleren, liefje, ik smeek het je. Nee, ik heb me niet laten inspireren door de inheemse volkeren in warme oorden. (Was ik daar maar! Elk klimaat dat warmer is dan Surrey in februari zou volstaan.) Ik vraag je niet om naakt door het leven te gaan. Daar is de wereld nog niet klaar voor, lieverd. Maar je weet dat het me al lang een doorn in het oog is om je zo gekleed te zien. Je uiterlijk zal geen prioriteit voor je hebben, gezien je onnatuurlijke gebrek aan ijdelheid. Je zult zeggen dat je in de rouw bent en dat als ex-

cuus aangrijpen om je in afzichtelijk zwart en grijs in de wereld te begeven, tenzij ik drastisch ingrijp.
Binnenkort zul je worden verwend zoals ik je niet kon verwennen toen we nog samen waren. Bedenk eens hoe blij ik zal zijn als ik naar je kijk vanaf mijn hemelse divan, waar ik waarschijnlijk gekonfijt fruit naar binnen werk, champagne drink en de werken van de heer Dickens lees (en waar ik ongetwijfeld op mijn wenken word bediend door drie of vier woest aantrekkelijke minnaars).

Daar twijfel ik inderdaad niet aan.

Er is nog een reden dat ik er zo op aandring dat je iets aan je uiterlijk doet. Zoals je nu gekleed bent, verkondig je luidkeels aan de wereld dat je een verschoppeling bent. Je bent het arme familielid, een nederige metgezel, iemand die hooguit getolereerd wordt. Zo was het op Hatville Court, maar daar is nu verandering in gekomen. Als je in de wijde wereld zo gekleed gaat, trek je het verkeerde soort aandacht aan. Die identiteit moet je achter je laten.
In Twickenham krijg je een passende garderobe aangemeten, daar hoef je zelf niets voor te doen. Bewaar die oude vodden alsjeblieft niet 'voor het geval dát'. Ik kan je verzekeren dat er zich nooit meer een situatie zal voordoen waarin je je zo hoeft te kleden.
Tot slot, Amy, ik weet niet wat ik me had voorgesteld van mijn tijd in Londen, maar achteraf bezien was die toch niet zo wild. Mevrouw Bolton en ik zijn uit eten geweest, naar het theater, we hebben Mudie's Library en de London Library bezocht en zijn naar het British Museum gegaan. Kortom, niets wat niet nog veel prettiger was geweest met jou aan mijn zijde. Ik zou willen dat ik je niet had achtergelaten.
Ik veronderstel dat ik de hoop koesterde dat ik iets choquerends zou doen... Ik dacht niet helder na toen ik vertrok. Mijn ouders... Maar nee, dat kan ik je nog niet vertellen. Daar is het nog te vroeg voor. Stel dat iemand anders dit leest in plaats van jij? Ik zou niet

weten hoe, maar stel dat ik iets over het hoofd heb gezien? Ik moet mijn geheimen nog iets langer voor me houden.
Vergeef me, zusje, dat ik hiermee afsluit en jou geen steek wijzer maak. Ik kan mijn hart nog niet bij je uitstorten. In plaats daarvan moet ik troost putten uit de wetenschap dat je binnenkort veilig in Twickenham zult zijn. Die gedachte maakt me blij.
Mis je me nog? Egoïstisch genoeg hoop ik van wel, maar ik hoop ook dat dat niet het enige is wat je voelt. Ik wil dat je geniet van Twickenham, Amy. Wees gelukkig, ga op zoek naar hoop!

Alle liefs van je toegewijde
AV

Ik lees de brief drie keer en blijf daarna nog een hele tijd in de vlammen zitten staren.

24

Vanaf de winkel is het maar een klein eindje lopen naar het huis van Albert Crumm. Nu de regen is afgenomen tot een onbeduidend gemiezer zijn we blij met de frisse lucht.

Zijn dochter Kate is net zo vrolijk en gastvrij als ik had gehoopt. Ze heeft echter net als ik kougevat, dus nadat ze zich heeft voorgesteld excuseert ze zich en duikt met een beker slappe bouillon haar bed in. Dat geeft me de kans om voor het avondeten nog met Albert te praten. Henry de Spruit, zo verzekert hij me, zal straks ook aanschuiven.

We nemen plaats in een donkere woonkamer. Verontschuldigend legt hij uit dat woningen in het centrum van Londen niet al te ruim zijn en dat er in dit oude huis niet veel ramen zitten. Hij vraagt het dienstmeisje om nog een kop koffie. Daar is hij aan verslaafd, vertrouwt hij me opgewekt toe. Zelf kies ik voor warme melk met nootmuskaat, ik heb al genoeg moeite om in slaap te komen.

'Vertelt u alstublieft wat meer over Aurelia,' smeek ik hem. 'Ik mis haar vreselijk en dit brievenspoor is me een groot raadsel. Wanneer hebt u haar ontmoet? Hoe goed kende u haar? En bovenal, wanneer en hoe heeft ze geregeld dat er een brief in uw winkel verstopt zou worden?'

'Ik heb u inderdaad veel te vertellen.' Albert knikt, alsof hij zijn gedachten op een rijtje zet. 'Al kan dat alleen totdat Henry thuiskomt. Hij is een lieve knul, maar juffrouw Vennaway heeft me op het hart gedrukt dat dit absoluut geheim moet blijven.'

'Mij ook. Het is een opluchting om er vrijuit over te kunnen praten, zelfs al is het maar voor vijf minuten. Ik ben slecht in geheimen bewaren en heb het gevoel dat het me ook nu niet erg goed afgaat.'

'U hebt een goed verhaal nodig, juffrouw Snow. Dat zou uw leven een stuk makkelijker maken. Eens even zien. Ik heb juffrouw Vennaway in 1844 ontmoet, dus dat is...'

'Bijna vier jaar geleden.'

'Inderdaad. We hebben elkaar leren kennen in het theater. Drury Lane. Het toneelstuk was afschuwelijk, de actrice beeldschoon. Ik was daar met een kennis, die toevallig weer een kennis was van de vriendin van juffrouw Vennaway, mevrouw Bolton. We werden aan elkaar voorgesteld en waren het roerend met elkaar eens over het toneelstuk. De week daarna was er weer een opvoering. Prachtig script, vreselijk slecht geacteerd. We raakten wederom met elkaar aan de praat. Ze nodigden ons uit om na het stuk samen uit eten te gaan. Uw vriendin was zoals u weet een groot liefhebster van literatuur, dus we hadden veel te bepraten.'

Hij vervolgt: 'In de maand die volgde kwamen we elkaar nog meerdere malen tegen en zo ontstond er een vriendschap. Een prille vriendschap, dat wel, maar als gelijkgestemden hadden we direct een warme band. Ze nam me in vertrouwen. Zo kwam ik te weten over haar hartkwaal, over uw niet te benijden positie in haar ouderlijk huis en over haar moeizame relatie met haar ouders. Ze miste haar beste vriendin, u dus, ontzettend. Daarom overwoog ze om eerder dan gepland naar huis te gaan.'

'Is dat zo?'

'Jazeker. Alleen zag ze ertegen op om Lord en Lady V. weer te zien. Volgens juffrouw Vennaway waren haar ouders vreselijk trots en kil. Ook vertelde ze dat ze voor haar vertrek net zo lang was getergd, zo noemde ze het, tot ze een liefdeloze verloving was aangegaan. Ze zei dat ze niet terug kon voordat ze het hun had vergeven. Als ik me niet vergis vertrok ze in april uit Londen. Daarna heb ik haar nooit meer gezien.'

Ik frons mijn wenkbrauwen. 'Zei u nou dat ze voor haar vertrek verlóófd was? Haar ouders zetten haar enorm onder druk om een verstandshuwelijk te sluiten, dat klopt, maar tot een verloving is het nooit gekomen. Toen haar hartkwaal werd ontdekt, was er helemaal geen sprake meer van dat ze moest trouwen.'

'Zou ik me dan vergissen? Nee, ik weet echt zeker dat ze het zo zei. Ongeveer drie jaar geleden kreeg ik een brief van haar met de vraag of ik haar een grote gunst wilde verlenen – ze trad niet in detail – en of ik absolute geheimhouding wilde zweren. Ik schreef meteen terug dat ik daartoe bereid was. Ze was een buitengewone jonge vrouw en haar verhaal had diepe indruk op me gemaakt.'

Hij vervolgde: 'Ze bedankte me uitvoerig. Het was duidelijk dat dit voor haar een zaak van levensbelang was. In haar tweede brief sloot ze de envelop bij die u vanmiddag hebt gevonden. Ze legde precies uit waar ik die moest plaatsen en schreef dat u er na haar overlijden naartoe geleid zou worden. Volgens haar was het van het grootste belang dat de brief niet in verkeerde handen zou vallen en dat haar ouders nooit achter het bestaan ervan zouden komen. Sindsdien kijk ik al uit naar uw komst.'

Zijn opmerking over een verloving zit me nog steeds dwars, maar daar kan ik later wel over nadenken. 'Dank u, meneer Crumm, omdat u zo vriendelijk bent en omdat u zo veel voor ons hebt gedaan. Ik weet nog niet wat Aurelia's beweegredenen waren, maar ik weet dat dit erg veel voor haar betekende, dus betekent het ook veel voor mij. Ik ben blij dat we elkaar hebben leren kennen.'

'Ik ook, liefje, ik ook. Ah, ik hoor de deur.' Daarna roept hij: 'Henry? Ben jij het?'

'Ja, grootvader. Ik heb zo'n trek dat ik de vloerbedekking nog wel zou lusten!' klinkt het gedempt vanuit de hal.

Wanneer ik me omdraai, zie ik Henry, de jonge spruit, de lieve knul. Ik verwacht een magere, opgewekte jongen van een jaar of veertien in een schooluniform. Stel je mijn verbazing eens voor wanneer ik een man van ruim een meter tachtig in de deuropening zie verschijnen, met warrig donker haar, donkere ogen en een guitige grijns. Jonge

Henry is een volwassen man! En hij is... welnu, hij is erg aantrekkelijk. Aangezien zijn moeder zich onwel voelt, zijn we vanavond maar met z'n drieën. Ik voel een blos naar mijn wangen stijgen. Dit wordt een hoogst ongebruikelijk etentje voor me.

'Henry, jongen!' Albert springt op om hem een terloopse maar tedere aai over zijn bol te geven, zoals je bij een spaniël zou doen.

'Ouwe!' Henry slaat een arm om zijn schouder. 'Nou, waar blijft mijn avondeten? Geef op, nu meteen!'

'Nee, je krijgt niks! Geen eten voor de jonge spruit vanavond!'

'Dan ga ik wel ergens anders... O, hallo, daar. Nee, laat ik dat toch maar niet doen. Wie is dat?'

'Dat zal je leren om voortaan wat beleefder te zijn. Henry, dit is juffrouw Snow. Ze was vandaag bij me in de winkel.'

'Hoe vaak moet ik het nou nog zeggen, grootvader? Je kunt niet zomaar klanten mee naar huis nemen. Het is hun goed recht als ze niets willen kopen. Je kunt hen hier niet net zo lang gevangenhouden tot ze een Wilkie Collins aanschaffen! Juffrouw Snow, vergeef die ouwe alstublieft. Hij heeft ze niet meer allemaal op een rijtje, ziet u. Ik zorg ervoor dat u zo weer op vrije voeten bent.'

Ik zou graag meegaan in hun grapjes, maar kan geen woord uitbrengen. Ik vrees dat mijn bewondering op mijn gezicht te lezen staat en voel me zo opgelaten dat het spreken onmogelijk maakt. Ik kan hem niet eens aankijken.

'Ik heb u vanmiddag al eerder gezien, is het niet?' vervolgt hij. 'U ging de winkel van mijn grootvader binnen en ik liep u bijna omver. Nogmaals mijn excuses daarvoor.'

Ik had hem niet herkend als de man die de winkel uit kwam. Op dat moment zag ik alleen een hoed en een mantel. Steels werp ik nog een blik op hem, in de hoop dat hij de tweede keer minder knap zal zijn. Hij is echter nog veel knapper. Zijn glimlach zou mijn hart als een bloem kunnen laten openbloeien, als het niet met wanhoop was vervuld. Zulke gevoelens heb ik nooit gehad voor Robin, Benjamin of de jonge dorpelingen in Enderby. Omdat ik zelf zo onaantrekkelijk was, ging ik ervan uit dat ik me ook niet tot anderen aangetrokken zou kunnen voelen. Kennelijk had ik het mis.

'Stommeling die je bent!' komt Albert tussenbeide. Dat is maar goed ook, want ik ben nog steeds met stomheid geslagen. 'Luister nou even. Juffrouw Snow en ik hadden een gezamenlijke vriendin die inmiddels is overleden. Ik heb haar uitgenodigd voor het souper zodat we samen onze vriendin kunnen herdenken en elkaar beter kunnen leren kennen.'

Meteen verdwijnt Henry's lach en trekt hij een ernstig gezicht. In zijn ogen zie ik medeleven. Hij komt naar me toe om me een hand te geven. Die van mij voelt heel klein en ijskoud aan in de zijne. 'Ach, juffrouw Snow, gecondoleerd met uw verlies. Welkom, en het is me een genoegen met u kennis te maken, al zou ik willen dat de omstandigheden anders waren. Ik zie nu dat het nog maar kortgeleden is gebeurd.' Hij knikt naar mijn rouwkleding.

Eindelijk hervind ik mijn stem. 'Dank u, meneer Crumm, dat is erg vriendelijk van u. Ja, het is nog maar kortgeleden gebeurd, maar het was niet onverwacht en dus was het geen... Nou, ja.' Ik wilde zeggen dat het geen grote schok was, maar dat is niet waar. Zonder Aurelia weet ik me geen raad.

'Wat vreselijk. Nu ben ik nog blijer dat u hier bent. Misschien kunnen we u een beetje troost en gezelschap bieden. Jij ook gecondoleerd, grootvader. Heb ik haar ook gekend?'

'Nee, Henry, en ik had haar zelf ook al lang niet meer gezien. Juffrouw Snow kwam me het nieuws vertellen. Maak je om mij maar geen zorgen. Zo, zullen we nu eindelijk gaan eten?'

'Als het aan mij ligt wel!' Henry trekt zijn mantel uit. 'Trouwens, juffrouw Snow, ik heet geen meneer Crumm. Ik heet meneer Mead, maar dat klinkt als mijn vader, dus zegt u maar gewoon Henry. Zoals u merkt, gaan we hier in huis niet bepaald formeel met elkaar om.'

Natuurlijk. Kate is Alberts dochter en Henry is haar zoon. Ik stelde me een Henry Crumm voor, een kruimeltje van een jongen, maar Henry Mead is een heel ander verhaal. 'Wat dom van me! Natuurlijk, ik heb daarnet al kennisgemaakt met je moeder. Zeg jij dan maar Amy.'

'Amy. Het is me een genoegen. Waar is mijn moeder eigenlijk?'

'Ze is verkouden.' Albert gaat ons door een stoffige hal voor naar de eetkamer. 'Ik heb juffrouw Snow hierheen gelokt met de belofte dat er een verstandige vrouw aanwezig zou zijn en nu zit ze alleen met ons tweeën opgescheept!'

Henry trekt een komisch gezicht, een mengeling van medeleven en schrik, waardoor ik tot mijn eigen verbazing in de lach schiet. Ik kan me niet herinneren wanneer ik voor het laatst heb gelachen. Hij kijkt me een beetje bevreemd aan. Waarschijnlijk klinkt mijn lach als een roestig scharnier.

Terwijl Albert en ik aan tafel gaan, rent Henry de trap op om bij zijn moeder te gaan kijken.

'Juffrouw Snow, nu hij weg is... Natuurlijk zal ik u niet vragen wat er in de brief van juffrouw Vennaway stond, behalve dan dit: wilde ze dat ik u verder nog ergens mee zou helpen?'

'Nee, meneer Crumm. Uw aandeel in haar plan zit erop.'

'Goed, dan bied ik u graag zelf mijn hulp aan, mocht u die nodig hebben. Als u in Londen wilt blijven en onderdak nodig hebt, kunt u hier terecht. Mijn jongste dochter Annie woont nog bij me, ook al is ze vanavond de hort op. Ik heb heel wat kamers over nu de rest het nest heeft verlaten, en ik zou het een grote eer vinden om u van dienst te zijn.'

'O, meneer Crumm, dank u wel. Ik zou niets liever willen, want sinds Aurelia is gestorven... Welnu, u en uw familie zijn als balsem op een wond. Maar Aurelia heeft me opgedragen om verder te gaan, verder te reizen... en ik vrees dat ik daar niet te lang mee moet wachten.'

Hoewel ik in eerste instantie vreselijk verlegen ben, wordt het een van de gezelligste avonden van mijn leven. Ik ben duizelig van opluchting omdat mijn zoektocht toch niet is stukgelopen op de eerste hindernis... en door de uitstekende wijn die rijkelijk vloeit.

Albert Crumm en zijn kleinzoon zijn erg aangenaam gezelschap: grappig, warm en gevoelig. Henry toont beleefde interesse in hun ongewone gast, ook al is hij een knappe man van de wereld en ben ik maar een onbeduidend meisje dat tot nu toe een beperkt leventje heeft geleid in een klein dorp. Hij studeert geneeskunde, vertelt hij, maar vindt de lesstof oersaai. Om de verveling te doorbreken is hij nu twee weken op bezoek bij zijn grootvader. Kennelijk hebben zijn onderwijzers hun goedkeuring verleend aan die onderbreking. Net als Henry hopen ze dat hij zijn studie straks weer met frisse moed zal voortzetten.

'Spruitje, toch.' Zijn grootvader probeert afkeurend te klinken, maar het is duidelijk dat hij trots op hem is en zielsveel van hem houdt. 'Hij is niet dom, juffrouw Snow, verre van zelfs. Het ontbreekt hem alleen aan inzet. Jong en dwaas, ziet u, jong en dwaas.'

'Al hoop ik niet dat jij me een enorme dwaas vindt, Amy,' verzucht Henry, terwijl hij zijn elleboog op tafel laat rusten en met zijn kin op zijn hand leunt.

Ik merk dat ik dezelfde houding aanneem terwijl ik aandachtig luister. Eerst kon ik hem niet aankijken, nu heb ik het tegenovergestelde probleem en kan ik mijn ogen niet van zijn gezicht afhouden.

'Ik hou gewoon niet van boeken. Althans, niet van boeken waar zulke gedetailleerde illustraties van dode mensen in staan. Vind je me nu losbandig en wispelturig?'

Ik neem een slok wijn en geniet van de smaak en van het feit dat Henry me naar mijn mening heeft gevraagd. Terwijl hij mijn antwoord afwacht, richt hij zijn volle aandacht op mij. 'Ik vind het bewonderenswaardig dat je geneeskunde studeert, maar ik heb begrepen dat die opleiding veel doorzettingsvermogen vergt. Ik vind het niet zo vreemd dat je je daardoor beperkt voelt, maar ik ben ervan overtuigd dat je je weg wel zult vinden, op de een of andere manier.'

'Dank je, Amy.' Hij kijkt bedachtzaam, alsof mijn mening er echt toe doet.

Ik zou willen dat ik dit gesprek eeuwig kon blijven rekken. Hij doet me aan Aurelia denken, intelligent en opgewekt, kundig en energiek, rusteloos en idealistisch. Hopelijk vindt hij het als man makkelijker om zijn weg te vinden in de wereld dan Aurelia.

Veel te snel slaat de klok twaalf uur. Ik had geen idee dat de tijd zo snel voorbij kon gaan in het gezelschap van mensen die me betrekkelijk vreemd zijn. Natuurlijk wil ik dolgraag het spoor van Aurelia blijven volgen en eerlijk gezegd heb ik ook geen keus, maar het valt me zwaar om mijn nieuwe, vrolijke vrienden zo snel alweer te moeten verlaten.

Zowel Henry als Albert staat erop om me in het rijtuig naar Jessop Walk te brengen. Volgens mij hebben ze het idee dat het gezelschap van twee heren gepaster is dan dat van één, en Kate ligt nog in bed. Zo nu en dan dwarrelt het geluid van haar niezen op ons neer als de pluisjes van een paardenbloem. Het ontroert en verbaast me dat ze naar de trap toe komt strompelen om me gedag te zeggen. Bij wijze van wederdienst raad ik haar aan grog met rum te drinken.

De heren brengen me naar huis, al is het natuurlijk helemaal mijn huis niet. In dat stoffige, bekrompen huis in Holborn voelde ik me meer thuis dan op Hatville Court ooit het geval is geweest, en het logement aan Jessop Walk steekt bij beide woningen kleurloos en eenzaam af.

Op mijn tenen loop ik door het stille huis naar mijn kamer. Na het gelach en de hartelijke sfeer van vanavond voel ik me eenzamer dan ooit wanneer ik op mijn bed ga zitten, met mijn mantel en laarzen nog steeds aan. Ik heb het gevoel dat ik deze ervaring even moet laten bezinken. Voor het eerst heb ik het gevoel gehad dat ik ergens bij hoorde. Het is het gevoel uit die oude droom van me, die over een cottage en een pony…

In gedachten neem ik de afgelopen dagen door. Mijn pensionhoudster hier, de Begleys in de trein, meneer Carlton in de Rose and Crown, allemaal waren ze behulpzaam en beleefd en daar ben ik ze ontzettend dankbaar voor. Maar bij hen allemaal was ik nog steeds Amy Snow van Hatville Court: stijfjes, onbeholpen en bang om iemand voor het hoofd te stoten. Bij Albert en Henry voelde ik me heel anders. Ik voelde me op mijn gemak. Ik durfde vrijuit met hen te praten, en te lachen!

Ik zou met heel mijn hart willen dat ik op Alberts uitnodiging kon ingaan, dat ik kon kennismaken met zijn dochter Annie en bij hen thuis kon logeren. Maar het is niet aan mij om te beslissen wat ik nu ga doen. Ik moet doorgaan. Ik kan niet telkens wanneer ik aardige mensen leer kennen mijn zoektocht staken.

Die nacht slaap ik onrustig, en als ik ontwaak zie ik een stralende ochtend. Het regent niet meer en ik zal spoedig afreizen naar het platteland. Februari is aangebroken.

DEEL TWEE

25

Ten langen leste gaat iets me gemakkelijk af. Om achter het adres van de familie bij wie ik op bezoek moet te komen hoef ik geen ellenlange zoektocht te ondernemen of diep in mijn geheugen te graven en door lang vergeten herinneringen te ziften alsof ik op zoek ben naar korenwormen in de bloem. Van deze familie weet ik meer dan van alle anderen die Aurelia op haar reis is tegengekomen. Het is de familie Wister uit Twickenham. Om precies te zijn wonen ze in Mulberry Lodge, aan Orleans Lane, in Twickenham Meadows in Middlesex. Het adres kwam me altijd exotisch voor wanneer ik het bovenaan Aurelia's brieven zag staan.

Blijkbaar zijn er vele manieren om Twickenham te bereiken: per paardenbus, per postkoets of per boot. Of je kunt de trein naar Richmond nemen en de rest van de weg te voet afleggen. Dat hoor ik van mevrouw Woodrow, die graag de voors en tegens van elk vervoermiddel met me bespreekt.

Zodoende strijk ik na een stevige wandeling door de regenachtige straten bij St Paul's neer in een glimmende postkoets en tuur uit het raampje naar de indrukwekkende kathedraal. De uitgestrekte voorgevel van portlandsteen is beslagen met roet. De frisse vroege ochtend heeft plaatsgemaakt voor rook en somberheid.

De koets doet me denken aan de paarden van Lord Vennaway. Hij is gestroomlijnd en goed onderhouden, opgesmukt met glanzend koper en leer. Hij heeft zelfs een naam, Meteor, wat toevallig ook de naam van een van de paarden van Lord Vennaway was. Al was die eerste

Meteor niet donkerbruin met zwart en had hij geen scharlakenrode wielen, ze doen me wel aan elkaar denken door hun trots, de belofte van snelheid en hun ongeduld vlak voor vertrek.

Ik heb zonder aarzelen betaald voor een zitplaatsje binnen. De gedachte om mezelf op het dak te moeten hijsen en de hele weg naar het platteland hobbelend af te leggen, overgeleverd aan de elementen, vereist een avontuurierszin die nog niet in mij is gewekt. Trouwens, ik hoef niet meer te doen alsof ik van weinig geld moet rondkomen, hier zal niemand me immers herkennen.

Desalniettemin kijk ik goed om me heen voordat ik me door een lange man met goudblond haar en felblauwe ogen in de koets laat helpen. Hoewel ik niet verwacht dat er nu nog een Vennaway op de loer zal liggen, voel ik nog altijd het scherpe, irrationele instinct om te speuren naar gevaar.

Binnen zitten we met zijn zessen dicht op elkaar. Een van de reizigers is een gouvernante met twee jonge pupillen, allebei meisjes, de een wat jaartjes jonger dan de ander. Onwillekeurig zie ik de gelijkenis met een jongere versie van mezelf en word ik opnieuw overspoeld door het gemis van Aurelia. Verder is er nog een zeer forse man met een rood gezicht. Zijn buik is zo omvangrijk en rond dat hij erdoor opgeslokt dreigt te worden. Een rustige wandeling lijkt me voor hem beter dan een rit in een schokkende postkoets. Sterker nog, hij zou beter elke dag een rustige wandeling kunnen maken.

De laatste passagier is de goudharige man die me heeft geholpen bij het instappen. Hij is net zo piekfijn gekleed als de mensen die ik geregeld op Hatville Court zag. Hij draagt een glanzende pastelblauwe halsdoek die perfect bij zijn ogen past. Door hem voel ik me zoals ik me op het landgoed ook voelde, sjofel en kwetsbaar. Hij is echter erg met iedereen begaan en biedt zijn hulp net zo royaal aan de gouvernante en mij aan als dat de zon zonnestralen uitdeelt.

'Mocht u ergens hulp bij nodig hebben, dan sta ik tot uw dienst,' zegt hij tegen me wanneer we hebben plaatsgenomen. Hij zit tegenover me, zo dichtbij dat ik mezelf geen houding weet te geven. 'Ik begrijp dat het voor een dame niet prettig is om alleen te reizen, maar soms laten de omstandigheden ons geen keus, nietwaar?'

Op de een of andere manier slaag ik erin om tegelijkertijd te knikken en mijn hoofd te schudden. Zo hoop ik aan te geven dat ik dankbaar ben voor zijn bezorgdheid en dat ik het eens ben met wat hij verder zegt. Op Hatville Court ben ik nooit zo netjes toegesproken, of überhaupt toegesproken, door een heer. Behalve dan door Bailor Dunthorne, en dat is geen dierbare herinnering.

Nu draait hij zijn blonde hoofd naar de gouvernante toe. 'En u, mevrouw, niet alleen, maar belast met een grote verantwoordelijkheid, zie ik. Ook voor u geldt dat ik tot uw dienst sta, mocht u iets nodig hebben.'

'Dat zal niet het geval zijn, meneer. Ik reis maar mee tot Hammersmith.' Haar toon geeft een onmiskenbare boodschap af: ik wil niet dat je medelijden met me hebt, ik wil niet dat je aannames over me doet, ik red me wel.

Zo zou ik ook graag klinken.

'Natuurlijk. Dat ligt op een steenworp afstand en het is vast een genoegen om met zo'n kostbare lading te reizen.'

Ze laat zich een beetje vermurwen. 'Dank u, meneer. Het zijn schatten van meisjes.' Dan draait ze haar hoofd weg om uit het raam te kunnen kijken.

De kostbare lading is goed opgevoed, merk ik. Ze verroeren zich niet, zeggen niets en trekken geen gezichten naar elkaar. Al snel doen ze me niet meer zo aan Aurelia en mezelf denken.

We horen een kreet en een zweepslag en komen in beweging. Vanaf het eerste moment kan ik alles voelen: de paarden die in hun tuig leunen, de kracht die op de dissel wordt uitgeoefend en die aan het rijtuig trekt. Ik voel dat de wielen ons meevoeren op wegen die al heel lang geleden zijn aangelegd, wegen die naar men zegt binnenkort in onbruik zullen raken, door de komst van de spoorwegen.

De keurige heer en de forse man voeren een beleefd gesprekje met elkaar. 'Sebastian Welbeck,' zegt de tweede, terwijl hij een mollige hand uitsteekt. 'En u bent meneer...'

'Garland,' antwoordt de ander, die zich moeiteloos naar voren buigt om de uitgestoken hand te drukken.

Bij het horen van die naam kleurt meneer Welbeck nog roder. 'Quentin Garland uit Chiswick?' stamelt hij. 'Wat een eer om kennis met u te maken, meneer, wat een eer. Financier, ondernemer, een graag geziene figuur binnen de society, waar blinkt u eigenlijk níét in uit?' Daarna begint hij meneer Garland uitgebreid te vragen naar zijn mening over de spoorwegen.

Het verbaast me niet dat meneer Garland een succesvol man is. Wel verwonder ik me erover dat ik in twee dagen tijd twee mannen heb ontmoet die beiden gezegend zijn met een knap uiterlijk en goede manieren hebben en toch zo verschillend zijn. Henry was makkelijk in de omgang, eerlijk en vrolijk. Meneer Garland is glad, beleefd en beheerst. Henry was een en al warrige krullen en lange ledematen. Meneer Garland ziet eruit alsof geen briesje hem zou durven verstoren, alsof geen enkele handeling van God hem van zijn stuk zou kunnen brengen. Henry probeert nog steeds zijn weg te vinden in de wereld, belast met de onzekerheden en teleurstellingen van een gewone sterveling. Meneer Garland heeft zijn plaats in het leven veroverd, is succesvol en staat op eigen benen. Henry gaf me een warm gevoel vanbinnen, meneer Garland zorgt ervoor dat het me begint te duizelen. Sterker nog, ik krijg het een beetje koud van hem. Wel zijn ze allebei erg aangenaam om naar te kijken.

In Hammersmith nemen we afscheid van de gouvernante en haar pupillen. Drie oude mannen nemen hun plaats in, knikken ons even toe en hervatten dan hun verhitte discussie over kerriepoeder. Omdat meneer Welbeck zo zwaarlijvig is, wurmen ze zich alle drie naast mij.

'Zit u wel goed, juffrouw Snow? Wilt u van plaats ruilen?' vraagt meneer Garland zacht.

Zijn discretie is overbodig: de discussie zet zich onverminderd voort. De paardenharen zittingen voelen knobbelig aan en bieden weinig bescherming tegen de hobbels en kuilen in de weg.

'Ik zit hier prima, dank u,' antwoord ik fluisterend. Het irriteert me dat ik zo'n bang muisje ben, maar hij is het type man dat ik vroeger vaak op Hatville Court langs me heen zag stuiven, erop gebrand om Aurelia te zien. Nu zit hij amper een meter bij me vandaan. Zijn benen zijn zo lang dat ze, zelfs nu hij ze elegant heeft ingetrokken, mijn helft van de koets binnendringen. Voor de verandering ben ik blij dat ik zulke korte benen heb, en ik trek ze zo dicht mogelijk tegen de zitting aan.

Met een bezorgd gezicht leunt hij naar me toe, waardoor ik in elkaar krimp. 'Moet u nog ver reizen?'

Ik aarzel. 'Niet zo ver meer, dank u, meneer.'

Meneer Welbeck oogt geërgerd omdat hij de aandacht van zijn belangrijke medepassagier kwijt is en trekt die weer naar zich toe met een uitgebreide verhandeling over aandelen en obligaties waarvan ik niets begrijp. Terwijl we verder rijden en de gesprekken om me heen voortduren, betrap ik mezelf erop van tijd tot tijd een blik op meneer Garland te werpen. Hoewel ik zeker weet dat hij niets voor mij is, is hij wel het bekijken waard. Hij is rond de dertig en daarmee jong noch dwaas, oud noch saai. Ik ben gefascineerd door zijn perfecte gelaatstrekken, door zijn keurige duifgrijze kostuum en zijn hoge hoed, de hoogste die ik ooit heb gezien. Hoe kan een mens met zo veel gemak zo veel perfectie uitstralen? Omdat ik er niet op betrapt wil worden naar hem te kijken, concentreer ik me maar op het uitzicht buiten.

Mijn gedachten dwalen af naar gisteren, naar de inktzwarte lucht boven Londen en de stortregen. De ontdekking van de brief en het etentje met Henry en Albert. Is het mogelijk om mensen te missen die je nog maar één keer hebt gezien? Kennelijk wel.

We rijden door Richmond. Daar zie ik elegante gebouwen, flitsen van de rivier en een prachtige brug over de Theems. Ik zie een wereld vol wilgen en eilanden. Londen ligt nu absoluut achter ons.

'Mooi uitzicht, vindt u ook niet?' zegt meneer Garland met een glimlach. Volgens mij heeft hij mijn verwonderde blik gezien.

We komen rammelend tot stilstand bij de brug, betalen de tol en gaan verder, Twickenham in. We rijden langs weilanden en tuinderijen, waar ik allemaal slechts een glimp van opvang omdat ik ingeklemd zit tussen aan kerrie verknochte heren.

'Twiiick'num!' roept onze postiljon, die de koets plotseling tot stilstand brengt. 'The George, King Street, dames en heren.'

Ik sta op, opgelaten in het bijzijn van al die mannen, maar op meneer Garland na slaan ze geen van allen acht op me.

Hij staat nog eerder dan ik buiten en houdt het portier wagenwijd voor me open. Daarna helpt hij me met uitstappen; mijn valies hou ik in mijn hand. 'Wordt u door iemand opgehaald, juffrouw Snow? Kan ik u ergens naartoe brengen?' Hij biedt me zijn arm aan.

Ik weet me geen houding te geven en los de situatie onelegant op door hem een hand te geven. Mijn sjofele handschoenen en zijn keurige exemplaren raken elkaar kort aan. 'Bedankt voor het aanbod, meneer, maar dat is niet nodig. Vanaf hier hoef ik maar een klein eindje te lopen. Het is een prachtige dag en ik wandel graag.'

Even aarzelt hij, dan maakt hij een ingetogen buiging en kijkt me recht in de ogen.

Blozend maak ik een reverence.

Nadat hij me goedendag heeft gewenst, steekt hij de straat over naar de King's Head Pub, waar hij zijn hoed afzet om naar binnen te gaan.

Ik slaak een zucht van opluchting als ik weer alleen ben, zoals gewoonlijk. Er was niets aan te merken op zijn manieren of zijn gedrag jegens mij… maar toch heb ik pas nu hij weg is het gevoel dat ik weer vrijuit kan ademen.

In de drukte van King Street moet ik echter onder ogen zien dat ik wederom niet weet waar ik ben of welke kant ik op moet.

26

Omdat niemand me verwacht, haast ik me niet. Ik vraag de postiljon de weg naar Twickenham Meadows en vraag daar aan een jonge varkenshoedster waar ik Orleans Lane kan vinden. Al snel sta ik voor de toegangspoort van huize Wister: Mulberry Lodge. De afgelopen dagen heb ik al meer onbekenden gesproken dan in de zeventien jaar daarvoor.

Het vrijstaande huis ziet er sereen en rustig uit. Het is hoekig en wit en heeft een donkerblauwe voordeur. Er klimmen bladerloze planten tegenop, als vrolijke kinderen. Ik glip door de poort en loop naar het huis toe, dat er met elke stap aanlokkelijker uit gaat zien. Het wordt omringd door uitgestrekte gazons en ceders.

Er duikt een hond op uit het struikgewas, die me enthousiast komt begroeten. Het is een waggelend, harig beest met een zandkleurige vacht. Het ras herken ik niet, net als ik is hij van alles wat. Als hij blaffend om me heen begint te huppelen, moet ik onwillekeurig glimlachen. Ik heb al vaak gedacht dat honden misschien wel verstandiger zijn dan wij: geen regeltjes en etiquette, alleen eten, slapen en ravotten. Op Hatville Court waren er geen honden.

'Dag, Caversham. Jij bent Caversham, toch?' Ik ga op mijn hurken zitten om hem over zijn rug te aaien.

Zijn vacht komt in pieken overeind te staan. Verrukt over het feit dat zijn roem hem vooruitgesneld is huilt hij van vreugde en rolt zich op zijn rug, zodat ik kan zien dat zijn buik al net zo behaard is.

De voordeur gaat open. 'Caversham? Cav! Wat is er toch… O, hallo, daar!' Het is een jonge vrouw, die met een glimlach haar omslagdoek dicht om zich heen trekt. Ze stapt in haar pantoffels de treden voor de voordeur op.

'Pas maar op dat u niet kouvat,' roep ik, terwijl ik opsta. Caversham steekt zijn kop tussen mijn rokken en loopt met me mee. 'Neem me niet kwalijk dat ik onaangekondigd langskom, juffrouw Wister. Maar ik wil u graag spreken.'

'Natuurlijk, juffrouw.' Ze gebaart dat ik binnen moet komen. 'Ik zal alleen even de deur dichtdoen, want het is me veel te guur buiten. Ziezo. Hoe heet u? Bent u hier voor mij, of wellicht voor mijn vader?'

'Voor jullie beiden. Voor jullie allemaal, in feite. Mijn naam is Amy Snow.'

Eén schrikbarend moment vrees ik dat mijn naam haar niets zegt, maar dan verschijnt er een begrijpende blik in haar ogen.

'O, hemeltje! Amy Snow. Welkom, lieverd, kom toch verder, kom toch verder! We verwachten je al een hele poos. Mama! Papa! Kinderen! Amy Snow is er eindelijk! Mama!'

Plotseling komen er een heleboel mensen uit een heleboel kamers aangesneld. Ik kan amper mijn omgeving of hun gezichten in me opnemen, want ik word door de een na de ander omhelsd en alle kanten op getrokken, maar kom ongeveer weer uit waar ik begonnen ben.

Mijn mantel wordt afgedaan, mijn met modder besmeurde laarzen worden afgevoerd en er wordt me een paar pantoffels aangeboden. Ik word resoluut in een stoel voor een haard neergezet en krijg een zilveren dienblad met een schoteltje met cake en een glas madeira op mijn schoot. Er wordt me verboden om iets te zeggen en ze staan erop dat ik iets eet en drink. Dat doe ik dan maar, ook al voelt het een beetje onwennig om door zes of zeven, nee, ácht, mensen te worden aangestaard terwijl ik eet. Ze glimlachen en knikken ook nog de hele tijd, alsof ik blijk geef van een groot talent. Een hartelijker welkom had ik me inderdaad niet kunnen indenken.

'Zo,' zegt een moederlijke vrouw van wie ik aanneem dat het mevrouw Wister is. 'Wat wil je als eerste doen, liefje? Wil je je kamer zien? Wil je uitrusten? Wil je je verhaal aan ons kwijt? Of wil je dat de meisjes je hier meteen wegwijs maken?'

Verwonderd kijk ik om me heen naar de kamer die is ingericht in groenblauw met gouden en framboosrode accenten. Nu ik na mijn beproeving van de afgelopen dagen in deze nieuwe, heerlijke realiteit ben beland, kan ik amper een woord uitbrengen. 'Eerlijk gezegd heb ik geen idee. Ik heb gisteravond pas vernomen dat ik hierheen moest gaan, ziet u. Ik weet niet hoeveel u weet van Aurelia's plannen voor mij, maar ik heb een brief van haar ontvangen waarin stond dat ik hiernaartoe moest... Zeg het alstublieft als ik u tot last ben. Ik wil me niet opdringen en ik kan best een kamer huren in het dorp, als dat gemakkelijker is.'

'Een kamer in het... Welnee, juffrouw Snow. Gemákkelijker? We willen je zo graag leren kennen dat we de deur bij je zouden platlopen. Al dat gewandel zou ons vast en zeker een nieuw paar schoenen kosten.'

'Natuurlijk moet je bij ons blijven, juffrouw Snow,' zegt een ander mooi meisje, niet het meisje dat me heeft binnengelaten. 'We kijken er al zo lang naar uit om je te ontmoeten.'

'Juffrouw Snow...' Meneer Wister staat op, met zijn handen in de zakken van zijn gilet. 'Dit is vast heel eigenaardig voor u. U zei dat u tot gisteren niet op de hoogte was van deze regeling? Dat waren wij natuurlijk wél, we hebben de regeling zelf getroffen! Daarmee hebben we een voorsprong op u. Aurelia was een schat van een meid, maar excentriek was ze ook. Ze hield zich hier met merkwaardige dingen bezig, waar ze ongetwijfeld haar redenen voor had. Maar u wilt het vast van ons horen, dus ik zal u geruststellen. We hebben juffrouw Vennaway laten beloven dat ze u naar ons toe zou sturen wanneer... wanneer het verdrietige moment was aangebroken. We willen dat u hier blijft, bij ons in huis, zo lang als u wilt, al is het voorgoed! Zoals u ziet zijn we een grote familie en dat is vast een beetje overweldigend, maar we zijn heel onschuldig, we blaffen meer dan we bijten, net als Caversham daar. Ik denk dat u zich hier prima op uw gemak zult voelen. Laat ons maar voor u zorgen en u fatsoenlijk te eten geven.'

'Je ziet er inderdaad uitgehongerd uit, liefje,' valt zijn vrouw hem bij. 'Dat heb je goed verwoord, Edwin. Ik had het nog niet vanuit juffrouw Snows perspectief bekeken. Per slot van rekening zijn we allemaal vreemden voor haar. Daarentegen hebben wij van Aurelia zo veel over je gehoord dat we het gevoel hebben dat we je heel goed kennen.'

'Andersom geldt dat ook, door haar brieven en de verhalen die ze verteld heeft.' Eindelijk krijg ik mezelf weer in de hand en begin ik wijs te worden uit de lange reeks gezichten. 'U bent natuurlijk mevrouw Wister, de nicht van mevrouw Bolton.'

'Dat klopt, maar zeg maar gewoon Constance. Mogen wij ook Amy zeggen? Als we ons aan alle regeltjes houden, zijn er namelijk een heleboel juffrouwen en meneren Wister. Dat zou maar verwarrend zijn.'

'Ja, en je kunt papa niet Mister Wister noemen,' zegt de oudste jongen, Michael, die een jaar of veertien is. 'Dat klinkt belachelijk! Ik zeg steeds tegen hem dat hij zich in de adelstand moet laten verheffen. Lord Wister klinkt een stuk beter, maar hij luistert niet. Mister Wister! En Amy, als ik later groot ben, word ik óók Mister Wister!'

Onwillekeurig schiet ik in de lach. 'Dan zal ik jou maar Michael noemen. Goed, eens zien of ik weet wie jullie allemaal zijn.' Nu zie ik dat het meisje dat de deur opendeed een jaar of twee ouder is dan ik. 'Jij bent juffrouw Madeleine,' gok ik.

Ze knikt.

Wat is ze mooi. Haar witte jurk en goudkleurige linten laten haar vlasblonde haar en roomblanke huid perfect uitkomen.

'Juffrouw Priscilla,' begroet ik de tweede dochter, van wie ik weet dat ze van mijn leeftijd is. Ze draagt een maagdenpalmblauwe japon met roze rozen erop, heeft bruin haar en bruine ogen en kuiltjes in haar wangen die me toeschitteren als zonlicht op het water.

'Zie je nou, daar heb je het alweer!' onderbreekt Michael me. 'Miss Priss. Daar is toch niet goed over nagedacht?'

'Misschien niet, Michael. En wie is dit? Oliver?'

'Nee, ik ben Hollis.' De volgende twee jongetjes verschillen heel weinig in leeftijd en lijken erg op elkaar met hun bruine haar en bruine ogen. 'We lijken wel een tweeling, maar we zijn het niet,' voegt hij eraan toe.

'En dan moet dit... Welnu, dan moet dit de báby zijn!'

Ik kan me nog als de dag van gisteren herinneren dat Aurelia me schreef dat de nicht van mevrouw Bolton een beeldschoon dochtertje ter wereld had gebracht. Nu is die baby een mensje van vier met een wolk van witgouden krullen.

Juffrouw Louisa drukt een spaniëlpuppy tegen zich aan, die zich probeert los te wurmen uit haar armen. 'Clover,' zegt ze zacht, terwijl ze me de puppy toesteekt en haar enorme blauwe kijkers opslaat.

'Ik voel me vereerd je te ontmoeten, Clover.' Ik steek mijn hand uit om het hondje te aaien en er schiet een piepklein roze tongetje tevoorschijn dat aan mijn hand likt.

Ik word zo intens aangestaard dat ik er verlegen van word. Niet alleen door Louisa, maar door hen allemaal. Ze lijken allemaal zo... gelukkig! En op hun gemak.

Ik stel me voor hoe ik er in hun ogen uitzie: bleek en mager, met kringen onder mijn ogen en gehuld in zwarte rouwkleding van goedkope kriebelende stof. In hun midden voel ik me net een kwaadaardige kabouter, een verderfelijk iets, humeurig, geheimzinnig en bezoedeld door het verleden. Ik verlang ernaar om mezelf daarvan los te maken en me te laten schoonspoelen door de zonnestralen van deze gelukkige, gezonde familie.

Maar ook al ben ik hier nog maar net, ik weet dat ik binnenkort alweer zal moeten vertrekken.

27

De Wisters zijn een welvarende familie uit de middenklasse die bruist van het optimisme. Ik vind mijn nieuwe gastgezin overweldigend, besef ik na een uur in hun gezelschap, tijdens een uitgebreide lunch die vlak op de taart en madeira volgt. Ten eerste zijn ze met veel te veel. Daardoor vind ik het moeilijk om in de gaten te houden of ik niemand beledig. Al was ik tijdens het etentje met meneer Crumm en zijn kleinzoon ook verlegen, op twee mensen kon ik me nog wel concentreren en ik kon het gevaar van al hun opmerkingen goed overzien.

Maar hier! Ik kan het gesprek, of liever gezegd de gesprekken die van alle kanten op me worden afgevuurd, niet volgen. Al die mensen spreken me tegelijkertijd toe: ze stellen me vragen, maken grappen, vertellen verhalen, haasten zich weg bij de tafel om me omslagdoeken, tekeningen en speelgoedsoldaatjes te laten zien… Ik ben bang dat ik zal vergeten om iemand antwoord te geven, dat ik niet enthousiast genoeg zal reageren of dat ik simpelweg in slaap zal vallen boven mijn soep.

Sinds mijn aankomst is het gezelschap uitgebreid met nóg een familielid: mevrouw Larissa Nesbitt, de moeder van Constance.

Mevrouw Nesbitt (ik kan mezelf er niet toe zetten om de matriarch van de familie 'Larissa' te noemen) ziet eruit als een typische lieve, afhankelijke weduwe. Onder haar sneeuwwitte hoedje steken witte krullen uit en ze heeft appelwangen. Op het eerste gezicht lijkt ze broos en bedeesd, maar zoals Aurelia wel heeft bewezen kan schijn bedriegen.

Mevrouw Nesbitt blijkt een echt gezelschapsmens te zijn en is zelden thuis te vinden. Tijdens onze lunch komt ze terug van een bezoekje aan 'die lieve Jack'. Pas later begrijp ik dat ze daarmee op onze premier, Lord John Russell, doelt.

'Ik weet niet hoe ze het voor elkaar krijgt,' mompelt juffrouw Priscilla tegen me. 'Wij vinden onszelf erg sociaal, maar grootmoeder kent iederéén! Zelfs de voornaamste mensen, van wie je zou denken dat ze ons nooit zouden zien staan, zijn goed met haar bevriend.'

Mevrouw Nesbitt vertelt me, op geheel eigen, innemende wijze, dat het voor een vrouw in haar positie van groot belang is om een eigen leven en een eigen vriendenkring te hebben. Ook zou ze er niet afwijzend tegenover staan om nog eens te trouwen, voegt ze eraan toe.

Dat ze allemaal zo opgewekt zijn, vind ik ook niet makkelijk. Ik heb weinig ervaring met dat soort dingen en vraag me af wat ik moet zeggen en hoe ik me moet gedragen om mezelf niet voor schut te zetten. Volgens mij was zelfs Aurelia niet écht gelukkig, niet zoals deze mensen dat zijn. Onze vriendschap was vanaf het begin gebaseerd op het ontlopen van de gevestigde orde, op bij elkaar blijven tegen alle verwachtingen in. Hier weet ik niet eens zeker of er wel verwachtingen zíjn.

Als ik niemand tot troost hoef te zijn en niet verdiept ben in een onoplosbaar mysterie, weet ik niet goed wat ik te bieden heb. Misschien kan ik de kunst bij hen afkijken voordat het al te veel opvalt hoe nieuwsgierig ik ben. Zodoende beschouw ik, ijverig en nerveus als ik ben, deze mensen als een studieobject en ben ik al lang voor het avondmaal uitgeput.

Als Constance me steeds dieper in mijn schulp ziet kruipen, fluit ze de kinderen terug en brengt me naar mijn kamer. Die is allang voor me in gereedheid gebracht, vertelt ze.

Het is een lichte, mooie kamer, met witte gordijnen van mousseline die als bloesem trillen in de tocht die door de kieren van het raam naar binnen komt. Om de kou te verdrijven is de kachel aangemaakt, en er staat een goedgevulde koperen kolenbak naast.

'Gooi er maar zo veel kolen in als je wilt. Het gaat erom dat jij je hier prettig voelt. Ik wilde graag dat je deze kamer zou krijgen, omdat juffrouw Vennaway hier heeft gelogeerd. En eerlijk gezegd is het de enige logeerkamer die we hebben.'

Ik verzeker haar dat ik meer dan tevreden ben. In mijn leven ben ik nog nooit iets tegengekomen wat zó dicht in de buurt kwam van het huisje dat ik graag voor mezelf zou willen als dit. Al is Mulberry Lodge veel groter dan de bescheiden cottage uit mijn dromen, de sfeer is er net zo hartelijk. Het voelt als een klein wonder dat ik op zo'n huiselijke plek ben beland. Dat geeft me het gevoel dat ik niet alleen het pad van Aurelia volg, maar dat er ook een stukje van mijn eigen lotsbestemming met deze zoektocht verweven is. Ik hoop maar dat dat klopt.

De zorg die eraan besteed is om van mijn kamer een veilige haven te maken maakt de kilte meer dan goed. Er liggen zachte roze en groene vloerkleden, er staan een boekenkast en een klein hemelbed en de muren zijn bedekt met roze en ivoorkleurige strepen. Het is de eerste keer dat ik muren met behang zie. Voor het raam staat een ronde tafel met twee stoelen. Ik zie mezelf daar al 's ochtends vroeg zitten, met uitzicht op de tuin. Aan de muren hangen schilderijen. Op een daarvan staat het huis, begroeid met clematis, met Caversham pontificaal op de bovenste trede voor de deur.

'Heeft Aurelia dat geschilderd?'

'Inderdaad. Die schat heeft het ons als afscheidscadeau gegeven. En hier is je hutkoffer.' Ze wijst naar een grote houten kist aan het voeteneind van het bed.

'Míjn hutkoffer?' Ze zegt het alsof ik dit al had kunnen verwachten, maar ik heb nog nooit een hutkoffer gehad, laat staan genoeg bezittingen om er een te kunnen vullen.

'Jazeker! De hutkoffer die Aurelia voor je heeft achtergelaten. Daar was ze aldoor mee in de weer toen ze hier was. De sleutel ligt in de lade van de boekenkast. Dan laat ik je nu alleen, want je zult wel behoefte hebben aan stilte. Rust alsjeblieft goed uit en zoek ons pas weer op als je er zelf aan toe bent, ook al is dat morgen pas. Of pas over drie dagen! Ik kan me niet voorstellen hoe het moet zijn om op een moment als dit geen dak boven je hoofd te hebben. Daarom hoop ik dat je je hier thuis zult voelen.'

Ik bedank haar uitvoerig. Ik heb inderdaad behoefte aan rust. Vanochtend werd ik wakker in het sombere pension aan Jessop Walk en nu begint het al te schemeren boven Mulberry Lodge.

Als Constance de kamer heeft verlaten, kijk ik naar de hutkoffer. Een cadeau, of cadeaus, van Aurelia! Die hebben hier dus al die tijd op me liggen wachten. De hutkoffer is groot en gemaakt van eikenhout, met koperen handvatten aan weerszijden. Als Aurelia verwacht dat ik deze meeneem, weet ik niet hoe ik verder moet reizen. Maar daar zal ik me voorlopig maar niet druk om maken. Voor het eerst sinds haar dood voel ik me veilig. Ik trek de gordijnen dicht om het uitzicht op het gazon, de ranke bomen en misschien zelfs op een glimp van de rivier in de verte buiten te sluiten. Dat kan wel wachten. Zelfs de hutkoffer kan wachten. Ik heb geen haast.

28

Ik schrik wakker met het gevoel dat ik val. In mijn droom stortte ik in een diepe afgrond waarvan ik wist dat ik er niet meer uit zou terugkeren. Mijn val werd gebroken door een dik pak sneeuw, maar toch zonk ik op mijn rug steeds verder de diepte in, terwijl ik tevergeefs met mijn armen en benen maaide. Mijn zwarte rokken bolden op en Aurelia's brieven, tientallen ervan, ontsnapten aan mijn zakken en vlogen weg als vogeltjes. De sneeuw sloot zich boven me en er bleef alleen duisternis over...

Het is donker. Ik lig op een zachte, onbekende plek. Er is geen herkenningspunt aan de hand waarvan ik kan bepalen waar ik ben, geen spoortje licht dat me de weg wijst. Mijn hart gaat tekeer. Het lijkt wel of de wereld die ik ken is verdwenen en ik ben ontwaakt in een andere dimensie.

Langzamerhand komen de herinneringen terug, en daarmee de wetenschap dat ik in bed lig in Mulberry Lodge. Ik ben veilig. Alleen weet ik niet waar ik een kaars kan vinden, een po, een klok. Ik weet niet waar de deur zich bevindt, het raam, of de stoel waar ik mijn jurk overheen heb gehangen. In zes nachten tijd heb ik in vier verschillende kamers verbleven, geen wonder dat ik het spoor bijster ben. Ik neem me voor om zo mogelijk in dit huis te blijven tot ik bij het wakker worden zeker weet waar ik ben.

Huiverend stap ik uit bed, het is een ijskoude nacht. Op mijn tenen loop ik naar het raam, waar ik tegen de tafel op bots en de gordijnen opendoe. Er is geen maan die me bijlicht, en daarom lijkt alles er roerloos bij te liggen. Het moet midden in de nacht zijn. In deze duisternis kan ik geen kaars vinden, dus ga ik maar terug naar bed.

Nu ik wakker ben, word ik geplaagd door gedachten. Het brievenspoor is zowel een zegen als een vloek, bedenk ik me. Zonder deze speurtocht was ik inmiddels verteerd door het verdriet, maar op een gegeven moment zal ik Aurelia alsnog los moeten laten en een eigen leven moeten opbouwen. Dit is niet mijn reis, ik volg een route die door iemand anders voor me is uitgezet. Ik ben net een naaister die een jurk maakt van een patroon dat ze niet zelf heeft ontworpen en die niet zeker weet of ze het kledingstuk mooi zal vinden wanneer het af is en of het haar wel zal passen. Ik ben nog altijd niet vrij.

Toch boezemt het vooruitzicht van vrijheid me angst in. Wat moet ik daarmee? Nu ik hier ben, bij deze rumoerige, openhartige familie – drie generaties onder één dak – ben ik me weer als vanouds bewust van het gapende gat van mijn eigen familiegeschiedenis. Wie ben ik? Wist ik maar wie mijn ouders waren. Wist ik maar waarom ze me hebben achtergelaten. Had ik maar het kleinste beetje informatie waaraan ik me kon vasthouden: het geluid van een lach, de kleur van een jurk... Ik wil, ik wil, ik wil... Maar hoeveel ik ook wil, ergens begrijp ik dat meer kennis de situatie er niet altijd beter op maakt. Aurelia was zich maar al te goed bewust van haar afkomst en heeft zich daar haar leven lang tegen verzet omdat ze haar karakter er niet door wilde laten bepalen.

Ik zak weer weg in een rusteloze slaap en wanneer ik opnieuw wakker word, zorgt de opkomende zon voor voldoende licht om op verkenning uit te gaan.

In de lade van de boekenkast vind ik kaarsen, en ik steek er twee aan. Dan sla ik mijn versleten oude omslagdoek om mijn versleten oude nachtpon om mezelf warm te houden, al voelt het bijna verkeerd om dat armoedige kledingstuk waar een zweem van ongeluk omheen hangt hier te dragen, in dit vrolijke huishouden. Dan laat ik me voor de hutkoffer op de vloer zakken.

De sleutel past precies in het slot en laat zich makkelijk omdraaien.

Het is een nieuwe hutkoffer, niet muf of krakkemikkig maar soepel bewegend en schoon. Het deksel geeft gewillig en geruisloos mee. De kist blijkt tot de rand toe vol te zitten. Er is een mousselinen doek over de inhoud gelegd, besprenkeld met lavendel. De sterke geur die naar me opstijgt roept herinneringen op aan gelukkige zomers, maar wanneer ik een takje optil vallen de droge, broze bloemetjes er direct af. Bovenop ligt een envelop met mijn naam erop.

Mijn lieve schat Amy,

Hier ben ik dan, ik heb je opgewacht op de beste manier die ik nu nog heb. Zie je, ik zal je nooit vergeten, niet zo lang als ik leef, en daarna ook niet. Je bent aangekomen bij de lieve familie Wister. Zij zorgen nu voor je, en misschien doen ze dat wel beter dan ik! Toen ik je in de sneeuw vond, waren mijn bedoelingen zuiver, dat kan ik je verzekeren. Ik geloofde dat ik alles kon, dat wílde ik geloven. Maar ik kon er niet voor zorgen dat mijn familie je accepteerde. Ik kon de maatschappij niet zodanig veranderen dat jij er een goed plekje in zou krijgen.
Ik wil dat je weet dat ik dit nu inzie, vogeltje van me, en ik bied je vanuit de grond van mijn hart mijn verontschuldigingen aan. Ik weet dat je geen excuses van me wilt, ik weet dat je mij niet verantwoordelijk houdt voor de wreedheden die je zijn aangedaan. Toch is het voor mij een eerste stap naar verlossing om te zeggen dat het me spijt en om je ervoor te bedanken dat je van me hield, ondanks mijn vele tekortkomingen. Niet in de laatste plaats ondanks mijn egoïsme.
Dat brengt me bij het jaar dat ik wegging en jou achterliet. Als ik daar nu aan terugdenk, schaam ik me diep, liefje. Je was nog maar dertien.
Zoals je weet was ik vastbesloten om te gaan. Ik was bezeten door de gedachte dat ik elke kans moest aangrijpen, ongeacht de gevolgen. Maar er was nog een reden voor mijn vaste voornemen, een

reden waarover ik je nooit heb verteld. Dat zal ik nu alsnog doen. Lieverd, je zult je nog wel herinneren hoe star mijn ouders waren in hun overtuiging dat ik moest trouwen, hoe wanhopig ze naar een erfgenaam verlangden. Het nieuws over mijn hart maakte daar natuurlijk een eind aan. Mijn ouders waren, waarschijnlijk samen met de rest van het huishouden, verstard van schrik.

Maar de tijd verstreek, nietwaar? En ik bleef in praktisch alle opzichten gezond. Het was voor ons allemaal makkelijk om te doen alsof ik geen dodelijke aandoening had of in elk geval om te ontspannen en erop te vertrouwen dat ik nog lang niet zou komen te overlijden. We werden allemaal weer de oude. Er deed zich een opwindende kans voor om met mevrouw B. op reis te gaan. En mijn ouders gingen nadenken, iets wat voor mij nooit veel goeds beloofde.

Ik zag er zo goed uit dat ze zich afvroegen of ik toch veilig een kind zou kunnen dragen. Ze raakten ervan overtuigd dat het nu juist nóg belangrijker was dat ik zou trouwen. Ze zouden me hoe dan ook kwijtraken, mij niet laten trouwen zou daar niets aan veranderen. Een kleinkind zou echter een levende herinnering aan mij zijn. Opeens wilden ze liever dan ooit tevoren een kleinzoon (want natuurlijk zou het een jongen worden). Niet zomaar een erfgenaam, niet zomaar iemand die de hoogtijdagen van de familie Vennaway kon laten voortduren, maar een troost voor hen, na mijn overlijden. Ze begonnen wederom aan te dringen op een huwelijk.

Met een wee gevoel in mijn maag leg ik de brief neer. Kan dit waar zijn? Waren de Vennaways echt bereid om hun dochter te dwingen tot een huwelijk terwijl ze stervende was? Alhoewel… het klopt wat ze zegt. In die tijd was het inderdaad moeilijk te geloven dat ze stervende was. De periode dat ze bedlegerig werd was nog ver weg. Ze zag er net zo stralend uit als altijd. Ze veroorzaakte nog net zo veel problemen als voorheen. Ook al is het met tegenzin, ergens kan ik wel begrijpen dat haar ouders zichzelf wijsmaakten dat het risico voor haar niet al te groot was. Ik lees verder.

Op een dag riepen ze me bij zich en zeiden dat ze namens mij een huwelijksaanzoek hadden aanvaard. Ze waren zelfs al zo vrij geweest om een datum vast te leggen, in het voorjaar. Denk je mijn schrik en verwarring eens in. Het kwam zo onverwacht, na een periode van relatieve rust, dat ik er niet op voorbereid was. Het zou heel wat bladzijden kosten om je bij te praten over de gesprekken die volgden: ruzies, smeekbedes, bevelen en vergoten tranen. Het komt erop neer dat ik huilde, smeekte, tierde, dreigde en de vreselijkste dingen zei, maar het was tevergeefs. Twee maanden later zou ik met Bailor Dunthorne moeten trouwen. Die herinner je je vast nog wel.

Bailor Dunthorne! Hoe zou ik hem nou kunnen vergeten? Een uur in zijn aanwezigheid was als een uur in een kamer vol vallende zwaarden. Je kón geluk hebben. Je kón ongedeerd ontsnappen. Maar dat stond niet vast, en de ervaring was ongeveer net zo aangenaam. Huiverend denk ik terug aan zijn gedrongen gestalte die zich naar me toe boog, zijn handen op zijn knieën, zijn donkere gezicht en loerende ogen die alsmaar dichterbij kwamen… Maar hij kwam uit een vooraanstaande familie, hij had een stamboom die zelfs nog langer was dan die van de Vennaways. Ik begrijp wel waarom Aurelia's ouders wilden dat ze met hem zou trouwen. Wat Bailor betrof: zijn vader zette hem onder druk om zijn losbandige leven achter zich te laten en een of twee zoons te krijgen.

Aurelia beweerde altijd dat ze zijn droomvrouw was, vanwege haar geringe levensverwachting. 'Liefde?' zei ze dan minachtend. 'Hij wil net zomin een vrouw als dat ik een man wil. Nee, Bailor ziet mij als de ideale oplossing voor zijn probleem. Zijn vader tevreden, zijn plicht volbracht, en hij kan weer als vanouds de hort op als ik er niet meer ben. Ik zie het al voor me, dat hij doet alsof hij een gebroken hart heeft en mij voor altijd als excuus blijft aangrijpen om niet te hertrouwen, om te kunnen doen wat hem blieft. Als er sprake was van vriendschap tussen ons, zou het een prima regeling kunnen zijn. Maar ik mag hem niet, Amy, ik mag hem niet.'

Dat gold ook voor mij.

Zo zie je maar, ik had een nog belangrijkere beweegreden om weg te gaan dan je je kon voorstellen, vogeltje van me. Ik was het gewend geraakt om verkeerd begrepen en tegengesproken te worden, maar ik had nooit verwacht dat ik in mijn laatste levensjaren tot zoiets gedwongen zou worden... met een man die... O, Amy, je weet wel wat ik bedoel. Misschien beseften ze gewoon niet dat ze me geen groter onrecht konden aandoen, of anders vonden ze het eenvoudigweg belangrijker om hun zin door te drijven. Ik zal het nooit weten.

Natuurlijk mocht ik nog steeds niet op reis met mevrouw B. Ze wilden dat ik zo snel mogelijk zou gaan trouwen. Uiteindelijk, duifje van me, kwam het hierop neer: een compromis. Ik beloofde dat als ze me zouden laten gaan, voor drie maanden slechts, ik na mijn thuiskomst met Bailor zou trouwen.

Mijn hart maakt een sprongetje. Heeft ze ermee ingestemd? Ik herinner me de lange, intense, gefluisterde gesprekken, de slaande deuren, het gevoel dat er veel meer op het spel stond dan een eenvoudig plezierreisje. Nu begrijp ik het.

En ze gingen ermee akkoord! Ze stemden in met mijn voorwaarden, ik zou in juni terugkomen en die dwaze verlangens van me achter me laten. Ik zou bedaren en een echtgenote worden, ik zou beginnen aan de serieuze taak om een kind te krijgen. Natuurlijk loog ik. Ik was niet van plan om met Bailor te trouwen, in juni of wanneer dan ook. Dat heb ik hem ook verteld, onder vier ogen. Toen ik wegging, had ik nog geen idee hoe ik het zou klaarspelen, maar ik wist zeker dat het me zou lukken.

Op het moment dat ik wegging, dacht ik dat ik hen nooit zou kunnen vergeven, Amy. Maar nu mijn dood aanstaande is, moet ik een manier vinden om het te begrijpen. Niet alleen voor hen, maar ook voor mezelf. Volgens mij wilden ze bovenal het gevoel hebben dat het toch niet onmogelijk was om een kleinzoon te krijgen. Volgens mij werden ze gek van het verlangen daarnaar. Dat kan ik best begrijpen, Amy, echt waar, maar dat er zo aan mij werd voorbijgegaan om een kleinzoon te krijgen! Ik geloof wel dat ze van me hielden, op hun eigen merkwaardige manier. Misschien moet iedere dochter daarin geloven, in wat voor bochten ze zich ook moet wringen om een verklaring te vinden.

Ik weet maar al te goed wat ze bedoelt. Hoeveel uur ben ik wel niet bezig geweest om scenario's te bedenken die mijn moeder van alle blaam zuiverden, die me de hoop gaven dat er ooit iemand van me gehouden had?

Waarom ik je dit nooit verteld heb? Omdat ik me schaamde, lief vogeltje van me. Ik voelde me zo vernederd door die hele toestand dat ik het niet eens kon vertellen aan mijn liefste vriendin en belangrijkste vertrouweling. Ik kon er alleen maar aan denken dat ik vrij wilde zijn en dat ik, eenmaal weg van Hatville Court, wilde kunnen ademhalen, nadenken en een manier vinden om alles recht te zetten wat zo ingewikkeld was geworden. Op dat moment had ik nog geen idee dat me nog veel meer moeilijkheden te wachten stonden, maar dat verhaal vertel ik een andere keer wel. Deze brief is al lang genoeg en ik wil nog even wachten voordat ik je deelgenoot maak van de rest.
Heb je al in je hutkoffer gekeken? Vast niet. Doe dat nu maar. Je zult er je nieuwe kleren in aantreffen. Liefje, ik wil dat je de komende twee maanden alle gedachten aan de speurtocht van je afzet. Misschien lijkt dat lang, maar je hebt tijd nodig om tot rust te komen en te helen, na alles wat je hebt doorgemaakt. Je moet leren

hoe het is om je veilig te voelen. Volgens mij is deze tijd het mooiste geschenk dat ik je kan geven, beter dan geld of jurken.
Ik vind het jammer dat je uiteindelijk verder zult moeten reizen, maar na verloop van tijd zul je dat begrijpen. Daarom vind je geen aanwijzing in deze brief. Op dit moment hoef je niets te doen, behalve genieten van een vriendelijke, veilige omgeving. Je hoeft je nergens het hoofd over te breken, behalve dan over de vraag hoe je zo toegewijd kunt zijn geweest aan iemand die zo wispelturig en egoïstisch was. Wees niet bang, de volgende brief zal op het juiste moment tot je komen.
Probeer in de tussentijd gelukkig te zijn. Probeer je een jonge, bevoorrechte vrouw te voelen. De kleding zal je daarbij helpen.

Veel liefs van je liefhebbende
AV

29

Kleding passen? Op een moment als dit? Zoiets kon alleen Aurelia bedenken.

Bailor Dunthorne. Een gedwongen verloving. Ik dacht dat ik alles van haar wist. Hoeveel zal ik nog meer te weten komen voordat mijn zoektocht voorbij is?

De komende twee maanden helemaal niets, dat is het korte antwoord op die vraag.

Niet dat ik hier niet wil blijven, dat wil ik juist heel graag. Niet dat ik de rust niet kan gebruiken, dat blijkt wel uit mijn dromen van vannacht. Zulke erge nachtmerries had ik al niet meer gehad sinds die sombere tijd nadat Aurelia in de boomgaard in elkaar was gezakt. Maar dat ik zo lang moet wachten op de volgende aanwijzing, laat staan op de antwoorden die ik zoek… Aurelia!

Ik ben door de kamer aan het ijsberen, in het waterige zonnetje dat op de vloerplanken valt, als er zacht wordt aangeklopt. Het is juffrouw Madeleine, die komt informeren of ik iets nodig heb.

Ik schaam me voor hoe ik erbij loop: met ongekamde haren, sjofel en half aangekleed, maar ze lijkt het niet te merken. Haar blik gaat meteen naar de open hutkoffer en de vellen papier die over het vloerkleed verspreid liggen. 'Je hebt hem eindelijk opengemaakt,' zegt ze zacht. 'Er zat een brief in. Ik wist het wel. Ik wist wel dat ze je niet zou achterlaten zonder een laatste groet.'

Je moest eens weten, denk ik.

'Ik heb haar geholpen de kleding uit te zoeken.'

'Heus?' Onverwacht vang ik een glimp op van hoe Aurelia's tijd zonder mij geweest moet zijn. Ze heeft kleding voor me gekocht. Een vriendin om hulp gevraagd. Opeens voel ik me dwaas omdat ik daar nog niet bij had stilgestaan.

'Je zult wel verbouwereerd zijn,' zegt ze, alsof ze mijn gedachten leest. 'Alles is veranderd, en nu moet je ook nog van kleding veranderen. Zal ik je alleen laten, Amy? Of wil je misschien dat ik een kopje thee voor ons haal?'

'Thee lijkt me fijn, en jouw gezelschap ook. Dank je.'

Madeleine is beeldschoon, vind ik. Niet op een flitsende, vurige manier zoals Aurelia, maar toch prachtig. Ze is soepel, vlasblond en rustig. Haar ledematen zijn welgevormd en sierlijk, haar tred is als die van een prinses. Het zou kunnen dat ze later een beetje mollig wordt, maar dat zou haar niet misstaan. Haar karakter zorgt ervoor dat haar gelijkmatige trekken stralen en dat ze er niet saai uitziet. Ze is net zo welkom als een nieuwe dageraad.

We drinken thee aan mijn tafeltje bij het raam en zien de zon aan zelfvertrouwen winnen in de tuin. Madeleine lijkt zich in het geheel niet te storen aan mijn nachtpon. Misschien komt dat doordat ze is opgegroeid met zusjes.

Ze vertelt me over Aurelia's bezoek. 'We keken allemaal tegen haar op, Priss, ik en de jongens. Ze was buitengewoon levendig en vriendelijk. Je zult haar wel vreselijk missen.'

'Dat klopt.' Het is een opluchting om over Aurelia en mijn gevoelens te kunnen praten. Ik geef meer prijs dan mijn bedoeling is en zwijg dan abrupt, bang dat ik de etiquetteregels heb overtreden.

Op haar gezicht ligt echter een zachte uitdrukking. 'Weet je, ik heb ook een vriendin gehad die heel jong is gestorven.' Haar bedaarde gelaatstrekken vervormen zich tot een frons. Kennelijk gaat er achter haar mooie uiterlijk en vele voorrechten een gebroken hart schuil. Zoals Kokkie ooit al tegen me zei: iedereen heeft zijn eigen verhaal.

'Wat erg. Is het kortgeleden gebeurd?'

'Niet heel erg kort. Een jaar of vijf. Ze heette Annabelle Sefton. We zaten samen op de damesacademie en kenden elkaar al van kinds af aan. Omdat ik zo veel broers en zussen heb, zou je denken dat het verlies van een vriendin me niet zo diep zou raken, maar dat was wel zo.'

'Dat kan ik me goed voorstellen. Wat vreselijk jong om te sterven. Zelfs nog jonger dan Aurelia.'

'Ja, ze had altijd al een zwakke gezondheid. Ze had iets aan haar longen. Haar ouders namen haar elke winter mee naar Italië, maar toch overleed ze. Ze was ontzettend zachtaardig en wanneer ik bij haar was, leek de wereld een mooiere plek. Ik mag van geluk spreken met mijn familie, en we hebben het goed voor elkaar binnen de society, maar er zal nooit een tweede Annabelle komen. Daarmee wil ik zeggen dat iedereen uniek is. Als we van iemand houden, houden we van alle kleine dingetjes waaruit die persoon bestaat. Aurelia is niet te vervangen, net zomin als Annabelle, maar je kunt op mijn oprechte medeleven en mijn vriendschap rekenen, mocht dat een troost voor je zijn.'

Ik begin te huilen. Dat is natuurlijk niets nieuws, maar wel in het bijzijn van iemand anders.

Madeleine slaat haar arm om mijn schouders en houdt me vast tot het snikken over is. 'Het verdriet overvalt je vaak,' zegt ze. 'Na verloop van tijd wordt het makkelijker, heus.'

Als ze weg is, stort ik me eindelijk op de hutkoffer. Ik weet dat ze me graag de jurken die ze samen met Aurelia heeft uitgekozen wil zien bewonderen. Later zal ik ze wel aan haar laten zien, maar eerst moet ik de inhoud alleen doornemen, voor het geval dat er nog meer geheimen in zitten.

Ik vouw de mousseline terug en mijn adem stokt bij de aanblik van de dieprode zijde die naar me lonkt. Rood! Het is een avondjurk, extravagant en laag uitgesneden, met zijden roosjes in de afhangende pofmouwen. Zo'n avondjurk zal ik nooit, maar dan ook nooit kunnen dragen! Ik kan mijn ogen er niet van afhouden, tegelijkertijd verschrikt en verliefd. Het is een jurk voor de Aurelia's van deze wereld, niet voor de Amy Snows.

Ik leg hem op bed en steek aarzelend mijn hand uit naar de volgende jurk. Weer een avondjurk, maar dit exemplaar is dieppaars, inktachtig. Dacht ze soms dat mijn leven alleen nog uit bals zou bestaan? De satijnen jurk is versierd met een modieuze, gaasachtige bovenlaag. Haastig werp ik hem op het bed en duik weer in de hutkoffer, in de hoop praktische kleding aan te treffen. Uiteindelijk vind ik die ook, maar pas nadat ik nog eens drie avondjurken ademloos heb bekeken: een roze, een abrikooskleurige en een zilveren. Dit is kleding voor een ander meisje, niet voor mij. Toch is het allemaal prachtig, mooier dan alles wat ik ooit heb gezien.

Daarna volgt een collectie jurken voor overdag en ik moet toegeven dat die perfect zijn. Ingetogen maar stijlvol, mooi maar eenvoudig, met zo duizelingwekkend veel kleuren en texturen dat ik ze allemaal tegelijkertijd aan zou willen trekken. O, wat heerlijk! Er is niet één zwarte, donkerblauwe, bruine of grijze jurk bij. Ik loop er straks niet bij volgens de regels van de tweede rouw, ik word een explosie van kleur!

Aan de inhoud van de hutkoffer lijkt net als aan Aurelia's verhalen geen eind te komen. Ik diep muiltjes en parasols op, sjaals, stola's en mantels. Er zijn korsetten met zo te zien wel honderden baleinen, in plaats van de ontwerpen met vier baleinen waar ik aan gewend ben. Ik zie hemden, jarretels en kousen. De kousen zijn allemaal wit. Sommige zijn effen, andere gestippeld of gestreept en er zijn er ook een aantal waar kleine bloemetjes op geborduurd zijn. De jarretels zijn hoofdzakelijk functioneel en niet aanstootgevend, maar er zijn er ook een paar... Ik ben een beetje geschokt.

Hier en daar vind ik tussen de lagen stof kleine buideltjes van tule die zijn volgestopt met geld. Honderden ponden! Ik tel het geld niet meteen, maar kijk alle biljetten wel na op aantekeningen, raadsels of aanwijzingen. Zoals beloofd zijn die er niet. Er is alleen maar geld, geld en nog eens geld.

Het is moeilijk te bevatten dat dit allemaal voor mij is. Mooie dingen waren nooit voor mij weggelegd, en dan was ik ook nog eens niet mooi genoeg om ermee te kunnen pronken.

Eén keer heeft Aurelia me een kam gegeven voor in mijn haar, helemaal bezet met kristallen. Ik zal toen zeven zijn geweest. Ik was gefascineerd door de glinstering ervan, de steentjes leken vlammen te bevatten die ergens in verre oorden waren gevangen. Ieder jong meisje, het maakt niet uit hoe eenvoudig ze is, is trots op haar lange haar als ze dat heeft. Dus schoof ik de kam in mijn haar en waande me een prinses. Die dag ving Lady Vennaway een glimp van me op in de tuin. Ze rukte de kam uit mijn haar, zo hard dat de tanden afbraken, en slingerde hem in het meer. Vanaf dat moment gaf Aurelia me geen cadeaus meer die we niet konden lezen of opeten. Het vullen van deze hutkoffer moet voor haar een genoegen en de ultieme wraak zijn geweest.

Als de hele kist leeg is en er een berg felgekleurde kleding op mijn bed ligt, dringt het tot me door wat dit is. Het is een schone lei, net zo onmiskenbaar als mijn babybedje in de sneeuw dat was. Dit is een nieuw begin.

Vóór me liggen de garderobe en het fortuin van een dame van stand. Bij die gedachte begint mijn hoofd te tollen.

Aurelia, dat bén ik helemaal niet.

'En toch,' hoor ik haar tegenwerpen, zo duidelijk dat het haast lijkt alsof ze naast me staat en haar kin op die hooghartige manier van haar de lucht in steekt, 'ben je opgegroeid op een statig landgoed, nietwaar? Je beste vriendin was de jonge Lady Vennaway. Je kunt paardrijden, schilderen, borduren en pianospelen. Je kunt een beetje zingen, al kun je dat maar beter niet doen. Je hebt een goede opleiding genoten. Als jij geen dame bent, wat ben je dan wel? Vraag het maar eens aan een bediende, een melkmeisje of de vrouw van een handelaar... Die zullen je allemaal als een dame beschouwen.'

Zoals altijd is er geen speld tussen haar redenering te krijgen.

30

Ik word niet van de ene op de andere dag een ander mens. Toch kan ik tegen de tijd dat ik twee weken op Mulberry Lodge heb verbleven niet ontkennen dat er een transformatie in gang is gezet, niet alleen vanbinnen en vanbuiten, maar overal om me heen. Het voorjaar is nog niet aangebroken, maar het gezang van een vroege merel bij het ontwaken, een zweem van een warme, bloemige geur in de lucht, die tekenen geven me hoop. Na de afgelopen maanden voelt hoop net zo tastbaar en waardevol als een vaststaand feit.

Geleidelijk aan kan ik binnen de uitbundige, gezellige massa waaruit de familie Wister bestaat de losse componenten onderscheiden. Met Madeleine heb ik meteen een goede band en met Priscilla ook, zij het op een andere manier. Hoewel ze van mijn leeftijd is, voelt ze als een jonger zusje. Net als haar zus heeft ze een alledaagse schoonheid en is ze vooral mooi door haar karakter. De kuiltjes in haar wangen geven alles weer wat je over haar dient te weten. Als er ergens kattenkwaad uit te halen valt, is zij erbij.

Beide zusters zijn dolverliefd: Madeleine op ene Daniel Renfrew, die kennelijk 'elke fruitsoort teelt die er maar is!' en Priscilla elke week op een ander heerschap. Wij drieën smeden al snel een band en ze lijken me allerminst vreemd of weerzinwekkend te vinden.

Natuurlijk zie ik er ook anders uit. Om te beginnen ben ik schoner dan ooit tevoren. Alle dames op Mulberry Lodge gaan twee keer per week in bad en dan wordt ook hun haar grondig gewassen. Ik vorm geen uitzondering.

Het wassen gebeurt in een badkuip voor de brandende haard in de salon en wordt gedaan door Bessy, een van de dienstmeisjes. Op Hatville Court was ik veel meer bezig met het verzorgen van Aurelia dan van mezelf, dus voelde ik me in eerste instantie bezwaard om me zelf zo voorzichtig te laten wassen. Door Bessy verdween mijn gêne echter al snel, want ze gaat niet bepaald zachtzinnig te werk.

Terwijl ze wast en spettert, praat ze uitgebreid en openhartig over haar darmklachten, vrouwenkwaaltjes, pijnlijke rug en gezwollen klieren. Ze brengt het zo serieus en gedetailleerd dat het dwaas lijkt om te doen alsof dat soort dingen niet bestaan, en ronduit ongemanierd om niet met haar mee te praten. Op mijn eigen gezondheid valt weinig aan te merken, maar om haar gerust te stellen zeg ik dat ik soms last heb van mijn holtes en maandelijkse krampen. Vaak betrap ik mezelf erop dat ik zou willen dat ik haar meer te bieden had. Dat is verfrissend. Vreemd, maar verfrissend.

Sinds Lady Vennaway mijn haar jaren geleden afsneed, ben ik het geregeld blijven knippen. In plaats van tot mijn kin reikt het nu tot net boven mijn schouders. Stijlvol is het niet, maar dat is een klein offer voor de uren die ik elke week uitspaar omdat ik geen hardnekkige klitten hoef te ontwarren. Ook vind ik dat het beter bij me past, dus misschien ben ik toch wel een beetje ijdel. Mijn haar krult omhoog rond mijn nieuwe luifelhoedjes op een manier die bijna... mooi te noemen is.

Dan is er nog mijn houding. Eerst was ik van plan mijn belofte aan Aurelia te breken, door mijn oude korsetten te blijven dragen. De nieuwe vond ik nogal afschrikwekkend. Toen ik, geholpen door Madeleine en Priscilla, de nieuwe stijl uitprobeerde, bleek die me echter wel te bevallen. Het is onmogelijk om je in zulke kleding nederig te voelen. Zelfs wanneer ik moe ben, zie ik er in de spiegel kaarsrecht, trots en energiek uit. In zo'n korset is het misschien nog wel mogelijk om een slechte dag te hebben, maar niemand zou dat aan je zien.

En dan de kleding zelf. Mijn oude, slordige rouwkleding is weg, niet verbrand maar gewassen en gedoneerd aan de armenhuizen in de buurt. Op aandringen van de meisjes, en onder hun toeziend oog, heb ik alle kledingstukken uit de hutkoffer gepast. Ja, zelfs de scandaleuze jarretels, al heb ik die heel snel weer uitgetrokken (en later weer aangetrokken, toen ik alleen was). Elke japon, zelfs die die ik nooit zal dragen, en elke schoen. Ik heb de kleur van mijn ogen nooit mooi gevonden, maar in combinatie met de tinten die Aurelia heeft uitgezocht zien ze er schitterend uit: katachtig en amberkleurig in plaats van een nietszeggende mengelmoes van geel en bruin.

Ik glimlach nu vaker. De frons is er nog steeds, oude gewoontes leer je niet zomaar af en in het leven is er nu eenmaal veel om over te piekeren. Het lijkt er echter op dat het een het ander niet uitsluit. Zodoende loopt er in Mulberry Lodge nu een in weelderige korsetten gehuld, piekfijn gekleed, glimlachend wezen rond dat ik niet kan zijn maar dat ik op de een of andere manier toch ben.

Wat een leven heb ik hier! Edwin Wister is advocaat en moet vaak voor zijn werk naar Londen, naar Holborn om precies te zijn. De verleiding is groot om te vragen of hij Crumm & Co kent. Ik denk nog vaak aan Albert en Henry. Die eerste keer dat ik nieuwe vrienden maakte, op een moment dat ik zo alleen was, heeft diepe indruk op me gemaakt. Ik kan niet ontkennen dat ik heel af en toe wens dat ik Henry Mead ooit weer zal zien. Of misschien wens ik het wel vaker dan heel af en toe. Maar ik ben aan geheimhouding gebonden.

We krijgen vaak bezoek en twee keer per week leggen de dames in de ochtend hun visites af. Ik word altijd uitgenodigd. De eerste dagen bleef ik liever thuis om in de tuinen te wandelen of uit te rusten in de oranjerie. Al snel kwam ik echter in de verleiding om mee te gaan, en zo ben ik deel gaan uitmaken van de hogere sociale kringen van Twickenham. De mensen hier kijken niet op van de komst van de jonge gezelschapsdame van juffrouw Vennaway, iedereen kan zich Aurelia nog herinneren. Het voelt alsof ik mijn verfrommelde vleugels ondanks een paar deukjes en krasjes uitsla en ze controleer op fatale schade.

Het is heerlijk in Twickenham. Weilanden, tuinderijen en landhuizen die er dromerig bij staan. Een diverse bevolking, van buitenlandse edellieden tot dames die zich bezighouden met liefdadigheid en teruggetrokken schrijvers die zich slechts zo nu en dan laten zien, besmeurd met inkt en verwoed met hun ogen knipperend in het daglicht.

De dagen gaan steeds sneller voorbij en worden alsmaar groener en mooier, net als de rivier. Nu de winter zijn greep op de omgeving laat verslappen, laat de hemel stukjes blauw zien. Dat doffe, dromerige pastelblauw van het voorjaar, de kleur van de halsdoek van de elegante meneer Garland. De sociale kalender raakt steeds voller, al lijkt dat bijna niet mogelijk. Er worden voorjaarsbals voorbereid en de meisjes zijn opgewonden bij het vooruitzicht om te kunnen dansen met aanbidders van wie ze sinds Kerstmis slechts zo nu en dan een glimp hebben opgevangen in een salon. Ze organiseren picknicks, regatta's en feestelijke boottochtjes naar Eel Pie Island en betrekken mij daarbij alsof ik altijd bij hen zal blijven. Zelf geef ik me ook over aan die illusie, alsof ik me laat meedrijven op een kabbelend beekje. Ik vergeet geen moment dat ik de zomer aan de rivier niet zal meemaken, maar doe alsof dat wel zo is.

31

Met al die bals in het vooruitzicht moeten Madeleine en Priscilla wel veel tijd doorbrengen in de winkels in Twickenham. Daar zie ik op een dag een lange, bekende gestalte. Mijn adem stokt, ook al kennen we elkaar maar oppervlakkig.

De meisjes stoten elkaar aan wanneer ze hem over King Street zien wandelen. Hij is echt een opvallende verschijning. Hij werpt ons alle drie een goedkeurende blik toe, geeft een tikje tegen zijn uitzonderlijk hoge hoed en verdwijnt in de King's Head. Om onverklaarbare redenen ben ik opgelucht omdat ik aan de aandacht van de gedenkwaardige meneer Garland ben ontsnapt.

Ongeveer een uur later kruisen onze wegen elkaar echter weer. We zijn dan bij een juwelier. Priscilla heeft een gouden ketting nodig voor haar hanger van opaal die mooi bij haar oesterkleurige japon zou passen. We vergapen ons alle drie aan de inhoud van een vitrinekast wanneer ik een bekende stem meneer Price, de toepasselijk genaamde eigenaar van de winkel, hoor groeten.

Onwillekeurig kijk ik op. Ja hoor, het is meneer Garland, met zijn glanzende blauwe halsdoek en zijn hoge hoed die het plafond bijna raakt. Hij ziet eruit als iemand uit een advertentie voor herenmode. Meneer Garland geeft weer een tikje tegen zijn hoed en glimlacht, maar dan kijkt hij nog eens goed naar mij en fronst zijn wenkbrauwen.

Snel doe ik alsof ik gefascineerd naar een rij gouden kettingen van verschillende lengtes kijk.

'Neem me niet kwalijk.'

Mijn hart gaat wild tekeer. Even krijg ik de neiging om weg te rennen.

'Goedemiddag, dames, het spijt me dat ik zo vrij ben, maar...' Hij kijkt me recht aan. 'Ken ik u niet ergens van? U komt me zo bekend voor. Misschien klinkt dat als een pathetische smoes om mezelf aan u voor te stellen, maar ik kan u verzekeren dat dat niet het geval is. Quentin Garland is de naam. Hebben wij al eens kennisgemaakt, juffrouw...'

De meisjes kijken me stomverbaasd aan. Ik kan zien dat ze zijn naam herkennen. Die komt sinds ik hier ben regelmatig ter sprake in de salons in Twickenham, hij is een graag geziene figuur. Dwaas genoeg was ik er trots op dat ik de beste man al eens had ontmoet, en zijn elegante benadering neemt mijn neiging om te vluchten weg.

'Ik ben juffrouw Snow, meneer Garland. We hebben elkaar één keer eerder kort ontmoet. In de postkoets vanaf St Paul's naar King Street.'

'Nu u het zegt! Lieve hemel. U ziet er buitengewoon goed uit, dat doet me deugd. Twickenham bevalt u duidelijk goed.' We schudden elkaar voor de tweede keer de hand en deze keer zijn mijn handschoenen net zo keurig als die van hem. Zijn blik is aandachtig en ik zie dat hij de verandering bij me opmerkt, al is hij te beschaafd om er iets over te zeggen.

Blozend zeg ik: 'Dank u, meneer. Ik denk dat het iedereen hier wel zou bevallen.'

'Inderdaad. Het is een heerlijke plek. De weilanden, de rivieren, de... Ja, uitstekend.' Hij kijkt om zich heen, gebaart vaag naar de wonderen van Twickenham en richt zijn blauwe kijkers dan weer op mijn gezicht, dat vanwege zijn lengte als een madeliefje omhoog is gewend. 'En nu kruisen onze wegen elkaar opnieuw. Ik moet bekennen dat ik het achteraf bezien onverantwoordelijk van mezelf vond dat ik u die dag niet begeleid heb, juffrouw Snow. King Street is geen geschikte plek voor een dame alleen. Gelukkig hebt u zo te zien uw vrienden gevonden.'

'U was juist erg hoffelijk en behulpzaam, meneer. Maar inderdaad, ik heb hen gevonden. Mag ik u voorstellen aan juffrouw Madeleine Wister en haar zuster juffrouw Priscilla Wister?'

'Aangenaam.'

De meisjes maken een reverence, beduusd door zijn illustere stijl, maar Priscilla leeft al snel weer op. 'Ik vind het een ware bezoeking om een ketting uit te kiezen, meneer. Wat vindt u stijlvoller: een ovale schakel of een jasseronschakel? Ik wil iets modieus, iets echt victoriaans.'

Ik vouw mijn handen in elkaar om te voorkomen dat ze naar mijn gezicht vliegen. Een man als meneer Garland, die zich bezighoudt met zakelijke belangen en nationale vooruitgang, zal zich toch niet om dameskettingen willen bekommeren?

Toch leunt hij naar de vitrine toe en lijkt hij zich serieus over het vraagstuk te buigen.

'Priscilla, val meneer Garland nou niet lastig met jouw ketting!' sist Madeleine haar zus vol afgrijzen toe.

Maar hij laat zich niet opjagen en wanneer hij zich weer tot ons wendt, kijken we hem aan alsof we wachten op een voorspelling van een waarzegger. 'De ovale schakel,' begint hij stralend. 'Die past perfect bij iemand met zo'n tere schoonheid als u, juffrouw Priscilla. Het is moeilijk voor te stellen dat welk sieraad dan ook zou misstaan bij iemand die zo mooi is, maar het is meer dan begrijpelijk dat u iets fris en moderns wilt uitkiezen. Is het voor een speciale gelegenheid?'

Priscilla is te overdonderd om antwoord te geven.

'Het is voor een dansavond in Lowbridge Hall in Richmond, aanstaande zaterdag,' legt Madeleine uit.

'Uw aanwezigheid zal de avond zeker opfleuren, dames. Neem me niet kwalijk, maar ik moet verder. Het was me een genoegen u weer te zien, juffrouw Snow. Nog een prettige dag.'

We staren hem alle drie na, als drie eendenkuikens op een rij. De opwinding van het winkelen kreeg door zijn komst nog meer glans. Nu hij weg is, is de glans eraf.

32

Hoewel ik me laat meeslepen door het betoverde koninkrijk dat Mulberry Lodge heet, ben ik Aurelia, mijn tijd op Hatville Court en het brievenspoor niet vergeten. Of misschien is het eerder andersom.

Het grootste gedeelte van de tijd ben ik ontspannener en zelfverzekerder dan ooit tevoren. Converseren gaat me nu goed af en ik heb mezelf nog niet één keer te schande gemaakt. Soms betrap ik mezelf er echter op dat ik achterdochtig reageer op welwillende gezichten en beleefde mensen. Hebben ze het mis? Verdien ik het om gekweld te worden? Zo niet, waarom dachten de Vennaways daar dan zo anders over? Waarom hebben ze me al die jaren zo behandeld? Die vraag laat me niet los.

Toch ben ik meestal echt gelukkig. Mijn eigen droom is eindelijk werkelijkheid geworden: familie, vrolijkheid, een dak boven mijn hoofd, huiselijk geluk. Ach, ik weet ook wel dat het niet míjn familie is, niet míjn huis. Maar ik mag graag denken dat ik door deze ervaring kans maak om in de toekomst zelf zo'n leven te krijgen. Als Aurelia klaar met me is, zal ik terugdenken aan deze tijd en misschien mijn eigen Mulberry Lodge beginnen, met mensen die ik zelf heb uitgekozen.

Mijn favoriete toevluchtsoord is de oranjerie, de ultieme blijk van de exotische smaak van Constance. Als ik een eigen huis had, zou ik precies zo'n oranjerie willen. Een heel vertrek met muren van glas, gevuld met planten! Het is een soort tuin, maar dan binnen. Sterker nog, het is een jungle.

Hoge palmbomen reiken tot aan het plafond. Naast meerdere banken is er ook een hangmat en staat er een witgeschilderde smeedijzeren tuinbank. Er zijn sinaasappelbomen en orchideeën. De Wisters hebben twee papegaaien, Solomon en Xerxes, die regelmatig met hun gespreide vleugels en lange staarten door de lucht scheren. Hun kreten doen me huiveren van verrukking bij de gedachte dat er ver weg tropische plaatsen bestaan en dat mij niet wordt gevraagd om die te bezoeken.

Op een doornatte, typisch Engelse dag ontvang ik een hoogst onverwachte bezoeker. Bessy brengt hem naar me toe in de oranjerie, en zo komt het dat ik enkele ogenblikken alleen ben met Quentin Garland, terwijl zij snel de hulptroepen gaat halen.

'Lieve hemel!' Door de verbazing laten mijn manieren me in de steek. Ik kan me niet voorstellen wat hij hier doet en vind het vreselijk om zo te worden overvallen. Ik zat de papegaaien te schetsen, met de puppy Clover sluimerend op mijn schoot en Caversham languit over mijn muiltjes. Als ik overeind spring, rennen de honden ervandoor. 'Meneer Garland! Hoe maakt u het? Wat een onverwachte eer.'

Ondanks de regen ziet hij er onberispelijk uit. Zoals gewoonlijk draagt hij zijn pastelblauwe halsdoek, maar ditmaal in combinatie met een bordeauxrode rij-jas met een kraag van lichtroze fluweel. Ieder ander zou er flamboyant uitzien, maar meneer Garland is de elegantie zelve. Soms vraag ik me af of hij speciaal personeel in dienst heeft, alleen om hem te kleden. Inmiddels heb ik prachtige kleding, maar daaronder ben ik nog steeds een gewone sterveling. Ik kan nog steeds struikelen en tegen mensen op botsen en de bries maakt mijn haar nog steeds in de war. Daarentegen zou meneer Garland zonder problemen over glas kunnen schaatsen, beschermd door een kristallen vitrinekast. Behalve die vooroordelen, die nogal fantasierijk zijn, dat geef ik toe, kan ik me geen enkele voorstelling maken van hoe zijn leven er nou echt uitziet. Hij is me net zo vreemd als de gewoontes van een zeldzame vogel waarvan je zo nu en dan slechts een onvergetelijke glimp opvangt.

'Mijn excuses, juffrouw Snow.' Hij maakt een diepe buiging. 'Misschien had ik mijn komst moeten aankondigen, maar ik was in de buurt en het is zo'n gure dag. Het vooruitzicht om u weer te zien en even te kunnen schuilen was gewoonweg te verleidelijk.'

Was het vooruitzicht om mij te zien verleidelijk? Dat lijkt me sterk. Het lijkt wel of hij... Maar nee, die gedachte verwerp ik meteen weer. 'Het genoegen is geheel aan mijn kant. Hoe hebt u me weten te vinden?'

'Ik doe zaken met Ashleigh Charlton. De familie Wister kwam toevallig ter sprake en daardoor moest ik denken aan de kennismaking met uw charmante vriendinnen, in het centrum. Ik vertelde hem dat ik hun jonge gast had ontmoet en heb hem gevraagd waar ik u kon vinden.'

Waarom zou hij dat in vredesnaam doen? Ik vind het niet beleefd om ernaar te vragen, dus mompel ik maar: 'Het is een klein wereldje.'

Op dat moment komen Madeleine en Priscilla tot mijn opluchting binnenvallen. De verantwoordelijkheid om een man in mijn eentje te moeten vermaken, al is het maar voor het gebruikelijke kwartiertje, schrikt me af. We staan er nog steeds opgelaten bij. Ik heb niet eens gevraagd of hij wil gaan zitten! Madeleine schiet me te hulp en we nemen allemaal plaats. Ik plof neer als een lap deeg die op een tafel wordt gegooid, meneer Garland gaat vloeiend zitten, als boter die wegsmelt in een hete pan. Iedereen begroet elkaar hartelijk. Madeleine biedt een kleine versnapering aan, die meneer Garland afslaat terwijl ik er stilletjes en verward bij blijf zitten. Het vooruitzicht om mij te zien was verleidelijk! Hoe opgelaten ik me ook voel, ik gloei van trots.

'Woont u in de buurt, meneer Garland?' vraagt Madeleine met haar lieftallige glimlach, waarmee ze het gesprek redt.

'Nee, ik woon in Chiswick, maar ik moet hier regelmatig zijn voor zaken. Vaak verblijf ik dan bij vrienden, zodat ik niet aldoor op en neer hoef te reizen. Vanochtend was het zulk mooi weer dat ik besloot te gaan paardrijden.' Met een spijtig lachje schudt hij zijn hoofd. 'Toen het weer omsloeg, wilde ik dat ik dat niet had gedaan.'

'Gaat u naar het bal in Lowbridge Hall, meneer Garland?' vraagt Priscilla, zenuwachtig op en neer wippend. Ze heeft het al dagen nergens anders over. 'Per slot van rekening hebt u me geholpen mijn halsketting voor die gelegenheid uit te zoeken.'

'Dat weet ik nog, en ik zou u die erg graag zien dragen. Als ik beschikbaar ben, kom ik, al verwacht ik dat ik tegen het eind van de week weer terug moet naar de stad.' Hij fronst zijn voorhoofd alsof hij het erg jammer vindt, hoewel ik me niet kan voorstellen dat hij met een gebrek aan uitnodigingen voor bals te kampen heeft.

We praten nog wat over onbenulligheden en als hij aanstalten maakt om weg te gaan, springen we allemaal op om hem uit te laten, elkaar voorzichtig verdringend omdat we hem allemaal onze volle aandacht willen geven. Nadat hij in de regen is verdwenen, slaakt Priscilla een gilletje, begint ze op en neer te springen en vertelt glunderend dat zelfs haar grootmoeder, die vermaard is om haar sociale contacten, meneer Garland nog nooit ontmoet heeft.

Ik laat me met gefronst voorhoofd weer op de divan zakken. Het is me een raadsel waarom ik zo door zijn bezoek van mijn stuk gebracht ben, terwijl hij zich in alle opzichten keurig gedragen heeft. Ergens heb ik het idee, terecht of niet, dat hij iets wilde controleren. Misschien is hij het niet gewend om gesprekken te voeren in een oranjerie die tot de nok toe is gevuld met planten en papegaaien. Misschien vond hij dat Bessy hem niet naar mij toe had moeten brengen, maar hem had moeten verzoeken in de salon te wachten. Ik zag de schittering in haar ogen toen ze hem aankondigde: dit krijg ik de volgende keer dat ik in bad ga zeker te horen.

Maar ik voel me niet op mijn gemak, dat kan ik niet ontkennen. Ik kom weer rusteloos overeind en loop naar de spiegel in de hal om te kijken of ik niet degene ben die er om de een of andere reden verrassend uitziet. Mijn haar zit netter dan ik verwacht had onder mijn witte luifelhoedje, en ik draag een appelgroene japon. De mouwen zijn niet opvallend vol en de rok is niet buitensporig wijd, dat stelt me een beetje gerust. Misschien ben ik het gewoon niet gewend om beleefd te worden behandeld door vooraanstaande mensen.

Of misschien voel ik me zo omdat meneer Garland ontzettend knap is.

33

Eindelijk breekt de dag van het langverwachte bal aan. Priscilla barst bijna in tranen uit wanneer ik weiger de rode avondjurk aan te trekken.

'Misschien wil meneer Garland je wel het hof maken! Misschien is hij er vanavond wel! Hij is het gewend om met de meest verfijnde dames om te gaan. O, Amy, waarom wil je die jurk nou niet aan?'

'Omdat, lieve Priscilla, ik geen verfijnde dame ben! Om zo'n jurk te kunnen dragen moet je veel zelfverzekerder zijn dan ik. En ik wil niet dat je zulke dingen over meneer Garland zegt. Ik ben ervan overtuigd dat hij heel andere bedoelingen heeft dan jij nu suggereert.'

Dat is geen valse bescheidenheid. De gedachte is sinds die dag in de oranjerie meerdere malen in me opgekomen, als een aanhoudende kwelling. Het kán gewoon niet, daar ben ik zeker van. Het zou veel te veel lof zijn. Toegegeven, ik zie er heel anders uit dan tijdens onze eerste ontmoeting. Ik ben niet langer een sjofele, uitgemergelde kabouter. Als ik een vriendelijke buitenstaander was, zou ik zeggen dat juffrouw Snow er gewoontjes uitziet, een paar aangename eigenschappen heeft en het beste uit zichzelf probeert te halen. Maar dat is niet het type meisje dat bij Quentin Garland uit Chiswick past. De gedachte alleen al!

'Waarom kwam hij dan bij je op bezoek?'

Daar heb ik geen antwoord op. Desalniettemin weiger ik pertinent de rode jurk aan te trekken. In al mijn avondjurken voel ik me heel erg bloot. De rode en de paarse zijn het meest gewaagd. Daarin zie ik er veel ouder uit dan ik ben, alsof ik klaar ben om te… Ach, laten we het er maar op houden dat ze niet ingetogen zijn. De zilverkleurige is prachtig, maar dat is een kleur voor een bruid of een prinses, of voor een hemellichaam dat ter aarde is gestort, en ik ben geen van die dingen. Huiverend in mijn zijden onderjurk neig ik naar de subtielere jurk van abrikooskleurige mousseline. Priscilla dringt aan op een compromis in de vorm van de roze japon van dunne, opengeweven mousseline. Die trek ik uiteindelijk maar aan.

Madeleine kapt mijn donkere lokken en vlecht er roze en witte rozen en een subtiel roze lint doorheen. Mijn haar laat zich nog steeds niet temmen, maar is nu wel voorzien van de nodige opsmuk. Ik maak het geheel af met een prachtige crèmekleurige omslagdoek met roze borduursels erop, en crèmekleurige platte muiltjes, versierd met roze rozen. Ik voel me net een kind tijdens een verkleedpartijtje, alleen is er deze keer niemand die me in mijn kraag kan vatten en me terug naar de keuken kan sleuren.

Ik voel me opgelaten als we in het rijtuig stappen, samen met Constance, Edwin, mevrouw Nesbitt en Michael. Die laatste klaagt steen en been omdat hij naar een dansfeest moet terwijl zijn broertjes een fort mogen bouwen in de eetzaal. Edwin houdt echter vol dat geen enkele man in zijn eentje vijf dames zou moeten begeleiden en vraagt zich hardop af wat het nut van het hebben van zoons eigenlijk is als hij de last van sociale verplichtingen niet met hen kan delen.

Ondanks de zachtroze zijde en mijn blote, bleke schouders vrees ik dat iedereen op de een of andere manier zal zien dat ik in een keuken ben grootgebracht en me zal uitlachen. Toch stokt mijn adem als we de Richmond Bridge oversteken. De glimmend zwarte diepte van de Theems weerkaatst de lichtjes van de hoge huizen langs de waterkant, een elegante wereld waarvan ik tot mijn verwondering deel mag uitmaken, al is het maar voor één avond.

Bij Lowbridge Hall worden de gasten naar de deur gevoerd via een pad dat bestaat uit twee lange rijen vuurkorven. De oprijlaan is een grote vlakte waar het een komen en gaan van rijtuigen is. Ik zie geen kans om er als Assepoester vandoor te gaan.

Alsof Priscilla dat zou toestaan! Ze houdt mijn hand vast als we naar de deur lopen, als onze komst wordt aangekondigd, als we onze gastheer en gastvrouw begroeten en als we de enorme balzaal in stappen. Pas wanneer Michael en Edwin voor ons allemaal een zitplaatsje hebben gevonden, laat ze me los.

Tegen die tijd ga ik al helemaal op in het bal. Volgens mij heb ik nog nooit zoiets moois gezien. Ik weet dat iedereen hier een eigen verleden moet hebben met zowel vrolijke momenten als teleurstellingen, dat achter die vrolijke buitenkant heel veel verbitterdheid of verdriet kan schuilgaan. Maar vanavond zijn die zorgen aan de kant gezet, samen met de saaie jurken voor overdag en praktische schoenen. Deze ene avond ben ik een schitterende illusie binnengewandeld. Niet alleen het spektakel vind ik betoverend, maar ook de sfeer in de zaal. Die is zo luchtig en opgewekt dat ik al mijn zorgen vergeet. Ik verlang ernaar om over de dansvloer te zwieren, desnoods in mijn eentje.

Maar natuurlijk doe ik dat niet.

Ik blijf keurig zitten, nip van mijn punch en luister naar het commentaar van mevrouw Nesbitt over wie wie is en wat iedereen doet en waarom ze dát in vredesnaam hebben aangetrokken. Zoals verwacht kent ze iedereen.

'Daar is meneer Gooch, de gerechtssecretaris, en daar meneer Figg, de bode. En dat is Meg Pawley. Haar heb ik jaren geleden eens ontmoet bij de heer Dickens thuis, in Ailsa Park. Al heette ze in die tijd natuurlijk nog Meg Fellowes.'

Ik bekijk Meg Pawley belangstellend en wens vurig dat ik meneer Dickens ooit zal ontmoeten, maar mevrouw Nesbitt heeft me al verteld dat hij momenteel niet in Twickenham is. Zijn vriendin is een mooie vrouw in een citroengele jurk en ze is in gesprek met een statige matrone met donker haar in een beeldschone jadegroene japon waarvan elke ruche is gevoerd met een glanzende, sneeuwwitte stof. Ze komt me vaag bekend voor en ik bedenk dat ze wel een buurvrouw van de familie Wister zal zijn.

Ondertussen vertelt mevrouw Nesbitt verder: 'Dat is haar zuster

Meribelle. Die is nooit getrouwd, wat niet erg verrassend is. Ze is een schat, maar heeft de onhebbelijke gewoonte om in elke situatie precies het verkeerde te zeggen en te doen. Welke man durft dat risico te nemen? O jee, waarom heeft meneer Elms nou toch voor strokleurige handschoenen gekozen? En zie ik daar nu bordúúrsels op zijn halsdoek? Probeer hem maar niet aan te kijken, liefje. Als hij je ten dans vraagt, wil je hem natuurlijk niet afwijzen, maar die handschoenen kunnen écht niet.'

Gefascineerd hoor ik haar aan. Niet dat ik van plan ben om mannen voortaan te beoordelen op de aan- of afwezigheid van borduursels op hun halsdoek, maar ik had geen idee dat heren zich net zo zorgvuldig dienden te kleden als wij. Eerlijk gezegd heb ik nooit stilgestaan bij de sociale uitdagingen waarmee mannen te maken hebben.

Als ik een blik op Michael werp, die mistroostig aan zijn eigen smetteloos witte handschoenen zit te plukken, bedenk ik dat hij wordt klaargestoomd voor later. Zijn haar is zorgvuldig in model gebracht en zijn krullen zijn grotendeels getemd, al heb ik geen idee hoe. Ik neem mezelf voor om morgen met hem naar de rivier te gaan, alleen wij tweetjes. Als hij dan rechtstreeks vanaf de oever in de veerboot van Tam Marks besluit te springen, of als hij een slok neemt uit de waterfles van Tams vader (waarvan ik ernstig betwijfel of er water in zit), zal ik daar niets van zeggen.

Al snel verveelt hij zich en loopt bij ons weg naar de tafels waarop het banket is uitgestald, wat hij goedmaakt door ons met zorg samengestelde borden met gevogelte, ham en tong te brengen. Er zijn zo veel gasten en er is zo veel eten dat ik onwillekeurig aan het keukenpersoneel moet denken, dat minstens een dag bezig moet zijn geweest om het vlees te snijden en de plakken met linten aan elkaar te rijgen. Door de opwinding heb ik niet veel eetlust, maar een beetje gelatinepudding of *tipsy cake* sla ik niet af.

Ik ben Aurelia er eeuwig dankbaar voor dat ze me heeft leren dansen. Dankzij haar onconventionele maar enthousiaste lessen valt het me stukken minder zwaar om me als een dame te gedragen. Ik dans met allerlei heren, jong en slank, oud en fors. Ondanks Priscilla's aansporingen ben ik niet gericht op aanbidders, zeker niet aangezien ik weet dat ik hier niet lang genoeg zal blijven om een betekenisvolle relatie aan te gaan. Om nog maar te zwijgen over mijn verdriet, dat me morgenochtend weer zal opwachten.

Trouwens, ik ben nog niet klaar voor aanbidders. Wat zou ik over mijn achtergrond moeten zeggen als iemand me het hof probeerde te maken? Ik ben er niet zeker van of iemand nog wel op die manier van me kan houden als hij eenmaal al mijn geheimen en schandelijke eigenschappen kent. Dus volsta ik ermee om te dansen en glimlachen, om weinig van mezelf prijs te geven en me stilletjes en meegaand op te stellen. Als gevolg daarvan val ik erg in de smaak.

Er is geen spoor te bekennen van meneer Garland, die vast alweer terug is in de stad. Eén of twee keer denk ik in de menigte een glimp van Henry Mead op te vangen, maar dat kan natuurlijk niet kloppen. Inmiddels is die waarschijnlijk weer verdiept in zijn gevreesde medische lesboeken.

Het hoogtepunt van de avond is mijn kennismaking met meneer Renfrew, de aanbidder van juffrouw Madeleine. Niet alleen omdat hij er goed uitziet en erg aardig is, en ook niet alleen omdat hij geweldig kan dansen en tot in de puntjes is uitgedost in een stijlvolle, goed gesneden jas met een gevlochten patroon op de voorkant.

Madeleine schiet in de lach als ze hem zo goedgekleed ziet.

'Normaal gesproken zit ik onder de modder,' zegt hij tegen mij. 'Volgens mij dacht ze dat ik niet in staat was om me fatsoenlijk te kleden.'

'Dat heb ik nooit gezegd, Daniel. Meneer Renfrew, bedoel ik,' corrigeert ze zichzelf na een vermanende blik van haar vader.

Nee, de echte reden waarom ik zo verrukt ben over Daniel Renfrew is dat hij me tijdens onze dans toevertrouwt dat hij al een poos bezig is een plan te smeden. Dat plan is natuurlijk om Madeleine ten huwelijk te vragen. Hij was er al maanden over aan het nadenken, legt hij uit, maar hij vond dat hij een jongedame als juffrouw Wister in materieel opzicht niet genoeg te bieden had. Nu heeft hij echter een opdracht in de wacht gesleept bij een van de vele hertogen die in deze streek wonen, om een prachtige tuin aan te leggen rondom zijn landhuis. Het wordt een erg lucratief project, de kans van zijn leven.

'Stelt u zich eens voor, juffrouw Snow. Een compleet nieuwe tuin om te ontwerpen!' Vol enthousiasme vertelt hij over zijn ideeën om de bijzonderheden van het landschap goed naar voren te laten komen. Het is een beetje heuvelachtig en loopt aan het uiteinde af naar de rivier. Hij stelt zich weelderige gazons voor en een boomgaard met kersen- en lindebomen, een spiraalvormige tuin met klimornamenten en heggen van haagbeuken, en een wijngaard.

Gefascineerd hoor ik hem aan. Doordat ik als kind al werd rondgereden in Robins kruiwagen ben ik dol op tuinen, al zeg ik daar niets over.

Onze tweede dans komt ten einde en ik beloof hem te zwijgen zolang de overeenkomst met de hertog nog niet officieel is.

Op de terugweg naar de Wisters word ik staande gehouden door een dame van middelbare leeftijd. Ze is me al eerder opgevallen, in haar mooie jadegroene japon met de prachtige witte biesjes.

Meneer Renfrew maakt een buiging en loopt door, zonder te beseffen dat hij me bij een vreemde achterlaat. Ik voel me echter zo gelukkig en vrij, met mijn hoofd vol gedachten aan kersen en druiven, dat ik me erop verheug om mijn kennissenkring uit te breiden en vrolijk naar haar glimlach.

Ze heet mevrouw Ellington, vertelt ze. Een naam die ik, net als haar gezicht, ergens van ken. Bij nader inzien weet ik echter zeker dat ik haar niet eerder in Twickenham heb gezien.

'U was toch de gezelschapsdame van de jonge Lady Vennaway?' vraagt ze abrupt.

Dat beaam ik, al vervaagt mijn glimlach en voel ik me opgelaten.

'Ze is enkele maanden geleden gestorven, hoorde ik.'

Ik reageer bevestigend.

'Juffrouw Snow, u schendt de fatsoensnormen in zo veel opzichten dat ik amper weet waar ik moet beginnen,' zegt ze tot mijn verbijstering uitdagend. Als ik onwillekeurig een stapje bij haar vandaan doe, doet zij een nog veel grotere stap naar me toe, zodat ze nog maar een paar centimeter bij me vandaan staat.

'Kennen wij elkaar, mevrouw Ellington?' vraag ik, zo rustig mogelijk nu ze zo dicht bij me staat en zo vijandig doet. 'Klopt het dat u een kennis bent van de familie Vennaway?'

'Tot mijn genoegen wel, ja. Maar ik wil geen herinneringen ophalen aan onze gezamenlijke kennissen, ik wil u erop wijzen hoe onfatsoenlijk u bent. Om te beginnen draagt u geen rouwkleding, u bent op een bal! Zo kort na het verlies van iemand die in alle opzichten boven u stond, maar die u zeer ter wille was. En nu ze voor u niet meer van nut is, loopt u met uzelf te koop voor de society!' Ze steekt haar handen in een walgend gebaar in de lucht, alsof ze niet kan begrijpen dat ik zo verdorven ben. 'Vindt u dit echt een geschikte plaats voor een gezelschapsdame, een bedíénde in feite? Ik durf te wedden dat verder niemand er zo over denkt. Maar u bent zich ofwel niet bewust van de verschillen tussen ons, of u bekommert zich er simpelweg niet om. Ik begrijp niet hoe u dit voor uzelf kunt verantwoorden.' Ze staat er zo kaarsrecht en star bij als een koperen kachelpook.

Vergeleken bij haar voel ik me net een verwelkende anjer. Hulpeloos kijk ik om me heen. We staan halverwege de dansvloer en het banket, omringd door mensen, van wie sommigen speciaal zijn blijven staan om mee te luisteren. Hoewel mevrouw Ellington niet schreeuwt, praat ze zo hard dat nieuwsgierige mensen haar makkelijk kunnen verstaan. Op meerdere gezichten zie ik afkeuring, die volgens mij op mij gericht is. Op dit moment wil ik niets liever dan teruggaan naar het veilige gezelschap van mijn vrienden. 'Ik ben geen verantwoording schuldig aan iemand die ik niet ken, mevrouw,' zeg ik zacht, met gloeiende wangen. 'Goedenavond.' Ik maak aanstalten om weg te lopen.

Dan roept ze me na, deze keer nog iets harder, waardoor de golf van afkeuring zich uitbreidt. 'Hebt u verder niets te zeggen?' daagt ze me uit. 'Gaat u niet proberen uw opzichtige, onvergeeflijke gedrag goed te praten?'

Met tegenzin blijf ik staan. Ik kan mezelf er niet toe zetten om gewoon weg te lopen. 'Integendeel, mevrouw,' reageer ik, nog steeds rustig, nog steeds buitengewoon beleefd. 'Ik kán hier heel veel over zeggen. Alleen heb ik geen enkele intentie om dat te doen tegen iemand die niets weet van de vriendschap tussen juffrouw Vennaway en mij, een vriendschap die me erg dierbaar was. U kunt er gerust op zijn dat ik niets dan respect koester voor haar én voor de goede mensen die hier vanavond aanwezig zijn. Ik wens u een prettige voortzetting, mevrouw.' Met knikkende knieën maak ik aanstalten om weg te lopen.

Ze haalt echter nóg een keer naar me uit. 'Vriendschap?' Ze loopt achter me aan, zodat ik wel naar haar moet luisteren. 'Noemt u dát vriendschap? Hoe kan er nou vriendschap bestaan tussen de dochter van de meest vooraanstaande familie in Surrey en iemand als u, die niets voorstelt en niet beschikt over een fortuin of connecties? Misschien was er sprake van opportunisme, misschien was ze op u gesteld en misschien bent u niet in staat het onderscheid te maken, maar van vriendschap kan geen sprake zijn geweest. Ik heb van alles over u gehoord, juffrouw Snow. Men weet niet eens waar u vandaan komt, wie uw familie is! Het is een schande. U bent een schande.'

Nu word ik echt boos. Ondanks mijn verraderlijk knikkende knieën draai ik me weer naar haar om. Gelukkig staat er een tafel waaraan ik me kan vasthouden. Ik recht mijn rug en trek mijn wenkbrauwen op. Ik heb met een veel ergere vijand te maken gehad, toen ik nog veel jonger was. Als ik haar weer toespreek, doe ik dat op nog luidere toon dan zij. Zo luid dat de hele zaal me kan horen, want de muziek is gestopt en alle andere gesprekken zijn verstomd.

'Mevrouw Ellington, er is kennelijk sprake van een misverstand. Het ontbreekt me namelijk noch aan vrienden, noch aan een fortuin. Wat mijn afkomst betreft hebt u gelijk, daar is niets over bekend. Ik heb samen met juffrouw Vennaway onderwijs genoten en was zowel haar gezelschapsdame en verzorgster als haar vriendin. We zijn er nooit achter gekomen wie mijn ouders waren en gingen ervan uit dat ik het ongewenste product van een stiekeme affaire was. Ik ben grootgebracht in een keuken, mevrouw Ellington. Toen ik daar aankwam, sliep ik in een aardappelemmer. Ik ben als pasgeborene gevonden in de sneeuw. Naakt. Dat zijn de feiten. Een prettige avond nog.' Ik draai me om en loop weg. De roes waarin ik verkeer omdat ik in het openbaar het woord 'naakt' heb gebruikt en omdat ik haar lasterpraat heb gepareerd met de kale feiten ebt al snel weg. Ik ben bang dat ik de familie Wister in verlegenheid heb gebracht.

Deze keer word ik echter teruggeroepen door een andere stem. 'Amy, wacht!' Edwin Wister rept zich naar me toe vanuit de veilige haven waar zijn familie bijeenzit. Nu ik zo overstuur ben, zie ik hen alleen in een waas.

Met ogen die vuur schieten wendt Edwin zich tot mevrouw Ellington. 'Mevrouw, ik verzoek u vriendelijk om mijn gasten nooit meer zo toe te spreken. Ik heb juffrouw Snow onder mijn hoede genomen tijdens haar verblijf in Twickenham. Ze is een gewaardeerde vriendin van ons, net zoals juffrouw Vennaway dat was. U bent hier degene die de nagedachtenis aan juffrouw Vennaway bezoedelt, mevrouw, door haar protegee zo te behandelen. U moest zich schamen.' Dan komt hij achter me aan en pakt mijn arm beet. 'Het spijt me, liefje, het spijt me,' mompelt hij terwijl hij me door de menigte bij die vreselijke vrouw vandaan voert.

'Mij ook. Wat heb ik gezégd! Maar ze liet me maar niet met rust. Ik wilde niet dat ze dacht dat ik bang voor haar was. Ik wilde niet dat ze dacht dat ik me schaamde. Al schaam ik me wel een beetje.'

'Amy!' Michael rent achter ons aan.

Zijn vader knijpt zijn ogen dicht.

Ik ben me ervan bewust dat iedereen in de balzaal nog steeds roerloos toekijkt, terwijl het ene na het andere lid van de familie Wister me achternakomt.

'Amy, je bent een schat en we houden van je!' roept Michael. 'Wat kan jou het schelen waar je vandaan komt en wat die dikke ouwe teef van je vindt. Hierbinnen ben je goud waard!' Met zijn vuist slaat hij resoluut tegen zijn schriele borst.

Edwin slaat een arm om Michael en om mij heen en loodst ons de balzaal uit, de hal in, weg van de nieuwsgierige blikken. Achter ons begint het orkest weer te spelen.

Ik beef en merk dat ik zwaar op hem leun, ook al ben ik niet het type dat snel flauwvalt.

'Rustig maar, liefje,' zegt Edwin. 'Ik stel voor dat we even gaan zitten om tot onszelf te komen. Het is jammer dat de avond zo'n nare wending heeft genomen, maar het waait wel weer over, wees maar niet bang. Michael, ik begrijp dat je wilde laten blijken hoeveel we om Amy geven en dat was erg nobel van je, maar alsjeblieft, jongen, laat het hierbij. Dat was echt heel onbeleefd van je. Zo hebben we je niet opgevoed.'

'U hebt me ook niet geleerd om toe te kijken als zo'n serpent een vriendin van me beledigt, papa.'

'Dat kan wel zo zijn, maar ik had mevrouw Ellington al terechtgewezen en het was niet nodig dat jij nog een duit in het zakje deed. Met je intenties was niets mis, maar wel met je gedrag. Beloof me dat je verder je mond houdt, Michael.'

'Goed dan, papa, ik beloof het. Maar mijn bloed kookte toen ze zo op Amy bleef inhakken. Ik wilde er een stokje voor steken, maar ik zat vast achter drie of vier dikke kerels die het te druk hadden met staren om opzij te gaan. Daarna deed u uw zegje en wilde ik het ook voor Amy opnemen. Maar ik zal niet meer schelden, als u dat niet wilt.'

'Dat wil ik inderdaad niet. Bedankt, Michael.'

'Maar ze is wél een serpent, vindt u ook niet, papa?'

'Michael!'

'Het is toch zo!' Michael houdt net zo lang vol tot zijn vader, heel zachtjes fluisterend, toegeeft dat mevrouw Ellington inderdaad een serpent is, en ook een teef.

Pas dan laat Michael zijn hoofd op mijn schouder rusten. De ridderlijke jonge heer maakt weer plaats voor een vermoeid jongetje.

Al snel voegen de overige Wisters zich bij ons. Constance en de meisjes stellen me gerust met zoenen en omhelzingen. Ik ben duizelig van opluchting omdat ze zich niet al te erg generen. Madeleine zegt zelfs dat ze verrukt was toen ik van leer trok tegen mevrouw Ellington en moet een beetje giechelen om het interessante detail van de aardappelemmer.

Desalniettemin besluiten we dat dit wel genoeg opwinding was voor één avond en dat we ons beter terug kunnen trekken.

We stappen de koele maartavond in en ik trek mijn omslagdoek dichter om me heen. Ik stel me voor dat er achter mijn rug om wordt gefluisterd: 'in de sneeuw gevonden', 'grootgebracht in een emmer', 'stiekeme affaire'.

Terwijl Edwin zich bezighoudt met een kleine opstopping onder de wachtende rijtuigen tikt een heer zijn hoed aan en wenst ons goedenavond. Constance stelt hem voor als meneer Charlton. Die naam herken ik, hij is de man van wie meneer Garland had vernomen waar ik verbleef. Hij schudt ons allemaal de hand en drukt die van mij meelevend. Dat stel ik erg op prijs.

Omdat zijn eigen rijtuig ook op zich laat wachten, raken we met elkaar in gesprek. 'Ik was blij dat ik onze gezamenlijke kennis eindelijk kon vertellen waar hij u kon vinden, juffrouw Snow. Hij was erg vasthoudend. Kennelijk heeft hij dagenlang navraag naar u gedaan. Gelukkig kon ik hem van dienst zijn.'

Verward kijk ik hem aan. Meneer Garland zei toch dat hij me per toeval had gevonden, dankzij een terloopse opmerking? Waarom zou hij zo in mij geïnteresseerd zijn als meneer Charlton nu beweert? En als hij me nog een keer wilde zien, waarom heeft hij dan niet gewoon gevraagd waar ik verbleef toen we elkaar die dag bij de juwelier tegenkwamen? Ik moet toegeven dat ik me er een beetje opgelaten bij voel dat hij zo actief naar me heeft gezocht en daar geen open kaart over heeft gespeeld. Na alles wat er gebeurd is, vind ik het geen prettige gedachte dat als iemand maar vastberaden genoeg is, ik makkelijk te vinden ben.

Maar ach, het doet er niet toe. Priscilla zal wel teleurgesteld zijn, want meneer Garland zal vast opkijken van wat er vanavond gebeurd is, maar niet in positieve zin.

34

De ochtend na het bal blijf ik lang in bed. Het huis ligt er stil bij. Ik duik weg onder de dekens en probeer de gedachten aan de vorige avond buiten te sluiten. De opgetogenheid die ik aanvankelijk voelde omdat ik het zo dapper heb opgenomen tegen mijn vijand is verdwenen en mijn vreugde over het feit dat mijn vrienden me hebben gesteund is een schrale troost. Constance heeft me op het hart gedrukt dat ik me er geen zorgen over moest maken toen ze me welterusten wenste, maar ik ben nou eenmaal een piekeraar. Ik schaam me voor mijn eigen gedrag, omdat ik op een bal tegen een dame ben uitgevaren, omdat ik heb geschermd met de dubieuze details over mijn afkomst, en vanwege de felle kritiek die ik heb gekregen.

Wat mevrouw Ellington zei, was precies wat ik uiteindelijk had verwacht van iemand te zullen horen, waar dan ook. Nu besef ik dat mijn positie nog net zo onduidelijk is als voorheen. Ondanks mijn kleding, mijn geld en mijn bedrieglijk nette manier van spreken zal ik nooit echt ergens bij horen, want mensen zullen altijd willen weten waar ik vandaan kom.

Het lijkt wel of het verleden een moeras is vol schimmige wezens, verraderlijk en verstopt in de diepte. Sinds ik hier ben aangekomen heb ik dagenlang veilig over het gras kunnen wandelen, maar gisteravond kwamen de beesten naar boven om me mee te sleuren. Ik denk terug aan de woorden van mevrouw Ellington, haar minachting, de uitdrukking op haar gezicht die me zo aan Lady Vennaway deed denken. Tenzij ik een geheel nieuwe identiteit aanneem, zal ik altijd zo door iemand bekeken worden.

Maar wat voor leven zou dat zijn, een leven dat op een leugen berustte en waarin ik altijd over mijn schouder zou moeten kijken uit angst om iemand van vroeger tegen te komen die alles weer teniet zou kunnen doen? Nee, daar zou ik nooit voor kiezen. Ik kan maar beter een manier vinden om vrede te sluiten met wie ik ben, want ik zal nooit iemand anders worden.

Ik sta mezelf toe om even te zwelgen in zelfmedelijden en hoor buiten het raam een kraai een jammerlijke kreet slaken. Bij de voordeur klinken stemmen en mevrouw Nesbitt roept het rijtuig. Al snel keert de rust weder. Ze is naar de theesalon vertrokken en zal de komende uren niet terugkomen.

Inmiddels weet ik weer waar ik mevrouw Ellington van ken. Ze is een keer of twee op Hatville Court geweest toen ik nog klein was. Als ik het me goed herinner, woonden de Ellingtons in Londen maar hadden ze een buitenhuis in Surrey. In gedachten vervloek ik het landgoed en de kwaadaardige schaduw die het nog steeds op me werpt.

En wat ben ik gefrustreerd over Aurelia's brief, waarin ze vaag verwees naar nog meer verwikkelingen die op komst zijn. Alsof er nog niet genoeg is wat ik niet wist! Ze heeft niet eens verteld hoe het haar gelukt is om onder een huwelijk met Bailor uit te komen. Toen ze terugkwam van haar reis, werd onze vriendschap anders en dieper... Waarom heeft ze me toen niet over hem verteld?

Aan de andere kant heb ik nu meer begrip voor haar tegenzin om naar huis te komen, en misschien zelfs voor haar transformatie tot de grootste flirt die Derby ooit had gekend. Probeerde ze haar vrijheid te behouden? Hoopte ze een nieuwe aanbidder te vinden, iemand die de goedkeuring van haar ouders kon wegdragen maar die minder weerzinwekkend was dan Bailor Dunthorne? Werd hij het gewoon beu om te wachten tot ze terugkwam? Ik probeer me te herinneren of ik de laatste jaren nog iets over hem gehoord heb, maar er schiet me niets te binnen. Aurelia keerde terug in de besloten omgeving van Hatville

Court, waar niets kon binnendringen. Geen nieuws over aanbidders uit het verleden, geen bezoek van mensen die ze had leren kennen op haar reis. Achteraf bezien vind ik het een beetje vreemd dat dat avontuur waar ze zo naar had verlangd en zo hard voor had gestreden stilletjes naar de achtergrond verdween. Tenzij er iets was gebeurd wat zo vreselijk was dat ze die hele reis het liefst wilde vergeten.

Mijn sombere overpeinzingen worden verstoord doordat Madeleine op mijn deur klopt. Haar geliefde meneer Renfrew is op bezoek.

'Ik dacht al dat je van plan was om je hier de hele dag schuil te houden,' zegt ze met een glimlach, 'maar je vrienden hebben je nodig, dus je zult dat plan moeten laten varen en je meteen moeten aankleden.'

Die lieve Madeleine. Wat is ze toch attent. (En opmerkzaam, want ik was inderdaad van plan om me de hele dag schuil te houden.) Haastig trek ik een blauwe zondagse jurk aan, bind ik de strijd aan met mijn haar en zet ik een glimlach op om niet te laten merken dat ik me zo vernederd voel dat ik wel zou kunnen huilen.

Meneer Renfrew gaat pas weg als Madeleine, Priscilla en ik hem beloofd hebben dat we woensdag bij hem op bezoek komen om naar zijn tuin te kijken, waar de invloed van het voorjaar nu goed zichtbaar wordt. De rozen zullen nog een poos op zich laten wachten, maar er bloeien al wilde hyacinten, narcissen en lelietjes-van-dalen.

Ik waardeer de boodschap die hij met zijn bezoek overbrengt aan mij en aan iedereen die er oog voor heeft: Amy Snow is niet in ongenade gevallen, ze heeft naast de familie Wister nog meer vrienden. En het leven gaat door, ook na een schandaal.

35

De volgende dag krijg ik weer een attentie van een man: meneer Quentin Garland. Niet in de vorm van een bezoek, maar in de vorm van een brief, die kort maar zeer hartelijk van toon is. Nu ik zo bang ben dat ik mezelf te schande heb gemaakt, is de brief een aangename verrassing die al mijn twijfels over zijn recente bezoek wegneemt.

Geachte juffrouw Snow,

Hopelijk bereikt dit briefje u in goede orde. Ik wilde u graag laten weten dat ik aan u denk en u vragen of u zo vriendelijk wilt zijn om de twee juffrouwen Wister die ik heb mogen ontmoeten de hartelijke groeten van me te doen.
Ik vond het jammer dat ik u niet heb kunnen treffen op het bal in Lowbridge Hall. Zoals ik al vermoedde moest ik weg voor zaken. Ik hoop dat het niet lang meer zal duren voordat ik u weer zie. Diezelfde zakelijke onderneming heeft een onverwachte wending genomen, waardoor ik de komende weken hoogstwaarschijnlijk in Edinburgh zal moeten verblijven. Hopelijk staat u me toe om weer bij u op bezoek te komen wanneer ik terug ben in Londen.
U verzekerend van mijn voortdurende waardering verblijf ik.

Hoogachtend,
Quentin Garland

Nu weet ik zeker dat ik hem nooit meer terugzie, want van de twee maanden die ik van Aurelia op Mulberry Lodge moet blijven zijn er op de een of andere manier al zes weken voorbijgegaan. Het liefst zou ik de overgebleven kostbare tijd in alle rust doorbrengen, maar de familie Wister staat niet toe dat ik me stilletjes terugtrek uit de society. Ze moedigen me aan om hen te vergezellen tijdens hun visites en hoewel twee of drie families zich killer gedragen dan voorheen en één familie ronduit weigert ons nog te ontvangen, doen alle anderen alsof er niets gebeurd is. Zo verglijden de dagen, idyllisch en snel.

Het weer is prima voor de tijd van het jaar en we brengen nog een tweede bezoek aan meneer Renfrew, ditmaal met de jongens erbij. Hij is er wonderwel in geslaagd om al fruit te kweken in zijn kas en spoort ons aan ervan te proeven. Hollis is vooral dol op de perziken en snoept er gretig van, waarbij het sap langs zijn kin druipt.

Een andere middag ga ik met Michael naar de rivier, waar hij me toevertrouwt dat hij niet in de voetsporen van zijn vader wil treden als advocaat. Hij vertelt dat hij graag leert en zijn kennis wil doorgeven. Kennelijk wordt hij vaak gevraagd om de jongere kinderen bij hem op school te helpen. Zijn onderwijzer heeft hem verteld over een mooie kans: de regering heeft een pand in Whitton aangekocht met de bedoeling daar onderwijzers op te leiden die les gaan geven aan arme kinderen en mensen met een strafblad. De school wordt pas over twee jaar geopend, wanneer Michael zeventien is. Zijn onderwijzer heeft hem beloofd een aanbeveling voor hem te schrijven, mocht hij dat willen.

'Ik hoop maar dat papa erover wil nadenken,' verzucht hij. 'Hij zegt dat ik nog jong ben en dat ik veel meer kan bereiken als ik naar de universiteit ga en de wereld rondreis. Maar dat wil ik niet, Amy. Ik wil dit.'

Mijn gedachten gaan uit naar Henry, die zo graag een roeping wil vinden, maar die nog niet heeft ontdekt. Zoals zo vaak vraag ik me af of hij sinds onze ontmoeting vrede heeft gekregen met zijn loopbaan als arts. Het is vast niet makkelijk als je als jonge man verantwoordelijk probeert te zijn, maar ook een manier wilt vinden om het leven draaglijk te maken. Hopelijk zal Edwin de schoonheid van dit plan inzien als hij eenmaal begrijpt hoe erg Michael erop gebrand is.

De tijd voert ons vooruit. Michael is nog maar veertien, maar beschikt al over een bepaalde ambitie. Madeleine staat op het punt ten huwelijk gevraagd te worden, al weet ze dat zelf nog niet. En ik? Ik moet me binnenkort weer op onbekend terrein wagen. Wanneer ik alleen ben, neem ik Aurelia's oude brieven door in een poging erachter te komen waar ik hierna naartoe gestuurd zal worden. Ik betrap mezelf er geregeld op dat ik me afvraag waar Henry Mead geneeskunde studeert. Mijn fantasierijke geest bedenkt de meest onwaarschijnlijke manieren waarop onze paden elkaar weer zouden kunnen kruisen.

Dan is het zover. De ochtend waarnaar ik al die tijd heb verlangd, maar waartegen ik ook heb opgezien.

Ik zit in de oranjerie een brief te lezen die Aurelia me in juni 1844 heeft geschreven, toen ze in Twickenham verbleef. Het was zo heet dat de Theems helemaal droog lag. Kennelijk werd er cricket gespeeld op de rivierbodem. Alle Wisters gingen kijken en Edwin werd gevraagd om deel te nemen. Zelfs Aurelia mocht een paar ballen slaan – zoiets kreeg alleen zij met haar charmes voor elkaar. Door haar zwakke hart was de hittegolf een kwelling voor haar. Ze moest rekening houden met haar gezondheid toen ze last kreeg van extreme vermoeidheid en duizeligheid, maar slaagde er toch in om opmerkelijk veel boottochtjes, croquetwedstrijden en picknicks bij te wonen.

Daar zit ik over na te denken wanneer Bessy binnen komt vallen. 'Een brief voor u, juffrouw Amy. Zojuist bezorgd. Gebruikt u de lunch samen met de anderen?'

Dit moet het zijn. Het is de laatste dag van maart. Mijn tijd zit erop.

Duizelig van de zenuwen bekijk ik de envelop. Die is heel lichtpaars, niet het gebruikelijke roomwit van Aurelia. Ik vraag me af wie de brief heeft verstuurd en waarvandaan. Het poststempel is uitgeveegd, dus draai ik de envelop fronsend om. De inkt is zwart, het handschrift is krullerig en komt me bekend voor, maar is zeker niet van Aurelia. Ik laat de brief uit mijn handen vallen wanneer ik het adres van de afzender zie: Hatville Court, Surrey.

De schrik slaat me om het hart. Hoe hebben ze me gevonden? Zijn al mijn voorzorgsmaatregelen voor niets geweest? Heb ik Aurelia teleurgesteld, nog voordat ik ook maar in de buurt ben gekomen van het einde van de speurtocht? Gelukkig is het maar een brief. Gelukkig zijn ze niet hier, kijken ze me niet minachtend aan. Ik laat me op mijn knieën zakken en vis de brief onder de bank vandaan. Het ontbreekt me aan de kracht om weer op te staan, dus lees ik de brief zittend op de grond, met mijn rokken als een wolk opgebold om me heen.

Amy Snow,

Deze brief schrijf ik met gemengde gevoelens, maar mijn geweten laat me geen keus. Ik weet niet of deze brief bij je zal aankomen en ik moet bekennen dat ik ergens hoop dat dat niet zo is. We hebben je opgedragen om te verdwijnen en dat heb je gedaan. Daar ben ik blij om.

Ik heb het personeel grondig ondervraagd, voor het geval een van hen iets van je gehoord had. Ze zweren dat dat niet zo is. Daarna heb ik de oude correspondentie van Aurelia doorgenomen om de namen en adressen op te zoeken van de vrienden die ze tijdens haar jaar van afwezigheid heeft bezocht. Daar was ze buitengewoon vaag over. Ze schreef echter wel over een familie Wister in Twickenham en via via heb ik hun adres weten te achterhalen. Ik hoop dat je, zelfs als je niet bij deze familie verblijft, wel met hen in contact staat en dat ze deze brief naar je zullen doorsturen, of anders aan mij zullen retourneren. Misschien bereikt deze brief je wel.

Ik schrijf je met een eenvoudig verzoek. Ik wil je graag spreken. Voor die gelegenheid kun je nog één keer terugkomen naar Hatville Court. Of als je dat liever wilt kunnen we in Londen met elkaar afspreken, op een locatie van jouw keuze. Mocht je niet in staat

zijn om mijn verzoek in te willigen, dan vraag ik je om me terug te schrijven en me een adres te geven waarop een brief je zeker zal bereiken. Er zijn bepaalde dingen die ik je wil zeggen en die wil ik niet aan papier toevertrouwen tenzij er geen enkele twijfel bestaat dat je mijn brief zult ontvangen.
Ik had niet gedacht dat het ooit nog nodig zou zijn om je weer te zien. Er zijn echter dingen die beter persoonlijk verteld kunnen worden, hoe ongewenst zo'n gesprek wellicht ook is.

Met vriendelijke groet,
Celestina Vennaway

Mijn hoofd is een rondtollend, in elkaar stortend zwart gat. Zelfs nu ik zo'n merkwaardig en onvoorspelbaar leven leid, had ik dit nooit kunnen voorzien.

Eén vreselijk moment ben ik bang dat dit het teken is dat ik verder moet gaan. Is Lady Vennaway, wellicht zonder het zelf te weten, de contactpersoon aan wie Aurelia de volgende aanwijzing heeft toevertrouwd? Dat kan ik niet geloven. Die brief van haar moeder moet losstaan van het brievenspoor, al is de timing wel griezelig. Wat zou ze in 's hemelsnaam van me willen? Niets plezierigs, daar ben ik van overtuigd.

Misschien is het geheim wel dat Aurelia het had bijgelegd met haar moeder voordat ze stierf. Zou het spoor me terugvoeren naar Hatville Court? Dat kan en wil ik niet geloven. Hoewel ik met angst en beven uitkijk naar alle onbekende plaatsen waar Aurelia me heen zou kunnen sturen, is Hatville Court wel de laatste plek waar ik naartoe wil. Ik ga nog liever naar Afrika!

Ik stop de brief diep in mijn zak en krabbel overeind. In elk geval weet ze niet waar ik ben. Er zal nog een aanwijzing komen, binnenkort. Dat moet.

36

Toch gaan de dagen voorbij zonder dat er een nieuwe aanwijzing komt. Het is inmiddels april. De weilanden in Petersham en Ham, aan de overkant van de rivier, beginnen te bloeien. Het vee ligt te soezen tussen wolken van groen en ontluikend wit. De Theems is groener dan ooit en er zijn zelfs een paar zonnige dagen waarop ik in de tuin kan wandelen, thee kan drinken op het gazon en onder de wilgen langs de rivier kan gaan zitten om reigers en boten te schetsen.

Ik zou met heel mijn hart willen dat ik kon blijven. Zo vurig heb ik nog nooit iets gewenst, behalve dan dat Aurelia gespaard zou worden. Ik dagdroom hartstochtelijk, intens, dat er een brief komt waarin staat dat mijn reis ten einde is, dat alle antwoorden hier te vinden zijn.

Ik heb Edwin gesproken en hem mijn benarde toestand zo goed mogelijk uitgelegd. De brief van Lady Vennaway heeft me danig van mijn stuk gebracht, dus heb ik hem gevraagd of hij iets weet over Aurelia's plannen met mij, over het brievenspoor. Hoewel ik weet dat ik daarmee tegen de wensen van Aurelia inga, is de spanning van het niet weten wat er met me zal gebeuren ondraaglijk.

Hij weet alleen dat ik binnenkort vertrek en dat ik naar vrijwel elke plek toe kan worden gestuurd. Daar maakt hij zich ernstige zorgen om. 'Ik vind het geen prettig idee, Amy. Dat je in je eentje de wijde wereld in gaat, wie weet waarnaartoe. Wat bezielde haar? Dit is niet goed voor je. Het is tragisch dat ze niet meer onder ons is, voor jou meer dan voor wie dan ook, maar je hebt het nu nodig om zelf een goed leven op te bouwen. We hoopten dat je daar hier mee zou beginnen. Waarom niet? Wat maakt één extra vrouw nou uit, aangezien ik er al vijf onder mijn hoede heb? Ik zou het een eer vinden om jou tot mijn gezin te mogen rekenen, Amy, om een half dozijn rond te maken. Wat vind je ervan?'

Ik begin te huilen, en hij omhelst me. Even doe ik alsof ik Priscilla ben, alsof hij mijn vader is, en stel ik me voor hoe mijn leven was geweest als er zo'n man over me had gewaakt. Ik denk aan mijn eigen vader en vraag me af waar hij nu is en of hij ooit geweten heeft van mijn bestaan. Eerlijk gezegd hoop ik van niet.

Dan krijg ik mezelf weer in de hand en zeg ik dat het misschien vreemd lijkt, maar dat ik erop moet vertrouwen dat Aurelia een heel goede reden had voor al deze geheimzinnigheid. 'Ze kon nogal dramatisch uit de hoek komen, maar ze hield echt van me en had het beste met me voor, Edwin. Per slot van rekening heeft ze me ook hierheen gestuurd, nietwaar? Waar had ik zelf nou betere mensen kunnen vinden? Ik wil niet weg, absoluut niet zelfs, maar ik geloof wel dat er een goede reden achter mijn volgende bestemming zal zitten.'

'Is het wel veilig? Ik kan je niet tegenhouden als je erop staat haar wensen te vervullen, en ik begrijp dat dat zo is. Maar als je wilt dat ik met je meega, doe ik dat. Zonder vragen te stellen.'

'Ik weet niet wat ik moet zeggen. Zoiets vriendelijks heeft nog nooit iemand me aangeboden. Alleen weet ik niet waar deze zoektocht me heen zal voeren of hoe lang het zal duren voordat hij ten einde is. Dat kan wel maanden duren! Of zelfs jaren, al hoop ik van niet. Trouwens, ze heeft me geheimhouding laten zweren. Ik mag haar vertrouwen niet beschamen.'

Hij zucht en lijkt zich totaal niet op zijn gemak te voelen. 'Dan wil ik dat je me twee dingen belooft, juffrouw Amy Snow, aangezien je zo goed bent in het nakomen van beloftes.'

Ik ervaar al die beloftes nu al als een zware last, als een zwaar anker dat me kopje-onder dreigt te trekken, maar natuurlijk vraag ik waar hij op doelt.

'Ten eerste wil ik dat je me één keer per maand schrijft, ook al is het maar een kort briefje, ook al kun je de anderen niet schrijven, zodat ik weet dat je veilig bent. Zelfs als je me geen adres kunt geven waarop ik je kan terugschrijven, moet ik weten dat je het goed maakt. Ten tweede, als je ook maar iets nodig hebt, ook al bevind je je in de verste uithoek van de aarde, laat het me dan weten zodat ik je kan helpen. Beloof het me, Amy.'

Dat beloof ik maar al te graag.

'Weet je,' vervolgt hij, 'Madeleine zal er kapot van zijn als je geen contact kunt houden. Wij allemaal, natuurlijk, maar Madeleine in het bijzonder. Volgens mij weet je al wel dat je niet de eerste vriendin bent die ze zal verliezen. Dat verdient ze niet. Ik moet bekennen dat ik het Aurelia een beetje kwalijk neem. Heeft ze er soms niet bij stilgestaan wat voor invloed dit op anderen zou hebben? Heeft ze er niet aan gedacht hoe wij ons zouden voelen als we jou zouden kwijtraken? Heb jíj daarbij stilgestaan?'

'Heel recent pas, lieve Edwin. Voor die tijd is het nooit bij me opgekomen dat iemand me zou kunnen missen, behalve Aurelia natuurlijk. Maar nee, ik had nooit gedacht dat ik de loyaliteit, toewijding en genegenheid zou kunnen krijgen die jullie me allemaal hebben getoond. Niet tot de avond van het bal in Lowbridge Hall.'

Hij knikt ernstig. 'Dat vind ik onnoemelijk verdrietig, liefje.'

37

Hoewel het een geruststelling is dat Edwin nu iets meer van de omstandigheden afweet, word ik met het verstrijken van de dagen steeds schrikachtiger. Het is bijna een week geleden dat ik de brief van Lady Vennaway heb ontvangen, en ik heb nog steeds geen aanwijzing gekregen. Ik pieker me suf over wat ze van me wil.

Er is echter wel iets wat me troost biedt. Op 5 april wordt Michael vijftien jaar en dat wil hij vieren met een boottochtje naar Eel Pie Island. Ik had niet gedacht dat ik dat nog zou meemaken. Normaal gesproken gaan de mensen uit Twickenham alleen in de zomer naar het eiland, maar Michaels besluit staat vast, ongeacht het weer. Het blijkt een stralende dag te zijn, ongewoon warm voor de tijd van het jaar, en Michael is er zo zelfgenoegzaam onder dat je zou denken dat hij het weer hoogstpersoonlijk besteld heeft.

Ik weet dat ik inmiddels Aurelia's volgende brief al had moeten hebben en weer onderweg zou moeten zijn, dus ik ben bang dat er iets is misgegaan. Desalniettemin ben ik blij dat ik hier nog steeds ben. Ik stap giechelend en onder het slaken van gilletjes met de meisjes in een boot. Ik ben erbij als we over het water drijven... en als we in het gras vol madeliefjes tuimelen. Vrijwel meteen pakt Madeleine mijn hand beet en sleept me mee over het eiland om de lievelingsplekjes van de familie te laten zien: het plekje aan de oever waar het picknickkleed uitgespreid dient te worden; het hotel waar in de zomer grote feesten worden gehouden; de eik waar Hollis ooit uit is gevallen, die keer dat hij zijn arm brak; de wilg waaronder Edwin Constance ten huwelijk heeft gevraagd.

Ik ben erbij als we ons tegoed doen aan een feestmaal, als we jeu de boules en cricket spelen en schaterlachen om typische familiegrapjes die ik nu begrijp en waaraan ik kan meedoen. Na de picknick doen de volwassenen en kleine Louisa een dutje en rijgen Madeleine en Priscilla kettingen van madeliefjes. De jongens spelen wildemannetje aan de andere kant van het eiland. Hun kreten zijn waarschijnlijk tot in Twickenham te horen. Zelf ga ik een paar minuten rustig onder de prachtige, romantische wilg zitten en bedenk dat hier, precies op deze plek, het gezinsleven van de Wisters is begonnen. Natuurlijk denk ik aan Henry en stel me voor dat hij hier bij me zit, met me praat en met me lacht. Wat zou ik hem graag aan mijn vrienden voorstellen. Opnieuw komt de gedachte in me op dat ik dit ook wil. Voor het eerst spreek ik die gedachte hardop uit, op krachtige toon, al kan behalve een knikkende zwarte waterhoen niemand me horen: 'Dit wil ik.' Het verlangen kringelt als rook door mijn buik. Ik heb geen idee hoe ik het kan bereiken en weet niet eens wanneer ik vrij zal zijn om mijn droom na te jagen, maar nu ik haar heb uitgesproken, zet de gedachte zich in me vast.

Ik ben erbij als we met tegenzin onze spullen pakken en naar huis varen, moe en gelukkig, terwijl we onder de wassende maan de koele rivierlucht inademen. Ik ben hier, waar ik niet hoor te zijn...

De volgende dag vind ik bij het wakker worden een brief op mijn kussen, naast mijn gezicht. Er staat geen adres op, alleen mijn initialen. Iemand in Mulberry Lodge heeft die envelop daar neergelegd.

Mijn lieve schat Amy,

Ik hoop dat deze brief je in goede orde zal bereiken, duifje van me. Ik vertrouw erop dat je uitgerust en opgeknapt bent, dat je merkt wat je waard bent buiten de scheve wereld die Hatville Court heet. De Wisters houden van je, of niet soms? Kom op, geef het maar toe. Geef ook maar toe dat je de kleren mooi vindt. O, Amy, ik vind het zo jammer dat ik je ze nooit zal zien dragen. Dat jij en ik ons nooit samen zullen opdirken voor een dansfeest. Stel je eens voor dat we deel hadden uitgemaakt van die familie, in plaats van op te groeien op Hatville Court. Stel je voor.

Weet je wat we vandaag hebben gedaan, Amy? We zijn naar de beek geweest. Dat was al een poosje geleden omdat ik lange tijd mijn bed niet uit kon komen en trouwens, we zijn nu toch veel te verfijnd om aan een hek te bungelen. Maar je hebt me er vandaag in mijn rolstoel heen geduwd en we hebben tussen de wilde hyacinten gezeten en een kleine picknick genuttigd van limonade – o, wat ben ik dól op limonade – en chocoladesoufflé, een misbaksel van Kokkie. Wij vonden hem heerlijk smaken, maar volgens Kokkie was hij niet luchtig genoeg. Ze had hem in de vuilnisbak gegooid als wij hem niet voor dat gruwelijke lot hadden behoed! Dus we hebben weer een goede daad verricht, vind je niet?

Ik kan me die dag nog herinneren. Het is een vreemde gedachte dat Aurelia nadat ik nietsvermoedend naar bed was gegaan deze brief heeft geschreven.

Maar jij zult je onze goede dagen ook nog wel herinneren, daar ben ik zeker van. Er zijn andere dingen die ik je moet vertellen. Ik heb je al ingelicht over het onzalige plan van mijn ouders om me uit te huwelijken aan Bailor Dunthorne. Nu je weer op krachten bent gekomen, dat hoop ik tenminste, zal ik je nog verder choqueren en je de rest vertellen.

O, Amy, dit valt me zwaar. Die gedwongen verloving is niet het enige geheim dat ik destijds voor je achterhield. Het andere geheim gaat zelfs nog verder terug. Het begon toen ik negentien was en mijn hartkwaal werd ontdekt. Nee, het begon toen ik achttien was en mijn ouders er echt op aan begonnen te dringen dat ik zou trouwen. Of misschien nog wel eerder! Bij nader inzien weet ik niet goed wanneer het begonnen is.

Hemeltjelief, wat is dit moeilijk. Amy, je herinnert je Robin natuurlijk nog wel. Die lieve, zachtaardige, goede, knappe Robin. Ik vermoedde altijd al dat hij een beetje verliefd op me was. (Al was ik natuurlijk zo ontzettend ijdel dat ik dacht dat de meeste mannen een beetje verliefd op me waren.) Ik had gelijk. En na verloop van tijd werd ik ook verliefd op hem, denk ik.

Ik moet de brief neerleggen en zelfs uit bed komen en een paar rondjes door de kamer lopen voordat ik verder kan lezen. Aurelia en Robin? Róbin? Dácht ze dat ze verliefd op hem was? Ik denk aan de vriendelijke oudere jongen die me als een zak mest overal mee naartoe sleepte en die nu 'die lieve, zachtaardige, goede, knappe Robin' wordt genoemd. Was hij echt knap? Zeker, alleen heb ik daar nooit eerder bij stilgestaan.

Voor mijn gevoel was Robin een stuk ouder dan wij. Hij zorgde voor me toen ik nog klein was en was altijd zo vakkundig en verantwoordelijk. In werkelijkheid waren Aurelia en hij van dezelfde leeftijd, besef ik met een schok. Ik kon nooit echt geloven dat ze acht jaar ouder was dan ik. Ze was zo tegendraads en onberekenbaar dat ze voor mij nooit gebonden leek aan de normale regels van de tijd.

Ik stap weer in bed, schud mijn kussens op met een energie die ik niet goed kan plaatsen en lees verder.

In het begin was hij natuurlijk gewoon Robin, die bij ons in de tuin werkte. Toen we klein waren, voordat jij kwam, was hij voor mij degene die het dichtst in de buurt kwam van een vriend. We waren allebei dol op vogels en andere dieren en planten. Buitenshuis waren we allebei een stuk gelukkiger. Zoals je weet ervoer ik in de natuur een rust die ik in de menselijke wereld nooit kon vinden. Hij hielp me dingen te repareren en te verzorgen. Je zult je vast nog wel herinneren dat hij niet erg spraakzaam was, maar als hij iets zei, was het het waard om te horen. Als mijn moeder weer een miskraam had gekregen, als ze ruzie had met mijn vader, als ze tegen me zei dat ik iets moest doen wat ik niet wilde, ging ik naar Robin toe. Maar ik zag hem nooit als een jongen, we waren nog maar kinderen.

Toen kwam jij, Amy! Jij nam al mijn tijd en aandacht in beslag en ik vergat die arme Robin helemaal. Ik verzorgde en vertroetelde je en het gaf me een heerlijk gevoel dat je me nodig had en naar me opkeek. Naarmate je ouder werd, werd jij degene die me kon troosten en opvrolijken. Als ik behoefte had aan gezelschap, kon ik met jou spelen. Je werd steeds ouder en was veel prettiger gezelschap dan Robin, want jij was spraakzaam, leergierig en levendig, en dat kun je van hem niet zeggen!

Toen ik achttien was en mijn ouders duidelijk maakten dat ik wat hen betrof niet snel genoeg kon trouwen, was ik diep gekwetst en boos. Op een avond, toen het verdriet me te veel werd, ging ik naar buiten. Ik ging op de oude schommel in de rozentuin zitten en huilde bittere tranen. Ik was radeloos van verdriet en had geen idee hoe het verder moest. Zo trof Robin me aan.

Ik had hem al een hele tijd niet meer gezien, niet echt. We hadden elkaar al heel lang niet meer gesproken. Toen hij me daar huilend zag zitten, zei hij geen woord. Wat was dat heerlijk, na al die beladen, hatelijke woorden die mijn ouders en ik elkaar hadden toegebeten. Hij tilde me gewoon van de schommel, ging er zelf op zitten, trok me bij hem op schoot en hield me stevig vast. We waren geen kinderen meer.

Wat ik nu tegen je ga zeggen (al weet ik zeker dat je het al wel kunt raden) is iets wat je normaal gesproken niet aan papier zou toevertrouwen. Ook al zou ik het je persoonlijk kunnen vertellen, hoe zou ik het dan onder woorden moeten brengen? In onze kuise samenleving wordt er niet gepraat over dit soort zaken. Maar Amy, ik zal je vertellen hoe het echt was.

Ik huilde een hele tijd in zijn armen, met mijn hoofd tegen zijn borst, en Amy, het voelde goed. Na al dat gepraat over trouwen en plichtsbesef was ik mannen als de vijand gaan beschouwen en het deed me goed om te beseffen dat het ook anders kon.

Hij nam me mee naar de boomgaard, waar we alleen konden zijn, verscholen tussen de bomen. Toen we daar op het gras zaten, hield hij me weer vast en betrapte ik mezelf erop dat ik moest glimlachen, ook al voelde ik me nog zo ellendig.

Onze omhelzingen gingen over in kussen. Hij keek naar me alsof ik een zeldzame, kostbare pop was waarvan hij niet kon geloven dat hij die mocht vasthouden, alsof ik zou kunnen breken onder zijn vingertoppen. Voor mij voelde het alsof mijn levenslange honger werd gestild, alleen door die blik.

Ik had datzelfde verwonderde gevoel als hij. Zijn wang was zacht, ook al was zijn huid zongebruind omdat hij elke dag buiten werkte. Op zijn kaak voelde ik een beginnende baard, een gevoel dat ik tot dan toe niet kende. Het voelde alsof ik hem opdronk met mijn vingers, alsof ik elke centimeter van hem in mijn geheugen prentte. Wees maar niet bang, vogeltje van me, ik zal niet zo in detail treden over élk gedeelte van hem! Ik wil je niet in verlegenheid brengen. Ik schaam me zelfs een beetje. Op papier zien de woorden er zo nuchter uit, maar zo voelde het destijds niet. Het voelde vloeibaar en zijdezacht als de schemering, schitterend als de sterren. Het voelde alsof de hele wereld zich opnieuw vormde, om mij heen. Ik hoop dat jij ooit zult ervaren wat ik die nacht voelde, wanneer je eraan toe bent en wanneer de tijd rijp is. Het had iets koortsachtigs, Amy, iets wat krachtiger was dan ik me had kunnen voorstellen. Het voelde als een oeroud, gewijd ritueel. Nu, jaren later, kan ik me er nog steeds over verbazen dat het zo wonderlijk was, en toch zo verboden. Desalniettemin heb ik er nog geen moment spijt van gehad.

Natuurlijk is er nooit sprake van geweest dat we met elkaar zouden kunnen trouwen. In het begin droomden we daar wel van. Ik had hem nog nooit zo veel horen praten als toen hij me vertelde over zijn wensen voor ons. We wisten echter allebei dat die dromen net als onze liefde waren: een onmogelijk, heimelijk genoegen. We wisten dat we onszelf maar iets wijsmaakten. We deelden gestolen momentjes, in het holst van de nacht wanneer er verder niemand op was. In die openingen tussen de werkelijkheid en onze dromen kon onze liefde bestaan. Als het al liefde was. Het maakt me verdrietig dat alle mooie dingen in mijn leven, de dingen waarvoor ik zelf had gekozen – jouw vriendschap en Robins aanrakingen in het bijzonder – zo stiekem moesten gebeuren.

Ik leg de brief weer neer en mijmer er een tijdje over. Wat een geheim! Het kost me moeite om mijn herinneringen aan te passen aan deze nieuwe werkelijkheid. Aurelia was verliefd, al die jaren, en heeft daar tegen mij niets over gezegd. Al die keren dat we giechelden over haar aanbidders of ons zorgen maakten over haar toekomst, liet ze iets, nee, iemand, weg die heel belangrijk was. Robin was haar geliefde! Ik had niet verbaasder kunnen zijn als ze had gezegd dat Kokkie haar moeder was of Dora haar verloren gewaande tweelingzus. Róbin? Door haar daden is ze in mijn ogen niet minder waard, zeker niet. Maar dat ze het niet aan mij heeft verteld terwijl ik dacht dat we geen geheimen voor elkaar hadden… dat doet pijn. Aan de andere kant was ik op dat moment nog erg jong. Ik kan het haar niet kwalijk nemen dat ze een kind van tien geen deelgenoot heeft gemaakt van deze ervaringen. Maar waarom heeft ze me niet in vertrouwen genomen toen ik ouder was, in haar laatste jaren?

Ik vraag me af of ik ongelofelijk naïef ben geweest, want dit is al de tweede keer dat ik me zo overrompeld voel, of misschien wel de derde keer, als ik de speurtocht zelf meetel. Al met al krijg ik het gevoel dat ik Aurelia helemaal niet zo goed kende als ik dacht. In mijn herinnering is ze zo openhartig en eerlijk als maar zijn kan, maar dit spreekt dat tegen.

Hoe dan ook, die liefde, die hartstocht, of wat het ook was, hield aan tot ik wegging. We wisten dat we samen geen toekomst hadden en toch konden we er niet mee ophouden. Zolang hij daar was en ik daar was, was er geen ontkomen aan. Zo zie je maar, Amy, ik had nóg een reden om weg te willen. Onze gevoelens voor elkaar werden niet minder en er kon niets goeds uit voortkomen. Ik had het niet kunnen verdragen als hij met iemand anders was getrouwd. Maar mij kon hij niet krijgen en hij was een goede jonge man, die een lieve vrouw verdiende. Stel dat we betrapt waren. Kun je je indenken wat ze hem dan hadden aangedaan? Natuurlijk zou hij ontslagen zijn. Hij zou te schande zijn gemaakt. Mijn vader zou ervoor hebben gezorgd dat hij nooit meer ergens een betrekking zou vinden. Wat leven we toch in een rare wereld.

De rest van het verhaal ken je, Amy. Er was ons geen gelukkige afloop gegund. Toen ik op reis was, wachtte Robin tot ik veilig thuiskwam, al had hij daar net zo weinig vertrouwen in als jij, liefje. Daarna vertrok hij. Door die tijd zonder elkaar waren we de zaken volgens mij helderder gaan zien. Bovendien ging mijn gezondheid daarna hard achteruit, zoals je weet. Hij kon het niet aan om me te zien sterven. Wat zou hij op dit moment doen? Zou zijn hart gestolen zijn door een montere juffrouw uit Gloucestershire?

Nu zal ik verder vertellen over Bailor. Nadat ik had toegezegd om met hem te trouwen en voordat ik wegging, heb ik hem nog maar één keer gezien. Mijn ouders hadden hem uitgenodigd voor het diner. Ik gedroeg me de hele avond innemend en charmant, dat zal hij vast verdacht hebben gevonden. Na het eten lieten mijn ouders ons alleen.

Voordat hij zijn mierzoete aanzoek kon opdreunen, zei ik tegen hem dat ik niet met hem kon en wilde trouwen. Als het nodig was, was ik zelfs bereid om hem te vertellen dat ik geen maagd meer was. Ik had alles willen zeggen om eronderuit te komen, Amy, maar dat was niet nodig. Mannen zoals Bailor Dunthorne weten hoe vrouwen zijn. Ze herkennen zwakte en angst, en die zag hij niet bij mij. Op mijn gezicht zag hij slechts vastberadenheid en misschien ook wanhoop. Bovendien heeft hij nooit van me gehouden.

Ik keek hem recht in de ogen en zei dat hij me het hof kon blijven maken en mijn ouders kon tolereren als hij dat wilde, maar dat hij daarmee zijn tijd verdeed. Ik vertelde dat ik tegen mijn ouders gelogen had en niet voornemens was om me aan mijn belofte te houden. Ik zei dat ik een schandelijke echtgenote voor hem zou zijn, dat ik hem het leven zuur zou maken en dat hij zonder mij veel beter af was. Daar was hij het volmondig mee eens. Ik liep met hem mee naar zijn rijtuig en schudde hem de hand, voor de eerste en tevens enige keer. Voor Bailor was het einde verhaal! Hoe ik het met mijn ouders heb geregeld, vertel ik wel in een volgende brief. Toen ik met mevrouw B. op reis ging, waren ze nog in de waan dat ik verloofd was.

Vogeltje van me, ik vraag me af wat je nu denkt, wat je nu tegen jezelf zegt. Ik vraag me af wat je tegen mij zou willen zeggen, áls je al iets tegen me wilt zeggen.

Nu, lieve Amy, breekt het volgende gedeelte van je reis aan. Ik weet zeker dat je er niet naar uitziet om Twickenham te verlaten, het spijt me dat het niet anders kan. Maar liefje, er valt nog meer te vertellen, dus stuur ik je weer verder.

Binnenkort zul je kennismaken met mevrouw X., en daarvoor moet ik me verontschuldigen. Ze is al op leeftijd en ik ben bang dat ze zal sterven voordat je bij haar aankomt, want ze is nogal tegendraads en dat zou echt iets voor haar zijn. Ze heeft me echter verzekerd dat ze van plan is om eeuwig te blijven leven, dus ik probeer er vertrouwen in te hebben, net zoals ik van jou vraag. Je zult slechts drie weken bij haar verblijven, al twijfel ik er niet aan dat het soms een eeuwigheid zal lijken te duren.

De moed zinkt me in de schoenen. Dit klinkt niet bepaald veelbelovend.

Drie weken is niet zo lang en er zijn volop genoegens te ontdekken op de plek waar jij heen gaat. Het is een heel oude en mooie stad

die erg stimulerend is voor een alerte, leergierige geest zoals die van jou.
Ik voeg haar adres niet bij deze brief. Die informatie vind ik in combinatie met mijn onthulling over Robin te gewichtig om samen te verbergen. Misschien ben ik nog steeds overdreven voorzichtig en maak ik het je onnodig moeilijk. Maar terwijl ik dit schrijf, stel ik me steeds voor dat mijn ouders om de een of andere reden achter je aan zullen komen, op een van mijn brieven stuiten en inzien dat er meer achter mijn verhaal zit dan ze wisten. Ik zal het me wel verbeelden en je zult me wel hartgrondig vervloeken, maar ik durf het risico niet te nemen. Hier is je aanwijzing, schat:

Madeliefje en sleutelbloem groeien zij aan zij,
De ijsvogel zo blauw vliegt en glijdt,
Waakt over jou, droom je veel?
Ontwar nu de knopen van dit tafereel
Van het platteland, rustig en sereen.
In het groen bewaart de dame haar geheim.

Het is geen literair hoogstandje, ik weet het. Maar al die plannetjes en dat gekonkel hebben me danig uitgeput. Per slot van rekening ben ik maar een zielig, teer dametje!
Vanavond sluit ik af met een zwaar gemoed omdat ik je een groot geheim heb toevertrouwd maar je gezicht niet kan zien. En omdat ik veel van je vraag, daar ben ik me van bewust. Bovendien nader ik het einde van wat ik je moet vertellen, waarna er geen brieven meer zullen volgen. Hoewel ik er niet meer zal zijn wanneer het zover is, geldt dat niet voor jou, en ik mis je nu al. Het zij zo. Het leven heeft zo beslist. Ik moet dapper zijn, want jij bent nog veel dapperder, daar twijfel ik niet aan.

Alle liefs van je toegewijde
AV

Ik gooi de dekens weer van me af, want opeens voel ik me verstikt en gevangen onder het gewicht ervan. Aurelia die zulke geheimen voor me achterhield. Aurelia die tegen haar ouders loog en alles wilde zeggen wat er maar voor nodig was om vrij te kunnen zijn. Aurelia die alles prijsgeeft wat ik niet wist, maar dan wel op een omstandige, raadselachtige manier. Een verhouding met de tuinman is absoluut een groot, schokkend geheim, zo zou men er op Hatville Court in elk geval over denken. Maar daar heeft ze me nu over verteld. Wat kan er in vredesnaam nog meer zijn?

Eindelijk kom ik in beweging. Ik ben zo lang roerloos blijven zitten dat er een vlieg op mijn neus is neergestreken. Geërgerd sla ik die weg, en ik besef dat het tijd is om in actie te komen. Ik stap uit bed, borstel mijn haar en leg mijn kleren klaar, alledaagse bezigheden die me houvast bieden in het leven. Mijn leven. Ik weet amper nog wat dat is. Mijn leven was altijd zo vervlochten met dat van Aurelia. Als er twijfels zijn rondom haar leven, kan dat van mij ook niet zijn geweest wat ik dacht. En nu moet ik verder reizen, naar een nieuwe, onzekere bestemming. Ik trek mijn hemd zo hard over mijn hoofd dat ik een zacht scheurend geluid hoor. Aurelia had gelijk: als ik het voor het zeggen had, zou ik hier niet weggaan. Ik zal het alleen doen omdat zij het me heeft opgedragen. Onder het witte katoen komt een rood gezicht tevoorschijn dat me boos aankijkt in de spiegel.

Ik ga door tot september, neem ik mezelf voor. Dat is negen maanden na Aurelia's dood. Ik zal haar gehoorzamen, naar de plekken gaan waar ze me heen stuurt en doen wat ze zegt. Daarna, of ik het geheim nou heb ontrafeld of niet, of ik de speurtocht nou heb volbracht of niet, stop ik. Ik ga zelf bepalen waar ik wil wonen en doen wat ik zelf wil. Negen maanden is lang genoeg om op te offeren voor iemand anders, zelfs voor iemand van wie je houdt. Niet dat ik verwacht dat ik haar na die tijd niet meer zal missen of niet meer om haar zal rouwen, maar ik leef nog!

38

Met dat voornemen in gedachten richt ik me op de taak die voor me ligt. Tot mijn verbazing weet ik precies waar ik de naam en het adres van 'mevrouw X.' kan vinden. De hemel boven mijn bed is een soort wandtapijt. De 'knopen' stellen een weidelandschap voor met, jawel, madeliefjes, sleutelbloemen en een ijsvogel. Ik kan niet geloven dat ik maar liefst twee maanden zo dicht bij het antwoord heb geslapen. 'Het bevond zich vlak voor mijn neus,' hoor je mensen weleens zeggen. In dit geval bevond het zich vlak boven mijn hoofd.

Ik haal mijn bed af en ga erop staan. Op die manier kan ik net bij de baldakijn.

'In het groen bewaart de dame haar geheim.' In een groot vlak mossig groen zie ik een paar losse lusjes waar een beetje wit doorheen schemert. Ik ga weer liggen. Nu ik weet dat het er is, kan ik vanaf hier die glimp van iets wits nog steeds zien. Voorheen zou die me nooit zijn opgevallen. Het is onvoorstelbaar dat de menselijke geest ziet wat die verwacht en blind is voor alles wat die zich nooit had kunnen voorstellen.

Ik sta weer op en pluk voorzichtig aan het briefje, waardoor het loskomt. Dan strijk ik de wol weer glad en spring ik met een verrassend harde bonk van het bed. Het is een klein, dubbelgevouwen velletje papier, met daarop een wirwar van letters en een getekend schepje in de bovenste linkerhoek.

Ik pak een leeg vel papier en een potlood en ga ermee aan mijn schrijftafel zitten, met het warme zonlicht op mijn gezicht. Een minuut of twee bestudeer ik het geheimschrift. Het is heel makkelijk. Aurelia en ik hadden als kind drie codes en dit is de eenvoudigste ervan. We hadden een spiekbriefje met daarop de letters van het alfabet, in twee kolommen: A tot en met M en N tot en met Z. De codeletter was de letter van het alfabet vóór de letter die diagonaal gezien tegenover de echte letter stond. Dus A werd Y, B werd X en ga zo maar door. Getallen draaiden we om en losse cijfers lieten we onveranderd. Ook al hebben we de code al jaren niet meer gebruikt, ik ken hem uit mijn hoofd. Snel vertaal ik mijn bestemming.

Mudhkec Yhqyvlu Hqduhfrkhju
Ryvug Rkegu
Huxuwwy Gfhuuf 43
(Lyxqp Ieuul Gieyhu)
Xyfr

Wordt:

Mevrouw Ariadne Riverthorpe
Hades House
Rebecca Street 34
(Nabij Queen Square)
Bath

Bath, daar zou ik blij mee moeten zijn. Vanuit Twickenham is Aurelia namelijk naar Derby gegaan. Bath bezocht ze pas tegen het einde van haar reis. Ik ging ervan uit dat het spoor me hierna naar Derby zou voeren, dus nu heb ik het gevoel dat ik heel wat grote steden en weken van onderweg zijn oversla. In haar brief zei Aurelia ook dat het einde van de speurtocht in zicht is. Misschien is Bath dus wel de laatste plek waar ik heen moet. Toch voel ik een afkeer van de stad, al sinds die vreselijke maanden waarin Aurelia daar omging met Frederic Meredith en ik alle hoop dat ze ooit nog zou thuiskomen liet varen.

Er komt een nieuwe vraag bij me op. Was ze echt verliefd op meneer Meredith? Waren haar gevoelens voor Robin in de tussenliggende maanden zo veel minder geworden? Of hoopte ze met meneer Meredith iemand te strikken die beter in de smaak zou vallen bij haar ouders? Ging hij niet op haar avances in en wilde ze het daarom niet over hem hebben toen ze weer thuiskwam? Misschien zal ik er in Bath achter komen. Toch kan ik geen enthousiasme opbrengen voor de reis ernaartoe.

Het beeld dat Aurelia in haar brieven van Bath heeft geschetst spreekt me niet aan. Ik weet dat het een moderne, verfijnde gemeenschap is. En vooruit, het is een prachtige, oude stad, maar voor mij is Twickenham oud en prachtig genoeg. Ik wil geen drie weken doorbrengen in een wereld van bals, beminnaars en bont. Misschien is dat plezierig wanneer je een vriendin bij je hebt, maar niet als je maar alleen bent. De bejaarde mevrouw Riverthorpe uit Hades House, voor wie Aurelia zich al bij voorbaat heeft verontschuldigd, zal vast geen bondgenoot van me worden. Na Twickenham is dat een eenzaam vooruitzicht.

Nu ik een naam en adres heb, neemt mijn vertrek vaste vorm aan. Ik ben zonder nadenken en zonder plannen te maken vanuit Ladywell naar Londen en vanuit Londen naar Twickenham vertrokken, als een bal die heen en weer werd geslagen. Deze keer ga ik het anders aanpakken. Ik ga mevrouw Riverthorpe een kort briefje schrijven om haar te laten weten dat ik over een dag of twee zal aankomen. Daarna ga ik Edwin vragen om me te helpen de reis voor te bereiden en te bedenken wat ik het beste tegen de anderen kan zeggen. Ook al voel ik me bezwaard bij de gedachte dat ik hen moet verlaten, mijn belofte aan Aurelia drijft me voort en bovendien ben ik razend nieuwsgierig.

39

Edwin regelt alles. De volgende dag zal ik Twickenham verlaten in het rijtuig van de familie Wister. Hun koetsier, William, brengt me. Zijn broer Jack gaat ook mee, zodat er bij mijn aankomst in Hades House twee jonge mannen zullen zijn om mijn enorme hutkoffer te sjouwen. Ik zal niets hoeven doen, behalve met mijn parasolletje zwieren en mijn handschoenen rechttrekken. Hopelijk zal Aurelia, mocht ze over me waken, me deze kleine schending van de beloofde geheimhouding vergeven. Ik heb me erbij neergelegd dat het de komende tijd moeilijk zal worden, maar ik wil niet dat het onmogelijk wordt.

De afstand van Twickenham naar Bath is bijna tweehonderd kilometer, het zal de langste reis worden die ik ooit heb gemaakt. Per rijtuig is de reis te lang om in één dag af te leggen. Een overnachting in Marlborough is de ideale oplossing, daar kent Edwin een uitstekende koetsiersherberg.

Edwin neemt me ook de moeilijke taak om iedereen over mijn vertrek te vertellen uit handen. Die avond dineren we met het hele gezin. Hij heeft er zelfs voor gezorgd dat zijn schoonmoeder aanwezig is, een prestatie die te vergelijken is met het opvangen van een esdoornzaadje dat rondtolt in de herfstwind.

In de donkerrood met dennengroen gestreepte eetkamer wordt een waar feestmaal opgediend. De hele tafel staat vol met lekkernijen die we zelf mogen opscheppen. Ik vermoed dat Edwin Constance heeft gewaarschuwd (en Constance op haar beurt Bessy) dat er iets gewichtigs staat te gebeuren. Hoewel het nog niet donker is, zijn de kroonkandelaars aangestoken, waardoor het mooiste servies en de koperen terrines in een feestelijke gloed zijn gehuld. Bij het zien van die warme kleuren, het zachte licht en de me zo dierbare hoofden die over de dampende kommen zijn gebogen krijg ik nu al vreselijke heimwee, terwijl ik hier nog ben.

Wanneer de soepborden zijn rondgedeeld en Bessy zich heeft teruggetrokken – en nadat er een gepaste hoeveelheid geslurp ten gehore is gebracht – neemt Edwin het woord. Zelfs nu het nieuws verzacht wordt door kerriesoep en asperges wordt er vol ontzetting op gereageerd.

We hebben afgesproken om een beknopte versie van de waarheid te vertellen. Dat vind ik prettiger dan een smoes verzinnen of zonder enige uitleg verdwijnen. Zodoende kondigt Edwin aan dat ik de volgende dag zal vertrekken omdat ik iets voor Aurelia moet doen, iets vertrouwelijks wat ik met niemand mag bespreken. Hij draagt zijn kinderen op om geen vragen te stellen en geen beloftes van me te eisen, omdat ik erg verdrietig ben over mijn aanstaande vertrek en hun steun nodig heb. Mijn keel voelt zo dik aan dat ik niet meer kan slikken. Uit angst voor de blik in hun ogen durf ik niet op te kijken van mijn rundvlees, maar uiteindelijk doe ik het alsnog.

'Je komt toch wel bij ons terug, Amy?' vraagt Priscilla, die er zo verdrietig en verward uitziet dat ik het bijna niet kan aanzien.

'Jazeker,' antwoordt Edwin in mijn plaats. Daar hebben we het nog niet over gehad, maar hij heeft kennelijk voor ons allebei besloten. Het klinkt zo stellig dat ik hem geloof. 'Alleen weten we nog niet wanneer.'

'Red je het wel, liefje?' wil Constance weten. 'Kunnen we iets voor je doen? Heb je iets nodig?'

Wat is ze toch een schat. Alsof ze nog niet genoeg voor me hebben gedaan.

Het etentje was al moeilijk, maar de volgende ochtend is nog erger. Het afscheid van de meisjes maakt me volkomen overstuur. Dat ik niet weet hoe lang ik hun mooie, lieve gezichten niet zal zien, komt bijna net zo hard aan als het verlies van Aurelia. Ik moet er niet aan denken dat ik er niet zal zijn om Madeleine te feliciteren wanneer ze ten huwelijk wordt gevraagd. Hoewel we allemaal een dapper gezicht opzetten, lucht het op om een beetje met hen mee te huilen.

Als ik eenmaal alleen in het rijtuig zit, heb ik het gevoel dat ik slaapwandel. Ik verbijt mijn tranen en zwaai glimlachend naar de familie Wister, die als een stel lupines bij de poort bij elkaar staat. Ze zwaaien, gaan op hun tenen staan en hun glimlach is net zo weinig overtuigend als de mijne waarschijnlijk is. Mijn zelfbeheersing wankelt als we wegrijden en ik mijn nek lang maak om nog een laatste glimp van Twickenham op te vangen.

Terwijl we door King Street komen, denk ik terug aan meneer Garland, die me daar aan het begin van februari heeft afgezet. Als hij al terug is uit Edinburgh heb ik nog niets van hem vernomen, en ik heb geen adres waar ik een afscheidsbriefje naartoe kan sturen. Het is het zoveelste lid van mijn nieuwe kennissenkring met wie de band abrupt wordt doorgesneden door Aurelia's speurtocht, en dat doet me verdriet.

Tussen Whitton en Windsor begin ik luidruchtig te snikken. Dan verman ik me en prent mezelf in dat het weer tijd is om dapper te zijn. Ik gun mezelf de rit van vandaag nog om terug te denken aan Twickenham en het afscheid. Morgen moet ik mezelf mentaal voorbereiden op Bath. Ik kan maar één kant op: vooruit.

Vanmorgen hoorde ik dat Michael degene was aan wie Aurelia haar brief in bewaring had gegeven. Tot die tijd verdacht ik Constance, Madeleine of Bessy.

Toen Bessy afscheid kwam nemen, gaf ze me een zakdoek waar ze mijn initialen op geborduurd had. Die haal ik nu tevoorschijn en ik strijk met mijn duim over het zijdezachte lila borduurgaren. Hoewel ze weinig tijd heeft gehad om dit te maken, is dat er niet aan af te zien. De steekjes zijn piepklein en nauwgezet, een duidelijk teken van sympathie en vriendschap.

De samenleving zou het er niet mee eens zijn. Aurelia en Robin, Aurelia en Amy, Amy en Bessy, allemaal mensen die elkaar niets te zeggen zouden moeten hebben, maar die in hun hart iets anders voelen.

'Was jij het, Bessy?' vroeg ik haar vanochtend in een opwelling.

'Hoe bedoelt u?' reageerde ze.

Toen Michael me bij het afscheid omhelsde, keek hij me bezorgd aan. 'Het is toch niet te laat, hè?' fluisterde hij.

'Waarvoor?'

'Voor wat je voor Aurelia moet doen. Ze zei twee maanden, maar ik heb iets langer gewacht. Ik mocht Aurelia erg graag en ik heb haar een belofte gedaan. Het was niet mijn bedoeling om haar teleur te stellen. Ik heb het geheim al die tijd bewaard, dus ik hoop dat die extra week niet uitmaakt.'

'Dat denk ik niet, Michael. Maak je maar geen zorgen. Maar waarom heb je dan gewacht, als ik vragen mag?'

'Ik mag jou net zo graag als Aurelia, Amy. Zij ging ook veel te snel weg, net zo plotseling als jij.' Bij die herinnering fronste hij zijn voorhoofd. 'Ik wilde jou nog iets langer bij me houden. Eerlijk gezegd heb ik zelfs met de gedachte gespeeld om je die brief nooit te geven zodat je voorgoed hier zou blijven, maar ik wist dat dat niet goed zou zijn. Alleen wilde ik wel graag dat je eerst nog naar mijn feestje op Eel Pie Island zou komen.'

Lachend bedacht ik dat ik hem ook graag bij me zou houden. Ook wilde ik hem vragen wat hij bedoelde met zijn uitspraak dat Aurelia onverwacht was vertrokken. Voor zover ik wist, was haar vertrek namelijk precies volgens plan geweest, maar we werden onderbroken door de komst van zijn grootmoeder.

Die sprak klare taal toen mijn dappere voorkomen wankelde en ik tegen haar zei dat ik niet weg wilde, dat ik niet wilde dat er ooit iets zou veranderen. 'Het leven drááit juist om verandering, Amy. Het is niet meer hetzelfde als vijftig jaar geleden, of zelfs tien. Er worden huizen gebouwd en afgebroken. Dat geldt ook voor pubs, al zullen er daarvan meer geopend dan gesloten worden, denk ik. Later dit jaar zal de spoorlijn worden uitgebreid tot aan Twickenham. Ook al blijf je hier, dan zal het Twickenham waar je nu van houdt over tien of twintig jaar volkomen anders zijn. We kunnen geen dingen vasthouden. De tijd is net als de rivier. Hij voert ons mee, vaak sneller dan we zelf willen.'

Ik weet dat ze gelijk heeft. Het is dwaas om dit vast te willen houden, daar ben ik wel achter gekomen toen ik met heel mijn hart wenste dat Aurelia zou blijven leven. Toch zou ik graag zelf bepalen wat ik doe, ook al is het onnozel.

De uren gaan voorbij en we komen aan in Marlborough. Als we vaart minderen bij de herberg, kijk ik uit het raam en voel ik de moed in mijn schoenen zinken bij de gedachte dat mijn respijt bij de familie Wister achter me ligt. Wat zou ik graag de luxe hebben om, tegen beter weten in, te proberen die tijd vast te houden.

DEEL DRIE

40

De volgende ochtend vertrekken we al vroeg uit Marlborough. Volgens William zullen we nog voor het middaguur in Bath arriveren. Ik lijk er een gewoonte van te maken om op tijd voor de lunch bij een nieuw huishouden te arriveren.

Hoewel ik niet goed heb geslapen, merk ik nu al dat ik een ander soort reiziger ben dan het meisje dat van Hatville Court vertrok zonder ooit in een trein of in een rijtuig te hebben gezeten en zonder ooit in een herberg te hebben verbleven. Nu ben ik piekfijn uitgedost in een brandschoon reiskostuum met een wijnrode kleur, afgewerkt met hemelsblauwe biesjes. Ik heb een fortuin van vijfduizend pond op zak (niet omdat ik me niet bewust ben van het risico, maar omdat ik geen goed alternatief heb). Ik ga niet gebukt onder verdriet en de winter, ook al liggen beide nog vers in mijn geheugen en zullen ze allebei terugkomen.

Voorlopig is het nog lente. Het is een prachtige ochtend. Bath zal een geweldige ervaring worden.

Dat prent ik mezelf in, de hele weg van Marlborough naar Chippenham, waar we een korte tussenstop maken omdat een van de paarden een hoefijzer kwijt is. Ik kan het niet laten om mijn hoofd uit het raampje te steken en toe te kijken als de in allerijl opgeroepen hoefsmid zijn werk doet. Daarom zal ik in Bath direct door de mand vallen, want daar is het een veel chiquere bedoening dan in Twickenham. Een dame zou waarschijnlijk verveeld onderuitgezakt in het rijtuig zijn blijven zitten.

Twee blootsvoetse meisjes aan de kant van de weg wijzen fluisterend naar mijn enorme luifelhoed met een waterval van ruches en linten. Als ze me zien kijken, steken ze hun tong naar me uit en doe ik dat ook. Hun adem stokt en ze rennen weg, maar komen dan toch terug en wagen het erop om iets dichterbij te komen. Hun haar is samengeklit en hun kleren passen niet goed. Het ene meisje houdt zich op de achtergrond, maar het andere is flinker en loopt naar het rijtuig toe. 'Juffrouw, heb u misschien een penny?' vraagt ze.

'Ik vrees van niet, niet voor jou,' antwoord ik.

Ze vertrekt haar gezicht van woede.

'Voor jou heb ik alleen een halve kroon.'

Bij het horen van die woorden valt haar mond open.

'Hier.' Ik maak mijn tasje open en steek haar de munt toe. 'En hier heb ik er nog een, voor jou,' roep ik naar het andere straatschoffie, dat van angst geen stap durft te verzetten.

Het eerste meisje grist de munt uit mijn hand en gooit die naar het tweede meisje toe. 'Dank u wel, juffrouw, dank u wel!'

'We gaan weer, juffrouw Amy!' roept William, en we vertrekken.

De kinderen staan ons op straat na te gapen en blazen ons kusjes toe. Het liefst zou ik hen met me meenemen, in bad doen en schone kleren en liefde geven.

Ik had niet verwacht dat het hier zo mooi zou zijn. Bath is omringd door heuvels die er in dit jaargetijde prachtig groen bij liggen. Het licht glooiende landschap is besprenkeld met boerderijen en kerktorens. Licht en schaduw spelen met de omgeving en laten de hoogteverschillen mooi uitkomen. Misschien krijg ik het hier toch niet zo slecht, hou ik mezelf voor terwijl de slingerende weg me verder omhoogvoert.

Waarom word ik bij de eerste aanblik van Bath dan met angst vervuld? Ik heb er geen verklaring voor, maar wanneer ik de eerste gebouwen vaalgoud zie schitteren in het zonlicht, voel ik een steek van gevaar, net als toen bij St Paul's. Misschien komt het door de herinnering aan de brief van Lady Vennaway, die me nog steeds niet loslaat.

Hoe kan ik tot rust komen als ik me opgejaagd voel? Ik speur de omgeving af naar struikrovers, maar natuurlijk zijn die er niet. Het rijtuig rijdt de stad binnen over een gladde, brede weg. Aan weerszijden staan elegante herenhuizen. Zoiets heb ik nog nooit gezien.

In elk geval ben ik niet in Derby, troost ik mezelf. Als het brievenspoor hier ten einde komt, zoals ik hoop, kan ik binnen twee dagen terug zijn bij mijn vrienden. Het had erger gekund. Ik zou niet graag zo ver naar het noorden gaan.

We rijden verder de stad in, langs winkels, prachtige huizen en een kleine maar indrukwekkende abdij. Dan gaan we een steile heuvel op en voel ik dat de paarden zich flink moeten inspannen. Door de vele gebouwen vang ik slechts zo nu en dan nog een glimp op van de heuvels. Ik ben ingesloten door kalksteen en beschaving.

Na een scherpe bocht komen we, zo blijkt, aan in Rebecca Street. Daar stoppen we en stap ik uit. De herenhuizen hier zijn niet zo groot als de huizen die ik onderweg heb gezien. De straat is minder breed, de lucht voelt benauwder aan.

Het huis waar ik moet zijn is het laatste in de rij. Het is groter dan de buurhuizen en heeft torentjes en gevelspitsen. Er is zelfs een met lood beklede dakruiter die een beetje scheef staat, alsof hij liever ergens anders naartoe zou gaan. De voordeur wordt geflankeerd door zuilen die op wacht lijken te staan om bezoek zo snel mogelijk weg te sturen. Ik word afgeleid door de woorden die in de zuilen zijn gekerfd. Ze steken zwart en dreigend af tegen het kalksteen: HADES HOUSE.

'Gossie, juffrouw Amy,' zegt William vlak achter me.

Ik schrik ervan. Ik stond hier maar te staren, blind voor alles om me heen behalve het huis. 'Zeg dat wel, William.'

De deur wordt opengedaan door iemand die er zo statig uitziet dat ik compleet van mijn stuk gebracht word. Ze draagt de eenvoudige grijze kleding van een huishoudster, maar ik heb nog nooit een bediende met zo'n hooghartige uitstraling gezien.

'Bent u... Is dit... Neem me niet kwalijk, is mevrouw Ariadne Riverthorpe thuis?'

'Mag ik uw visitekaartje?'

'Dat heb ik helaas niet, maar volgens mij verwacht ze me. Zou u tegen haar willen zeggen dat juffrouw Amy Snow er is?'

'Juffrouw Snow, natuurlijk. Komt u verder, en uw mannen kunnen uw bezittingen naar binnen brengen. Mijn naam is Ambrose.'

Ik steek mijn hand uit. Dat is niet gebruikelijk, dat weet ik, maar mijn damesachtige voorkomen kan die oude gewoonte niet uitwissen. Ik stap naar binnen en kijk om me heen naar de hoge sierplafonds, een smalle trap die boven in de schaduwen verdwijnt en een hal als een rivier, met drie grijze stenen pilaren die oprijzen uit de diepte.

Ambrose gebaart hooghartig naar mijn koetsiers en voert me dan mee naar een kleine salon. 'U kunt hier op mevrouw Riverthorpe wachten. Ik zal erop toezien dat uw bagage naar boven wordt gebracht.'

Ik wil de mannen nog gedag zeggen, dus loop ik de hal weer in. Terwijl ik Jack en William een goede reis wens, zie ik mevrouw Riverthorpe de trap af komen.

Meteen moet ik aan de papegaaien van de familie Wister denken. Haar gezicht is gerimpeld maar welgevormd en de hand waarmee ze de trapleuning vasthoudt is hoekig en sterk. Haar kraaloogjes zijn groen en ze draagt een dieppaarse japon met smaragdgroene accenten op het lijfje en de schouders. De japon is duidelijk erg duur en ziet er gloednieuw uit, al dateert de stijl van zeker twintig jaar geleden. Haar haar is hoog opgestoken en wiebelt vervaarlijk wanneer ze moeizaam leunend op een wandelstok op me afkomt. Ze is zo krom als een vraagteken.

'Dag, juffrouw Amy.' William en Jack lopen het zonlicht weer in.

Ik slik moeizaam als de zware grijze deur achter hen dichtvalt en mijn laatste verbinding met Twickenham buitensluit.

41

De vrouw kijkt me lange tijd aan zonder iets te zeggen. De stilte past precies bij deze echoënde, sombere hal.

'Dus jij bent Amy Snow.'

Ik knik.

'Aurelia's kleine Amy.'

'Ja.'

Ambrose installeert ons in de salon. Aan de muren hangen portretten van keurige heren en vreemd genoeg ook gedetailleerde schilderijen van grote motten. Het meubilair is gedateerd, maar beeldschoon. We krijgen ieder een glaasje madeira geserveerd, ook al heb ik meer trek in eten dan in wijn. Voor het eerst sinds lange tijd ben ik sprakeloos. Omringd door vrienden voelde ik me zelfverzekerd en op mijn gemak, maar dit kille, donkere huis heeft als een draaikolk al het bewijs dat ik de laatste tijd ben opgebloeid uitgewist. Hier voel ik me weer net zo angstig als voorheen.

'Juffrouw Snow, ik heb vier jaar geleden het genoegen gehad om kennis te maken met juffrouw Vennaway. Destijds heeft ze me gevraagd een brief voor je te bewaren en je bij me in huis te nemen wanneer je je zou aandienen. Ik neem aan dat ze dood is?'

'Ja. Sinds januari. De afgelopen tijd heb ik in Twickenham verbleven.'

'Vanzelfsprekend. Het doet me verdriet dat te horen. Ze was een zonderling, daar hou ik van. Wat tragisch. Is het leven niet één lange, voortsukkelende tragedie?'

Het duurt even voordat ik besef dat ze daadwerkelijk een antwoord verwacht.

'Nou, ik... Ik hoop dat er ook periodes van geluk en stabiliteit zullen zijn, mevrouw Riverthorpe.'

Haar lip krult omhoog. Kennelijk neemt ze geen genoegen met mijn antwoord.

'Eh... ik kan niet zeggen dat het één lange tragedie is, mevrouw. Al sukkelt het leven zeker wel voort en moet ik toegeven dat er veel ellende op de wereld is. Er zijn echter ook andere dingen, geloof ik.'

'Zoals?'

Er waait een koude tochtvlaag naar binnen door de deur die op een kier is blijven staan. Op zoek naar inspiratie kijk ik de spelonkachtige hal in. 'Welnu, vriendschap. De schoonheid van de natuur. Prachtige literatuur. Geluk, ook al is het maar in kleine porties en op de vreemdste plekken.'

Haar wenkbrauwen schieten omhoog. 'Geloof je daar echt in?'

'Ik moet wel. Waarom zou een mens anders willen leven? Hoe zou je er anders de moed in kunnen houden?'

'Dus je gelooft niet wat je gelooft, maar wat je *wílt* geloven. Vind je dat niet dwaas, juffrouw Snow?'

'Integendeel, ik vind juist dat ik het nuchter bekijk.'

Ze laat een korte, blaffende lach horen en het dringt tot me door dat ik al niet meer zo'n discussie heb gevoerd sinds ik Aurelia heb verloren, ook al wist Aurelia het veel charmanter te brengen. De manier van doen van mevrouw Riverthorpe bevalt me niet, maar ik mag niet vergeten dat ze een vriendin van Aurelia was en dus wel over bepaalde eigenschappen moet beschikken die haar botte, minachtende houding goedmaken.

'We hebben het er later nog wel over, juffrouw Snow. Eerst zal ik je vertellen wat de bedoeling van je verblijf hier is. Aurelia heeft gezegd dat ik je haar brief pas mag geven wanneer je hier drie weken bent. Vandaag is het 8 april, dus ben je op de negenentwintigste vrij om te gaan, al kun je gerust langer blijven. Dit is een groot huis waar onze paden elkaar niet hoeven te kruisen als we dat niet willen.'

Ik voel dat ik mijn schouders laat hangen en recht ze meteen weer. Het zou niet netjes zijn om mijn ware gevoelens te verraden, maar de moed zinkt me in de schoenen bij het vooruitzicht. Niet voor het eerst hou ik mezelf voor dat drie weken niet zo lang is. Als ik om me heen kijk naar de schilderijen van mannen en motten, naar de onaangestoken haard vol zwarte aanslag, en naar het zwakke licht dat door de vuile ramen naar binnen valt, lijkt het echter wel een eeuwigheid.

'Dat gezegd hebbende wil ik dat je me vanavond vergezelt wanneer er mensen bij me komen eten, en morgenmiddag tijdens het kaarten. Vrijdag is er een saai dansfeest en zondag een bijeenkomst van het boogschuttersgilde bij Tuke's. Bij beide zul je aanwezig zijn. Aurelia heeft me opdracht gegeven om je aan Bath bloot te stellen en aan je sociale vaardigheden te werken zolang je hier bent. Ik zie nu al dat dat onbegonnen werk is, maar het zij zo. Hoe kun je weten of je mijn wereld veracht zonder die echt te hebben ervaren? Na zondag staat het je vrij om mij uit de weg te gaan en mijn huis als een soort gratis hotel te gebruiken. Of je kunt me blijven vergezellen, mits ik nog geen genoeg van je heb.'

Tussen het warme welkom in Twickenham en deze ontvangst bevindt zich een gapend gat dat mijn geest niet weet te overbruggen. Ik richt mijn blik op mijn handen, die ineengevouwen in mijn schoot liggen. 'Ik begrijp het. Eh... bedankt.'

Ze blaft weer. 'Ach gossie, je zult me wel een raar, bot mens vinden. Na zo'n lange reis had je vast liever vriendelijke woorden, een attent gebaar en een zachte blik gekregen. Maar aan vriendelijke woorden heb je niets in deze wereld, daarom ben ik het verleerd ze te gebruiken. Zoals je ziet, is mijn gezicht niet gemaakt voor een zachte blik. Dat heeft mannen er nooit van weerhouden om ernaar te staren. Trouwens, ze deden wel meer dan alleen staren.'

Haar staalharde blik is op mij gericht, en ik wend mijn gezicht af. De gapende hal, de muil van de open haard, de duivelse grijns van mevrouw Riverthorpe... ik weet gewoonweg niet waar ik moet kijken.

'Wat heb je te zeggen, Amy Snow? Wat vind je er allemaal van?'

Hopelijk kan ze mijn gedachten niet lezen. 'Tot nu toe niet veel, mevrouw. Ik weet niet waarom Aurelia me hierheen heeft gestuurd, dus zal ik doen wat u zegt en op mijn brief wachten. Ik ben u dankbaar voor alle hulp die u mijn vriendin geboden hebt. Verder kan ik er niets over zeggen. Ik ben hier pas vijf minuten.'

'Ah, dus je bent zo'n type dat tijd nodig heeft om een situatie in te schatten. Zelf weet ik direct wat ik ergens van vind. Neem jou nou: timide, onderdrukt, in een nieuwe jurk. Trouw aan een eigenzinnige vriendin aan wie je nu ze dood is niet veel meer hebt. Gedwongen om te leven, terwijl je je liever zou schuilhouden. Je bent te beleefd om tegen mij te zeggen wat je denkt en snakt naar de privacy om uitgebreid te overdenken wat je er allemaal van vindt.'

Stijfjes buig ik mijn hoofd, ze slaat de spijker op zijn kop. 'Maar u bent in het voordeel ten opzichte van mij, mevrouw,' kaats ik ten slotte verongelijkt terug. 'U kende Aurelia, dus ze zal u vast weleens iets over me verteld hebben. Terwijl ik tot twee dagen geleden nog nooit van u gehoord had en Aurelia niets over u heeft prijsgegeven, behalve dat ze zich namens u verontschuldigde.' Zodra de woorden eruit zijn, zou ik ze het liefst weer inslikken.

Maar ze blaft nog een derde keer en knikt dan. 'Dat is typisch iets voor haar, die kattenkop. Goed gedaan, juffrouw Snow. Je hebt gelijk, ik heb al het een en ander over je gehoord. Wel, je hebt vast trek in een lunch voordat je gaat uitpakken, is het niet?'

'Ik ben uitgehongerd, mevrouw. En als ik zo vrij mag zijn, het aanbod van een lunch lijkt verdacht veel op een attent gebaar.'

'Haaaaa!' kraait ze. 'Dat zie je verkeerd, juffrouw Snow, helemaal verkeerd. Dat voorstel vereiste geen greintje fantasie, maar slechts een basale kennis van biologie. Denk maar niet dat ik een grote mond en een klein hartje heb, want dan staat je een fikse teleurstelling te wachten. Ik zie je om vijf uur weer voor het diner. Ga gerust op verkenning uit, doe alsof je thuis bent. Ik heb geen geheimen. Of liever gezegd, ik heb er volop, maar ze zijn zo schandalig dat iedereen ze toch al kent.'

42

Na een lunch vol gênante momenten en lastige gesprekken ben ik opgelucht dat ik naar mijn kamer kan ontsnappen. Daar galmt het een beetje, wat me somber stemt. Ik probeer niet te denken aan mijn kamer in Mulberry Lodge. Deze kamer is misschien chiquer, maar mij bevalt hij in alle opzichten minder goed. De kamer ligt in de nok en daardoor zijn de wanden zo schuin dat zelfs ik, hoe klein ik ook ben, tijdens het uitpakken meerdere keren mijn hoofd stoot. De kleuren zijn somber: bruin, grijs en bordeauxrood, en het raam biedt uitzicht op de straat. Niet dat ik al pessimistisch wil zijn voordat mijn tijd hier goed en wel is begonnen, maar ik kan me niet voorstellen dat ik in deze puntige driehoek ooit rust zal vinden of tot mezelf zal kunnen komen. In een poging een huiselijke sfeer te creëren stal ik mijn boeken uit op een kastje.

Als ik mijn kleding eenmaal heb opgeborgen in een hoge, krakende kledingkast, ga ik het huis verkennen en dwaal ik lusteloos van de ene kamer naar de andere. Het is een heel vreemde plek. Niet alleen is er een torentje en zijn er allerlei schuine wanden die een gevaar vormen voor je schedel, het is ook donker en onheilspellend en ik kan me er niet ontspannen. Het voelt op de een of andere manier… ongezond aan. Elke kamer is gedecoreerd met schilderijen van motten. Ook hangen er schetsen van mannen, al dan niet met kleren aan.

Eén kamer ziet eruit als een soort studeerkamer die volledig aan motten is gewijd. Zoals altijd voel ik me aangetrokken tot de boekenplanken, waar ik alleen titels aantref die betrekking hebben op motten, zoals *De levenscyclus en gewoonten van de mot, Heterocera: een studie* en, interessant genoeg, *Mens en mot.* Ik kan me niet voorstellen dat er zo veel pagina's over dit onderwerp te vullen zijn, maar ik betwijfel of ik de belangstelling kan opbrengen om ze te lezen en erachter te komen. Er staat ook een glazen vitrinekast waarin motten zijn opgeprikt, maar vreemd genoeg zijn ze allemaal van hetzelfde kleine, bruine soort en is het dus niet bepaald een afwisselende collectie. Waarom motten, vraag ik me met gefronst voorhoofd af. Ze zijn nogal ongebruikelijk decoratiemateriaal. Misschien is mevrouw Riverthorpe vlinderkundige. Daar lijkt ze me niet het type voor, maar aan de andere kant weet ze in alle opzichten te verrassen.

Om vijf uur zou ik het liefst ergens anders zijn, maar meld ik me zoals me is opgedragen voor het diner. Mevrouw Riverthorpe werpt één blik op mijn smaragdgroene jurk, die ik speciaal voor de gelegenheid heb uitgekozen, en gebiedt me om me direct om te kleden.

'Heb je niets wat een beetje...' Ze wappert met haar hand alsof ze wil aangeven dat mijn saaie aanblik niet te verdragen is. Zelf is ze gehuld in scharlakenrode popeline die nauw om haar figuur sluit, of liever gezegd om haar geraamte, en opvallend laag is uitgesneden boven haar ingevallen, gerimpelde boezem. Het resultaat zou verontrustend moeten zijn, maar door haar ijzeren zelfvertrouwen komt ze ermee weg of maakt ze in elk geval duidelijk dat die jurk nergens naartoe gaat.

'Ik draag deze kleren niet omdat ik oud ben en niet doorheb dat ze uit de mode zijn, weet je,' zegt ze opeens. 'Ik heb de mode altijd op de voet gevolgd, tot de mode mij niet meer kon bijbenen. Ik kan die vreselijke kuise jurken van tegenwoordig niet aanzien. Ze bedekken ons alsof we nog nooit een wellustige gedachte hebben gehad, alsof we geen borsten, schouders of ellebogen hebben. We zijn vrouwen, geen sinaasappels!'

Zo had ik mijn prachtige groene jurk met zijn ronde kraag en lange, wijde mouwen nog niet bekeken. Ik vraag me af of ze een beetje gestoord is. Terwijl ik mijn prachtige rokken gladstrijk, besluit ik dat ik me niet ga omkleden om haar een plezier te doen. 'Deze kleding past goed bij me, mevrouw Riverthorpe.'

'Ja,' gnuift ze, 'dat denk ik ook.'

Een klop op de deur voorkomt verdere discussie. Er zijn drie gasten, waardoor ik het vijfde wiel aan de wagen ben, en het is de eigenaardigste combinatie van mensen uit de society die je maar kunt bedenken. Als de salon volstroomt, voel ik mezelf steeds kleiner worden. Alle gasten praten door elkaar, kennelijk in een poging indruk te maken en de aandacht van mevrouw Riverthorpe te trekken.

Ten eerste is er meneer Pierpont, een broodmagere man van rond de zeventig met een scherpzinnige blik, die niet uitgepraat raakt over zijn hoogtijdagen als wedstrijdroeier. Dan heb je nog meneer Freeman, een flamboyante jonge dandy die de hele avond schaamteloos met mevrouw Riverthorpe flirt. Verder draagt hij alleen aan het gesprek bij met verhalen over de keren dat hij dronken is geworden. Aangezien de derde gast mevrouw Manvers is, die actief is binnen de matigingsbeweging in Bath, hou ik het gesprek oppervlakkig, in een wanhopige poging geen van de aanwezigen voor het hoofd te stoten.

Het is geen plezierige avond en na afloop kan ik me niet herinneren wat we hebben gegeten of hoe de wijn smaakte, ik weet alleen dat ik het gevoel had dat ik op glasscherven liep. Eenmaal alleen in mijn kamer voel ik me iets beter, maar niet veel.

Ik heb heel wat opgegeven om hierheen te komen, bedenk ik terwijl ik op de vensterbank ga zitten en huiverend uitkijk over de stille straat. Toen ik zelf niets had, was het makkelijk om Aurelia's wensen op te volgen. Dat ligt heel anders nu ik dierbare vrienden heb, of hád, met wie ik mijn tijd zou kunnen doorbrengen. En nog veel meer dan dat! Een dartelende hond, een oranjerie, een rivier en een tuin (ook al waren al die dingen niet echt van mij). Bovendien had ik hoop. Sinds die eerste koude februariochtenden in Twickenham heb ik hoop gevoeld. Dat mis ik hier nog het meest van alles. Mevrouw Riverthorpe lijkt me zo pessimistisch dat ze hoop als niets meer dan een last zal zien. Ook met liefde zou ze vast snel korte metten maken.

Met tegenzin kruip ik in een bed dat bijna klam is van de kou en ik staar in het donker voor me uit terwijl ik me afvraag waarom Aurelia me in vredesnaam hierheen heeft gestuurd. De meest voor de hand liggende verklaring die ik kan bedenken is dat ze wil dat ik kennismaak met Frederic Meredith. Ik neem me voor om de volgende keer dat ik mevrouw Riverthorpe zie te vragen of ze hem kent. Nu ik weet hoe het met Robin zat, snap ik nog minder goed welke rol meneer Meredith in Aurelia's verhaal speelde. Mijn oogleden worden al zwaar terwijl ik nadenk over wat ik van hem weet. Hij is een heer, natuurlijk. Knap, uiteraard. Een geweldige danser. Een man over wie Aurelia me ruim twee maanden lang uitgebreid heeft geschreven en over wie ze het de rest van haar leven twee, hooguit drie keer heeft gehad. Vermoeid schud ik mijn hoofd.

Als je een raadsel wilde creëren, ben je daarin geslaagd, Aurelia.

Het voelt bijna dwaas om in zo'n verontrustende omgeving mijn ogen te sluiten en me over te geven aan de slaap. Ik probeer mezelf in te prenten dat ik zeventien ben en niet meer in spoken of vampiers geloof.

43

Bath. Ik ben op woensdag gearriveerd en tegen de tijd dat het vrijdagochtend is, voel ik me diep ongelukkig. Ik heb geprobeerd mijn nieuwe leven te omarmen en mijn omgeving met verwondering tegemoet te treden. Ik doe mijn best. Maar inmiddels mis ik de familie Wister net zo erg als ik Aurelia mis en mis ik Mulberry Lodge erger dan ik Hatville Court ooit heb gemist. In Bath voel ik me verloren.

In de stromende regen sta ik voor de abdij en staar naar de gravures van mannen die moeizaam, treetje voor treetje, de hemelladder beklimmen. Ik voel een zekere verwantschap met hen. Maar zíj hoefden zich tenminste niet om Aurelia's speurtocht te bekommeren.

Gisteren was ik moe, prikkelbaar en wilde ik niets liever dan aan dat huis ontsnappen, dus ging ik eropuit om de stad te verkennen. Uit beleefdheid overlegde ik eerst met mevrouw Riverthorpe, omdat ik haar niet in verlegenheid wilde brengen door zonder begeleiding rond te lopen. Ze schaterde het uit en verwaardigde zich niet om antwoord te geven. Dus ging ik in mijn eentje naar buiten en werd veel nagestaard. Als gevolg daarvan merkte ik telkens wanneer ik een glimp van mezelf opving in een van de weelderige etalages dat ik met opstandig opgeheven hoofd liep.

Daarna woonde ik plichtsgetrouw het kaartmiddagje bij. Het was net zo vervelend en de sfeer was net zo gespannen als tijdens het diner, en bovendien waren de gasten net zo divers. Na afloop, toen ze waren vertrokken, begon ik met mevrouw Riverthorpe over het bal. Ik vroeg of ze me wilde excuseren aangezien ik kortgeleden in Richmond nog een bal had bijgewoond dat me niet bepaald in de stemming had gebracht om zo snel alweer te gaan.

Ze wilde er niets van weten. Een bal in Richmond was niet te vergelijken met een bal in Bath, vond ze. Niemand ging naar Bath om géén bals te hoeven bijwonen. Als ik een tweede keer niet mee wil hoeft dat niet, maar die eerste keer moet ik absoluut gaan. En ik kan maar beter niet wéér zoiets smaakvols aantrekken.

Daarna vroeg ik of ze meneer Frederic Meredith kent, maar ze beweert dat ze nog nooit van hem gehoord heeft. Hoewel ik haar het liefst nog gevraagd had of ze iets weet over het doel van deze speurtocht, was haar geduld met me op. Voordat ik de kans kreeg, maakte ze zich al uit de voeten om een diner bij te wonen.

Vandaag ben ik wederom vroeg op pad gegaan. Niet omdat ik graag meer van Bath wil zien, maar omdat ik niet de hele dag in dat huis wil zitten wachten tot het bal begint. Tegen de middag ben ik uitgeput en doorweekt. Ik heb de beroemde straat Royal Crescent bewonderd en het uitzicht over de omringende velden bekeken. Als ik denk aan hoe ik een regenachtige dag in Mulberry Lodge doorgebracht zou hebben kan ik wel huilen.

Ik ben helemaal naar de rivier gelopen en sta lusteloos op de brug naar de stuwdam en het stromende water te kijken wanneer ik voetstappen langs me heen hoor klossen over het trottoir. Dan vertragen ze en keren om. 'Neem me niet kwalijk, juffrouw.'

De moed zinkt me in de schoenen. Nodig ik uit tot onbetamelijk gedrag door als vrouw alleen rond te dwalen? Ik draai me om en tuur door het gordijn van regendruppels dat van mijn luifelhoed stroomt.

De wazige gestalte tikt zijn hoed aan. 'Ik wil u niet beledigen of laten schrikken, juffrouw, maar is alles in orde met u? U staat hier zo alleen in de regen. Kan ik u ergens mee helpen?'

Iets aan zijn stem komt me bekend voor. Ik breng mijn hand omhoog om de waterval tegen te houden en voel een ijskoude regendruppel mijn mouw in stromen. Dan wankel ik, niet door de nattigheid, maar van verbazing.

Henry Mead steekt zijn hand uit om me overeind te houden, maar trekt zich meteen weer terug. 'Neem me niet kwalijk, juffrouw. Voelt u zich onwel?'

'Nee maar, Henry!' roep ik uit. 'Wat doe jij nou hier? Hoe gaat het met je?'

Het is overduidelijk dat hij me niet herkent. Ik sta versteld van het sprongetje dat mijn hart maakt wanneer ik hem zie... en van mijn teleurstelling wanneer ik besef dat hij onze kennismaking is vergeten. Kennelijk heeft hij niet zo veel aan mij gedacht als ik aan hem. Maar ach, ik ben dan ook bepaald geen gedenkwaardig persoon.

Hij ziet er beschaamd uit. 'Het spijt me, juffrouw, ik...'

'O, u hoeft zich niet te verontschuldigen, meneer Mead.' Ik kan wel door de grond zakken omdat ik hem heb begroet als een oude vriend, terwijl hij dat natuurlijk niet is. 'Waarom zou u zich mij nog herinneren? We hebben elkaar maar één keer gezien, bij uw grootvader thuis, enkele maanden geleden. Het deed me gewoon goed om hier in Bath een bekend gezicht te zien, begrijpt u, en...'

'Amy? Amy Snow? Ben jij het echt?'

Nu hij door de regen naar me tuurt besef ik opeens tot mijn grote vreugde dat hij me niet vergeten is, maar me simpelweg niet herkende.

'Wat zie je er anders uit! Goh, ik had niet verwacht je hier tegen te komen. Wat doe je in Bath? En waarom sta je helemaal in je eentje op een brug, in de stromende regen?' Hij schudt zijn hoofd, geeft me een hand en laat die ondeugende grijns zien die ik me zo goed herinner.

Zelf grijns ik ook, al ben ik ervan overtuigd dat dat het zoveelste niet-damesachtige is wat ik aan mijn repertoire kan toevoegen.

De regen stroomt bij ons beiden over het gezicht, dus wanneer hij voorstelt om ergens koffie te gaan drinken, ga ik daar gretig op in. Waarom zou ik me zorgen maken? Het kan mevrouw Riverthorpe niets schelen wat ik doe en ik verwachtte toch al niet dat ik indruk zou kunnen maken op de society in Bath. Ik wil naar een warme, droge plek, ver bij Hades House vandaan. En ik wil met Henry praten.

44

Henry geeft me een arm en we haasten ons terug naar het centrum, langs elegante winkels en benauwde pubs waar we door de regen slechts een glimp van kunnen opvangen. In de buurt van de oude Romeinse baden duikt Henry door een smalle deuropening en trekt mij met zich mee. We komen uit in een lange, warme ruimte in de vorm van een brievenbus, waar ik word begroet door de zware geur van koffie. We vinden een zitplaatsje bij een raam met verticale stijlen. De regen maakt prachtige patronen op de ruiten en de stad is gehuld in mist. Ik zet mijn hoed af, en daarmee mijn persoonlijke waterval.

'Ah, nu zie ik het!' zegt Henry stralend en blijer dan ik voor mogelijk had gehouden. 'Wat fijn om je weer te zien, Amy. Ik moet toegeven dat ik verdrietig was omdat we onze kennismaking niet konden voortzetten in... januari, was het toch? Maar je had iets vertrouwelijks af te handelen, dus wat moest ik beginnen? Mijn grootvader had me overigens opgedragen om je niet om een correspondentieadres te vragen. En nu ben je hier!'

Een ober komt de koffie brengen in een hoge zilveren samowaar. Hij schenkt de donkere, dampende vloeistof in crèmekleurige kopjes van porselein dat er zo teer uitziet als bloemblaadjes.

Nadat hij een buiging heeft gemaakt en zich heeft teruggetrokken, kijk ik Henry aan en vraag: 'Was je dat echt? Verdrietig, bedoel ik.'

'Ja, natuurlijk! We hebben een heerlijke avond gehad in Holborn, nietwaar? Dat was het begin van een warme vriendschap, wat mij betreft. Tenzij het genoegen geheel aan mijn kant was en die vertrouwelijke zaken maar een smoesje waren om te kunnen ontkomen aan die nietsnut die je etentje heeft bedorven door de hele avond onzin uit te kramen.'

'O nee! Dat wil zeggen, ja, het was een heerlijke avond, en ik had graag willen blijven om jou en meneer Crumm nog vaker te zien.'

'Het doet me goed dat te horen. Dan stel ik voor dat we proosten. Op vriendschap, en op toevallige ontmoetingen op onverwachte plekken.' Hij heft zijn kopje, dat er in zijn grote hand piepklein uitziet.

Met een glimlach tik ik het aan met het mijne. Ik ben me ervan bewust dat ik naar hem staar, maar ik kan gewoonweg niet geloven dat hij na al die tijd tegenover me zit. Hij is echt! Tastbaar, doorweekt van de regen en écht.

'Hoe staan de zaken er nu voor, Amy? Kun je er al vrijuit over praten, of kan ik er beter niet naar vragen? Ik ben niet bemoeizuchtig, alleen vreselijk nieuwsgierig. Zeg het maar gerust als ik beter mijn mond kan houden.'

Ik voel mezelf verstijven wanneer hij over de speurtocht begint, en vervolgens haal ik mijn schouders op. Een paar minuten lang heb ik er helemaal niet aan gedacht. 'Eerlijk gezegd ben ik daar nog steeds niet vrij in, Henry. Mijn tijd wordt nog altijd in beslag genomen door diezelfde overleden vriendin. Veel meer kan ik je niet vertellen, ook al zou ik het nog zo graag willen. Je mag me zo veel vragen stellen als je wilt, alleen zullen er veel zijn die ik niet kan beantwoorden.'

Boven de tafel raakt hij mijn hand even meelevend aan. Ik voel me net dat porseleinen kopje, bevallig en klein onder zijn aanraking. 'Ik begrijp het. Maar gaat het goed met je? Hoe lang ben je hier al? Is alles, eh…' Hij trekt zijn hand terug en maakt een vaag gebaar, waarmee hij lijkt te willen vragen of ik zelf nog wijs kan worden uit mijn leven.

Ik heb sterk de neiging om hem over zijn wang te strelen, maar neem in plaats daarvan een slokje koffie. 'Dank je. Het gaat zeker goed met me. De afgelopen maanden ben ik gelukkiger geweest dan ik ooit had durven hopen.' Ik kijk om me heen. Dit is de eerste keer dat ik in een koffiesalon ben. Het bevalt me hier wel, in de dampende lucht en tussen die obers met hun kordate tred. 'Ik ben in Twickenham geweest, bij schatten van mensen. Het deed me veel verdriet om daar weg te gaan. Sinds woensdag ben ik hier, en het afscheid doet nog steeds pijn. Het huis waar ik logeer is indrukwekkend en Bath is natuurlijk een populaire stad, maar ik... Ik merk dat ik... Welnu, eerlijk gezegd vind ik het hier vreselijk.'

'Hoe kan dát nou? Het is Báth, liefje!' zegt hij ontzet. Ik heb echter meteen door dat hij me plaagt. 'Nee, ik weet precies wat je bedoelt. Als iedereen tegen je zegt dat je het ergens geweldig moet vinden, heeft dat het tegenovergestelde effect. Dan word je juist vastberaden om het er níét geweldig te vinden. Klopt dat?'

'Ja! En Henry, Bath is enorm stijlvol, terwijl ik verre van stijlvol ben. Het is hier prachtig, dat zeker, maar de redenen waarom mensen hier komen, om te zien en te worden gezien, om te dansen en te flirten... Tja, dat is allemaal leuk als je hier met gelijkgestemde zielen bent, maar ik heb hier geen vrienden. Trouwens, diep in mijn hart verlang ik naar een rustiger leven.'

'Toch lijk je allesbehalve een rustig leven te leiden,' merkt Henry op, terwijl hij achteroverleunt in zijn stoel en me in zich opneemt. 'Je bent bezig met een mysterieuze opdracht, je reist in je eentje het land door. Dat is niet erg gebruikelijk voor een jongedame.'

'Ik kan je verzekeren dat er niets gebruikelijk is aan mijn situatie.'

'Toch vind ik dat je fout zit als je zegt dat je niet stijlvol bent. Goed, in Londen was je misschien niet...'

Nu is het mijn beurt om hem te plagen. 'Wát? Hoe kun je zoiets nou zeggen?'

'Het is misschien niet erg beleefd, maar wel waar. En nu... tja, geen wonder dat ik je niet herkende op die brug. Je draagt een nette jurk en je hoed is zo groot dat heel je gezichtje eronder schuilging. Tegenwoordig maak je een heel andere indruk.' Hij grijnst en strekt zijn lange benen onder de tafel. Wanneer ze tegen die van mij botsen, trekt hij ze haastig terug en gaat weer rechtop zitten. 'Pardon, Amy!'

'Ach, de gedachten in mijn hoofd zijn nog hetzelfde, hoe groot de hoed ook is waaronder ze schuilgaan,' zeg ik snel, in de hoop hem af te leiden van mijn blozende gezicht. 'Aurelia heeft... allerlei dingen voor me geregeld. Ik ben nu beter gekleed dan ooit tevoren, maar er valt nog steeds veel op me aan te merken. Het is prettig om me netjes te kunnen kleden en niet met minachting bekeken te worden op straat, maar het gaat me er niet om een echte dame te worden die in het middelpunt van de belangstelling staat.'

'Waar gaat het je dan wel om?'

'Trouw zijn aan Aurelia, haar laatste wens uitvoeren, doen wat ik moet doen.'

'Maar... wat wil je zelf?'

Ik frons mijn voorhoofd en er valt een ontspannen stilte tussen ons waarin ik bedenk hoe ik hem dit kan uitleggen.

De deur achter me gaat open met het vrolijke getingel van een belletje. Een klant wil naar buiten terwijl een ander naar binnen komt. Mijn stoel wordt aangestoten; de tafeltjes staan hier nogal dicht op elkaar. Henry springt op, maar de klant biedt vriendelijk zijn verontschuldigingen aan en loopt verder.

'Niets aan de hand, Henry,' stel ik hem glimlachend gerust, waarna hij weer gaat zitten. Ik vouw mijn handen voor me op de tafel ineen en begin. 'Behalve Aurelia kan ik bijna nergens aan denken. Haar opdracht aan mij bepaalt waar ik naartoe ga, en wanneer. Als ik deze opdracht heb afgerond, zal ik die leegte moeten opvullen. Dan zal ik zelf moeten bedenken waar ik me wil vestigen en hoe ik wil leven. Ik heb genoeg geld om niet te hoeven werken, maar ik ben geen lady, niet van geboorte. Ik wil me niet de hele tijd anders voordoen dan ik ben en ik wil ook geen eenzaam leven leiden. Aangezien ik zelf geen familie heb... Ach, ik heb heel wat te overdenken wanneer mijn werk voor Aurelia erop zit.' Weer haal ik mijn schouders op. Ik weet dat deze uitleg tekortschiet, maar ik weet niet wat ik nog meer kan zeggen zonder hem alles te vertellen.

Henry buigt zich naar me toe en ziet eruit alsof hij zijn volgende woorden ook op een goudschaaltje weegt.

'Je loyaliteit inspireert me. Ik kan zien dat je erg veel van Aurelia hield. Maar is het soms niet... zwaar, om haar laatste wensen zo heimelijk te moeten uitvoeren?'

Ik zucht. 'Het is tegelijkertijd een vloek en een zegen.' Als ik aarzel, zie ik Henry geduldig naar me kijken. 'Zolang ik hiermee bezig ben, kan ik mijn eigen beslissingen niet nemen en mijn eigen weg niet bepalen. Dat is zwaar, ja. Als ik vrienden maak, heb ik niet de vrijheid om bij hen te blijven. Al heeft Aurelia me natuurlijk wel de gelegenheid gegeven om die vrienden überhaupt te leren kennen. Zonder haar voel ik me nog steeds verloren en ben ik er niet zeker van dat er een gelukkige toekomst op me wacht. Ik ben nu een soort... rijtuig. In mijn eentje loop ik vast, maar Aurelia's wensen zijn het paard dat me voorttrekt.'

'Dat begrijp ik. Het is veel waard om een doel te hebben. Wellicht zul je binnenkort het gevoel hebben dat je zowel het rijtuig als het paard bent.'

'Dat zou kunnen. Maar hoe zit het met jou, Henry? Wat voert jou naar Bath?'

Hij roert in zijn koffie en knabbelt op een biscuitje. Zilverkleurige suikerkorreltjes vallen op zijn mouw, en hij veegt ze weg. 'O, hetzelfde wat de meeste mensen hierheen voert. Zien en gezien worden, dansen, flirten...'

Ik voel me een beetje beteuterd, tot ik besef dat hij me weer plaagt.

'Eerlijk gezegd ben ik in ongenade gevallen en weggestuurd. Hoewel, dat is misschien te sterk uitgedrukt. Ik ben hierheen gestuurd om mijn zonden te overdenken.'

'O! En... ben je al tot bruikbare inzichten gekomen?'

Hij kijkt uit het raam, naar de regen en de druilerige straat, en draait zich dan weer naar mij toe. 'Eerlijk gezegd wist ik het meeste al wel: dat ik een luilak ben zonder motivatie en zonder doel in mijn leven. Ik ben met mijn studie gestopt, Amy. Weet je nog dat ik het daar moeilijk mee had toen we elkaar leerden kennen? Kort daarna ben ik weer begonnen, met frisse moed, omdat ik er even tussenuit was geweest. Ik stortte me vol overgave op de boeken, dat moet je van me aannemen! Mijn onderwijzer was erg in zijn nopjes met me... bijna twee weken, maar liefst. Toen overviel het me opnieuw, dat verstikkende gevoel dat het leven verderging buiten mijn studie en dat ik alles miste. Mijn hersens werkten niet meer mee.' In een gebaar van overgave steekt hij zijn handen in de lucht. 'Ze weigerden nog informatie op te nemen over ook maar één dijbeen of ziektebeeld.'

'Echt? Tja, dan had je weinig keus. Waarom heb je er eigenlijk voor gekozen om geneeskunde te gaan studeren?'

'Omdat ik mensen wilde helpen. Ik leer graag en vind het vreselijk om mensen te zien lijden. Het leek me een voor de hand liggende keuze om geneeskunde te gaan studeren. Maar in werkelijkheid lukte het leren niet, zag ik alleen mensen in losse onderdelen – een schedel hier, een schouderblad daar – en was ík degene die leed! Arts worden vind ik nog steeds een nobel streven, maar de weg daarheen kon ik geen minuut langer verdragen.' Hij huivert bij de herinnering eraan. 'Dat roept een belangrijke vraag op voor mij en mijn vader. Betekent mijn onvermogen om een bepaalde tijd te doen wat ik moet doen om een belangrijk doel te bereiken dat het me aan karakter ontbreekt?'

'Ik begrijp het... Dus je bent in Bath om daarover na te denken.' Zijn vraag ontwijk ik, want wie ben ik om een man iets over zijn eigen karakter te vertellen? Op mij maakt hij niet de indruk dat hij een nietsnut is of zich ergens voor zou moeten schamen, maar misschien wordt mijn oordeel beïnvloed door zijn krullende haar, zijn lange gestalte en zijn ogen. (Die zijn schitterend donkerbruin en momenteel trilt er een piepklein zilveren regendruppeltje op zijn volle zwarte wimpers.) Zelfs ik weet dat een kapsel en lichaamsbouw niet bepalend zijn voor een man, net zomin als donkere, door regen omlijste ogen.

'Volgens mij denkt mijn familie dat ik nog niet uitgeraasd ben en dat ik daarom mijn best niet doe,' zegt hij lachend, alsof hij zich wel kan voorstellen hoe ze daarbij komen. 'Maar ik denk dat feesten en jongedames mijn probleem niet zullen oplossen, al heb ik er ook geen bezwaar tegen. Ik wíl mijn tijd niet verdoen,' verzekert hij me, terwijl hij zijn ellebogen op de tafel laat rusten en zich naar me toe buigt. 'Dat heb ik al genoeg gedaan. Ik zou willen dat ik een doel in mijn leven had... alleen weet ik nog niet wat dat doel is.'

Omdat we allebei naar voren geleund zitten, bevinden we ons heel dicht bij elkaar. Het doet me goed om vertrouwelijkheden met hem uit te wisselen en ik kan me niet van hem losmaken, dat wíl ik niet. Ik zou zo veel tegen hem willen zeggen: dat ik me bevoorrecht voel omdat hij zo eerlijk tegen me is, dat ik bewondering heb voor zijn vaste voornemen om een doel in zijn leven te vinden waar hij zich goed bij voelt, dat hij de mooiste ogen heeft die ik ooit heb gezien... Mijn hart gaat wild tekeer.

'Nog een kop koffie, misschien?' vraagt Henry opeens, waarmee hij de betovering verbreekt. Voordat ik antwoord kan geven, wenkt hij de ober al.

Ik ga weer rechtop zitten en kijk om me heen om mezelf een houding te geven. Het is nu nog drukker dan eerst en het belletje bij de deur rinkelt alweer omdat er een nieuwe klant binnenkomt. Weer voel ik een duw tegen mijn stoel. Ik kijk om omdat ik de duwer gerust wil stellen, maar ze lijkt zich er niet druk om te maken. Dan schrik ik en duik bijna helemaal weg onder de tafel, alsof ik dringend mijn veters moet strikken.

'Amy? Hallo? Amy?' hoor ik Henry vragen.

Met tegenzin ga ik weer rechtop zitten. Ik kijk naar links en zie dat de nieuwkomer inmiddels al halverwege het langwerpige vertrek is. Haar volmaakt rechte rug en zwiepende rokken bewegen zich bij me vandaan, maar nu ze hier is, kan ik niet blijven.

'Gaat het wel, Amy?' vraagt Henry, die zich over de tafel naar me toe buigt.

'Prima, dank je, maar ik moet weg.'

'Meen je dat nou?' Zijn gezicht betrekt en hij haalt een gouden zakhorloge tevoorschijn. 'Hemeltje, ja, we zitten al een hele poos met elkaar te praten. Ik ben ook aan de late kant. Mag ik je naar huis brengen? Ik kom liever te laat dan dat ik je alleen zie weglopen in de regen.'

Toch is dat precies wat me te doen staat. Net als Assepoester, maar dan met allebei mijn schoenen nog stevig aan mijn voeten, sla ik op de vlucht. Ik ben de deur al uit wanneer Henry een paar muntstukken op tafel gooit, zijn hoed pakt en me achternakomt.

'Het spijt me, Henry.' Als hij zich op de regenachtige straat bij me voegt, draai ik me naar hem toe en pak zijn hand beet, zonder me te bekommeren om de etiquette. 'Ik zou dolgraag langer willen blijven, maar ik heb haast. Mijn gastvrouw rekent op me. Jij gaat vanavond zeker niet naar het bal in Greatmead Hall?'

Dat blijkt te kloppen. Hij logeert bij vrienden en heeft afgesproken om vanavond bij hen thuis te eten, in Henrietta Street.

'Ik heb wel over dat bal gehoord. Het wordt gehouden ter ere van de verloving van juffrouw Genevieve Colt, is het niet? Ik vrees dat mijn vrienden en ik niet belangrijk genoeg zijn om daarvoor uitgenodigd te worden. Je begeeft je onder de fine fleur van Bath, Amy. Toe, kijk niet zo somber! Half Bath zou er heel wat voor overhebben om daar vanavond naartoe te mogen. En de andere helft mág er al naartoe!'

Ik kan er niets aan doen dat ik me somber voel. Dat ik me nu in kringen beweeg waarin Henry Mead geen aanzien geniet, is voor mij geen eer. 'Ik zie je toch nog wel, terwijl ik in Bath ben?'

'Natuurlijk.' Hij ziet er verward uit door mijn overhaaste vertrek en houdt één oog op de straat gericht. 'Als ik niet met je mee mag lopen, laat me dan op zijn minst een rijtuig voor je aanhouden. Hier.' Hij fluit doordringend. 'Wat is je adres, Amy? Waar kan ik je vinden?'

'Rebecca Street.' Er houdt een rijtuig naast ons stil. De hoeven en wielen laten het water in de plassen opspatten en het portier vliegt open. 'De naam van het huis kun je niet vergeten. Hades House. Ik ben te gast bij mevrouw Riverthorpe. Kom alsjeblieft een keer op bezoek, Henry!'

Terwijl ik instap, wisselt hij een paar woorden met de koetsier en geeft hem wat muntstukken. 'Dat beloof ik. Morgen. Hades House? Dat klinkt als een verhaal apart.'

'Dat is het ook. O, Henry, het is zo fijn om je weer te zien...'

'Insgelijks. Tot morgen, dan! Ik kom in de ochtend.' Met die woorden slaat hij het portier dicht.

Dan bedenk ik nog één ding dat ik hem wil vragen en leun ik uit het raampje. 'Voordat je gaat… ken jij hier in Bath misschien een Frederic Meredith? Volgens mij was hij bevriend met Aurelia.'

'Frederic Meredith? Nee, het spijt me. Ik zal het eens aan mijn vrienden vragen, maar ik heb nog nooit van hem gehoord.'

Het rijtuig spurt ervandoor met wielen die een sissend geluid maken in de passen, zodat ik huiver van ellende. Voor de zoveelste keer heeft mijn verleden een abrupt einde gemaakt aan een plezierige ontmoeting. Daar in die koffiesalon dacht ik even dat mijn twee nachten in Hades House mijn ondergang hadden ingeluid.

Aristocratische trekken die voorgoed in mijn geheugen gegrift staan, een trotse houding, lang kastanjebruin haar en blauwe ogen. Maar het was Lady Vennaway niet.

Het was op haar na de laatste persoon die ik tegen het lijf zou willen lopen.

Haar zuster, Arabella Beverley.

45

Tegen de tijd dat ik bij Hades House aankom, heb ik mezelf ervan overtuigd dat er geen man overboord is. Mevrouw Beverley heeft me niet gezien. Hoewel het pijnlijk was om weer van Henry losgerukt te worden, is hij in de stad en zie ik hem morgen weer. Snel ga ik naar binnen, met een nieuwe kijk op Bath. Nu ik hier een vriend heb, worden de komende weken in een heel ander licht gesteld. Dat licht zwakt echter af wanneer ik zie dat mevrouw Riverthorpe me in de hal staat op te wachten. Ze is net een krokodil, geduldig en levensgevaarlijk, weggedoken in de schaduwen.

'Ik zie dat je hebt geprobeerd jezelf te verdrinken om onder het bal uit te komen. Als je maar niet denkt dat je er zo makkelijk van afkomt.'

'Dat geloof ik graag, mevrouw Riverthorpe. Ik ben teruggekomen om me af te drogen en me voor te bereiden.'

'Daar is meer voor nodig dan een beetje afdrogen, jongedame! Ik zal Cecile naar je toe sturen. Die zorgt wel dat het goed komt.'

Ik weet niet wie Cecile is, maar ik weet wel dat ik beter niet tegen haar in kan gaan. Tot nu toe heb ik niet veel meegekregen van dit eigenaardige huishouden, dus ik ken alleen mevrouw Riverthorpe en Ambrose. Die laatste lijkt een rol te vervullen die het midden houdt tussen huishoudster, kamenierster en gewaardeerde vriendin. Daarom weet ik ironisch genoeg niet goed hoe ik met haar moet omgaan.

Eigenlijk zou ik mevrouw Riverthorpe, die waarschijnlijk op de een of andere manier betrokken is bij het geheim van Aurelia, moeten vertellen dat Aurelia's tante hier in Bath is. Maar niet nu, want ze jaagt me de trap op, met haar gedachten al bij het bal. Vanavond zal ik haar inlichten, neem ik mezelf voor. Er doet zich vast nog wel een beter moment voor.

Nadat ik mijn jurk heb klaargelegd en papillotten in mijn haar heb gedraaid, komt Cecile me achterna. Ik heb weer voor de roze jurk gekozen. Hoewel ik het zonde vind om dezelfde jurk twee keer te dragen en ik de abrikooskleurige mooier vind, weet ik dat mevrouw Riverthorpe hem juist om die reden zou afkeuren. Niet dat mevrouw Riverthorpe met een andere jurk wel tevreden zou zijn, maar het zij zo.

Cecile werpt één blik op de jurk en tuit haar lippen. Ze komt uit Frankrijk, is nog erg jong en heeft kennelijk een uitgesproken mening. Ongevraagd trekt ze mijn kledingkast open en neemt de jurken door alsof het bladzijden in een boek zijn. Bij de rode jurk houdt ze stil.

'Nee, Cecile. Die kan ik niet aantrekken. Hij past niet bij me.' Ik druk me zo eenvoudig mogelijk uit voor het geval dat er een taalbarrière is.

Cecile kijkt me verbluft aan. 'Hij past niet bij u, mademoiselle? Neem me niet kwalijk, maar volgens mij vergist u zich. Dit is de perfecte keuze voor deze gelegenheid.'

'Nee, zie je, hij is wat... gewaagder dan wat ik normaal gesproken zou dragen. Het was een geschenk van een vriendin, een heel attent geschenk, maar deze jurk past niet zo goed bij me als de roze japon.'

'Hij past juist perfect bij u. Veel beter dan die andere.' Ze haalt haar schouders op en trekt de jurk uit de kast. 'Toe, mademoiselle, mevrouw Riverthorpe wil u voor vertrek nog bekijken. We kunnen beter geen tijd verspillen.'

'Nee, ik meen het, Cecile. Het is heel vriendelijk dat je me wilt helpen, maar ik zou me in die jurk niet op mijn gemak voelen. Ik bedoel niet dat hij me niet staat, maar ik voel me er niet prettig in. Hij... geeft niet weer wie ik ben. Hij past niet bij mijn karakter. Begrijp je dat?'

'Ik begrijp u volkomen, mademoiselle, u legt het heel duidelijk uit, maar daar gaat het niet om. Op een bal kleed je je niet om uitdrukking te geven aan je karakter, het is zaak om eruit te zien... *comme il faut*, zoals het hoort. Die roze jurk is niet geschikt.'

Op haar Engels valt niets aan te merken, maar het is duidelijk dat we niet dezelfde taal spreken.

Opvallend handig trekt Cecile mijn hoepelrok uit en vervangt die voor een grotere, hult me in de rode jurk en haalt de papillotten uit mijn haar, allemaal binnen een paar minuten.

Ze haast zich weg en komt terug met rode rozen, bandoline en iets wat verdacht veel op paraffinewas lijkt, waarmee ze mijn kapsel in model brengt. Tegen de tijd dat ze klaar is, lijkt het of ik twee keer zo veel haar heb. Het is boven op mijn hoofd opgestoken en zorgt dat ik er langer uitzie. Tegen mijn wangen zijn twee platte krullen als vraagtekens geplakt en op mijn hoofd zitten minstens zo veel rozen als haren, waardoor ik goddelijk ruik.

Ik mompel dat Cecile misschien heeft onderschat hoe weerbarstig mijn haar is, zelfs met bandoline erin, maar ze schudt zó stellig haar hoofd dat ik hoop krijg dat zelfs mijn haar zich vanavond in het gareel laat houden.

Ik word uitgedost met een zwarte waaier, een zwarte omslagdoek en een zwart met kraaltjes bezet tasje. Cecile laat me het ene na het andere rondje draaien om me grondig te inspecteren, ze strijkt mijn lijfje glad, schudt mijn rokken op en stuurt me dan eindelijk de kamer uit.

Hoewel mevrouw Riverthorpe me amper een blik waardig keurt, weet ik dat ze in die ene oogopslag elk detail van mijn verschijning in zich heeft opgenomen. 'Goed werk, Cecile. Een prettige avond.'

Op weg naar de voordeur vang ik een glimp van mezelf op in een hoge spiegel in de hal. Ik kan wel huilen. Niet alleen voel ik me bloot, opgelaten en een vreemde voor mezelf, ik zie er niet eens mooi uit! Mijn kapsel past niet bij mijn gezicht. Mijn haar lijkt met de rozen in een machtsstrijd verwikkeld en door de zwarte accenten oogt mijn huid lijkbleek. Als ik dan toch voor één avond iemand anders moet zijn, was ik veel liever in een schoonheid veranderd.

46

Het verrassendste is nog wel dat ik indruk weet te maken. Hoewel het me veel inspanning kost, beschik ik over uitstekende sociale vaardigheden. Natuurlijk, want ik heb alles van Aurelia geleerd. Mijn jurk wordt bewonderd en mijn kapsel nog meer. Kennelijk zie ik er erg stijlvol uit.

Mevrouw Riverthorpe stelt me met bewonderenswaardige vaagheid voor als 'een jonge vriendin van het platteland'. Het lijkt niemand iets te kunnen schelen wáár op het platteland, alles buiten Bath is niet interessant. Iedereen heeft het de hele avond alleen maar over Bath en niemand vraagt me iets, behalve dan wat ik van de stad vind. Daarop zeg ik dat ik het er heerlijk vind omdat er voor ieder wat wils te vinden is. Daar is iedereen tevreden mee.

Ik word aldoor omringd door een zee van mensen. Hoewel mevrouw Riverthorpe afschuwelijk bot doet tegen iedereen, is ze kennelijk erg in trek. Toch voel ik me te midden van deze kleine hofhouding eenzamer dan ooit tevoren. Ik mis Madeleine en Priscilla, Edwin en Constance, Michael. Ik mis Henry. Ik verlang ernaar een bekend gezicht te zien.

En dan zie ik er een! Voor de derde keer vandaag sta ik versteld. Ik krijg het gevoel dat alle mensen die ik in mijn leven heb ontmoet (al moet ik toegeven dat dat er niet veel zijn) vanavond hier in Bath bijeen zullen komen. Ik zie zijn blik door de zaal gaan, weloverwogen en systematisch. Als hij mijn gezelschap in het oog krijgt, blijft zijn blik even op mij rusten om vervolgens naar mevrouw Riverthorpe te dwalen. Dat verbaast me niets, Henry herkende me vanmiddag al niet, dus is het niet zo vreemd dat meneer Garland me nu ook niet herkent. Mijn transformatie is vanavond immers nog een stapje verdergegaan.

Toch hoop ik dat ik hem nog te spreken zal krijgen. Al is het maar om het laatste nieuws uit Twickenham en misschien over mijn vrienden daar op te vangen.

Meneer Garland excuseert zich tegenover de gasten bij wie hij staat en komt naar ons toe. Met veel gevoel voor finesse begeeft hij zich door de menigte. Ik wacht nerveus af of hij me zal begroeten. Wanneer hij aankomt bij mevrouw Riverthorpe, die vanavond gehuld is in een extravagante japon van glinsterend goud, pakt hij haar hand en drukt er een kus op. 'Ariadne, schat, wat een genoegen je te zien, en wat zie je er stralend uit. Hoe gaat het met je?'

Krakend maakt ze een reverence, alsof haar botten in opstand komen tegen zo veel beschaafdheid. 'Quentin. Het gaat zoals altijd. Dat wil zeggen dat ik nog leef, dat ik nog steeds in bezit ben van mijn fortuin en dat ik nog steeds walg van iedereen die ik tegenkom. Ik betwijfel of jij me beter zult kunnen vermaken, maar je bent in elk geval prettiger om naar te kijken dan de meeste mensen. Als je het mij vraagt, kan een lelijke man zich maar beter niet in het openbaar vertonen. Dat zou wel zo kies zijn. Maar hier zijn we dan, omringd door mannen die zowel onaantrekkelijk als saai zijn. Ach, wat doe je eraan?'

Ik snak naar adem om zo veel brutaliteit. De heren in kwestie staan glimlachend om ons heen, alsof ze mevrouw Riverthorpe koste wat kost willen plezieren.

Wanneer meneer Garland me dat geschokte geluidje hoort voortbrengen, draait hij zich met een charmante glimlach naar me toe. 'Ariadne, wil je zo vriendelijk zijn om me voor te stellen aan je nieuwe vriendin?'

'Ik dacht al dat ze je wel zou bevallen. Quentin, dit is mijn jonge vriendin van het platteland, juffrouw Amy Snow. Amy, mag ik je voorstellen aan meneer Quentin Garland. Hij is net zo saai als de anderen, maar omdat hij zo knap en rijk is, duurt het langer voordat mensen dat doorhebben.'

'Goedenavond, meneer Garland.' Ik maak een diepe reverence.

Bij het horen van mijn naam heeft hij zijn wenkbrauwen opgetrokken. 'Mijn hemel! Als ik me niet vergis, hebben wij elkaar al eens... Juffrouw Snów, zei je?'

'Inderdaad, Quentin. Amy, heb je dit heerschap al eens eerder ontmoet?'

'Dat klopt, ja, in Twickenham. Hoe maakt u het, meneer Garland? Wat fijn u weer te zien.' Dat meen ik. Hij ziet er knapper uit dan ooit – lang en slank, en het licht van de kroonluchters danst over zijn goudkleurige haar als zonlicht over het water. Zijn gebruikelijke pastelblauwe halsdoek heeft plaatsgemaakt voor een nog lichtere tint, zo kil en blauw als ijs.

'Fijn zou ik het niet willen noemen, Amy. Het is nooit echt fijn om meneer Garland tegen te komen, aangezien hij overal een vinger in de pap heeft en in meerdere zaken heeft geïnvesteerd. Lieve help, wat is hij saai.'

Meneer Garland ziet er oprecht geamuseerd uit. 'Hopelijk denkt u anders over me, juffrouw Snow. Zo niet, dan wil ik dat vanavond graag rechtzetten. Zou u me willen vereren met een dans, als u nog een plaatsje vrij hebt?'

Ik haal mijn balboekje tevoorschijn, maar laat van de zenuwen mijn tasje en mijn waaier vallen. Als ik me wil bukken om ze op te rapen, bedenk ik dat dat niet kan nu ik een korset en een hoepelrok draag. Trouwens, er wordt van me verwacht dat ik blijf staan en afwacht tot de heren mijn spullen gretig voor me oprapen. Dat gebeurt ook, en meneer Garland vult zijn naam op meerdere vrije plekken in.

De hele avond heb ik het verontrustende gevoel dat ik droom. De zaal is net zo mooi ingericht als die van het bal in Richmond: zwierende rokken, fonkelend kristal, beeldschone jongedames en enorme boeketten. Alleen is deze zaal nog groter en was Lowbridge Hall mij al groot genoeg. Het voelt alsof ik alle inwoners van Bath op één avond heb leren kennen en ik uren heb gedanst.

Ik probeer me voor te stellen dat Aurelia hier is geweest, dat ze net als ik hier heeft gedanst, te druk met verleiden en fascineren om naar huis te komen. Ergens verwacht ik telkens dat ik haar zal zien, dat ze naar me zal lachen en haar ogen ten hemel zal slaan. Toen ik aan deze reis begon had ik dat gevoel aldoor, maar nu is het al even geleden. Het is schokkend om te beseffen dat ik me er kennelijk bij neergelegd heb dat ze nooit meer terugkomt.

Ik dans meerdere keren met meneer Garland en dat voelt heel eigenaardig, zeker nadat ik Henry vanmiddag nog in de stad heb gezien. Het lijkt wel alsof de verschillende periodes in mijn leven opnieuw zijn geordend en de tijd vervaagd is.

Met hem dansen is een heel andere ervaring dan met hem praten. Ik voel me klein en onhandig. Waar hij wel lijkt te zweven, haast ik me om hem bij te benen, waar hij huppelt en wiegt, wiebel en zwaai ik. Ik zou willen dat ik me op mijn gemak voelde, dat ik indruk op hem kon maken, maar in zijn bijzijn voel ik me nog steeds onbeholpen en onelegant. Als hij al diezelfde indruk heeft, laat hij daar niets van merken. Voor elke dans keert hij met net zo veel enthousiasme bij me terug als bij de vorige.

Een energieke *reel* wordt me uiteindelijk te veel. Ik kan zijn lange benen niet bijhouden en hij voert me mee naar een stoel en brengt me een glas punch, dat hij me met een buiging aanbiedt. Wonder boven wonder is hij erin geslaagd een rustig plekje in de zaal te vinden, en hij gaat met zijn hoofd naar mij toe gebogen zitten.

Het is een opluchting dat ik even op adem kan komen en eindelijk naar mijn vrienden kan informeren. Jammer genoeg heeft meneer Garland sinds we elkaar voor het laatst hebben gezien niets over de familie Wister gehoord. Na terugkomst uit Edinburgh is hij nog naar het huis toe gegaan, maar hij heeft zijn visitekaartje achtergelaten bij, in zijn woorden, een kloeke dienstmeid met een rood gezicht.

'O, hoe ging het met Bessy?' vraag ik enthousiast.

Bevreemd kijkt hij me aan. 'Dat heb ik niet gevraagd. Volgens mij zag ze er… gezond uit.'

Ik had natuurlijk kunnen weten dat hij zijn tijd niet zou verdoen aan een bediende.

De familie was er niet en hij kreeg te horen dat ik verder was gereisd, maar Bessy kon niet zeggen waarheen. Hij was teleurgesteld omdat hij me was misgelopen, maar had zich erbij neergelegd. 'Wat had ik anders verwacht, nadat ik weken achtereen weg was geweest?' Berouwvol haalt hij zijn schouders op. 'Ik vond het niet netjes om aan de familie te vragen waar u was, aangezien ik hen nauwelijks ken. Toch ben ik erg in mijn nopjes met het feit dat ik u hier gevonden heb, juffrouw Snow.'

Ik glimlach. Hoewel we het niet over het bal in Lowbridge Hall hebben gehad, weet ik zeker dat het nieuws over het schandaal met mevrouw Ellington hem bereikt moet hebben. Het doet me goed dat hij daardoor geen spijt heeft gekregen van onze omgang.

Verder verbaast het me dat niemand hier Aurelia heeft gekend. Ik vraag het aan drie of vier mensen, maar de naam Lady Aurelia Vennaway roept geen dierbare herinneringen op. Ook kan niemand me iets vertellen over Frederic Meredith. Ik vraag me af of mensen hier net zo snel uit de mode raken als hun haardracht.

47

De uren kruipen voort, mijn voeten doen zeer. Zo nu en dan roept mevrouw Riverthorpe me bij zich om me aan iemand voor te stellen of me naar mijn mening over iemand te vragen. Ik weet niet goed waarom, want ze is het geen enkele keer met me eens.

Een van die keren vraagt ze me een glas punch te halen. Wanneer ik uit de kristallen punchschaal ter grootte van een meer sta te lepelen, zie ik weer een oude bekende. In tegenstelling tot Henry of meneer Garland is deze persoon echter geen aangename verrassing. Lang, kastanjebruin haar, aristocratische trekken... Mijn bloed stolt in mijn aderen. Ik had moeten weten dat ze hier zou zijn. Dat had ik kunnen verwachten, en ik had het tegen mevrouw Riverthorpe moeten zeggen.

'Dus je bent het wél!' sist Arabella Beverley, de derde zus van Lady Vennaway.

Ze is gekleed volgens de regels van de tweede rouw en ik ben me pijnlijk bewust van mijn bloedrode jurk. Hoewel ze veel minder aantrekkelijk is, heeft ze wel de weelderige haardos en dezelfde delicate botstructuur als haar oudste zuster en haar nichtje. Het voelt alsof ik in de aanwezigheid van een geest verkeer. Ik maak aanstalten om haar aan te raken, in de verwachting dat ze in rook zal opgaan. Ook al weet mijn verstand dat dit Arabella Beverley is, mijn hart is altijd op zoek naar Aurelia.

Ze doet een stap bij mijn uitgestoken hand vandaan en ik mors mijn punch.

'Ik zou je nooit herkend hebben, maar Marianne Hamilton vertelde me net dat iemand navraag deed naar Aurelia. Daardoor ging ik je eens wat beter bekijken. Wat doe jíj nou op het verlovingsfeest van Lord Littleton, en waarom ben je zo piekfijn uitgedost?' Ze bekijkt me van top tot teen. 'Het verdriet heeft bij jou duidelijk niet zijn sporen nagelaten!'

Door de paniek kan ik niet helder nadenken. Ik weet alleen dat ze er nooit achter mag komen dat Aurelia me een fortuin heeft nagelaten. Haar zus heeft me al geschreven. Ze is me nog niet vergeten. Als Arabella Beverley bij terugkomst in Surrey tegen Lady Vennaway zegt dat ik een luxeleven leid in Bath en duidelijk barst van het geld, zullen ze achter me aan komen en ontdekken dat Aurelia een geheim had. Dan zijn alle etappes van mijn reis, al die voorzorgsmaatregelen, voor niets geweest.

Ik draai me om om weg te rennen.

Arabella steekt echter een spichtige arm uit om me tegen te houden. 'Waar ga je heen, brutaal nest? Wat heb je te verbergen? Wil je soms dat ik aan iedereen in Bath vertel wat je bent en waar je vandaan komt?'

'De mensen hier kunnen me niets schelen, mevrouw. Vertel het ze maar gerust, als u wilt,' bijt ik haar trillend van woede toe. Het is weer precies zoals op het vorige bal, alleen doe ik deze keer geen poging om onder de onvermijdelijke confrontatie uit te komen.

'Is dat zo?' vraagt ze langzaam, terwijl ze me blijft vasthouden. 'Je bent niet bepaald zuinig op je reputatie, ook al is het duidelijk dat je flink bent opgeklommen. Ik vraag me af hoe je dat in zo'n korte tijd gelukt is. O, ik begrijp het al. Ik begrijp het al!'

Dat geldt niet voor mij. Het is duidelijk dat ze een bepaalde conclusie heeft getrokken, maar het is me niet duidelijk welke dat is.

'Amy? Valt dat mens je lastig?'

Ik krijg hulp uit onverwachte hoek. De grijze ogen van mevrouw Riverthorpe worden twee zwarte poelen als ze mevrouw Beverley aanstaart.

'Dit is mevrouw Beverley, een tante van Aurelia,' mompel ik. Het lijkt me niet zinvol om hen officieel aan elkaar voor te stellen, ik wil alleen dat mevrouw Riverthorpe begrijpt dat Aurelia's geheim op het spel staat.

Ze pakt mijn andere arm beet en even lijkt het wel of ze twee kinderen zijn die om een pop vechten. Dan laat mevrouw Beverley me los en doe ik een stap dichter naar mijn gastvrouw toe. Hoewel ze graatmager is en trilt wanneer ze loopt, voelt ze nu ze naast me staat zo sterk en stevig aan als een eik.

'Weet u wel wie dit is?' sputtert mevrouw Beverley.

'Natuurlijk weet ik dat,' zegt mevrouw Riverthorpe minachtend. 'Amy Snow, zo arm als een kerkrat toen ze het huis van uw zuster verliet, al ziet ze er nu een stuk beter uit. En wat dan nog?'

Ik zie mevrouw Beverley kijken naar de vele diamanten van haar rivale, haar blote, gerimpelde schouders, de kokette veren in haar zilvergrijze haar. Dan kijkt ze naar mijn opzichtige japon met afhangende mouwen, naar de kraaltjes en naar de rozen die verleidelijk uit mijn haar steken. Het is onvermijdelijk dat ze ons met elkaar vergelijkt. 'Ik wil graag weten hoe ze hier terecht is gekomen. Ze hoort niet thuis in respectabele kringen. Het viel haar duidelijk tegen dat Aurelia haar maar een bescheiden erfenis naliet, maar nu lijkt het erop dat ze een andere manier heeft gevonden om hogerop te komen... In financiële zin, althans.'

Haar gezicht vertoont die mengeling van afschuw en verrukking die ik zo vaak op Hatville Court heb gezien. Er bekruipt me een vermoeden over wat mevrouw Beverley van me denkt. Het is waar dat een jonge vrouw zonder middelen of bescherming niet veel opties heeft, en eigenlijk is er maar één optie waardoor ik zo snel hogerop zou kunnen komen.

'Respectabele kringen?' sneert mevrouw Riverthorpe. 'Die respectábele zuster van u heeft Amy op straat gezet zonder een rooie cent, na een leven lang in dienst te zijn geweest van haar dochter! Daar heeft Amy een stokje voor gestoken, en met succes, mag ik wel zeggen. Ik ben trots op haar.'

Het liefst zou ik me terugtrekken uit haar greep. Hoewel ik het niet erg vind als mensen weten dat ik van lage komaf ben, krenkt het me dat ze zo over me denken. Ik wil zeggen dat ik alleen dankzij Aurelia zo rijk ben, maar dat kan ik nou juist niet doen. Op deze manier heeft mevrouw Beverley dan wel een volkomen verkeerd beeld van me, maar zal ze in elk geval geen vragen stellen over mijn erfenis.

'Ik weet niet hoe u heet, mevrouw,' zegt Aurelia's tante, 'want u hebt het fatsoen niet gehad om uzelf voor te stellen. U mag dan wel trots op haar zijn, maar ik betwijfel of een weldenkend mens het met u eens zou zijn. Het zou u sieren als u zich naar uw leeftijd zou gedragen.'

'Ach, dus het is u om fatsoen te doen? Dan zal ik u zeggen hoe ik heet. Mijn naam is Ariadne Riverthorpe.'

Net als op het bal in Richmond heeft er zich een groepje mensen om ons heen verzameld. Ik kan me goed voorstellen dat een confrontatie met mevrouw Riverthorpe een waar spektakel belooft. Meneer Garland zal wel denken dat ik niet in staat ben een bal bij te wonen zonder een schandaal te veroorzaken.

Het is duidelijk dat mevrouw Beverley de naam kent, want haar lichtblauwe ogen worden groot. Het kleine beetje wat er nog van mijn goede reputatie restte sijpelt nu weg als regenwater door een afvoer.

Onaangedaan vervolgt mevrouw Riverthorpe: 'U vindt dat ik me naar mijn leeftijd zou moeten gedragen? Dus een vrouw moet zichzelf maar uit het sociale leven terugtrekken zodra ze een rimpeltje krijgt? Zichzelf bedekken met een sluier en haar mond houden? Wordt mánnen ook een schuldgevoel aangepraat wanneer ze niet meer aantrekkelijk zijn? Zijn mánnen nou zulke beeldige wezens, met hun behaarde lijven, onderkinnen en dat aanhangsel tussen hun benen? Ik dacht het niet!'

Er stijgt geroezemoes op onder de toeschouwers, als champagnebelletjes die naar de oppervlakte borrelen.

Ik kan alleen maar denken aan hoe diep ik me schaamde omdat ik het woord 'naakt' in de mond had genomen op dat bal in Richmond. In elk geval heb ik het nooit over mannelijke aanhangsels gehad. Mevrouw Beverley heeft blosjes op haar bleke wangen.

'U bent een hypocriet, mevrouw Beverley,' doet Aurelia's opmerkelijke vriendin er nog een schepje bovenop. 'U verschuilt zich achter fatsoensnormen en houdt uzelf voor dat de regelingen die ú getroffen hebt moreel aanvaardbaar zijn, omdat de maatschappij erachter staat. Alleen zwakke mensen verschuilen zich achter dat soort zaken. Dus ga maar naar huis. Bazuin daar maar rond dat Amy nu rijk is. Zeg maar dat niets van wat ze haar toewensten – armoede, een leven in schande of in de vergetelheid – is uitgekomen. Daar past ze voor.'

Mevrouw Beverley knikt. 'O, dat zal ik hun zeker vertellen, daar kunt u op rekenen.'

Er komt een gezette, vaag uit zijn ogen kijkende man naast haar staan, Aurelia's oom, neem ik aan, en ze draait zich met een soort snikkend geluid naar hem toe. Verward kijkt hij naar de twee onbekenden die de confrontatie met zijn vrouw zijn aangegaan en voert haar bij ons weg. Het groepje toeschouwers valt weer uiteen.

Mevrouw Riverthorpe laat een kakellach horen. 'Ha! Wat is het toch een kleine wereld, nietwaar? Hinderlijk, maar volgens mij kan het geen kwaad.'

'Dacht ze... Dacht ze...'

'Wat is er meisje, ben je je tong verloren? Waar is mijn punch eigenlijk?'

Met stomheid geslagen vul ik het glas dat ik nog steeds vasthoud opnieuw en geef het haar aan. 'Mevrouw Riverthorpe, als ik me niet vergis, denkt mevrouw Beverley nu, en suggereerde u, dat ik een... een... Nu zal iedereen op Hatville Court me verslijten voor een...'

'Precies! Ha! Zie je nou hoe handig het is als mensen geen hoge dunk van je hebben?'

'Maar mevrouw Riverthorpe, er luisterden nog meer mensen mee. Deze geruchten zullen niet alleen de ronde doen op Hatville Court, maar ook in heel Bath.'

'Ik dacht dat de mensen in Bath je niets konden schelen.'

'Nee, maar...'

Ze buigt zich naar me toe en kijkt me met haar kraaloogjes doordringend aan. 'Amy, speel nou niet de vermoorde onschuld. Het was dít, of haar erachter laten komen dat Aurelia je iets heeft nagelaten. Ik heb haar afgeleid. Dat wilde je toch?'

'Ja.'

'En de society in Bath kan je niets schelen, dat is toch zo?'

'Ja! Maar het is pijnlijk dat al die onbekenden nu iets van me denken waar niets van waar is en wat tegen mijn gevoelens indruist.'

'Pfff, gevoelens. Amy, je bent geboren in schande en daar ben je het grootste deel van je leven naar behandeld. Overal waar je komt denken mensen dingen over je die niet waar zijn, zoals dat je alleen zo toegewijd was aan Aurelia om haar geld te kunnen aftroggelen. Je bent een jonge vrouw die zich in haar eentje door een maatschappij beweegt die wars is van onafhankelijke vrouwen. Dat is vragen om kritiek en misverstanden! Je kunt het je niet permitteren om gevoelig te zijn.'

Sprakeloos staar ik haar aan.

'Maar wees eens eerlijk, Amy, je zou er niets aan willen veranderen. Misschien denk je dat Aurelia je in een onhoudbare positie heeft gebracht, maar je zou helemaal niet terug willen naar je oude leven, vol afhankelijkheid en onderdrukking. Je zou nooit teruggaan!' Met die woorden beent ze bij me vandaan.

Even staar ik haar zonder iets te zeggen na. Dan draai ik me om en storm in tegenovergestelde richting weg. Ik draaf de trap op naar de grote galerij en loop van daaruit naar de balkondeuren. Ik heb behoefte aan frisse lucht om de schaamte van me af te spoelen. Wat mevrouw Riverthorpe zegt kan gewoon niet waar zijn, ik zou er alles voor overhebben om Aurelia terug te krijgen. Of niet?

Door een groepje gasten in de buurt van de deur moet ik mijn pas inhouden. Als ik langs hen heen loop, zie ik het tafereel weerspiegeld in een enorme kamerhoge spiegel met een indrukwekkende sierlijst van bladgoud. Onschuldige, frisse jonge meisjes, in het wit of ivoor gekleed, staan om hun moeders heen gedromd, koel en beschermd als sneeuwklokjes. En daar sta ik, op de voorgrond, in mijn levendige japon, zo rood als wijn. Mijn kapsel heeft het van Cecile gewonnen, het haar en de rozen bezwijken in een donkere waterval voor de zwaartekracht. Mijn gezicht is rood aangelopen, mijn ogen branden. Ik ben ongeveer even oud als die meisjes, maar heb het leven tot nu toe heel anders ervaren. Ik aarzel wanneer ik voorbijloop, want ze zien er allemaal zo mooi, bleek en veilig uit.

En toch, als ik de keuze had... Voor het eerst in mijn leven voel ik bewondering nu ik naar mezelf kijk. Ik treed de wereld tegemoet, hoe onhandig ik ook te werk ga. Ik ben niet afhankelijk, maar hartstochtelijk en vrij. Hoewel ik het niet graag toegeef, heeft mevrouw Riverthorpe gelijk: ik zou nooit teruggaan.

48

De rit naar huis verloopt in een gespannen stilzwijgen. Ik heb heel wat te overdenken, of mevrouw Riverthorpe het daar nou mee eens is of niet. Wanneer we de hal van Hades House in stappen, die er nog griezeliger bij ligt dan anders nu er maar één lamp brandt, volg ik haar zonder iets te zeggen naar de salon om samen een glaasje madeira te drinken.

In de haard brandt een klein vuur. Mevrouw Riverthorpe laat zich op een bultige groene divan zakken en opeens dringt het tot me door dat ze oud is. Misschien is het dwaas dat ik dat nu pas opmerk, twee dagen na onze kennismaking, maar ze is een en al brute wil en pure levenskracht, verpakt in uitbundige stoffen. Het is moeilijk om haar als een bejaarde vrouw te zien, want dat weet ze met elk woord, elke blik en elke japon te voorkomen. Het is ook niet voor iedere tachtigjarige weggelegd om tot na twee uur 's nachts op een bal te blijven en daar met eenieder die ze treft vanuit onduidelijke bedoelingen de strijd aan te gaan.

Ik realiseer me dat ze me aan Aurelia doet denken. Aurelia was dan wel jong, mooi en charmant, maar wellicht is mevrouw Riverthorpe dat ook ooit geweest. Qua houding, vastberadenheid en genialiteit lijken ze veel op elkaar.

Die gedachte maakt dat ik iets van vertedering voel wanneer ik haar een glas aanreik. Het valt me op dat haar kromme vingers een beetje trillen als ze het aanpakt.

'Zo, en wat vond juffrouw Amy van wat er vanavond zoal is gebeurd? Of is het te vroeg om daarnaar te vragen? Heb je misschien een paar weken nodig om erover na te denken?' Haar spottende opmerkingen doen routinematig aan, ze glimlacht zelfs naar me. Ze zal wel moe zijn.

Ik schenk voor mezelf ook een glas in en ga tegenover haar zitten. 'Volgens mij heb ik een heel leven nodig om erover na te denken. Het voelde als een droom, mevrouw Riverthorpe. Mensen die ik ken van Hatville Court, mensen uit Twickenham, alle aspecten van mijn leven kwamen met elkaar in botsing.'

'Dat is niet ongebruikelijk. Je kunt nog geen vijf minuten in Bath doorbrengen zonder tien mensen tegen te komen die je ergens anders hebt ontmoet.'

'Daar begint het wel op te lijken. Ik heb geen grote kennissenkring, maar heb nu al twee mensen gezien die ik ken.' Over Henry zeg ik niets, ik wil niet dat ze de spot met me drijft. 'O, dat Aurelia's tante zó over me denkt!'

'Ze had al niet bepaald een hoge dunk van je. Het spijt me dat ik je moet teleurstellen, maar alleen het feit dat je met mij omgaat roept al twijfels op over hoe respectabel je bent. Er doen volop geruchten de ronde over mij, weet je. Zit maar niet in over wat anderen van je denken, Amy. En laat er in elk geval nooit iets van merken.'

'Zijn die geruchten waar?'

'Doet dat ertoe?'

'Nee, ik ben gewoon benieuwd. U was een vriendin van Aurelia en ik logeer in uw huis, maar ik weet niets van uw leven.'

Ze lacht, maar het is niet haar gebruikelijke kakellach. Het klinkt vermoeid, op een manier die mijn botten week maakt. 'Je zou er niets van begrijpen. Dat bedoel ik niet verkeerd, níémand zou er iets van begrijpen. Er is een bepaald verwachtingspatroon waar vrouwen in deze wereld aan moeten voldoen, Amy. De hemel sta ons bij als we daarvan afwijken. Maar wat moeten we doen als het leven ons voor uitdagingen stelt die buiten dat verwachtingspatroon vallen? Ik vind het belachelijk dat vrouwen zo weinig mogelijkheden hebben en vervolgens gestraft worden wanneer ze terugvallen op de alternatieven die ze wél hebben. Ik vind het belachelijk dat we worden beschimpt wanneer we het enige machtsmiddel waarover we beschikken gebruiken op een manier waar we zélf iets aan hebben. Ik vind het belachelijk dat we worden verdoemd tot een leven in diskrediet als we verder kijken dan de paradox die de natuur en onze opvoeding van ons hebben gemaakt. Ik vind heel veel dingen belachelijk, Amy, maar ze zijn geen van alle om te lachen.' Ze wiegt vreugdeloos heen en weer, in een verbeten parodie op een lachbui.

'U klinkt net als Aurelia.'

Haar gezicht wordt zachter. 'Vroeger leek ik heel erg op haar. Ik was ook een dame van wie men grote verwachtingen had. Ik was nog jong, ongeveer van jouw leeftijd, toen ik werd verleid door een schoft die me in de steek liet. Ik was samen met hem weggelopen, dus ik had mijn keuze voor hem heel publiekelijk gemaakt en kon niet doen alsof er niets gebeurd was. Een paar jaar daarvoor was een jongedame die ik kende iets soortgelijks overkomen. Na dat schandaal heeft ze een eind aan haar leven gemaakt.'

Ze staat op, beent naar de haard toe en pookt het vuur op. De vlammen laaien op, maar halen weinig uit tegen de kilte. Daarna gaat ze weer op de divan zitten en kijkt ze me recht aan, met één arm op de mahoniehouten armleuning en de andere uitgestrekt over de rugleuning. Van haar hoef je niet te verwachten dat ze haar handen zedig in haar schoot legt.

'Daarna was men het er roerend over eens dat ze een onschuldig slachtoffer was. Haar daad van zelfvernietiging werd gezien als een teken dat ze verstandig en deugdzaam was, ondanks haar misstap. Ze is er prima in geslaagd om haar naam in ere te herstellen. Het enige jammere was dat ze dood was.'

'U hebt duidelijk een andere keuze gemaakt.'

'Inderdaad. Iedereen die liever doodgaat dan in ongenade te vallen is een dwaas.'

De duisternis om ons heen lijkt nog dichter te worden. 'Ik... Dat ben ik met u eens, mevrouw Riverthorpe. Bent u...' Het woord 'gelukkig' lijkt me niet van toepassing. 'Bent u achteraf bezien tevreden met hoe uw leven verlopen is?'

Tot mijn verbazing kijkt ze me bedachtzaam aan, alsof ze het een goede vraag vindt. 'Ik veronderstel dat als God mijn zonde zo onvergeeflijk had gevonden, hij me zelf wel om zeep had kunnen helpen, maar dat heeft Hij niet gedaan. Inmiddels zijn we vijfenzestig jaar verder, Amy. Die jaren zijn niet allemaal makkelijk geweest, en ook niet mooi of zonder beproevingen, maar het waren míjn jaren, helemaal van mij, en niemand kan me vertellen dat ik ze niet had mogen hebben.' Ze knikt resoluut en slaat haar madeira achterover. 'Er is veel over me gepraat, neem dat maar van me aan. Veel van die verhalen zijn waar, maar veel ook niet. Zo gaat dat wanneer je uit de gouden kooi stapt. Ik vind het niet de moeite waard om die verhalen recht te zetten. Dus hier ben ik dan. Niet respectabel, maar wel machtig.'

Zwijgend laat ik haar woorden even bezinken. Ik kan niet ontkennen dat ik haar bewonder omdat ze het aandurft om de aandacht op te zoeken in plaats van zich terug te trekken uit de samenleving. De oorspronkelijke betrokkenen zijn er vast allang niet meer: haar ouders, haar verleider, haar buren die er schande van spraken. Maar zo'n oude smet blijft aan je kleven en verspreidt zich net zo makkelijk als de geur van uien, dat weet ik maar al te goed.

Ik vraag me af of Aurelia en Robin betrapt zijn. Als ze gezond was geweest, was ze zo'n schandaal niet uit de weg gegaan en had ze er zelfs van genoten. Maar omdat ze moe en zwak was en oog in oog stond met de dood had ze een andere strijd te leveren. Er wordt me al iets meer duidelijk over haar eigenaardige vriendschap met mevrouw Riverthorpe. Ik begin te begrijpen hoeveel moeite Aurelia heeft gedaan om de waarheid over haar laatste jaren alleen met mij te delen.

'Ik vind het onbegrijpelijk waarom iemand voor dit leven zou kiezen,' zeg ik uiteindelijk. 'Ik zou er niet tegen kunnen. Altijd in de belangstelling staan, altijd twijfelen aan de motieven van anderen, me altijd afvragen wat ze over me zeggen.'

'Denk je echt dat dat op een andere plek anders is?'

Ik denk terug aan Hatville Court, aan de eindeloze beledigingen en roddels die ik daar hoorde.

Ik denk terug aan Londen, aan de kille, beledigde blikken van de rijkelui in het Pantheon toen ik me zonder chaperonne in hun midden begaf.

Ik denk terug aan mevrouw Ellington: 'Noemt u dát vriendschap? Hoe kan er nou vriendschap bestaan tussen de dochter van de meest vooraanstaande familie in Surrey en iemand als u?' Bij elke herinnering zinkt de moed me iets verder in de schoenen.

Dan denk ik aan Henry en Albert. Aan de familie Wister en Bessy. Bovenal, zo levendig alsof ik haar gisteren nog heb gezien, denk ik terug aan mijn lieve Aurelia, die altijd blij was om me te zien. 'Kom op, Amy, het is een prachtige dag, laten we naar het beekje gaan!'

Ik knipper hete tranen weg. Mijn keel zit dicht en ik slik moeizaam mijn madeira door, waarna ik opsta om nog een glas in te schenken. 'Het kán wel anders. Misschien niet op een bepaalde plek, maar op stukjes van allerlei plekken, misschien wel van élke plek. Ik heb altijd gedacht dat ik het slecht had getroffen, mevrouw Riverthorpe, maar dat is niet zo, want ik heb ware vriendschap gekend. Van alle zegeningen in het leven moet dat wel de mooiste zijn.'

'Rustig maar, kindje. Wind je niet zo op. Ja, ja, de wereld barst van de lieftallige mensen en zonder ware toewijding zou de wereld niet kunnen bestaan. Was ik daarom vanavond zo populair, denk je?'

Ik gnuif een beetje boven mijn glas. 'Mevrouw Riverthorpe, vergeef me, maar ik sta ervan versteld dat u vanavond zo populair was.'

Ze laat weer een van haar kakellachjes horen. 'Dat komt natuurlijk doordat ik rijk ben, en beter nog, ik heb kind noch kraai en dus niemand om mijn fortuin aan na te laten. Het zijn rondcirkelende aasgieren, Amy, die wachten tot ze me kunnen kaalplukken na mijn dood. Stuk voor stuk doen ze alsof ze me vermakelijk vinden, alsof ze bewondering hebben voor mijn vaste voornemen om voorgoed te blijven leven, maar in feite vinden ze me vreselijk vermoeiend. Ik ben wat je noemt een riskant investeringsobject, als het om tijd en zelfrespect gaat. Ze weten dat ze misschien jarenlang mijn schandelijke manieren moeten verduren zonder dat ze daar een rooie cent voor terugkrijgen.' Nu wordt haar glimlach echt duivels en schitteren haar grijze ogen fel in het donker.

Onwillekeurig voel ik ook leedvermaak, hoe onvriendelijk het ook is. Ik merk dat ik haar gezelschap plotseling op prijs stel. Als ik geen hoepelrok ter grootte van Bath aanhad, zou ik het liefst mijn benen onder me optrekken in deze grote bruine leunstoel. 'Ik begrijp u niet, mevrouw Riverthorpe. U beweert niets dan minachting te koesteren voor de society en toch verkeert u in het middelpunt ervan. Waarom?'

'De society in Bath is het enige wat ik ken. Ik vind het hier amusant. Een rustig leven waarin iedereen borduurt, glimlacht en elkaar zakdoekjes aanbiedt is niets voor mij, net zomin als dat ik naar de maan zou kunnen vliegen. Dat is juist zo heerlijk ironisch aan dit alles, Amy. Ik teer op hén! De mensen die me dood willen hebben zijn degenen die me in leven houden. Neem nou Quentin Garland, die jou het hof probeert te maken.' Ze buigt zich naar me toe en kijkt me onderzoekend aan. 'Hilarisch! Ik durf te wedden dat hij niet op de hoogte is van je bescheiden komaf. Hij ziet je vast als een goede investering.'

'Dat ziet u verkeerd.' Het doet me genoegen om dat te zeggen. 'Ik heb meneer Garland leren kennen toen ik sjofel gekleed was en me verloren voelde. Op dat moment was hij net zo hoffelijk tegen me als vanavond. Ik stel me zo voor dat hij wel degelijk weet waar ik vandaan kom. Heel Richmond weet dat namelijk, en hij heeft daar veel connecties.'

'Is het heus? Wat interessant. In dat geval: wees voorzichtig. Maar vooruit, je treft me in een milde bui. Zo'n kans moet je niet verspillen, dus vraag me maar wat je echt wilt vragen.' Afwachtend leunt ze achterover.

Ik ben een beetje van mijn stuk gebracht door haar opmerking over meneer Garland, maar hiermee heeft ze meteen mijn aandacht. 'Mag ik Aurelia's brief hebben en hier vertrekken?'

'Haaaaa! Is het zo erg? Je bent hier pas twee dagen! O, wat ben je toch een gevoelig type. Nee, dat mag niet. Jij en ik hebben dat meisje allebei iets beloofd. Ik zal niet tegen haar wensen ingaan.'

'Ik wist wel dat u dat zou zeggen. Maar waarom was dit een van haar laatste wensen? In 's hemelsnaam, zeg. Ze kan toch niet écht gedacht hebben dat ik hier gelukkig zou zijn. Kent u haar grote geheim, mevrouw Riverthorpe, het geheim waar ze me naartoe loodst?'

'Jazeker. Ik ga het je niet vertellen, maar ik weet wel wat het is.'

Met gefronste wenkbrauwen kijk ik naar de kromme, verweerde oude vrouw die voor me zit. Aurelia vertrouwde haar niet alleen genoeg om haar te betrekken bij de speurtocht, ze heeft haar zelfs de uitkomst daarvan toevertrouwd. Daardoor ga ik mevrouw Riverthorpe met andere ogen bekijken. Hemeltje, eindigt het spoor inderdaad hier in Bath, waar iedereen me nu voor een courtisane aanziet?

'Toevallig weet ik ook het antwoord op je andere vraag, en dat kan ik je wel geven. Haar reden om je hierheen te sturen draaide niet om geluk, Amy, maar om keuzevrijheid.'

Ze kan echt mijn gedachten lezen. Ik wíst het wel.

'Daarom mag ik je nog niet laten gaan. Of je het er nu mee eens bent of niet, de meeste mensen in de wereld smachten er nou eenmaal naar om deel uit te maken van de society, om rijk te zijn en volgens de laatste mode te leven. Die keus wilde ze jou ook bieden.'

Nu is het mijn beurt om spottend te lachen. Het idee alleen al! 'Aurelia wist wel beter. Zij was dol op flirten en gefêteerd worden. Dat is niets voor mij.'

Op het gezicht van mevrouw Riverthorpe ligt zoals altijd een schelmse uitdrukking. Ze steekt haar knokige arm uit en pakt mijn hand. 'Wijs dat idee niet zo snel van de hand en doe niet zo uit de hoogte. Je bent hier pas twee dagen, je weet er nog niets van! Het wás niets voor jou, want het lag niet binnen je mogelijkheden. Aurelia wilde dat je een goed onderbouwde keuze zou maken. Ga me nou niet vertellen dat je je niet gevleid voelde door de aandacht van Garland, vanavond. Zou hij je ware liefde zijn, denk je? Voel je je door zijn attenties bijzonder, en vind je dat prettig?'

Ik stamel maar wat, omdat ik mezelf wil verdedigen, maar ze blijft mijn hand vasthouden en vervolgt: 'Zag je de jaloerse blikken niet die de andere jongedames vanavond op je wierpen? Als je die wel hebt gezien, sta je er misschien toch niet zo afkerig tegenover om koste wat kost gefêteerd te worden. En zo niet, dan ben je een beetje dom.'

'Het... Het is me niet opgevallen,' murmel ik. Kennelijk ben ik inderdaad een beetje dom.

Daar lijkt ze niet van op te kijken. 'Nou, kijk eens aan. Maar denk hier eens over na, Amy. Met het geld van Aurelia zou je hier, als ik je introduceer, een leven op stand kunnen leiden. Ik twijfel er niet aan dat je met een verfijnde knaap als Quentin Garland zou kunnen trouwen en een stel verfijnde kindjes zou kunnen krijgen. Hoewel ik niet denk dat je daarvoor zult kiezen, staat die mogelijkheid wel tot je beschikking. Aurelia wist dat ze je je keuzevrijheid had ontnomen door je zo lang bij haar te houden. Dat is nu veranderd. Je kunt alles krijgen wat je maar wilt.' Eindelijk laat ze mijn hand los.

Het late tijdstip en al het drama van vanavond overweldigen me. 'Helemaal niet! Ik kan Aurelia niet uit de dood laten opstaan. Ik kan niet teruggaan naar Twickenham zonder haar vertrouwen te beschamen. Ik kan hier morgen niet weg. Dus nee, ik kan niet alles krijgen wat ik maar wil.'

Ze vertrekt haar mond van walging. 'Arme jij.'

We vervallen weer in stilzwijgen. Het vuur is weer bijna uit en het is steenkoud. Het liefst zou ik iets warmers halen om aan te trekken, maar ik durf mevrouw Riverthorpe de rug niet toe te keren, uit angst dat ze in rook zal opgaan. Er is namelijk nog iets bij me opgekomen. Ik doe een poging om het vuur op te poken, maar zo te zien kan het elk moment helemaal doven. 'Mevrouw Riverthorpe, ik vind het verbijsterend dat Aurelia me uitgerekend hierheen heeft gestuurd, terwijl ze zo veel moeite heeft gedaan om haar geheim te verbergen. Ze heeft een speurtocht georganiseerd, ze heeft brieven door het hele land verspreid en ze laat mij van hot naar her reizen, zonder dat ik weet met welk doel. Maar al mijn pogingen tot geheimzinnigheid waren volkomen zinloos als iedereen die ik onderweg ben tegengekomen samenkomt in Bath.'

'Daar heb je gelijk in, dat heeft ze verkeerd ingeschat. Dat maakt het behoorlijk lastig, moet ik zeggen.'

'Maar waarom dan in vredesnaam? Vanwaar al dat gekonkel, om me vervolgens door te sturen naar de meest openbare plek die je je maar kunt indenken?'

'Omdat ze het niet wist.'

'Aurelia was niet dom. Ze moet geweten hebben dat de kans aanwezig was dat ik hier een bekende zou tegenkomen.'

'Nee, dat wist ze niet.'

'Waarom dan niet?'

'Omdat, liefje, ze nooit in Bath is geweest.'

Ik trek mijn omslagdoek dichter om me heen. De haartjes op mijn armen staan rechtovereind. 'Natuurlijk wel! Ik heb brieven van haar gekregen. Bedoelt u dat ze niet hier in huis logeerde? Had ze hier nog meer vrienden? Vrienden die niet zo populair waren... bedienden, wellicht? Dat zou echt iets voor haar zijn. Hebt u daarom nog nooit van Frederic Meredith gehoord? Leek daarom vanavond niemand Aurelia te kennen?'

Mevrouw Riverthorpe staat stijfjes op en leunt zwaar op haar wandelstok. Met een zwaar gemoed besef ik dat ik haar vanavond kwijt ben. 'Nee, Amy. Ik was niet in Bath toen ik Aurelia leerde kennen. Ik zal je nog één ding vertellen en daarna ga ik naar bed, want morgen heb ik weer heerlijk boosaardige dingen te doen en daarvoor heb ik mijn rust hard nodig. Aurelia wist niet hoe het hier in Bath is, want ze is hier nooit geweest. En wat Frederic Meredith betreft, ik betwijfel ten zeerste of hij wel bestaat.'

49

Op zaterdagochtend word ik vroeg wakker en draven de recente gebeurtenissen mijn hoofd binnen als onhandelbare pony's. Het voelt alsof dit een ander meisje zou moeten overkomen; misschien het energieke meisje in het rood van wie ik gisteravond een glimp in de spiegel opving. Nee, ik kan het niet ontkennen: dat meisje ben ik.

Ondanks alles wat ik over mezelf te weten kom, ben ik nog verbaasder over wat ik tot nu toe over Aurelia heb ontdekt. Sinds ik uit Londen vertrok, weken geleden nog maar, is me heel veel duidelijk geworden over Aurelia wat ik voorheen niet wist. Maar dat is nog niets vergeleken bij de onthulling van gisteravond. Ik ben in Bath, maar zij is hier nooit geweest. En Frederic Meredith zou niet bestaan? In dat geval heeft Aurelia niet alleen dingen voor me verzwegen, maar heeft ze ook gelógen. Draait mevrouw Riverthorpe me een loer? Heeft ze het op de een of andere manier bij het verkeerde eind? En als ze de waarheid spreekt, waar hebben ze elkaar dán leren kennen? Hoe kan een eenzame erfgename uit Surrey een excentrieke bejaarde dame uit Bath tegenkomen en kennelijk ook nog een hechte band met haar smeden? De mogelijkheden zijn eindeloos en ietwat overweldigend.

Ik stap uit bed en bel om koffie. Dan sla ik een omslagdoek om mijn schouders en haal Aurelia's brieven tevoorschijn. Niet de brieven die ik onlangs heb ontvangen, maar die van jaren geleden. Ik ga weer op bed zitten en besluit daar te blijven tot ik ze allemaal grondig heb herlezen.

De brieven beginnen zoals ik me herinnerde, vol enthousiasme over haar tijd in Londen. Ook leek ze heimwee te hebben naar het platteland en naar mij. Over haar ouders schreef ze niets. Tot nu toe zie ik niets vreemds.

Van daaruit ging ze naar Twickenham. In die tijd schreef ze vaak en gedetailleerd en leek ze gelukkig. Deze brieven heb ik kortgeleden nog doorgenomen, in Twickenham, al lees ik ze nu met een andere insteek. Er vallen me meerdere details op.

Toen ik deze brieven tijdens de hittegolf van 1844 las, was ik bang dat haar avontuur haar te veel zou worden, dat haar toestand zou verslechteren en dat ik haar nooit meer zou zien. Nu die angst achter me ligt, lees ik ze met een andere blik. Ik probeer me voor te stellen hoe het echt was voor Aurelia, nadat ze de liefde had gevonden in Robins armen, na het bittere verraad van haar ouders, na haar vlucht uit haar ouderlijk huis. Wat zal ze ernaar verlangd hebben om gezond te zijn, om te genieten van elk moment zonder de kille, waakzame blik van haar moeder. Wat zal ze bang en boos zijn geweest toen haar gezondheid haar belemmerde in de vrijheid waarvoor ze zo hard gevochten had.

Ik merk dat ik keer op keer dezelfde passages lees.

31 mei 1844
Vanmorgen voelde ik me slap en was ik ervan overtuigd dat ik de picknick in Whitton zou moeten overslaan, maar rond het middaguur lukte het me om een beetje soep te eten en kwam ik toch weer op krachten!

5 juni 1844
Het bal van Lady Caulton was erg vermakelijk. De groten der aarde kwamen bijeen om eens een avond wat minder serieus te zijn. Ik heb bijna geen dans overgeslagen, wat best indrukwekkend is als je bedenkt hoe zwak en ellendig ik me die ochtend nog voelde.

17 juni 1844
Voor de verandering heeft mijn koppigheid me in de steek gelaten. Ik dwong mezelf om me aan te kleden, maar daarna begon het

me te duizelen. Ik viel flauw, Amy. Gelukkig stond de deur van de slaapkamer open, want kennelijk heeft Hollis me zien liggen en hard om zijn zusters geroepen. Ik kwam al snel weer bij mijn positieven, maar die lieve Madeleine wilde geen moment van mijn zijde wijken, hoe ik haar ook smeekte...

Er bekruipt me een sterk voorgevoel, een vermoeden waardoor het mij ook begint te duizelen. Ik vraag me af of Aurelia ook haar vermoedens had. Volgens mij niet, anders had ze vast niet zo eerlijk over haar symptomen geschreven. Natuurlijk refereerde ze er telkens maar kort aan en gingen ze verloren tussen de vele passages waarin ze over gelukkige momenten schreef. Maar al die tijd klonk ze als zichzelf.

Toen ging ze plotseling naar Derby. Dat ging gepaard met de waarschuwing, die ik nooit vergeten ben, dat die reis een onderbreking van onze correspondentie zou betekenen:

Het wordt een lange reis, duifje van me... het zal waarschijnlijk een paar dagen duren voordat ik je weer kan schrijven. Maak je daar alsjeblieft geen zorgen om.

Er volgde inderdaad een onderbreking. In juli ontving ik maar drie korte briefjes, allemaal verstuurd vanuit Derby. Als onzeker meisje van dertien vond ik de verhalen stomvervelend. Dan ging het weer over een heer die vijftienduizend per jaar ontving en dan weer over een jonge baronet die twintigduizend kreeg. Nu vind ik de brieven nog steeds saai, maar om een andere reden: omdat ze niet levendig zijn, geen warmte uitstralen, niet écht zijn.

Misschien probeerde ze haar verboden gevoelens voor Robin te onderdrukken door een vervanger voor hem te zoeken. Of misschien was ze verbitterd omdat er geen toekomst voor hen samen was weggelegd en zocht ze troost in het flirten met alles wat een halsdoek droeg. Wat voor verklaring ik ook bedenk, deze oppervlakkige verhalen klinken niet als de Aurelia die ik kende.

Door wat mevrouw Riverthorpe me afgelopen nacht heeft verteld vraag ik me opeens af of ze ooit wel in Derby is geweest.

Dat is natuurlijk een krankzinnige gedachte. Er is nog een brief uit augustus, en nog een, en nog een, allemaal verstuurd vanuit Derby. Maar… al met al zijn het niet veel brieven als je bedenkt hoe lang ze daar is geweest.

Ook haar schetsen zijn niet overtuigend. Dat bedoel ik niet als kritiek op haar artistieke vaardigheden, maar Aurelia's tekeningen bevatten altijd persoonlijke of eigenaardige details. In Derby heeft ze alleen de heuvels geschetst, geen mensen, dieren of opvallende plekjes. Ze komen niet overeen met de brieven en bevatten geen kleinigheden die haar zijn opgevallen en die ze met mij wilde delen. Ze zouden net zo goed uit een boek gekopieerd kunnen zijn.

Ik denk terug aan wat Michael tegen me zei op de ochtend dat ik uit Twickenham vertrok: 'Zij ging ook veel te snel weg, ze was plotseling verdwenen, net als jij.'

Waarom leek het voor hem zo plotseling? Het was van begin af aan de bedoeling geweest dat ze in juni vertrok en terug naar Hatville Court ging. Als ze had besloten om haar reis te verlengen, waarom betekende dat dan dat ze vroegtijdig uit Twickenham was vertrokken?

Ik probeer een nieuwe theorie uit. Stel dat Aurelia in verwachting was?

Robin en zij zullen voorzorgsmaatregelen hebben getroffen, dat weet ik zeker, maar zoiets is toch geen exacte wetenschap? Als het zo eenvoudig was, zouden er geen ongewenste kinderen op de wereld zijn. Hoewel de vrouw meestal degene is die in ongenade valt, kunnen ook mannen te gronde worden gericht door zo'n schandaal.

Dat doet me denken aan meneer Templeton en het dienstmeisje met haar roodblonde krullen. Ongeacht wie er in dat geval goed of fout zat, meneer Templetons positie binnen de gemeenschap werd net zozeer aangetast als die van haar. Hun verhouding kwam pas aan het licht toen ze zwanger raakte. Als meneer Templeton dat met absolute zekerheid had kunnen voorkomen, waarom heeft hij dat dan niet gedaan?

Als Aurelia zwanger was, met de nadruk op áls, wat dan? Wanneer zou ze het hebben beseft? Wat zou er met haar zijn gebeurd? Het zou zeker verklaren waarom ze me niet wilde schrijven over wat haar echt bezighield.

En later? In de laatste jaren van haar leven, toen ik het gevoel had dat we twee jonge vrouwen waren die een nieuwe, volwassen vriendschap met elkaar onderhielden, terwijl we voorheen nog een klein kind en haar grote zus waren? Is het echt mogelijk dat ze in die tijd zo'n groot geheim voor me heeft achtergehouden? Ik klem mijn kiezen op elkaar. Deze vraag stel ik mezelf al de hele tijd, alleen is de context nu anders.

Misschien heeft ze, net als haar moeder, een miskraam gekregen. Misschien is het voor de Vennaway-vrouwen niet makkelijk om een zwangerschap te voldragen. Ik weet niet goed hoe die dingen werken, bedenk ik verward. Maar dit lijkt me waarschijnlijker dan dat Aurelia een kind heeft gekregen en me daar nooit over heeft verteld. Gezien haar aandoening lijkt het me sterk dat ze een kind heeft kunnen baren. Daar kleefden grote risico's aan, had dokter Jacobs ons verteld. En ze was niet één keer met Robin samen geweest, in de ban van haar verdriet, maar herhaaldelijk. Dat had ze toch nooit gedaan als ze niet had gedacht dat het veilig was? De oude Amy kan zich niet voorstellen dat Aurelia, mijn slimme, gewiekste grote zus, zo'n grote vergissing zou kunnen begaan. De nieuwe Amy, die zich in rap tempo lijkt te ontwikkelen, heeft maar al te goed door dat Aurelia feilbaar, onvolmaakt en een beetje wanhopig was. Dat zijn geen eigenschappen die een goed inschattingsvermogen bevorderen. Toch lijkt het me niet waarschijnlijk...

Ik lees verder. Als ik de brieven moet geloven, is ze tot ergens in augustus in Derby gebleven en van daaruit nog verder naar het noorden gereisd, naar Manchester en Leeds, met de belofte om voor Kerstmis weer bij ons terug te zijn. Hier krijgen haar brieven weer iets van haar karakter en overtuigingskracht terug:

Je had de katoenfabriek bij Hatby, buiten Manchester, eens moeten zien, liefje. Het leek wel of het daar onophoudelijk Kerstmis was, met al die ronddwarrelende witte vlokken. Er waren echter geen sneeuwpoppen en ook de feestvreugde was ver te zoeken. De fabrieksarbeiders – mannen, vrouwen en kinderen, soms van nog maar zes jaar – hebben rode ogen van het turen en hoesten aldoor, hoewel dat boven het lawaai van de machines uit niet te horen is.

Dit doet me denken aan een artikel dat Aurelia en ik jaren geleden over deze industrietak hebben gelezen. Was dat voor haar reis, of erna? Volgens mij ervoor. Ik vraag me af of er een stadje bestaat dat Hatby heet en of Aurelia echt ooit een fabriek vanbinnen heeft gezien.

Amy, vergeleken bij de natuur in het noorden ziet Surrey eruit als een slechte imitatie van het begrip 'landelijk'! Er zijn hoge heuvels die zo steil aflopen dat het lijkt of de wind er een hap uit heeft genomen, er zijn intens blauwgroene glooiende heidelandschappen met rivieren die over stenen kolken en omlaagklateren in watervallen die uitmonden in glazige poelen op open plekken waar elfjes rondwaren. Ja! Ik heb elfjes gezien, overal, en niemand kan me wijsmaken dat dat niet zo is.
Gisteren ben ik in York geweest, Amy! Wat een prachtige stad. Vorige week heb ik de zee gezien in Scarborough. Dat zou echt iets voor jou zijn, liefje.

Ik probeer me voor te stellen dat ze zwanger was en daar begrijpelijkerwijs door in beslag werd genomen. Of anders dat ze een miskraam had gehad en verdrietig en verzwakt was. Ik probeer me voor te stellen dat ze van hot naar her trok, in de zomer, tijdens een hittegolf. Ook al was ze niet zwanger, dan nog zou dat in haar toestand waanzin zijn. Er is geen bevredigend antwoord. Na juli zijn er geen verwijzingen meer naar haar gezondheid.

Ik lees verder, over haar beslissing om haar reis nog even te verlengen en terug te gaan via Shrewsbury en Bath, in beide gevallen op uitnodiging van vrienden van mensen van wie ik nog nooit had gehoord.

Ik heb me de brieven uit Bath niet ingebeeld. Ik heb ze hier in mijn handen, afgestempeld en vol oppervlakkigheden over de knappe Frederic Meredith, die volgens mevrouw Riverthorpe helemaal niet bestaat.

Daar houden de brieven op. Aurelia had me niet van tevoren laten weten dat ze terug zou komen. Het was typisch iets voor haar om me daarmee te verrassen.

Ik kijk naar de vellen papier die over mijn dekens verspreid liggen. Dit is een nieuwe puzzel, een speurtocht binnen de speurtocht. Ik zet op een rijtje wat ik zeker weet. Aurelia is in Twickenham geweest. Dat weet ik omdat ik daar ben geweest en ze haar daar kenden, en omdat ze me van daaruit regelmatig schreef, vol overtuiging. Volgens mevrouw Riverthorpe is Aurelia niet in Bath geweest, en van daaruit schreef ze me zelden en op een manier die niet bij haar paste. Dat roept vraagtekens op over het grootste deel van haar reis. Dus waar was ze? Wat heeft ze gedaan?

De gedachte dat er een kind in het spel was is belachelijk. Waar is hij of zij nu dan? Toch is het de enige verklaring die ik kan bedenken voor haar obsessie voor geheimhouding, het enige geheim dat belangrijk genoeg zou zijn om mij kriskras het land door te sturen, al kan ik haar gedachtegang nog steeds niet goed volgen.

Aan de andere kant was Aurelia niet altijd redelijk. Ze dacht niet altijd goed na. Ze was allesbehalve voorspelbaar. Misschien hád ze helemaal geen goede reden. Zoals het hoort bij een goed mysterie is het niet te ontrafelen en draai ik steeds in hetzelfde kringetje rond.

Ik voel dat ik iets op het spoor ben, maar toch moet ik nog bijna drie weken wachten. Ik kan alleen maar hopen dat de rest van mijn verblijf in Bath niet zo enerverend zal zijn als gisteravond.

50

De rest van de ochtend gebeurt er in elk geval niets. Of liever gezegd, het enige waarnaar ik verlang blijft uit: het beloofde bezoekje van Henry. Hij komt niet, laat geen visitekaartje achter en stuurt geen briefje.

Als de ochtend in de middag overgaat, vergeet ik mijn overpeinzingen over Aurelia's geheim en mijn nieuwe buitensporige vermoedens. Ik kan alleen maar aan Henry denken. Zijn afwezigheid drukt op mijn maag als een zware steen op de bodem van een diepe put. Ik ijsbeer door de gangen, ik zijg neer in mijn kamer. Ik kijk wel duizend keer op elke klok. Aan het eind van de ochtend en rond het middaguur maak ik mezelf nog wijs dat hij andere verplichtingen heeft en dat hij 's middags wel zal komen, glimlachend en zich uitputtend in excuses.

Hoewel april zich van zijn mooiste, zonnigste kant laat zien, sluit ik mezelf gewillig op in de grijze vertrekken van Hades House. Om drie uur begin ik te vrezen dat Henry's verplichtingen hem de hele dag zullen bezighouden en dat ik hem pas de volgende dag, of maandag, weer zal zien… Ik weet echt niet hoe ik dat moet volhouden. Om half vier schrik ik me een hoedje omdat er hard op de voordeur wordt gebonkt. Ik spring op uit mijn stoel, maar bedenk dan dat het niet aan mij is om de deur open te doen. Daarom dwing ik mezelf om op de trap te blijven dralen terwijl Ambrose naar de deur loopt en ik me afvraag of ze altijd al zo langzaam liep. Tot mijn grote teleurstelling kondigt ze de komst van meneer Garland aan.

Het lijkt wel of hij er een gewoonte van maakt om te achterhalen waar ik logeer en daar onaangekondigd op te duiken, denk ik vals, omdat ik het zo jammer vind dat hij Henry niet is.

Ambrose gaat hem voor naar de salon en mevrouw Riverthorpe verschijnt gehuld in het paars, met een ondeugende schittering in haar ogen. Die blik vertrouw ik niet.

Kennelijk is hij hier om te vragen of ik morgen naar de bijeenkomst van het boogschuttersgilde kom en om aan mij en mevrouw Riverthorpe te vragen of we het nieuwe span paarden willen zien dat hij onlangs heeft gekocht. Hij stelt voor om samen met ons een ritje door de stad te maken in zijn rijtuig.

Mevrouw Riverthorpe is al opgestaan en loopt al in de richting van de deur, terwijl ze instemmend antwoordt. 'Wat een vreselijk saaie dag is dit tot nu toe.' Ze kijkt me boos aan, alsof het mijn verantwoordelijkheid is om haar dag op te fleuren, hoewel ik haar nu pas voor het eerst zie.

Zelf blijf ik aarzelend bij de haard staan. 'Ik... Ik kan niet, maar bedankt voor de uitnodiging,' stamel ik beschaamd. Ik wil hier niet weg met het risico dat ik Henry misloop, maar ik ben me er sterk van bewust dat ik geen geldig excuus kan opvoeren.

'Waarom niet?' wil mevrouw Riverthorpe weten. Ze doet me denken aan een reiger die een vis aan zijn snavel spietst. 'Ben je soms uitgeput door het onderhouden van al die contacten die je de afgelopen drie dagen hebt opgedaan?'

Ik dwing mezelf om te glimlachen. 'Natuurlijk niet. Maar ik heb vanmiddag van alles te doen, brieven te schrijven...'

'Ach ja, daar heb je natuurlijk een dagtaak aan,' zegt ze spottend.

'Ik wil u niet tot last zijn, juffrouw Snow.' Meneer Garland loopt tactvol als altijd naar me toe en laat mevrouw Riverthorpe als een kind dat trappelt van ongeduld in de deuropening staan. 'Het was een spontane ingeving, dus kan ik niet verwachten dat u direct beschikbaar bent. Ik zal tot morgen moeten wachten om van uw gezelschap te kunnen genieten, maar wilt u dan misschien tenminste de paarden zien? Ze staan vlak voor de deur en ik meen me te herinneren dat u zei dat u dol bent op dieren.'

'Ja, dat is zeker zo. Wat ontzettend attent van u.' Het streelt mijn ego dat hij dat nog weet. 'Goed dan, meneer Garland, heel graag.' In werkelijkheid is het heerlijk om een paar minuten afgeleid te worden van Henry en diens afwezigheid. We lopen met zijn drieën naar buiten.

De aprilzon is warm en zacht. Meneer Garland heeft een stijlvolle kleine faëton in hemelsblauw met goud, precies het soort rijtuig dat ik me bij hem had voorgesteld. De twee nieuwe paarden hebben een glanzende voskleurige vacht, zijn allebei even hoog en hebben sterke benen en welgevormde hoofden. Lord Vennaway zou er met bewondering naar hebben gekeken. Glimlachend aai ik ze over hun gladde neuzen en ik hou mijn handen onder hun onderzoekende, fluweelachtige lippen. Ze laten hun hoofd zakken en geven me een kopstootje, beledigd omdat ik geen versnapering bij me heb. Lachend struikel ik naar achteren en meneer Garland steekt zijn hand uit om me overeind te houden. Van mijn stuk gebracht door zijn warme aanraking op mijn arm haal ik mijn vingers door de zijdezachte, perfect getrimde zwarte manen, genietend van het troostrijke gevoel van paardenhaar onder mijn handen.

'Schiet nou op!' roept mevrouw Riverthorpe vanuit de faëton.

Meneer Garland werpt me een verontschuldigende glimlach toe en maakt een buiging. 'Tot morgen, juffrouw Snow.' Dan stapt hij soepel bij haar in het rijtuig en rijden ze weg. Met tegenzin kijk ik de prachtige dieren na. Op Hatville Court waren paarden altijd een stukje van mijn leven dat nooit ingewikkeld was en altijd voldoening gaf. Ik kijk hen na tot het vrolijke geluid van hun hoeven is weggestorven, en dan ga ik weer naar binnen om te wachten.

En te wachten. Er gaan dagen voorbij zonder een teken van leven van Henry, en ik voel me eenzamer dan ooit. Als mevrouw Riverthorpe me vraagt haar ergens naartoe te vergezellen zeg ik vaker wel dan niet ja, simpelweg zodat de tijd sneller voorbijgaat. Wat voor sociale verplichtingen ik ook heb, ik zorg ervoor dat ik elke dag een wandeling ga maken. Elke dag doorkruis ik Bath om Henrietta Street af te struinen, in de hoop dat ik Henry tegen zal komen. Elke dag keer ik terug naar de brug waar we elkaar hebben gezien en loop ik voorbij de koffiesalon waar we hebben gepraat en op onze vriendschap hebben geproost. Ik zie hem overal, ook al is hij nergens te bekennen.

Ik begrijp er niets van. Zijn blijdschap om me weer te zien leek oprecht. Onze vriendschap leek oprecht. Hij had beloofd de volgende ochtend op bezoek te komen. Mijn fantasie neemt een loopje met me. Misschien heeft hij een gerucht opgevangen en gelooft hij nu dat ik een dame van lichte zeden ben... of misschien is hij gewoon tot de conclusie gekomen dat hij niet bevriend wil zijn met een vrouw die zo'n onconventioneel leven leidt. Ik ben te ongewoon, te vrijgevochten. Aangezien ik tijdens onze eerste ontmoeting nog bang was dat ik te klein, saai en slonzig was, ben ik me ervan bewust dat dit nogal een ommezwaai is... maar ik weet gewoon niet hoe ik zijn stilzwijgen anders moet opvatten. Hij kent mijn adres, dat vergeet je niet zomaar.

Misschien heeft hij het met zijn vrienden over me gehad en hebben zij hun twijfels over me? Het is de bedoeling dat zij de stabiele factor in zijn leven zijn. Wellicht verdenken ze me ervan een op geld beluste vrouw van lage komaf te zijn.

Of misschien heeft hij iemand ontmoet, een dame, en heeft hij nu het gevoel dat die nieuwe romance niet gebaat is bij onze vriendschap. In dat geval zou ik hem het allerbeste wensen, want ik wil alleen maar dat hij gelukkig is, al zou ik wel graag degene zijn die hem gelukkig maakt. Wist ik maar wat er aan de hand is.

De tijd kruipt voorbij. Door alles wat ik over Aurelia te weten ben gekomen en alles wat ik daarnaast vermoed kan ik niet wachten tot ik de volgende brief krijg. Ik ben er nog steeds van overtuigd dat het einde van het brievenspoor en de antwoorden op mijn vragen nabij zijn. Ik weet dat het geen zin heeft om er bij mevrouw Riverthorpe op aan te dringen dat ze me de brief eerder geeft, dus is het een kwestie van aftellen. Als ze mijn gezelschap al op prijs stelt weet ze dat goed te verbergen, maar ze verbiedt me ook niet om met haar mee te gaan. Dat Quentin Garland ook aanwezig is bij de meeste gelegenheden waar ik kom, maakt het een stuk draaglijker.

Op zondag heb ik hem natuurlijk gezien bij de bijeenkomst van het boogschuttersgilde. Daar moedigde hij me aan om op maandag naar een lunch bij mevrouw Rathbone te gaan. Later die middag kwam hij langs in zijn rijtuig en nam hij mevrouw Riverthorpe en mij mee voor een ritje. Hoewel ze de vreselijkste dingen tegen hem zegt, lijkt hij zich bij haar op zijn gemak te voelen. Aangezien ik mezelf erop betrap dat ik haar tegen wil en dank steeds aardiger begin te vinden, raak ik nog meer op hem gesteld. Hij is altijd hoffelijk, altijd betrouwbaar, en het idee dat hij veel te stijlvol en perfect is voor mij, stop ik weg. Ik heb namelijk bedacht dat hij vrij is om zelf tot die conclusie te komen – of niet. Dat hij telkens mijn gezelschap lijkt op te zoeken, geeft me een warm, voldaan gevoel dat nieuw en erg welkom voor me is.

Als ik voor mijn gevoel een maand of zes in Bath ben, zie ik op de kalender dat ik hier een week geleden ben aangekomen. Terwijl ik mezelf voorbereid op het zoveelste diner laat ik mijn voorhoofd even tegen het raam rusten en staar naar de straat. Dat is een gewoonte geworden. Ik zie krullerige zwarte sierhekken, een oude dame die haar hondje uitlaat, vergezeld door een dienstmeisje, en roze kersenbloesem in een tuin. Er loopt een man voorbij die stevig doorstapt. Ik kijk hem na en zie dat hij tegen zijn hoed tikt wanneer er een andere man uit tegenovergestelde richting komt aanlopen. Ik recht mijn rug en kijk nog eens goed. De tweede man is Henry. Het is Henry! Even kan ik me niet verroeren, zo blij ben ik dat ik hem door Rebecca Street zie lopen om bij mij op bezoek te komen. O, wat een opluchting. Ik heb geen idee waarom hij zo lang op zich heeft laten wachten, maar daar heeft hij vast een goede reden voor. Ik maak al aanstalten om naar de deur te rennen, maar dan blijf ik staan om naar hem te kijken. Ambrose roept me zo toch wel, en ik wil dit moment koesteren.

Hij ziet er langer uit dan ooit, is netjes gekleed voor het bezoek en draagt een nieuwe hoge hoed, of in elk geval een hoge hoed die ik niet eerder heb gezien. Het valt me op dat hij er minder uitgestreken uitziet dan meneer Garland. Er piept iets te veel van de mouw van zijn overhemd onder de manchet van zijn jas vandaan en zijn halsdoek zit scheef, alsof hij hem eerst keurig geknoopt heeft maar kort daarna alweer heeft losgetrokken. Er vallen donkere krullen om zijn gezicht en hij heeft een verende tred. Mijn hart smelt. Hij is alles wat een man zou moeten zijn.

Een eindje bij het huis vandaan houdt hij stil, en ik glimlach. Nee, het is hier, Henry, probeer ik hem in gedachten door te seinen. Toch denk ik niet dat hij het verkeerde adres heeft, want hij kijkt recht naar Hades House. Schrikt het sombere huis hem misschien af? Vanuit deze hoek kan ik zijn gezicht nog nét zien en tot mijn ongenoegen ziet hij er niet blij uit. Zijn gezicht is niet het gezicht van een man die op het punt staat de vrouw te bezoeken die hij... Ach, wat had ik eigenlijk verwacht? Maar het is zelfs niet het gezicht van een man die op het punt staat een vriend te bezoeken. Ik heb hem nog nooit zo grimmig zien kijken. Hij neemt zijn hoed af en krabt zich op zijn hoofd, zodat zijn krullen rechtovereind komen te staan. Vervolgens zet hij de hoed weer op, zo nijdig dat het lijkt alsof hij hem het liefst kapot zou maken.

Er komt een akelige gedachte bij me op. Stel nou dat hij hier niet is om onze vriendschap voort te zetten? Stel dat hij me wil vertellen dat dit de laatste keer is dat we elkaar zullen zien? Het moet wel door het bal komen. Hij heeft vast de praatjes gehoord en nu wil hij tegen me zeggen dat hij niet kan omgaan met een vrouw die zo'n reputatie heeft. Ik word overmand door schaamte... maar ik kan het uitleggen! Als hij zegt wat hij op zijn lever heeft, kan ik dat rechtzetten en kunnen we er samen om lachen...

Alleen loopt hij nu weg! Nadat hij een hele poos naar Hades House heeft staan kijken, draait hij zich om en loopt terug in de richting waar hij vandaan is gekomen.

Ik vertrek mijn gezicht van afschuw. Nu heb ik hem eindelijk in het vizier en kan ik niet eens met hem praten? Die gedachte is onverdraaglijk!

Ik vlieg mijn kamer uit en ren de lange wenteltrap af. Terwijl ik door de lange, galmende hal ren en de zware voordeur opentrek, vergeet ik helemaal dat ik nog papillotten in mijn haar heb. Ik ren de straat op, net op tijd om Henry's lange gestalte om de hoek te zien verdwijnen. Haastig ga ik achter hem aan, zo snel als mijn wijde blauwe rokken toelaten. Onder mijn elegante muiltjes voel ik elk steentje en elke barst in het trottoir. Het kan me niets schelen. Ik kan er alleen maar aan denken dat ik Henry wil zien, dat ik tegen hem wil zeggen dat wat hij over me denkt niet klopt, zodat die gulle, innemende glimlach weer op zijn gezicht zal verschijnen.

Als ik aan het einde van de straat kom, is hij weg. Ik zie hem nergens op de heuvel. Zowel links als rechts zijn er meerdere zijstraten en ik speur er twee of drie tevergeefs af. Mensen staren me aan en Henry kan inmiddels overal wel zijn.

Moedeloos sjok ik terug. De faëton van meneer Garland staat voor de deur. Omdat ik de gedachte niet kan verdragen dat hij me zo zal zien, ren ik naar boven en ruk de papillotten uit mijn haar. Daarna laat ik me op het bed vallen en begin ontroostbaar te huilen.

51

Als verdoofd sleep ik me door de dagen heen. Ik kan bijna niet geloven dat Henry, die in Londen zo vriendelijk voor me was en slechts enkele dagen geleden in Bath nog zo openhartig en vol vertrouwen, op het punt stond om bij me op bezoek te komen maar er toch van af heeft gezien. Dat zou ik nooit geloofd hebben, ware het niet dat ik het met eigen ogen heb gezien. Ik heb er al heel wat tranen om vergoten, maar dat verandert niets aan de zaak.

Op vrijdag dringt het met een schok tot me door dat ik al veel meer uren heb doorgebracht met Quentin Garland dan met Henry, terwijl ik die laatste altijd heb beschouwd als een vriend en ik meneer Garland nog steeds als een kennis zie. Waar Henry schittert door afwezigheid en duidelijk niets met me te maken wil hebben, zou ik, zoals mevrouw Riverthorpe zo bot heeft opgemerkt, best met iemand als meneer Garland kunnen trouwen als ik gebruikmaakte van mijn fortuin en mijn nieuwe connecties. Als ik ervoor koos om hier te blijven.

Ik heb nog steeds het gevoel dat dit leven, dit stijlvolle bestaan vol diners, bals en kaartavondjes, niet bij me past. Toch leid ik dit leven en gaan de dagen onherroepelijk in elkaar over. Mijn leven wordt voor me ingevuld en ik ben het beu om alsmaar verder te moeten kijken. Ik ben niet zoals Aurelia, ik droom er niet van om mijn grenzen te verleggen. Het liefst wil ik een rustig leven, maar dan wel op mijn eigen voorwaarden.

Zou ik met meneer Garland op mijn eigen voorwaarden kunnen leven? Waarom houdt die vraag me eigenlijk bezig? Omdat hij beschikbaar is, denk ik. Omdat hij knap, hoffelijk en intelligent is, alles wat je maar van een man kunt wensen. Bovendien is het wel duidelijk dat hij probeert me het hof te maken, dat zie zelfs ik, in al mijn naïviteit. Het vleit me enorm en ik zou Madeleine en Priscilla er dolgraag over schrijven. Dat kan ik echter nog niet doen. Ik heb wel naar hun vader geschreven, zoals ik beloofd had, om te laten weten dat het goed met me gaat. Ik klamp me vast aan de hoop dat het spoor hier binnen twee weken zal eindigen en dat ik dan vrij zal zijn om te doen en laten wat ik wil. Trouwens, ook al weet ik dat de meisjes zouden smullen van de roddels, mijn hoofd staat er niet echt naar.

Meneer Garland is nog hetzelfde als altijd: koeltjes, elegant en volmaakt. Zo ánders dan ik. Misschien is dat de aantrekkingskracht van mensen van het andere geslacht. Als we samen een ritje maken, valt het me altijd op dat zijn lange lichaam rustig meedeint op het schokken van het rijtuig, zo vloeiend alsof hij één is met de wereld. Wanneer we een beleefd gesprekje voeren in de salon in Hades House, zie ik het licht steevast op zijn gladde goudblonde bakkebaarden vallen. Als hij een deur voor me openhoudt of me een glas aanreikt, valt mijn oog op zijn lichte, schone handschoenen en zijn pastelkleurige mouwen.

Wat vind ik toch zo intrigerend aan hem? Het kan niet alleen zijn knappe uiterlijk zijn, zo oppervlakkig ben ik toch niet? Ik heb heus wel vaker knappe heren gezien, ook toen ik nog op Hatville Court woonde. In tegenstelling tot mevrouw Riverthorpe vind ik hem niet saai, maar intelligent en vriendelijk. Als ik hem vergezel naar sociale aangelegenheden, heb ik het gevoel dat ik erbij hoor. Het schept de illusie dat er niet wordt geroddeld over mijn mysterieuze aankomst in het hart van de society, dat ik hier vrienden heb. Hij heeft zich nog nooit negatief uitgelaten over mijn schandalige gastvrouw, mijn lage komaf of mijn raadselachtige achtergrond. Hij heeft nooit iets gezegd over de confrontaties op beide bals, hij heeft me nooit het gevoel gegeven dat ik minderwaardig of ongewenst ben. Ik heb inmiddels het gevoel dat ik bij hem niet zo op mijn tellen hoef te passen en kan eindelijk genieten van zijn gezelschap.

Ik ben nog nooit eerder het hof gemaakt. Wanneer we elkaar onder vier ogen spreken, vertelt hij me over zijn landgoed in Berkshire, zijn paarden, zijn vele investeringen. Ik ben me ervan bewust dat hij dat doet omdat hij bij me in de gunst wil komen. Ik vraag me af waarom hij daar zo veel moeite voor doet, terwijl hij van nature al zo bewonderenswaardig is. Hoewel ik niet weet waar dit alles toe zal leiden, vind ik het een opluchting dat mijn tijd in Bath over het algemeen minder pijnlijk is dan ik had verwacht.

Daarover zit ik te mijmeren tijdens een van mevrouw Riverthorpes eindeloze kaartavondjes. We zitten in de salon, waar de gloed van het avondlicht verleidelijk het stoffige interieur beroert. De gasten zijn meneer Garland, meneer Pierpont, de voormalige roeier, mevrouw Manvers van de matigingsbeweging in Bath, en meneer Gladsby, een fervent tegenstander van onderwijs aan mensen uit de lagere klassen, die hij zonder uitzondering als corrupt en wetteloos bestempelt.

De gesprekken hebben zoals te verwachten valt iets surrealistisch en ik laat mijn gedachten afdwalen naar de stralen zonlicht. Daar dansen ze, tussen de stofjes door, op weg naar woensdag en Aurelia's volgende brief. Ik ben gewend geraakt aan de merkwaardige gezelschappen waarmee mevrouw Riverthorpe zich omringt. Mijn eerste indruk, dat ze gasten uitkiest van wie ze denkt dat ze die het makkelijkst kan kwellen, is inmiddels door haarzelf bevestigd.

Als mijn blik omhoogdwaalt, zie ik meneer Garland naar me kijken. Hij glimlacht, alsof hij begrijpt waarom ik mijn gedachten er niet bij kan houden. Mevrouw Manvers heeft het over het belang van de bouw van openbare bibliotheken: die zouden arbeiders met een voorkeur voor sterkedrank na een dag hard werken een alternatief kunnen bieden voor de pub. Daar haakt meneer Gladsby meteen op in door te zeggen dat 'dat soort lui' nooit hun drankzucht zullen overwinnen en dat ze een bibliotheek hooguit in brand zullen steken. Het huilen staat mevrouw Manvers nader dan het lachen. Terwijl mevrouw Riverthorpe in haar vuistje lacht, doet meneer Pierpont een poging om het gesprek in rustiger vaarwater te brengen.

'In 1803, op de Theems in de buurt van Henley, bereikte ik mijn grootste overwinning door...'

Op dat kritieke ogenblik klopt Ambrose aan en stapt de kamer in. 'Neem me niet kwalijk, mevrouw,' zegt ze zelfverzekerd als altijd, met een knikje naar haar werkgeefster. 'Juffrouw Snow, kan ik u even spreken?'

Verbluft kijk ik haar aan. 'Maar natuurlijk. Neem me niet kwalijk, dames, heren. Ik hoop dat ik uw spel niet verstoor.' Ik leg mijn kaarten zorgvuldig met de afbeeldingen naar beneden neer, al zal het niet veel uitmaken, want ik win toch nooit. Bijna elk potje wordt gewonnen door meneer Garland, en mevrouw Riverthorpe heeft hem al vaak op die vaardigheid gewezen. Eén keer zei hij tegen haar dat hij niet speelt om te verliezen, waarop zij hem te kennen gaf dat ze zich daar maar al te goed van bewust was.

Ik voeg me in de hal bij Ambrose.

'Het spijt me dat ik u moest storen tijdens het kaarten, juffrouw Snow, maar er staat buiten een man te wachten die u wil zien.'

Mijn adem stokt. 'Henry?'

Ambrose werpt een blik op een klein visitekaartje, dat ze vervolgens aan mij geeft. 'Ja. Henry Mead. U kent hem dus. Mevrouw Riverthorpe heeft er vast geen bezwaar tegen als u hem uitnodigt om mee te spelen, juffrouw.'

Ik zie al voor me hoe blij mevrouw Riverthorpe zou zijn als ik die arme, nietsvermoedende Henry dat wespennest in zou lokken. Maar ik wil hem onder vier ogen spreken. 'Bedankt, Ambrose, ik ga wel naar hem toe. Het zal niet lang duren.'

'Uitstekend, juffrouw Snow.'

Ik ren door de lange hal, vastbesloten om Henry te zien voordat hij weer verdwijnt.

Tot mijn grote vreugde draag ik mijn smaragdgroene jurk, waar mevrouw Riverthorpe zo'n hekel aan heeft. Terwijl ik naar de deur loop, spreek ik mezelf streng toe. Misschien is hij hier alleen uit beleefdheid, om me persoonlijk af te wijzen. Alleen geloof ik daar helemaal niets van. Toch maan ik mezelf tot kalmte.

Ik trek de logge deur open en storm naar buiten.

Aan de overkant van de straat staat een crèmekleurige faëton te wachten. Henry springt eruit en het valt me weer op hoe lang zijn benen en hoe donker zijn ogen zijn. Hij steekt rennend de straat over, pakt me tot mijn verbazing bij mijn bovenarmen vast en staart me diep in de ogen. 'Amy! Volgens mij ben je blij om me te zien.'

'Natuurlijk, Henry! Waarom zou ik dat niet zijn? Waar bleef je nou? Je zei dat je zaterdag zou komen en ik heb eindeloos op je gewacht...' Abrupt hou ik op met praten, omdat ik besef dat ik zojuist het enige spoortje van mijn waardigheid dat ik nog hoopte te bewaren heb weggegeven. Als er sprake is van een misverstand, vind ik echter dat we wel genoeg tijd hebben verspild.

Wanneer hij me loslaat, ziet hij er niet uit alsof hij aanstoot neemt aan mijn uitbarsting, integendeel zelfs. Even pakt hij mijn hand vast, dan laat hij ook die los. Al met al ziet hij eruit alsof hij niet weet wat hij met me aan moet. 'Het spijt me, Amy,' zegt hij uiteindelijk, nog steeds op ernstige toon. 'Ik dacht niet dat je het erg zou vinden. Maar dat doet er natuurlijk niet toe. Ik had beloofd dat ik zou komen en dat had ik moeten doen. Dat wílde ik ook.'

'Waarom heb je het dan niet gedaan?'

Hij strijkt met zijn hand over zijn gezicht en grijnst naar me, maar die grijns is niet zo onbevangen als anders. 'Uit trots, stom genoeg. Eerlijk gezegd ben ik wel gekomen, alleen niet in de ochtend, zoals ik had gezegd. Toen we die dag buiten de koffiesalon afscheid van elkaar namen, vond ik het zo erg dat je me weer door de vingers glipte dat ik niet helder nadacht. Ik had Gus, meneer Longacre, de vriend bij wie ik logeer, beloofd om op zaterdagochtend met hem mee te gaan om getuige te zijn van het ondertekenen van een paar belangrijke papieren. Dat kon ik niet afzeggen, daarom ben ik 's middags pas naar je toe gekomen.'

‘Ben je op zaterdagmiddag aan de deur geweest? Maar Henry, ik heb de hele dag thuis op je zitten wachten!’

‘Echt waar?’ Zijn glimlach wordt nu breder en onbevangener, maar ook een beetje schaapachtig. ‘Goed, Amy, dan zal ik je de waarheid maar vertellen. Dat wil zeggen, ik sta op het punt om mezelf enorm voor schut te zetten. Beloof je dat je me nog aardig zult vinden, ook al vind je me een dwaas?’

Dat beloof ik hem.

‘Uitstekend. Gelukkig ben je een vergevensgezind type, Amy. Men zegt wel dat ik slim ben, maar ik kan best wel dom uit de hoek komen. Toen ik die dag aankwam, zag ik je op straat praten met een ontzettend knappe kerel, nogal een uitgestreken figuur. Jullie stonden daar maar met z'n tweeën en je glimlachte en zag er dolgelukkig uit. Hij hield je arm vast en jullie stonden samen zijn paarden te aaien. Jullie waren allebei goedgekleed en jullie... pasten bij elkaar, denk ik. Het was duidelijk dat hij erg rijk en succesvol is, alle dingen die ik niet ben...’

‘Maar Henry, zo zat het helemaal niet. Ik heb nooit...’

‘Nee, wacht, laat me alsjeblieft uitpraten, Amy. Als je inderdaad op me hebt gewacht, zoals je zei, verdien je een verklaring. Toen hij weer in zijn rijtuig sprong en wegreed, bleef je hem nog een hele poos nakijken. Het leek wel of je het vreselijk vond dat hij wegging. Dat heb ik zelf gezien.’

Vol ongeloof kijk ik hem aan. ‘Waar was je dan, Henry?’

‘Iets verderop, daar ongeveer.’ Hij wijst.

‘Had me dan geroepen! Of waarom ben je niet naar het huis toe gegaan toen ik weer binnen was?’

‘Ik durfde niet meer, zo simpel is het. Het spijt me. Je gaat er telkens vandoor, zie je. Eerst in Londen en vorige week weer. Ik weet dat je wel wat anders aan je hoofd hebt dan mij. Maar die avond ging je naar het bal van Lord Littleton, je begeeft je in de hoogste kringen. Die man met wie je stond te praten ziet eruit alsof hij daar ook toe behoort. Ik dacht dat onze vriendschap voor mij misschien meer betekende dan voor jou.’

Ik schud mijn hoofd en probeer mijn gedachten op een rijtje te zetten en niet te lachen om hoe absurd dit allemaal is. 'Je moest eens weten, Henry! Zo zit het helemaal niet! Onze vriendschap is me erg dierbaar en ik was dolblij dat ik je weer zag in Bath. Die dag keek ik meneer Garland niet na, maar zijn paarden! Ik ben dol op paarden, Henry. Ik glimlachte die dag alleen maar omdat ik de paarden zo mooi vond. Meneer Garland is bevriend met mijn gastvrouw en ik kende hem al een beetje uit Twickenham. Trouwens, we waren niet alleen! Mevrouw Riverthorpe zat in het rijtuig. O, Henry. Dit was inderdaad een beetje dwaas van je.' Ik grijns. Het geeft me een heerlijk gevoel om zo rechtuit tegen hem te kunnen spreken, in het besef dat ik belangrijk voor hem ben. Hij was jaloers, bedenk ik met een glimlach.

Nu kijkt hij mij ook stralend aan, met die glimlach die ik me van hem herinner, die glimlach waardoor alles in de wereld op zijn plaats lijkt te vallen. Een hele tijd blijven we zo staan, en het voelt alsof we nog veel meer tegen elkaar zouden willen zeggen. Er borrelt een heerlijke spanning op in mijn binnenste, waardoor ik het liefst zou gaan giechelen.

Volgens mij voelt Henry het ook, want hij werpt een geamuseerde blik op de indrukwekkende voorgevel van Hades House. 'Gossie, Amy!'

'Dat zei de koetsier die me hierheen heeft gebracht nou ook.'

'Scherpzinnige kerel. Wat is dit voor een plek? Geen wonder dat je een bedrukte indruk maakte toen ik je laatst op de brug tegenkwam. Wie is je gastvrouw? Een spook in een lange witte jurk? Een gevleugeld nachtwezen dat belust is op je bloed? Ik hoop maar van niet. Als bijna-dokter raad ik bloed drinken niet aan.'

'Henry, doe niet zo belachelijk.' Ik lach. 'Ze is geen van beide, al denk ik dat je haar minstens zo verbazingwekkend zou vinden. Mevrouw Riverthorpe is boven de tachtig en heeft maling aan wat anderen van haar denken, maar toch kent ze iedereen en is ze elke avond de hort op, en overdag meestal ook. Ik krijg maar geen hoogte van haar. Je zult haar nog wel ontmoeten, hoop ik.'

We vallen weer stil.

'Dus als ik nog eens op bezoek kom, ben ik welkom?' vraagt hij, opeens een beetje verlegen en formeel.

Ik sla mijn ogen ten hemel. 'Als je daadwerkelijk komt opdagen, zou dat geweldig zijn.'

Hij knikt. 'Touché. Dank je, Amy, ik zal er zijn. Nu zal ik je maar niet langer ophouden. Mijn vrienden, de Longacres, zitten in het rijtuig. We zijn onderweg om naar de zonsondergang te gaan kijken vanaf Beachen Cliff. Je wilt zeker niet met ons mee? Het belooft een waar spektakel te worden.'

Opeens dringt het tot me door dat ik behalve tijdens mijn eenzame stadswandelingen al dagenlang niets anders heb gezien dan salons, balzalen en eetkamers. Het voorjaar gaat aan me voorbij, behalve dan dat ik de dagen aftel tot aan Aurelia's volgende brief. Ik ben mijn besef van tijd volledig kwijt.

'Dat zou ik heel graag willen, Henry. Je moest eens weten hoe graag, maar ik moet terug naar het kaartavondje. Mevrouw Riverthorpe heeft gasten, ik kan haar niet in de steek laten.'

'Natuurlijk, het kwam spontaan in me op. Kom even gedag zeggen, als je wilt, dan laat ik je daarna weer gaan.'

Ik steek de straat over en maak kennis met de Longacres, Gus en Ellen. Ze zijn een vriendelijk echtpaar, een paar jaar ouder dan Henry, en ze begroeten me hartelijk en nodigen me uit om de volgende avond bij hen te komen eten. Er zal ook gedanst worden, beloven ze, al komen er maar een paar goede vrienden op bezoek.

Ik neem hun aanbod dankbaar aan, schud iedereen de hand en trek me weer terug in de schaduwen van Hades House.

52

Binnen bots ik letterlijk tegen meneer Garland op, die in de hal staat. Ik maak mezelf van hem los en leg mijn handen tegen mijn gloeiende wangen. Om de een of andere reden voel ik me betrapt… en geërgerd. Dat verberg ik door me uit te putten in excuses, ook al had ik in alle redelijkheid niet kunnen verwachten dat hij vlak achter de deur zou staan.

'U hoeft zich niet te verontschuldigen, juffrouw Snow, ik stond in de weg. Mevrouw Riverthorpe heeft me gestuurd om te kijken of alles goed met u gaat.'

'O! Wat aardig, meneer Garland. Het gaat prima, dank u. Er kwam een oude vriend langs. Zullen we weer verder gaan kaarten?'

'Graag, ik verheug me al op nog meer verhelderende inzichten van meneer Gladsby!' Met een knipoog legt hij een hand op mijn arm. 'Alhoewel… juffrouw Snow, kan ik u misschien nog even spreken, nu we toch alleen zijn? Ik wil u al een paar dagen onder vier ogen spreken en dat valt niet mee, aangezien mevrouw Riverthorpe zich niet makkelijk laat buitensluiten.'

Ik lach, want daar heeft hij absoluut gelijk in. Het brengt me een beetje van mijn stuk dat zo'n knappe man mij alleen wil spreken, en nog wel zo kort nadat ik Henry heb gezien.

Hij trekt me mee naar een nisje achter een pilaar. 'Ik had op een wat vriendelijkere omgeving gehoopt,' mompelt hij. 'Maar dat doet er niet toe. Juffrouw Snow, morgen vertrek ik voor zaken naar Londen. Drie of vier dagen slechts, maar ik wilde u nog even spreken voordat ik ga.

Het zal vast geen verrassing voor u zijn dat ik grote bewondering voor u koester.'

Verbluft kijk ik hem aan, want hij heeft het mis. Ik zag inmiddels wel in dat hij een zekere interesse voor me had opgevat, maar... koestert hij grote bewondering voor me? Waarom dan?

Met een tedere blik kijkt hij me aan. 'Wees maar niet bang, juffrouw Snow, dit is geen aanzoek. Ik ben me ervan bewust dat we elkaar nog niet zo lang kennen. Ik ben een realist, geen onstuimige jongeman, en ik denk dat een echte connectie niet van de ene op de andere dag kan ontstaan. Hopelijk zal de band tussen ons zich verbreden en verdiepen... Enfin, ik wilde u graag... voorbereiden, veronderstel ik.' Hij lacht zachtjes. 'Voor het geval dat u wilt dat ik hier voorgoed het zwijgen toe doe. Ik wil u niet in verlegenheid brengen. Maar als u me beter zou willen leren kennen, in de wetenschap dat mijn gevoelens voor u ook bewondering van meer persoonlijke aard omvatten, zou dat me veel plezier doen.'

De ernst waarmee hij me toespreekt overweldigt me. Ik word me sterk bewust van de grijze stenen pilaren die als getuigen om ons heen staan. Door de combinatie met het gewelfde plafond en de lange stenen hal krijg ik het gevoel dat ik in een kerk ben.

Hij neemt mijn hand voorzichtig in de zijne en legt zijn andere hand erbovenop. Door de verbazing zal ik wel een beetje verdoofd zijn, want ik voel het amper. Uit het niets dringt er zich een herinnering aan me op. Onze eerste ontmoetingen: meneer Garland altijd beleefd, altijd met me begaan, altijd onberispelijk... en ik opgelaten, in de war, ernaar verlangend om te vluchten. Heb ik me ooit echt op mijn gemak gevoeld bij deze man?

'Meneer Garland, ik... Ik weet niet goed wat ik moet zeggen,' stamel ik.

Ondanks al zijn aandacht lijkt het me zo onwaarschijnlijk. Ik kan me niet voorstellen wat iemand als hij bewonderenswaardig vindt aan zo'n onbeholpen meisje als ik. Toch zie ik de gevoelens waarover hij het had weerspiegeld in zijn ogen. Ik besluit zo eerlijk mogelijk tegen hem te zijn.

'Meneer Garland, ik voel me erg gevleid, al moet ik bekennen dat dit me ook verrast. Dank u voor het grote compliment. U bent een goede vriend voor me geweest sinds ik hier ben en ik heb een erg hoge dunk van u.' Dat is allemaal waar en nu ik het gezegd heb, krijg ik iets meer lucht.

'Het doet me goed dat te horen, juffrouw Snow. Mag ik daaruit concluderen dat u mij een geschikte huwelijkskandidaat zou vinden, in de toekomst?'

'Iedere jonge vrouw zou zich gelukkig prijzen als u haar het hof maakte, meneer Garland.'

'Maar jij, Amy? Zou jij daar blij mee zijn?'

Zou ik daar blij mee zijn? Dat weet ik echt niet. Ik voel wel een diepe bewondering voor hem. Maar zou die bewondering intiemer van aard kunnen worden? Hij is ontzettend knap. Soms heb ik het gevoel dat ik in zijn ogen zou kunnen verdrinken. Maar ik vind dat er meer moet zijn dan alleen het uiterlijk.

En dan is Henry er nog.

Het sprongetje van vreugde dat mijn hart telkens maakt wanneer ik Henry zie, voelt veel spontaner en ongecompliceerder dan de band die er geleidelijk aan is ontstaan tussen meneer Garland en mij. Maar... nu Henry niet voor me staat, nu hij mijn hart niet laat smelten met die donkere ogen en hij me niet geruststelt met zijn prachtige glimlach, denk ik weer terug aan de eenzaamheid en verwarring van de afgelopen week. Hij heeft me gekwetst. Ik heb gezien dat hij overwoog om bij me op bezoek te gaan, maar ervoor koos om weg te lopen. Terwijl meneer Garland hier was, attent en betrouwbaar, elke dag. Zonder het zelf te beseffen heeft hij me door een moeilijke tijd heen geholpen. Ik heb Henry's verklaring en excuses aanvaard, ik weet dat hij het meent. Maar stel nou dat hij telkens verdwijnt wanneer hij aan mijn gevoelens voor hem twijfelt, stel dat ik telkens weer aan de kant word gezet? Iets pijnlijkers kan ik me niet voorstellen.

Ik ben me ervan bewust dat de tijd dringt. Meneer Garland wacht op antwoord en mevrouw Riverthorpe en haar bonte gezelschap wachten tot we terugkomen. Er lijkt niet genoeg tijd om alles goed te overdenken en ik voel me net een van die mysterieuze motten hier in huis, opgeprikt in een glazen vitrinekast. Hij zei dat dit geen aanzoek was. Hij verwacht geen ja of nee, nog niet.

'Ik denk dat ik daar… wellicht… wel blij mee zou zijn, meneer.' Ik bloos wanneer ik hoor hoe onhandig ik mezelf uitdruk. 'Dat wil zeggen, ik had er niet eerder bij stilgestaan en dit is me veel te veel eer. Maar ik vind u prettiger gezelschap dan wie dan ook in Bath en ik heb grote bewondering voor uw hoffelijkheid en intelligentie…' Het dringt tot me door dat ik hardop aan het denken ben, dus val ik stil.

'Dat is erg prettig om te horen, juffrouw Snow. Misschien kunnen we ons nu beter weer bij de anderen voegen om geen speculaties in de hand te werken, maar ik kijk ernaar uit om onze vriendschap voort te zetten wanneer ik terugkom uit Londen.'

'Ja… maar er is nog iets, meneer Garland. Ik… Ik zou u geen valse hoop willen geven, en ik heb op dit moment niet alles zelf in de hand. Het is te lang en ingewikkeld om uit te leggen, maar er zijn bepaalde omstandigheden in mijn leven waardoor… Het zou kunnen dat ik binnenkort alweer uit Bath moet vertrekken, en ik weet niet waar ik dan heen word gestuurd. Dat klinkt u vast vreemd in de oren.'

Hij buigt zich over mijn hand en geeft er een kus op. 'Juffrouw Snow, ik ben me er uiteraard van bewust dat er… complicerende omstandigheden bij u spelen. Ik weet dat u alleen reist en dat uw lotgevallen flink aan verandering onderhevig lijken te zijn. Natuurlijk begrijp ik ook dat u zich vanwege uw achtergrond in een ietwat onduidelijke positie bevindt. Maar ik kan u verzekeren dat niets van dit alles van invloed is op mijn achting voor u. Voel u alstublieft niet verplicht om me iets uit te leggen. Die tijd komt nog wel. Zullen we?' Hij biedt me zijn in pastelblauw gehulde arm en we lopen terug naar de salon.

Mijn gevoelens zijn een warboel en het idee dat ik hem een aantal dagen niet zal zien lucht me op. Ik ben een beetje gepikeerd omdat dit zo kort na Henry's terugkeer is gebeurd. Maar bovenal ben ik blij dat geen van beide mannen me heeft gevraagd iets uit te leggen.

Al heb ik natuurlijk ook nog te maken met het onbehaaglijke genoegen dat deze man, die ik nog maar een poosje geleden vanuit de verte bewonderde, me heeft gevraagd of ik hem als mogelijke huwelijkskandidaat wilde accepteren. En dat ik me niet goed kan herinneren wat ik daarop heb geantwoord.

53

Nadat de gasten zijn vertrokken, vraagt mevrouw Riverthorpe me tot mijn verbazing niets over mijn afwezigheid op het partijtje. Ik had verwacht dat ze wel nieuwsgierig zou zijn, aangezien ze bezorgd genoeg was om meneer Garland achter me aan te sturen.

De volgende ochtend ga ik naar buiten. Het rijtuig van de Longacres komt me pas om vijf uur ophalen en ik weet niet hoe ik de tijd anders moet doden. Het is maar goed dat ik naar buiten ga, want daar staat Henry onder een plataan op me te wachten.

'Amy!' roept hij, terwijl hij me verrukt aankijkt.

Ik heb een pastelblauw-wit gestreepte jurk aan, met panelen en een eenvoudige ronde halslijn. Het is een prachtige dag en ik heb mijn mantel thuisgelaten. Net als alle gedachten aan meneer Garland, trouwens. De komende drie dagen hoef ik me niet om hem te bekommeren, maar ik weet dat mijn geest in die tijd allerlei trucjes met me kan uithalen als ik niet streng voor mezelf ben.

'Goedemorgen, Henry!' Zijn aanblik ontlokt me telkens weer een brede glimlach. Het is net als wanneer je een hond in een rivier ziet springen, daar word je gegarandeerd vrolijk van. 'Wat doe jij hier? O! Gaat het etentje niet door?'

'Wat een pessimist ben jij, zeg. Natuurlijk gaat het wel door. Ik wilde gewoon nog even met je samen zijn, vóór vanavond. We hebben de afgelopen dagen al genoeg tijd verspild. Maar omdat ik zo graag de verloren tijd wilde inhalen, heb ik er niet bij stilgestaan dat het misschien nog te vroeg was voor een bezoekje. Daarom tref je me hier aan, loerend vanuit de schaduwen, alsof ik een inbraak aan het voorbereiden ben.'

'Ik ben heel blij je te zien.'

'Je gaat weg, zie ik. Komt het niet gelegen?'

'Ik ga alleen een wandeling maken. Het komt zeer gelegen.'

Hij biedt me zijn arm aan en we lopen zwijgend verder. In mijn hoofd, waar het gisteravond nog een wervelwind van opwinding en verwarring was door Henry's terugkeer en de woorden van meneer Garland, is het nu een stuk helderder. Meneer Garland is natuurlijk een aantrekkelijke huwelijkskandidaat, dat zou iedere jongedame met me eens zijn. In mijn hart weet ik echter dat ik voor Henry veel warmere gevoelens koester, al vanaf het begin. Ik neem me voor dat ik meneer Garland niet verder zal, en wíl, aanmoedigen. Wanneer hij uit Londen terugkomt zal ik met hem moeten praten, al zie ik daar vreselijk tegen op. Eerst moet ik echter duidelijk zien te krijgen hoe de zaken ervoor staan met Henry. En daarnaast is de speurtocht er natuurlijk nog...

We lopen naar Crescent Fields en gaan in de schaduw zitten van een kastanjeboom waarin de roze bloesem begint te ontluiken.

Hij legt zijn jasje neer om mijn jurk te beschermen tegen grasvlekken en biedt me zijn hand aan om me te ondersteunen wanneer ik ga zitten. Daarna neemt hij naast me plaats, met zijn haar wapperend in de bries. 'Het is fijn om je weer te zien, Amy,' zegt hij zacht. 'Ik ben de afgelopen week geen goede vriend voor je geweest en daar wil ik je nogmaals mijn excuses voor aanbieden. Het is nooit mijn bedoeling geweest om je te kwetsen. Ik voelde me niet mans genoeg om bij je op bezoek te gaan, en daardoor kreeg jij het idee dat ik je vergeten was.'

Ik tuur voor me uit over de velden. De zon bestrijkt het gras en laat spinnenwebben met pareltjes van dauw zien. Zo vroeg op de ochtend is de groene vlakte nog vrijwel verlaten, al is er al wel een handjevol gezinnen aan het wandelen of cricket aan het spelen. De blaadjes van de kastanjeboom ritselen boven ons en doen me denken aan Eel Pie Island en de wilg van Constance en Edwin. 'Ik heb je woensdag gezien, Henry. Eerlijk gezegd heb ik door heel Bath gelopen in de hoop dat ik je tegen zou komen, maar de enige keer dat ik je daadwerkelijk zag was ik in mijn kamer en keek ik uit het raam. Ik was zo blij toen ik je aan zag komen lopen, maar vlak voor Hades House bleef je staan en toen draaide je je om en liep weg.'

Zijn gezicht betrekt. 'Daar ben ik niet trots op. Nadat ik je had gezien met meneer... Garland, was het toch... had ik mezelf ervan overtuigd dat je niet echt bevriend met me wilde zijn, maar ergens had ik nog wel hoop. Ik hoopte dat we elkaar weer tegen zouden komen en dat ik dan zou kunnen inschatten of je blij was om me te zien, zonder dat ik het risico hoefde te nemen om bij je aan te kloppen en mijn belangstelling kenbaar te maken. Later vond ik dat maar laf van mezelf, dus ging ik op woensdag terug, maar ik durfde niet, zoals je hebt gezien. Enfin, ik ben blij dat ik uiteindelijk heb doorgezet... behalve dan dat ik niet erg duidelijk ben tegen je.'

Hij gaat rechtop zitten en ademt diep in. 'Amy, mocht je er nog aan twijfelen... ik wil niets liever dan een vriend voor je zijn, maar ik heb het gevoel dat dat op dit moment niet kan, omdat ik je niets te bieden heb, zelfs geen vooruitzicht daarop, zolang ik nog geen carrière heb gekozen en daaraan werk. Trouwens, we hebben elkaar nog maar drie keer eerder gezien, dus misschien ben ik wat voorbarig. Eigenlijk had ik niets moeten zeggen. Maar nu ik er zo'n puinhoop van heb gemaakt door niet bij je op bezoek te gaan, moet ik het je toch wel uitleggen?'

Er zoemt een hommel langs ons heen, als een vliegend poederdonsje. Ik voel de zon op mijn gezicht, en Henry mag me graag. Ik kan niet ophouden met glimlachen. 'Dat heb je nu gedaan. En ik heb ook meer tegen jou gezegd dan verstandig is,' reageer ik. 'Ik... Ik moet vaak aan je denken, sinds ik je in Londen heb leren kennen. Toen je hier verscheen, was ik dolgelukkig, maar daarna kreeg ik het gevoel dat je toch niets om me gaf. Ik weet dat we niet veel meer dan onbekenden voor elkaar zijn, maar zo voelt het niet.'

'Voor mij ook niet. Enfin, nu kunnen we elkaar in elk geval beter leren kennen. Je weet al dat ik mijn tekortkomingen heb, net als iedere man. Mijn trots is er daar natuurlijk een van.' Hij ziet er verontrust uit. 'Ik had alleen niet gedacht dat die trots me zo laf zou maken. Ik zal proberen ervoor te zorgen dat het niet meer gebeurt. Dit is een moeilijke tijd voor me, Amy. Eerst ben ik gestopt met mijn studie, nu dit. Ik vond mezelf altijd best een aangename kerel, maar nu merk ik dat het niet altijd makkelijk is om een man te zijn. Zie je nou wel? Dat zou ik helemaal niet tegen je moeten zeggen! Ik zou me moeten verschuilen achter nietszeggende opmerkingen en jou ervan moeten overtuigen dat ik perfect ben.'

'Dat zou ik toch niet geloven, Henry, nog geen moment. Maar ik vind dat je het fantastisch doet. Als man, bedoel ik. Je bent nog jong, net als ik.'

Hij wendt zijn gezicht weer van me af en kijkt glimlachend naar het uitzicht. 'Dank je, Amy.'

Een tijdlang blijven we zitten kijken naar een zwart-witte hond die aan het spelen is met een enorm dik jongetje van een jaar of zeven. Als het jongetje struikelt en op de hond valt, krimpen we allebei in elkaar. Maar ze maken zich ongedeerd van elkaar los en zetten hun spelletje vrolijk voort.

Nu Henry me zijn onzekerheden heeft toevertrouwd, voelt het alsof de zon de schaduwen heeft verdreven. Ik ben het zo beu om aldoor geheimen te moeten bewaren en op mijn hoede te moeten zijn. De band met Henry voelt nu hechter aan dan ooit, maar ik ben me ervan bewust dat we niet veel tijd hebben. Misschien vertrek ik over iets meer dan een week alweer uit Bath. Natuurlijk kan ik niet volledig open kaart met hem spelen, maar ik voel een sterk verlangen om hem zo veel mogelijk te vertellen, en misschien nog wel meer.

Hoewel ik ertegen opzie om de ontspannen stilte tussen ons te verbreken, doe ik dat uiteindelijk toch. 'Jij bent niet de enige die op dit moment in een overgangsfase zit, Henry,' merk ik zacht op, met een steelse blik op zijn knappe profiel. Hij heeft mooie, volle lippen.

Hij knikt en blijft voor zich uit staren, maar ik zie dat hij naar me luistert. Ik zet mijn luifelhoed af en leg die naast me op het gras, want ik wil Henry goed kunnen zien. 'Het hele mysterie draait om Aurelia, mijn lieve vriendin die ik in januari verloren heb.'

Aan zijn gezicht te zien brandt hij van nieuwsgierigheid. 'Die jongedame die mijn grootvader heeft gekend. Je bent met haar opgegroeid, klopt dat?'

'Inderdaad. Onze band gaat nog dieper dan je misschien denkt, want ik heb mijn leven aan haar te danken. Toen ik nog maar net geboren was, heeft ze... Ze heeft me gevonden, in de sneeuw.'

'Wát?' Nu draait hij zich naar me toe, met zijn blik strak op mijn gezicht.

'Ja. Ik was te vondeling gelegd. Ik was...' Ik kan nog maar net voorkomen dat ik zeg dat ik naakt was. 'Ik was blauw van de kou en Aurelia, die op dat moment acht was en een ontzettend goed hart had, pakte me op en nam me mee naar huis. Ze was een echte dame, Henry, ook al had ze dat op die leeftijd nog niet zo door, en later eigenlijk ook niet. Haar ouders wilden me niet. Ze vonden me een schande.' Een beetje nerveus stop ik mijn haar achter mijn oren. Ik ben het niet gewend om hierover te vertellen.

Nijdig kijkt hij me aan. 'Jíj een schande? Een onschuldig kind? Die logica begrijp ik niet.'

'Ik ben blij dat je dat zegt. Ik heb jarenlang het gevoel gehad dat ze wel gelijk moesten hebben, omdat ze me anders nooit zo zou zouden behandelen. Als het aan hen had gelegen, hadden ze me meteen naar het weeshuis gestuurd, maar Aurelia stond erop dat ik zou blijven. Hun gedrag jegens mij heeft zijn sporen nagelaten.'

'Dat geloof ik graag. Hebben ze je erg slecht behandeld?'

Ik slik. 'Ja. De rest van mijn leven hebben ze hun toegeeflijkheid van die dag ruimschoots gecompenseerd.' Ik voel tranen opwellen, maar knipper ze vastberaden weg, want ik wil nog meer vertellen. 'Ze stonden erop dat ik buiten het zicht van de familie gehouden zou worden, maar Aurelia kon geen afstand van me doen. Ze was verwend en eenzaam. Daarnaast had ze een grote fantasie. Volgens mij vond ze het wel fascinerend, dat mysterie van die onbekende baby in de sneeuw.'

'Natuurlijk. Ben je ooit meer te weten gekomen over je afkomst?'

Ik sla mijn ogen neer en zie dat mijn knokkels wit zijn van het handenwringen in mijn schoot. 'Nee, nooit.'

'Wat erg om te horen. Je hebt met een deel van mijn familie kennisgemaakt. Ik zou me geen leven zonder hen kunnen voorstellen.'

Ik weet niet hoe ik het aan hem moet uitleggen. Hoe kan ik de onpersoonlijke vriendelijkheid van Kokkie omschrijven, de bittere haat van Lady Vennaway, of de akelige wetenschap dat ik daar alleen was uit medelijden?

Toch probeer ik het, in gehakkelde zinnen, want ik wil dat Henry het begrijpt. Het lukt me om zeventien jaar samen te vatten in vijf minuten en daarna kijk ik op om te zien of ik hem verveel.

Hij lijkt echter allesbehalve verveeld. 'Amy, ik hoop dat je weet dat ongeacht je verleden, er altijd een bende Meads en Crumms zal zijn die dolgraag in het gezelschap van Amy Snow verkeert.'

'Wat lief.' Ik kan er niets aan doen, ik pak zijn hand beet. Dat gaat dwars tegen de etiquette in, maar als ik hem eenmaal zo vasthoud, valt het niet mee om hem weer los te laten, en hij trekt zich niet terug. Zodoende volgt er een gênant maar heerlijk moment waarop ik in een weide vol lichtgele sleutelbloemen zit, hand in hand met een man... een jonge, knappe man. 'Dank je wel,' fluister ik.

'Je hoeft me niet te bedanken, Amy,' reageert hij zacht.

Langzaam leun ik achterover en trek mijn hand terug. 'Neem me niet kwalijk als ik me onbehoorlijk gedraag. Ik heb het gevoel dat al mijn emoties als een pudding zijn doorgeroerd en nu als stoom naar de oppervlakte komen. Ik ben het niet gewend om mensen in vertrouwen te nemen.'

'Als het je te erg van streek maakt, wil ik geen woord meer van je horen, Amy. Al moet ik wel bekennen dat ik hoop dat je het aankunt. Ik ben erg benieuwd naar Aurelia's geheim en naar hoe dat nu nog van invloed is op jou. Op je beslissingen, op je leven.'

'Ik zal het proberen. Aurelia's geheim kan ik je niet vertellen, niet alleen omdat ik dat niet mag, maar ook omdat ik het niet ken. Ik zal je zo veel mogelijk vertellen, maar... Aurelia heeft ervoor gezorgd dat ik na haar dood meerdere brieven van haar heb ontvangen en in elk daarvan smeekt ze me om absolute geheimhouding. Het was ontzettend belangrijk voor haar, Henry, en ik kan haar vertrouwen niet beschamen. Maar het valt me zwaar om zo stiekem te doen.'

Tot nu toe had ik niet door hoe belemmerend het nog steeds voor me is om te leven met een raadsel. Hier in Bath was het makkelijk om de waarheid af te schermen, omdat niemand daarin geïnteresseerd is. Maar Henry wil me leren kennen. Hij is lang, vriendelijk en goed. Als ik hem niet snel een gedeelte van het geheim kan toevertrouwen, barst ik nog uit elkaar.

Nu pakt hij mijn hand beet, en het gebaar is noch onstuimig, noch kort. Hij houdt mijn hand stevig en vastberaden vast. Ondanks het mooie moment betrap ik mezelf erop dat ik om me heen kijk om mezelf ervan te vergewissen dat niemand die ik ken het ziet. De druk van de maatschappij is heel sterk. 'Amy, alles wat je tegen me zegt, blijft tussen ons. Het zou me trots maken als je me in vertrouwen neemt. Ik zal Aurelia's geheim respecteren, of ik nou wel of niet weet wat het is. Dat beloof ik.' Aan het eind van die plechtige belofte legt hij mijn hand weer in mijn schoot, waardoor ik me tegelijkertijd opgelucht en verlaten voel.

Zo komt het dat ik Henry vertel over het brievenspoor. Ik vertel dat er in elke brief dingen worden onthuld die ik nog niet wist, zonder hem deelgenoot te maken van de details. Ik vertel dat ik zo veel geld en deftige kleren heb dat ik me er geen raad mee weet, maar dat ik geen van de dingen bezit waarnaar mijn hart verlangt: geborgenheid, familie, antwoorden. Ik weet dat ik Aurelia's instructies niet tot op de letter opvolg, maar dit compromis geeft me het gevoel dat mijn leven er ook toe doet.

Ik biecht op dat ik soms tranen van woede vergiet omdat ik nog steeds een schaakstuk op het bord van de familie Vennaway ben. Ik geef toe dat Aurelia verre van volmaakt was, dat ik me gekwetst voel omdat ze zo veel voor me heeft achtergehouden. En ik kom met een zucht tot de conclusie dat mijn loyaliteit aan haar ondanks alles nog net zo diep en oprecht is als voorheen en dat ook altijd zal blijven.

54

Ik ben gelukkig! Zo gelukkig dat het pijn doet. Het voelt als de zon op mijn huid, het gespetter van regendruppels en de geur van oranje rozen, allemaal ineen.

Hij houdt van me. Henry houdt van me. En ik hou van hem, natuurlijk. De afgelopen vijf dagen zijn de gelukkigste van mijn leven geweest.

Terwijl ik op Crescent Fields mijn hart bij hem uitstortte, luisterde hij alleen maar. Na afloop leunde hij achterover, met zijn handen achter zijn hoofd, en deed zijn ogen dicht. Ik zag dat hij diep nadacht, het was geen teken van verveling.

Ik had nog niet eerder de mogelijkheid gehad om hem liggend te bekijken, dus maakte ik van het moment gebruik om zijn krullende zwarte haar, zijn warme teint en de mooie welving van zijn lippen eens goed te bestuderen. Het viel me op dat er in ruststand een zachte glimlach om zijn mond speelde en dat zijn hals bleker was waar die onder zijn hoge kraag verdween. Zijn kostuum was niet blauw, zoals je in de salons vaak zag, maar had een praktische bruine kleur. Waar zijn jasje openviel, waren een wit overhemd en een rood gilet zichtbaar, die zich strak om een brede borst spanden waar ik opeens dolgraag mijn hoofd tegenaan wilde vlijen.

Al deed ik dat uiteraard niet.

Ik verwonderde me over zijn lange benen. Vergeleken met mij heeft iedereen lange benen, maar die van Henry zien er wel erg goed uit.

Toen hij uiteindelijk weer ging zitten, voelde ik me betrapt, al zou ik eigenlijk niet weten waarom een vrouw een aantrekkelijke man niet zou mogen bewonderen. Misschien begin ik wat trekjes van mevrouw Riverthorpe over te nemen. En misschien is dat zo slecht nog niet.

Die avond lieten de Longacres me zoals beloofd door hun rijtuig ophalen. Eindelijk kon ik mijn geliefde abrikooskleurige mousselinen jurk aan. Ik genoot ervan dat ik een afspraak had waarvoor ik mijn eigen jurk kon uitkiezen, mijn kapsel eenvoudig kon houden en mezelf kon aankleden... kortom, een afspraak waar ik me zou amuseren. Hoewel Cecile niet achter mijn kledingkeuze zou staan, voelde ik me volkomen op mijn gemak toen ik mijn kamer uit liep.

In de hal kwam ik mevrouw Riverthorpe tegen, die een paar lange handschoenen van zwart satijn stond aan te trekken.

'Kindje toch!' Ze huiverde toen ze me zag. 'Ga je vanavond soms naar de nonnen?'

Ik liet me niet van mijn stuk brengen. 'Ik heb afgesproken met vrienden, mevrouw Riverthorpe. Een prettige avond.'

'Dat betwijfel ik. Dat betwijfel ik ten zeerste,' mompelde ze terwijl ze het huis uit schreed, voor zover dat tenminste mogelijk is als je zwaar op een wandelstok leunt.

Even voelde ik het onbezonnen verlangen om haar mee te nemen en haar aan vriendelijker gezelschap bloot te stellen, maar al snel kwam ik weer bij zinnen.

Het werd een heerlijke avond. Bij de Longacres en hun vrienden voelde ik me direct op mijn gemak. Het eten was eenvoudig maar uitstekend bereid en na afloop dansten we in een kleine salon, waar net genoeg ruimte was om met drie paartjes tegelijk veilig te kunnen dansen. Iedereen danste met elkaar, maar dansen met Henry voelde als een droom. Hij was sierlijk en zelfverzekerd en vermaakte me met geestige opmerkingen en grapjes die alleen wij begrepen.

Ik keerde terug naar Hades House in een warme gloed die zich zelfs niet liet dempen door de sombere grauwe hoekjes en de mottenkunst in huis. Zoals verwacht was mevrouw Riverthorpe er nog niet.

De vier dagen daarna heb ik met Henry, Gus en Ellen doorgebracht. Mijn wereld staat op zijn kop. Ze waren ontzet toen ze hoorden dat ik nog niets van de omgeving had gezien en hebben het op zich genomen om mij te laten kennismaken met het uitzicht vanaf Beachen Cliff en de lommerrijke laantjes van Widcombe. Ze organiseerden een picknick in de velden langs de rivier. Volgens mij zal ik bij de herinnering aan die dag altijd denken aan het geluid van kabbelend water, het gefladder van lieveheersbeestjes en de heerlijke warmte van de zon en lachende mensen.

Het is vreemd en heerlijk tegelijk om deel uit te maken van twee stelletjes, een heel nieuwe gewaarwording voor mij. Ik grijp elke kans aan om Gus en Ellen heimelijk te observeren. Zij is klein, blond en kwiek en dol op parasols. Telkens wanneer ik haar zie, heeft ze er een in een andere kleur bij zich. Met zijn dikke rosblonde bakkebaarden en indrukwekkende koperkleurige baard is hij niet knap te noemen, maar hij is bedachtzaam en vriendelijk en het is duidelijk dat ze veel om elkaar geven. Ik vraag me af hoe Henry en ik zullen overkomen als we tien jaar samen zijn – als ons dat tenminste gegeven is.

Met Henry als gids is het alsof ik de stad opnieuw leer kennen. Hij weet verrassend veel van een heleboel dingen. Ik weet niet waarom dat me zo verbaast, behalve dan misschien omdat hij zo bescheiden is. Als hij me meeneemt naar de stuwdam, zorgt hij ervoor dat ik niet gewoon stromend water in een hoefijzervorm zie, maar een verfijnd symbool van het moderne leven. Hij geeft me uitleg over de sluizen en kanalen waardoor Bath zo populair is bij reizigers en handelaars, niet alleen over mode en flirten. De prachtige architectuur van de stad komt voor mij pas tot leven als we samen zijn.

Ik voel dat het harde schild van mijn ontevredenheid over Bath en mijn frustratie over de speurtocht barstjes begint te vertonen. Ik vind de tijd om stil te staan en van het leven te genieten, al mijn zorgen verdwijnen naar de achtergrond wanneer ik bij Henry ben. Hij is als een vuur op een koude dag en trekt me steeds dichter naar zich toe, waardoor ik me gekoesterd en gewenst voel.

We wandelen langs Royal Crescent, maar verkennen ook de straatjes daarachter. De achterkant van die ruime, gladde huizen is knobbelig en puntig als tanden. Ik bedenk dat de maatschappij ook zo in elkaar zit. Op het eerste gezicht is er niets dan elegante perfectie, maar daarachter bevinden zich de hobbels en scherpe kanten. Precies wanneer die gedachte bij me opkomt, brengt Henry haar onder woorden. Dat overkomt ons wel vaker.

Zo nu en dan komen we een bekende tegen. Dan is het net alsof ik aan een merkwaardige droom word herinnerd, zozeer ga ik op in deze magische dagen. In de lobby van het Royal Hotel, waar we ter ere van Ellens verjaardag uitgebreid hebben geluncht, zien we mevrouw Manvers pamfletten over de matigingsbeweging uitdelen. Ze is zo gul om ons er allemaal één te geven (ook al heb ik er al drie) en ze voert een lang gesprek met Henry, terwijl Gus, Ellen en ik de fontein op de binnenplaats gaan bewonderen.

Ik vind Henry bezield en bedachtzaam, niet het luchtige, oppervlakkige type waar hij zichzelf voor aanziet. Mijn leven lang is me verteld dat ik niets waard ben en dat ik tekortschiet, en dat heeft me geen goed gedaan. Ik zie niet in waarom Henry zichzelf dat zou aandoen, dus zeg ik dat hij ermee moet ophouden. Die raad lijkt hij ter harte te nemen.

Gisteravond, na een vroeg souper in Henrietta Street, heeft Henry gezegd dat hij van me houdt.

We hadden op het terras gegeten, omringd door kamperfoelie. Gus had zichzelf geëxcuseerd omdat hij nog een paar papieren moest doornemen en Ellen was naar binnen gegaan om piano te spelen. Henry en ik bleven ondanks de avondkilte samen buiten zitten. Hoewel het al een paar dagen zonnig is, koelt het 's avonds flink af. Volgens Henry komt dat doordat Bath tussen de heuvels ligt, een logische verklaring voor een fenomeen dat ik toeschreef aan mijn eigen ongenoegen over deze plek. We hadden het over literatuur en lazen een paar sonnetten, onder het gekwetter van de merels die zich voorbereidden op de zomer. Daarna kwam het gesprek op onze kindertijd.

‘Ik vraag me af wat er van hen is geworden,’ merkte Henry plotseling op. ‘Dat onbeholpen meisje dat achter haar grote, slimme zus aan holde en die kleine deugniet die niet buiten kon komen zonder zich in de nesten te werken. Ik vraag me af of ze nog steeds ergens bestaan, behalve dan in onze herinneringen en in ons hart.’

‘Een groot deel van de tijd voel ik me nog steeds zo onbeholpen. En heel eerlijk gezegd hol ik nog steeds achter Aurelia aan.’

‘Een groot deel van de tijd? Hoe zit het dan met de rest van de tijd? Hoe voel je je dan?’

Daar moest ik een hele poos over nadenken. ‘Als de volwassene die ik als kind graag om me heen had gehad,’ zei ik uiteindelijk, tot mijn stomme verbazing. ‘Bedachtzaam. Zelfverzekerd. Evenwichtig. Ik hield zielsveel van Aurelia, maar evenwichtig was ze niet. Het was alsof je van een vlam probeerde te houden. En… ik vind mezelf interessant, Henry. Mijn pad door het leven is misschien niet conventioneel, maar het lijkt erop dat ik mijn weg wel vind. Dat had ik nooit verwacht. En jij? Voel jij je nog steeds dat jongetje van vroeger?’

‘Nee.’ Resoluut schudde hij zijn hoofd. ‘Ach, die ondeugende kant heb ik nog steeds, dat weet ik, maar daarnaast heb ik nu veel meer te bieden. Ik ben gegroeid, waardoor er ruimte is ontstaan voor alles wat ik moet worden. Ik ben absoluut een man, geen jongen meer. Maar…’

Ik dacht terug aan mijn aanvankelijke schrik toen ik hem in de deuropening bij zijn grootvader thuis zag verschijnen. Hij was zeker geen jongen meer. ‘Maar wat?’ vroeg ik.

Hij keek nadenkend om zich heen in de tuin en sloeg zijn benen over elkaar.

De schemering viel al in, zacht, lilagrijs en koud. Ik huiverde.

‘Maar… ik ben nog niet de man die ik *wíl* zijn. Ik heb het gevoel dat alleen de grote lijnen er al zijn, maar ik wil het hele portret worden.’

‘Omdat je nog niet weet wat voor beroep je wilt uitoefenen, bedoel je?’

‘Dat speelt absoluut mee. Sommige aspecten van mezelf ontwikkelen zich snel, andere blijven achter. De aanvoerders zijn ongeduldig en willen… allerlei dingen. De achterblijvers doen hun best, dat weet ik zeker, maar ze voelen zich erg geïntimideerd door wat er van hen verlangd wordt. Klinkt dat logisch?'

Zo te horen bedoelde hij dat hij volwassen aan het worden was. Zelf had ik nooit de kans gehad om geleidelijk aan volwassen te worden. Ik had altijd te maken met situaties waar een kind niet mee in aanraking zou moeten komen. Maar ik had deze worsteling en tweestrijd ook bij Aurelia gezien en ik zag dat dit belangrijk voor hem was. 'Ja, dat klinkt logisch. Denk je dat je misschien wat minder streng voor jezelf kunt zijn, dat je een beetje compassie kunt tonen voor de achterblijvers?'

'Ik weet niet of ik dat wel moet doen. Volgens mij moet ik juist strenger voor mezelf zijn. Weet je waarom ik zo ongeduldig ben, Amy? Kun je raden wat ik wil?'

Hij keek me zo doordringend aan dat mijn hart wild begon te bonken, alsof het wist dat mijn leven op het punt stond om te veranderen. Opeens kon ik geen woord meer uitbrengen, dus schudde ik mijn hoofd.

'Lieve, lieve Amy toch, kun je dat echt niet raden? Het komt door jou! Amy, het is maar goed dat ik zo strak in dit pak zit, anders zou ik nog uit elkaar barsten. Ik wil je niet in verlegenheid brengen, maar ik kan dit niet meer voor me houden. Vanaf het moment dat we elkaar leerden kennen vond ik je al fascinerend. Je zag er zo verdrietig uit, zo moederziel alleen, maar ook zo vastberaden. Ik wilde je niet laten gaan, echt niet, maar mijn grootvader en jij maakten me duidelijk dat ik wel moest. En toen zag ik je hier weer! Ik kreeg de kans om je echt goed te leren kennen, om met je te praten, om je vertrouweling te zijn, om mijn vrienden aan je voor te stellen. Ach, ik weet wel dat we elkaar nog niet zo lang kennen en ongetwijfeld nog veel over elkaar te leren hebben, maar nu ik de afgelopen dagen zo veel tijd met je heb doorgebracht, weet ik één ding heel zeker. Zonder jou zou mijn leven er een stuk beroerder uitzien. Amy, als jouw gevoelens voor mij alleen vriendschappelijk zijn, weet dan alsjeblieft dat ik je altijd zal koesteren en dat je je nooit opgelaten hoeft te voelen vanwege mijn liefdesverklaring. Maar als je van me zou kunnen houden... Als je ooit van me zou kunnen gaan houden... dan zou ik... dan zou ik...'

'Wat zou je dan doen, lieve Henry?' vroeg ik zacht, terwijl ik zijn hand over de smeedijzeren tafel naar me toe trok.

Op zijn gezicht lag een hoopvolle uitdrukking die ik nooit zal vergeten. Die uitdrukking zorgde ervoor dat er in mijn binnenste iets smolt waarvan ik niet had geweten dat het bevroren was.

'Dan zou ik nooit meer van je gescheiden willen worden, Amy. Ik zou een leven met je willen opbouwen, als dat van jou mocht. Ik weet dat ik niet in de positie verkeer om dit te vragen, aangezien ik op het moment bar weinig te bieden heb, behalve dan mijn niet-aflatende toewijding. Maar als dat op een dag wel zo is, zou je dan willen overwegen om mijn vrouw te worden?'

De tranen sprongen me in de ogen en rolden over mijn wangen. Ik maakte aanstalten om ze weg te vegen met mijn omslagdoek, maar hij was me voor.

Hij sloeg zijn arm om me heen en depte mijn wangen voorzichtig met zijn zakdoek. 'Zeg alsjeblieft dat dit vreugdetranen zijn, Amy. Het is niet goed voor het zelfvertrouwen van een man als alleen al de gedachte aan een huwelijk met hem een meisje in tranen kan laten uitbarsten.'

Toen ik eenmaal klaar was met lachen, mijn tranen had gedroogd en mezelf weer in de hand had, verzekerde ik hem dat het inderdaad vreugdetranen waren. Verwonderd bleef ik daar in die tuin zitten, met een tollend hoofd en een zingend hart, zwevend op wolkjes van verrukking. Het liefst zou ik al zijn woorden opscheppen in mijn armen en ze voor altijd dicht tegen me aan drukken, ik had er zo lang naar verlangd.

'Voor mij begon het allemaal toen je moest lachen omdat ik zo'n gek gezicht trok,' vertelde Henry. 'Ik weet nog dat mijn grootvader iets zei over dat je met ons tweeën opgescheept zat omdat mama met een verkoudheid in bed lag. Ik trok een gezicht en zag het jouwe veranderen. In het begin had ik het gevoel dat ik je moest beschermen... maar toen ik voor het eerst een glimp opving van hoe het zou zijn om jou gelukkig te maken, zette dat mijn wereld op zijn kop. Ik moest me met een smoesje uit de voeten maken, weet ik nog.'

'Echt? Ik vond al dat je zo raar naar me keek! Ik dacht dat dat kwam doordat ik er zo vreemd uitzie als ik glimlach.'

'Vreemd als je... Hoe kom je daar nou bij?'

'Dat zeiden ze in de keuken altijd tegen me.'

'Welnu, dan kan ik je vertellen dat de mensen in de keuken het heel erg mis hadden. Lieve Amy, met jouw lach kun je een man zover krijgen dat hij er zijn hele leven aan wil wijden om jou gelukkig te maken. En jij? Was het voor jou liefde op het eerste gezicht toen je mijn mannelijke gestalte bij mijn grootvader thuis in de deuropening ontwaarde?'

'O ja, die deuropening deed het hem,' zei ik, met een lach om te verhullen hoe waar het was.

Dat kan ik nu wel aan mezelf toegeven. Ik kan amper geloven dat ik eindelijk tegen hem kan zeggen hoe vaak ik in de tussenliggende maanden aan hem heb gedacht, hoe blij zijn aanblik me altijd heeft gemaakt, hoe prettig ik me bij hem voel en dat ik nooit had durven dromen dat iemand, en zeker niet mijn geliefde, knappe Henry, ooit hetzelfde voor mij zou voelen.

Zo gingen we verder, duizelig van vervoering, zonder ook maar een moment over praktische zaken te spreken, zonder zorgen over het feit dat ik geen idee heb waar ik over een week zal zijn en dat Henry geen idee heeft wat hij met zijn leven wil doen. We hadden wel de hele nacht kunnen doorgaan, ware het niet dat Ellen kwam vragen of ik nog gebruik wilde maken van het rijtuig.

55

Vandaag duurt mijn heerlijke droom nog voort. Het leven is duizelingwekkend, zweverig en schitterend. Ik heb de hele nacht wakker gelegen, maar niet om de redenen die me wakker hebben gehouden sinds Aurelia is gestorven. Het doet me alleen verdriet dat ze Henry nooit zal leren kennen, en hij haar niet.

Met een licht gevoel in mijn hoofd en prikkende ogen spring ik uit bed alsof ik heb geslapen als een roos, en ik trek mijn crèmekleurige jurk met frambooskleurige strepen aan. Die heeft Henry nog nooit gezien. Vandaag komt hij kennismaken met mevrouw Riverthorpe. Die formaliteit zouden we best achterwege kunnen laten, maar we zijn zo enthousiast dat we ons nieuws met iedereen willen delen, en zij komt voor mij in Bath nog het dichtst in de buurt van een voogdes. Toen ik zei dat ik hem graag aan Constance en Edwin zou voorstellen, heeft hij beloofd dat we dat binnenkort gaan doen, als mijn omstandigheden het toelaten.

Natuurlijk heb ik hem al gewaarschuwd voor mevrouw Riverthorpe. Nu is het tijd om haar voor te bereiden op de kennismaking met Henry.

'Haaa!' kraait ze wanneer ik haar vertel dat ik verloofd ben, of iets wat daarvoor moet doorgaan, met de man van wie ik de rest van mijn leven zal houden. 'Ben je nou verloofd of niet? Heb je een ring gekregen? Kindje toch, bespaar me je ellenlange uitleg. Ik had niet verwacht dat je zo dom zou zijn om dit ook nog aan je lange lijst met problemen toe te voegen.' Toch stemt ze ermee in om met hem kennis te maken.

Stipt om tien uur klopt hij kordaat op de deur en ren ik ernaartoe om open te doen. Tot groot ongenoegen van Ambrose, die in de hal rondhangt en er geen geheim van maakt dat ze hem graag zelf wil bekijken.

'Goeie genade, Henry!' roep ik uit wanneer ik opendoe. Ik heb hem altijd al knap gevonden, maar normaal gesproken is hij gekleed in praktische bruine kostuums die goed van pas komen omdat hij graag urenlang door de stad dwaalt. Vandaag draagt hij een donkergrijs kostuum in de kleur van een novemberlucht, en een zwart gilet met een elegant wit krijtstreepje. Zijn overhemd, handschoenen en halsdoek zijn stuk voor stuk sneeuwwit en zijn krullen zijn glad achterovergekamd, ook al dreigen ze omhoog te wippen zodra hij zijn hoed afneemt. Hij ziet er zo knap uit dat er een niet bepaald damesachtige golf van warmte door mijn lichaam trekt en zich in mijn buik nestelt, waar hij blijft rondkolken.

'Je ziet er beeldschoon uit,' fluistert hij, en hij geeft me een handkus. 'Wat staat die jurk je goed.'

'Zoiets zou alleen een advocaat of een begrafenisondernemer zeggen,' merkt mevrouw Riverthorpe vals op, terwijl ze in de deuropening van de salon verschijnt en ons met haar klauwachtige hand wenkt. Ze ziet er afschrikwekkend uit in een oranje japon die al gewaagd zou zijn voor een soiree, laat staan om tien uur 's ochtends. 'Amy, ga je ons nog aan elkaar voorstellen, of blijf je hem de hele dag aangapen? Ambrose! Ik kan door de pilaren heen kijken, weet je. Hou op met spioneren en ga aan het werk.' Ze schuifelt weg. 'Ik heb ook ogen in mijn achterhoofd,' roept ze nog. 'Kom thee brengen!'

Ik ben ontzet, maar Henry kan er wel om lachen. Hij pakt mijn hand beet en trekt me achter haar aan mee de salon in. 'Mevrouw Riverthorpe,' begroet hij haar wanneer het erop lijkt dat ik weinig aan het gesprek zal bijdragen. 'Ik ben Henry Mead. Het is me een genoegen om met u kennis te maken. Amy heeft me veel over u verteld.'

'Niets dan slechts, neem ik aan,' zegt ze, met haar knokige kin uitdagend naar voren gestoken.

'Inderdaad,' beaamt hij op ernstige toon, terwijl hij haar zijn arm aanbiedt.

Ze laat zich door hem in een stoel helpen en daarna doet hij hetzelfde voor mij. Niet dat ik stram ben van de ouderdom, maar ik vind haar slechte manieren zo schokkend dat ik geen vin kan verroeren.

'Nou, welke van de twee ben je?' vraagt ze wanneer we allemaal zitten.

Ik werp haar een woedende blik toe, waar ze geen acht op slaat.

'Begrafenisondernemer of advocaat?' vraagt Henry effen. 'Op het moment geen van beide, al zou ik beide opties graag overwegen. Ik ben van plan om van beroep te veranderen.'

'Wat deed je hiervoor dan?'

'Geneeskunde. Dat wil zeggen, ik heb een tijdje geneeskunde gestudeerd.'

Ze huivert. 'Een tegennatuurlijke bezigheid. Het is maar goed dat je daarmee bent gestopt. Je wilt toch geen arts, Amy! Dus je zegt wel dat je van beroep gaat veranderen, maar eigenlijk ben je nog een jonge lanterfanter die nog niets heeft bereikt.'

Ik krimp in elkaar, omdat ik weet dat dit gevoelig ligt bij Henry. Wat bezielde me om hem hier uit te nodigen?

Hij lijkt zich er echter niets van aan te trekken. 'Dat klopt helemaal, mevrouw Riverthorpe, al ben ik van plan om daar zo snel mogelijk verandering in te brengen.' Hij knikt naar mij en glimlacht.

Trots glimlach ik terug. Het ontroert me dat hij zo veel werk heeft gemaakt van zijn uiterlijk om een goede indruk te maken op mijn gastvrouw... Alsof dat mogelijk is.

'Desondanks lijkt ze erg van je onder de indruk en vastberaden om een romance met je te beginnen,' mijmert mevrouw Riverthorpe hoofdschuddend, op een toon die lijkt te suggereren dat ze mijn verstandelijke vermogens in twijfel trekt.

'Wat heerlijk om dat te horen!' reageert hij. 'Maar hoe zit het met u, mevrouw Riverthorpe? Ik heb gehoord dat u een geduchte vrouw bent die precies doet wat ze zelf wil. Dat kan ik alleen maar toejuichen, al hoop ik wel dat u Amy niet op gedachten brengt, want ik wil haar het liefst tot mijn slaaf maken.'

Ik knijp mijn ogen even dicht. Mevrouw Riverthorpe laat een waarderende kakellach horen en vanaf dat moment dagen ze elkaar uit en plagen ze elkaar alsof ze elkaar al een eeuwigheid kennen. Ik weet niet goed of ik daar nu blij mee moet zijn of niet.

Ambrose komt ons thee brengen in met groene takjes beschilderde porseleinen kopjes, en mevrouw Riverthorpe hoort Henry uit over elk aspect van zijn leven. Ze wil weten wie zijn vrienden zijn, hoe hij van plan is om hogerop te komen en wat zijn intenties met mij zijn. Ik moet toegeven dat ik dat laatste ook graag wil horen, want daar krijg ik nooit genoeg van. Hoewel ze uiteraard gruwelijk onbeleefd tegen hem is, vat hij het goed op. Net als Aurelia houdt hij van mensen, met al hun eigenaardigheden. Hij laat zich graag in verrukking brengen en staat niet snel met zijn oordeel klaar. Na ongeveer een half uur ben ik slap van de uitputting, maar nemen de andere twee met een goed gevoel afscheid van elkaar.

Ik zwaai Henry uit en blijf staren tot hij al een hele poos uit het zicht is verdwenen. Morgen zie ik hem pas weer. Het voelt alsof ik dat niet zal overleven, maar ik heb mevrouw Riverthorpe beloofd om vanavond met haar mee te gaan naar een concert en ik wil mijn belofte niet verbreken.

'Kom mee, onnozele meid,' zegt ze opeens in mijn oor, tot mijn schrik. 'We kunnen maar beter een glaasje drinken. Daar heb ík in elk geval wel behoefte aan, na dat sentimentele gedoe. Je bent er niet goed in om je gevoelens te verbloemen, is het wel?'

Ik denk terug aan een heel leven waarin ik heb geprobeerd mijn verdriet en angst te verbergen, aan de jaren waarin ik mijn gevoelens opzij heb gezet om Aurelia dapper terzijde te staan omdat ze stervende was, aan de afgelopen maanden vol verwarring en zwijgzaamheid. Ik heb de energie niet om tegen haar in te gaan. Ik heb me altijd staande gehouden in de wereld door op mijn hoede te zijn, maar Henry heeft dat op de een of andere manier onmogelijk gemaakt.

We zitten nog maar net en hebben zojuist het glas geheven – 'Op de liefde!' toost mevrouw Riverthorpe op ironische wijze – wanneer Ambrose op de deur klopt. 'Meneer Garland is hier voor u, juffrouw Snow, als u hem wilt ontvangen.'

'Haaaaa!' kraait mevrouw Riverthorpe. 'Kostelijk!'

Ik voel de blosjes van geluk die zij zo ergerlijk vindt van mijn gezicht trekken. Eerlijk gezegd was ik meneer Garland helemaal vergeten. 'Ik... Ik...' stamel ik. Het liefst zou ik weigeren hem te ontvangen, maar ik kan geen goed excuus bedenken.

'Weer met de mond vol tanden!' roept mijn gastvrouw uit. 'Ambrose, ze bedoelt dat ze graag zou willen doen alsof ze niet thuis is, maar ze weet niet hoe ze dat moet zeggen!'

Griezelig, gewoon.

'Maar ik denk dat ze hem maar beter kan ontvangen, dus laat hem maar binnenkomen, dan trek ik me terug.'

'O nee, mevrouw Riverthorpe, alstublieft... Ik bedoel, u hoeft niet weg te gaan. Meneer Garland is net zo goed uw vriend als de mijne... Vooral de uwe, zelfs! Hij wil u vast graag zien.'

Ze haalt haar schriele schouders op. 'Dat is dan niet wederzijds.' Met die woorden verdwijnt ze. Als ze wil, kan ze verrassend snel zijn.

Ambrose brengt meneer Garland naar de salon en ik voel mijn gezicht warm worden bij de herinnering aan ons laatste gesprek, zo tactvol gebracht door hem en zo makkelijk weer vergeten door mij. Zal hij er weer over beginnen? Hoe dan ook moet ik er meteen voor zorgen dat hij geen valse hoop blijft koesteren. Dan bedenk ik echter dat hij het vast niet gewend is om teleurgesteld te worden. Zijn genegenheid brengt een zekere... verplichting met zich mee. Hoe kan ik hem vertellen dat ik nog geen week geleden niet afwijzend tegenover zijn avances stond, maar dat ik nu met iemand anders verloofd ben? Dit zou voor iedere edele dame een lastige situatie zijn, laat staan voor Amy Snow, de plaag van Hatville Court!

'Nee maar, juffrouw Snow!' Hij schrijdt naar binnen, stralend als goud en ogenschijnlijk blij om me te zien. Ik was vergeten hoe knap hij is, maar daar mag ik me niet door laten afleiden. Als het hem al opvalt dat ik nerveus de handen wring, laat hij zich er niet door afschrikken. 'Wat heerlijk om u weer te zien, en wat staan die kleuren u prachtig. Het spijt me ontzettend dat ik langer dan voorzien uit Bath ben weggebleven.' Hij loopt zwierig en snel naar me toe en maakt een buiging.

Ik slik. Hij moest eens weten dat ik door de heerlijke roes waarin ik heb verkeerd de tijd compleet uit het oog verloren ben. Ik heb geen idee hoe lang hij weg is geweest. 'Hoe... Hoe maakt u het, meneer Garland?' stamel ik, terwijl ik een reverence maak. 'Zijn uw zaken in Londen naar wens verlopen?' Opeens voel ik me weer de kleine Amy die ik vroeger was, op het punt om betrapt te worden op de een of andere misdraging. Ik voel een van mijn vingers knakken, het had niet veel gescheeld of ik had hem er gewoonweg af gedraaid. Ik dwing mezelf om mijn armen langs mijn zij te laten hangen en verstop mijn handen tussen mijn rokken.

'Absoluut, ik ben erg tevreden. Maar ik ben vooral blij dat ik weer in Bath ben, bij mijn vrienden. Gaat het goed met u?'

'Heel goed, dank u. Ja... heel goed.' Ik durf hem niet aan te kijken en richt mijn blik op zijn blauwe halsdoek. Het lijkt wel of die naar me knipoogt, zo weelderig glanst de stof.

'Uitstekend!' Hij geeft een zwierige draai aan zijn hoed. Dat hij die bij zich heeft gehouden, betekent hopelijk dat hij niet van plan is om lang te blijven. 'Zou ik u en die lieve Ariadne misschien mogen vragen om me vanavond te vergezellen naar een optreden van een strijkkwartet? Mijn oude vriend Quintus Crace is de altist en ik wil hem graag aan u voorstellen.'

'Is dat het concert in de Upper Rooms, meneer Garland?'

'Inderdaad.'

'Daar gaan we al naartoe. Mevrouw Riverthorpe kent de cellist, als ik me niet vergis. Trouwens, het zou me niets verbazen als ze het voltallige kwartet kent, en het publiek ook nog.'

Hij lacht. 'Geweldig! Dan wordt het een muzikale avond. Zal ik een zitplaats voor jullie vrijhouden?'

'Heel graag. Meneer Garland, ik... eh...'

'Is er iets, juffrouw Snow?' Met een bezorgde uitdrukking gaat hij zitten.

Ik zou willen dat ik niets had gezegd. Hij stond net op het punt om weg te gaan, het gesprek was bijna voorbij. Maar ik moet er niet aan denken om hem vanavond weer te zien terwijl er nog zo veel onuitgesproken is tussen ons, terwijl mevrouw Riverthorpe zich daarom zit te verkneukelen. 'Nee. Dat wil zeggen, ja, er is wel iets.' Ik blijf voor hem staan en begin de handen weer te wringen. 'Ik schaam me vreselijk om erover te beginnen, maar ik vind dat ik niet anders kan... Het heeft te maken met ons vorige gesprek, voordat u naar Londen ging, toen u...'

'Toen ik mijn grote bewondering voor u uitsprak, juffrouw Snow. Dat weet ik nog.'

Ik knik opgelucht. 'Ik was... Ik was zo dankbaar en voelde me zo vereerd, meneer Garland, en op dat moment had ik geen reden om u te vragen het te laten rusten, dat verzeker ik u. Maar sindsdien heb ik iemand anders... een belofte gedaan, veronderstel ik. Het is een oude vriend die onlangs weer in mijn leven is gekomen. Ik wilde niet dat u... dat u...'

Natuurlijk is het overdreven om Henry een oude vriend te noemen. Vanuit meneer Garland bezien, als hij tenminste de waarheid zou kennen, ken ik Henry helemaal nog niet zo lang, maar op deze manier klinkt het wat minder kwalijk. Mijn wangen gloeien en ik kan wel door de grond zakken. Ik werp een blik op hem. Zijn hoofd is gebogen en ik kan zijn gezicht niet zien. Het is de eerste keer dat ik hem van zijn stuk gebracht zie. Zijn goudblonde haar glanst. Ik bijt op mijn lip, dit is verschrikkelijk.

'Ik begrijp het, juffrouw Snow,' zegt hij zacht. 'De situatie is veranderd en u wilt me niet de verkeerde indruk geven.'

'Precies, meneer Garland, dank u. Ik hoop dat we vrienden kunnen blijven. Uw vriendschap is erg belangrijk voor me.'

'Dat is wederzijds, juffrouw Snow.' Eindelijk kijkt hij naar me op, met een dappere glimlach. In zijn ogen ligt een blik die ik niet kan thuisbrengen. Ik neem aan dat het teleurstelling is en zijn volgende woorden bevestigen dat. 'Natuurlijk ben ik wel teleurgesteld, ik blijf per slot van rekening een man! Maar ik mag graag denken dat ik niet zo'n temperamentvol type ben dat ik een oprechte vriendschap zomaar overboord zou gooien.'

Het hoge woord is eruit. Verzwakt van opluchting zijg ik in een stoel neer.

'Is alles geregeld tussen u en uw... vriend?' informeert hij.

'Jazeker.'

'Toch zie ik geen verlovingsring, juffrouw Snow.'

Mijn hoofd begint te bonken. 'De verloving is nog niet officieel. De omstandigheden verhinderen dat... maar onze afspraak is heel duidelijk, meneer Garland.'

'Ik begrijp het. Natuurlijk.' Hij knikt en glimlacht weer. Er valt een korte stilte en ik vraag me af wanneer hij weg zal gaan, maar dan vervolgt hij: 'Uw omstandigheden of die van de heer in kwestie, vraag ik me af?'

'Tja, beide, eerlijk gezegd. Zoals ik u volgens mij al eerder heb verteld, ben ik niet vrij om mijn eigen pad te volgen. Dat is nog steeds het geval.'

'Dat weet ik nog. Wie is de gelukkige? Ken ik hem wellicht?'

'Dat betwijfel ik, meneer. Hij komt niet uit Bath, hij verblijft alleen een poosje bij vrienden. En hij... Hij was niet aanwezig bij de evenementen die u en ik hebben bijgewoond.'

'O!' In die ene lettergreep weet hij een heel scala aan verbazing en milde afkeuring te verpakken. 'Maar hij is wel een goede, betrouwbare man? In elk opzicht uw gelijke? Heeft hij zijn zaakjes op orde en is hij in staat om u te onderhouden?'

O, wat is dit vreselijk. Vreselijk! 'Hij is mijn gelijke, ja, zeker,' antwoord ik, terwijl ik de vouwen in mijn rok gladstrijk. 'Hij heeft zijn zaakjes nog niet helemáál op orde, maar hij is duidelijk van plan om zijn positie te verbeteren.'

Hij trekt zijn goudblonde wenkbrauwen op. 'Daar twijfel ik niet aan.

Alleen had ik voor u iets anders... Ach ja, als u maar vertrouwen hebt in zijn karakter en als hij maar geen luie, jonge dandy is vol prachtige ideeën maar zonder vastomlijnd plan... Als hij maar kan voorzien in uw behoeften en alles wat u verdient... dan wens ik u beiden het allerbeste. En natuurlijk zal dat wel zo zijn, anders was u deze afspraak niet met hem aangegaan. Vergeef me, juffrouw Snow, ik heb van nature de drang om u in bescherming te nemen, maar dat is natuurlijk helemaal niet aan mij. Ik ga nu, en dan zie ik u vanavond. Dat gaat toch nog wel door?'

'O! Ja, natuurlijk.'

'Gaat de heer in kwestie niet met u mee?'

'Nee, meneer.'

'Ik begrijp het,' zegt hij, maar de verwarring staat duidelijk op zijn volmaakte gezicht te lezen.

Ik heb me nog nooit van mijn leven zo opgelaten gevoeld door een gesprek. Snel bel ik om Ambrose, die hem uitlaat. Voordat ik kan gaan piekeren over of ik me ongepast heb gedragen, of ik hem heb gekwetst en of ik te uitgebreid op zijn vragen ben ingegaan, is mevrouw Riverthorpe alweer terug. Ze schenkt nog een madeira voor zichzelf in en gaat zitten om de laatste roddels tot zich te nemen. Ik krijg het gevoel dat deze dag een aaneenschakeling van gesprekken zal worden, het ene nog vervelender dan het andere.

'Wilt u me excuseren, mevrouw Riverthorpe?'

'Nee, dat wil ik niet. Kom op, Amy Snow. Ga zitten en vertel op. Het komt niet vaak voor dat ik je interessant vind. Wat is er gaande tussen jou en meneer Garland? Ik durf te wedden dat hij zijn kaarten op tafel heeft gelegd en dat je je nu opgelaten voelt omdat je al een relatie hebt met Henry.'

'U hebt zoals altijd helemaal gelijk, mevrouw Riverthorpe. Mag ik eerlijk tegen u zijn?'

'Ik ben een groot voorstander van eerlijkheid, jongedame. Dat zul je al wel gemerkt hebben.'

Ik doe de deur dicht, niet zozeer om privacy te scheppen, maar om er nog eens de nadruk op te leggen dat meneer Garland weg is. Dan ga ik op de divan zitten. Ik zie dat mevrouw Riverthorpe een mooie perzikkleurige omslagdoek met gouden accenten heeft omgeslagen, waardoor haar oranje ensemble er wat ingetogener uitziet. Ik weet zeker dat ze zich met opzet zo buitensporig had gekleed voor de kennismaking met Henry. Op dit moment is dat echter nog wel de minste van mijn zorgen. 'Ik voel me inderdaad erg opgelaten. Ik ben bang dat ik meneer Garland heb gekwetst en...'

'Haaaa! Als dat het enige is wat je dwarszit, kan ik je geruststellen. Hij is geen kwetsbare jongeman die snel een gebroken hart oploopt. Aan de andere kant is hij wel iemand die je beter te vriend kunt houden.'

'Hoe bedoelt u?'

'Weet je nog wat hij vorige week tegen ons zei? Hij speelt niet om te verliezen.'

Ik frons mijn voorhoofd. 'Dat ging over canasta, mevrouw Riverthorpe.'

'Was dat zo?'

'Niet dan?'

Ze slaat haar ogen ten hemel. 'Vertel verder.'

Ik haal diep adem om mijn gedachten te ordenen. 'Weet u nog dat Ambrose me vorige week tijdens dat kaartavondje wegriep, en dat u meneer Garland achter me aan stuurde om te kijken of het goed met me ging?'

'Dat heb ik niet gedaan. Denk erom, Amy, ik behoor tot de kleine minderheid die gelooft dat een vrouw prima in staat is om vijf minuten een kamer uit te gaan zonder dat het noodlot toeslaat.'

'Maar... Wat? Hij zei dat u hem gestuurd had.'

'Zei hij dat?' Wederom doet ze me denken aan een reiger, met haar nek uitgerekt en haar staalharde ogen op zoek naar vis. 'Nee. Meteen nadat jij de kamer had verlaten, excuseerde hij zich ook. Mij ontgaat niet veel, Amy.'

'Metéén daarna? Maar dan...' Ik frons mijn voorhoofd. Ik heb minstens een kwartier met Henry en de Longacres gepraat. Ik weet nog dat ik daarna naar binnen ging en tegen meneer Garland op botste. Hij stond vlak achter de deur. De deur met een venster van sierglas ernaast. Zou het kunnen dat hij me… in de gaten hield? Dat hij Henry heeft gezien? Dat het ongelofelijke toeval van zijn avances vlak na de terugkeer van Henry helemaal geen toeval was? Dat hij zijn interesse kenbaar wilde maken omdat hij dacht dat er een kaper op de kust was? En zo ja… zou dat verkeerd zijn?

'Frons niet zo, Amy. Je ziet er niet uit. Vertel verder!'

'Toen ik weer binnenkwam, sprak hij zijn… bewondering voor me uit.' Onwillekeurig frons ik mijn voorhoofd weer terwijl ik vertel wat ik me verder nog van het gesprek kan herinneren. 'Hij wilde me niet direct een aanzoek doen. Omdat hij geen "onstuimige jongeman" was, zoals hij zelf zei.'

Zou Henry op hem overgekomen zijn als een onstuimige jongeman? Belangrijker nog, ís Henry een onstuimige jongeman?

'Hij wilde weten of ik hem als huwelijkskandidaat in overweging zou willen nemen wanneer we elkaar wat langer kenden.'

'En jij hebt gezegd dat je dat wilde?'

'Ik… Dat weet ik niet zeker.'

De uitdrukking op haar gezicht is onbetaalbaar. 'Je weet niet wat je gezegd hebt?'

'Nee! Dat wil zeggen, volgens mij heb ik het een beetje in het midden gehouden. Ik was ook zo verbaasd. Ik voelde me heel erg gevleid, maar vooral verbaasd!'

Mevrouw Riverthorpe trekt nog meer rimpels in haar toch al gerimpelde voorhoofd en ik moet me inhouden om niet tegen haar te zeggen dat zíj er nu niet uitziet. In plaats daarvan strijk ik over een streep zonlicht die op de divan valt.

'Quentin is geen man die zich makkelijk laat afschepen. Hij zal toch wel hebben aangedrongen op een iets minder stompzinnige reactie?'

'Nou, ja. Ik heb tegen hem gezegd, althans dat denk ik, dat ik grote bewondering voor hem koester en dat ik graag in zijn gezelschap verkeer en dat ik ernaar uitkeek om hem weer te zien. Dat was allemaal waar, en het leek hem tevreden te stellen, want hij stelde voor om weer terug te keren naar het kaartspel. Daarna heb ik hem niet meer gezien tot vandaag, toen hij zijn excuses kwam aanbieden omdat hij langer was weggebleven dan verwacht. Dat had ik niet eens gemerkt. Sinds zijn vertrek heb ik elke dag met Henry doorgebracht. Ik... Ik was meneer Garland helemaal vergeten!'

O, ik voel me afschuwelijk. Ik leg mijn handen tegen mijn wangen, een gebaar dat ik de laatste tijd steeds vaker lijk te maken.

'Haaaaa! Wat kostelijk. Goed gedaan, Amy. Dat is het mooiste wat ik tot nu toe uit je mond heb horen komen. Je bent hem vergeten! Hij is geen man die er rekening mee houdt dat hij vergeten kan worden. Of dat hij aan de kant gezet zal worden. Ik ken meneer Garland nu een jaar of vijf, en elk seizoen zie ik de jongedames om hem vechten als eksters om een mooi glimmertje. Normaal gesproken is híj degene die een vrouw vergeet. Volgens mij zul je dan ook niet zo makkelijk van hem afkomen.'

Ik ga ongemakkelijk verzitten. De meneer Garland die zij nu beschrijft komt niet overeen met de attente man die ik heb leren kennen. Ik kijk naar de stofjes die in het zonlicht dwarrelen. Het voelt alsof de werkelijkheid kantelt. Een paar dagen lang, tijdens mijn samenzijn met Henry, heb ik gedacht dat ik precies wist hoe alles zat. Nu zijn er weer vragen, altijd weer vragen. 'Maar ik heb hem net nog gesproken. Ik heb hem eerlijk verteld dat ik al aan iemand anders ben vergeven.'

'En hij was zeker dolblij voor je en wenste jullie nog een lang en gelukkig leven met elkaar toe?'

'Dat niet, maar hij reageerde wel erg hoffelijk.'

'Natuurlijk. Quentin is altíjd de hoffelijkheid zelve.' Ze gniffelt. 'Wat zei hij dan? Heeft hij soms een beetje twijfel gezaaid?'

'Ik zou nooit aan Henry kunnen twijfelen, mevrouw Riverthorpe. Maar inderdaad, meneer Garland suggereerde wel dat Henry zijn zaakjes misschien nog niet helemaal op orde heeft. Hij zei dat ik alleen het allerbeste verdiende.'

Ze knikt en werpt me een grimmig glimlachje toe. 'En het allerbeste, dat zal Quentin Garland wel zijn, denk ik zo. Tja, hij ziet er stukken beter uit dan die Henry van jou, moet ik zeggen. Och, Henry mag er ook best zijn, maar een opvallende verschijning is hij niet. Al moet ik zeggen dat je voor zo'n eigenaardig uitziend vrouwtje wel een paar redelijk knappe kerels aan de haak hebt weten te slaan.'

Ze heeft het mis! Ziet ze dan niet dat Henry adembenemend, vrolijk en energiek is, terwijl het uiterlijk van meneer Garland kil en gladgepolijst is als marmer?

'Vindt u dan dat ik met meneer Garland zou moeten trouwen?' vraag ik verward. Ik dacht juist dat ze best goed met Henry overweg kon.

'Lieve hemel, nee! Trouw gewoon met wie je wilt. Of helemaal niet! Of met allebei! Maar wat je ook doet, hou je ogen open.'

De kleine bruine klok op de schoorsteenmantel slaat het middaguur. De aprilzon staat hoog aan de hemel en nadat ik de hele ochtend in deze kamer heb gezeten, zou ik graag een wandeling willen maken. Ik sta op en loop naar het raam. De straat is in een gouden gloed gehuld en het is er druk. Buiten al mijn verwikkelingen draait de wereld gewoon door. 'Wat bedoelt u, mevrouw Riverthorpe? Wees alstublieft eerlijk tegen me. Voor u lijkt dit misschien onbenullig, maar ik zit anders in elkaar dan u. Weet u iets wat ik niet weet?'

'Liefje,' begint ze.

Ik draai me weg van het raam en kijk haar scherp aan. Houdt ze me voor de gek?

'Waarom denk je dat ik in elke kamer in dit huis afbeeldingen van motten heb hangen?'

Ik kan haar niet volgen. 'Eh... omdat u een vlinderkundige bent, neem ik aan.'

'Ha! Ik, een vlinderkundige? Vanwege mijn fascinatie voor de kleine wonderen der natuur, zeker?'

Ik knik stijfjes. Hoewel ik inmiddels gewend ben aan haar manier van praten, vind ik het niet prettig wanneer ze zo neerbuigend tegen me doet. Inderdaad, ze is niet het type waaraan je bij een vlinderkundige direct denkt. Maar aan de andere kant is ze in alle opzichten een geval apart.

'Onnozel kind. De reden is dat je je vijand altijd in het oog moet houden. Die grauwe beestjes zien er onschuldig uit, maar ze knabbelen wel aan mijn kleding... of misschien doen hun jongen dat, dat vergeet ik altijd. Hoe dan ook, er wordt aan mijn prachtige japonnen geknabbeld en dat komt door hen. Het is oorlog tussen ons. Dus jaag ik op ze, onophoudelijk. Als ik er een vang, stal ik hem uit in de vitrinekast. Die afbeeldingen heb ik om me eraan te herinneren dat er overal vijanden op de loer liggen, ook al lijken ze nog zo klein en onschuldig.'

Ik ben me ervan bewust dat mijn wenkbrauwen heel ver omhooggeschoten zijn. Natuurlijk wist ik al dat ze eigenaardig was, maar dit slaat alles. Ik loop terug naar mijn zitplaats en spreid mijn rokken zorgvuldig uit om mezelf de tijd te geven om een reactie te formuleren. 'Lieve hemel! Ik kan me goed indenken dat het, eh... ergerlijk is als er gaten in uw prachtige kleding komen. Maar ik begrijp niet wat dat... O! De schilderijen van de mannen?' Ik kijk naar de portretten aan de muur tegenover me, allemaal verlicht door de zon.

'Exact hetzelfde, kindje. Dezelfde reden. Hou de vijand altijd in het zicht.'

'Ik begrijp het. Wees op je hoede voor mannen, want die kunnen je geluk kapotmaken.'

'Ha! Heel goed. Inderdaad, inderdaad.'

Ik pak mijn glas madeira. 'Zijn die portretten van bepaalde mannen in het bijzonder, mevrouw Riverthorpe, of is het gewoon een selectie van verschillende types?'

'Het zijn mijn voormalige echtgenoten en minnaars.'

Van de schrik mors ik een beetje madeira. 'Wat, allemáál?'

'Doe niet zo mal, kindje. Als ik van hen allemaal een portret zou moeten ophangen, zou ik muren tekortkomen. Deze mannen hebben de grootste problemen veroorzaakt, denk ik. Amy, een goede afloop bestaat niet. Zet die gedachte maar snel uit je hoofd. Zelfs als je uit liefde trouwt, of misschien júíst dan. Lange mannen, korte mannen, rijke mannen, arme mannen, knappe mannen, lelijke gedrochten, lelijke gedrochten die zichzelf knap vinden… Ik heb ze allemaal gehad, en ze knabbelen allemaal aan je, Amy. Allemaal.'

Dit gesprek begint onaangenaam te worden. Ik kijk om me heen. Hoewel deze kamer me inmiddels vertrouwd is, voel ik me er nog altijd niet thuis. Het blijft een plek van onverwachte onthullingen, moeilijke vragen, verontrustende ideeën…

'Dat geldt toch niet voor álle mannen? Er zullen toch wel goede, vriendelijke en eerzame mannen bij zijn die vrouwen steunen in hun recht om te leren, om hun eigen weg te vinden en… en…'

'En om adem te halen? Wat nobel van die mannen, zeg. Ik zal zeker om hun zegen vragen wanneer ik weer eens een van mijn rechten als mens wil uitoefenen. Nu denk jij vast dat Henry zo'n man is en dat jullie nog lang en gelukkig zullen leven.'

'Ja, dat denk ik inderdaad.'

'Maar jullie zúllen helemaal niet nog lang en gelukkig leven!' Ze slaat met haar vuist op de tafel, zo hard dat ik schrik. 'Je probeert het niet eens! Hij heeft geen werk, hij heeft niet eens een vak geleerd. Jij staat nog maar net op eigen benen en bent nog zo groen als gras. Ik ben ervan overtuigd dat hij uit een nette familie komt, maar ik betwijfel of zijn familieleden over de middelen beschikken om hem voorgoed te onderhouden. Toegegeven, jij hebt geld, maar weet hij dat ook? Hebben jullie het daar wel over gehad? Of hebben jullie elkaar alleen zuchtend in de ogen gekeken en poëzie voorgedragen?'

Gepikeerd zeg ik: 'We hebben een paar sonnetten gelezen, maar we hebben gisteren pas onze gevoelens voor elkaar uitgesproken. Volgens mij is het ons wel vergeven dat we onze wereldse zaken nog niet naar uw tevredenheid hebben geregeld.' Ik voel mijn wangen warm worden. 'Vergeet niet dat we nog niet verloofd zijn, zo veel haast hebben we niet.'

Ze lijkt haar belangstelling voor Henry en mij echter alweer verloren te zijn. 'Aan de andere kant denk ik niet dat Quentin je wel gelukkig zou maken. Ik vraag me af waarom hij zijn pijlen op jou heeft gericht, terwijl het hier in Bath wemelt van de erfgenames.'

'Denkt u dat het meneer Garland om mijn geld te doen is? Dat kan niet... Waarom zou hij dat doen? Zo rijk ben ik nu ook weer niet!'

'Hij weet niet hoe rijk je precies bent, weet je nog? Hij heeft gezien dat je eerst in armoede leefde en daarna opeens gekleed ging als een prinses en je in de hoogste kringen begaf. Misschien kom je zelfs wel in aanmerking om mijn fortuin te erven, voor zover hij weet. De details kent hij niet, maar je zult hem wel een goede investering lijken.'

'Dat zou kunnen. Maar hij is zélf rijk! Hij hoeft helemaal niet voor het geld te trouwen.'

'Nou, een huwelijk uit liefde zal hij in elk geval niet aangaan.' Ze buigt zich naar voren en kijkt me doordringend aan. 'Amy, ik heb al vaker geprobeerd je dit duidelijk te maken, en ik wil dat je nu goed naar me luistert. Wees op je hoede voor Quentin Garland. Ik weet niets specifieks, anders zou ik het je vertellen, maar ik ben in mijn leven met genoeg mannen omgegaan om het een en ander op te steken. Mijn intuïtie zegt me dat bij hem niets is wat het lijkt. Pas heel goed op voor hem. En Henry... van hem hou je wel, zeg je?'

'Maar natuurlijk. Hoezeer ik meneer Garland ook bewonder, Henry is de man van wie ik hou. Ik voel gewoon dat we bij elkaar horen.'

'Dan moet je voor hem zelfs nog beter oppassen. Amy, nog een laatste goede raad. Mocht je ooit in het noorden van Engeland komen, ga dan alsjeblieft op bezoek bij mijn vrienden, de familie Capland. Wees maar niet bang, ze zijn heel anders dan ik. Ik stel me zo voor dat die familie Twister of Willow, of hoe ze ook heten, erg op hen lijkt.'

Deze wending in het gesprek is al net zo bizar als de motten. Ik vraag me af wat dit te maken heeft met het onderwerp waar we het net over hadden.

'Hij is een prima kerel, een winkeleigenaar, maar voor een handelaar is hij erg respectabel. Niet dat mij dat iets kan schelen, natuurlijk. Zij is een maf mens, maar ze heeft een goed hart, wat sommige mensen belangrijk vinden.' Ze werpt me een blik toe. 'Zul je die naam onthouden, Amy? Capland? Of is daar geen plaats meer voor in je hoofd, naast die donkere ogen van Henry?'

'Ik zal het onthouden, mevrouw Riverthorpe. Maar wat heeft de familie Capland te maken met Henry, of met meneer Garland, of met alles wat we zojuist hebben besproken?'

Ze slaat haar ogen ten hemel. 'Helemaal niets, kindje. Dit gesprek begint me gewoon te vervelen.'

56

De volgende ochtend ga ik brunchen in Henrietta Street. Tijdens het feestmaal komt Henry opgewekt en ongeduldig over.

Als we klaar zijn met eten, gaan we weer naar ons hoekje van de tuin en nadat hij me heeft gezoend op een manier waardoor mijn benen vloeibaar lijken te worden, kijkt hij me met pretlichtjes in zijn ogen aan. ‘Ik barst van de ideeën die ik met je wil delen.’

Ik wist het wel!

‘Amy, we hebben elkaar een belofte gedaan, vanuit ware liefde. Ik beschouw mezelf als een gezegend mens. De afgelopen dagen zijn heerlijk geweest, maar ik ben me ervan bewust dat ik je niets te bieden heb. Ik verkeer nog niet in de positie om je ten huwelijk te vragen.’

De woorden van meneer Garland flitsen door mijn hoofd, maar die duw ik weg en ik pak Henry's hand.

‘Daar wil ik zo snel mogelijk verandering in brengen, Amy. 's Nachts pieker ik eindeloos over hoe ik de situatie kan rechtzetten. Ik moet een beroep uitkiezen. Iets wat bij me past en wat ik kan volhouden, zodat ik geen vermoeide en knorrige echtgenoot word.’

‘Daar ben ik het volmondig mee eens.’

Hij trekt zijn halsdoek wat losser. ‘De afgelopen nachten heb ik in gedachten alle beroepen doorgenomen. Volgens mij heb ik in de kleine uurtjes wel minstens zeven carrières nagejaagd!’

Ik glimlach. ‘Dan zul je wel een groot fortuin hebben vergaard, liefste.’

‘Ja, ik ben steenrijk! En ik heb de oplossing gevonden. Het levert maar een bescheiden inkomen op; in de ogen van de buitenwereld is het geen beroep met veel aanzien. Veel mensen zullen ongetwijfeld zeggen dat ik met mijn opleiding en intelligentie veel meer kan bereiken, maar door wat je me over je eigen dromen hebt verteld, denk ik niet dat jij veel waarde hecht aan mooie spullen en een chique levensstijl.'

Ik kan niet wachten om zijn plan te horen. 'Daar heb je gelijk in, en ik wil je bovenal gelukkig zien, liefste. Vertel eens, waar heb je voor gekozen?'

'Ik moest denken aan je vrienden, de familie Wister, en aan wat je vertelde over de jonge Michael, die graag minderbedeelde kinderen wil lesgeven.' Henry gaat keurig rechtop zitten en zijn ogen schitteren. 'Dat wil ik ook, Amy. Ik wil meteen aan het werk gaan, zonder nog verder te hoeven studeren. Ik wil met mensen werken, hen helpen, en wel meteen. Ik weet niet waarom ik er niet eerder op gekomen ben, behalve misschien omdat ik altijd vond dat ik meer inkomen zou moeten vergaren, omdat ik anders in de ogen van de maatschappij op de een of andere manier tekort zou schieten. Maar nee, ik kan mijn eigen keuzes maken.' Hij laat mijn hand los en begint over het terras te ijsberen. Ik sla hem gade alsof ik naar een tenniswedstrijd kijk. 'Het gaat erom dat ik jou gelukkig maak, en mezelf. Op deze manier gaat me dat lukken, daar ben ik van overtuigd. Dat vind ik belangrijker dan een riant salaris verdienen als advocaat, of indruk maken op iedereen die ik tegenkom. Mits jij er tenminste tevreden mee zou zijn om de echtgenote van een schoolmeester te worden. Nogmaals, het levert niet veel op, dus stel je niet te veel voor van ons leven samen. Als het volgens jou anders moet, zal ik dat doen. Als jij een chiquer leven wilt leiden, zal ik mijn best doen om genoeg geld te verdienen.'

Ik spring overeind en geef hem een zoen. 'Nee, Henry! Je weet toch hoe ik erover denk. Ik heb in mijn leven al genoeg kille gangen en verlaten kamers gezien. En de society met al zijn bals en schandalen kan me ook gestolen worden.'

'Ik wist wel dat je dat zou zeggen!' roept hij uit, terwijl hij mijn arm door de zijne trekt zodat ik met hem mee kan ijsberen. 'In dat geval zal ik Elsie vragen om de brief die ik vanmorgen heb geschreven op de post te doen. Eerst wilde ik het met jou bespreken.'

'Wie heb je dan geschreven, Henry?'

'Een kennis uit Twickenham, een vriend van mijn grootvader. Hij doet iets in de politiek, maar ook iets in het onderwijs. Hij heeft veel invloed als het om hervormingen binnen het onderwijs gaat en zal vast het een en ander weten over initiatieven voor minderbedeelde kinderen, zoals het Kneller House. Ik heb hem gevraagd om me te laten weten of er vacatures beschikbaar zijn in die omgeving en om mij aan te bevelen mocht er een vrijkomen.'

Ik blijf staan en kijk hem aan. 'In... In de omgeving van Twickenham, Henry?'

Glimlachend kijkt hij terug. 'Jij wilt toch graag in de buurt van je vrienden wonen, schat?'

'O, ik zou niets liever willen! Maar jij dan? Waar wil jij graag wonen?'

Hij lacht onbezorgd. 'Bij jou, natuurlijk! Nee, kijk niet zo moeilijk. Dit is geen groot offer voor me. Het is een heerlijke plek om te wonen, op een steenworp afstand van Londen, die ouwe en tante Annie. Moeder woont in Hertfordshire, iets verder weg, maar dichtbij genoeg. Ik ben dol op haar, maar ze is nogal heetgebakerd. Trouwens, Twickenham is geen Cardiff of Manchester! Ik denk dat we het daar prima zullen rooien.'

Opeens zie ik al mijn dromen uitkomen, als rozen die beginnen te bloeien. 'Henry, denk je dat ik misschien... Zou ik je misschien ergens mee kunnen helpen? Ik weet niet hoe. Misschien zou ik opstellen kunnen lezen als je het druk hebt, of je kunnen helpen om nieuwe projecten te bedenken voor de kinderen.'

'Ik zou niet anders willen, Amy!'

'En... wat denk je van een huis met een oranjerie?'

'Dat lijkt me geweldig, schat, kan niet beter.'

'Henry? Zouden we ook een pony kunnen nemen?'

'Wel tien, mijn liefste.'

'Een is meer dan voldoende. Henry, je moet weten...' Opeens moet ik denken aan wat mevrouw Riverthorpe heeft gezegd en wil ik hem in vertrouwen nemen. 'Ik... Ik heb vijfduizend pond. Geërfd van Aurelia, in het diepste geheim, natuurlijk. Dat is van jou... dat wil zeggen, van ons, om te helpen je carrière van de grond te krijgen, of om een huis te kopen, of... of... Ik weet eigenlijk niet wat je met vijfduizend pond zoal kunt doen, want vroeger heb ik nooit ook maar een shilling gehad, maar ik wil dat je weet dat we dat hebben.'

Henry geeft me een innige zoen. Mijn hoofd begint weer te tollen en mijn knieën knikken als hij me voorzichtig helpt om weer te gaan zitten. Hij komt erbij, met een ernstige uitdrukking op zijn gezicht. 'Ik ben blij dat ze je goed verzorgd heeft achtergelaten. Maar ik kan jouw geld niet aannemen om een leven op te bouwen, dat wil ik zelf doen. Ik wil een huis voor ons kopen. Je zult het wel ouderwets van me vinden, maar die verantwoordelijkheid wil ik graag op me nemen. Gebruik dat geld maar voor jezelf.'

'Maar ik wil het graag... investeren in ons leven samen. Jij gaat straks de kost verdienen. Dit zou mijn inbreng kunnen zijn.'

'Zullen we er dan ons appeltje voor de dorst van maken? Voor het geval dat er zich een probleem voordoet, of juist een geweldige kans. Of misschien voor onze kinderen?'

Als ik me al aan het twijfelen heb laten brengen door de bedenkingen van meneer Garland over Henry's bedoelingen, ben ik nu gerustgesteld. In de week na ons gesprek zie ik niets dan vastberadenheid bij Henry. Hij schrijft talloze brieven: aan zijn voormalige onderwijzers om hun om geloofsbrieven te vragen; aan zijn familie om hen in te lichten over zijn besluit; aan scholen in Richmond, Twickenham, Hammersmith en Ham, om naar vacatures te informeren. Hij klampt de plaatselijke hoofdonderwijzer aan en smeekt hem om informatie over het beroep, zodat hij goed voorbereid zal zijn op een eventueel sollicitatiegesprek. Hij haalt de Longacres over om plaatselijke politici uit te nodigen voor het souper, zodat hij uitgebreid met hen kan discussiëren over hervormingen binnen het onderwijs.

Het is een drukke, opwindende week, en telkens wanneer ik hem zie heeft hij me weer iets nieuws te vertellen. Meneer Garland zie ik slechts twee keer, eenmaal bij het concert in de Upper Rooms en vier dagen later nog eens, tijdens een diner. Ik voel me helemaal niet op mijn gemak en voel me schuldig omdat ik zo gelukkig ben, maar natuurlijk is hij erg beleefd en begint hij niet meer over onze persoonlijke perikelen. Het lijkt erop dat hij zich bij mijn beslissing heeft neergelegd en zich netjes heeft teruggetrokken, zoals ik had kunnen verwachten.

Voordat ik het weet, breekt 29 april aan en is het tijd voor Aurelia's volgende brief.

Mevrouw Riverthorpe werpt hem terloops bij me op schoot wanneer ze op weg is naar buiten. Daar schrik ik van. Niet dat ik de datum was vergeten, maar de afgelopen dagen heb ik haar amper gezien en geen kans gehad om erover te beginnen. Ik had verwacht dat ze me bij zich zou roepen en me de brief zou presenteren onder het genot van een glaasje madeira, niet dat ze hem tijdens het ontbijt naar me toe zou smijten.

Ik hoor de voordeur achter haar dichtslaan en mijn eetlust is op slag verdwenen. Het is maar een rechthoekig stuk papier, maar nu Henry in mijn leven is, voelt het alsof het zwaard van Damocles boven mijn hoofd hangt.

Ik laat de helft van mijn gerookte haring onaangeroerd liggen, zeg tegen Ambrose dat ze tegen eventueel bezoek moet zeggen dat ik niet thuis ben en ren naar mijn kamer. Daar trek ik de deur stevig achter me dicht en nestel me in de erker. Nadat ik nog eens diep heb ademgehaald, scheur ik de brief open.

Mijn lieve schat Amy,

Ik hoop dat het goed met je gaat. Ik hoop dat je gelukkig bent. Ik hoop dat het je lukt om alles wat het leven te bieden heeft te omarmen.
Vandaag was een slechte dag. Meneer Clay kwam op bezoek om over de school te praten, maar na het ontbijt viel ik flauw en ik heb hem niet te woord kunnen staan. Pas toen het begon te schemeren knapte ik weer enigszins op. Weer een kostbare dag verspild.
Het doet er niet toe, ik had mezelf voorgenomen om vanavond deze brief te schrijven en daar hou ik me aan, al is het met een somberder gemoed dan de vorige keren dat ik je schreef. Ik heb geen zin om plezierige herinneringen op te halen, mijn hart uit te storten of mijn grootste en belangrijkste geheim aan het papier toe te vertrouwen. Nog niet.
Je speurtocht is bijna ten einde, lieve Amy, bijna. Daarom, mijn lieve vriendin, wil ik je vragen om namens mij nog één reis te maken. Ga naar York. Het is een prachtige stad en het platteland eromheen is woest en prachtig. Volgens mij zul je het er geweldig vinden.
Liefste Amy, mijn volgende brief zal beter en vollediger zijn. Reis alleen, vertel niemand waar je heen gaat, en weet dat alleen mijn vertrouwen in jouw discretie mijn arme, gemankeerde hart rust kan brengen.

Alle liefs van je toegewijde
AV

57

Ik laat mijn hoofd tegen de ruit rusten.

Ga naar York.

Ik staar voor me uit over de smalle, stille straat. Eén enkel rijtuig hobbelt voorbij, voortgetrokken door twee zwarte paarden. Een eekhoorn snelt over een muurtje, blijft staan en verdwijnt met een zwiepende staart. De zon schijnt.

Ga naar York.

Mijn ogen branden en er ontsnapt een traan. Ik blijf maar staren, misschien wel tien minuten of zelfs nog langer.

Met een akelig gevoel denk ik terug aan Henry's enthousiaste opmerking toen hij het had over onze toekomst.

Twickenham is geen Cardiff of Manchester!

Als ik me niet vergis, is York zelfs nog verder weg dan Manchester.

Ik haal diep adem, zwaai mijn voeten van de vensterbank af en draai me om naar mijn kamer. 'Mijn' kamer. Dat vreemde, grauwe vertrek met de schuine wanden, de ingelijste schetsen van motten en de voormalige minnaars van een oude vrouw. Het is tijd om te vertrekken. En opeens dringt het tot me door wat ik voel.

Ik ben woedend! O, ik ben zo boos dat ik het bijna niet kan verdragen! Waar is mijn tijd in Bath goed voor geweest? Wat heb ik de afgelopen weken bereikt? Natuurlijk heb ik Henry hier beter leren kennen, maar dat kon Aurelia niet weten. Verder heb ik vooral tijd doorgebracht in het wespennest dat voor het huis van mevrouw Riverthorpe moet doorgaan. Ik ben genadeloos door haar geplaagd, ik heb me suf verveeld tijdens sociale verplichtingen en heb een merkwaardig contact gehad met een man met wie ik helemaal niet in aanraking had moeten komen. Ik ben niets wijzer geworden over het jaar dat Aurelia weg was, behalve dan dat ze hier nooit is geweest, wat mijn verblijf hier des te nuttelozer maakt. En nu dit? *Ga naar York!* Een plek waar ze hooguit een dag of twee naartoe zou gaan. Als ze er al is geweest. Net nu mijn eigen leven vorm begon te krijgen.

De langverwachte aanwijzing waarvoor ik zo veel heb moeten doorstaan bestaat maar uit drie woorden. Ik word er misselijk van. Ik ben er klaar mee. Ik ben klaar met Aurelia, met haar belachelijke speurtocht en haar eis dat ik loyaal aan haar blijf en haar geheimen bewaar. Helemaal klaar.

58

'Gaat het wel, schoonheid?' vraagt Henry die avond tijdens het eten zacht. 'Je bent een beetje stil.'

Ik leg mijn vork neer en streel zijn hand. 'Ik ben gewoon afgeleid door al onze geweldige plannen.' Ondanks mijn goede bedoelingen wellen er tranen in mijn ogen op.

'Tja, daar kun je maar beter snel aan wennen. Zodra de omstandigheden het toelaten, moeten we naar Londen afreizen om mijn grootvader te bezoeken. Hij zal dolblij zijn om je weer te zien en om te horen dat je deel gaat uitmaken van onze familie. We moeten ook nog samen naar mijn moeder in Hertfordshire. En van daaruit naar Twickenham, zodat ik kan kennismaken met de familie Wister. Of eerst naar Twickenham en dan naar Londen, dat doet er niet toe...'

'Wat scheelt eraan, kindje?' vraagt mevrouw Riverthorpe de volgende dag tijdens de lunch. 'Je lijkt nog saaier en lustelozer dan anders. Je wordt toch niet ziek, zeker?'

'Nee, dank u, het gaat prima.'

'Hm, die jonge verliefde mensen ook altijd met hun melancholische overpeinzingen. Zo zonde. Ik wilde vragen of je vandaag met me mee op bezoek wilt bij mevrouw Manvers, maar zo te zien blijf je liever thuis om eindeloos te zuchten.'

'Integendeel. Als u even wacht tot ik me heb omgekleed, ga ik graag met u mee.'

'Heus? Dat verbaast me. Ja, ga je alsjeblieft omkleden. En doe ook wat aan dat gezicht van je, als het even kan. O, en Amy? Ik wil niet nog botter zijn dan anders, maar heb je al plannen gemaakt om me te verlaten?'

Met mijn hand op de deurknop blijf ik staan. 'Nee, mevrouw Riverthorpe. Tenzij u er bezwaar tegen hebt als ik blijf.' Ik zet mezelf schrap voor een scherp weerwoord.

'Ik vind het prima.'

59

De dagen gaan voorbij en voor mijn gevoel ben ik nog steeds klaar met Aurelia. Ik ben niet van plan om naar York te gaan. Ik wil verder met mijn leven en dat speelt zich momenteel hier af, in Bath. Sommige dagen is het prachtig weer, op andere dagen worden we getrakteerd op de gebruikelijke regen, mist en nevel. Het is mij om het even. Bij mooi weer picknicken of wandelen we of maken we ritjes over het platteland. Als het regent, bezichtigen we de abdij of gaan we naar een koffiesalon, spelen we piano, praten of lezen we.

Henry krijgt meerdere reacties op zijn brieven, allemaal heel informatief en vriendelijk van toon. Eén in het bijzonder maakt ons erg enthousiast. Daarin wordt hij uitgenodigd voor een sollicitatiegesprek op een damesacademie in Richmond. Het is niet helemaal de doelgroep die hij voor ogen had, maar een meisjesschool is al een zeldzaamheid op zich. En, zo merkt hij op, meisjes lesgeven is niet minder belangrijk dan onderwijs voor arme jongens of jongens met een problematische achtergrond.

Het sollicitatiegesprek is pas over een paar dagen, vanwege een belangrijke cricketwedstrijd op de naastgelegen jongensacademie.

'Hier ben ik heel blij mee!' roept Henry uit als hij de brief neerlegt.

Dat simpele gebaar vertedert me. Het lijkt wel of ik in die beweging van zijn arm alle brieven kan zien die we de komende jaren nog zullen ontvangen. Of ze nou goed of slecht nieuws bevatten, hij zal ze precies op die manier neerleggen en ik zal al zijn maniertjes kennen.

'Nu kan ik nog wat langer bij jou blijven, liefste. Een school waar cricket voorrang heeft op het aannemen van personeel klinkt veelbelovend, vind je niet?'

Ik lach. 'Ja, dat vind ik ook, en ik ben dolblij voor je. Je wordt een geweldige onderwijzer.' Daar is geen woord van gelogen. En als hij de baan krijgt... misschien kunnen we ons dan echt verloven en aan ons droomleven beginnen, in plaats van er alleen maar over te fantaseren. 'Meneer... Merritt, heette hij toch... zal er vast ook zo over denken als hij je leert kennen. Wat een geweldige naam voor een onderwijzer. Merritt, *merit,* verdienste.'

'Wat voor werk had hij anders moeten gaan doen, met zo'n naam? Zo, liefste...' Hij pakt mijn hand beet. 'Wanneer ga je het me vertellen?'

'Wat vertellen?' vraag ik, plotseling op mijn hoede.

'Vertel eens wat je de afgelopen dagen dwarszit. Je bent niet gelukkig en dat is niet goed.'

Iets harder dan bedoeld trek ik mijn hand terug. 'Dat ben ik wél, Henry! Hoe kun je dat nou zeggen? Ik heb al gezegd dat ik gewoon een beetje... overweldigd ben, door al die overvloed, al die vreugde. Het is moeilijk om daaraan te wennen, na het leven dat ik tot nu toe heb geleid.'

'Nee, dat is het niet,' dringt hij vriendelijk aan. Hij kijkt naar mijn gezicht, waar zo te voelen weer een frons op ligt. 'Ik ken je nog niet zo lang, maar ik weet wel hoe je bent als je je overweldigd voelt door vreugde, en dit is iets anders. Ik heb twee mogelijke verklaringen. Wil je ze horen?'

Ik voel mijn wangen gloeien. Zou het huwelijk zo zijn? Dat iemand in al je gedachten wroet terwijl je het gewend bent om stilletjes je gang te gaan en zelf je problemen op te lossen? 'Liever niet,' mompel ik.

Hij steekt zijn hand uit om mijn hangende hoofd op te tillen. 'Ik vrees dat je geen keus hebt. Ik mag dan wel een rustig kabbelend beekje lijken, maar ik heb een koppige onderstroom. Daar kun je maar beter meteen achter komen, aangezien je op een dag met me gaat trouwen. Mijn twee theorieën zijn als volgt. De eerste is dat je twijfelt over onze relatie. Al ga ik ervan uit dat dat niet zo is, want zoals je ziet ben ik een absolute droomman.'

Ik glimlach. Op de een of andere manier slaagt hij er altijd in om me een glimlach te ontlokken. 'Natuurlijk is het dat niet. Alleen begrijp ik niet goed hoe je tegelijkertijd een droomman kunt zijn en zo'n koppige inslag kunt hebben.'

'Die maakt deel uit van mijn charme. Maar in dat geval denk ik dat Aurelia's brief je van slag heeft gemaakt. Klopt dat?'

Ik sta versteld. Ik heb met geen woord over de brief gerept.

'Je verwachtte toch dat je op 29 april weer een brief zou ontvangen? Vanaf die dag viel het me op dat er een verdrietige trek om die prachtige mond van je lag. Het leek me niet goed om er meteen naar te vragen, ik dacht dat je tijd nodig had om erover na te denken. Ik wilde je niet opjagen, liefste, maar nu begin ik me af te vragen of je het me ooit nog had willen vertellen!'

'Ik wist niet dat je de datum had onthouden. O, Henry, het spijt me zo!' Ik sla mijn handen voor mijn gezicht en kijk hem vervolgens ongelovig aan. Het is vervelend dat hij het heeft onthouden, want zo lukt het natuurlijk nooit om de hele kwestie maar te negeren, maar hartverwarmend is het wel.

'Natuurlijk heb ik het onthouden. Het is belangrijk voor jou, dus ook voor mij. En...' Hij aarzelt en kijkt me even onzeker aan. Die uitdrukking heb ik al een tijdje niet meer bij hem gezien. '... ik vraag me af hoe dit van invloed zal zijn op ons.' Hij haalt diep adem. 'Als je zoektocht ten einde is, zoals je hoopte, dan kun je met mij mee naar Richmond wanneer ik naar dat sollicitatiegesprek moet. Ik zou je kunnen begeleiden tijdens de reis, dat lijkt me niet ongepast, en je zou bij je vrienden kunnen logeren. Ik hoopte dat je hen zou schrijven.'

Ik ben sprakeloos. Ik kijk naar zijn stralende, hoopvolle gezicht, naar zijn gladde voorhoofd waarachter zo veel plannen en dromen schuilgaan, die allemaal om mij draaien. Op dat moment dringt pas echt tot me door in wat voor lastig parket ik zit.

'Als je zoektocht nog niet ten einde is,' vervolgt hij, 'dan kun je me dat op zijn minst vertellen, zodat ik me erop kan voorbereiden om een tijdje van je gescheiden te zijn. In dat geval kunnen we elkaar toch wel schrijven? Ik wil je niet opjagen als je moeilijke beslissingen te nemen hebt, maar ik ben natuurlijk wel benieuwd naar wat er komen gaat.'

Opeens kan ik zijn tedere uitdrukking en zijn uiterst redelijke vragen niet meer verdragen. Maar mijn besluit staat al vast: ik laat Aurelia in de steek om een eigen leven te kunnen opbouwen, samen met Henry. Dat is de juiste keuze. Dat zou iedereen doen. 'Ik zal Edwin en Constance schrijven, Henry. Ik ga met je mee naar Richmond. Mijn speurtocht is voorbij.'

Verward kijkt hij me aan. 'Hoe bedoel je, voorbij?'

'Dat lijkt me duidelijk. Het is klaar. Afgelopen. Ik ben vrij. Voor mij geen zinloze, stomme, eenzame reizen meer! Ik ben vrij om te gaan en staan waar ik wil.' Ik ga steeds harder praten.

Met een schuin hoofd kijkt hij me aan. 'Waarom klink je dan niet blij? Wat is er gebeurd? Ik begrijp het niet.'

'Nee, natuurlijk niet. Hoe zou je het ook kunnen begrijpen? Ik weet er veel meer van dan jij, en zelfs ík begrijp het niet. Kunnen we het nu laten rusten? De weg is vrij voor ons.'

Hij lijkt serieus over mijn verzoek na te denken, maar schudt vervolgens zijn hoofd. 'Nee, Amy, ik kan het niet laten rusten. Het spijt me. Je lijkt heel erg ongelukkig en zo te zien sta je in tweestrijd. Je hebt zojuist alles gezegd wat ik wil horen, maar het voelt niet goed. Het is niet afgelopen, hè? Er komt nog meer, maar je hebt besloten ermee te stoppen. Waarom? Hopelijk niet voor mij. Natuurlijk wil ik dat je met me meegaat, maar ik zou nooit van je verlangen dat je je plicht tegenover Aurelia verzaakt.'

Met een klap leg ik mijn handen plat op de tafel. 'Ik wil dat wel. Ik wil niets liever! Maar stel nou dat ik niet met die beslissing kan leven, Henry? Ik wil niet doen wat ze van me vraagt. Maar hoe kan ik ooit nog rust hebben als ik alles de rug toekeer, hoe graag ik dat ook wil?'

'Wat heeft ze dan van je gevraagd?'

Als verdoofd haal ik de brief uit mijn zak. Ik ben eraan gewend geraakt om haar laatste bericht te allen tijde bij me te dragen, dus dat heb ik met deze onheilstijding ook gedaan. Ik geef de brief aan Henry.

'Mag ik hem lezen? Weet je dat zeker?'

'Geloof me, er valt niets uit af te leiden. Je zult niets te weten komen wat je niet mag weten, behalve mijn bestemming. Dat wil zeggen, wat mijn bestemming zou zijn als ik zou gaan, maar dat ben ik niet van plan.'

Hij knikt en leest de brief. Daar heeft hij maar heel even voor nodig. 'York?'

'York, ja.'

'Was dat dan een belangrijke bestemming tijdens haar reis?'

'Niet dat ik weet.'

We zijn een tijdje stil voordat ik weer verder praat. Ik vertel hem hoe boos en gefrustreerd ik ben en dat ik had gehoopt dat dit de laatste brief zou zijn, de brief met alle antwoorden.

'Maar dat is niet zo, en ze legt niets uit, behalve dan dat ze die dag te moe was om nog meer te schrijven. Waarom heeft ze dan niet gewoon tot de volgende dag gewacht om meer te schrijven? De vorige brief was vier pagina's lang, Henry. Vier pagina's, vol met onthullingen waarvan ik nooit iets had vermoed. En nu dit! Ik heb hier gewacht, ik heb me staande gehouden in de society van Bath, ik heb het uitgehouden met mevrouw Riverthorpe, ik ben het mikpunt geweest van speculaties, insinuaties en regelrechte beledigingen. En waarvoor? Voor die drie woorden? "Ga naar York." Ik ben klaar met haar, Henry.'

Terwijl ik het zeg, weet ik echter al dat het niet waar is. Aurelia hoort bij mij. Ik heb mijn leven aan haar te danken.

'Ik ga met je mee,' zegt Henry uiteindelijk op resolute toon.

'Ik ga niet.' Het komt er zwakjes uit. Ik zeg het een en denk het ander, en dat zorgt ervoor dat ik walg van mezelf.

'Amy, wees nou eens eerlijk.' Hij fronst zijn wenkbrauwen. 'Ik heb je nog nooit zo ongelukkig gezien. Het is precies zoals je zegt. Je zou nooit rust hebben als je wist dat je haar niet trouw was gebleven. Ik wil niet beweren dat ik iets begrijp van deze vreemde zoektocht of van wat er door haar hoofd ging toen ze dit... dit... uitzonderlijke plan bedacht. Het lijkt me nogal veel om te vragen van een vriend. Vriendín,' verbetert hij zichzelf met een ongeduldig gebaar. 'Ik weet alleen dat je pas als je deze speurtocht hebt afgerond met een rein geweten en vreugde in je hart tegen me kunt zeggen dat je met me meegaat en dat je zoektocht voorbij is. Maar je hoeft het niet alleen te doen. Je hebt mij nu.' Hij kijkt me doordringend aan.

'Nee, ze schrijft dat ik alleen moet gaan. Ik kan je niet meenemen.'

Even is hij stil. 'Maar liefste, ze heeft ook gezegd dat je tegen niemand mag zeggen waar je naartoe gaat, en dat heb je al gedaan. Hoe kan het nou erger zijn om mij mee te nemen dan om er helemaal mee te stoppen? Je denkt niet rationeel na, schat.'

'Rationeel?' Op een zeker moment ben ik opgestaan om door de kamer te ijsberen. 'Er is niets rationeels aan dit alles. Niet aan de speurtocht, niet aan de positie waarin ik daardoor word gebracht, niet aan de manier waarop mijn leven zich ontvouwt en al helemaal niet aan mijn gevoelens.'

Henry slaat me bezorgd gade. 'Amy! Het was niet bedoeld als kritiek op jou, ik wilde alleen zeggen dat je het jezelf niet onnodig moeilijk hoeft te maken door in je eentje naar het noorden af te reizen of tegen je geweten in te handelen. Doe wat je moet doen! Maar doe het niet alleen, zonder iemand die je beschermt. Daar heb je een echtgenoot voor.'

'Je bent mijn echtgenoot nog niet!'

'Dan stel ik voor dat we meteen met elkaar trouwen, dan is dat geregeld.'

'Nee, Henry, niet op deze manier. Niet overhaast, omdat het moet. Ik kan je niet meenemen. Ik kan niet goed uitleggen waarom niet, want dat weet ik zelf niet helemaal. Maar het kán niet, daar ben ik van overtuigd.'

De gekwetste uitdrukking op zijn gezicht treft me als een mokerslag. Er valt een gespannen stilte en ik weet dat hij wacht tot ik toegeef, maar dat ga ik niet doen.

Op zachtere toon vervolg ik: 'De dingen die ze in de laatste paar brieven onthulde, liggen erg gevoelig...' Ik wil er bijna aan toevoegen 'voor een vrouw', maar ik vrees dat ik zelfs daarmee al te veel zou prijsgeven. Hoe zou ik het aan hem kunnen uitleggen? Het feit dat Aurelia in fysieke zin intiem is geweest, buiten het huwelijk, en de vermoedens die al wekenlang door mijn hoofd spoken, zijn te persoonlijk om door te vertellen. Zij was een vrouw, ik ben een vrouw, en zoiets vertrouwelijks mag ik niet verraden, zeker niet aan een man.

Het was een opluchting om de brief aan Henry te geven, om even het gevoel te hebben dat ik de verantwoordelijkheid met iemand kon delen. Nu voel ik me echter in een hoek gedreven. Deze reis zal ik alleen moeten afleggen. In York zal het weer net zo zijn als in Londen, maar dan zonder een plek als Entwhistle's om me verder te helpen. Het zou kunnen dat ik daar helemaal niets vind, behalve dan nog een aanwijzing, nog een opdracht om verder te reizen. Of misschien faal ik wel. Ik zou niet willen dat Henry daar getuige van was.

'Ik... Ik weet niet wat ik in York zal aantreffen. Als ik deze zoektocht al voortzet, is dat een persoonlijke kwestie, iets tussen Aurelia en mij. Hoe dan ook sta ik er alleen voor. Jou meenemen zou... ik weet het niet... verkeerd zijn. Oneerlijk.'

Henry staat op en beent naar het raam.

Gespannen kijk ik naar zijn stijve rug. Hoe is ons gezellige gesprek zo snel omgeslagen in iets wat verdacht veel weg heeft van een ruzie?

'En je belofte om in voor- en tegenspoed je leven met mij te delen dan? Is dat soms geen persoonlijke kwestie? Is de vertrouwensband die wij hebben opgebouwd niet persoonlijk? De onthullingen in de vorige brieven mogen dan gevoelig hebben gelegen, maar in deze brief geeft ze helemaal niets prijs! Hoe wil je überhaupt een brief vinden als je alleen weet naar welke stad je toe moet?'

Door wat Aurelia van me verlangt, komt ze niet goed over. Ik wil niet dat Henry slecht over haar denkt. En ik vind het ook geen prettige gedachte dat ze me al meerdere malen in gevaar heeft gebracht. Om er niet te diep op in te hoeven gaan snauw ik Henry af. 'Tien dagen geleden zei je iets heel anders, Henry. Toen zei je dat je begrip had voor mijn loyaliteit aan Aurelia, dat je je erbij neer zou leggen dat de speurtocht op de eerste plaats komt zolang die nog niet is afgerond. Je zei dat je me zou steunen!'

'Dat doe ik ook! Daarom bied ik aan om met je mee te gaan. Neem me niet kwalijk dat ik geen gat in de lucht spring omdat je helemaal alleen naar een vage bestemming wilt afreizen. Amy, ik sta nog steeds achter wat ik toen zei. Maar toen zaten we samen onder de bomen en was het een puur hypothetische kwestie. Nu we onze gevoelens voor elkaar hebben uitgesproken en toekomstplannen met elkaar hebben gemaakt, is het veel moeilijker om je weer door mijn vingers te zien glippen. Ik doe mijn best, maar ik zie niet in waarom je zou moeten kiezen tussen je loyaliteit aan Aurelia en je loyaliteit aan mij. Je kunt aan ons allebei loyaal zijn! Waarom moet je haar de rug toekeren om met mij samen te kunnen zijn? Dat verlang ik helemaal niet van je. Ik wil niet dat je je zo verscheurd voelt. Maar neem me met je mee, laat me je helpen. Dat is mijn taak, als de man die van je houdt! Vertrouw je me soms niet? Denk je dat ik Aurelia of jou zal veroordelen, of dat ik je vertrouwen zal beschamen? Wat het ook is, het slaat nergens op!' Tegen het eind van zijn monoloog kijkt hij me woedend aan.

Ik kan het niet aanzien. Mijn altijd glimlachende, altijd vrolijke Henry is boos op me. Hij zegt dat ik iets moet doen wat ik niet kan, alsof het zo eenvoudig is om mijn oude leven samen te voegen met mijn nieuwe. Hij vraagt me het onverklaarbare te verklaren. Beseft hij dan niet dat ik al mijn hele leven te maken heb met onmogelijke raadsels en dubbelzinnigheden? Natuurlijk slaat het nergens op. Ik ben niet anders gewend.

'Het spijt me, Henry,' zeg ik snikkend. 'Ik kan niet zijn wat je wilt. Ik wist het wel. Ik heb nog nooit ergens bij gehoord en mijn situatie is veel te ingewikkeld om liefde te ervaren en een normaal leven te leiden. Het spijt me vreselijk.' Ik ren naar de deur.

Onderweg houdt hij me tegen en slaat zijn armen om me heen.

'Laat me los, Henry! Ik kan dit gesprek niet aan. Ik zie je morgenochtend wel weer, als ik weer tot mezelf ben gekomen.'

Hij is echter te sterk en houdt me stevig vast. 'Stil maar, liefste. Ik ben degene die zijn excuses moet aanbieden. Vergeef me, Amy. We hebben het er vanavond niet meer over, dat beloof ik. Je moet dit op je eigen manier doen en ik wilde je niet overstuur maken. Alsjeblieft, schat, ga niet zo van me weg. Ik stel voor dat we dit even opzijzetten en tot bedaren komen.'

Ik voel me inderdaad rustiger worden. Later, bij het afscheid, zijn we ingetogen en vol genegenheid.

Maar de pijn in mijn hart is zwaar en verstikkend, want ik weet dat ik me niet gedraag zoals het een aanstaande echtgenote betaamt. Ik heb het gevoel vreselijk tekort te schieten. Misschien kunnen zulke grote dromen niet uitkomen… niet voor mij.

60

De twee dagen daarna gaan we het onderwerp uit de weg, maar daaraan kleeft een hoge prijs. Hoewel Henry en ik geen ruzie maken en lief voor elkaar zijn, heeft ons contact iets levenloos, terwijl voorheen de vonken ervan afvlogen. Als we bij elkaar zijn, houden we elkaars hand vast en glimlachen we. We geven elkaar de melk en suiker aan tijdens het theedrinken. We zien eruit als het toonbeeld van een jong, verloofd stel. Maar we barsten niet meer in lachen uit. We grijnzen en plagen niet. We vergeten niet meer waar we zijn en zoenen elkaar niet tot we geen adem meer krijgen. Hoe dicht we ook bij elkaar zijn, er gaapt een zwart gat tussen ons in.

Ik hou mezelf voor dat hij nukkig is omdat hij zijn zin niet krijgt, dat hij niet begrijpt hoe het voor mij altijd is geweest. Wanneer we het over de toekomst hebben, klinken onze stemmen opgewekt, maar zijn onze woorden hol. We houden het vaag, omdat er nog zo veel onbekend en onuitgesproken is. We verkeren in een vreselijke toestand waarin we maar half leven. Ik voel me er nog steeds niet prettig bij om Aurelia de rug toe te keren, maar het is nu nog veel moeilijker om Henry achter te laten dan toen alles goed ging tussen ons. Volgens mij wacht ik af tot we weer onszelf zijn voordat ik een beslissing neem, maar het lijkt wel of we elke dag meer uit elkaar groeien en ik Aurelia's speurtocht zonder goede reden uitstel. Daar voel ik me schuldig om. En ik voel me ook schuldig tegenover Henry. Net als toen ik nog op Hatville Court woonde, heb ik het gevoel dat ik een vreselijke lastpak ben.

Het is een opluchting om tijd zonder hem door te brengen. Als mevrouw Riverthorpe zich al afvraagt waarom ik weer bij haar kaartavondjes aanwezig ben, zegt ze daar niets over. En zo komt het dat ik op een zeker moment weer alleen ben met Quentin Garland.

Hij is te vroeg komen opdagen om canasta te spelen, waarom weet ik niet, en mevrouw Riverthorpe reageert geïrriteerd op zijn komst. Ze zegt tegen hem dat ze nog veel te doen heeft voordat de andere gasten komen en beent weg, waardoor we met zijn tweeën achterblijven in de salon. Ik trek mijn dikke moerbeikleurige omslagdoek dichter om mijn schouders. Het is inmiddels mei en de haard brandt niet, maar de kamer ziet er nog troostelozer uit dan anders. Of misschien ligt dat aan mijn gemoedstoestand.

Hij is natuurlijk tot in de puntjes uitgedost in een nachtblauw jasje en een prachtige op maat gemaakte crèmekleurige pantalon. De diepe kleur van zijn jasje accentueert het lichtere blauw van zijn ogen, zijn halsdoek en zijn bijpassende handschoenen. Die laatste trekt hij nu voorzichtig uit, vinger voor vinger.

Om iets omhanden te hebben laat ik thee brengen.

Een tijdlang wisselen we stijfjes beleefdheden uit, terwijl de thee onaangeroerd op het zilveren dienblad blijft staan. Dan schenkt hij me een glimlach. 'Juffrouw Snow, mag ik eerlijk zijn? Ik heb het gevoel dat onze hechte vriendschap geleden heeft onder wat er de laatste tijd is gebeurd, en dat vind ik jammer. Als ik dat had geweten, had ik mijn mond gehouden. Ik wil nog steeds graag een vriend voor u zijn, als u dat wilt. Mag dat?'

In mijn herinnering was onze vriendschap helemaal niet zo hecht, maar ik heb wel altijd diepe bewondering voor hem gekoesterd en zeg natuurlijk ja.

'Vergeef me dan dat ik dit zeg, maar gaat het wel goed met u? U ziet er vermoeid uit, een beetje… bezorgd. Als er iets aan de hand is, wil ik u graag helpen.'

Geen wonder dat ik er vermoeid uitzie. Nadat Henry me de liefde had verklaard, voelde ik me zo euforisch dat ik geen oog dichtdeed. Nu slaap ik nog steeds slecht, om dezelfde redenen als vroeger. De herinneringen aan Hatville Court dringen zich weer aan me op. Op de momenten dat ik wel slaap, heb ik vreemde dromen. Ik heb al een hele poos geen goede nachtrust meer gehad. 'Ik ben gewoon moe, meneer Garland. Weet u nog dat ik het met u over die persoonlijke kwestie had, waarvoor ik binnenkort weer verder zou moeten reizen?'

'Uiteraard.'

Opeens heb ik sterk de behoefte om mijn hart uit te storten, bij wie dan ook. 'Die tijd is nu aangebroken en het ligt nogal... gevoelig. U hebt gelijk, ik maak me zorgen. Ik weet niet goed wat ik moet doen en dat ben ik niet gewend.'

'En uw vriend, zou hij achter uw besluit staan als u gaat?'

'Daar zit de andere moeilijkheid, meneer Garland. Henry wil graag met me mee, hij wil niet dat ik alleen ga.'

'Het lijkt me niet meer dan vanzelfsprekend dat hij niet van u gescheiden wil worden. Het is ook hoogst ongebruikelijk dat een jongedame alleen reist, zoals u tot nu toe hebt gedaan. Zelf heb ik daar geen problemen mee, maar wellicht is hij wat traditioneler ingesteld.'

'Volgens mij gaat het hem niet om de fatsoensregels, ik denk dat hij oprecht bezorgd om me is. En volgens mij is hij gekwetst omdat ik hem niet méér heb toevertrouwd over de kwestie die ik af te handelen heb.'

'Die is toch geheim, zei u?'

'Inderdaad!' roep ik gefrustreerd uit.

'Dan hoeft u er niets over te zeggen. Een geheim is een geheim. Vooral als het gaat om een geheim tussen twee jongedames.' Hij glimlacht innemend. 'Als hij de juiste man voor u is, zal hij uw behoefte aan privacy respecteren.'

'Dank u, meneer Garland, u bent erg vriendelijk.'

Het stelt me een beetje gerust dat ik me kennelijk niet onredelijk gedraag. Misschien laat ik me alleen door hem geruststellen omdat ik dat zelf zo graag wil geloven. Ik sta mezelf zelfs toe, één krankzinnig moment slechts, om me af te vragen of meneer Garland misschien tóch de juiste man voor mij zou zijn. Per slot van rekening zou het veel makkelijker zijn om iemand te hebben die Aurelia's geheim zonder vragen te stellen respecteert en die me niet onder druk zet. Alleen gaat het daar natuurlijk niet om. Het gaat erom dat ik van Henry hou.

Een voor een druppelen de andere gasten binnen en ik hoop dat het kaartspel, hoe saai het ook is, me even afleiding zal bieden. Dat is niet zo. Ik moet er steeds aan denken dat Henry over twee dagen al naar Richmond vertrekt en dat ik nog steeds niet weet wat ik moet doen.

Ik heb slechte kaarten en meneer Garland wint keer op keer. Mevrouw Riverthorpe is chagrijnig en de gesprekken verlopen stroef, wat er door mijn sombere humeur niet beter op wordt. Buiten is de bewolkte middag overgegaan in een prachtige meiavond, dus besluit ik de frisse lucht op te zoeken, met de smoes dat ik hoofdpijn heb. Gelukkig biedt meneer Garland niet aan om me te vergezellen.

Ik loop naar Crescent Fields en denk terug aan de dag dat ik Henry hier tegenkwam, toen het regende dat het goot en het water van mijn luifelhoed gutste. Op dat moment, op precies deze plek, blikte ik vooruit op mijn drie weken in Bath, in de verwachting dat ik mezelf door de dagen heen zou moeten slepen. Nu zijn de drie weken voorbij en zie ik er als een berg tegen op om te vertrekken. Ik sta in een waas van schemerlicht en de vroege zomermaan. Aurelia's speurtocht ligt stil en niets voelt zoals het hoort te voelen.

Ik dwing mezelf om adem te halen, om na te denken. Ik hou mezelf voor dat ik de baas ben over mijn eigen leven en dat ik zelfs de moeilijkste beslissingen zelf moet nemen. Alleen kan ik dat niet. Ik kan niet kiezen. Als ik de speurtocht niet afmaak, zal het schuldgevoel me zeker verpletteren en al het goede wat mijn leven me misschien nog brengt overschaduwen. Maar ik kan Henry niet achterlaten, ik kan niet het risico nemen hem kwijt te raken. Ik wil met hem mee naar Richmond. Ik gá met hem mee naar Richmond. Even lonkt dat vooruitzicht naar me als een luchtspiegeling. En toch...

Ik neem mezelf voor om niet terug te gaan naar Hades House voordat ik een beslissing genomen heb. Maar het wordt al donker en als er uit de schaduwen opeens een vreemdeling met een militaire hoed opduikt en langs me heen loopt met zijn blik strak op mij gericht, weet ik dat het dom is om hier alleen te blijven en me te laten leiden door mijn besluiteloosheid. Vanavond dan maar. Vanavond zal ik een beslissing nemen.

Op de terugweg loop ik stevig door en ik ben opgelucht als het huis voor me opdoemt, hoe onheilspellend het er ook uitziet. Mijn opluchting is echter van korte duur.

Mevrouw Riverthorpe ijsbeert met haar kromme gestalte door de hal. Wanneer ze me ziet, komt ze met een doordringende blik op me af. 'Amy, je moet meteen vertrekken.'

Ik schrik op uit mijn droomtoestand. 'Neem me niet kwalijk? Waarom?'

'Heb je haar dan niet gezien?'

'Wie? Ik heb niemand gezien.'

'Waar ben je geweest?'

'Bij Crescent Fields. Wat is er gebeurd, mevrouw Riverthorpe? Waarom moet ik weg?'

'Er is bezoek voor je geweest, Amy.'

'Henry? Zo laat nog?'

'Nee, niet Hénry. Lady Celestina Vennaway was hier, in hoogsteigen persoon, en ze stond erop dat ze jou te zien zou krijgen.'

Ik wankel en moet steun zoeken bij de muur om overeind te blijven. 'Lady Vennaway? Hier? Wat wilde ze? Wat hebt u tegen haar gezegd?'

'Ik heb natuurlijk gezegd dat ik nog nooit van je gehoord had. Ik heb haar weggestuurd. Het was duidelijk dat ze me niet geloofde, maar dat doet er niet toe, zolang ze je niet in haar klauwen krijgt en zolang ze niet weet waar je naartoe bent gegaan. Vooruit, ga je spullen pakken. Bereid je voor. Het rijtuig brengt je bij zonsopgang naar Londen. Je zou natuurlijk ook met de trein kunnen gaan, maar ik wil niet dat je te traceren bent. Ik wil niet dat ze gaat rondneuzen en dat de een of andere nietsvermoedende sukkel tegen haar zegt waar je naartoe bent gegaan. Het rijtuig brengt je naar Londen en vanaf station Euston kun je de directe treinverbinding naar York nemen. Ik zal Ambrose met je mee sturen en zij zal kruiers regelen voor je bagage. Ik heb Madam Vennaway laten volgen door Cecile, om zeker te weten dat ze hier niet meer naartoe komt. Ik kan…'

'Mevrouw Riverthorpe, stóp!'

Zo heb ik haar nog nooit gezien. Ze ratelt, denkt hardop, smeedt plannen, allemaal alsof ik er niet bij ben, ik, degene om wie al die plannen draaien. Het komt weer bij me op dat ze Aurelia's geheim kent. Dat moet echt wel heel belangrijk zijn, als ze zo van haar stuk is gebracht door de komst van Aurelia's moeder.

'Op deze manier wil ik niet vertrekken. Het kan vast geen kwaad als u even de tijd neemt om het uit te leggen. Vertel me alstublieft precies wat er gebeurd is en wat er is gezegd. Hoe zag ze eruit?'

Ik weet niet goed waarom ik dat vraag, behalve dan omdat ze zo lang deel van mijn leven heeft uitgemaakt. Hoe erg ze mij ook veracht, ik weet hoe het voelt om Aurelia kwijt te zijn.

'Hoe ze erúítzag? Labiel. Mager. Beeldschoon. Van top tot teen in zwarte rouwkleding gehuld, maar ze droeg het als een koningin.'

Daarna vertelt mevrouw Riverthorpe me dat er enige tijd geleden hard op de deur werd geroffeld. Ze ging ervan uit dat een van haar gasten iets vergeten was en liet Ambrose ondanks het late tijdstip opendoen. De huishoudster kwam echter terug met het visitekaartje van Lady Celestina Vennaway.

Mevrouw Riverthorpe spoedde zich naar de deur, vastberaden om haar af te wimpelen voordat ik terugkwam. Ze strompelde naar buiten om Lady Vennaway in haar rijtuig toe te spreken.

'Mag ik binnenkomen, mevrouw Riverthorpe?' vroeg Lady Vennaway.

'Nee, dat mag u niet,' antwoordde mevrouw Riverthorpe.

Toen Lady Vennaway zag dat de vrouw des huizes niet alleen vastberaden was, maar ook op leeftijd, bood ze haar aan om verder te praten in het rijtuig, een verzoek dat meteen werd afgeslagen omdat het gesprek volgens mevrouw Riverthorpe niet lang zou duren.

Ik gun mezelf een momentje om me een voorstelling te maken van de mythische strijd tussen de twee meest trotse vrouwen die ik ooit heb gekend: allebei hooghartig, allebei gewend om hun zin te krijgen. Ik kan me niet indenken dat een van hen al eens eerder iemand is tegengekomen die aan haar gewaagd is. Het moet zoiets zijn geweest als een gevecht tussen een exotische draak en een monster uit de prehistorie.

Lady Vennaway vroeg naar mij. Haar zuster had me gezien, vertelde ze, in het gezelschap van een dame die beweerde mij onder haar hoede te hebben genomen. Ze wilde me dringend spreken en omdat haar pogingen om schriftelijk contact met me op te nemen op niets waren uitgelopen, was ze me zelf komen opzoeken.

Mevrouw Riverthorpe loog glashard dat ze me nog nooit gezien had, dat ze zelfs nog nooit van me gehoord had, en dat er een vergissing in het spel moest zijn. Dat deed ze zo stellig en zo overdreven beleefd dat haar bezoeker, hoewel die haar duidelijk niet geloofde, zich gedwongen zag om onverrichter zake te vertrekken.

Ergens zou ik willen dat ik daar getuige van had kunnen zijn.

Maar, vervolgt mevrouw Riverthorpe, morgenochtend moet ik direct vertrekken.

'Zou het echt zo erg zijn om haar te ontvangen?' vraag ik. 'Als ik dat hier zou doen, bij u, zou ik me veiliger voelen. Ik ben het beu om steeds maar te moeten vluchten en angstvallig over mijn schouder te moeten kijken. Kan ik niet beter de confrontatie met haar aangaan?'

'Nee, Amy. Wat ze ook wil, het kan niets goeds zijn. Als je haar te woord staat, kan dat je zoektocht in gevaar brengen. Je kunt niet goed liegen, kindje, dat maakt het des te erger. Je moet gaan. Het spijt me.'

Het voelt alsof ik aan de rand van een afgrond sta. Ik had nooit gedacht dat ik het erg zou vinden om uit Hades House te vertrekken, maar nu het zover is, merk ik tot mijn verbazing dat ik aan deze plek gehecht ben geraakt. Mijn zoektocht mag dan verre van gebruikelijk zijn, het stelt me gerust dat mevrouw Riverthorpe dwars tegen de conventies ingaat. Hoewel ze geen serene, meelevende mentor is, is ze voor mij wel een soort ankerpunt geweest. Nu moet ik het beetje stabiliteit dat ze me heeft geboden achter me laten om mijn langste reis tot nu toe te maken, met de minste voorkennis.

'Mevrouw Riverthorpe, hoe weet u dat ik naar York moet?'

'Ik weet alles.'

'Alstublieft, ik sméék het u, vertel me dan wat ik daar moet doen en wat ik er zal vinden. Ik heb Aurelia's spoor keurig gevolgd, maar nu moet ik ook rekening houden met Henry... Ik heb me hier suf over gepiekerd. Kunt u het me niet vertellen en me deze laatste stap besparen? Het zou alleen een kortere weg zijn.'

'Nee, Amy. Het is niet mijn bedoeling om je te dwarsbomen...' Ze trekt haar wenkbrauwen op. '... maar zoals ik al eerder tegen je gezegd heb, heb ik Aurelia een belofte gedaan. Het is niet aan mij om haar geheim te vertellen. Volgens mij kun je er beter achter komen op de manier die zij heeft uitgedacht. Henry wacht wel op je.'

'Vertel me dan één ding, één ding maar. Beloof het me.'

'Als het kan.'

'Komt het spoor ten einde in York? Kan ik dit daar afsluiten?'

Ze kijkt me een hele poos aan en ik stel me voor dat ik argumenten om te spreken en argumenten om haar mond te houden om voorrang zie strijden in haar geslepen brein. Uiteindelijk slaakt ze een zucht. 'Het eindigt daar.'

O! Aan dat beetje zekerheid klamp ik me vast. Nu ik dit eindelijk zeker weet, lijkt het me heerlijk om het aan Henry te vertellen. Dit moet wel betekenen dat we niet lang van elkaar gescheiden zullen worden. Ik kan hem eindelijk geruststellen. Deze wetenschap verandert alles. Dit betekent dat ik het aankan om de speurtocht voort te zetten... al is de keuze natuurlijk al voor me gemaakt door Celestina Vennaway.

'Ik ga u missen, mevrouw Riverthorpe. Bedankt voor alles wat u voor me gedaan hebt... hoe vreemd sommige dingen ook waren. Ik hoop echt dat we elkaar nog eens zullen zien, als ik u tenminste niet te erg verveel.'

Er valt weer een stilte en ik denk – nee, ik weet zeker – dat ik de uitdrukking op haar gezicht zachter zie worden. Dan zegt ze: 'Ga maar inpakken, Amy, morgen moet je hier weg.'

61

Ik schrik wakker omdat er hard op mijn deur wordt gebonkt. Het is nog donker en ik speur mijn warrige gedachten af naar wat me ontschoten is. In het donker kan ik net mijn kledingkast ontwaren. De deur staat open, de kast is leeg. Dan weet ik het weer: ik moet vandaag vertrekken.

Mevrouw Riverthorpe valt mijn kamer binnen en begint aan de dekens te sjorren. 'Kom op, jongedame, opstaan!'

Ik tuimel uit bed als een kuiken uit een nest, blind en in de war. Het voelt alsof ik een vogeltje voor de poes ben. 'Wacht, mevrouw Riverthorpe! Het is nog donker buiten. Geef me even de tijd.'

Ze slaat geen acht op mijn bezwaren. 'Die tijd hebben we niet. Straks komt dat mens misschien weer terug, dan moet jij weg zijn. Ik zie dat je al ingepakt hebt, mooi zo. Kleed je aan. Ik zal je brood meegeven voor onderweg.'

'Krijg ik geen ontbijt meer?'

'In York kun je zo veel ontbijten als je wilt. Kom, sputter niet zo tegen.'

Ik kleed me onhandig aan en voordat ik het weet sta ik al bij de voordeur, knipperend met mijn ogen. Mijn hutkoffer is ingeladen, de paarden staan klaar, hun hoeven schrapen over het wegdek. Aan de hemel prijkt nog een voor driekwart volle maan, deels aan het oog onttrokken door een wolkensluier.

Ambrose duikt op met mijn reismantel en wat ingepakt brood, al snak ik eigenlijk naar koffie.

‘Mevrouw Riverthorpe, wilt u niet met me meegaan naar Londen? Ik wil u nog zo veel vragen. Sinds ik hier ben, hebben we het amper over Aurelia gehad.’

Dat is niet de enige reden dat ik het vraag. Tot mijn eigen verbazing zie ik op tegen het afscheid. Ze is al oud. Stel dat ik haar nooit meer zal zien?

‘Met praten krijgen we haar niet terug. Nee, als haar moeder terugkomt, moet ik hier zijn om haar te woord te staan. Laat Henry ook maar aan mij over, want ik verwacht dat die hier wel zal komen rondsnuffelen. Wees maar niet bang, ik zal me gedragen.’

‘Maar mevrouw Riverthorpe, u kunt toch niet verwachten dat ik wegga zonder afscheid te nemen van Henry! Dat is absurd.’

‘Er is geen tijd voor een innig afscheid. Als hij je echt waard is, zal hij het wel begrijpen. Denk erom, we weten niet waar Aurelia’s moeder logeert. Stel je voor dat je haar op weg naar Henry tegenkomt. Nee, je moet in dat rijtuig stappen en er pas weer uit komen als je Bath een heel eind achter je hebt gelaten. Trouwens, het is vijf uur ’s ochtends. Op dit tijdstip zit niemand op bezoek te wachten.’

Mijn vriendelijke afscheidsgroet besterft op mijn lippen. Ik tril zo erg van woede dat ik mijn eigen stem niet vertrouw, dus zeg ik niets. Ik been de traptreden af en klauter in het rijtuig, terwijl ik de uitgestoken hand van de koetsier bij me vandaan sla. Ik sleep mijn rokken, waar vanochtend geen eind aan lijkt te komen, naar binnen en trek het portier met een klap dicht. Als je het mij vraagt, maakt ze hier een onnodig drama van en gedraagt ze zich vreselijk onvriendelijk. Nadat Ambrose is ingestapt, vertrekken we. Ik kijk niet meer achterom en keur ook Ambrose geen blik waardig.

We denderen op hoge snelheid door de straten, die er stiller bij liggen dan ik ze ooit heb gezien. Vogels stuiven op wanneer we naderen. Ik ben bang dat we de hele buurt wakker zullen maken en dat iemand het rijtuig van mevrouw Riverthorpe zal herkennen en tegen Lady Vennaway zal zeggen dat er iemand bij het eerste ochtendgloren dat huis is ontvlucht. Dan zal ze direct weten dat ik het was. Ik ben nergens veilig, snapt mevrouw Riverthorpe dat dan niet? De brief van Lady Vennaway heeft me bereikt in Twickenham, ze heeft me gevonden in Bath. Ik begin me steeds meer als een opgejaagd dier te voelen en dat is niet prettig.

Vlak bij Henrietta Street sta ik wankelend op en bonk zo hard als ik kan met mijn vuist tegen het dak van het rijtuig.

'Juffrouw Snow!' roept Ambrose verschrikt uit. 'Ga zitten, straks bezeert u zich nog. We mogen niet stoppen.'

'Ambrose,' zeg ik met opeengeklemde kiezen, terwijl ik al wankelend blijf bonken, 'dat kan me niets schelen.'

Het rijtuig komt tot stilstand en ik word tegen de tegenoverliggende wand geslingerd. Ambrose graait naar me, maar krijgt alleen een handvol van mijn vervloekte rokken te pakken. Wat heb ik eigenlijk aan, vraag ik me af. Mijn bordeauxrode reiskostuum. Ik kan me niet herinneren dat ik dat heb uitgekozen.

'Probeer me niet tegen te houden, Ambrose,' waarschuw ik haar. 'Ik weet dat je loyaliteit bij mevrouw Riverthorpe ligt, maar ik ga hier niet in mee. Je kunt me niet dwingen. Wacht hier. Ik blijf hooguit tien minuten weg.'

Voordat ze iets kan zeggen ben ik al uitgestapt. Misschien zal ze me achternakomen, maar als ze me wil tegenhouden, moet ze snel zijn. Het is nog geen half zes als ik op de deur van de familie Longacre bonk.

De bedienden zullen in elk geval al wel wakker zijn, dat weet ik maar al te goed.

Elsie doet geeuwend en verwoed met haar ogen knipperend open en kijkt stomverbaasd als ze mij ziet. 'Juffrouw! Is alles in orde? Neem me niet kwalijk dat ik het vraag, juffrouw.' Ze doet snel een stap naar achteren.

'Dank je, Elsie. Nee, niet echt.' Ik leun tegen de deurpost, blij dat ik ergens steun bij kan zoeken. De hal is in schaduwen gehuld en ik kan voelen dat de mensen op de bovenverdieping nog diep in slaap zijn. Een golf van verdriet overspoelt me. 'Ik moet onmiddellijk meneer Mead spreken, er is geen tijd te verliezen.'

'Natuurlijk, juffrouw. Komt u binnen.'

Ik wacht in de ontbijtkamer, waar ik al zo vaak heerlijk koffie heb gedronken en met mijn vrienden heb gepraat. De kamer, eigenlijk het hele huis, is elegant ingericht en ligt er rustig bij. Daarbuiten is de tuin waar Henry me de liefde heeft verklaard. Ik zet me schrap voor het zoveelste afscheid.

Henry is binnen de kortste keren bij me, met zijn hemd losjes in zijn broek gestoken. Zijn bretels hangen omlaag en zijn haar ziet er verwilderd uit – net als het mijne, zie ik opeens in een spiegel. Ik zal wel vergeten zijn het te borstelen. Hij heeft iets krijgshaftigs over zich. 'Amy! Is er iets gebeurd? Heeft iemand je pijn gedaan? Waarom heb je die kleren aan?'

'Ik moet naar York, Henry, nu meteen. Lady Vennaway is in Bath en is gisteravond naar Hades House gekomen om mij te zoeken. Mevrouw Riverthorpe heeft me weggestuurd.'

Tot mijn teleurstelling kijkt hij me niet-begrijpend aan. 'Waarom moet je dan weg? Laat haar maar komen! Je gaat haar toch niets vertellen. Ze kan je niets maken, want niemand weet iets. Behalve dan ikzelf en mevrouw Riverthorpe, maar wij zullen je niet verraden.'

Zelf ben ik al net zo in de war als hij. Wat kan ik zeggen? 'Ik weet het. Maar mevrouw Riverthorpe wil me weg hebben en het moment is daar en... Henry, ik moet dit doen.' Mijn stem slaat over en ik laat me op een stoel zakken. Ik kijk naar hem op en smeek hem in stilte om het te begrijpen. 'Luister naar me, Henry, het spoor eindigt in York. Dat heeft mevrouw Riverthorpe me verteld. Zij kent Aurelia's geheim. Ik heb haar gesmeekt het me te vertellen opdat ik hiermee kan ophouden, maar dat weigerde ze. Toch heeft ze me verzekerd dat York de laatste bestemming is. Ik kom weer bij je terug, liefste. Het duurt nu niet lang meer.'

Henry kijkt me aan alsof ik gek geworden ben. Met drie lange passen is hij bij me, en hij laat zich op zijn knieën zakken en pakt mijn handen beet. 'Laat me met je meegaan. Ik kan nu meteen vertrekken. Geef me een minuut om me aan te kleden. Ga niet alleen.'

'Nee, Henry, je sollicitatiegesprek! Je moet naar Richmond gaan.'

'Ga dan met me mee! Blijf vandaag hier, in Henrietta Street. Hier zal ze je niet komen zoeken. Dan gaan we direct na mijn sollicitatiegesprek samen naar York.' Hij klampt zich aan mijn handen vast alsof ze mijn laatste restje gezond verstand zijn.

Doodongelukkig schud ik mijn hoofd. 'Nee, Henry, je weet dat ik je niet kan meenemen. Het spijt me, maar ik zie je binnenkort weer,' fluister ik.

Hij trekt zijn handen terug en staat op. 'Amy! Laat me niet zo achter.'

Ik voel tranen opkomen. 'Ga je me nu commanderen, Henry? Ik heb al genoeg orders op te volgen, dat weet je.'

Ongelovig kijkt hij me aan, met zijn handen ineengevouwen achter zijn hoofd. 'Dat doe ik helemaal niet! Maar ik hou van je. Ik maak me zorgen om je. Verwacht je nu heus dat ik naar Richmond ga om een sollicitatiegesprek te voeren dat bedoeld is als de basis voor ons verdere leven samen, terwijl ik niet eens weet waar of wanneer ik je weer zal zien? Dit is waanzin! Kun je me geen adres geven zodat ik je kan schrijven?'

Het voelt alsof ik met de minuut kleiner word. 'Dat heb ik niet, Henry! Het spijt me, ik dacht dat je het wel zou begrijpen. Mevrouw Riverthorpe zei dat je het zou begrijpen als je... als je me...'

'Wat? Als ik je wáárd was? Amy, jij weet net zo goed als ik dat die vrouw een verwrongen beeld heeft van de liefde. Je weet wat voor man ik ben. Ik ben geen bazige echtgenoot die erop staat dat zijn vrouw hem klakkeloos gehoorzaamt. Maar om nou van iemand die van je houdt te vragen om te accepteren dat je zonder uitleg voor onbepaalde tijd weggaat, om zich geen zorgen te maken terwijl je in je eentje een lange reis naar een onbekende bestemming gaat maken, om te accepteren dat je hem buitensluit uit je leven, uit je plannen, uit je hart, alsof hij niets voor je betekent... Ik weet dat ik gezegd heb dat ik je zou steunen in deze zoektocht, maar dit... Dit is te veel gevraagd, Amy. Als je het redelijk vindt om dit van me te verlangen, dan hou je niet zo veel van mij als ik van jou.'

'Ik hou wél net zo veel van jou als jij van mij, maar mijn omstandigheden zijn anders. Ik ben niet vrij, dat weet je.' Mijn stem klinkt heel kleintjes, vergeleken bij de zijne.

'Nogmaals, ik verlang niet van je dat je Aurelia opgeeft. Hoe vreemd en geheimzinnig en duister het me ook allemaal voorkomt, ik vraag je alleen om me niet aan de kant te zetten totdat onze relatie jou beter uitkomt. Ik vraag je om dit samen met mij te doen. Daar gaat het om bij een liefdesverbintenis, Amy! Kun je me dat niet geven?'

Ongelukkig staar ik hem aan. Het duizelt me en ik kan amper bevatten wat hij tegen me zegt. Aan zijn doordringende blik te zien wacht hij op antwoord. Ik heb er genoeg van dat anderen me opdragen wat ik wel en niet mag doen. Mijn hutkoffer is gepakt en op het rijtuig gehesen. Ambrose wacht op me. En ik wil naar York, om hier eindelijk een punt achter te kunnen zetten.

Ik sta op. 'Niet op dit moment, Henry, dat weet je. Maar je moet niet zeggen dat ik niet hetzelfde voor jou voel als jij voor mij. Dat is wreed. Je weet dat ik zielsveel van je hou.'

Ik verwacht dat hij weer tegen me in zal gaan, maar zijn woede is uitgeblust. Hij gaat een eindje bij me vandaan staan en ziet er zo verdrietig en vermoeid uit dat hij opeens tien jaar ouder lijkt. 'In de liefde draait het niet om woorden, hoe prettig het ook is om die te horen. Het draait om de keuzes die je maakt. In die van jou lijk ik geen rol te spelen. Je hebt het over de toekomst, maar de toekomst komt altijd voort uit het heden, uit het punt waarop we ons nu bevinden.'

Ik ben lamgeslagen en voel mijn eigen gezicht niet meer. 'Henry, ik zou heel graag met je in discussie gaan over wat liefde precies betekent, maar daar heb ik nu geen tijd voor. Ik had hier niet eens moeten zijn, mevrouw Riverthorpe gunde me zelfs geen tijd om afscheid te nemen. Maar ik wilde niet weggaan zonder jou gedag te hebben gezegd.'

'O! Moet ik nu dankbaar zijn? Omdat je niet de stad uit bent gegaan zonder ook maar een waarschuwing vooraf? Omdat ik me nu niet hoef af te vragen wat er toch van je geworden is? Goh, bedankt, maar dat lijkt me een kleine moeite! En hoe moet het nu verder? Moet ik je telkens zonder morren uitzwaaien wanneer iemand je opdraagt om ergens heen te gaan of iets te doen? Waarom ben je toch zo volgzaam, Amy? Je bent geen bediende op Hatville Court meer.'

Ik steek mijn kin in de lucht. 'Dat weet ik ook wel! Maar meer heb ik je op dit moment niet te bieden. Henry, ik wil je echt niet kwetsen, maar ik heb geen keus...' Mijn stem sterft weg als ik bedenk dat ik dit mezelf al sinds januari voorhoud, maar het zelf niet meer geloof.

Hij is echter te afgeleid om me daarop te wijzen. 'Misschien gaat het te snel voor je,' zegt hij, 'omdat je nog steeds bezig bent met al die intriges uit het verleden. Misschien zijn mijn gevoelens gewoon niet wederzijds. Ik weet het niet, maar ik weet wel dat dit niet goed voelt. Dit is niet zoals het zou moeten zijn.' Hij ziet eruit alsof zijn hart gebroken is. In zijn ogen ligt een omfloerste blik, zijn schouders hangen.

Ik begrijp niet goed wat er gebeurt en doe een stap naar hem toe.

Hij draait zich echter bij me vandaan en laat zijn handen op de schoorsteenmantel rusten. 'Amy, liefste... ik denk... dat ik je beter kan loslaten. Ik zie dat er een enorme last op je schouders drukt en wil die niet nog groter maken. Ik wil niet de zoveelste zijn die eisen aan je stelt. Maar ik kan ook niet doen wat jij van me verlangt. Ik kan me niet aan de kant laten zetten, afstand van je houden. Ik ben niet... Goeie god, het laat me niet koud wat je allemaal doet!' Opeens slaat hij met zijn vuist op de schoorsteenmantel, waardoor de kandelaars een sprongetje maken. 'Ik wil voor je zorgen. Ik wil een echte, liefdevolle relatie met je. Als ik dat niet kan krijgen, kan ik gewoon niet... als een dwaas op je blijven wachten.'

Eerder voelde ik me al verdoofd, maar nu lijkt mijn lichaam wel van ijs. 'Hoe bedoel je? Ik begrijp het niet! Maak je het uit?'

'Begrijp me niet verkeerd, Amy. Ik heb dit nooit gewild.' Triest schudt hij zijn hoofd. 'Ik probeer gewoon te doen wat het beste is voor ons allebei.'

Mijn woorden lijken uit een peilloze diepte omhoog te moeten komen. Als ik weer iets zeg, klinkt het zwak en verstikt. 'Maar dat is onzin, Henry, klinkklare onzin! Ik vraag alleen om tijd... en om jouw steun... om bepaalde dingen uit te zoeken... om mezelf voor te bereiden... voordat jij en ik...'

'Dan heb je je keus gemaakt. Vaarwel, Amy, en veel geluk op je reis. Ik wens je alle veiligheid toe en hoop dat je me komt opzoeken wanneer je vrij bent om net zo van mij te houden als ik van jou hou. Maar ik reken er niet op, want wie weet wat er hierna weer van je gevraagd zal worden, wat je hierna weer belangrijker zult vinden dan onze echtvereniging. Ik hoop dat ik je weer zal zien, maar tot die tijd zal ik verdergaan met mijn leven zoals ik dat zelf wil.' Hij maakt geen aanstalten om me te zoenen of mijn hand vast te pakken. In plaats daarvan blijft hij stokstijf staan, alsof hij zich aan de minste aanraking zou kunnen branden.

Ik staar naar de vloer. Al mijn kracht is uit me weggevloeid, het tapijt in. Het ijs smelt en maakt plaats voor pijn. Me loslaten? Een dwaas die op me wacht?

Waarom begrijpt hij het nou niet? Ik heb nog maar één keer eerder van iemand gehouden, en dat was Aurelia. Ik weet niet hoe het werkt om méér te hebben. Het komt niet alleen door de speurtocht, bedenk ik verbitterd. Liefde voelen, een verbintenis aangaan, dat is het probleem. Ik ben er niet geschikt voor. Ik heb het nooit geleerd. Ik heb tijd nodig om orde op zaken te stellen, om te geloven dat ik het waard ben, om mijn leven onder de loep te nemen. En aan die tijd ontbreekt het me.

Met een ruk draai ik me om en storm de kamer uit. Ik verlaat het huis en sla de deur met een klap achter me dicht. Rennend ga ik verder, door een straat die nog maar net ontwaakt en zich klaarmaakt voor een gloednieuwe dag.

62

In mijn wanhoop keer ik niet direct terug naar het rijtuig. De tranen stromen over mijn wangen en verblinden me half. Ik sla rechts af waar ik linksaf moet en kom uit op Pulteney Bridge.

Het water lonkt naar me. Zonder erbij na te denken haast ik me een stenen wenteltrap af, maar zodra ik wat verder kom, aarzel ik. Het ruikt koel en vochtig, de vroege ochtendzon is hier nog niet doorgedrongen. De treden zijn glibberig en groen, alsof het wier uit de rivier omhoogkruipt en de stad besluipt. Toch daal ik nog verder af, met het idee dat de nabijheid van de rivier me zal kalmeren.

Dat is niet zo. Er is meer dan een rivier voor nodig om de wond in mijn hart weg te spoelen. Henry heeft onze verloving verbroken. Nou ja, het was natuurlijk niet echt een verloving, maar hij heeft de beloftes teruggetrokken die hij me gedaan heeft. Ik vind het onverteerbaar, echt onverteerbaar. Zonder Henry om naar terug te keren kan het me niet schelen waar ik naartoe ga of hoe lang ik daar moet blijven. Misschien blijf ik maar in York, ver weg van alles, ver weg van mijn geknakte hoop en stukgeslagen dromen. Hoe verder weg, hoe beter.

Ik grijp de reling vast en staar naar het ruisende, raadselachtig groene water. Het liefst zou ik me op de grond laten zakken. Ik wil teruggaan om hem om vergiffenis te smeken, maar dat kan ik niet. Hij vraagt iets van me wat ik hem niet kan geven en wat ik eerlijk gezegd niet helemaal begrijp. Daar is de afgelopen zes minuten niets aan veranderd. Hij zag er zo vastberaden uit.

Ik zal verdergaan met mijn leven zoals ik dat zelf wil.

Daar had je die koppige inslag waarover hij het eerder al had. En dan de blik in zijn ogen, het verdriet dat ik hem heb gedaan… Dat blijft me nog het meeste bij, want ik weet dat ik hem niet verdien.

'Vreemd en geheimzinnig en duister.' Wederom voel ik me een kwaadaardige kabouter, zoals ik hier rondhang in de schaduwen langs het water. Ik hou mezelf voor dat het beter voor Henry is als ik niet terugga. En ik walg meer van mezelf dan ooit, want ik weet dat het niet waar is.

Verderop, na de bocht in de rivier, hoor ik dronken mannen lachen en zingen. Er trekt een golf van angst door me heen. Wat ben ik toch een dwaas. Helemaal alleen, nog voor zes uur 's ochtends, op een verlaten plekje aan de voet van een brug. Een dame zou zich hier nooit vertonen. En niemand weet waar ik ben.

Ik loop de trap weer op, maar glijd uit en stuiter drie of vier treden naar beneden, waarbij ik mijn hand schaaf en mijn kin openhaal. Net wanneer ik ben opgekrabbeld, komen de mannen de bocht om. Ik kan alleen maar tegen de muur bij de trap aan gedrukt gaan staan, met mijn rokken dicht tegen me aan. Als ze de trap naar de brug op klimmen, zullen ze me zien, maar als ze verder sjokken langs de rivier, blijf ik misschien onopgemerkt.

Het gezelschap bestaat uit drie heren. Althans, ze zien er rijk uit en dragen een rokkostuum. Dat verbaast me niets. Een schipper zou zich niet 's ochtends bezatten, met een dag werk in het vooruitzicht. Deze mannen hebben de hele nacht gefeest.

Ik druk me zo plat mogelijk tegen de muur, die door mijn jurk heen klam aanvoelt. Met bonkend hart zie ik hen in mijn richting waggelen. Een van hen herken ik. Hij heet meneer Leaford of Lefton of zoiets, meneer Garland heeft ons aan elkaar voorgesteld.

Het liefst zou ik me uit de voeten maken, maar ik vrees dat ik met die beweging meer aandacht zal trekken dan wanneer ik gewoon stil blijf staan. Nadat het laatste refrein van 'Sweet Molly's Favours' is weggestorven, vang ik plotseling een bekende naam op.

'Die ouwe Garland had het gisteravond maar zwaar te verduren!' lalt een van de mannen vrolijk. 'Héél zwaar! Hij speelt boven zijn niveau, heren. Boven zijn niveau. Boven zijn… nivéáú,' zegt hij nadrukkelijk, voor het geval dat de boodschap nog niet is overgekomen.

Zijn metgezellen gniffelen.

'Zo komt hij nooit binnen in de salons van de dames!' merkt meneer Leworth – zo heet hij – op. 'Ik vind het niet zo erg om hem een toontje lager te horen zingen. Ik heb nog nooit iemand gekend die zo vol van zichzelf was. Zo trots als een pauw!'

Ik voel verontwaardiging opkomen namens mijn vriend. Hij heeft het een stuk beter voor elkaar dan deze drie. Waarom zou hij daar niet trots op mogen zijn?

'Een toontje lager!' valt een korte, donkerharige man hem bij, terwijl hij op en neer springt en doet alsof hij iets de grond in trapt. 'Van mij mogen ze hem met de grond gelijkmaken!'

'Kalm aan maar, Whentforth! Straks val je nog in de rivier, en ik ga je er niet uit vissen. Voor mijn part vreten de vissen je op, nadat je gisteravond Maria Gasby van me heb afgepakt. Laat ze je maar opvreten! Een akelige, sluwe vent ben je. Ik begrijp niet wat de dames in je zien.'

Whentforth buldert van het lachen. 'Niet? Kijk zelf maar eens.' Hij begint zijn broek los te maken.

Vol afgrijzen wend ik mijn blik af, maar als ik toch nieuwsgierig word, zie ik alleen de flap van zijn broek en een stuk van zijn witte overhemd.

'Hier komen ze allemaal op af,' vervolgt Whentforth. 'Vrouwen, ze zijn allemaal hetzelfde. Of ze nou de echtgenote van een baronet zijn, of een hoer langs de waterkant.'

Ik krimp in elkaar.

'Ik kan iedere vrouw krijgen die ik wil, let maar op!'

'Alle vrouwen, op drie na,' werpt Leworth tegen. 'Rhoda Carmichael, Bellatrix Davenport en Amy Snow, allemaal verboden terrein.'

Onwillekeurig frons ik mijn voorhoofd en leun naar voren. Amy Snow? Wacht eens even, dat ben ík toch?

Het drietal houdt stil en blijft wankel op hun benen staan, met hun ruggen naar me toe terwijl ze uitkijken over de rivier. Hoewel hun stemming is omgeslagen van uitgelaten in bedachtzaam, praten ze nog steeds hard. Ze zijn kennelijk diep onder de indruk van hun eigen stemgeluid.

'Dat is waar,' schalt de derde. 'Garland is de weddenschap aangegaan. Let wel, als hij eenmaal een keuze heeft gemaakt, kan er op de andere twee weer jacht gemaakt worden. Als je dat maar weet! Ik zou het er best op willen wagen bij die Davenport, hoe heet ze ook alweer? Belinda? Dat is nog eens een schoonheid. Ik betwijfel of ze ook nog zo hooghartig is als ze plat op haar rug ligt, met haar rokken opgetrokken tot aan haar oren.'

Ik slik en deins weer terug. Nu wil ik me zelfs nog liever uit de voeten maken, maar... wat bedoelen ze ermee dat meneer Garland een weddenschap is aangegaan?

'Geen idee wat hij in dat Snow-meisje ziet,' vervolgt de man. 'Snow, hoho. Amy Snow, het meisje dat van arm naar rijk is gegaan, en we weten allemaal wel hoe! Dat meisje met al die geheimen waar ze hem niets over kan vertellen. Kom nou toch! Alsof hem dat ook maar een moer interesseert! Waar heeft hij haar eigenlijk opgescharreld? Ze ziet er niet uit. Ik zou voor geen goud met haar willen trouwen.'

'Dat zeg je nou wel, Brazil, maar jij hebt je halve familiefortuin niet vergokt. Trouwens, ik zou liever haar hebben dan die anderen. Ze lijkt me een pittige tante en die ogen hebben wel wat, vind je niet, Whentforth?'

Whentforth heeft er nu helemaal de brui aan gegeven en ligt languit op de grond. 'Haar mogen ze ook met de grond gelijkmaken,' zegt hij slaperig. 'Van mij mogen ze allemaal kapotvallen.'

'Verdomme, we kunnen hem beter naar huis brengen,' zegt Brazil, die verslagen op hem neerkijkt. 'Welke route zou sneller zijn, Leworth? Langs de rivier of de trap op?'

'Langs de rivier, naar het huis van Whentforth.' Leworth maakt een weids gebaar en wankelt. 'Jammer dat hij niet goed tegen drank kan. Nu ik het zeg, zou Garland nog veilig thuisgekomen zijn? Ik heb hem nog nooit zo dronken gezien als gisteravond.'

'Volgens mij raakt hij in zijn eigen netten verstrikt.' Brazil steunt met zijn arm op Leworths schouder en ze hellen allebei een beetje over. 'De druk wordt hem te groot. Net goed. Moet hij maar geen drie vrouwen aan het lijntje houden, terwijl zijn vrienden er niet één hebben. Wist je dat hij Rhoda Carmichael vorige week ten huwelijk heeft gevraagd?'

Mijn ogen worden groot.

'Ze heeft geen nee gezegd, maar ook geen ja, dus is hij het nog eens bij de andere twee gaan proberen. Maar juffrouw Snow loopt nog steeds als een schoothondje achter de een of andere onbenul aan, en juffrouw Davenport heeft haar oog laten vallen op een stokoude Europese prins, dus Garland is haar tweede keus. Hij is... tweede keus, snap je?' Hij laat een harde, langgerekte boer.

Ik trek mijn neus op.

'Best grappig eigenlijk. Je zou verwachten dat het een man als Garland geen moeite zou kosten om een vrouw te strikken. Hij heeft een knappe kop, op zijn manieren valt niets aan te merken...' Hij maakt een vaag gebaar. 'Misschien voelen ze aan dat er iets niet in de haak is bij hem.'

Brazil trekt een overdreven verontwaardigd gezicht. 'Dat betwijfel ik, beste kerel. Zo intelligent zijn vrouwen niet, als je het mij vraagt. Volgens mij heeft hij gewoon pech. Dikke, dikke pech. Dat trekt wel weer bij, dat is altijd zo bij Garland. Je weet hoe hij is. Tegen de herfst is hij met een van hen getrouwd, gaat hij zijn goddelijke gang met de tweede en heeft hij de derde, wie dat ook mag wezen, bezwangerd en wil hij niets meer van haar weten.'

'Je zult wel gelijk hebben.' Leworth begint tevergeefs aan de snurkende gestalte van Whentforth te sjorren. 'Kom op, laten we die sukkel naar huis brengen. Ik denk dat ik de komende dagen de cognac maar laat staan.'

De lach van Brazil weergalmt onder de brug. 'Dat zeg je elke keer, Leworth!'

Leworth hijst de rechterarm van de bewusteloze man over zijn schouder. 'Dat is waar, dat is waar. Goeie genade, wat is hij zwaar voor zo'n klein opdondertje. Pak jij zijn linkerarm maar.'

Aan de grond genageld van schrik kijk ik toe terwijl ze kreunend en steunend hun vriend overeind hijsen, met bungelend hoofd en zijn voeten achter zich aan slepend. Zo beginnen ze aan een trage, moeizame tocht langs de rivier.

Wanneer ze ver genoeg bij me vandaan zijn, draai ik me voorzichtig om en loop op onvaste benen verder de trap op. Ik kan hier pas over nadenken als ik weer in het rijtuig zit en Bath ver achter me heb gelaten.

Wanneer ik weer op de brug aankom, zwalkt er nog een verfomfaaid ogend heerschap in rokkostuum langs me heen. Ik ril van afgrijzen. Het is Quentin Garland, maar in deze toestand heb ik hem nog nooit gezien. Zijn halsdoek hangt los, zijn haar zit in de war. Hij draagt geen hoed, handschoenen of wandelstok en zijn helderblauwe ogen zijn bloeddoorlopen.

'Goedemorgen, meneer Garland!' zeg ik opgewekt. Ik sta van mezelf te kijken, want ik was helemaal niet van plan om hem te groeten.

Hij komt wankelend tot stilstand en kijkt om zich heen om erachter te komen wie hem heeft aangesproken, ook al sta ik vlak voor zijn neus.

'Hier, meneer Garland. Ik ben het, Amy Snow. Herkent u me niet?'

Met toegeknepen ogen leunt hij naar me toe, en de alcohol walmt van hem af.

'Zware avond gehad, meneer Garland?' dring ik aan, nog steeds verbaasd over deze duivelse kant van mezelf.

'Wel heb je ooit... Amy! Wat een onverwacht genoegen.' Hij waggelt naar me toe. 'Zware avond? Zo zou je het kunnen noemen, ja. Ben je toevallig geen drie mannen tegengekomen? Volgens mij gingen ze deze kant op. Ze zijn me nog geld verschuldigd. Och, we hebben maar een rustig spelletje met elkaar gespeeld, hoor, mannen onder elkaar. Niets wat het daglicht niet kan verdragen.'

'Natuurlijk niet. Nee, ik heb niemand gezien, meneer Garland. Goed, dan wens ik u nog een prettige ochtend.'

'Prettige ochtend, Amy.' Hij steekt zijn hand uit naar de reling van de brug, maar grijpt mis en weet op de een of andere manier over zijn eigen voeten te struikelen. Hij belandt met een smak op de grond, waar hij gaat zitten en grinnikend naar me opkijkt. Zijn blauwe halsdoek is afgegleden en in een regenplas beland.

Ondanks alles krijg ik last van plaatsvervangende schaamte en steek ik hem mijn arm toe om hem te helpen. Hij hijst zich overeind en leunt zwaar op me. Zijn hijgende ademhaling stinkt naar braaksel. Ik probeer niet terug te deinzen, maar maak me wel zo snel mogelijk van hem los door hem tegen de reling aan te duwen. Rechtop blijven staan is kennelijk een hele opgave voor hem.

'Weet je, je ziet er een beetje...' Hij fronst zijn wenkbrauwen, steekt zijn vinger uit en port me onhandig in mijn geschaafde kin.

Ik krimp in elkaar.

Hij kijkt eens goed naar zijn vinger en huivert. 'Bloed. Precies wat ik al dacht. Je ziet er een beetje gehavend uit, Amy.' Traag knipoogt hij. 'Ik zal het tegen niemand zeggen, wees maar niet bang. Al je geheimpjes zijn veilig bij mij.' Hij knikt grijnzend en tikt tegen de zijkant van zijn neus.

'U bent een goede vriend, meneer Garland. Vaarwel.' Met een merkwaardig triomfantelijk gevoel ren ik terug naar het rijtuig.

Ambrose is in alle staten. Ik ben veel langer weggebleven dan ik had gezegd. Ze vaart tegen me uit omdat ik plotseling verdwenen was en omdat ik gewond ben, maar ik weiger erop in te gaan.

Zonder verder oponthoud spurt het rijtuig Bath uit en binnen enkele ogenblikken ligt de stad achter me. Ik ben op weg naar het noorden. Ik heb Henry boos achtergelaten en mijn laatste herinnering aan de elegante, verfijnde Quentin Garland, hét onderwerp van gesprek in Twickenham en Bath, is die van een aan lagerwal geraakte gokker die onderuitgezakt tegen een stenen balustrade aan hing, met een ziekelijke kleur en een verwarde uitdrukking op zijn gezicht.

DEEL VIER

63

Twee dagen later arriveer ik in York. Ik val meer op dan ooit tevoren, want een sjofel, onbeduidend meisje kan allerlei redenen hebben om alleen te reizen – allemaal even schandalig, uiteraard – maar als een elegante dame dat doet, schreeuwt dat om aandacht. Mijn zogenaamde status en rijkdom stellen me echter ook in staat om de speculaties en vragende blikken tegemoet te treden met een hooghartig opgeheven hoofd en zelfverzekerd klinkende bevelen. Die kunst heb ik afgekeken bij mevrouw Riverthorpe.

Als ik op het perron uitstap, ver weg van alles wat ik ooit als een thuis heb beschouwd, ben ik niet bang. Daarvoor word ik te erg in beslag genomen door een storm van boze vragen in mijn hoofd en een hart dat weer helemaal opnieuw lijkt te breken. Onder deze omstandigheden is het een peulenschil om een kruier aan te houden, te informeren naar een hotel en me daarheen te laten brengen.

Zodoende kan ik me al snel terugtrekken in een grote suite in het Jupiter Hotel. 'Het beste hotel van York, en vlak bij het station, milady,' heeft de kruier me verzekerd.

Voor het weelderige groene met crèmekleurige interieur en de zware gordijnen, dikke tapijten en vazen vol met rozen heb ik amper oog. Ik heb vandaag acht uur in de trein gezeten en gisteren tien of elf uur in een rijtuig, en ik ben uitgeput. Mijn trots is gekrenkt door de ontdekking dat iemand die ik als een vriend beschouwde in feite een spilzieke, leugenachtige schurk is. Mijn hart is kapot door het verlies van de man met wie ik wil trouwen. Of ik hem nou kwijt ben door zijn koppigheid, de mijne of allebei, het is geen aangename situatie.

Ik heb geen aanwijzingen meer om op te volgen. Ik ben hier. Ik heb gedaan wat Aurelia me heeft opgedragen. En nu?

Eerst moet ik slapen. Dat doe ik dan ook, want zelfs de meest gekwelde ziel kent zijn grenzen. Ik word wakker op een stralende zomerochtend, met het klokgelui van de kathedraal van York op de achtergrond.

In eerste instantie ervaar ik opluchting omdat ik heb kunnen rusten. Dan komt het bekende, akelige besef dat ik op een onbekende plek ben, dat ik weer opnieuw moet beginnen. Ik twijfel er niet meer aan of ik dat kan, maar dat is een schrale troost nu ik er weer alleen voor sta.

Dan steekt die gevreesde mist in mijn hoofd weer de kop op. Per slot van rekening is er nog niets opgelost. Ik besluit op te staan en deze nieuwe stad te gaan verkennen, want in het rijtuig en in de trein heb ik niets anders gedaan dan piekeren over al mijn ellende en dat heeft me niets opgeleverd. Ik heb geen vrede kunnen sluiten met wat er gebeurd is en heb ook nog geen plan van aanpak kunnen bedenken. Natuurlijk is het allemaal nog te kort geleden om het achter me te laten en dit nieuwe begin met beide handen aan te grijpen. Kort gezegd voel ik me ellendig.

Het ergste van al is zonder twijfel Henry. Het gemis van hem. Ergens kan ik niet geloven dat onze toekomst bedorven is, al vrees ik tegelijkertijd dat dat wel zo is. Ik vind het verschrikkelijk. Ik kan nog niet toegeven dat hij gelijk had, maar begin wel te vermoeden dat dat misschien zo is en dat maakt me des te verontwaardigder. Desalniettemin zou ik het liefst direct uit York vertrekken en naar Richmond afreizen om het goed te maken.

Maar ik ben bang. Stel dat hij inmiddels heeft ingezien dat het een vergissing was om van mij te houden en dat hij blij is dat hij van me af is? Stel dat al zijn beloftes aan mij voorgoed zijn komen te vervallen? Als hij het heeft over liefhebben en keuzes maken, over het respecteren van andermans gevoelens en daarnaar handelen, kan mijn verstand hem wel volgen, maar de donkere plekjes in mijn hart kunnen dat niet. Op die donkere plekjes ben ik altijd alleen. Daar blijf ik een blok aan ieders been, met een scheve glimlach en smoezelige handjes. En daar heb ik geleerd dat het me duur kan komen te staan als ik mijn lot in andermans handen leg. Sinds de dood van Aurelia ben ik eraan gewend geraakt om voor mezelf te zorgen. Hoewel dat een eenzaam bestaan is, is het wel zo veilig. Die donkere plekjes fluisteren me altijd in wat er allemaal onmogelijk is...

Ik overweeg hem te schrijven, maar zou niet weten wat ik tegen hem moet zeggen. Hoewel het voelt alsof we al een eeuwigheid van elkaar gescheiden zijn, duurt het pas twee dagen. Hij is vast nog steeds boos, en ik ben nog steeds weg. Trouwens, inmiddels zal hij wel in Richmond zijn. Ik weet niet waar. Waar zal hij daarna naartoe gaan? Hoe moet ik hem vinden? Als ik hem schrijf, zal mijn brief door vele handen moeten gaan om hem te bereiken, als hij al aan iemand vertelt waar hij is. Hij heeft gezegd dat hij verder zal gaan met zijn leven zoals hij dat zelf wil. Ik ben hem kwijt. Voorlopig, althans.

Ik heb het merkwaardige gevoel dat ik op een zesstuivermuntstuk balanceer dat elk moment onder me vandaan kan schieten. Ik zou iets willen doen, wát dan ook, om terug te draaien wat er gebeurd is. Maar dat ligt niet binnen mijn macht. Nu moet ik de tere, beschadigde puzzel waaruit Henry en ik bestaan opzijleggen tot ik ben bevrijd van deze zoektocht, of in elk geval tot ik beter weet hoe ik ermee moet omgaan.

Tijdens mijn sombere overpeinzingen maak ik me ook zorgen om hoe schaamteloos Quentin Garland misbruik van me heeft gemaakt. En niet alleen van mij, maar kennelijk van de helft van de jongedames in Bath. Een schatzoeker, een rokkenjager, een leugenaar, verpakt in glanzend pastel met een blauwe halsdoek eromheen gestrikt. Bij de gedachte krijg ik kippenvel. Ik voel me ontzettend onnozel wanneer ik terugdenk aan al die keren dat mijn intuïtie over hem klopte en ik daar nauwelijks acht op sloeg omdat ik zo verblind was door zijn elegantie. Ik voelde me vereerd en gewaardeerd door zijn aandacht toen ik terneergeslagen was, toen ik me een buitenstaander voelde, toen ik dacht dat Henry niet van me hield… maar er was ook aldoor dat gevoel dat er iets niet klopte. Mijn intuïtie probeerde me iets in te fluisteren, maar mijn onzekerheid maakte me daar doof voor. Ik ben boos op mezelf. En op hem, natuurlijk. Het lijkt wel of ik boos ben op iedereen.

Waar haalde hij het recht vandaan om mij te zien als een… als een doelwit, en om te bepalen dat hij míjn leven, míjn hart, míjn toekomst mocht gebruiken om er zelf beter van te worden? Zo respectloos, het is walgelijk! Woedend denk ik terug aan de gewiekste, subtiele manieren waarop hij heeft geprobeerd een wig te drijven tussen Henry en mij, aan de manier waarop hij me steeds weer opzocht, in Twickenham en in Bath, nadat hij getuige was geweest van mijn drastische transformatie. Het was duidelijk dat ik een fortuin had vergaard en daar kwam hij op af als een hond die een spoor oppikte. En dan voelde ik me ook nog gevleid omdat zo'n keurige heer belangstelling voor me had opgevat. Dwaas die ik ben!

Ik schaam me als ik bedenk dat ik mezelf wijsmaakte dat hij het beste met me voorhad omdat hij mijn geheim wel leek te respecteren en Henry niet. Quentin Garland respecteerde mijn geheim niet, het interesseerde hem simpelweg geen zier! Hij heeft er zelfs zijn vrienden over verteld.

Ik weet dat het geen zin heeft om zo te piekeren, maar ik kan er maar niet mee ophouden, dus stap ik de heldere, warme ochtend in en begin doelloos door de straten van York te dwalen.

Het is hier een compleet andere wereld. De stad is oud en van een heel andere schoonheid dan Bath. De stenen zijn donker, afwerend. De straten zijn bochtig en speels. Smalle steegjes kronkelen van het ene deel van de stad naar het andere deel en de ingangen zijn voor de gehaaste voorbijganger amper te zien. Er doen geruchten de ronde over een tweede, nog oudere stad, begraven onder de stenen waarop ik nu loop. De verhalen van die stad zouden voorgoed verloren zijn gegaan. Dit lijkt me een toepasselijke plek om mijn zoektocht af te sluiten. De gebouwen hellen over en de verticale raamstijlen schitteren in de zon. Hoewel het een zonnige dag is, zorgen de dicht op elkaar geplaatste gebouwen en smalle straten voor veel schaduw, zelfs nu het middaguur nadert. Inmiddels ben ik hopeloos verdwaald.

In Bath vond ik het relatief makkelijk om de weg te vinden. Hades House lag op de heuvel. Crescent Fields lag nog verder omhoog. Om bij de abdij te komen moest ik naar beneden en de rivier lag een klein eindje naar het oosten. Hier hebben de slingerende straten iets plagerigs. Net wanneer ik een herkenningspunt in mijn geheugen heb geprent, zoals een winkel, een kerk of een tuin, verdwijnt het weer uit het zicht en kan ik het met de beste wil van de wereld niet meer terugvinden. Volgens mij heb ik al kilometers gelopen, maar aangezien de klokken van de kathedraal onverminderd hard het uur slaan, denk ik dat ik alleen maar rondjes heb gelopen, alsof ik me in een doolhof bevind. Het is een prachtige, verbazingwekkende stad.

Met een omweg keer ik terug naar het Jupiter Hotel en ik schrijf een brief aan Edwin Wister. Ik laat hem weten waar ik ben, dat al zijn familieleden me op dit adres kunnen schrijven en dat ik het hem zal laten weten wanneer ik vertrek. Ik schrijf dat het goed met me gaat, want ach, wat kan hij nou aan mijn problemen doen? Ik geef mijn brief af aan een dienstmeisje en daarna lijkt de dag zich eindeloos voor me uit te strekken.

Ik zou weer kunnen gaan ronddwalen, maar wat schiet ik daarmee op? Ik zou kunnen proberen de puzzel die York vormt op te lossen, maar mijn geest werkt traag en ik moet steeds weer denken aan Henry en mijn verdriet. Ik zou meneer Garland kunnen schrijven om hem precies te vertellen wat ik van hem vind, maar aangezien ik dat niet op een damesachtige manier kan verwoorden, besluit ik het er maar bij te laten. Ik ben ziedend omdat ik mijn kans niet heb gegrepen om het tegen hem te zeggen toen ik hem die ochtend op de brug zag. Daar zou hij zich ongetwijfeld niets van herinnerd hebben, zo dronken was hij, maar het had me veel voldoening gegeven om tegen hem te zeggen dat ik van hem walg.

Henry… Ik wil Henry schrijven. Ik begin aan de ene brief na de andere, ook al heb ik geen adres om ze naartoe te sturen, tot de vloer van mijn kamer bezaaid is met proppen papier en ik vol walging mijn schrijfveer wegsmijt. Dan ga ik maar bij het raam zitten, starend naar de duiven op de daken, tot de schemering een sluier werpt over mijn eerste dag in York.

64

Het liefdesverdriet maakt me dom. De dagen die volgen doe ik mijn best om me te concentreren op de taak die me is toebedeeld. Ik pieker over brieven, bedenk theorieën en probeer verbanden te leggen. Ik zit urenlang bij het raam aan Aurelia te denken, in de hoop dat een herinnering uit mijn kindertijd een aanwijzing zal opleveren, net als in Londen. Op de meest ongelegen momenten word ik echter afgeleid door de herinnering aan Henry's lippen op de mijne of de sprankeling in zijn ogen. Ik denk terug aan het warme gevoel dat ik altijd krijg wanneer ik bij hem in de buurt ben, alsof ik elk moment kan smelten en het bijna onmogelijk is om hem niet aan te raken. Hoewel ik uit alle macht niet aan hem probeer te denken, laat hij me niet los…

Ik schrijf mevrouw Riverthorpe een brief waarin ik mijn excuses aanbied voor het feit dat ik zo boos was bij ons afscheid. Ik verzeker haar dat ik nog steeds waardering voor haar koester – niet dat ze dat op prijs zal stellen, daar ben ik van overtuigd – en smeek haar om het me te vertellen als ze iets weet, omdat ik anders gedoemd lijk om de rest van mijn dagen in het Jupiter Hotel te slijten.

Er komen brieven van Madeleine, Michael en Edwin. Elke brief bevat positieve berichten en het stelt me gerust dat er ergens, buiten mijn eigen vreemde, verwarrende leven, nog goede dingen kunnen gebeuren. Madeleine is eindelijk verloofd en de blijdschap straalt van haar brief af.

De oude mevrouw Nesbitt heeft een liefje! Dat schrijf Michael me met enige afkeer, maar aangezien hij een jongen is laat hij tot mijn grote frustratie verdere details achterwege. Hij sluit echter wel een kopie bij van zijn laatste schoolopdracht, een analyse van de poëzie van John Donne. Dat heeft hij heel knap gedaan.

Edwin kondigt met gepaste blijdschap aan dat Constance weer in verwachting is! Verder heeft ze een albasten beeld van Aphrodite aangeschaft voor in de oranjerie.

Tussen de brieven en het huilen door maak ik wandelingen. Ik dwaal rond tussen de oude stadsmuren, wetend dat ze prachtig zouden zijn om te schetsen en dat ik hier veel over architectuur zou kunnen leren, maar eerlijk gezegd kan het me niets schelen.

Op een avond keer ik na zo'n doelloze wandeling terug naar mijn hotel wanneer iets ervoor zorgt dat ik blijf staan.

Ik kijk om me heen. Het is een kronkelende straat zoals zo veel andere, met een koffiesalon en een aantal winkels, die op dit tijdstip allemaal dicht zijn. Ik overweeg verder te lopen, maar er knaagt iets aan me en ik moet weten wat het is. Zodoende tuur ik naar de gebouwen, de deuren, de kat die langs mijn voeten trippelt en wegrent over straat. En dan zie ik de slagerij, voor het eerst écht.

J. CAPLAND, SLAGER, staat er op het uithangbord. Waarom komt dat me zo bekend voor?

Opeens doemt er een herinnering aan mevrouw Riverthorpe op: 'Mocht je ooit in het noorden van Engeland komen, ga dan alsjeblieft op bezoek bij mijn vrienden, de familie Capland... Zul je die naam onthouden, Amy? Capland? Of is daar geen plaats meer voor in je hoofd, naast die donkere ogen van Henry?'

Ik zet de gedachte aan Henry's ogen uit mijn hoofd en staar naar de winkel. Zal Aurelia's verhaal eindigen in een slagerij? Ach, voor mijn part eindigt het in een slachthuis, als dat betekent dat ik van mijn zware taak verlost word.

Met hernieuwde moed haast ik me terug voor het avondmaal. Je kunt van Aurelia's speurtocht zeggen wat je wilt, maar ondanks alle moeilijkheden die ermee gepaard gaan, geeft het een goed gevoel om telkens een stap verder te komen.

Voor het eerst sinds mijn vertrek uit Bath voel ik iets van optimisme. Misschien zal ik Madeleine over een dag of twee wel kunnen schrijven om te zeggen dat ik naar Twickenham kom! Dan kunnen Constance en zij me goede raad geven over Henry en kan ik naar hem op zoek gaan, hoe moeilijk dat ook zal worden. Als ik hem kan zien, is dat veel beter dan hem een brief schrijven. Ik zal eindelijk vrij zijn en dat zal hij in mijn ogen kunnen zien. Ja, ik zal hem vinden en tegen hem zeggen hoe erg het me spijt…

Ik probeer me te herinneren wat mevrouw Riverthorpe nog meer over de familie Capland heeft gezegd. Het was een onverwachte wending in ons gesprek, weet ik nog. Achteraf bezien is het duidelijk dat ze me iets belangrijks wilde vertellen. Op dat moment had ik echter het idee dat ze gewoon haar gedachten weer eens niet bij het gesprek kon houden. 'Hij is een prima kerel, een winkeleigenaar… Zij is een maf mens, maar ze heeft een goed hart… Wees maar niet bang, ze zijn heel anders dan ik.'

De rest van de avond breng ik door in een koortsachtige roes van opwinding. Het einde van het brievenspoor is in zicht. Dat heb ik al een paar keer eerder gewenst, maar nu heb ik zekerheid. Ik voel een ongekende kracht en energie en vervloek de wet waarin de openingstijden zijn geregeld, omdat ik nu tot morgenochtend moet wachten. Het duurt lang, maar uiteindelijk zak ik weg in een diepe slaap.

Bij zonsopgang schrik ik wakker. Er is iets belangrijks gebeurd. Met bonkend hart ga ik rechtop zitten, terwijl het morgenkoor van vogels me toezingt. Ik heb gedroomd.

Ik kan me de droom levendig herinneren, er trok een hele stoet van gezichten aan me voorbij. Ik zie ze nog steeds voor me: meneer Clay die me bij zonsopgang in januari een pakketje overhandigde; meneer Carlton in de Rose and Crown, met zijn vurige enthousiasme over het reizen per spoor; die lieve meneer Crumm, met zijn boeken, tijdschriften en knappe kleinzoon; Madeleine en haar familie; mevrouw

Riverthorpe met haar vlijmscherpe tong en prikkelbare humeur… alle mensen die me hebben geholpen op mijn reis. Ik heb Henry gezien. En Aurelia, stralend als een engel, lachend in de zomerzon.

65

Het is nog te vroeg om mijn geluk te beproeven in de slagerij. Tijdens het wachten sta ik stijf van vastberadenheid. Afgelopen nacht is er iets in me veranderd. Ik herinner me Hatville Court, ik herinner me alles, maar ik deins niet meer terug voor die herinneringen. Die hebben me gevormd en deze speurtocht heeft me harder gemaakt, als klei die in een vlam is gehouden. Ik zal hier sterker en beter uit komen, dat weet ik nu.

Sommige dingen ben ik voorgoed kwijt. Ik zal Aurelia nooit meer zien, net als de plek waar ik ben opgegroeid, en diep in mijn hart weet ik dat ik er nooit achter zal komen wie mijn ouders zijn. Het zij zo. Er zijn nog meer dingen die ik niet hoef kwijt te raken, tenzij ik daar zelf voor kies. Mijn liefde voor Henry. Mijn vrienden. Mijn dromen. Mijn eigenwaarde en vastberadenheid.

De wereld was van mening dat Aurelia en ik geen vriendinnen konden zijn, dat de verschillen tussen ons te groot waren. Wij wisten wel beter. Ondanks de problemen en beperkingen in onze jeugd vonden we bijna altijd iets om om te lachen. We hielden van wilde hyacinten en sneeuwklokjes, van paarden en verhalen, van lekker eten, van ochtenden bij de beek en van elkaar. Nu denk ik echter dat we ons vooral met elkaar verbonden voelden omdat we allebei doorzetters waren, ieder op onze eigen manier. We trokken ons niets aan van wat er tegen ons werd gezegd en vormden liever onze eigen mening. We kozen voor wat we zélf belangrijk vonden.

Ik dacht altijd dat ik zonder Aurelia zou instorten. In mijn ogen was zij altijd de ridder in een prachtig pantser en ik haar ploeterende schildknaap. Nu besef ik pas dat ook ik een krijger in me heb. Ik heb een glimp van haar opgevangen in de spiegel tijdens het bal in Bath. Ik heb het gevoeld, al die dagen waarop ik in mijn eentje door Londen, Bath of York sjokte, en dwars tegen alle logica en conventies in de minachtende blikken trotseerde om stap voor stap mijn eigen weg te vinden. Ik wist het op die dag in de eetzaal op Hatville Court, toen ik stampvoetend tegenover Lady Vennaway stond, vlak voordat ze mijn haar afsneed.

Vanaf nu zal ik veel vaker naar die innerlijke krijger luisteren. En dat sombere gefluister in mijn hart, dat beweert dat er nooit iemand van me zal houden? Daar luister ik niet meer naar. Het verhaal van twee meisjes, onafscheidelijk en ontembaar, is bijna ten einde. Vanaf nu gaat er nog maar één verhaal verder: het mijne.

Ik voel me opmerkelijk kalm. Wanneer de tijd aanbreekt om de stad in te gaan, weet ik de slagerij van meneer Capland zonder problemen te vinden. Het is de eerste keer dat ik in York daadwerkelijk uitkom op de plek waar ik heen wilde. De tijd dat ik hier verward ronddwaalde ligt achter me.

Als ik de winkel binnenkom, kijkt de slager op van het karkas waar hij verkoopbare stukken vlees van staat te snijden. Ik zie meteen welke stukken bestemd zijn voor gezinnen met een bescheiden inkomen en welke geserveerd zullen worden voor het diner in een deftig huishouden. De geur van bloed en vers vlees doet me denken aan mijn kindertijd, aan de keren dat ik Kokkie bezig heb gezien in de keuken. De aanblik van het hakmes doet me denken aan Lady Vennaway, die zich over me heen boog om mijn haar af te snijden. De verwarde uitdrukking op het gezicht van de slager doet me beseffen dat ik er inmiddels uitzie als een dame.

'Goedemorgen, milady,' zegt hij verbluft. 'Is alles in orde? Kan ik u ergens mee helpen?'

Ik denk terug aan meneer Crumm, die in de boekhandel meteen doorhad wie ik was. Ik denk aan de familie Wister, die zich liefdevol over me ontfermde. Ik denk aan Ambrose, die niet opkeek van mijn komst naar Hades House. Nog even, dan zal deze man het ook begrijpen.

'Goedemorgen, meneer. Het gaat prima met me, dank u. Het is me een genoegen u te ontmoeten, meneer Capland. Ik ben Amy Snow.'

Er gaat hem echter geen lichtje op. 'Neem me niet kwalijk? Juffrouw Snow, zegt u?'

'Amy Snow,' herhaal ik, bij gebrek aan inspiratie. 'Ik ben Amy Snow.'

Zo te zien wordt zijn verwarring alleen maar groter. Op zijn gezicht staat geen herkenning te lezen. In plaats daarvan vraagt hij zich duidelijk af wat hij aan moet met deze excentrieke dame die haar eigen naam graag zegt. Hij is een lange, brede man met dik zwart haar en een weelderig krullende baard. De vredelievende blik in zijn ogen staat haaks op zijn indrukwekkende gestalte en zijn schort vol bloedspetters.

'Neem me niet kwalijk, meneer Capland. Ik druk mezelf niet zo duidelijk uit. Ik ben van ver gekomen om u te zien. Volgens mij hebt u vier jaar geleden een goede vriendin van me ontmoet. Aurelia Vennaway?'

'Vier jaar geleden. Vennaway,' mompelt hij. Zijn gezicht kleurt dieppaars. 'Het spijt me, juffrouw. Ik geloof niet dat ik haar ken. Neem me niet kwalijk, maar waarom bent u hierheen gekomen? Wat wilt u precies?'

'Tja, dat weet ik niet. Ik dacht dat ú me zou vertellen waarom ik hier ben. U kunt zich Aurelia toch nog wel herinneren? Aurelia Vennaway!'

Hij denkt duidelijk dat ik krankzinnig ben. 'Ik begrijp niet...'

Eén vreselijk moment denk ik dat mevrouw Riverthorpe toch gewoon maar iets heeft geroepen om een ander onderwerp aan te snijden en dat het helemaal geen aanwijzing was. 'Mevrouw Riverthorpe dan? Mevrouw Ariadne Riverthorpe, uit Bath. Zij is een goede vriendin van u, als ik me niet vergis.'

Snow, Vennaway, Riverthorpe... Ik blijf die arme man maar met namen bestoken alsof het pijlen zijn, maar geen ervan lijkt doel te treffen.

Hij beweegt zijn hoofd heen en weer, traag als een kerkklok. 'Het spijt me ontzettend, juffrouw. Haar ken ik ook niet. Riverthorpe, zegt u? Nee, juffrouw.'

'In 's hemelsnaam, zeg! Nee, vergeef me, meneer. Ik ben niet boos op u, ik weet me alleen geen raad. Mevrouw Riverthorpe is... Welnu, je zou kunnen zeggen dat ze een vriendin van me is. Nog geen twee weken geleden heeft ze tegen me gezegd dat als ik hier ooit in de buurt zou zijn, ik haar vrienden, de familie Capland, moest opzoeken. U hebt een winkel, zei ze, en u hebt een vrouw met een goed hart.'

'Nee, juffrouw. Dat wil zeggen, ik ben nog niet getrouwd, al hoop ik dat juffrouw Mary Avery me in september het jawoord zal geven.'

'O, nou... dat hoop ik ook voor u. Maar wat vervelend en... teleurstellend is dit!'

'Het zou kunnen dat uw vriendin mijn broer bedoelde, juffrouw.'

'O! Hebt u een broer?'

'Ja, juffrouw. Mijn naam is Jeremiah Capland. Mijn broer Joss heeft een stoffenwinkel aan High Petergate. Hij heeft een vrouw en twee kleintjes.'

'O, dank u, meneer, dan zal hij het wel zijn. High Petergate, zei u? Is dat ver hiervandaan?'

Hij legt me uit hoe ik er kan komen.

Dan draai ik me om om weg te gaan. 'Misschien komen we elkaar nog eens tegen, meneer Capland, als u uw broer tenminste regelmatig ziet?'

'Ja, we zien elkaar geregeld. Het beste, juffrouw.'

Met bonkend hart volg ik zijn routebeschrijving. In High Petergate zie ik de naam Capland weer, boven de mooiste winkel die je je maar kunt voorstellen. De voorgevel is donkergroen, net als het lood tussen de ruitvormige vensters. De deur en het opschrift JOSS CAPLAND & ZN., VERKOPER VAN STOFFEN EN FOURNITUREN zijn fris en glanzend witgeschilderd.

In de etalage zie ik een beeldschone luifelhoed versierd met perzikkleurige rozen en een keur aan linten, knopen, veren, hoedenspelden, stoffen roosjes om op schoenen te bevestigen en prachtig kant, als het glazuur op een taart. Dit alles is kunstig uitgestald naast stapels stoffen, in een regenboog van stralende kleuren. Ik vermoed dat hier een vrouwenhand aan te pas is gekomen.

Als ik binnenkom, klinkt er vrolijk belgerinkel door de winkel. Er komt een man van een jaar of veertig uit het magazijn en hij begroet me met een stralende glimlach.

Ik weet meteen dat ik hier aan het juiste adres ben. 'Goedemorgen, meneer Capland. Ik hoop dat het goed met u gaat. En ik hoop van harte dat het u iets zal zeggen wanneer ik u vertel wie ik ben.'

Dan aarzel ik. Wie ben ik eigenlijk?

'Ik ben Amy Snow.'

66

De enige overeenkomst tussen Joss Capland en zijn broer is hun donkere haar. Hij is kleiner en tengerder en heeft een zuidelijk accent met een aparte tongval die ik niet kan plaatsen. Het klinkt in elk geval erg aangenaam en ik heb alle tijd om ervan te genieten als we in zijn sjees over het platteland denderen. Hij wist meteen wie ik was en liet het aan Sampson, een jongen van een jaar of twaalf, over om de winkel te sluiten.

Ik vroeg of Sampson zijn zoon was.

Daarop glimlachte Joss en beet op zijn lip. 'Nee, juffrouw Snow, Sampson is mijn leerjongen. Mijn zoontje is nog te klein om in de winkel te kunnen werken, al ontbreekt het hem niet aan enthousiasme.'

De familie Capland woont in Fountain Cottage in Heworth, een lommerrijk dorp ten noordoosten van York. Het is een winderige ochtend waarop motregen en een waterig zonnetje elkaar afwisselen. In het noorden is het een stuk kouder dan in Bath, maar dat is niet de reden dat ik vandaag zo beef. Ik heb mijn moerbeikleurige omslagdoek om me heen gewikkeld, de warmste die ik heb. Door de opwinding moet ik klappertanden en voelen mijn voeten in mijn laarzen aan als twee ijsklompjes. Ik zit naast de man die me alles kan vertellen wat ik moet weten en die een einde kan maken aan mijn zoektocht. We rijden over met gras overwoekerde paadjes tussen de velden, in de schaduw van de eiken. Het landschap is hier vlak en het ruikt sterk naar spinthout. Het doet me goed om weer op het platteland te zijn en de lijsters te horen zingen.

Joss kletst over onbenulligheden en vertelt dat de klokken van de kathedraal helemaal hier te horen zijn, wanneer de wind goed staat. Dan knipoogt hij en legt uit dat hij niets belangrijks kan prijsgeven zonder zijn vrouw erbij, omdat hij anders van haar op zijn donder krijgt. 'Ze kan vast niet wachten om u te zien,' zegt hij glimlachend.

En ja hoor, hun cottage is nog niet eens in zicht wanneer er een vrouw in een witte jurk zwaaiend met haar armen het pad op komt rennen, met een klein meisje op onvaste beentjes achter haar aan. 'Juffrouw Snow!' roept ze tot mijn verbijstering nog voordat het paard tot stilstand is gekomen. 'U bent het écht, is het niet?'

'Ze heeft ons eindelijk gevonden, Elspeth!' beaamt meneer Capland, terwijl hij van de sjees springt. Eerst geeft hij zijn vrouw een kus, dan steekt hij mij zijn hand toe om me te helpen met uitstappen. Mevrouw Capland is de mooiste vrouw die ik ooit heb gezien, op Aurelia na. Ze heeft net als haar echtgenoot donker haar en enorme, sprankelende donkere ogen. Het kleine meisje komt ook eindelijk bij ons aan, klampt zich aan de rok van haar moeder vast en kijkt me doordringend aan. Ze is sprekend haar moeder, maar dan in het klein. Ik vind haar zó mooi dat ik een verrukt kreetje slaak en op mijn knieën voor haar in het gras ga zitten. Haar gezichtje begint te stralen, ze heeft de glimlach van haar vader.

'Juffrouw Snow,' begint mevrouw Capland weer. 'Ik wist wel dat u het was. Ik was boven toen ik door het raam de sjees zag aankomen. Op dit tijdstip kan dat maar twee dingen betekenen. Ofwel Joss komt ziek naar huis, ofwel juffrouw Snow is gekomen. Toen ik zag dat er een jonge vrouw bij hem was, wist ik dat u het was. Ik ben blij dat u er bent.'

'Juffrouw Snow, mag ik u voorstellen aan mijn vrouw Elspeth en mijn dochter, Verity?'

Als ik opsta om Elspeth Capland te begroeten, schudt ze me de hand en geeft me een kus op mijn wang. Door haar hartelijke manier van doen mag ik haar meteen. 'Het genoegen is geheel aan mijn kant, maar zeg alstublieft Amy.'

‘Dat zullen we zeker doen. Kom binnen en doe alsof je thuis bent. We hebben heel wat te bespreken.’

Elspeth tilt Verity op, Joss leidt het paard, en samen lopen we naar hun cottage.

‘Waar is Louis, liefste?’ vraagt Joss.

‘Ik probeerde hem net op bed te leggen voor een dutje toen ik jullie zag.’

Hij lacht. ‘Louis, een dútje?’

‘Ik zeg alleen dat ik het probeerde, niet dat het ook is gelukt. Ah!’ Ze glimlacht een beetje schaapachtig. ‘Daar zul je hem net hebben. Amy, dit is mijn onstuitbare zoontje, Louis.’

Mijn adem stokt. We zijn bijna bij de cottage, die hoekig en bruin is en begroeid met witte rozen, maar daar heb ik nu geen oog voor.

In de salon op Hatville Court hangt een schilderij. Daarop staat Aurelia afgebeeld toen ze een jaar of vier was, bij haar moeder op schoot. Het lijkt wel of die geschilderde versie van Aurelia uit de lijst is gekropen en nu op me af komt rennen over het geplaveide pad van de familie Capland, met op en neer wippende kastanjebruine krullen die oplichten in de zon.

‘Papa, je bent thuis! O!’ Als hij de onbekende bezoeker opmerkt, aarzelt hij en kruipt achter zijn moeder weg. Vanuit zijn veilige schuilplaatsje gluurt hij met stralende viooltjesblauwe ogen naar me. ‘Mama, wie is die mooie mevrouw?’

Elspeth gaat op haar hurken zitten. ‘Louis, dit is nou Amy Snow. We hebben je over haar verteld, weet je nog? Ze is ons eindelijk komen opzoeken.’

Op zijn gezichtje breekt een opgewekte glimlach door. ‘O! Blijft ze tussen de middag ook eten? Mag ik haar de tuin laten zien? Zal ze me een verhaaltje willen voorlezen?’

Hij is duidelijk een vroegwijs kind en met zijn tomeloze energie, eindeloze vragen en engelachtige gezichtje is hij sprekend Aurelia, maar dan gekleed in een donkerblauw matrozenpakje.

Joss steekt zijn armen uit, tilt het jongetje op en tolt met hem rond tot zijn schoentjes in een waas aan me voorbijtrekken en hij het uitgilt van vreugde.

'Je ziet het goed, Amy,' zegt Elspeth zacht. 'We leggen het wel uit als de kinderen niet kunnen meeluisteren.'

Mijn ogen vullen zich met tranen.

Ze pakt mijn hand. 'Liefje, toch.'

Het is goed zo.

67

Ik had natuurlijk al mijn vermoedens, maar hier was ik niet op voorbereid. Hier een levend stukje van Aurelia aantreffen geeft me het gevoel dat ik een zeil ben dat wappert in de wind. Het voelt alsof ik strak sta en alle kanten op geslingerd word van verwondering.

Louis' ouders stellen ons officieel aan elkaar voor en hij maakt een buiging en steekt me zijn hand toe.

Ik buig me voorover en pak zijn handje beet alsof dit een droom is. Van alle vreemde situaties waarin ik sinds Aurelia's dood ben beland, is dit toch wel de vreemdste. Haar zóón, op de een of andere manier hier in Yorkshire. De wiegende bomen, de flinke bries die de regen heeft verjaagd en het met gras overwoekerde pad verdwijnen allemaal naar de achtergrond. Ik heb alleen nog oog voor Louis. Het liefst zou ik hem in mijn armen sluiten en hem overladen met kusjes, maar voor hem ben ik natuurlijk een vreemde. Dus hou ik me in, ook al kan ik mijn ogen niet van hem afhouden. Hij zegt dat hij blij is om kennis met me te maken en begint weer over de tuin en het verhaaltje. Ik wil alles wel doen wat hij van me vraagt, zolang ik me maar aan hem kan blijven vergapen. Aan zijn gladde, bolle wangen die zo roze zijn als rozen, aan de vastberaden stand van zijn kin… allemaal zo vertrouwd en toch zo klein en onbekend.

'Misschien wil Amy eerst even binnenkomen, Louis,' spreekt zijn moeder hem vriendelijk toe. 'Ze heeft vast dorst, of misschien is ze wel moe.'

Ik vang haar blik op en heb het gevoel dat ze iets begrijpt van de verwonderde toestand waarin ik momenteel verkeer.

Louis geeft toe dat onze afspraak wel even kan wachten.

'Tenzij je natuurlijk liever...' begint Elspeth. 'We zouden met Verity naar binnen kunnen gaan als je eerst wat tijd met Louis wilt doorbrengen. Dat laten we helemaal aan jou over.'

Geleidelijk aan word ik me weer bewust van het pad, de bries, de zonneschijn. Ik adem de koele, schone lucht diep in. Als ik weer iets zeg, heb ik mijn stem niet onder controle. 'Het is een prachtige ochtend. Misschien wil ik toch eerst de tuin even zien, dan kunnen we daarna wellicht met z'n allen gaan zitten.'

'Dat zou ik heel graag willen, juffrouw Amy,' bemoeit Louis zich er met zijn hoge stemmetje mee, terwijl hij mijn hand pakt. 'Kom maar mee, deze kant op. Ik wil je graag de fontein laten zien!'

Ik laat me door hem meevoeren, met het gevoel dat ik ben teruggegaan in de tijd. De tuin is prachtig, met een fontein, een duiventil en een overvloed aan lupines en stokrozen. Het weidse gazon is besprenkeld met madeliefjes, de hoge heggen zijn doorweven met kamperfoelie. Louis geeft me uitleg over elke centimeter en laat me zijn geheime schuilplaats in de heg zien. Het voelt alsof ik weer een kind ben als ik achter hem aan ga, verrukt en sprakeloos alsof ik hier de kleuter ben, volkomen in de ban van iemand die oneindig veel fascinerender en avontuurlijker is dan ik. Het is een vertrouwd gevoel.

Louis reageert blij op alles wat ik zeg. Wanneer ik uitleg dat ik het een en ander van tuinen weet en dat ik op zijn leeftijd regelmatig in een kruiwagen werd rondgereden, is hij even stil van ontzag. Daarna wil hij weten of ik hem ook op die manier wil rondrijden.

Er rent een witte kitten het gazon op en ik ga op een tuinstoel zitten en kijk als betoverd toe wanneer het poesje en Louis elkaar achternarennen. Hij lijkt als twee druppels water op Aurelia. Zijn lach, zijn uitbundigheid, zijn uitstraling...

Langzaam komt mijn arme, met stomheid geslagen brein weer tot leven. Nu dringt het pas echt tot me door. Eindelijk vallen de puzzelstukjes op hun plaats. Althans, het begin is er. Als één geheim het waard is om beschermd te worden door middel van verborgen brieven en een spoor van afleidingsmanoeuvres dat kriskras door het hele land leidt, is dit het wel. Hij is betoverend. Ik weet nu al dat ik er alles voor over zou hebben om hem te beschermen en ik heb vrede met alles wat ik heb moeten doorstaan om hier te komen. Dat Aurelia zulke buitensporige maatregelen heeft genomen om haar geheim, haar kínd, te beschermen, begrijp ik volkomen. Louis zal niet hetzelfde lot hoeven te ondergaan als zij. Hij zal niet in een richting worden geduwd die niet bij hem past, niemand zal hem opleggen met wie hij wel en met wie hij niet bevriend mag zijn. Hij zal niet hoeven verdragen dat zijn karakter wordt gekneed, ingeperkt en onderdrukt, zoals bij zijn moeder het geval was. Zijn verlangens en positieve aard zullen niet aan banden worden gelegd. Dit zijn goede mensen, dat zie ik meteen. Bij deze liefhebbende, ongedwongen ouders zal hij gelukkig worden.

Maar als ik eraan denk dat ze haar zoon nooit zal zien als jonge jongen, wanneer hij naar school gaat, wanneer hij een man wordt… O, haar ouders moesten eens weten!

'Waarom kijk je zo verdrietig, juffrouw Amy? Huil je?' Louis is naast me op een stoel geklauterd en slaat geen acht meer op de kitten, die op haar achterpootjes op en neer springt en tegen zijn schoenen probeert te meppen. Hij laat zijn handje in de mijne glijden.

'Ik moest even denken aan een goede vriendin van me die overleden is, Louis. Ik mis haar en bedacht net hoe mooi ze deze tuin gevonden zou hebben en hoe leuk ze het had gevonden om jou te leren kennen.'

Hij fronst zijn wenkbrauwen en even vraag ik me af of ik het met zo'n jong kind wel over de dood zou moeten hebben. 'Ik heb een kikker gehad die is doodgegaan,' zegt hij na een poosje. 'Toen was ik ook verdrietig. Hij heette Gregory. Als je vriendin hier was geweest, had ik haar mijn schuilplaats ook laten zien. Zou ze dat leuk hebben gevonden?'

'Dat had ze geweldig gevonden, want ze was dol op geheimen en avonturen en ik had altijd ontzettend veel plezier met haar. Toen ik klein was, zette ze altijd spannende speurtochten voor me uit in de tuin.'

'Wat is een speurtocht?'

'Heb je nog nooit een speurtocht gedaan? Nou, Louis, dan zal ik er op een dag een voor je bedenken, dan zie je het vanzelf.'

68

Na een tijdje komen Elspeth, Joss en Verity de tuin in met een kan limonade. Meteen springen de tranen me weer in de ogen. Ik heb nog nooit iemand ontmoet die zo dol was op limonade als Aurelia. Dit soort kleine dingetjes kunnen me nog steeds diep raken, maar het is dan ook nog maar vijf maanden geleden dat ik haar ben kwijtgeraakt, al lijkt het soms wel een eeuwigheid.

Als de kinderen buiten gehoorsafstand aan het spelen zijn, praten we. Om te beginnen overhandigt Joss me een dikke envelop met mijn naam erop, in Aurelia's handschrift. Net als al zijn voorgangers verdwijnt hij in mijn zak. Dit is de laatste keer dat ik iets van haar zal horen, en ik wil elk moment koesteren. Nu wil ik eerst de mensen leren kennen aan wie ze de zorg voor haar dierbare zoon heeft toevertrouwd. Ik wil alles weten.

'Het verhaal begint eigenlijk met Joss' kindertijd in Wales,' zegt Elspeth. 'Vertel het haar maar, Joss.'

Hij knikt. 'Ja, laat ik dat maar doen, Amy. Ik ben geboren in Wales, en ik werd al op heel jonge leeftijd wees. Van mijn ouders kan ik me niets herinneren. Het schijnt dat ik uit een mijnwerkersfamilie kom, maar het dichtstbijzijnde weeshuis was in Cardiff en daar ben ik op mijn tweede naartoe gestuurd. Het zal er vast niet erger zijn geweest dan in andere tehuizen, maar gelukkig was ik er ook niet. Het tehuis werd geleid door mensen die het werk niet uit enthousiasme deden, maar puur voor het geld. Vriendschappen werden niet aangemoedigd en aan onderwijs werd niet veel aandacht besteed. We leerden er tot tien tellen en onze naam schrijven, dat soort dingen. Wanneer je acht werd, moest je daar weg, dat wisten we allemaal. Er werden geen valse verwachtingen gewekt over het soort toekomst dat we tegemoet zouden gaan.

Toen ik zes was, had ik echter enorm veel geluk. Een van de weldoensters van het tehuis, Lady Everdene, was bevriend met John Capland uit York. Hij wilde een jongetje adopteren. Hij was namelijk weduwnaar geworden en had maar één kind, Jeremiah. Omdat hij zo veel van zijn vrouw had gehouden, wilde hij nooit meer hertrouwen, maar hij wilde alleen maar het beste voor zijn zoon. Daarom zocht hij een broertje voor Jeremiah. Tijdens een bezoek aan Lady Everdene stelde ze voor dat hij een jongen zou uitkiezen uit het weeshuis in Cardiff. Ze koos vier jongetjes uit die zij bijzonder vond en gaf meneer Capland de gelegenheid om kennis met ons te maken en een jongen uit te kiezen. Die dag is mijn leven veranderd. Natuurlijk had ik geen idee wat de bedoeling was van de ontmoeting met die vreemdeling. Voor mij was het gewoon een welkome afwisseling op de dagelijkse sleur. Als ik had geweten dat ik kans maakte om deel uit te maken van een gezin en een betere toekomst te krijgen, had ik de spanning waarschijnlijk niet kunnen verdragen. Maar ik wist er niets van. En hij koos voor mij.

Tijdens de lange reis naar Yorkshire leerde ik mijn nieuwe vader beter kennen. Hij was een goed mens, Amy. Inmiddels leeft hij niet meer en daar heb ik nog steeds verdriet van, zelfs na vijf jaar. In Yorkshire maakte ik kennis met mijn oudere broer, Jeremiah, die op dat moment negen was. Nadat hij me meermaals had laten zien dat hij me aankon in een gevecht – want hij was, en is nog steeds, drie keer zo groot en zo breed als ik – tolereerden we elkaar eerst als vrienden en werden we later echte broers.

Twee jaar later stuurde Lady Everdene, die tegen die tijd getrouwd was en mevrouw Hamilton heette en in Truro woonde, mijn vader een aanzienlijk geldbedrag dat voor de ontwikkeling van zijn zoons bestemd was. Omdat ze een belangrijke rol had gespeeld in de adoptie en zelf geen kinderen had, schiep ze er genoegen in om zich met ons gezin bezig te houden. Mijn vader verdeelde het geld eerlijk tussen ons en gaf ons allebei dezelfde kansen. Toch waren we allebei heel verschillend. Jeremiah was in de leer bij een slager in York en dat beviel hem uitstekend. Ook wilde hij niet weg uit zijn geboortestreek. Daarentegen greep ik mijn kans om naar een kostschool in Londen te gaan. Tijdens de vakanties kwam ik altijd naar huis, maar ik was erg leergierig en verslond de lesstof als een bord gegrilde forel.

Enkele jaren later kocht Jeremiah de slagerij waar hij zijn loopbaan was begonnen. Per slot van rekening had hij een startkapitaal dat evenveel bedroeg als de kosten van mijn opleiding. Net als mijn broer wilde ik een eigen winkel, maar geen slagerij. Nee, zeg! Mijn winkel moest een lust voor het oog worden, een plek waar ik een beeldschone jongedame zou kunnen leren kennen op wie ik halsoverkop verliefd zou kunnen worden.'

'Hier doe ik mijn intrede,' zegt Elspeth met een glimlach, en ik zie het al helemaal voor me. 'Ik was twintig en verloofd met een scheepsbouwer uit Whitby, Sam Perrin genaamd.'

'Ik heb Sam Perrin nooit gekend,' komt Joss ertussen, 'maar als ik hem ooit zie, spuug ik hem in zijn gezicht.'

'Het lijkt me niet nodig om nu nog jaloers op hem te zijn, schat,' wijst Elspeth hem terecht. 'Het is al jaren geleden. Enfin, mijn moeder nam me mee naar York om mijn garderobe aan te schaffen, want het was alom bekend dat hier kort daarvoor een stoffenwinkel was geopend. Die werd gerund door een alleraardigste jonge man die een opleiding had genoten in Londen, zo werd ons verteld. Hij had connecties bij alle fabrikanten en verkocht net als de winkels in de grote stad de laatste mode, maar dan voor een derde van de prijs. Kennelijk waren er dat jaar al heel wat jongedames bij hem over de vloer gekomen. Héél wat,' benadrukt ze nog eens.

'Ik wilde een succesvol bedrijf opbouwen en dat is me gelukt,' legt Joss uit. 'Ik heb inderdaad heel veel jongedames gezien, maar er was er slechts één die mijn aandacht trok en die de rest van mijn leven bleef vasthouden.'

'We trouwden met elkaar,' voegt Elspeth daaraan toe. 'Ik verbrak mijn verloving en brak het hart van mijn moeder.'

'En dat van Sam Perrin, neem ik aan,' zeg ik.

'Och, Sam had binnen een jaar alweer iemand anders, dus om hem maak ik me niet al te veel zorgen. Mijn moeder is de schok nog steeds niet te boven, geloof ik. Hoe dan ook, ik was zielsgelukkig en zoals je ziet wonen we hier prachtig, maar we werden helaas niet gezegend met kinderen. Na tien jaar was onze wens nog steeds niet vervuld. We probeerden niet te vergeten dat we veel hadden om dankbaar voor te zijn, zelfs als we altijd met zijn tweeën zouden blijven, maar ik kan niet ontkennen dat het ons intens veel verdriet deed. We hadden het weleens over adoptie, maar ik had het gevoel dat we daarmee over ons zouden afroepen dat we nooit meer zelf een kind zouden verwekken. Toen kregen we op een dag, ongeveer vier jaar geleden, bezoek. Het was de weldoenster van het weeshuis. Vertel jij maar verder, Joss.'

'Ach, over het bezoek zelf valt weinig bijzonders te vertellen. Lady Everdene, zoals ze destijds in Cardiff heette, had al die jaren contact gehouden met mijn vader en kwam zo nu en dan kijken hoe het met me ging. Ze is erg begaan met anderen. Nadat mijn vader overleden was, hield ze contact met mij. Zoals ik al vertelde, was Lady Everdene later mevrouw Hamilton gaan heten. Door de jaren heen heeft ze nog veel meer namen aangenomen, omdat haar echtgenoten overleden of verdwenen. Ze was, eh... geen conventionele dame, maar wat kan mij dat schelen? Zonder haar had ik nooit mijn vader leren kennen, of mijn broer of mijn vrouw. Tegen de tijd dat ze in 1844 bij mij aan de deur kwam, heette ze mevrouw Riverthorpe.'

'Mevrouw Riverthorpe!' Dat ik dat verband niet eerder heb gelegd.

'Inderdaad. Zoals ik al zei was het bezoekje op zich niet erg vermeldenswaardig, maar het gevolg daarvan was dat wel. Ze kwam ons huis binnenvallen en zei dat we haar een gunst moesten bewijzen. Daar ging ik mee akkoord, want ik dacht dat ze zou willen dat ik haar in contact bracht met een hoedenmaker of dat ze misschien zou willen dat ik haar zou begeleiden als ze op reis ging, want ze was op dat moment al hoogbejaard... maar nee. Ze wilde dat we een onbekende, een jongedame, voor een paar maanden in huis zouden nemen. O ja, en die jongedame was in verwachting en wij moesten de bevalling in goede banen leiden en het kind na de geboorte adopteren.'

Beide Caplands zijn even stil en krijgen een nostalgische maar ook een beetje wrange uitdrukking op hun gezicht.

Ik schiet in de lach, want ik zie het al voor me.

'Het ging natuurlijk alle perken te buiten,' zegt Elspeth. 'Je kunt je wel voorstellen wat ik ervan vond. Er ontstond een felle woordenwisseling, want zoals je vast wel zult weten, is ze het gewend om haar zin te krijgen. Maar hoeveel Joss ook aan haar te danken had, ik was niet van plan om haar over onze toekomst te laten beslissen. Niet dat ik niet meeleefde met de jongedame in kwestie, maar ik heb je al verteld hoe ik over adoptie dacht en dat kon ik niet zomaar veranderen. Misschien komt het vreemd op je over, maar ik reageerde zo emotioneel omdat het verdriet om onze onvervulde kinderwens zo diep zat. Uiteindelijk sloten we een compromis: we zouden kennismaken met de jongedame. Zodoende stond Aurelia de volgende dag bij ons op de stoep. Ze was bleek en mager en bibberde van angst, maar toch was ze onvoorstelbaar mooi en had ze een uitstraling waarmee ze alles om zich heen liet oplichten en ons voor zich innam. Ze deed haar relaas, ze was heel eerlijk over hoe ze in die niet-benijdenswaardige situatie terecht was gekomen.'

'Toen we hoorden dat ze stervende was,' vervolgt Joss, 'gingen we er anders tegen aankijken. Al maakte ik me wel zorgen door wat ze ons over haar ouders vertelde. Niet door hun macht en invloed, maar door het idee om een kind weg te houden bij zijn eigen vlees en bloed. Het leek me niet goed om tussen die mensen die ik nog nooit had ontmoet en hun kleinkind in te gaan staan. Maar nadat we wat meer tijd met Aurelia hadden doorgebracht, is ze toch bij ons ingetrokken. Zij leerde ons beter kennen en wij kregen alles over haar leven te horen.'

'Volgens mij voelde ze zich hier meteen veilig,' voegt Elspeth eraan toe.

Dat geloof ik graag.

'Dat ze zo ver van huis was en door ons werd verzorgd… daar knapte ze in zekere mate van op. Toch ging het de hele tijd dat ze bij ons was niet echt goed met haar. De zwangerschap viel haar zwaar. Verder zul je in haar brief vast wel lezen hoe we het allemaal hebben geregeld, maar het resultaat heb je al gezien. Louis is zoals wij ons voorstellen dat Aurelia was voordat haar ziekte haar in haar greep kreeg. Al kun jij dat natuurlijk beter beoordelen dan wij.'

'En Verity?'

Elspeth lacht. 'Van mijn voorgevoel bleek niets te kloppen. Toen Louis een half jaar was en Aurelia ongeveer vier maanden weg was, bleek ik zwanger te zijn. Joss en ik konden het nauwelijks geloven, al hebben we sindsdien gehoord dat zoiets wel vaker voorkomt na een adoptie. Aurelia was er altijd al van overtuigd dat we Louis veel te bieden hadden. Alleen hadden we geen van allen kunnen denken dat we hem een zusje zouden kunnen geven.'

Joss kijkt me doordringend aan. 'Nu hopen we dat hij er ook een tante bij krijgt. We hebben hem al verteld dat je een vriendin van de familie bent, juffrouw Snow. Hij heeft ernaar uitgekeken om kennis te maken met zijn tante Amy! Jou willen we ook graag beter leren kennen. Blijf alsjeblieft zo lang als je wilt. Dit is vast veel om te verwerken, maar… Tja, we hopen dat dit je… gelukkig zal maken.'

Gelukkig. Ja.

Het zal een flinke tijd kosten om alle stukjes in mijn hart en in mijn hoofd aan elkaar te lijmen, maar hier is geen mevrouw Riverthorpe die de spot met me kan drijven, dus ik vermoed dat ik er zo lang over kan doen als ik nodig heb.

Als ik naar Aurelia's zoon kijk, die met zijn zusje door het gras rolt, mompel ik: 'Tante Amy.' En ik glimlach.

69

Die avond kom ik om tien uur pas weer in het Jupiter Hotel aan. Joss brengt me in de sjees en Louis wil met alle geweld met ons mee, ook al is hij al drie keer in bed gestopt. Zijn ouders maken hem vriendelijk doch resoluut duidelijk dat hij niet mee mag.

In het hotel ligt er een briefje van mevrouw Riverthorpe op me te wachten. Daarin stemt ze ermee in om me, zoals zij het noemt, uit mijn lijden te verlossen, op voorwaarde dat ik de informatie meteen verbrand. Ze schrijft dat ik op zoek moet naar Joss Capland, de eigenaar van een stoffenwinkel aan High Petergate. Ook verzoekt ze me om met haar te blijven corresponderen en merkt ze op dat ik nog eens bij haar op bezoek zou kunnen komen in Bath, wanneer het mij uitkomt. Met een glimlach vouw ik de brief weer dicht.

Ik bel om de conciërge en vraag of hij een bord met sandwiches naar mijn kamer kan laten brengen. Daar voel ik me vreselijk schuldig om, want ik weet dat zulke rijkeluisuitspattingen na een drukke dag voor de keukenmeiden de druppel kunnen zijn die de emmer doet overlopen. Ik zou met alle liefde zelf iets te eten klaarmaken, maar dat kan natuurlijk niet. Door het afronden van mijn zoektocht, mijn vrijheid en het feit dat ik tante ben geworden, heb ik enorme trek gekregen.

Ik ga aan de tafel in mijn kamer zitten, nog steeds volledig gekleed, en verslind mijn sandwiches tegelijk met de brief. Die telt vele kantjes en daar ben ik blij om, want ik heb minstens een miljoen vragen.

Mijn lieve schat Amy,

Dit wordt ongetwijfeld de langste brief die ik je ooit heb geschreven, maar ik weet niet goed waar ik moet beginnen. Het wordt ook mijn laatste brief, een gedachte die ik hartverscheurend vind. Dwaas eigenlijk, dat dit voelt als een afscheid, terwijl ik je morgen gewoon weer zal zien. Het zal wel komen doordat ik zo veel voor je achterhou. Alleen in mijn brieven kan ik mijn terughoudendheid laten varen. Als deze brief eenmaal geschreven is, kan ik je de rest van mijn leven niets meer toevertrouwen.

Misschien ben je boos omdat ik je niet in vertrouwen heb genomen. Ik durf echter niet met je over Louis te praten. De verleiding om telkens op het onderwerp terug te komen zou te groot zijn. Ook voor jou, dat weet ik zeker. Iemand zou ons kunnen horen. En dan zouden mijn ouders geen middel onbeproefd laten om erachter te komen wat je weet, daar ben ik van overtuigd. Daarom moet ik doorgaan alsof er niets gebeurd is, dat hoort bij de keuze die ik gemaakt heb.

Eindelijk kan ik vrijuit schrijven. Joss zal deze brief met zijn leven bewaken, daar twijfel ik niet aan. Als je dit leest, heb je het brievenspoor tot het einde toe gevolgd en ken je mijn hele verhaal. Deze ene avond, alleen in mijn kamer, kan ik mijn hart bij je uitstorten en alle leemtes invullen. Daarna hoef ik alleen nog bang te zijn dat de brief ontdekt zal worden voordat ik hem op de post heb gedaan, maar ik ga het doen zoals ik het met elke brief heb gedaan. Ik schrijf je telkens vlak voor het slapengaan. Vervolgens slaap ik met mijn geheimen onder mijn hoofdkussen en sta ik vroeg op om mezelf naar het postkantoor te slepen, zelfs wanneer ik geen goede dag heb, zelfs wanneer ik me doodziek voel. Ik word snel zwakker en ik moet dit afmaken voordat ik het niet meer kan. De brieven blijven geen seconde langer dan noodzakelijk op het landgoed. Ik vertrouw ze hoogstpersoonlijk toe aan de zorgen van juffrouw Penelope Lambert, postbeambte.

Ik stop even met lezen omdat ik moet lachen om de zoveelste herinnering aan mijn oude leven. Als je iets aan Penelope gaf, stond dat eraan gelijk dat je het in een kluis legde, die op slot deed, in de oceaan gooide en vervolgens de sleutel omsmolt. Als er iets op de post gedaan moest worden, gingen we altijd zelf naar het postkantoor, ook al hadden de bedienden dat makkelijk voor ons kunnen doen. We vonden het vermakelijk om te tellen hoe vaak Penelope in één gesprek naar zichzelf verwees als 'juffrouw Penelope Lambert, postbeambte'.

Het leven is een aaneenschakeling van kleine details en onbenullige ontmoetingen. Met Aurelia verloor ik de persoon met wie ik mijn verleden deelde. Ik zou dit soort onbenulligheden graag aan Henry vertellen. Misschien zou hij het wel begrijpen. Misschien zou hij het wel graag willen horen.

Als je deze brief leest, heb je al kennisgemaakt met Louis. Mijn zoon, Amy! Natuurlijk is hij mijn zoon niet, niet meer. Joss en Elspeth zijn zijn ouders, maar desalniettemin... kan ik het niet helpen dat ik hem nog steeds als mijn zoon beschouw.
Inmiddels (nu ik dit schrijf, bedoel ik) is hij bijna een jaar. Misschien kruipt, brabbelt en lacht hij al, maar ik heb hem alleen als baby gezien. Net als wij allebei was hij een winterbaby. Geboren in november, toen het regende, de lucht grauw was en de takken kaal. Je zou denken dat ik wel een beter moment uitgekozen zou hebben!
O, wat is het heerlijk om je over Louis te kunnen schrijven, om mijn liefde voor hem te kunnen delen met mijn liefste vriendin. Maar eerst moet ik verder vertellen over Twickenham. Deze brief is bedoeld om jou in te lichten, niet om mezelf een plezier te doen (al zeg ik nooit nee tegen een beetje plezier, zoals je weet).
Daar was ik dan, in Twickenham, en ik genoot volop van het leven bij de familie Wister. Ik zette alle gedachten aan Bailor Dunthorne uit mijn hoofd. Het voelde alsof ik eindelijk iets tot me nam wat me lang was ontzegd. Ik dacht dat het me de kracht zou geven om terug te keren naar mijn ouders. Ik hoopte zelfs dat ik eerder terug

zou kunnen, om jou te verrassen. Ik miste je ontzettend.

Maar ach, Robert Burns had gelijk toen hij schreef: 'De best bedachte plannen van muizen en mensen, en zelfs van Vennaways, lopen vaak mis.' (Meneer Henley zou zeggen dat ik een eigen draai aan dat citaat heb gegeven, maar ik ben ervan overtuigd dat meneer Burns in een eerdere opzet wel een Vennaway of twee ter sprake heeft gebracht.)

Mijn gezondheid speelde me parten toen ik daar was, Amy. In mijn brieven aan jou deed ik daar luchtig over, want ik wilde niet dat je bang zou worden dat ik nooit meer terug zou komen. Het ging slecht met me, dat had ik zo snel nog niet verwacht.

Volgens mij heb ik niet eens gezegd dat mevrouw Bolton op dat moment al niet meer bij me was. Ze had zaken te doen in Londen en ik wilde niet weg van haar familie. Een paar weken later kwam ze echter terug, en nog eens twee dagen later nam ze me apart.

'Aurelia,' zei ze, op die directe manier van haar. 'Zou het misschien kunnen dat je in verwachting bent?' Eerlijker kan niet!

Het was haar opgevallen dat mijn gezondheid verslechterd was. Ik was vaak misselijk of duizelig, meestal 's ochtends. Maar ook al was ik verzwakt, volgens haar straalde ik!

Vind je het heel dom van me dat die gedachte niet eens bij me opgekomen was? De tekenen waren natuurlijk allemaal aanwezig, maar ik had het te druk gehad om erbij stil te staan. Te druk met mezelf amuseren, te druk met vastberaden zijn om te blijven leven en nog meer te kunnen genieten.

Met tollend hoofd gaf ik antwoord op haar vragen, waarna mevrouw B. vermoedde dat ze gelijk had. Ik wist het wel zeker. Hoewel ik het nooit had kunnen denken, was het me opeens overduidelijk. Ik wíst wel dat ik nog niet klaar was om te sterven toen ik thuis wegging! Er was een andere reden dat ik me zo ellendig voelde.

Als ik terugkijk op de drieëntwintig jaar van mijn leven, zijn er drie momenten die me nog glashelder voor de geest staan, momen-

ten waarop ik absoluut zeker wist dat mijn leven voorgoed zou veranderen. De eerste keer was toen ik jou vond. De tweede keer was toen ik in de boomgaard in elkaar zakte en te horen kreeg dat ik niet het eeuwige leven had, bij lange na niet zelfs. En de derde keer was toen ik in de tuin van Mulberry Lodge stond en het tot me doordrong dat ik een kind zou krijgen. Ik legde mijn hand tegen de bast van de berk en zag het zilver en zwart onder mijn witte huid. Ik zie het nog voor me.

Lieve Amy, je kunt je wel indenken hoe ik me voelde! Robin had me ervan verzekerd dat zoiets niet kon gebeuren. Ik kan alleen maar denken dat het voorkomen van een zwangerschap geen exacte wetenschap is, want hij zou me nooit met opzet in die positie hebben gebracht. Het was duidelijk dat ik nooit terug zou kunnen gaan naar huis zolang ik zwanger en ongehuwd was.

Ik weet nog dat ik mijn opties opschreef en dat ze een troosteloos lijstje vormden (dat ik natuurlijk direct heb verbrand). Het was mogelijk dat ik het kind zou verliezen, zoals mijn moeder zo vaak was overkomen. Maar op de een of andere manier wist ik, door de recalcitrante aard van mijn lichaam, dat dat niet zou gebeuren.

Ik zou het kunnen laten weghalen. Mevrouw B. verzekerde me ervan dat dat mogelijk was, mits je de goede (of misschien wel de verkeerde!) mensen kende. Het was verboden, maar als ik het wilde, zou ze discreet inlichtingen inwinnen, beloofde ze. Dat was nog een reden voor al die geheimzinnigheid, nog een persoon die beschermd moest worden. Stel je voor dat mijn ouders erachter waren gekomen dat ze zoiets had aangemoedigd! Maar voor jou wil ik niets achterhouden, Amy.

Voor deze optie voelde ik echter niets. Ik begrijp best dat er vrouwen zijn die er uit wanhoop toe gedreven worden. Ik was doodsbang. Maar ondanks die angst kon ik geen einde maken aan het leven van mijn kind. Je kent me, Amy, ik zou nog geen vlieg kwaad kunnen doen!

De derde mogelijkheid was de zwangerschap voldragen, als ik ten-

minste nog zo lang te leven had, en dan... Het kind in de steek laten? Onmogelijk. Het houden en me de rest van mijn leven schuilhouden... Tja, dat was best een aanlokkelijke gedachte. Misschien had ik jou wel laten komen en had ik daarvoor gekozen, als ik die vervloekte hartkwaal niet had gehad. Berooid achterblijven met een pasgeboren baby, dat was wel het laatste wat jij kon gebruiken. Dan was er nog de mogelijkheid om het ter adoptie af te staan aan een liefhebbend gezin. (Ik zeg 'het' omdat ik op dat moment natuurlijk nog niet wist dat 'het' zou uitgroeien tot mijn Louis!) Dat leek mij het meest onbaatzuchtig. Iets nieuws voor mij dus!
Het was de eerste mogelijkheid die me hoop gaf, maar hiervoor zou ik wel de juiste mensen moeten vinden. Zelf kende ik niemand, en mevrouw B. evenmin. Bovendien zou deze optie gepaard gaan met erg veel geheimzinnigheid. Ik zou ontzettend lang van huis moeten wegblijven! Je kunt je wel indenken dat ik 's nachts lag te piekeren over de details, de problemen en de mogelijke oplossingen. Van plezier was geen sprake meer, er was alleen nog de obsessie om de perfecte oplossing te bedenken.
Misschien denk je dat ik het 'het' kwalijk nam dat aan mijn kersverse geluk zo abrupt een einde kwam, maar dat was niet zo. Nog geen moment. Ik wilde het alleen maar beschermen.
Dat brengt me bij de kern van de zaak. We weten allebei dat mijn ouders op hun achterste poten hadden gestaan als ik was thuisgekomen met een buitenechtelijk kind. Ik kon het me levendig voorstellen, neem dat maar van me aan. Aan de andere kant, en dat weet jij ook, zouden ze zich er uiteindelijk wel bij neergelegd hebben. Hun wanhoop om de familielijn voort te zetten zou het naar mijn mening gewonnen hebben van hun woede.
Na mijn dood zou mijn kind zijn grootgebracht door zijn eigen grootouders, in het ouderlijk huis van zijn moeder, en op materieel vlak niets tekort zijn gekomen. En toch...
Ik werd gedwongen om mijn leven grondig en genadeloos onder de loep te nemen. Je weet met welke privileges ik ben opgegroeid

en waaronder ik heb geleden. Je weet hoe boos ik vaak op mijn ouders ben geweest. Maar op dat moment dacht ik aan hén, aan hun opvoeding, en bovenal aan de vele zwangerschappen van mijn moeder die altijd eindigden in tranen en bebloede lakens.

Ze heeft zo veel kinderen verloren! Terwijl ik in Twickenham worstelde met mijn geweten, wist ik nog niet precies hoeveel, maar ik wist genoeg om sympathie voor haar te kunnen opbrengen nu ik zelf in verwachting was. Na mijn terugkeer ben ik erachter gekomen dat ze door de jaren heen maar liefst elf kinderen heeft verloren. En dan heeft ze ook nog mij gekregen! Aangezien ik maar één kind heb gedragen, kan ik me geen voorstelling maken van haar lijdensweg. Ik geloof dat die haar een beetje gek heeft gemaakt. Dat stelt me in staat om haar te vergeven wat ze me heeft aangedaan. Dus je ziet, ik schrijf dit met compassie in mijn hart, niet vanuit de woede van een benadeelde dochter.

Dat gezegd hebbende…

Ik wilde niet dat mijn kind ook maar iets zou meekrijgen van Hatville Court.

Stel je voor dat het een meisje was geweest! Hoe zou ik mijn eigen dochter willens en wetens in die positie kunnen brengen, na wat ik had meegemaakt met Lord Kenworthy en Bailor Dunthorne? Ook al zou ik een zoon krijgen, dan nog zou hij ingeperkt worden en doordrongen worden van onzinnige ideeën, dan nog zou hij het zwaar krijgen als zijn karakter ook maar enigszins op dat van mij leek. Of stel dat hij later net zoals mijn ouders zou worden? Mijn zoon? O nee, Amy. Geen sprake van.

Gewichtige zaken, vind je niet? Ik had heel wat om over na te denken en de angst maakte mijn gedachten warrig. Wat ik ook zou besluiten, ik moest het snel doen, want als ik nog langer zou wachten, zou geheimhouding geen optie meer zijn. Daarnaast zou ik medische hulp nodig hebben, wist ik.

Er was nog iets waarover ik een keuze moest maken: of ik het kind weg kon houden bij zijn vader, en de vader bij het kind. Maar Ro-

bin maakte deel uit van Hatville Court. Dat hij een liefhebbende vader zou zijn, daar twijfelde ik geen moment aan. Maar of hij, als ik er niet meer zou zijn, ons kind zou grootbrengen zoals ik dat wilde, daar was ik niet zeker van. Misschien zou hij denken dat zijn kind beter af was met een fortuin en een stamboom. Zou hij sterk genoeg zijn om ons kind tegen de machtige Vennaways te beschermen, mochten die er ooit achter komen? Alweer een risico dat ik niet durfde te nemen.

Het was me duidelijk. Ik besloot dat ik lang genoeg moest blijven leven om de juiste ouders voor mijn kind te vinden. Ik moest lang genoeg in leven blijven om het kind ter wereld te brengen. En ik moest lang genoeg blijven leven om naar jou terug te keren en nog wat langer voor je te zorgen. Bovendien moest dat allemaal in het diepste geheim gebeuren. Ach, ik ben nooit een uitdaging uit de weg gegaan.

Toen mijn besluit vaststond, ging ik met mevrouw B. praten. Die verstuurde discreet een brief, waarop al snel een reactie kwam. Ze vertelde me dat we naar York zouden gaan. Daar was ik blij om, want het was ver weg.

De familie Wister vertelde ik niets over mijn geheim, al heb ik wel vaak gewenst dat dat zou kunnen.

Ik denk terug aan Michaels opmerking dat Aurelia plotseling bij hen was vertrokken, en er valt weer een puzzelstukje op zijn plaats.

Ik vluchtte weg bij mijn vrienden en ook al speet me dat ontzettend, het was niets vergeleken bij de spijt die ik telkens voelde wanneer ik jou een brief schreef.

In het begin lukte het me helemaal niet om te schrijven. Ik wist gewoonweg niet wat ik moest zeggen! Daarom verzon ik een smoes waarvan ik hoopte dat die je zorgen zou wegnemen. Inmiddels weet ik dat ik daar niet in geslaagd ben. Ik heb het niet goed uitgedacht en er zal ongetwijfeld veel niet geklopt hebben. Ook was ik me tijdens het schrijven bewust van nieuwsgierige blikken. Ik dacht dat mijn ouders al die beschrijvingen over de society en het ene bal na het andere niet erg verontrustend zouden vinden. Terwijl jij waarschijnlijk dacht dat ik gek was geworden!

Waarom ik zei dat ik naar Derby zou gaan? Eenvoudigweg omdat mevrouw B. daar iemand kende aan wie ze het toevertrouwde om de brieven namens mij door te sturen. Ik heb nooit een voet in die plaats gezet. Sterker nog, er zijn heel veel plekken waar ik nooit ben geweest. Mijn reis door het koninkrijk, mijn opwindende pleziertocht van stad naar stad, kwam hierop neer: Londen, Twickenham, York, Londen. Van daaruit ben ik naar huis gegaan.

We kwamen in York aan na een tergend lange treinreis. Zo voelde het voor mij althans, in mijn kwetsbare toestand. Nu, comfortabel en veilig achter mijn schrijftafel, kan ik me alleen maar verwonderen over het feit dat het mogelijk is om in slechts acht uur naar de andere kant van het land te reizen!

Wat vind je van de imposante kathedraal van York? Van dat eindeloze klokgelui dat al je gedachten overstemt? (Wat een opluchting was dat!) Van die listige straatjes die eruitzien als iets wat is bedacht door de gebroeders Grimm? Ik zou willen dat we de stad samen hadden kunnen ontdekken. Maar geloof me, toen ik er aankwam, had ik geen oog voor dit alles. Ik had wel iets anders aan mijn hoofd!

We logeerden in het Jupiter Hotel. Misschien ken je dat inmiddels wel. Daar maakten we kennis met een oude vriendin van mevrouw B., de vriendin die ze had geschreven, de enige persoon die ze om hulp kon vragen in een situatie die zo gevoelig lag – de enige persoon die zou kunnen helpen. Die vriendin was natuurlijk mevrouw Ariadne Riverthorpe.

Ze hadden elkaar, zo bleek, ongeveer tien jaar daarvoor leren kennen op een intellectuele bijeenkomst in Bath. De jonge mevrouw B., een blauwkous in de dop, zag de oude mevrouw R. als een bron van inspiratie, en sindsdien hadden ze contact gehouden.

Mevrouw R. gaf haar protegee nog altijd, ongetwijfeld vreselijke, adviezen.
Amy, ik vraag me af hoe je tijd in Bath is geweest. Als ik eraan denk, moet ik soms lachen en voel ik me soms ontzettend schuldig! Toen ik mevrouw R. net kende, vond ik haar de arrogantste, onbeleefdste, onaardigste vrouw die ooit onze groene aarde had bevolkt. Je kunt je het vuurwerk tussen ons in die begintijd wel voorstellen.
Toch waren onze discussies heel anders dan de discussies die ik op Hatville Court gewend was. Ze waren niet giftig. Het was logisch dat de vonken eraf vlogen, want we waren allebei halsstarrige mensen met een uitgesproken mening. In de loop van die discussies werd al het overbodige weggebrand en hielden we alleen de essentie over. Als je het mij vraagt, waren we verwante zielen (al hoop ik wel dat ik aangenamer gezelschap ben).
Misschien weet je inmiddels wel dat mevrouw R. de omgang met andere mensen als een noodzakelijk kwaad ziet, maar dat ze wel teert op intriges en haar bemoeienis met andermans zaken. Als ze ook maar een vleugje opvangt van een probleem, duikt ze er bovenop. Ze maakt zich graag nuttig. Volgens mij vindt ze het een prettige gedachte dat alle tegenslagen in haar lange leven niet voor niets zijn geweest, dat haar vele connecties en ervaringen ervoor zorgen dat ze bijna alles aankan. Kortom, ze helpt mensen graag.
Natuurlijk wist ik dat op dat moment nog niet. In mijn verwarring zag ik alleen een halsstarrige vrouw die uit het niets leek op te duiken en alles overnam.
Als eerste liet ze een dokter komen van wie ze zeker wist dat hij discreet was. Die stelde vast dat mijn gezondheid door de zwangerschap niet onnodig hard achteruit zou gaan. Toen ze zichzelf ervan had verzekerd dat ik het waard was om moeite voor te doen, ging ze op bezoek bij haar vrienden, het echtpaar Capland. Ze vertelde me dat dat goede, hartelijke mensen waren die uit liefde waren getrouwd maar geen kinderen hadden.

'Ze zijn elkaar zo toegewijd dat het saai is,' zei ze, zwartgallig als altijd. 'Als iemand nog een kind zou moeten grootbrengen in deze vervelende, overvolle, wrede wereld, zijn zij het wel.'
Die arme mevrouw Riverthorpe. Eerst stribbelde ik tegen, en toen werkte Elspeth ook nog niet mee. Dat is ook niet zo verwonderlijk. Stel je voor dat er op een dag een vage kennis bij je op de stoep zou staan en zei dat je het ongeboren kind van een volslagen vreemde moest grootbrengen!
Eerst had ik niet eens door dat mevrouw R. niet in York woonde, dat ze helemaal vanuit Bath was gekomen omdat mevrouw B. haar had geschreven over mij, iemand die ze nog nooit had ontmoet. Net als mevrouw B. vond ze het echter belangrijk om me zo snel mogelijk zo ver mogelijk van huis te krijgen. Zodoende repten we ons allemaal naar York. En als de Caplands hadden geweigerd? Dan had zij toch een uitstapje gehad, zei ze later. Een uitstapje! Twee dagen reizen, als vrouw van tachtig! Amy, ze doet zichzelf voor als een einzelgänger, maar die vrouw heeft net zo hard behoefte aan mensen om zich heen als een vis aan water.
Ondanks alles stemden Joss en Elspeth ermee in om mij te ontmoeten. De rest kunnen ze je zelf vertellen. Godzijdank hebben ze zich over me ontfermd en besloten mijn kind te adopteren. Het zijn geweldige mensen, zoals je vast al hebt gemerkt. Ze zijn dol op Louis. Hun vrolijke, open houding, hun warme hart en hun ideeën over hoe je een kind moet opvoeden pasten zo goed bij mijn wensen dat ik er vrijwel zeker van ben dat Louis Capland een beschermengeltje heeft.
Vanaf dat moment waren er alleen nog praktische kwesties af te handelen. We hebben het als volgt aangepakt. Joss en Elspeth hebben een kleine afgelegen cottage in de Yorkshire Moors, op ongeveer een uur rijden van Fountain Cottage. Zodra alles afgesproken was, zijn Elspeth en ik daarheen vertrokken. Zo zouden de buren niet zien dat ik uitdijde, terwijl er aan haar figuur niets veranderde.

Aan de weinige mensen die ik tegenkwam, werd ik voorgesteld als Nella Cardew. Het leek ons beter dat ik een valse naam zou aannemen, want we waren overeengekomen dat we aan niemand zouden vertellen dat de baby geadopteerd was. Ik wilde niet dat mijn kind later vragen zou gaan stellen over zijn bloedverwanten. Ik wilde niet dat er een kans zou zijn dat hij of zij mijn gangen zou nagaan, terug naar Hatville Court. En ik wilde niet dat het kind het gevoel zou hebben dat zijn moeder hem niet wilde, aangezien ik meer van hem hield dan van het leven zelf, al voordat hij op de wereld kwam.

Best grappig, dat ik van huis was weggegaan omdat ik droomde van de elegante wereld van salons, lezingen, politieke bijeenkomsten, bals en flirts... en in plaats daarvan terechtkwam in een niemandsland en alleen de seizoenen in elkaar zag overgaan op de hei! In het begin was ik te geschokt over wat me was overkomen om verdrietig te zijn. Maar toen ik eenmaal een veilige plek had gevonden, sloeg de teleurstelling in volle hevigheid toe. Ik heb bittere tranen vergoten, dat kun je je wel voorstellen. Ik voelde me ontzettend rusteloos. Het lot dat me was toebedeeld was ook zó anders dan wat ik dacht nodig te hebben om gelukkig te zijn. Nu kijk ik daar met een glimlach op terug. Ik heb je al eens eerder verteld dat ik wilde dat mijn leven, hoe kort het ook zou duren, iets te betekenen zou hebben. Dacht ik nou echt dat te bereiken op soirees en in salons?

Amy, ze zullen je vast laten zien waar ik juli, augustus, september, oktober en november heb doorgebracht. Ik heb eindeloos naar de blauwe zomerlucht gekeken, en later naar de mist en de knisperende bladeren, de lucht die lila kleurde van de houtrook terwijl de dagen korter werden en de vrieskou toesloeg... en al die tijd groeide mijn baby in me.

De arts heette dokter Challis. Hij ging heel grondig te werk, was heel voorzichtig en professioneel. Het interesseerde hem niet wie ik was, waar ik vandaan kwam of waarom twee vrouwen zich samen in een afgelegen cottage verschanst hadden, terwijl er een baby op komst was. Zijn enige zorg was om mij in leven te houden en mijn kind veilig ter wereld te brengen. Hij waarschuwde me vanaf het begin dat als ik zijn instructies niet tot op de letter opvolgde (niet mijn sterkste kant, zoals je weet), de voorspelling van dokter Jacobs op Hatville Court zou uitkomen: dan zou de zwangerschap mijn dood worden. Je begrijpt wel dat dat de eerste keer in mijn leven was dat ik iemands orders opvolgde.

Ik moest veel rusten, eenvoudige maaltijden nuttigen en elke dag rustig wandelen. Geen gekonfijte vruchten, geen champagne, niet dansen, geen zware inspanning, geen opwinding...

Wat deed ik dan? Ik leerde dat kleine stukje van de heide door en door kennen. Ik verlangde ernaar om naar de horizon te lopen en dan nog verder, maar dat kon niet. Ik ben er nooit achter gekomen wat er achter die heuvel lag, of voorbij die bocht. Misschien kun je daar eens gaan wandelen en aan me denken.

Ik praatte veel met Elspeth. Elke middag ging ik op bed liggen om te rusten en keek ik door het raam naar de voorbijtrekkende wolken. Ik las (en was diep teleurgesteld in de heer Dickens omdat hij dat jaar geen nieuwe roman uitbracht! Hoe durfde hij me zo aan mijn lot over te laten terwijl ik hem zo hard nodig had?). Ik schetste en schilderde 'meesterwerken' die de Caplands je te zijner tijd vast zullen laten zien. Twee keer per week kwam Joss bij ons op bezoek. Dokter Challis bezocht me bijna elke dag. Mevrouw Riverthorpe kwam één keer, maar verveelde zich al snel en keerde terug naar Bath. En... ik schreef brieven aan jou.

Ik weet nog goed hoe pijnlijk ik het vond toen je me toevertrouwde dat je tijdens mijn afwezigheid bang was dat ik je alleen schreef uit plichtsbesef en er geen plezier aan beleefde. Daar had je helemaal gelijk in, maar om heel andere redenen dan je voor ogen had. Jij dacht dat ik het te druk had met dansen en flirten om me te bekommeren om mijn vriendinnetje van thuis. Schaam je! De waarheid was... dat ik je de waarheid niet kon vertellen. Al het andere

vond ik verwerpelijk. Brieven aan jou vullen met leugens voelde leeg, smakeloos en triest.
Zodra het lot van de baby vaststond, richtte ik mijn aandacht op jou. Wat moest er van je worden als ik er niet meer was? Het ging er niet meer alleen om je goed verzorgd achter te laten. Ik moest ook een manier vinden om je na mijn dood mijn geheim toe te vertrouwen. Op een dag zou je alles weten, met die gedachte troostte ik mezelf bij elke nietszeggende brief vol verzinsels die ik schreef.
Mevrouw B. had haar reis volgens plan vervolgd en alle bestemmingen waarover ik je schreef waren plekken waar zij verbleef. Ik stuurde mijn brieven aan haar, en zij stuurde ze door naar Hatville Court vanuit Manchester, Bath en de hemel weet waar nog meer vandaan. Mijn ouders moesten de indruk krijgen dat ik zo vaak onderweg was dat ze me nooit zouden kunnen vinden. Stel je voor dat ze maandenlang brieven zouden ontvangen vanuit een afgelegen oord in Yorkshire! Dat had meteen argwaan gewekt. Zoals je misschien nog wel weet hield ik het ook steeds vager, zodat ze me maar niet zouden doorzien.
Als jij (of een van mijn ouders) me terugschreef, stuurde mevrouw B. de brieven weer door naar mij in het noorden. Daarom leek het alsof onze brieven niet op elkaar aansloten, Amy. Dat kwam niet doordat de jouwe me niet interesseerden, maar doordat ik ze gewoonweg nog niet had gelezen.
Mijn ouders dachten dat al dat getreuzel een poging was om onder mijn verloving met Bailor Dunthorne uit te komen. Hun woede haalde echter niets uit, ze konden me daar niet vinden. Het kwam me goed van pas dat er zo'n voor de hand liggende verklaring was voor mijn afwezigheid, want die zorgde ervoor dat ze de waarheid niet zouden gaan vermoeden. Na een aantal maanden begonnen ze er niet meer over. Dat vond ik wel vreemd, maar ik wilde niet aan hem denken zolang ik in Yorkshire was.
Ondanks alles vond ik in die maanden rust, voor het eerst in mijn leven. Het klinkt misschien vreemd, maar dat er een levensbedrei-

gende aandoening bij me was vastgesteld, had niet dezelfde invloed op me als het dragen van een kind. Het eerste veranderde namelijk niets aan wie ik was. Ik was nog steeds dezelfde Aurelia, ik wilde nog steeds alles aangrijpen en mijn leven leiden op manieren die me werden ontzegd. Maar toen ik erachter kwam hoe kostbaar en koppig het leven kan zijn… Daardoor veranderde ik wél. De dood is één ding, maar het leven is heel iets anders. Veel machtiger.

Ik legde me neer bij mijn tekortkomingen (een schandalige gedachte dat ik die zou hebben, ik weet het!). Het kleine territorium dat de dokter voor me had afgebakend hielp me daarbij. Ik raakte volkomen gebiologeerd door dat stukje van de wereld. De bloei en het verwelken van de bloemen, de bedrijvigheid van de mieren, de diepte en de richting van de regen. De verbazingwekkende ontwikkeling van een jonge ekster, die voor mijn ogen van een bolletje dons uitgroeide tot een glanzend en gestroomlijnd dier. Ik kreeg het gevoel dat ik niet méér zou aankunnen, zo veel had elk stukje land te bieden.

Louis Josslyn Capland werd geboren op 18 november 1844. Het was geen makkelijke bevalling, maar zoals je hebt gemerkt is die niet mijn dood geworden, en dokter Challis was zo vakkundig en geruststellend als ik me maar had kunnen wensen. Het duurde zes uur, wat naar ik begrepen heb heel kort is voor een eerste kind. Louis was duidelijk vastbesloten om zich een weg naar deze wereld te banen.

Toen ik hem zag, Amy, toen ik hem vasthield… Die paar dagen viel de realiteit weg: het besef dat ik maar kort de tijd met hem zou hebben, dat ik hem zou moeten achterlaten. Ik was gewoon daar, met dat kleine wezentje dat zo perfect in mijn armen paste, zo knus tegen mijn borst, alsof hij daar altijd al geweest was, zoals een arm of een been. Ik voedde hem zelf, alleen die eerste paar dagen, en er gingen gevoelens door me heen die volkomen nieuw voor me waren.

Het was afschuwelijk en heerlijk tegelijk. Het was alsof ik op licht-

stralen zweefde en ik was ervan overtuigd dat ik hem zou kunnen loslaten wanneer het moment daar was, omdat ik me door mijn liefde voor hem ontzettend sterk voelde. Daarnaast voelde ik echter ook het bittere verlangen om met hem weg te lopen, samen met hem op de hei te leven, besjes te eten en uiteindelijk samen te sterven wanneer de sneeuw viel. Het was alles, en tegelijkertijd niets meer dan het hoefde te zijn: een kort maar prachtig intermezzo.

Na een week keerden we terug naar Fountain Cottage: Elspeth Capland, haar kersverse baby en haar goede vriendin Nella, die de kersverse moeder zo goed verzorgd had in dat afgelegen gebied. Mevrouw Riverthorpe vereerde ons met nog een bezoek. Ze ging met haar oude snavel boven de baby hangen en verklaarde dat hij een beetje rimpelig was, maar later vast aantrekkelijk genoeg zou worden om problemen te kunnen veroorzaken. Daarna dronk ze een flinke hoeveelheid madeira en de volgende dag vertrok ze weer.

Pas in februari verklaarde dokter Challis dat ik fit genoeg was om te reizen. Mevrouw B. kwam terug om me naar Londen te vergezellen en we bleven een paar weken in de wijk Belgravia terwijl ik op krachten kwam. Ik legde me toe op de zware opgave om alles wat er gebeurd was achter me te laten. Mijn lichaam moest eraan wennen om van Louis gescheiden te zijn en ik moest mijn gedachten weer op de toekomst richten. Ik moest de fictieve Aurelia worden die zichzelf een jaar lang had overgegeven aan al haar grillen en het gewoonweg te goed naar haar zin had gehad om naar huis te gaan.

Toen moest ik gaan winkelen! Dat had ik nog nooit met zo veel tegenzin gedaan, die maanden in Yorkshire hadden me veranderd. De winkels leken te druk en te felverlicht, de drang van de societydames om mooie dingen te bezitten vond ik maar vermoeiend. Maar ik moest wel, want het afgelopen half jaar had ik afwisselend twee vormeloze japonnen gedragen, en een paar met modder besmeurde laarzen.

Op een dag was ik aan het winkelen in Regent Street toen ik nie-

mand minder dan Bailor Dunthorne tegenkwam! Ik had nog geen excuus bedacht om niet met hem te hoeven trouwen waarmee mijn ouders tevreden zouden zijn, maar ik kwam erachter dat de kwestie buiten mijn weten om was opgelost. Een van zijn vele uitspattingen had geresulteerd in een kind. De vrouw in kwestie zou bij de oudere Lord Dunthorne zeker niet in de smaak vallen als schoondochter (ze danste in de revue!). Maar het ondenkbare was gebeurd. Bailor had gevoelens voor haar en wilde haar niet opgeven. Een huwelijk kon hij haar niet bieden, maar hij wilde wel hun zoon grootbrengen. Hij nam het jongetje mee naar huis en hoewel het volgens de officiële lezing het weeszoontje was van een vriend, kende iedereen de ware toedracht. Geen wonder dat mijn ouders me nooit meer iets schreven over de verloving! Ze zouden nooit toestaan dat een Vennaway door een huwelijk in zo'n situatie zou belanden. O, wat viel dat hun tegen. Maar o, wat luchtte het me op dat Bailors uitbundige manier van leven hem eindelijk de das had omgedaan. Ik had hem wel kunnen zoenen. Bijna, dan. Voor mij was het in elk geval weer een zorg minder.

Hoewel ik terugkeerde als Aurelia, mis ik het soms om Nella te zijn, die een kind heeft gedragen, vertrouwd is geraakt met het ritme van de aarde en een rustig leven leidde. Toch heb ik het gevoel dat ik iets van haar heb vastgehouden nu ik weer bij jou ben. Ik ben elke dag dankbaar voor het feit dat ik nog leef en dat ik jou heb. Ik zie het licht veranderen en de boomblaadjes verkleuren. Elke ochtend stuur ik een gebed en een kus naar Louis en daarna zet ik hem resoluut uit mijn hoofd. Ik concentreer me op het leven dat voor me ligt, op Hatville Court. Ik maak mezelf wijs dat het allemaal verbazingwekkend eenvoudig is. In werkelijkheid is het dat echter niet altijd. Mijn hart en lichaam snakken ernaar om hem vast te houden, zo erg dat ik het niet kan beschrijven. Natuurlijk zijn er ook die sombere momenten 's nachts, waarop ik me afvraag hoe het anders had kunnen gaan. Als ik met Robin was getrouwd en Louis zelf had kunnen grootbrengen, als ík met mijn gelukkige gezinnetje in Fountain Cottage had gewoond, als jij en ik samen van het platteland hadden kunnen genieten en met Louis hadden kunnen spelen... maar ik ben stervende en ik zou niet willen dat hij zijn moeder kwijtraakte. Dus telkens wanneer die gedachten en gevoelens zich aan me opdringen, klem ik mijn kiezen op elkaar en ga ik stug door met waar ik mee bezig was totdat ze weer zijn overgewaaid, want dat gebeurt altijd. Zo zal ik deze stormen blijven doorstaan, zo lang als ik leef.

Wat ook niet eenvoudig is, is deze speurtocht. Amy, vergeef me alsjeblieft de onvermijdelijke onvolkomenheden. Ik heb er vrede mee dat ik Louis bij zijn ouders heb achtergelaten, maar die vrede verdwijnt als ik bedenk dat je hem nooit zult vinden als ik dit verkeerd aanpak.

Ik worstel met een geheim verleden, een heden vol huichelarij, een fictieve reis en een ongewisse toekomst. De meeste zekerheid zou ik hebben door het geheim mee mijn graf in te nemen, maar ik wil niet dat jij in onwetendheid blijft verkeren, dat je mijn zoon nooit zult leren kennen, en hij jou niet. Dus moet ik toch het risico nemen om dit buitengewone plan ten uitvoer te brengen. Ik moet ervoor zorgen dat mijn twee meest beminde mensen bij elkaar komen, al is dat het laatste wat ik doe.

Tegen de tijd dat ik thuiskwam, waren alle puzzelstukjes die ik nodig had in mijn leven verschenen. Ze moesten alleen zodanig geordend worden dat de speurtocht voor jou duidelijk genoeg was, maar te ingewikkeld voor ieder ander. Toen ik erover nadacht, realiseerde ik me dat de speurtocht niet alleen een middel was om de waarheid over Louis te verhullen. Op een bepaald moment tijdens de voorbereidingen kreeg het brievenspoor nog een ander doel. Tegen de tijd dat ik de aanwijzingen begon achter te laten, wist ik dat de speurtocht niet alleen voor mijn kind bedoeld was, maar ook voor jou. Het was niet genoeg om je geld te geven, of zelfs vrienden. Ik wilde dat je keuzes zou hebben. Ervaringen zou opdoen. Vrij zou zijn. Ik wilde dat je de mensen zou ontmoeten die ik heb ontmoet, dat je je horizon net als ik zou verbreden en dat je alles zou meemaken wat ik toen niet met je kon delen. Ik dacht dat je daar baat bij zou hebben. Het zal wel vooringenomen van me zijn, maar ik ben veranderd en sterker geworden door alles wat er gebeurd is. Dat gun ik jou ook.

Zo kreeg mijn plan geleidelijk vorm, als een stuk klei dat verandert in een stuk servies. Het werd een vuurproef, waaruit je kunt verrijzen als een feniks: rijk, bereisd, sterk en vrij om voor het leven te kiezen dat je zelf wilt. Ik hoop dat het zo zal gaan. Ik hoop dat je de voordelen zult genieten waarvan ik droom, dat je deze speurtocht niet slechts als een belemmering zult zien. Ik hoop heel veel dingen voor jou, Amy.

Uiteindelijk stond mijn plan in grote lijnen vast. Ik schreef de verschillende partijen en toen ze hun medewerking hadden toegezegd, schreef ik de brieven aan jou, een voor een. Ik ben snel te werk gegaan, omdat ik niet weet hoe lang ik nog heb. Mijn snelle aftakeling heeft er tenminste wel voor gezorgd dat mijn ouders niet meer proberen een andere echtgenoot voor me te vinden. Ik zie er niet langer gezond, sterk en huwbaar uit.

Zo komt deze speurtocht ten einde. Deze laatste brief verstuur ik morgen naar Joss, en zijn rol hierin is heel eenvoudig. Hij hoeft de brief alleen veilig te bewaren tot de dag dat jij zijn tuinpaadje op komt wandelen. Ik heb veel van je gevraagd, Amy. Na mijn dood misschien nog wel meer dan toen ik nog leefde. Nu begrijp je waarom. Verder vraag ik niets van je.

Ik vraag je niet om hier nooit met een levende ziel over te praten, want ik vertrouw blind op je discretie. Ik weet dat je dit nooit zou vertellen aan iemand die ik niet ook zou vertrouwen. Zeg het gerust tegen de familie Wister, want ik wil graag dat ze weten waarom ik zo overhaast ben vertrokken en nadien zo weinig van me heb laten horen.

Ik hoop dat je een aangename toevoeging zult zijn aan het leven van Louis en hij aan dat van jou, waar je ook terecht mag komen.

Ik weet dat je van hem zult houden, omwille van hemzelf en omwille van mij. Zorg alsjeblieft voor hem, Amy, op de manier die jij passend vindt en voor zover de situatie het toelaat. Zorg ervoor dat hij gelukkig is. Hij heeft geweldige ouders, dat weet ik, maar het geeft me troost dat jij, liefhebbend en loyaal als je bent, als een goeie petemoei over hem zult waken.
Een kind krijgen moet wel het meest alledaagse wonder zijn dat er is. Het gaat maar om één leventje, ik heb de wereld niet veranderd. En toch is de wereld wel degelijk anders, want Louis Capland is erbij gekomen. Ik heb een goed gevoel over hoe het uiteindelijk allemaal is afgelopen. Hij zal geweldige dingen doen in zijn leven, daarvan ben ik overtuigd, maar mijn enige wens is dat hij gelukkig is.
Dit is dan eindelijk ons afscheid, vogeltje van me. Of eigenlijk kan ik je geen 'vogeltje' meer noemen, want je hebt je vleugels uitgeslagen. Je bent een vrouw geworden en de wereld is een betere plek omdat jij je erin begeeft. Net zoals je mijn leven beter hebt gemaakt. Je weet hoeveel ik van je hou. Ik zal over je waken, Amy, daar kun je op vertrouwen.

Voor nu en voor altijd de jouwe,
AV

70

Een week na mijn wandeling in de tuin met Louis verlaat ik het Jupiter Hotel om voor onbepaalde tijd mijn intrek te nemen bij de familie Capland. Het hotelpersoneel is zo vriendelijk geweest om ermee in te stemmen dat ik mijn post daar blijf ontvangen, die zal ik één keer per week ophalen. Ongetwijfeld is het een overbodige voorzorgsmaatregel, maar de gewoonte om mijn sporen uit te wissen is hardnekkig. Hoewel ik blij ben dat ik niet meer geheimzinnig te werk hoef te gaan bij alles wat ik doe, moet ik nog steeds Louis beschermen. Ik juich Aurelia's beslissing om hem weg te houden bij haar familie met heel mijn hart toe. Misschien zou ik meer compassie moeten hebben met de Vennaways, omdat het enige waarnaar ze ondanks hun verkilde hart altijd hebben verlangd bij hen wordt weggehouden, maar ik heb als kind ook in dat huis gewoond. Ik wil voor geen goud dat Louis daar moet opgroeien.

Nu hoor ik helemaal bij de familie Capland, een regeling waar Louis maar al te blij mee is, omdat ik hem graag verhaaltjes vertel, spelletjes met hem doe en toegeeflijk ben. Dat zie ik als mijn voorrecht als 'tante Amy', een goede vriendin van de familie.

Het is een beetje zoals op Mulberry Lodge, maar dan een stuk rustiger. Ik heb datzelfde gevoel, dat ik hun vriendschap, de rust en het plezier in me opneem als een dorstige tuin in de zomer. Maar nu heb ik alle antwoorden die ik nodig heb en ben ik gerustgesteld door de wetenschap dat ik zelf kan bepalen of en wanneer ik verder reis.

De dagen zijn hier heerlijk en afwisselend. Meestal blijf ik bij Elspeth en de kinderen. Zonnige dagen brengen we door in de tuin of de velden. Op regenachtige dagen zijn we aan huis gekluisterd, maar dan vermaken we ons door te praten en muziek te maken, door bezoek te ontvangen of naar de capriolen van de katten te kijken. Soms ga ik met Joss mee naar de winkel om meer over het vak te leren. Ik vind het fascinerend om te horen waar de verschillende stoffen vandaan komen en wat leveranciers ervoor overhebben om de hoogste prijs te bedingen. Daarnaast barst Joss van de verhalen over zijn excentrieke connecties in Londen. Het mooiste zijn nog wel de gratis monsters met linten, knopen en kant die binnenstromen en die ik me met alle liefde toe-eigen.

Als Elspeth erin slaagt om Louis en Verity van me los te weken, breng ik in mijn eentje tijd door met Aurelia's schetsen, schilderijen en gedichten uit haar tijd in Yorkshire. Wanneer ik die vergelijk met de nietszeggende schetsen en berichten die ik vier jaar geleden van haar ontving, moet ik lachen. Eindelijk zie ik de indrukken en details die ze me had willen sturen. Prachtige, gedetailleerde tekeningen van Elspeth en Joss, van mevrouw Riverthorpe (zo levensecht dat het griezelig is) en van de flora en fauna op de hei. Terwijl ik door de mussen en kauwtjes blader, door de eekhoorns en hermelijnen, door de wilde rozen en dennenappels, voelt het alsof ze bij me is, alsof ze de bladzijden voor me omslaat en me dingen aanwijst.

Dan volgen er schetsen van Louis als piepkleine baby, slapend en engelachtig of juist klaarwakker en krijsend, met zwaaiende vuistjes en een opengesperde mond. Aurelia heeft de prachtige onschuld en de tiranniek van een pasgeborene liefdevol en gefascineerd weten vast te leggen.

De enige leegte die ik ervaar, de enige wolk die alles overschaduwt, is de afwezigheid van Henry. Ik dacht al dat ik van hem hield toen ik ongelukkig en stuurloos was, maar dat is niets vergeleken bij hoe erg ik hem nu mis. Sinds mijn aankomst in York droomde ik van het moment waarop ik hem zou vinden en we het zouden bijleggen. Die mogelijkheid sleepte me door de dagen heen. Nu niets me er nog van weerhoudt om naar hem toe te gaan, ben ik bang. Stel dat ik hem niet zal kunnen vinden? Of, erger nog, stel dat ik hem wel vind, maar dat het te laat is om het nog bij te leggen? Hoe moet ik dan verder?

71

’s Avonds, wanneer de kinderen op bed liggen, zit ik met Joss en Elspeth in hun gezellige woonkamer en vertellen ze me alles wat ze zich kunnen herinneren over de tijd die ze met Aurelia hebben doorgebracht. Op mijn beurt vertel ik alles over de reis die ik heb afgelegd om hen te vinden. Het is prettig om eindelijk mijn hele verhaal te kunnen doen, om er gewicht aan te geven door het onder woorden te brengen en een luisterend oor te vinden. Hierdoor komt het gesprek onvermijdelijk op Henry. Aanvankelijk twijfel ik of ik hem wel wil noemen, maar al snel vind ik het een opluchting om zijn naam hardop te kunnen uitspreken.

Als ik aankom bij de laatste ochtend in Bath, aarzel ik. Het blijft een moeilijke herinnering voor me. Mevrouw Riverthorpe die op de deur van mijn slaapkamer bonkte en onze laatste, korte woordenwisseling op de drempel. Het gesprek van de dronkaards dat ik opving. Dat ik halsoverkop uit Bath ben gevlucht. En de ruzie met Henry.

‘Hij zei dat hij me losliet… dat hij me niet aan onze afspraak zou houden en dat hij verder zou gaan met zijn leven zoals hij dat zelf wilde. Hij zei dat hij niet als een dwaas op me kon blijven wachten.’

‘Heb je sindsdien niets meer van hem vernomen?’ vraagt Elspeth met gefronst voorhoofd.

‘Geen woord… maar hij weet ook niet waar hij me kan bereiken.’

‘Dus jij hebt ook geen contact met hem opgenomen?’

‘Nee, zeg! Ik kon hem niet schrijven. Ik wist niet wat ik moest zeggen. Trouwens, ik wist niet waar hij was. Maar boven alles ben ik bang.

Zijn woorden laten me niet los. Ik verlang ernaar om hem te gaan zoeken, elke dag, maar stel je voor dat het te laat is? Stel dat hij me weer net zo ziet als in het begin?'

Joss en Elspeth wisselen een blik met elkaar uit.

'Even voor de duidelijkheid,' zegt Joss. 'Stond hij erop dat je op dat moment een keuze zou maken tussen hem en je loyaliteit aan Aurelia? Wilde hij dat je de speurtocht zou opgeven om samen met hem een nieuw leven te beginnen?'

'O nee! Helemaal niet. Hij zei juist heel duidelijk dat ik dat niet moest doen, dat ik loyaal moest blijven aan Aurelia. Maar hij wilde met me mee...'

'En dat wilde je niet?'

'Jawel! Alleen leek het me beter om dat niet... Ik vermoedde al dat er een kind in het spel was, zie je. Ik wist al dat er... een minnaar was geweest. Henry heeft Aurelia niet gekend, en die informatie is heel persoonlijk en makkelijk verkeerd op te vatten.'

'Dacht je dat Henry een verkeerd beeld van Aurelia zou krijgen?'

'Eerlijk gezegd wist ik niet wat hij van haar zou vinden. Als kind hebben we altijd geleerd dat dat soort gedrag verwerpelijk is voor een vrouw.'

'En toch zijn dit soort dingen aan de orde van de dag.' Elspeth glimlacht, alsof ze daar blij om is.

'Als Aurelia zich niet zo had gedragen, had ik nu geen zoon gehad,' voegt Joss er schouderophalend aan toe. 'Maar stel dat Henry er anders over had gedacht dan wij, stel dat hij Aurelia had veroordeeld om wat ze heeft gedaan, wat dan?'

Ik bijt op mijn lip. 'Tja, dat zou ik erg voor haar vinden. En ik zou me zorgen maken, denk ik, omdat ik misschien ook zo makkelijk in zijn achting zou dalen, in een, eh... gelijksoortige situatie.' Blozend schud ik mijn haar uit mijn gezicht. 'Ik wil Aurelia nog steeds beschermen, dat wil zeggen, haar nagedachtenis. Henry weet niet hoe haar leven was, hoe óns leven was, en het zou niet eerlijk zijn om over haar te oordelen.'

'Dus je hebt hem geen kans gegeven?' Elspeth buigt zich naar me toe en geeft een kneepje in mijn hand. 'Dat bedoel ik niet als een verwijt. Dit is een gevoelige kwestie en je had niemand die je in vertrouwen kon nemen. Mevrouw Riverthorpe is niet bepaald van de zachte aanpak. Aan de andere kant, als je met die man wilt trouwen, is het misschien wel prettig om te weten hoe hij over dit soort zaken denkt, vind je niet?'

Ik sla mijn ogen neer. Als je het zo stelt, klinkt het heel eenvoudig. Zo voelde het op dat moment niet.

'Ik wil even zeker weten of ik het goed begrijp,' dringt Joss aan, als de typische man die graag de feiten op een rij heeft. 'Vertrouwde je hem niet? Ik bedoel, had je er geen vertrouwen in dat hij Aurelia's geheim zou bewaren?'

'Jawel! Henry zou me nooit op die manier verraden, ook als hij het er niet mee eens zou zijn geweest. Ik vertrouw hem volkomen.'

'En je houdt van hem?' vraagt Elspeth.

'Met heel mijn hart.'

'Dus je houdt van hem, je vertrouwt hem en je wilt met hem trouwen. Hij heeft niet tegen je gezegd dat je voor hem met Aurelia's speurtocht moest stoppen, maar hij wilde je erbij helpen?' vraagt Joss door, zo onverbiddelijk als de deegroller van Kokkie.

'Ja. Ik heb zeker een vreselijke fout begaan?' vraag ik met een zacht stemmetje. 'Henry viel niets te verwijten en ik heb me stuitend tegenover hem gedragen, en nu kan ik hem niet vinden en zal ik hem nooit meer zien!' Ik ben steeds harder gaan praten en ben buiten adem. Het schuldgevoel en het hartzeer dreigen me weer te verstikken. Louis en de Caplands hebben mijn leed verzacht en me afgeleid, maar nu kan ik mijn gevoelens niet langer verbergen. Ik kan mijn zoektocht naar Henry niet langer uitstellen en moet nu mijn eigen lot leren kennen.

Achter me vraagt een stemmetje: 'Tante Amy? Wie is Henry?'

Joss komt overeind, tilt zijn zoon op en draagt hem de kamer uit, maar in de deuropening blijft hij staan en haalt verward zijn schouders op. 'Wat wíllen vrouwen toch van ons?' vraagt hij aan niemand in het bijzonder, voordat hij Elspeth en mij alleen achterlaat bij het open raam. Er waait een naar jasmijn geurend briesje naar binnen en buiten klinkt de roep van een uil.

Ik lach beverig. 'Ik hou nog steeds zielsveel van Henry, Elspeth. Er zal nooit een man aan hem kunnen tippen. Wat heb ik gedaan?'

'Amy, jij bent niet de enige die blaam treft. Je verkeerde niet bepaald in een normale situatie, dat wist hij vanaf jullie eerste ontmoeting. Luister maar niet naar Joss. Vergeet alleen niet dat mannen en vrouwen elkaar nooit écht zullen begrijpen, simpelweg omdat we andere wezens zijn. Dat hoort bij het avontuur! Als je denkt dat je een echtgenoot zult vinden zonder tekortkomingen, met wie je nooit onenigheid zult hebben... Tja, zet dat maar uit je hoofd. Als je het mij vraagt, gaat het om jullie intenties en om waar jullie hart ligt.'

'Ik begrijp het,' zeg ik, maar pas nadat ik er goed over heb nagedacht en het echt hoop te begrijpen. 'Dat klinkt logisch. Hij heeft tegen me gezegd dat hij koppig is, ik weet dat hij onstuimig kan zijn. Hij sluit niet snel een compromis. Desondanks hou ik van hem. Hij zei dat hij nooit meer van me gescheiden wilde zijn en dat dat ook voor mij zou gelden als ik van hem hield. Maar we zijn onze dromen te ver achternagegaan terwijl ik nog bezig was met het verleden.'

'Natuurlijk deden jullie dat, jullie waren jong en verliefd. Daar draait verliefd worden juist om, Amy, om die roes waardoor je niet meer helder kunt nadenken! Maar als de verliefdheid overgaat in liefde en een huwelijk, vergen dit soort zaken geduld en tact. Henry was ongeduldig en dat kon je er op dat moment niet bij hebben, daarom ben je gevlucht. Het is je vergeven. Maar als je het mij vraagt, was hij alleen zo ongeduldig omdat hij van je hield en om je gaf. Dus misschien kun je hem ook wel vergeven?'

'O, dat heb ik al gedaan. Ik vergeef hem met heel mijn hart, Elspeth. Met heel mijn hart!'

'Dat is geweldig, liefje. Maar denk je niet dat hij dat ook graag zou willen weten?'

72

Die avond schrijf ik Henry een lange brief. Als ik klaar ben, schrijf ik hem over. Eén exemplaar adresseer ik aan Albert Crumm, het andere aan de familie Longacre in Bath. In elke envelop stop ik een kort briefje waarin ik hun smeek om, als ze weten waar Henry is, de brief meteen naar hem door te sturen. De volgende ochtend sta ik vroeg op en rij met Joss mee naar York.

Terwijl ik naar het postkantoor ga en de postbeambte de kostbare brieven overhandig, moet ik aan Aurelia denken. Ik heb haar geheim niet aan het papier toevertrouwd, maar verder wel alles wat me dierbaar is: mijn gevoelens, mijn berouw, mijn liefde, mijn hoop. Ik heb geschreven dat als Henry wil dat ik naar hem toe kom, hij me maar hoeft te laten weten waar hij is en dat ik me dan zo snel mogelijk bij hem zal voegen. Ik heb hem geschreven dat ik hem alles zal vertellen wanneer ik hem weer zie en dat ik hem nooit meer zal buitensluiten.

Desondanks voel ik me somber. Ik heb hem gekwetst door te zeggen dat ik mijn leven met hem wilde delen om vervolgens al bij de eerste hindernis te zeggen dat ik het alleen wilde doen en hem vrijwel zonder waarschuwing vooraf in de steek te laten. In gedachten zie ik hem nog staan, verfomfaaid in zijn hemd, verwoed door zijn haren strijkend terwijl hij me door zijn vingers zag glippen.

Amy! Laat me niet zo achter.

Nu besef ik pas dat dat geen bevel was, maar een smeekbede. De herinnering zorgt er bijna voor dat ik de moed verlies. Dan denk ik terug aan de wijze woorden van Elspeth: we zaten allebei fout, we zijn allebei maar mensen. Misschien kan hij me wel vergeven, kan hij ondanks mijn tekortkomingen van me houden, net zoals ik hem vergeef en liefheb.

Ik begin koortsachtig te rekenen. Wanneer zou ik iets van hem horen? Als hij bij de Longacres of bij zijn grootvader is, zou ik over een paar dagen al antwoord kunnen krijgen. Als hij niet bij hen is, maar ze mijn brief direct naar hem doorsturen, zal het iets langer duren. Als ze niet weten waar hij is, kan het wel weken duren voordat mijn brief bij hem aankomt. Misschien zelfs wel maanden! Hoe moet ik daar het geduld voor opbrengen?

Ik ben nooit eerder verliefd geweest. Ik weet niet wat te vergeven is en wat niet, maar ik heb weinig hoop op een verzoening. Toch heb ik mezelf voorgenomen dat ik op zijn minst moet proberen te geloven dat liefde en geluk voor mij zijn weggelegd, ook al heeft het verleden anders uitgewezen. Voorlopig heb ik gedaan wat ik kon. Als hij niet reageert of nog steeds boos is als hij terugschrijft, ga ik naar Londen om met zijn grootvader te praten. Ik zal hem vragen om Henry over te halen om zo ruimhartig te zijn om naar me te luisteren, één keer slechts.

Als hij niet meer van me houdt, als er iemand is die hem gelukkiger kan maken of als hij het er gewoon niet op durft te wagen met mij, zal ik hem loslaten en hem het beste wensen, vanuit de grond van mijn hart. Maar niet voordat ik er alles aan heb gedaan om hem terug te krijgen.

Dat neem ik me voor, op de terugweg naar Fountain Cottage. Het was niet mijn bedoeling om te voet te gaan. Ik was van plan om aan Joss te vragen of hij zijn leerjongen even kon missen zodat die me terug kon brengen. Omdat ik zo opging in mijn overpeinzingen en stille maar krachtige voornemens, ben ik op de een of andere manier zijn winkel voorbijgelopen en heb ik me buiten de stadsmuren begeven. Ik aarzel even, maar besluit dan om verder te lopen. Zo gaat de tijd sneller voorbij en het is een mooie route. Ik realiseer me hoe prettig het is om alleen te zijn wanneer die afzondering je niet opgelegd is, hoe tevreden je kunt zijn met je eigen gezelschap als dat niet de enige optie is die je hebt.

Het is een warme dag, dus zet ik mijn luifelhoed af en zwaai er tijdens het lopen mee heen en weer. Ik ben omringd door groen en er is niemand te zien. Trouwens, sinds ik zo veel tijd met mevrouw Riverthorpe heb doorgebracht, geniet ik er wel van om een beetje tegendraads te zijn.

Tegen de tijd dat ik bij het laantje naar het huis aankom, heb ik het warm en zijn mijn wangen ongetwijfeld rood. Ik voel mijn weerbarstige haar als een zwerm bijen om mijn hoofd hangen en ik neem mezelf voor om straks een kam door mijn haar te halen en met een gedichtenbundel in de schaduw te gaan zitten. Ik schaam me een beetje wanneer ik zie dat Elspeth bezoek heeft gehad toen ik er niet was.

Wie het ook is loopt met grote passen weg bij de cottage, in de richting van de stad. Nog even, dan zullen onze paden elkaar kruisen. Ik overweeg vluchtig me te verstoppen, voordat ik bedenk dat het me niet uitmaakt wat een ander van me vindt. Dat is een bevrijdende gedachte. Ik knijp mijn ogen tot spleetjes en vraag me af of het iemand is die ik eerder heb gezien. De man is te slank om Jeremiah te kunnen zijn, en op dit tijdstip is die trouwens aan het werk in zijn slagerij. Vanaf hier doet de gestalte me een beetje aan Henry denken, maar ik kom elke dag wel vijfentwintig Henry's tegen, zozeer word ik door hem in beslag genomen. Dus wandel ik verder, met mijn hoedje zwaaiend in mijn hand.

Het hoedje ontsnapt aan mijn greep, de linten zijn van satijn en mijn vingers zijn glibberig van het zweet. Nu zie ik er nog bespottelijker uit, alsof ik bewust mijn hoedje op de grond heb gesmeten. Dankzij een plotseling briesje rolt het naar de wandelaar toe, alsof het niet kan wachten om met hem kennis te maken.

Hij raapt het met een grote glimlach op. Die glimlach zie ik elke dag wel duizend keer, daarom besef ik nog steeds niet, zelfs niet wanneer ik vlak voor Henry sta, dat hij echt hier in Yorkshire is.

'Amy Snow.' Hij kijkt verwonderd naar me, alsof ik een kostbare zeldzaamheid ben, iets wonderlijks. Achter zijn glimlach zie ik angst en vastberadenheid om voorrang strijden. 'Mijn god, wat is het fijn om je weer te zien. Ik kan niet zonder je, Amy. Vraag dat alsjeblieft niet van me.'

73

'Hénry?'

Al mijn zelfverwijt en angst voor de toekomst vallen weg. Op dit moment ben ik zo blij om hem te zien dat ik het gevoel heb dat ik nooit meer iets anders zal willen. We kijken elkaar een lang, beladen moment aan en dan val ik hem in de armen.

'O, Henry!'

Alsof mijn woorden de aansporing waren die hij nodig had, tilt hij me op en draait met me in het rond. 'Ik hou van je,' mompelt hij in mijn haar. De woorden klinken gedempt en schor.

Ik voel me zwak van liefde en opluchting. Het voelt alsof het getij door me heen stroomt. Het enige wat ik kan uitbrengen, telkens opnieuw, is 'Ik hou van je' en 'Henry'. De afgelopen vijf maanden werd mijn leven bepaald door woorden. De aanwijzingen, de brieven, wat ik wel en wat ik niet mocht zeggen. Nu kan ik eindelijk alles naast me neer leggen en mijn gevoel volgen, ik kan me overgeven.

Als hij me na een hele poos weer neerzet, weiger ik hem los te laten en klamp ik me aan hem vast. Mijn armen zijn in extase door de hereniging met zijn brede schouders, mijn gezicht is vastberaden om het contact met zijn hals niet te verliezen.

Dit zegt meer dan duizend woorden.

74

De woorden komen later, nadat we zijn teruggegaan naar de cottage en Elspeth limonade voor ons heeft ingeschonken. Ze gaat met de kinderen de velden in, ook al stribbelen ze tegen omdat ze worden weggehaald bij die interessante vreemdeling met zijn guitige blik.

'Hoe heb je me gevonden, Henry?' vraag ik, terwijl ik zijn hand kus en tussen de mijne geklemd hou.

'Niet dankzij jou, liefste,' antwoordt hij vrolijk.

'Het spijt me zo. Ik durfde je niet goed te schrijven en wist niet waar ik je kon bereiken. Stel dat je niet meer verliefd op me was? Stel dat je te boos op me was? Met dit soort dingen heb ik geen ervaring, daarom heb ik het allemaal zo slecht aangepakt. Maar uiteindelijk heb ik je wel geschreven. Twee brieven, zelfs! Ik heb ze vanmorgen op de post gedaan.'

Hij lacht. 'Ik kijk ernaar uit om ze te lezen, schoonheid. Niet verliefd op jou? Doe niet zo raar. Toen je wegging, was ik woedend. Maar alleen omdat ik gekwetst was, omdat ik bang was dat je niets meer voor me voelde. Ik had geen idee dat ik zo lomp kon zijn, Amy. Vergeef me alsjeblieft. Ik ben naar Richmond gegaan, omdat ik niet wist wat ik anders moest doen. Het leek me beter om te zorgen dat we een inkomen zouden hebben en te handelen vanuit vertrouwen dan je achterna te gaan naar York, terwijl de emoties nog maar net zo hoog waren opgelopen tussen ons en jij je volslagen onredelijk gedroeg, liefste.'

'Henry!'

'Ja, volkomen onredelijk. En ik was nog steeds ongeduldig, verontwaardigd en vol onbegrip. Dat dekt de lading wel aardig, vind je ook niet?'

Schoorvoetend geef ik toe dat hij gelijk heeft.

'Het was moeilijk om mijn aandacht erbij te houden, dat kan ik je verzekeren. Het liefst was ik in de eerste de beste trein naar het noorden gestapt, maar ik heb me in mijn doel vastgebeten en de baan in de wacht gesleept.'

Dolblij geef ik hem een zoen. 'Ik had niet anders verwacht. Gefeliciteerd, dat is geweldig. Sprak de school je aan?'

'Heel erg. Meneer Merritt is een aardige man en de jongedames die ik hard aan het werk heb gezien in het klaslokaal zullen achter hun pijpenkrullen ongetwijfeld een stortvloed aan ideeën hebben, die ik graag wil horen en aanmoedigen. Ik zal zo eigenzinnig zijn als ik maar kan, reken daar maar op. Het gebouw is keurig ingericht en je weet natuurlijk al dat Richmond een heerlijke plek is. Ik denk dat ik daar goed werk zou kunnen verrichten, al neem ik de baan alleen aan als jij het goedvindt. Ik ben me ervan bewust dat er voor jou heel wat veranderd kan zijn sinds we elkaar voor het laatst hebben gesproken.'

'Het enige wat er veranderd is, is dat ik er zekerder dan ooit van ben dat ik met jou samen wil zijn, Henry, en dat ik daar eindelijk vrij in ben. Maar vertel alsjeblieft verder.'

'Vanuit Richmond ben ik teruggegaan naar Bath. Ik ben regelrecht naar mevrouw Riverthorpe gegaan en heb geëist dat ze me zou vertellen waar ik je kon vinden.'

Bij de gedachte alleen al schiet ik in de lach. 'Hemeltje, wat dapper van je! En toen?'

'Tja, ze vertelde het me.'

'Nee, Henry! Dat zou ze nooit doen. Ze wilde het niet eens tegen mij zeggen!'

'Dan zal ik wel heel angstwekkend zijn overgekomen, schat.'

Ik kijk hem bedenkelijk aan.

'Nou, goed dan, zo eenvoudig was het niet. Ik heb haar letterlijk tot vervelens toe aan het hoofd gezeurd. Ik zei tegen haar dat ik weigerde haar huis te verlaten voordat ze het me had verteld. Daarna begon ik aan één stuk door te praten over hoeveel ik van je hou. Dat kan ze niet uitstaan, zoals je weet. Ze ging de kamer uit, maar ik bleef. Een uur later kwam ze terug in een van haar opzichtige kostuums – eerlijk gezegd had ik nog nooit zoiets gezien – om naar een bal te gaan. Ik was er nog steeds.' Hij laat een hulpeloos lachje horen. 'Je had haar gezicht moeten zien! Hoe dan ook, ik liep achter haar aan naar haar rijtuig en bleef maar tegen haar praten, tot ze halverwege een zin het portier voor mijn neus dichtsloeg en de koetsier opdracht gaf om weg te rijden. Dat deerde me niet, ik had nog veel meer te zeggen. Ik wist waar ze naartoe zou gaan. Je kent mevrouw Riverthorpe, die gaat nooit naar een feest dat niet het gesprek van de dag is, dus ging ik daar ook heen.'

'Had je dan een uitnodiging?'

'Natuurlijk niet. Maar op dat moment kwam mijn verleden als kwajongen me goed van pas. Ik kleedde me netjes aan. Je had me moeten zien, ik weet zeker dat je in katzwijm was gevallen! Daarna wurmde ik me door een raam naar binnen en dwaalde ik net zo lang rond tot ik mevrouw Riverthorpe tegenkwam en haar nog uitgebreider kon vertellen over mijn liefde voor jou. Ze was er niet blij mee dat ik haar avond in deftig gezelschap en met de sappigste roddels kwam verstoren, dat begrijp je wel.'

'Dat begrijp ik zeker! Je mag van geluk spreken dat ze je er niet uit heeft laten zetten.'

'O, dat heeft ze wel gedaan. Na vijf minuten werd ik door de voordeur naar buiten gegooid en dreigden ze me te arresteren. Geen punt. Toen ze terugkwam bij Hades House, stond ik haar weer op te wachten.'

'Dat zal vast niet vroeg op de avond geweest zijn.'

'Nee, inderdaad. Volgens mij dachten Gus en Ellen dat ik mijn verstand verloren was, maar ik was vastbesloten. Mevrouw Riverthorpe mag dan koppig en taai zijn, ik ben verliefd. Daardoor ben ik in het voordeel als het erom gaat iets irrationeels vol te houden. Om een lang verhaal kort te maken, het heeft me ongeveer een week gekost om haar te breken. Ik weet niet of ze me ooit nog zal willen zien, maar ik ben hier en we zijn eindelijk weer samen. Ik wil dat je weet dat ik heel erg veel spijt heb van alles wat ik heb gezegd voordat je vertrok. Vergeef je me, Amy?' Hij kijkt me ernstig aan en brengt mijn hand naar zijn lippen.

'Henry, ik had je al vergeven op het moment dat ik van je wegging. Het spijt mij ook. Ik ben het zo lang gewend geweest om geheimen te bewaren en in afzondering te leven dat het opeens onmogelijk leek dat jij deel van mijn leven zou gaan uitmaken. Daarom sloeg ik op de vlucht. Maar nu zal ik je alles vertellen, als jij mij ook kunt vergeven.'

'Er valt jou niets te vergeven. Dus… ben je nu echt vrij? Ben je achter Aurelia's grote geheim gekomen?'

Ik knik, met tranen in mijn ogen. Eindelijk vrij.

'Als het niet goed voelt, hoef je het me niet te vertellen, Amy. Je hoeft er nooit iets over te zeggen als je dat niet wilt.'

De schat. Ik kan zien dat hij brandt van nieuwsgierigheid.

Dus vertel ik het hem.

We zitten bij elkaar en wisselen onze dromen uit, net als in Bath, alleen hoef ik deze keer niet op mijn woorden te letten. Ditmaal kan ik niet elk moment naar een onbekende stad worden gestuurd. Het lijkt wel of er een enorme paarse donderwolk boven me is weggetrokken. Alle spanning is uit de lucht, de hoofdpijn waarvan ik niet besefte dat ik die had is verdwenen.

We zitten dicht bij elkaar, met onze hoofden naar elkaar toe gebogen in de zon, tot we de sjees van Joss over het pad horen aankomen.

Als hij ons ziet zitten, zegt hij: 'Amy, heb je mijn vrouw en kinderen weer weggestuurd om hier een van je minnaars te ontvangen?' Hij springt van het rijtuig en gooit de teugels over het hoofd van zijn paard. 'Ik dol maar wat, natuurlijk! U moet Henry zijn, sir.'

'Nee, sir, mijn naam is Randolph Boniface,' zegt Henry met een verontruste uitdrukking op zijn gezicht.

Ik geef hem een mep tegen zijn arm. Als deze twee elkaar beter leren kennen, is het waarschijnlijk gedaan met de rust.

75

Voordat we uit York vertrekken, maak ik de haard in mijn kamer aan, ook al is het juni en zo warm dat we alle ramen in de cottage open moeten laten staan omdat we anders geen adem kunnen halen. Ik weet al een tijdje dat ik dit moet doen: ik pak al Aurelia's brieven en verbrand ze.

Allereerst de brieven van jaren terug, vol met wanhopig opgebouwde leugens. Ik neem de angst die die leugens moesten verbergen en de angst die ze bij me opriepen en zie ze vlam vatten, zwart worden en verdwijnen. Daarna volgen de aanwijzingen van het brievenspoor, een voor een. Dan lees ik Aurelia's laatste woorden aan mij voor de laatste keer.

Dit is dan eindelijk ons afscheid, vogeltje van me… Of eigenlijk kan ik je geen 'vogeltje' meer noemen… Ik hou van je… Voor nu en voor altijd…

Het lijkt nog steeds onmogelijk dat haar enorme rol in mijn leven is uitgespeeld. Toch is het zo.

'Vaarwel, Aurelia,' mompel ik. 'Ik hou ook van jou. Dank je wel, lieve vriendin, voor alles wat je me gegeven hebt.'

Ik kijk toe als haar woorden en geheimen in as veranderen en de waarheid over de afkomst van Louis Capland met zich meenemen. Het is het verhaal van één klein leventje, gekoesterd, geliefd en van het grootste belang, waarover voorgoed gezwegen zal worden.

Ook mijn eigen dagboek verbrand ik. Ik pak de bladzijden die ik heb volgeschreven met mijn hartzeer en herinneringen. Het zijn er heel wat. Alles staat erin, over mijn leven tot nu toe: de nachten in de bijkeuken en de dagen bij de beek, een geweldige vriendschap en een pijnlijk verlies, mijn verbanning en de zoektocht. Mijn verleden, mijn verlangens en mijn verdriet. Mijn vragen, waarvan een deel beantwoord is en een deel misschien nooit beantwoord zal worden. Ze vatten vlam en lichten op. En dan zijn ze er opeens niet meer.

Ik neem niet alleen afscheid van de speurtocht, niet alleen van Aurelia, maar van mijn hele leven tot nu toe: zeventien jaar, begonnen in de sneeuw en geëindigd in het vuur. Ik werp mijn tegenslagen in de vlammen, die bepalen niet wie ik ben. Op deze manier creëer ik een schoon doek om te beschilderen met mijn identiteit, mijn toekomst.

Want het is zoals Aurelia al zei: de dood is één ding, maar het leven is heel iets anders.

76

Twickenham, april 1849

Er verschijnt een aankondiging in de *Twickenham Herald*, waarin staat dat meneer Henry Mead uit Hertfordshire en juffrouw Amy Cardew uit Twickenham op de negenentwintigste van de maand zullen trouwen. En zo gaat het ook.

Ik trouw vanuit Mulberry Lodge, waar ik de tussenliggende maanden heb gewoond. Ik draag een schitterende zilverkleurige japon met een stola van lichtgroene zijde, waarop piepkleine vergeet-me-nietjes geborduurd zijn. De receptie wordt in de tuin gehouden, vanwaaruit de gasten gemakkelijk naar de rivier kunnen wandelen. Edwin Wister geeft me weg in de plaatselijke kerk en Madeleine is mijn bruidsdame. De kleine Louisa is inmiddels vijf en laat zich van haar beste kant zien als bloemenmeisje, Michael is ceremoniemeester.

De plechtigheid wordt bijgewoond door verschillende leden van de families Mead en Crumm, door de Caplands uit York, door mevrouw Ariadne Riverthorpe, schitterend in saffraankleurige zijde en gele diamanten, en uiteraard door de voltallige familie Wister. Het aantal gezinsleden dat op Mulberry Lodge woont is onveranderd. Constance heeft het leven geschonken aan Caroline Aurelia, in januari (een maand waar ik met alle geweld van wil gaan houden), maar op dat moment was Madeleine het huis al uit. Sinds de herfst heet ze officieel mevrouw Renfrew. Tot mijn grote vreugde heb ik bij beide gebeurtenissen aanwezig kunnen zijn.

En nu ben ik mevrouw Amy Mead. Het lijkt erop dat mijn winterse identiteit ontdooid is. Eerst heette ik Snow, nu heb ik een naam waarvan ik vind dat die aan de zomer doet denken. Want Mead betekent weide, en wie denkt er bij een weide nou aan de winter?

Toen we ons huwelijk in de *Herald* aankondigden, heb ik een andere naam gebruikt, zodat de naam Amy Snow niet te traceren zou zijn. Als er al iemand weet wie mijn ouders waren, kan diegene me nu nooit meer vinden. Daar heb ik me allang bij neergelegd.

Uiteindelijk heb ik toch gedaan wat de Vennaways van me verlangden. Van Amy Snow is geen spoor meer te bekennen, ze is weggesmolten als een voetafdruk in de sneeuw.

EPILOOG

Hatville Court, mei 1848

De weg terug naar Hatville Court is lang en recht. Het heeft iets lachwekkend symbolisch. Wat één ding betreft had mijn dochter gelijk. Vrouwen kunnen wel leren om deugdzaam, onschuldig en bekoorlijk te zijn, maar in dit leven staat daar geen beloning tegenover.

Ik weet niet waarom ik naar Bath ben gegaan om Amy Snow te zoeken. Het heeft geen zin gehad, net als zo veel in mijn leven. Nu ik terugkeer, ga ik nog steeds gebukt onder mijn geheim. Niet dat dat geheim zo sensationeel is. De wereld zal onveranderd blijven, of ik het nu voor me hou of doorvertel. Alleen hou ik niet van onafgedane zaken.

De daken van het landhuis doemen aan de horizon op, boven de bomen uit, ook al heb ik nog kilometers te gaan over deze weg die geen enkele bocht of slinger vertoont. Het doet me denken aan dat Bijbelse verhaal over het bewandelen van de rechte weg, de smalle weg, zonder ooit af te dwalen. Dat heb ik ook gedaan, mijn leven lang.

Ik heb ook geprobeerd het Aurelia bij te brengen, maar die wilde het maar niet leren. Mijn dochter is nog altijd een raadsel voor me. Ik weet niet hoe ze uit Charles en mij heeft kunnen voortkomen, want ze leek in niets op haar vader en van mij had ze alleen haar uiterlijk.

Ik was een echte schoonheid. Ooit schiep ik daar trots en genoegen in. Van al mijn zusters was ik de pienterste en de beste. De oudste van zeven meisjes, allemaal geboren met tussenpozen van een jaar of twee. Ik had amper de tijd om op adem te komen en mijn moeder in de ogen te kijken voordat er alweer een zusje krijsend op de wereld kwam, en nog een, en nog een.

Toen ik trouwde, twijfelde ik er niet aan dat ik een grote kinderschare op de wereld zou zetten. Zowel Charles als ik kwam uit een groot gezin en ik was jong, sterk en gezond. 'De droom van iedere man,' zei hij tegen me, tijdens onze huwelijksnacht. Terwijl hij mijn korset openrukte, keerde ik mijn gezicht naar de muur toe.

Mijn eerste zwangerschap, zeventien maanden na onze bruiloft, was het mooiste wat me had kunnen overkomen. Toen ik het mijn echtgenoot vertelde, tilde hij me op en zwierde vrolijk met me in het rond. Zijn manier van doen had iets jongensachtigs en hij keek me aan met een tedere blik die ik nooit eerder gezien had.

Het regende felicitaties en de opluchting van onze ouders was voelbaar. Er zou dan toch eindelijk een erfgenaam komen voor het landgoed.

Misschien zou geen enkel kind opgewassen zijn tegen zulke hoge verwachtingen. Hoe het ook zij, twee maanden later verloor ik mijn kind in een zee van bloed.

Hoe ik me op dat moment voelde, is met geen pen te beschrijven.

Amper een maand later hervatte Charles zijn echtelijke bezoekjes, ook al had de dokter hem gevraagd nog langer te wachten. Mijn lichaam en geest waren er slecht aan toe. Vier maanden later was ik opnieuw in verwachting. Deze keer duurde het slechts vier weken, maar het lukte me niet om hetzelfde te voelen als die eerste keer.

Er doemde een nieuwe mogelijkheid op, een nieuw, angstig vooruitzicht. Ik was niet bang meer dat ik nooit in verwachting zou raken, maar dat mijn lichaam deze eindeloze cyclus van hoop en verlies zou moeten doorstaan, steeds opnieuw, jarenlang. Zelfs als ik een kind zou baren, zou één nog niet genoeg zijn en zou het weer van voren af aan beginnen. Dat was de eerste keer dat ik het gevoel kreeg dat ik mijn leven misschien niet zou aankunnen.

Er gingen nog twee jaren voorbij, waarin ik nog twee kinderen verloor voordat ik goed en wel durfde te geloven dat ik zwanger was. Eén zwangerschap duurde twee maanden, de andere, wreed genoeg, vijf. Vier zoons of dochters van wie ik nooit het gezicht had gezien. Verdwenen, weggesmolten alsof ze er nooit waren geweest. Ik dacht dat mijn arme hart zou breken.

Toen geschiedde het wonder. Het gebeurde zes jaar nadat we getrouwd waren, zes jaar waarin mijn schoonouders geloofden dat hun stamboom voorgoed zou worden uitgeroeid. Ik raakte weer in verwachting en deze keer kropen de maanden net zo lang voorbij tot Aurelia werd geboren. Mijn kind!

Charles was de wanhoop nabij omdat ze een meisje was, maar ik had niets aan haar willen veranderen, ook haar geslacht niet. Als baby zag ze er engelachtig uit: roodachtig gouden krullen, een mond zo roze en zoet als een kus en grote viooltjesblauwe ogen die nooit van kleur veranderden of valer werden.

Ze leek sprekend op mij. In haar zag ik al mijn tweede kansen. Ze was zo levendig, charmant en vrolijk dat haar grootouders er tot op zekere hoogte vrede mee hadden dat ze een meisje was. Ondanks alles was ik erin geslaagd onze situatie te veranderen. Een meisje zou in elk geval kunnen trouwen, en een meisje zoals zij was een kostbaarheid.

Toch bleven we het proberen. Ik raakte telkens opnieuw in verwachting, alsof mijn lichaam door de komst van Aurelia had geleerd dat het hiertoe in staat was. Op de dag dat Aurelia met Amy Snow thuiskwam, dat jammerende, blauw aangelopen gedrocht, was mijn zevende zwangerschap na Aurelia's geboorte nog maar net geëindigd in een miskraam.

Toen Amy voor me werd neergelegd op het Indiase tapijt, gewikkeld in de hemelsblauwe mantel van mijn dochter, was ik al uitgeput en tot het uiterste getergd. Misschien kon ik, toen ik naar haar keek, daarom alleen maar denken dat mijn zoon nooit zo lelijk zou zijn geweest als zij, en me afvragen waarom dat kind hier wel was, en hij niet. In mijn hart was geen plaats voor mededogen. Per slot van rekening was ik gewend geraakt aan kleine leventjes die al eindigden voordat ze waren begonnen.

Amy Snow was me van het begin af aan een doorn in het oog. Ze wierp een smet op Aurelia met haar schandelijke afkomst en het aanstootgevende gemak waarmee ze op de wereld was gezet. Het huwelijk en onze plichten binnen de beste families zijn niet zo. Ze zijn moeilijk. Zwaarbevochten, moeizaam verkregen, gewoonweg moeilijk.

Ik wist dat er praatjes zouden komen van het feit dat ze op ons landgoed was gevonden. Het gerucht ging dat ze de liefdesbaby van Charles was, dat ze in de sneeuw op het landgoed was achtergelaten om hem te schande te maken, maar ik kende de waarheid. Ik was degene die te schande werd gemaakt.

Iedereen speculeerde over Amy, mijn fantasierijke dochter nog het meest. Maar in feite wist niemand waar Amy vandaan kwam, behalve haar moeder. En ik.

Gedurende mijn lange lijdensweg had ik, zoals het de lady van Hatville Court betaamde, bezoekjes gebracht aan de armen. Ik had manden met eten uitgedeeld, beleefde gesprekjes gevoerd, enzovoort. Ik kan niet zeggen dat ik ervan genoot. Het ging me nooit makkelijk af om met dat soort mensen om te gaan. Volgens mij merkten ze dat ik me niet op mijn gemak voelde en namen ze me dat kwalijk. De verschillen tussen ons zijn ook zo groot.

Toch bouwde ik een band op met een jonge boerenmeid. Ze keek naar mijn bezoekjes uit en zelf voelde ik me bij haar ook niet zo opgelaten als bij de anderen. Ik denk dat ze bewondering koesterde voor mijn schoonheid en elegantie en ernaar verlangde om zelf ook hogerop te komen.

Ik wist dat ik haar daar niet toe moest aanmoedigen, want haar vader was melkboer en haar moeder was al net zo onwetend en onbeduidend. De wereld zou haar nooit gunstig gezind zijn. Echt mooi was ze niet, al had ze wel een open, eerlijke uitstraling en een prachtige maar weerbarstige bos haar, zo goudkleurig als mais. Ze heette Sophy.

Op een dag, in mei 1830, trof ik haar in alle staten aan, alleen in haar cottage. Huilend en sniffend deed ze haar relaas. Ze was in verwachting.

De vader was een heer die dat voorjaar in de buurt van Enderby had verbleven. Hij kwam Sophy tegen terwijl ze de koeien van de ene wei naar de andere dreef. Hij zei dat haar haar hem in het zonlicht deed denken aan een engel en beweerde dat hij betoverd was door haar glimlach. Dat betwijfel ik ten zeerste. Sophy's glimlach was net als die van Amy: te breed, te onbeholpen, te onelegant. Het was echter duidelijk dat hij een oogje op haar had, en die onnozele meid trapte in zijn praatjes.

Ik walg van dat soort verhalen. Wat een onmens moet hij zijn geweest, om zich in te laten met iemand die in alle opzichten zijn mindere was.

De heer in kwestie – zij kende hem alleen als 'Bradley' en ik heb geen idee of dat zijn voor- of achternaam was – bleef een week en zocht haar meerdere keren op.

Ik voelde iets van medeleven voor Sophy, want ik wist hoe gewelddadig mannen konden zijn. Maar nee! Het meisje zei tegen me dat ik haar tranen verkeerd had begrepen. Ze huilde niet van afschuw, maar van verdriet omdat hij was weggegaan. Dat kon ze maar niet geloven, want hij had tegen haar gezegd dat hij met haar wilde trouwen.

Ze had van elk moment met hem samen genoten, vertelde ze. Vooral van hun eenwording, op de hooizolder achter het zuivelbedrijf. Ze had haar ziel voelen volstromen met licht, zo zei ze het. Daar kapte ik haar af. Ik kon het niet meer aanhoren. Ik had immers volop ervaring op dat gebied, en het idee dat het plezierig kon zijn, was weerzinwekkend. Godslasterlijk.

Voor Sophy was het te laat, het leed was al geschied. Maar wellicht was haar ziel nog te redden, die ziel waarover ze zo luchtig sprak. Op dringende toon legde ik haar uit dat dit een daad was die alleen thuishoorde binnen een huwelijk, dat een vrouw geen grotere zonde kon begaan dan ervan te genieten. Natuurlijk was dat moeilijk te begrijpen voor haar, want ze had er nooit iets over geleerd. Ik prentte haar in dat het kind niets anders dan een schande kon worden.

Ik deed haar een afgedankte jurk cadeau. Haar familie zag dat als een gulle gift, maar in werkelijkheid had ik die haar gegeven omdat het door de maat en de ongebruikelijke stijl van de jurk niet opviel dat haar buik alsmaar dikker werd. Toen ze hoogzwanger was, bood ik haar een betrekking aan op Hatville Court, zodat ze daar lichte werkzaamheden kon uitvoeren zonder dat haar familie argwaan zou krijgen. Na de geboorte zou ik het kind naar het dichtstbijzijnde weeshuis brengen en zou Sophy zo snel mogelijk haar oude leven weer kunnen oppakken. Ze zei dat ze het kind wilde houden, maar ik hield voet bij stuk. Dit hoefde haar leven niet te tekenen. Het zou lijken alsof er nooit iets was gebeurd.

Kort daarop verloor ik mijn laatste, zo gewenste baby en werd ik erg ziek. Een aantal van mijn kinderen ontglipte me als een onbedoelde zucht. Anderen worstelden en vochten om bij me te blijven, zo heb ik het althans begrepen. Dit zoontje (ik was ervan overtuigd dat het een jongen was) streed harder dan al zijn voorgangers en het schijnt dat dat bijna mijn dood is geworden. Ik had graag voor hem willen sterven, als hij daardoor was blijven leven, maar het mocht niet zo zijn.

Toen ik weer in staat was om uit bed te komen en me aan te kleden, waren mijn zusters er en was Sophy verdwenen.

Ik ben er nooit achter gekomen wat er met haar is gebeurd. Daar heb ik wel een keer navraag naar gedaan. Ze was niet teruggegaan naar haar familie en had nooit meer iets van zich laten horen. Het leek inderdaad wel of er nooit iets was gebeurd. Ware het niet dat er een babymeisje opdook, naakt in de sneeuw bij Hatville Court.

Ik kan niet zeggen dat ik het begrijp. Sophy hield genoeg van haar kind om ermee weg te lopen, hoe ondoordacht dat plan ook was. En vervolgens liet ze haar in de steek.

Ik stel me zo voor dat ze een zenuwinzinking heeft gehad. Zelfs ik heb de waanzin naar me voelen lonken, door het verschrikkelijke gevoel van een kind liefhebben en in je dragen, onder onmogelijke omstandigheden. Waarschijnlijk was ze in de weken voor de bevalling zo wanhopig dat ze na afloop niet meer wist wat ze deed.

In het begin vroeg ik me af of het kind dat door Aurelia Amy Snow werd genoemd het kind van een andere arme ziel was en of het gewoon een akelig toeval was. Maar naarmate Amy groter werd, was er geen twijfel meer mogelijk. Telkens wanneer ik die onbeholpen, lelijke glimlach van haar zag, zag ik het verwijtende gezicht van Sophy voor me. Ook haar wilde bos haar en de scheiding in het midden van haar voorhoofd waren helemaal Sophy, al zal ze de donkere kleur wel van haar vader hebben geërfd.

Op mijn duisterste momenten heb ik me zelfs afgevraagd of Sophy haar kind bewust heeft achtergelaten zodat het voor mijn ogen zou sterven, bij wijze van straf. De mogelijkheden zijn eindeloos, denk ik, en ik heb de energie niet om me in elke mogelijkheid te verdiepen.

Feit bleef dat dit kind, dit meisje dat nooit verwekt en al helemaal nooit geboren had mogen worden, haar weg naar mijn huishouden had gevonden en onder mijn neus opgroeide tot een gezond kind. De timing was wreed, slechts dagen na het verlies van mijn lieve Samuel, zoals ik hem in gedachten noemde. Telkens wanneer ik haar zag, schreeuwde het verdriet in mijn binnenste het uit. Dus zei ik tegen Kokkie dat ik haar nooit wilde zien.

Een tijdlang werkte dat best. Hoewel het geen ideale oplossing was, voldeed die wel. Totdat Aurelia, tegendraads als altijd, haar als haar lievelingetje ging beschouwen, en vervolgens als haar zusje. De rest, hoe zuur ook, is geschiedenis.

Nu is Aurelia er niet meer, en Amy evenmin. Haar vertrek is het enige positieve wat uit Aurelia's dood is voortgekomen. Voor het eerst in zeventien jaar tijd kon ik opgelucht ademhalen toen ik haar eigenzinnige, kleine gestalte maanden geleden eindelijk in de grijze mist van die januaridag zag verdwijnen. Ik dacht dat ik eindelijk gemoedsrust zou kunnen vinden.

Maar de herinneringen aan Sophy speelden op. Er kwamen details in me op waaraan ik al jaren niet meer had gedacht. Ze had namen uitgekozen – Flora voor een meisje, Nicholas voor een jongen – ook al had ik tegen haar gezegd dat ze in het weeshuis zouden doen wat ze zelf wilden. Waarom moest ik daaraan denken? Ze had me verteld dat de vader uit Devon kwam en op een wit paard reed. Tja, natuurlijk deed hij dat. Soms zong ze voor de baby in haar buik, wanneer ze niet wist dat ik in de buurt was. Had ik ook voor mijn kindjes moeten zingen?

Misschien hoopte ik dat deze flarden van andermans verhaal me met rust zouden laten als ik ze aan Amy doorgaf. Misschien zou het wel goed voor haar zijn om te weten waar ze vandaan kwam, na al die jaren van verhalen over zigeuners en het bastaardkind van Charles Vennaway. Ik prentte mezelf meermaals in dat ik haar niets verschuldigd was, dat ze het overleefd had door mijn neerbuigende houding. Maar ik weet wel beter.

Toen Arabella naar Surrey terugkeerde met het nieuws dat ze Amy had gezien, als het stralende middelpunt van de society op een bal in Bath, wist ik dat ik achter haar aan moest gaan, nog één keer, om haar te vertellen wat ik wist.

Arabella dacht heel zeker te weten hoe Amy haar fortuin had vergaard, maar daar geloof ik niets van. Mijn zuster is een dwaas. Ik ben ervan overtuigd dat Aurelia dat meisje een grote erfenis heeft nagelaten en er alles aan heeft gedaan om dat te verhullen. Dat is maar goed ook, want Charles zou het zeker hebben aangevochten. Nu de stamboom bij hem ophoudt, geeft hij nog meer om geld dan voorheen. Mij laat het koud.

Ik heb Amy Snow niet gevonden. Ik weet, ik voel, dat ik haar nooit meer zal zien. Precies zoals ik altijd wilde. Het leven dat voor me ligt is leeg en zwaar, maar zo is het altijd geweest. Het hoofdstuk is afgesloten.

Ik ben teruggekeerd zonder mijn kennis te kunnen delen. Maar ach, het is ook een alledaags verhaal. Voor een geheim is het bepaald niet origineel of interessant. Wat doet het er immers toe, één leventje waarover voorgoed gezwegen zal worden?

DANKWOORD

Ik ben immens dankbaar voor alle geweldige, getalenteerde professionals die ik heb 'gewonnen' met mijn deelname aan de 'Seach for a Bestseller'-wedstrijd. Ik had me geen betere mensen kunnen wensen om mee samen te werken of om Amy Snow voor mij de wereld in te helpen. Vandaar mijn grote en welgemeende dank aan iedereen bij Furniss Lawton, Quercus, Plank PR en WHSmith voor hun expertise, steun en het warme welkom dat ze me hebben gegeven. Een speciaal bedankje voor mijn inspirerende agent Eugenie Furniss en mijn briljante redacteur Kathryn Taussig. En natuurlijk voor Richard en Judy.

Daarnaast bedank ik Therese Keating, omdat ze de eerste van het wedstrijdteam was die *Het brievenspoor* las en in haar hart sloot.

Enorm bedankt, mijn eigen lezers, die me hebben aangemoedigd tijdens het schrijfproces en die me hebben gezegend met hun onbetaalbare enthousiasme en feedback: Wendy Hammond, Ellen Pruyne, Marjorie Hawthorne, Andy Humphrey en Jane Rees (ook wel bekend als mam).

Datzelfde geldt voor mijn andere vrienden uit Swansea en Londen, die me het afgelopen jaar op allerlei manieren tot steun zijn geweest en hebben aangespoord. Lisa Mears, Cheryl Powell, Karen Wilson, Patsy Rodgers, Lucy Davies (onderzoeksassistent!), Kathryn Davies, Sarah Cole, Anna Hunt, Stephanie Basford-Morris, Rosie Stanbridge, Ludwig Esser, Jacks Lyndon en Bethan Jones: jullie vriendschap en het feit dat jullie zo geweldig zijn maken van mijn wereld een betere, rijkere plek en maken het voor mij mogelijk om te doen wat ik doe.

Ook bedank ik York Writers, een schrijversgroep vol talent en motivatie, voor hun steun bij het waarmaken van mijn literaire dromen en omdat ze als eersten commentaar hebben geleverd op de eerste pagina's van dit boek.

Tot slot, maar zeker niet in het minst, bedank ik mijn fantastische ouders die altijd achter me staan. Zonder hen had ik de wedstrijdaankondiging waarschijnlijk niet eens gezien en had dit boek nu nog steeds maar zes pagina's geteld.

De volgende boeken zijn voor mij van onschatbare waarde geweest om inzicht te krijgen in de tijd waarin Amy leefde.

Judith Flanders, *The Victorian City*, Atlantic Books, Londen, 2012.

Ruth Goodman, *How to Be a Victorian*, Penguin, Londen, 2014.

Michael Patterson, *A Brief History of Life in Victorian Britain*, Robinson, Londen, 2008.

David Turner, *Victorian and Edwardian Railway Travel*, Shire Publications, Oxford, 2013.

The Railway Traveller's Handy Book 1862: Hints, Suggestions and Advice for the Anxious Victorian Traveller, Old House, Oxford, 2012.

Lees ook van Tracy Rees

Londen, 1895. Olive Westallen leidt een zorgeloos maar vrij eenzaam leven in de majestueuze stadsvilla van haar ouders. Ze heeft grootse plannen voor haar toekomst, waar niet iedereen het mee eens zal zijn. Haar buurmeisje Ottilie Finch geniet van haar nieuwe leven in Londen. Haar enige zorg is haar moeder, die aan een mysterieuze ziekte lijdt. Ondertussen is hun nieuwe dienstmeisje Mabs opgetogen over haar baan, die haar redt van een ruig leven op de werf. Door een gevaarlijke ontdekking over Ottillies moeder worden Olive, Ottilie en Mabs onverwachte bondgenoten, en raken ze verstrikt in de geheimen die de familie Finch naar Londen hebben gejaagd. Ze zullen samen moeten werken om zichzelf en hun geliefden te beschermen...

Ook verschenen